Americanah

Americanah

CHIMAMANDA NGOZI ADICHIE

Prólogo de Elvira Lindo
Traducción de Carlos Milla Soler

LITERATURA RANDOM HOUSE

Papel certificado por el Forest Stewardship Council®

Título original: *Americanah*
Primera edición en este formato: junio de 2017
Decimoprimera reimpresión: febrero de 2021

© 2013, Chimamanda Ngozi Adichie
Reservados todos los derechos
© 2017, Penguin Random House Grupo Editorial, S. A. U.
Travessera de Gràcia, 47-49. 08021 Barcelona
© 2014, Carlos Milla Soler, por la traducción
© 2017, Elvira Lindo, por el prólogo

Printed in Spain – Impreso en España

ISBN: 978-84-397-3297-6
Depósito legal: B-8.693-2017

Compuesto en La Nueva Edimac, S. L.
Impreso en Liberdúplex (Sant Llorenç d'Hortons, Barcelona)

R H 3 2 9 7 6

Penguin
Random House
Grupo Editorial

CUANDO LAS NOVELAS SON NECESARIAS,
por Elvira Lindo

Cuando la pertinencia de la ficción se convierte en asunto debatido por la crítica literaria y hay quienes no dudan en mostrar las pruebas de que la novela está agotada, cuando las mesas de novedades se llenan de autoficciones, géneros híbridos, diarios, memorias, y hay una avalancha del yo que invade los suplementos literarios, cuando parece que se ha terminado la era de las grandes historias que aspiraban a contar un universo a través de la peripecia de uno o dos protagonistas, en ese momento, que es este que vivimos, aparece la nigeriana Chimamanda Ngozi Adichie y reivindica su lugar en el mundo literario como autora de novelas.

Todo brota de un recuerdo. Ifemelu, a punto de finalizar su experiencia americana, se acuerda de Obinze, su gran amor de la universidad, al que no ha vuelto a ver desde que abandonó Nigeria. Podría ser el comienzo de cualquier novela de amor, pero hay elementos que contribuyen a convertir *Americanah* en un libro único y de difícil definición. El siglo xx americano ha

---

Elvira Lindo. Su obra literaria incluye una popular serie para niños, *Manolito Gafotas*, con la que cosechó el Premio Nacional de Literatura Infantil y Juvenil 1998, y novelas como *Una palabra tuya*, Premio Biblioteca Breve 2005. Su último libro es un diario, *Noches sin dormir*, inspirado en su experiencia neoyorquina. Ha escrito varios guiones de cine y tiene una columna semanal en el diario *El País*.

sido narrado, en gran parte, por las voces de los emigrantes que encontraron refugio y un nuevo hogar huyendo de la persecución política y religiosa, de la guerra o de la penuria económica. En el caso de Adichie observamos una peculiaridad que quizá es la que va a marcar el siglo XXI: el expatriado no renuncia a su cultura para asimilarse a otra, no se avergüenza de sus orígenes y se convierte, a través de la experiencia del nuevo mundo, en una persona en la que han de convivir dos identidades.

Ifemelu emigra a Estados Unidos buscando un futuro más brillante que el que le ofrece Nigeria, inmersa entonces en una asfixiante dictadura militar; para sobrellevar sentimientos tan contradictorios como son la nostalgia de su patria y la fascinación por el país recién estrenado necesita cortar los lazos que la atan al pasado. En esa labor de olvido, tan necesaria para la supervivencia, a la que se aferra cualquier expatriada que no está dispuesta a sucumbir a la pena de saberse sola, nuestra heroína se va trazando un mundo propio en el que las únicas presencias familiares son su tía Uju y el pequeño Dike. Ifemelu, desamparada y deprimida al principio, aunque despierta y perspicaz, va observando la complejidad cultural y social del nuevo mundo y toma apuntes del natural que publica en un blog (*Raza o Curiosas observaciones a cargo de una negra no estadounidense sobre el tema de la negritud en Estados Unidos*) en el que aborda la discutible multiculturalidad de un país en el que hay una población blanca que desea creer que los asuntos raciales están superados. Ifemelu comienza a ser consciente por vez primera del color de su piel cuando habita en un país donde la herida de la esclavitud no se ha cerrado y supura en todo momento: los blancos, incluso los progresistas, adoptan, bien por inercia, bien por torpeza o por un sentimiento de superioridad racial que sus mayores les dejaron en herencia, una actitud condescendiente –cuando no desconfiada– hacia los negros, y los afroamericanos saben que sus actos serán interpretados siempre en función de la negritud.

Queridos negros no estadounidenses, cuando tomáis la decisión de venir a Estados Unidos, os convertís en negros. Basta ya de discusiones. Basta de decir soy jamaicano o soy ghanés. A Estados Unidos le es indiferente. ¿Qué más da si no erais «negros» en vuestro país? Ahora estáis en Estados Unidos. Tendremos nuestros momentos de iniciación en la Sociedad de los Antiguos Esclavos Negros. El mío tuvo lugar en la universidad cuando, en una clase, me pidieron que ofreciera la perspectiva negra, solo que yo no entendía ni remotamente a qué se referían. Así que me inventé algo, sin más. Y admitidlo: decís «No soy negro» solo porque sabéis que el negro es el último peldaño de la escala racial estadounidense.

Es la escritora nigeriana extremadamente hábil expresando ideas complejas, y en esta novela encontramos numerosas muestras de esa gracia con la que las expresa: no resultando jamás grave o pomposa, recurriendo siempre a la ironía y sin miedo a la vehemencia. Es Chimamanda una mujer alegre y valiente, directa, con una notable habilidad para diseccionar comportamientos colectivos. Ese don de llegar al corazón de las cosas lo encontramos en su manifiesto *Todos deberíamos ser feministas,* que bien podría haber escrito Ifemelu, la protagonista de esta historia.

La joven Ifemelu va objetivando su experiencia a través del blog en el que trata de explicar a los demás, y también a sí misma, cómo funciona un país que creció por el esfuerzo sobrehumano de la inmigración, pero que tiende a segregar a sus habitantes creando microcosmos estancos en los que es posible cruzarse a diario sin conocerse de veras. La bloguera habla de la vigencia del tribalismo americano y distingue cuatro variedades: clase, ideología, región y raza. Ricos y pobres. Progresistas y conservadores. Norte y Sur. Y la raza, por supuesto: los blancos siempre en el puesto más alto del escalafón y los negros invariablemente en el más bajo. El exitoso juzga al fracasado con desprecio; no hay voluntad de entendimiento entre los votantes de los dos partidos; el Norte mira al Sur con desprecio, el Sur mira al Norte con rencor. Todos a su vez entenderán cuál es su posición en la sociedad según la raza: el negro será consciente desde la casilla de salida de que es el último en el escalafón. Pero Ifemelu nos desvela algo aún más perspicaz: los estadounidenses creen que su tribalismo es universal y que cualquiera que quiera ingresar en esa sociedad ha de llegar con la lección aprendida. Resulta asombrosa esa cualidad para analizar un entramado social que no se entiende a la primera y que provoca sonrojantes malentendidos en una recién llegada; solo con la disposición de una voluntariosa aprendiz se podrán ir desvelando. Sin ser africana, sin haber sufrido en mi piel y por mi piel lo que ser negra significa en Estados Unidos, hay muchos pasajes de este libro que me han hecho levantarme de la silla y exclamar: «¡Aquí está al fin, eso era lo que yo pensaba y no había sabido expresar!».

Pero las peculiaridades de la vida americana no se reducen a los pasajes del blog de su protagonista, también encontramos una mirada penetrante siguiendo los pasos de la peripecia vital de Ifemelu, en cómo la vemos madurar y valorar lo americano a través de sus amores, de las reuniones sociales, de las discusiones universitarias o del traumático crecimiento de su sobrino Dike, que experimentará desde niño el significado de pertenecer a una minoría subordinada.

Y es que esta es la historia de un intenso aprendizaje. Ifemelu asumirá que su identidad como nigeriana está condenada a diluirse en la idea simplista que se tiene de África, continente que los estadounidenses, y también los europeos, contemplan como un todo, sin distinguir entre países, reduciendo la consideración de su inmensa riqueza humana a la de negros pobres y atrasados. Pero nuestra heroína responde a esta idea construida por clichés con humor e inteligencia, sin hundirse en la melancolía o dejarse llevar por el resentimiento. Es, desde luego, una africana en Estados Unidos: sus antepasados no han padecido el trauma de la esclavitud, vive sin complejos su color y su origen, y según van pasando los años comienza a valorar lo que dejó atrás: un país áspero pero de raíces profundas y un pueblo que respeta el ineludible compromiso familiar, algo que traza un espacio en común con los que crecimos en países mediterráneos.

Ifemelu vuelve a Nigeria, a Lagos, e inevitablemente se rendirá a la tarea de la comparación, porque la emigrante que regresa a casa ya no es la misma que se fue, ahora se enfrenta con impaciencia a las penurias y corruptelas de su país y será observada por sus compatriotas con cierta desconfianza, bautizada para siempre como «americanah», el apelativo irónico con el que se nombra a los que se fueron a Estados Unidos y han regresado a la patria, ocultando las muchas dificultades con las que hubieron de enfrentarse y presumiendo de una experiencia que les permite darse aires.

Ella se reencuentra con él, con Obinze, que se ha instalado en Nigeria tras una experiencia traumática en Londres. Los dos tienen mucho que contarse. Son críticos con su país, lo padecen y lo aman. Esto podría ser una historia de amor, solo una historia de amor, pero es mucho más. Deslumbra. No se reduce a la narración de una experiencia, también hay mucha sensualidad, fineza y gracia en cómo está escrito. Hace Adichie una defensa de las novelas como la mejor manera de convertir una experiencia individual en un espejo en el que cualquiera puede reconocerse. Yo he marchado con ella, a su lado, en este viaje de ida y vuelta. Me he visto a mí misma en muchos momentos de asombro, soledad o satisfacción por el mero aprendizaje. Y he pensado que la historia de Ifemelu y Obinze justifica la existencia de la ficción en nuestras vidas. Esta novela cambia la percepción que el lector tiene de las cosas, porque nos obliga a aceptar que la amplitud y complejidad del mundo no puede ser simplificada ni reducida a una sola versión. Pone uno en duda sus principios, y es esa una experiencia lectora que ensancha el espíritu.

AMERICANAH

Este libro es para nuestra próxima generación, ndi na–abia n'iru:
Toks, Chisom, Amaka, Chinedum, Kamsiyonna y Arinze.

Para mi maravilloso padre en este su octogésimo año.

Y, como siempre, para Ivara.

PRIMERA PARTE

1

Princeton, en verano, no olía a nada, y si bien a Ifemelu le gustaba el plácido verdor de los numerosos árboles, las calles limpias y las casas regias, las tiendas con precios exquisitamente prohibitivos y el aire tranquilo e imperecedero de elegancia ganada a pulso, era eso, la falta de olor, lo que más la atraía, quizá porque las otras ciudades estadounidenses que conocía bien poseían olores muy característicos. Filadelfia exhalaba el tufo a viejo de la historia. New Haven olía a abandono. Baltimore olía a salitre, y Brooklyn a basura recalentada por el sol. Princeton, en cambio, no tenía olor. Allí le gustaba respirar hondo. Le gustaba observar a los habitantes, que conducían con ostensible cortesía y aparcaban sus coches último modelo frente a la tienda de alimentos ecológicos de Nassau Street o frente a los restaurantes japoneses o frente a la heladería que ofrecía cincuenta sabores distintos, incluido el de pimiento morrón, o frente a la estafeta de correos, donde los efusivos empleados salían a la entrada a recibirlos en el acto. Le gustaba el campus, imbuido de la solemnidad del conocimiento, los edificios góticos con sus muros revestidos de enredaderas, y ese momento en que, llegada la penumbra de la noche, todo se transformaba en un escenario espectral. Le gustaba, en particular, que en ese entorno de próspero desahogo, ella pudiera fingir ser otra persona, una persona admitida expresamente en un sacrosanto club estadounidense, una persona ornada de certidumbre.

Pero no le gustaba tener que desplazarse hasta Trenton para trenzarse el pelo. No cabía esperar que en Princeton hubiera una peluquería donde trenzaran el pelo –las pocas negras que había visto en la ciudad tenían la piel tan clara y el pelo tan lacio que no se las imaginaba con trenzas–, y aun así, mientras esperaba el tren en la estación de Princeton Junction una tarde sofocante, se preguntaba por qué no había allí ningún sitio donde trenzarse el pelo. La chocolatina que llevaba en el bolso se había derretido. En el andén aguardaban unas pocas personas más, todas blancas y delgadas, con ropa corta y ligera. El hombre más cercano a ella comía un cucurucho; eso siempre le había parecido un tanto irresponsable, que un hombre estadounidense adulto comiera cucuruchos, y muy en especial que un hombre estadounidense adulto comiera cucuruchos en público. Cuando el tren apareció por fin entre chirridos, el hombre en cuestión se volvió hacia ella y dijo: «Ya era hora», hablándole con la familiaridad que adoptan los desconocidos después de compartir la decepción de un mal servicio público. Ella le sonrió. El hombre llevaba peinado hacia delante el cabello entrecano de la parte de atrás de la cabeza, un recurso cómico para disimular la calva. Debía de ser profesor universitario, pero no de humanidades, o habría sido más timorato. De una ciencia sólida como la química, quizá. En otro tiempo ella habría contestado: «Desde luego», esa peculiar expresión que manifestaba conformidad más que cuantificación, y acto seguido habría entablado conversación con él, para ver si contaba algo que pudiera utilizar en su blog. La gente se sentía halagada cuando se le preguntaba acerca de sí misma, y si ella permanecía callada cuando su interlocutor acababa de hablar, lo inducía a decir algo más. La gente estaba programada para llenar los silencios. Si alguien le preguntaba a qué se dedicaba, ella respondía vagamente: «Escribo un blog sobre estilo de vida», porque decir «Escribo un blog anónimo titulado *Raza o Diversas observaciones acerca de los negros estadounidenses (antes denigrados con otra clase de apelativos) a cargo de una negra no estadounidense*» les incomodaría. Lo había dicho, no obstante, unas cuantas veces. Una a un blanco con rastas que se sentó a su lado en el tren, su pelo semejante a viejas cuerdas de bramante terminadas en pelusa rubia, su andrajosa camisa lucida con devoción suficiente para convencerla de que era un guerrero social y podía ser un buen bloguero invitado. «Hoy día la raza está sobredimensionada, los negros tienen que superar lo suyo, ahora todo se centra en la clase, los ricos y los desposeídos», declaró él con tono ecuánime, y ella lo usó como encabezamiento de un post titulado: «No todos los estadounidenses blancos con rastas pasan». Otro caso fue el hombre de Ohio, que viajó apretujado junto a ella en un avión. Un ejecutivo intermedio, estaba segura, a juzgar por el traje amorfo y la camisa con el cuello de distinto color. Este quiso saber qué se entendía por «blog sobre estilo de vida», y ella se lo explicó, previendo que él se refugiaría en una actitud reservada, o pondría fin a la conversación con una frase defensivamente insulsa como «La única raza que importa es la raza humana». En cambio dijo: «¿Ha escrito alguna vez sobre la adopción? En este país nadie quiere niños negros, y no me refiero a los birraciales, me refiero a los negros. Ni siquiera las familias negras los quieren».

Le contó que su mujer y él habían adoptado a un niño negro, y sus vecinos los miraban como si fueran mártires de una causa dudosa por propia elección. Su post sobre él en el blog, «Los ejecutivos intermedios blancos mal vestidos de Ohio no siempre son lo que parecen», fue el que más comentarios recibió ese mes. Aún se preguntaba si él lo habría leído. Esperaba que sí. A menudo, sentada en cafeterías, o aeropuertos, o estaciones de ferrocarril, observaba a los desconocidos, imaginaba sus vidas y se preguntaba quiénes entre ellos habrían leído su blog. Ahora ya su ex blog. Había escrito el último post hacía solo unos días, con una estela de doscientos setenta y cuatro comentarios hasta el momento. Todos esos lectores, en aumento mes a mes, con sus enlaces y sus envíos cruzados, que sabían tanto más que ella… siempre la habían asustado y entusiasmado a la vez. DerridaSáfica, una de las participantes más asiduas, escribió: «Me sorprende un poco que esté tomándome esto de manera tan personal. Suerte en ese "cambio de vida" indeterminado que planeas, pero vuelve pronto a la blogosfera, por favor. Has empleado esa voz tuya, tan irreverente, intimidatoria, divertida y estimulante, para crear un espacio donde mantener conversaciones reales sobre un tema importante». Los lectores como DerridaSáfica, que en sus comentarios desgranaban datos estadísticos y usaban palabras como «reificar», ponían nerviosa a Ifemelu, le despertaban el deseo de ser original e impresionar, y con el paso del tiempo empezó a sentirse como un buitre hincando el pico en la carroña de experiencias ajenas en busca de algo que utilizar. A veces introducía frágiles vínculos con la raza. A veces sin creerse a sí misma. Cuanto más escribía, menos segura se sentía. A cada post se desprendía una escama más de su propia identidad, y al final se sintió desnuda y falsa.

El hombre del helado se sentó junto a Ifemelu en el tren, y ella, para no dar pie a la conversación, fijó la mirada en una mancha marrón cerca de sus pies, un frapuchino derramado, hasta que llegaron a Trenton. Abarrotaban el andén personas negras, muchas de ellas gordas, con ropa corta y ligera. Aún la sobrecogía que unos minutos de viaje en tren representaran una diferencia tan grande. Durante su primer año en Estados Unidos, cuando tomaba un tren desde New Jersey Transit hasta Penn Station y luego el metro para visitar a la tía Uju en el barrio de Flatlands, le llamaba la atención que los viajeros que se apeaban en las paradas de Manhattan fueran en su mayoría blancos y esbeltos y, a medida que el tren se adentraba en Brooklyn, los viajeros fueran en su mayoría negros y gordos. Aun así, en su cabeza no usaba la palabra «gordos» al pensar en ellos; usaba la palabra «grandes», porque una de las primeras cosas que le dijo su amiga Ginika fue que, en Estados Unidos, «gordo» era un término ofensivo, tan cargado de enjuiciamiento moral como «idiota» o «mamón», no simplemente descriptivo como «bajo» o «alto». Así que había excluido «gordo» de su vocabulario. Pero «gordo» volvió a Ifemelu el invierno anterior, después de casi trece años, cuando un hombre, detrás de ella en la cola del supermercado, masculló: «A los gordos no les conviene comer esa mierda», mientras ella pagaba por una bolsa de Tostitos de tamaño familiar. Ella, atónita, ligeramente ofendida, le lanzó una mirada, y lo consideró un post perfecto para el blog, el hecho de que aquel desconocido hubiera decidido que estaba gorda. Pondría al post la etiqueta «raza, género y envergadura corporal». Pero ya en casa, de pie ante la verdad del espejo, comprendió que había cerrado los ojos, durante demasiado tiempo, a la nueva tirantez en su ropa, la fricción en la cara interna de los muslos, el temblor, cuando se movía, de las partes más fofas y redondas de su cuerpo. Ciertamente estaba gorda.

Pronunció la palabra «gorda» despacio, paladeándola, y pensó en todas las demás cosas que había aprendido a no decir en voz alta en Estados Unidos. Estaba gorda. No era curvilínea ni tenía los huesos grandes; estaba gorda: esa era la única palabra que le sabía a verdad. Y había cerrado los ojos, asimismo, al cemento depositado en su alma. Su blog iba sobre ruedas, con millares de visitantes únicos todos los meses, sus honorarios por charlas eran aceptables, y disfrutaba de una beca de investigación en Princeton y una relación con Blaine —«Eres el gran amor de mi vida», había escrito él en su última felicitación de cumpleaños—, y a pesar de todo tenía cemento depositado en el alma. Eso llevaba ahí ya un tiempo, un trastorno de fatiga a primera hora de la mañana, una pesadumbre y una insularidad. Llegó acompañado de afanes amorfos, deseos indefinidos, breves atisbos imaginarios de otras vidas que acaso podría estar viviendo, y con el transcurso de los meses todo eso se fundió en una desgarradora añoranza. Exploró páginas web nigerianas, perfiles nigerianos en Facebook, blogs nigerianos, y cada clic del ratón sacaba a la luz una historia más de una persona joven que había vuelto recientemente al país, revestida de títulos académicos estadounidenses o británicos, para crear una sociedad de inversión, una productora musical, un casa de modas, una revista, una franquicia de una cadena de comida rápida. Contempló fotografías de esos hombres y mujeres y sintió el dolor sordo de la pérdida, como si ellos le hubiesen abierto la mano por la fuerza y le hubiesen arrebatado algo que era suyo. Vivían la vida de ella. Nigeria se convirtió en el lugar donde debía estar, el único sitio donde podía hundir sus raíces sin el incesante anhelo de arrancarlas y sacudirse la tierra. Y estaba también Obinze, claro. Su primer amor, su primer amante, la única persona con quien nunca había sentido la necesidad de explicarse. Ahora él era marido y padre, y habían perdido el contacto hacía años; así y todo, no podía engañarse pensando que él no formaba parte de su añoranza, o que ella no se acordaba de él con frecuencia, cuando en realidad examinaba su pasado juntos, buscaba augurios de algo que era incapaz de nombrar.

El grosero desconocido del supermercado –quien a saber con qué problemas debía lidiar él mismo, viendo las marcadas ojeras y los finos labios que tenía– se proponía ofenderla y en cambio, con su pulla, la había despertado.

Empezó a planear y a soñar, a presentar solicitudes para empleos en Lagos. Al principio no se lo dijo a Blaine, porque quería completar el período cubierto por la beca en Princeton, y luego, cuando acabó la beca, no se lo dijo porque quería concederse un tiempo para estar segura. Pero, con el paso de las semanas, supo que nunca estaría segura. Le dijo, pues, que volvía a su país sin más, y añadió: «Tengo que hacerlo», consciente de que él oiría en sus palabras el sonido de un final.

«¿Por qué?», preguntó Blaine, casi automáticamente, estupefacto ante el anuncio. Allí estaban, en el salón de la casa de Blaine en New Haven, envueltos por el suave jazz y la claridad del día, y ella lo miró, al bueno de él, perplejo, y tuvo la sensación de que el día adquiría un cariz triste, épico. Vivían juntos desde hacía tres años, tres años sin una sola arruga, como una sábana bien planchada, hasta su única pelea, hacía unos meses, cuando Blaine, helándosele la mirada en una expresión de reproche, se negó a dirigirle la palabra. Pero habían sobrevivido a esa pelea, gracias en esencia a Barack Obama, renovando sus lazos por medio de su común pasión. La noche de las elecciones, antes de que Blaine la besara, su rostro bañado en lágrimas, la estrechó con fuerza como si la victoria de Obama fuese también una victoria personal de ellos dos. Y ahora iba ella y le decía que todo había terminado. «¿Por qué?», preguntó él. En sus clases Blaine enseñaba ideas con matices y complejidad, y aun así le pedía una única razón, la *causa*. Pero Ifemelu no había experimentado una epifanía nítida y no había causa; era sencillamente que se había acumulado en ella una capa tras otra de descontento, formando una masa que ahora la impulsaba. Eso a él no se lo dijo, porque le habría dolido saber que ella se sentía ya así desde hacía un tiempo, que su relación con él era como estar a gusto en una casa pero pasarse el día sentada junto a la ventana, mirando afuera.

«Llévate la planta», le dijo Blaine, el último día que lo vio, mientras ella recogía la ropa que tenía en su apartamento. Allí de pie, en la cocina, se le veía derrotado, los hombros hundidos. La planta de interior era de él, tres tallos de bambú con prometedoras hojas verdes, y cuando Ifemelu la cogió, se sintió traspasada por una súbita y demoledora soledad que la acompañó durante semanas. A veces aún la sentía. ¿Cómo era posible echar de menos algo que ya no se deseaba? Blaine necesitaba lo que ella era incapaz de dar y ella necesitaba lo que él era incapaz de dar, y era eso lo que le apenaba, la pérdida de lo que podría haber sido.

Así que allí estaba Ifemelu, aquel día rebosante de la opulencia del verano, a punto de trenzarse el pelo para el viaje de regreso a su tierra. Un calor pegajoso se posaba en su piel. En el andén de Trenton había personas el triple de corpulentas que ella, y contempló con admiración a una en particular, una mujer con una falda cortísima. Ifemelu no le otorgaba el menor valor a exhibir unas piernas delgadas bajo una minifalda —a fin de cuentas, era fácil y no entrañaba riesgo alguno enseñar unas piernas a las que el mundo daba su conformidad—, pero el acto de aquella mujer gorda tenía que ver con la callada convicción que una solo compartía consigo misma, una sensación de aceptabilidad que otros no veían. Su decisión de volver era análoga; siempre que la acechaban las dudas, se veía a sí misma irguiéndose valerosamente sola, casi heroica, a fin de acallar la incertidumbre. La mujer gorda era co-coordinadora de un grupo de adolescentes que aparentaban dieciséis o diecisiete años. Se apiñaban alrededor de ella, riendo y charlando, con la publicidad de unas colonias de verano en las camisetas amarillas. A Ifemelu le recordaron a su primo Dike. Uno de los chicos, alto, de piel muy oscura, con la complexión musculosamente magra de un atleta, era clavado a Dike. Aunque Dike jamás se habría puesto un calzado como aquel, parecido a unas alpargatas. Unas «llantas chungas», las habría llamado. Esa era nueva; se la había oído usar por primera vez hacía unos días, cuando él le contó que había ido de compras con la tía Uju. «Mamá quería endosarme una zapatillas ridículas. ¡Vamos, prima, ya sabes que yo no me pongo esas llantas chungas!»

Ifemelu se incorporó a la cola de la parada de taxis frente a la estación. Esperaba que el taxista no fuese nigeriano, porque, tan pronto como oyese su acento, o bien mostraría un agresivo interés en contarle que tenía un doctorado, que el taxi era un segundo empleo y que su hija había obtenido mención honorífica en Rutgers, o bien conduciría en mohíno silencio, le devolvería el cambio en monedas y se haría el sordo cuando ella le diera las gracias, consumido de principio a fin por la humillación de que una paisana nigeriana, para colmo una chiquita menuda, que acaso fuese enfermera o contable o incluso médica, lo mirase con aire de superioridad. En Estados Unidos todos los taxistas nigerianos estaban convencidos de que en realidad no eran taxistas. Era la siguiente en la cola. Su taxista era negro, de mediana edad. Ifemelu abrió la puerta y echó una ojeada al respaldo del asiento del conductor. «Mervin Smith.» No nigeriano, pero nunca se sabía. Allí los nigerianos adoptaban los nombres más diversos. Incluso ella había tenido una identidad distinta en otro tiempo.

—¿Qué tal? —preguntó el hombre.

Ella percibió de inmediato, con alivio, el acento caribeño.

—Muy bien. Gracias.

Le dio la dirección del Salón de Trenzado Africano Mariama. Era su primera visita a esa peluquería —su establecimiento habitual había cerrado porque la dueña volvía a Costa de Marfil para casarse—, pero sería idéntica, estaba segura, a los demás salones de trenzado africano que había conocido: se hallaban todos en la parte de la ciudad donde había pintadas, edificios con humedades y ninguna persona blanca; exhibían vistosos letreros con nombres como Salón de Trenzado Africano Aisha o Fatima; tenían radiadores que calentaban demasiado en invierno y aparatos de aire acondicionado que no enfriaban en verano; y reunían a un sinfín de trenzadoras de pelo francófonas del África Occidental, una de las cuales era la dueña y hablaba mejor el inglés y atendía el teléfono y era tratada con respeto por las demás. A menudo alguien llevaba un bebé a la espalda sujeto por medio de un paño. O un niño de corta edad dormía en un protector extendido sobre un sofá lastimoso. A veces se pasaban por allí críos mayores. Las conversaciones se desarrollaban en francés o en wólof o en malinké, y cuando hablaban en inglés a las clientas, era un inglés macarrónico, extraño, como si no hubiesen accedido gradualmente al idioma antes de incorporar el argot americano. Las palabras salían a medio acabar. En una ocasión una trenzadora guineana, en Filadelfia, le dijo a Ifemelu: «Osé, Do mí, aba moloca». Ifemelu necesitó muchas repeticiones para entender que la mujer decía: «O sea, Dios mío, estaba como loca».

Mervin Smith era un hombre animoso y parlanchín. Mientras conducía hablaba sobre el calor que hacía y los apagones que sin duda se avecinaban.

—Estos son los calores que matan a los viejos. Si no tienen aire acondicionado, han de ir a un centro comercial, ¿sabe? En el centro comercial hay aire acondicionado gratis. Pero a veces no tienen a nadie que los lleve. La gente debería cuidar de los viejos —dijo, su jovial talante imperturbable pese al silencio de Ifemelu–. ¡Ya hemos llegado! –anunció, y detuvo el vehículo frente a un edificio en un estado lamentable.

La peluquería estaba en medio, entre un restaurante chino llamado Alegría Feliz y una tienda de alimentación que vendía números de lotería. Dentro del salón se palpaba el abandono: la pintura desconchada, las paredes cubiertas de grandes pósters con peinados a base de trenzas y otros carteles menores donde se leía DEVOLUCIÓN RÁPIDA DE LA RENTA. Tres mujeres, todas en camiseta y bermudas, trabajaban en el cabello de clientas sentadas. Un pequeño televisor montado en la pared, en un rincón, con el volumen un poco demasiado alto, mostraba imágenes de una película nigeriana: un hombre pegaba a su mujer, la mujer se encogía y gritaba, la mala calidad del audio ofendía el oído.

–¡Hola! –saludó Ifemelu.

Todas se volvieron a mirarla pero solo una, que debía de ser la epónima Mariama, dijo:

–Hola. Bienvenida.

–Me gustaría hacerme trenzas.

–¿Qué clase de trenzas quieres?

Ifemelu respondió que quería un rizo apretado medio y preguntó cuánto costaba.

–Doscientos –respondió Mariama.

–El mes pasado pagué ciento sesenta.

Se había trenzado el pelo por última vez hacía tres meses.

Mariama permaneció en silencio por un momento, los ojos fijos de nuevo en el cabello que estaba trenzando.

–¿Ciento sesenta, pues?

Mariama se encogió de hombros y sonrió.

–Vale, pero la próxima vez tienes que volver aquí. Siéntate. Espera a Aisha. Enseguida acaba.

Mariama señaló a la trenzadora más menuda, que padecía una enfermedad en la piel: espirales decoloradas de un tono crema rosado en los brazos y el cuello de aspecto preocupantemente contagioso.

–Hola, Aisha –saludó Ifemelu.

Aisha miró de soslayo a Ifemelu, dirigiéndole un parquísimo gesto de asentimiento, su rostro inalterable, casi adusto en su inexpresividad. Se percibía algo extraño en ella.

Ifemelu se sentó cerca de la puerta; el ventilador colocado en la mesa desportillada estaba encendido en su máxima potencia pero no por ello el ambiente era mucho menos sofocante. Acompañaban al ventilador peines, bolsas de extensiones de pelo, voluminosas revistas con hojas sueltas, pilas de abigarrados DVD. En un rincón había una escoba apoyada, cerca del dispensador de caramelos y el herrumbroso secador que no se usaba desde hacía una eternidad. En el televisor, un padre pegaba a sus dos hijos, torpes puñetazos que hendían el aire por encima de sus cabezas.

—¡No! ¡Mal padre! ¡Mal hombre! —exclamó la otra trenzadora, mirando la pantalla y estremeciéndose.

—¿Eres nigeriana? —preguntó Mariama.

—Sí. ¿Y tú de dónde eres?

—Mi hermana Halima y yo somos de Mali. Aisha es senegalesa.

Aisha no alzó la vista. Halima, en cambio, sonrió a Ifemelu, y aquella fue una sonrisa que, en su cálida complicidad, daba la bienvenida a otra africana; no habría sonreído igual a una estadounidense. Bizqueaba de manera notable, orientadas las pupilas en direcciones opuestas, hasta tal punto que Ifemelu quedó desconcertada, sin saber muy bien qué ojo ponía Halima en ella.

Ifemelu se abanicó con una revista.

—Qué calor hace —comentó. Al menos esas mujeres no le dirían: «¿Tienes calor? ¡Pero si eres africana!».

—Es una ola de calor espantosa. Lástima que el aire acondicionado se averiase ayer —dijo Mariama.

Ifemelu sabía que el aire acondicionado no se había averiado ayer, se había averiado mucho antes, quizá siempre había estado averiado; aun así, asintió y dijo que tal vez se había estropeado por exceso de uso. Sonó el teléfono. Mariama descolgó y, al cabo de un momento, respondió: «Ven ahora», las mismas palabras que habían inducido a Ifemelu a dejar de pedir hora a los salones de trenzado africano. «Ven ahora», decían siempre, y cuando llegabas, te encontrabas a dos personas esperando para hacerse microtrenzas y la dueña aún te decía: «Espera, mi hermana ya viene a ayudarme». Volvió a sonar el teléfono, y Mariama habló en francés, levantando la voz, y dejó de trenzar para gesticular con la mano mientras vociferaba por el teléfono. Luego desplegó un impreso de Western Union sacado del bolsillo y empezó a leer los números:

—*Trois! Cinq! Non, non, cinq!*

La mujer en cuyo pelo realizaba unas diminutas trenzas cosidas que casi dolía verlas dijo con aspereza:

—¡Venga! ¡No voy a pasarme aquí todo el día!

—Perdona, perdona —respondió Mariama.

Con todo, terminó de repetir los números de Western Union antes de seguir trenzando, encajado el auricular entre el hombro y la oreja.

Ifemelu abrió su novela, *Cane*, de Jean Toomer, y la hojeó. Hacía ya tiempo que tenía intención de leerla, e imaginaba que le gustaría, porque a Blaine no le gustaba. Una «ejecución consumada», había sido el término elegido por Blaine para describirla con ese tono de discreta paciencia que adoptaba cuando hablaban de novelas, como si estuviera convencido de que ella, con un poco más de tiempo y un poco más de sabiduría, llegaría a aceptar que las novelas que le gustaban a él eran superiores, novelas escritas por hombres jóvenes, o tirando a jóvenes, y rebosantes de *cosas*, una aglomeración fascinante y confusa de marcas y música y cómics e iconos, pasando por las emociones de refilón, y donde cada frase era elegantemente consciente de su propia elegancia. Ifemelu había leído muchas, porque él se las recomendaba, pero eran como algodón de azúcar que se evaporaba muy fácilmente en la memoria de su lengua.

Cerró la novela; con aquel calor era difícil concentrarse. Comió un poco de chocolate derretido, mandó un sms a Dike para que la llamara al salir del entrenamiento de baloncesto y se abanicó. Leyó los letreros en la pared de enfrente —NO SE HARÁN ARREGLOS EN LAS TRENZAS PASADA UNA SEMANA. NO SE ACEPTAN CHEQUES. NO SE DEVUELVE EL DINERO—, pero se cuidó mucho de mirar hacia los rincones del salón porque sabía que vería mazacotes de papel de periódico mohoso apelotonados bajo las tuberías y mugre y cosas podridas hacía mucho tiempo.

Por fin Aisha terminó con su clienta y preguntó a Ifemelu de qué color quería las extensiones.

—El color cuatro.

—Mal color —contestó Aisha en el acto.

—Es el que uso.

—Queda sucio. ¿No quieres color uno?

—El color uno es demasiado negro, se ve poco natural —adujo Ifemelu mientras se aflojaba el pañuelo ceñido a la cabeza—. A veces uso el color dos, pero el cuatro se acerca más al mío.

Aisha se encogió de hombros, un gesto altanero, como si no fuera problema suyo si su clienta tenía mal gusto. Metió la mano en un armario, sacó dos bolsas de extensiones y las examinó para cerciorarse de que ambas eran del mismo color.

Tocó el pelo a Ifemelu.

—¿Por qué no pones alisador?

—Me gusta llevar el pelo tal como lo hizo Dios.

—Pero ¿cómo te peinas? Difícil peinar —dijo Aisha.

Ifemelu, sacando su propio peine, se lo pasó con delicadeza por el pelo, denso, suave y muy rizado, hasta que le circundó la cabeza como un halo.

—No es difícil peinarlo si lo humedeces debidamente —explicó, adoptando un tono persuasivo de proselitista que empleaba cuando se proponía convencer a otras mujeres negras de las bondades de dejarse el pelo al natural. Aisha soltó un bufido; saltaba a la vista que no entendía por qué alguien elegía los sufrimientos de peinarse un pelo al natural en lugar de alisarlo sin más. Separó en secciones el pelo de Ifemelu, desprendió una hebra de la pila de extensiones que tenía en la mesa y empezó a trenzar diestramente.

—Aprietas demasiado —se quejó Ifemelu—. No aprietes tanto. —Como Aisha continuó trenzando al máximo, Ifemelu pensó que quizá no la había entendido y, tocándose la trenza en
litigio, dijo—: Muy apretada, muy apretada.

Aisha le apartó la mano sin contemplaciones.

—No. No. Deja. Está bien.

—¡Está apretada! —exclamó Ifemelu—. Aflójala, por favor.

Mariama las observaba. Soltó una andanada en francés. Aisha
aflojó la trenza.

—Disculpa —dijo Mariama—. No entiende muy bien.

Pero Ifemelu vio que Aisha, a juzgar por su cara, sí entendía muy bien. Sencillamente era una verdulera de la cabeza
a los pies, inmune a las sutilezas cosméticas del servicio a la
cliente estadounidense. Ifemelu se la imaginó trabajando en
un mercado de Dakar, como las trenzadoras de Lagos que se
sonaban y se limpiaban las manos en los delantales, movían la
cabeza de la clienta a tirones para colocársela en mejor posición, se quejaban de lo espeso o lo duro o lo corto que era el
pelo, hablaban a gritos con mujeres que pasaban, y todo eso
sin parar de charlar con demasiada estridencia y hacer trenzas
demasiado apretadas.

—¿Tú conoces? —preguntó Aisha, lanzando una ojeada al
televisor.

—¿Qué?

Aisha lo repitió, y apuntó con el dedo a la actriz en la pantalla.

—No —respondió Ifemelu.

—Pero tú nigeriana.

—Sí, pero no la conozco.

Aisha señaló la pila de DVD en la mesa.

—Antes, demasiado vudú. Malísimo. Ahora cine de Nigeria
muy bueno. ¡Una casa grande y bonita!

Ifemelu no tenía una gran opinión del cine de Nollywood,
con su histrionismo extremo y sus tramas inverosímiles, pero
movió la cabeza en un gesto de asentimiento, porque oír
«Nigeria» y «bueno» en la misma frase era un lujo, aun vinien-

do de esa extraña senegalesa, y decidió interpretarlo como un augurio de su regreso al país.

Todos aquellos a quienes había anunciado que volvía parecían sorprenderse, en espera de una explicación, y cuando ella añadía que se iba porque quería, arrugas de perplejidad aparecían en las frentes de sus interlocutores.

«Cierras el blog y vendes el apartamento para volver a Lagos y trabajar en una revista que no te pagará nada del otro mundo», había dicho la tía Uju, y después lo había repetido, como para meterle en la mollera la gravedad de su desatino. Solo Ranyinudo, su vieja amiga de Lagos, había dado rango de normalidad a su regreso. «Ahora Lagos está lleno de retornados de Estados Unidos, así que mejor que vuelvas y seas una más. Los ves siempre por ahí con su botella de agua a cuestas como si fueran a morirse de calor si no beben a cada minuto», dijo Ranyinudo. Se habían mantenido en contacto, Ranyinudo y ella, a lo largo de los años. Al principio se escribían infrecuentes cartas, pero cuando abrieron los cibercafés, se propagaron los teléfonos móviles y Facebook creció como la espuma, empezaron a comunicarse más a menudo. Fue Ranyinudo quien, unos años atrás, le había contado que Obinze iba a casarse. «Entretanto se ha forrado de lo lindo. ¡Ya ves lo que te has perdido!», había dicho Ranyinudo. Ifemelu simuló indiferencia ante la noticia. Al fin y al cabo, había roto todo contacto con Obinze, y de eso hacía mucho tiempo, y por entonces ella iniciaba su relación con Blaine, y se instalaba felizmente en una vida en común. Pero después de colgar no pudo quitarse ya a Obinze de la cabeza. Imaginarlo en su boda le produjo un sentimiento de pesadumbre, una pesadumbre mortecina. Aun así, se alegraba por él, se dijo, y para demostrarse que se alegraba por él, decidió escribirle. No sabía bien si conservaba su dirección antigua y envió el e-mail medio esperando que no contestara, pero sí contestó. Ella por su parte no volvió a escribirle, porque para entonces había reconocido que aún brillaba en su interior una pequeña luz. Era mejor dejar las cosas como estaban. En diciembre anterior, cuando

Ranyinudo le contó que se había encontrado con Obinze, acompañado de su hija de corta edad, en el centro comercial Palms (e Ifemelu aún no podía representarse ese centro comercial amplio y moderno de Lagos; lo único que acudía a su mente cuando lo intentaba era el comprimido Mega Plaza que ella recordaba) —«Se le veía tan limpio, y su hija es tan mona», dijo Ranyinudo—, Ifemelu sintió una punzada por todos los cambios que habían tenido lugar en la vida de él.

—Cine nigeriano muy bueno ahora —comentó Aisha.

—Sí —respondió Ifemelu con entusiasmo.

En eso se había convertido, en una buscadora de auspicios. Como las películas nigerianas eran buenas, su regreso al país acabaría bien.

—Tú yoruba en Nigeria —dijo Aisha.

—No. Soy igbo.

—¿Tú igbo? —Una sonrisa asomó al rostro de Aisha por primera vez, una sonrisa que dejó a la vista tanto sus diminutos dientes como sus encías oscuras—. Pienso tú yoruba porque tú oscura y los igbo claros. Yo tengo dos hombres igbo. Muy buenos. Los hombres igbo cuidan muy bien las mujeres.

Aisha casi susurraba, con una insinuación sexual en el tono, y la decoloración de sus brazos y su cuello, vista en el espejo, se convirtió en horrendas pústulas. Ifemelu imaginó que algunas reventaban y supuraban, otras se descamaban. Apartó la mirada.

—Los hombres igbo cuidan muy bien las mujeres —repitió Aisha—. Me casaría. Me quieren pero la familia prefiere mujer igbo, dicen. Porque igbo siempre se casa con igbo.

Ifemelu contuvo el impulso de echarse a reír.

—¿Te casarías con los dos?

—No —contestó Aisha con un gesto de impaciencia—. Me casaría con uno. Pero ¿eso es verdad? ¿Igbo siempre se casa con igbo?

—Los igbo se casan con cualquiera. El marido de mi prima es yoruba. La mujer de mi tío es escocesa.

Aisha dejó de trenzar por un momento y observó a Ifemelu en el espejo, como si estuviera decidiendo si creerla o no.

—Mi hermana dice que es verdad. Igbo siempre se casa con igbo.

—¿Y tu hermana cómo lo sabe?

—Conoce a muchos igbo en África. Vende ropa.

—¿Dónde está?

—En África.

—¿Dónde? ¿En Senegal?

—En Benín.

—¿Por qué dices África en vez de decir sencillamente el país al que te refieres? —preguntó Ifemelu.

Aisha chascó la lengua.

—Tú no conoces Estados Unidos. Aquí dices Senegal y la gente dice: ¿dónde está eso? A una amiga mía de Burkina Faso le preguntan: ¿tú país en Latinoamérica? —Aisha reanudó el trenzado con una sonrisa pícara y de pronto, como si Ifemelu no entendiese ni remotamente cómo se hacían las cosas allí, preguntó—. ¿Tú cuánto tiempo en Estados Unidos?

Ifemelu decidió que sin duda Aisha le caía mal. Deseaba atajar la conversación de inmediato, para no tener que cruzar con ella ni una sola palabra más de las estrictamente necesarias durante las seis horas que tardaría en trenzarle el pelo, así que fingió no oírla y sacó el teléfono. Dike no había contestado a su sms. Siempre respondía en cuestión de minutos, pero a lo mejor seguía en el entrenamiento de baloncesto, o estaba con sus amigos, viendo algún vídeo absurdo en YouTube. Lo llamó y dejó un largo mensaje, levantando la voz, hablando y hablando de su entrenamiento de baloncesto y de que si en Massachusetts hacía también tanto calor y de que si aún tenía previsto llevar a Page al cine ese día. A continuación, en un acto de temeridad, redactó un e-mail para Obinze y, sin permitirse releerlo, lo mandó. Había escrito que regresaba a Nigeria, y de repente, por primera vez, tuvo la clara sensación de que era verdad, pese a que allí le esperaba ya un empleo, pese

35

a que su coche iba en un barco camino de Lagos. «Hace poco he decidido volver a Nigeria.»

Aisha no se dejó desalentar. En cuanto Ifemelu apartó la vista del teléfono, volvió a preguntar:

—¿Tú cuánto tiempo en Estados Unidos?

Ifemelu guardó el teléfono en el bolso con toda parsimonia. Años atrás le habían hecho una pregunta parecida, en la boda de una de las amigas de la tía Uju, y ella había contestado «dos años», que era la verdad, pero al ver la expresión de sorna que asomó al rostro de la otra nigeriana aprendió que, para ganarse el premio de ser tomada en serio entre los nigerianos establecidos en Estados Unidos, entre los africanos establecidos en Estados Unidos, de hecho entre los inmigrantes establecidos en Estados Unidos, necesitaba más años. Seis años, empezó a decir cuando eran solo tres y medio. Ocho años, decía cuando eran cinco. Ahora que eran ya trece, mentir parecía innecesario, pero mintió igualmente.

—Quince años.

—¿Quince? Eso mucho tiempo. —En los ojos de Aisha se traslució un nuevo respeto—. ¿Tú vives aquí en Trenton?

—Vivo en Princeton.

—Princeton. —Aisha se quedó en silencio por unos segundos—. ¿Tú estudiante?

—Tenía una beca de investigación —respondió, a sabiendas de que Aisha no entendería qué era una beca de investigación, y en ese excepcional momento en que Aisha pareció intimidada, Ifemelu sintió un retorcido placer. Sí, Princeton. Sí, uno de esos sitios que Aisha solo podía imaginar, uno de esos sitios donde nunca habría letreros donde se leía DEVOLU-CIÓN RÁPIDA DE LA RENTA; en Princeton la gente no necesitaba devoluciones rápidas de la renta—. Pero me voy a Nigeria —añadió, asaltada por un repentino cargo de conciencia—. Me voy la semana que viene.

—A ver a la familia.

—No. Me vuelvo. A vivir en Nigeria.

—¿Por qué?

—¿Cómo que por qué? ¿Y por qué no?

—Mejor mandarles dinero. A no ser que tu padre sea hombre importante... ¿Tienes contactos?

—He encontrado trabajo allí —dijo Ifemelu.

—¿Quince años en Estados Unidos y vuelves solo por un trabajo? —Aisha esbozó una sonrisa de suficiencia—. ¿Podrás quedarte allí?

La pregunta de Aisha le recordó las palabras de la tía Uju cuando por fin aceptó que Ifemelu tenía la firme intención de regresar —«¿Lo aguantarás?»—, y ante la insinuación de que Estados Unidos de algún modo la había alterado irrevocablemente le salieron espinas en la piel. También sus padres parecían pensar que quizá ella no «aguantara» Nigeria. «Al menos ahora tienes la nacionalidad estadounidense, así que siempre puedes volver a Estados Unidos», había dicho su padre. Los dos habían mostrado mucho interés en saber si Blaine la acompañaría, colmadas sus preguntas de esperanza. A ella le hacía gracia lo mucho que le preguntaban ahora por Blaine, porque les había llevado su tiempo conciliarse con la idea de ese novio negro estadounidense suyo. Los imaginaba fraguando planes calladamente para su boda; su madre pensaría en el catering y los colores, y su padre pensaría en algún distinguido amigo a quien pedir que actuara de padrino. Reacia a desilusionarlos, ya que era poco lo que se necesitaba para alimentar sus ilusiones, que a su vez los ayudaban a conservar la felicidad, explicó a su padre:

—Hemos decidido que primero volveré yo, y Blaine se reunirá conmigo al cabo de unas semanas.

—Estupendo —dijo su padre, y ella no añadió nada porque era mejor dejar las cosas en «estupendo» sin más.

Aisha le dio un tirón de pelo un tanto excesivo.

—Quince años en Estados Unidos es mucho tiempo —comentó Aisha, como si hubiera estado reflexionado al respecto—. ¿Tienes novio? ¿Te casas?

—También vuelvo a Nigeria para ver a mi hombre —dijo Ifemelu, sorprendiéndose a sí misma. «Mi hombre.» ¡Qué fácil era mentir a los desconocidos, crear ante los desconocidos las versiones de nuestras vidas que imaginamos.

—¡Ah! ¡Vale! —exclamó Aisha, más animada; Ifemelu le había proporcionado por fin una razón comprensible para desear el regreso—. ¿Te casas?

—Puede ser. Ya veremos.

—¡Ah! —Aisha interrumpió el trenzado y fijó la mirada en ella a través del espejo, una mirada muerta, e Ifemelu temió por un momento que aquella mujer poseyese poderes adivinatorios y supiese que mentía—. Quiero que ves a mis hombres. Los llamo. Vienen y los ves. Primero llamo a Chijioke. Trabaja taxi. Luego a Emeka. Trabaja seguridad. Tú los ves.

—No hace falta que los llames solo para que me conozcan.

—No. Los llamo. Diles que igbo puede casarse con gente no igbo. A ti hacen caso.

—No, de verdad. No puedo.

Aisha continuó hablando como si no hubiera oído.

—Tú díselo. Te hacen caso porque eres hermana igbo. Cualquiera me sirve. Quiero casarme.

Ifemelu miró a Aisha, una senegalesa menuda, de rostro corriente y piel a retazos que tenía dos novios igbo, por inverosímil que fuera, y que ahora insistía en presentárselos para que los instara a casarse con ella. De ahí habría salido un buen post para el blog: «Un caso peculiar de negra no estadounidense, o De cómo las presiones de la vida del inmigrante la llevan a una a comportamientos delirantes».

2

Cuando Obinze vio el e-mail, viajaba en la parte de atrás de su Range Rover, atascado en el tráfico de Lagos, la chaqueta plegada sobre el respaldo del asiento delantero, la cara de un niño mendigo con el pelo de color ladrillo contra el cristal de su ventanilla, los abigarrados cedés de un vendedor ambulante contra la otra ventanilla, la radio sintonizada en el noticiario en inglés pidgin de Wazobia FM, y la lúgubre grisura de la lluvia inminente alrededor. Clavó la mirada en su BlackBerry, su cuerpo de pronto rígido. Primero leyó el e-mail por encima, deseando instintivamente que fuera más largo. «Techo, *kedu?* Espero que te vaya todo bien en el trabajo y la familia. Ranyinudo me dijo que te vio hace un tiempo ¡y que ya tienes una hija! Un papá orgulloso. Enhorabuena. Hace poco he decidido volver a Nigeria. Debería estar en Lagos dentro de una semana. Me encantaría mantener el contacto. Cuídate. Ifemelu.»

Lo releyó despacio y lo asaltó el deseo de alisar algo, su pantalón, su cabeza rapada. Lo había llamado «Techo». En su último e-mail, enviado poco antes de casarse él, lo llamaba «Obinze», se disculpaba por los años de silencio, le deseaba felicidad con frases radiantes y mencionaba al negro estadounidense con quien vivía. Un e-mail de cortesía. A Obinze le desagradó profundamente. Le desagradó tanto que buscó en Google al negro estadounidense —a fin de cuentas, ¿por qué iba ella a darle el nombre completo de ese individuo si no era para que lo buscase en Google?—, un profesor de Yale, y lo sacó de quicio que ella viviera con un hombre que en su blog se dirigía a los amigos llamándolos «colegas», pero fue la foto del negro estadounidense, irradiando una actitud de intelectual enrollado con sus vaqueros envejecidos y sus gafas de montura negra, lo que colmó la paciencia de Obinze y lo indujo a mandarle una fría respuesta. «Gracias por tus buenos deseos, nunca he sido más feliz en mi vida», escribió. Confiaba en que contestara con algún mensaje burlón —era impropio de ella no introducir siquiera una mínima nota de acidez en ese primer e-mail—, pero ni respondió, y cuando él le mandó otro e-mail, después de su luna de miel en Marruecos, para decirle que quería mantenerse en contacto y quería hablar con ella en algún momento, tampoco contestó.

El tráfico empezaba a moverse. Lloviznaba. El niño mendigo corrió junto al coche, ahora con movimientos enfebrecidos y una expresión más teatral en sus ojos grandes de mirada tierna: llevándose la mano a la boca, una y otra vez, las yemas de los cinco dedos juntas. Obinze bajó la ventanilla y le tendió un billete de cien naira. Por el retrovisor, el chófer, Gabriel, lo miró con circunspecta desaprobación.

—¡Que Dios lo bendiga, *oga*! —exclamó el niño mendigo.

—No dé dinero a esos pedigüeños, señor —dijo Gabriel—. Son todos ricos. Usan la mendicidad para llenarse el bolsillo. ¡Sé de uno que construyó un bloque de seis pisos en Ikeja!

—¿Y entonces por qué trabajas de chófer en lugar de ser mendigo, Gabriel? —preguntó Obinze, y se echó a reír, quizá con excesiva efusividad.

Deseaba decirle a Gabriel que su novia de la universidad acababa de mandarle un e-mail, en realidad su novia de la universidad y de secundaria. La primera vez que ella le permitió quitarle el sujetador, tumbada de espaldas, gimió suavemente, sus dedos extendidos en la cabeza de él, y después dijo: «Tenía los ojos abiertos pero no veía el techo. Eso nunca me había pasado». Otras habrían fingido que nunca se habían dejado tocar por otros chicos, pero ella no, ella jamás. La caracterizaba una sinceridad intensa. Empezó a llamar «techo» a lo que hacían juntos, sus cálidos enmarañamientos en la cama de él cuando su madre no estaba, en ropa interior, tocándose y besándose y chupándose, moviendo las caderas en simulación. «Me muero de ganas de techo», escribió ella una vez en la tapa trasera del cuaderno de geografía de Obinze, y a partir de ese momento, durante mucho tiempo, él no pudo mirar ese cuaderno sin un creciente estremecimiento, una sensación de excitación secreta. En la universidad, cuando por fin dejaron de simular, ella empezó a llamarlo «Techo» a *él*, en broma, con tono insinuante; pero cuando reñían o cuando a ella se le torcía el humor, lo llamaba Obinze. Nunca lo había llamado Zeta, como sus amigos. «A propósito, ¿por qué lo llamas "Techo"?», le preguntó una vez Okwudiba, amigo de Obinze, uno de esos días de languidez posteriores a los exámenes del primer semestre. Ella se había reunido con un grupo de amigos de él, sentados en torno a una mugrienta mesa de plástico en una cervecería fuera del campus. Bebió de su botella de Maltina, tragó, lanzó una mirada a Obinze y dijo: «Porque es tan alto que toca el techo con la cabeza, ¿es que no lo ves?». Con su intencionada lentitud, y la leve sonrisa que tensó sus labios, dejó claro que quería hacer saber a los demás que no era esa la razón por la que lo llamaba Techo. Y Obinze no era alto. Le dio una patada por debajo de la mesa y él se la devolvió, observando las risas de sus amigos; todos le tenían un poco de miedo a ella y estaban un poco enamorados de ella. ¿Veía el techo cuando la tocaba el negro estadounidense? ¿Había utilizado «techo» con otros hombres? Ahora le causaba malestar pensar que quizá sí. Sonó su teléfono y por un momento de confusión creyó que lo llamaba Ifemelu desde Estados Unidos.

—Cariño, *kedu ebe I no?*

Su mujer, Kosi, siempre iniciaba sus llamadas con esas palabras: ¿Dónde estás? Él nunca le preguntaba dónde estaba cuando la telefoneaba, pero ella lo informaba de todos modos: estoy llegando a la peluquería; estoy en el Tercer Puente Continental. Era como si necesitara la constatación de la existencia física de ambos cuando no estaban juntos. Tenía una voz aguda, de niña. La fiesta en casa de Chief era a las siete y media, y ya pasaban de las seis.

Le explicó que había encontrado un embotellamiento.

—Pero ahora ya nos movemos, y acabamos de doblar por Ozumba Mbadiwe. Ya llego.

En la vía rápida Lekki el tráfico avanzaba con fluidez bajo la decreciente lluvia, y pronto Gabriel tocaba el claxon ante la alta verja negra de su casa. Mohammed, el portero, un hombre fibroso, con su caftán blanco sucio, abrió de par en par las dos hojas de la verja y saludó con la mano. Obinze contempló la casa de color tostado, con columnas. Allí dentro estaban sus muebles importados de Italia, y su mujer, y su hija de dos años, Buchi, y la niñera, Christiana, y la hermana de su mujer, Chioma, que disfrutaba de unas vacaciones forzosas porque los profesores universitarios se habían declarado otra vez en huelga, y la nueva asistenta, Marie, que habían traído de la República de Benín cuando su mujer decidió que las asistentas nigerianas no eran aptas. Las habitaciones estarían todas frescas, oscilando en silencio las rejillas de las salidas del aire acondicionado, y en la cocina flotaría un aroma a curri y tomillo, y el televisor de la planta baja estaría sintonizado en la CNN, y el aparato del piso de arriba en Cartoon Network, y un plácido ambiente de bienestar lo dominaría todo. Se apeó del coche. Tenía el andar acartonado, le costaba levantar las piernas. En los últimos meses había empezado a experimentar una sensación de abotargamiento a causa de todo lo adquirido —la familia, las casas, los coches, las cuentas bancarias— y de vez en cuando le asaltaba el impulso de pincharlo todo con un alfiler, desinflarlo todo, ser libre. Ya no sabía, de hecho nunca lo había sabido, si le gustaba su vida porque realmente le gustaba o si le gustaba porque así debía ser.

—Cariño —dijo Kosi, abriendo la puerta antes de que él llegara. Estaba ya del todo maquillada, su tez resplandeciente, y él pensó, como tantas veces, que era una mujer hermosa, de ojos perfectamente almendrados, facciones de una simetría sorprendente. Lucía un vestido de seda arrugada muy ceñido al talle, que confería a su figura aspecto de reloj de arena.

Obinze la abrazó, evitando con cuidado los labios, pintados de rosa y perfilados con un rosa más intenso.

—¡Un sol por la noche! *Asa! Ugo!* —la elogió él—. En cuanto tú llegues a la fiesta, Chief no necesitará encender ninguna luz.

Kosi se rio, tal como reía siempre, con el franco goce de quien acepta su propia belleza, cuando la gente, por lo clara que tenía la piel, le preguntaba: «¿Tu madre es blanca? ¿Eres mulata?». A él eso siempre lo había desconcertado, el placer que encontraba en que la confundieran con una persona mulata.

—¡Papá, papá! —dijo Buchi, corriendo hacia él con el andar un tanto desequilibrado propio de esa edad.

Recién salida del baño vespertino, llevaba su pijama de flores y desprendía un dulce olor a aceite para bebé.

—¡Buch-buch! ¡Buch de papá!

La aupó, la besó, le acarició el cuello con la nariz, e hizo amago de arrojarla al suelo, cosa que siempre la hacía reír.

—¿Vas a bañarte o solo te cambias de ropa? —preguntó Kosi, siguiéndolo al piso de arriba, donde había extendido sobre la cama un caftán azul.

Él habría preferido una camisa de etiqueta o un caftán más sencillo en lugar de ese, con su bordado excesivamente recargado, que Kosi había comprado por una suma exorbitante a uno de esos nuevos diseñadores de moda pretenciosos de La Isla, pero se lo pondría para complacerla.

—Solo me cambiaré —contestó.

—¿Cómo ha ido el trabajo? —preguntó ella, a su manera vaga y complaciente de siempre. Él le respondió que estaba pensando en el nuevo bloque de apartamentos que acababa de completar en Parkview. Abrigaba la esperanza de que lo alquilara Shell, porque las compañías petrolíferas eran siempre los mejores inquilinos: nunca se quejaban de las subidas repentinas y pagaban sin problemas en dólares estadounidenses, con lo que uno podía desentenderse de las fluctuaciones de la naira.

—No te preocupes —dijo ella, y le tocó el hombro—. Dios te traerá a Shell. Nos irá todo bien, cariño.

De hecho, los pisos estaban ya alquilados por una compañía petrolífera, pero a veces le contaba mentiras absurdas como esa, porque una parte de él esperaba que ella hiciera alguna pregunta o pusiera en duda su palabra, aun sabiendo que no lo haría, porque ella lo único que deseaba era cerciorarse de que sus propias condiciones de vida permanecían inmutables, y la manera de conseguirlo la dejaba totalmente en sus manos.

La fiesta de Chief lo aburriría, como de costumbre, pero fue porque iba a todas las fiestas de Chief, y siempre que aparcaba delante de la gran finca de Chief, recordaba la primera vez que estuvo allí, con su prima Nneoma. Por esas fechas, acababa de regresar de Inglaterra, llevaba en Lagos solo una semana, pero Nneoma le reprochaba ya que se pasara todo el día en su piso leyendo y deprimido.

«¡Anda ya! *Gini?* ¿Acaso eres el primero que tiene este problema? Levanta y búscate la vida. Todo el mundo se busca la vida. Aquí en Lagos todo se reduce a buscarse la vida», dijo Nneoma. Tenía unas manos aptas, de palmas fuertes, y muchos intereses comerciales; viajaba a Dubái a comprar oro, a China a comprar ropa de mujer, y últimamente había empezado a llevar la distribución de una empresa de pollo congelado. «Te habría propuesto que me ayudaras en mis negocios, pero no, imposible, eres demasiado blando, hablas demasiado inglés. Necesito a alguien con más garra», dijo.

Obinze aún no se había recuperado de su experiencia en Inglaterra, aún permanecía aislado bajo múltiples capas de autocompasión, y oír la displicente pregunta de Nneoma —«¿Acaso eres el primero que tiene este problema?»— lo disgustó. No entendía nada, esa prima criada en la aldea, que contemplaba el mundo con mirada severa e insensible. Pero poco a poco se dio cuenta de que ella tenía razón; no era el primero ni sería el último. Miró las ofertas de empleo en los periódicos y envió solicitudes, pero nadie lo llamó para una entrevista, y sus amigos del colegio, que ahora trabajaban en bancos y compañías de telefonía móvil, comenzaron a eludirlo, por miedo a que les endosara un currículum más.

Un día Nneoma dijo: «Conozco a un hombre muy rico, un tal Chief. Me fue detrás, dale que dale, pero yo no quise saber nada, eh. Tiene un serio problema con las mujeres, y bien podría contagiar el sida. Pero ya sabes cómo son esos hombres: la mujer que les dice que no es la que no olvidan. Así que de cuando en cuando me telefonea, y yo a veces me acerco a saludarlo. Incluso puso capital para ayudarme a reemprender el negocio el año pasado cuando aquellos hijos de Satanás me estafaron. Todavía piensa que algún día me rendiré a él. Ja, *o di egwu*, ¿para llegar adónde? Te llevaré a verlo. Cuando está de buen humor, puede ser muy generoso. Conoce a todo el mundo en el país. Quizá nos dé una recomendación para el gerente de alguna empresa».

Les abrió un mayordomo; Chief tomaba coñac, sentado en una silla dorada semejante a un trono, rodeado de invitados. Hombre más bien bajo, animoso, exultante, se levantó de un salto.

—¡Nneoma! ¿Eres tú? ¡Así que hoy te has acordado de mí! —dijo. Abrazó a Nneoma, dio un paso atrás para contemplar con descaro sus caderas, perfiladas por la ceñida falda, el largo postizo hasta los hombros—. Quieres provocarme un infarto, ¿eh?

—¿Cómo voy a provocarte un infarto? ¿Qué haría yo sin ti? —dijo Nneoma juguetona.

—¿Cómo? Bien sabes tú cómo —respondió Chief, y sus invitados, tres hombres, soltaron carcajadas de complicidad.

—Chief, te presento a mi primo, Obinze. Su madre es la hermana de mi padre, la profesora —dijo Nneoma—. Es la que me pagó los estudios de principio a fin. De no haber sido por ella, no sé dónde estaría ahora.

—¡Magnífico! ¡Magnífico! —exclamó Chief, mirando a Obinze como si de algún modo fuera él el responsable de esa generosidad.

—Encantado —saludó Obinze.

Le sorprendió ver que Chief tenía cierto aire de petimetre con su acicalamiento excesivo: uñas de manicura, relucientes babuchas de terciopelo negro, un crucifijo con diamantes al cuello. Se esperaba un hombre más corpulento y una apariencia más tosca.

—Sentaos. ¿Qué puedo ofreceros?

Los Hombres Importantes y las Mujeres Importantes, descubriría Obinze más tarde, no hablaban con la gente, sino que hablaban a la gente, y esa noche Chief habló y habló, pontificando sobre política mientras sus invitados lo jaleaban: «¡Exacto! ¡Tienes razón, Chief! ¡Gracias!». Vestían el uniforme de cierto sector de la población de Lagos, hombres tirando a jóvenes y adinerados —babuchas de piel, vaqueros y camisas entalladas con el cuello desabrochado—, pero exhibían, en su actitud, la afanosa avidez de hombres necesitados.

Cuando se marcharon los invitados, Chief se volvió hacia Nneoma.

—¿Has oído esa canción, «Nadie conoce el mañana»? —Acto seguido la cantó con pueril delectación—. «¡Nadie conoce el mañana! ¡El mañana! ¡Nadie conoce el mañana!» —Otro generoso chorro de coñac en su copa—. Ese es el único principio en el que se basa este país, el principio fundamental: nadie conoce el mañana. ¿Te acuerdas de aquellos grandes banqueros del mandato de Abacha? Se creían los dueños del país, y a la primera de cambio estaban en la cárcel. Fíjate en ese indigente que antes no podía pagar el alquiler, y un día Babangida le regaló un pozo de petróleo. ¡Ahora tiene un avión privado! —Chief hablaba con tono triunfal, exponiendo observaciones triviales como grandes descubrimientos, mientras Nneoma escuchaba y sonreía y asentía. Exageraba sus ademanes y expresiones, como si una sonrisa más amplia y una carcajada más inmediata, esfuerzos destinados a sacar lustre al ego de Chief, cada uno más vigoroso que el anterior, fueran garantía de que él los ayudaría. A Obinze le pareció gracioso lo evidente que era todo, lo franca que era ella en sus coqueteos.

Pero Chief se limitó a obsequiarles una caja de vino tinto y, distraídamente, le dijo a Obinze—: Ven a verme la semana que viene.

Obinze visitó a Chief la semana siguiente y de nuevo a la otra; Nneoma le aconsejó que continuara dejándose ver por allí hasta que Chief hiciera algo por él. El mayordomo siempre servía sopa de pimienta recién hecha, trozos de pescado en un caldo tan especiado que a Obinze se le saltaban las lágrimas, se le despejaba la cabeza, y por alguna razón veía el futuro más claro y esperanzador, así que permanecía allí sentado, muy satisfecho, escuchando a Chief y sus invitados. Lo fascinaban, el manifiesto encogimiento de los casi ricos en presencia de los ricos, y de los ricos en presencia de los riquísimos; tener dinero, por lo visto, era dejarse consumir por el dinero. Obinze sentía aversión y anhelo; los compadecía, pero a la vez se imaginaba a sí mismo como ellos. Un día Chief bebió más coñac que de costumbre y le dio por hablar de la gente que te apuñala por la espalda y los niños pequeños a los que les sale rabo y de los necios ingratos que de repente se creen muy listos. Obinze no sabía qué había ocurrido exactamente, pero alguien había contrariado a Chief, se había abierto una brecha, y en cuanto se quedaron solos, dijo: «Chief, si hay algo en lo que pueda ayudarlo, no dude en decírmelo. Puede contar conmigo». Él mismo se sorprendió de oírse pronunciar esas palabras. Se había salido de su propia identidad. Se le había subido la sopa de pimienta a la cabeza. Eso era buscarse la vida. Estaba en Lagos y debía buscarse la vida.

Chief lo miró, una mirada larga y sagaz.

—Necesitamos a más gente como tú en este país. Gente de buena familia, bien educada. Tú eres un caballero, lo veo en tus ojos. Y tu madre es profesora. No es fácil.

Obinze esbozó una media sonrisa, para aparentar modestia ante ese extraño elogio.

—Eres ávido y honrado a la vez, y eso es muy poco común en este país. ¿No te parece? —preguntó Chief.

–Sí –respondió Obinze, aunque no sabía bien si con ese asentimiento declaraba poseer en efecto dicha cualidad o se mostraba conforme con que dicha cualidad era poco común. Pero daba igual, porque Chief parecía convencido.

–En este país todo el mundo es ávido, incluso los ricos son ávidos, pero no hay nadie honrado.

Obinze asintió, y Chief volvió a posar en él una larga mirada, antes de callar y abstraerse de nuevo en su coñac. En la siguiente visita de Obinze, Chief exhibía una vez más la locuacidad de costumbre.

–Yo fui amigo de Babangida. Fui amigo de Abacha. Ahora que ya no están los militares, Obasanjo es amigo mío –dijo–. ¿Sabes por qué? ¿Es acaso porque soy tonto?

–Ni mucho menos, Chief –respondió Obinze.

–Han dicho que la Corporación de Apoyo a la Agricultura Nacional está en quiebra y van a privatizarla. ¿Tú lo sabías? No. ¿Y yo cómo lo sé? Porque tengo amigos. Para cuando tú te enteraras, yo ya habría tomado posiciones y me habría beneficiado del arbitraje. ¡Ahí tienes nuestro libre mercado! –Chief soltó una risotada–. La corporación se fundó en los años sesenta y tiene propiedades en todas partes. Los edificios están podridos y las termitas se comen los tejados. Pero los venden. Yo voy a comprar siete fincas por cinco millones cada una. ¿Sabes cuál es el valor registrado en el catastro? Un millón. ¿Sabes cuál es el valor real? Cincuenta millones. –Chief se interrumpió para fijar la mirada en uno de sus varios teléfonos móviles, que había empezado a sonar (tenía cuatro en la mesa a su lado), pero al final se desentendió y se reclinó en el sofá–. Necesito a alguien que actúe como testaferro mío en este negocio.

–Sí, puedo hacerlo –se ofreció Obinze.

Más tarde Nneoma, sentada en su cama, emocionada por él, le impartía consejos a la vez que se daba alguna que otra palmada en la cabeza; le picaba el cuero cabelludo a causa del postizo, y eso era lo más parecido a rascarse que podía hacer.

–¡He ahí tu oportunidad! ¡Anima esa cara, Zeta! Le han puesto un nombre muy rimbombante, «consultoría y evaluación», pero no es difícil. Valoras a la baja las propiedades y procuras dar la impresión de que sigues el procedimiento debido. Adquieres la propiedad, vendes la mitad para pagar el precio de compra, y ya estás metido en el negocio. Inscribirás en el registro tu propia empresa. Un día, como si tal cosa, te habrás hecho una casa en Lekki y te habrás comprado unos cuantos coches y habrás pedido a tu pueblo natal que te dé algún título y a tus amigos que pongan mensajes de enhorabuena en los periódicos para ti y, antes de darte cuenta, cuando entres en un banco, querrán ofrecerte un crédito y concedértelo inmediatamente, convencidos de que ya no necesitas el dinero. Y después de inscribir tu propia empresa en el registro, debes buscar a un hombre blanco. Recurre a uno de tus amigos blancos de Inglaterra. Di a todo el mundo que es tu director general. Verás como se te abren las puertas por tener a un director general *oyinbo*. Incluso Chief tiene a algún que otro blanco para exhibirlo cuando lo necesita. Así funciona ahora Nigeria. Créeme.

Y en efecto así era como funcionaba por entonces Nigeria, y como seguía funcionando ahora para Obinze. La facilidad de todo aquello lo deslumbró. La primera vez que presentó su proyecto de empresa al banco, experimentó una sensación surrealista al decir «cincuenta» y «cincuenta y cinco» omitiendo la palabra «millones» porque no era necesario expresar lo evidente. También le sorprendió lo mucho que se simplificaron otras cosas, hasta qué punto la mera apariencia de riqueza le allanaba el camino. Solo tenía que llegar hasta una verja al volante de su BMW y el portero, saludándolo respetuosamente, le abría, sin preguntas. Incluso en la embajada de Estados Unidos las cosas cambiaban. Años atrás, cuando estaba recién licenciado y ebrio de ambiciones estadounidenses, le habían negado el visado; en cambio esta vez, con sus nuevos extractos bancarios, obtuvo el visado sin mayor problema. En su primer viaje, al llegar al aeropuerto de Atlanta, el agente de inmigración, locuaz y afable, le preguntó: «¿Cuánto dinero en efectivo lleva?». Cuando Obinze contestó que no mucho, el hombre lo miró con expresión de sorpresa. «Continuamente veo a nigerianos como usted declarando miles y miles de dólares.»

Eso era él ahora, uno de esos nigerianos de quienes se esperaba que declarasen mucho efectivo en el aeropuerto. Eso le generaba desorientación y extrañeza, porque su mente no había cambiado al mismo ritmo que su vida, y sentía una brecha entre él y la persona que supuestamente era.

Aún no se explicaba por qué Chief había decidido ayudarlo, utilizarlo a la vez que pasaba por alto, o incluso alentaba, las sorprendentes ventajas colaterales. Al fin y al cabo por la casa de Chief desfilaba un sinfín de visitantes para postrarse ante él, parientes y amigos que llevaban a otros parientes y amigos, sus bolsillos rebosantes de peticiones y súplicas. A veces él se preguntaba si un día Chief le pediría algo, a ese chico ávido y honrado que él había encumbrado, y en sus momentos más melodramáticos imaginaba a Chief pidiéndole que organizara un asesinato.

En cuanto llegaron a la fiesta de Chief, recorrieron el salón; Kosi iba delante, abrazando a hombres y mujeres a quienes apenas conocía, llamando a los de mayor edad «señora» y «señor» con exagerado respeto, solazándose en la atención que su rostro captaba pero atemperando su personalidad para que su belleza no resultara amenazadora. Elogió el cabello de una mujer, el vestido de otra, la corbata de un hombre. Repitió varias veces «A Dios gracias». Cuando una mujer, con tono acusador, le preguntó «¿Qué crema facial usas? ¿Cómo puede tener alguien una piel tan perfecta?», Kosi se rio educadamente y prometió a la mujer que le mandaría un sms con los detalles de sus pautas para el cuidado de la piel.

A Obinze siempre le había chocado que para ella fuese tan importante exhibir tal condescendencia, no presentar una sola arista. Los domingos invitaba a la familia de él a comer puré de ñame y sopa de onugbu y luego permanecía atenta para cerciorarse de que todo el mundo quedaba debidamente saciado. «¡Tío, debe comérselo todo! ¡Hay más carne en la cocina! ¡Le traeré otra Guinness!» La primera vez que él la llevó a la casa de su madre en Nsukka, muy poco antes de casarse, ella se ofreció de inmediato a ayudarla a servir la comida, y después, cuando su madre se disponía a recoger la mesa, se levantó, ofendida, y dijo: «Mamá, ¿cómo voy a quedarme aquí parada mientras tú recoges?». Hablaba de usted a los tíos. Ponía cintas en el pelo a las hijas de los primos de Obinze. Su modestia tenía algo de inmodesto: se anunciaba a sí misma.

Ahora saludaba con una reverencia a la señora Akin-Cole, una mujer en la más extrema vejez de una familia del más rancio abolengo, con la expresión arrogante, las cejas siempre enarcadas, de una persona acostumbrada al trato de respeto; Obinze a menudo se la imaginaba eructando burbujas de champán.

—¿Cómo está tu hija? ¿Ya va al colegio? —preguntó la señora Akin-Cole—. Debes llevarla al colegio francés. Es un centro excelente, muy estricto. Naturalmente, dan todas las clases en francés, pero para un niño siempre es bueno aprender otra lengua civilizada, porque ya aprende el inglés en casa.

—De acuerdo, señora. Iré a ver el colegio francés —dijo Kosi.

—El colegio francés no está mal, pero yo prefiero el Sidcot Hall. Siguen el programa británico completo —comentó otra mujer, cuyo nombre Obinze no recordaba.

Sí sabía que había amasado una fortuna durante el mandato del general Abacha. En esa época, según rumores, fue proxeneta, dedicada a proporcionar jovencitas a los oficiales del ejército a cambio de contratas de aprovisionamiento hinchadas. Ahora, con el abultamiento del bajo vientre perfilándose bajo el ajustado vestido de lentejuelas, representaba a cierta clase de mujer madura de Lagos, reseca a causa de las decepciones, estragada por la amargura, la frente embadurnada de maquillaje para camuflar un salpicón de granos.

—Ah, sí, el Sidcot Hall —dijo Kosi—. Está ya entre los primeros de mi lista porque me consta que siguen el programa británico.

En circunstancias normales, Obinze no habría intervenido en absoluto, limitándose a observar y escuchar, pero ese día, por alguna razón, preguntó:

—¿No fuimos todos a escuelas primarias que seguían el programa nigeriano?

Las mujeres lo miraron, insinuando con sus expresiones de perplejidad que no podían creerse que estuviera hablando en serio. Y en cierto modo no hablaba en serio. También él deseaba lo mejor para su hija, por supuesto. A veces, como en ese momento, se sentía un intruso en su nuevo círculo, formado por personas convencidas de que los colegios más modernos, los programas de estudios más modernos, asegurarían la plenitud a sus hijos. Él no compartía esa certidumbre. Dedicaba demasiado tiempo a lamentar cómo podrían haber sido las cosas y a poner en tela de juicio cómo deberían ser.

Cuando era más joven, admiraba a la gente con una infancia adinerada y acento extranjero, pero al final percibía en ellos un anhelo no expresado, una triste búsqueda de algo que nunca encontrarían. Él no deseaba una hija bien educada pero sumida en inseguridades. Buchi no iría a la escuela francesa, eso por descontado.

—Si decides poner en desventaja a tu hija mandándola a uno de esos colegios con maestros nigerianos mal preparados, tú serás el único culpable —le advirtió la señora Akin-Cole.

Hablaba con ese acento extranjero ilocalizable, británico y estadounidense y algo más al mismo tiempo, propio de una nigeriana acaudalada que no quería que el mundo olvidara lo mundana que era, ni que su tarjeta Executive Club de British Airways rebosaba millas.

—Una amiga mía… bueno, su hijo va a un colegio del continente, y oye lo que te digo: solo tienen cinco ordenadores en todo el colegio. ¡Solo cinco! —comentó la otra mujer.

De pronto Obinze recordó su nombre: Adamma.

—Las cosas han cambiado —dijo la señora Akin-Cole.

—Estoy de acuerdo —convino Kosi—. Pero también entiendo lo que plantea Obinze.

Se ponía de los dos lados a la vez, para complacer a todos; siempre prefería la paz a la verdad, siempre se apresuraba a avenirse. Observándola mientras hablaba con la señora Akin-Cole, viendo la sombra dorada de sus párpados resplandecientes, Obinze se sintió culpable por pensar una cosa así. Era una mujer muy abnegada, una mujer muy abnegada y bien intencionada. Alargó el brazo y le cogió la mano.

—Iremos al Sidcot Hall y al colegio francés, y también veremos algunas escuelas nigerianas, como Crown Day —propuso Kosi, y lo miró con expresión suplicante.

—Sí —dijo él, apretándole la mano.

Ella sabría que era una disculpa, y más tarde él se disculparía como era debido. Tendría que haberse callado, haberse abstenido de alterar el curso de la conversación. Kosi a menudo le comentaba que sus amigas la envidiaban, que decían que él se comportaba como un marido extranjero, por cómo le preparaba los desayunos los fines de semana y se quedaba en casa todas las noches. Y en el orgullo reflejado en los ojos de Kosi, Obinze veía una versión de sí mismo mejor y más luminosa. Se disponía a decir algo a la señora Akin-Cole, algo intrascendente y apaciguador, cuando oyó a sus espaldas la voz de Chief:

—Pero tú ya sabes que en este preciso momento el petróleo corre por oleoductos ilegales y se vende en botellas en Cotonú. ¡Sí! ¡Sí!

Chief se acercaba a ellos.

—¡Mi hermosa princesa! —dijo Chief a Kosi, y la abrazó.

Obinze se preguntó si alguna vez le habría hecho proposiciones deshonestas. No le extrañaría. En una ocasión, mientras estaba en casa de Chief, un hombre llevó a su novia de visita, y cuando ella abandonó la sala para ir al lavabo, Obinze oyó que Chief le decía al hombre: «Me gusta esa chica. Dámela y yo te daré a ti una buena parcela de tierra en Ikeja».

—Se le ve muy bien, Chief —dijo Kosi—. ¡Siempre tan joven!

—Uy, querida, eso intento, eso intento.

Chief, en broma, se tiró de las solapas de satén de su chaqueta negra. Era verdad que se le veía bien, enjuto y erguido, a diferencia de muchos de sus coetáneos, que parecían hombres embarazados.

—¡Muchacho! —le dijo a Obinze.

—Buenas noches, Chief.

Obinze le estrechó la mano con las dos suyas, saludándolo con una ligera inclinación de cabeza. Los otros hombres del corrillo formado alrededor de Chief inclinaron también la cabeza, apiñándose en torno a él, rivalizando por ver quién reía más los chistes de Chief.

El salón estaba ahora más concurrido. Obinze alzó la vista y vio a Ferdinand, un conocido de Chief, un hombre muy fornido que se había presentado a gobernador en las últimas elecciones, había perdido y, como hacían todos los políticos al perder, había cuestionado los resultados y acudido a los tribunales. Ferdinand tenía un semblante amoral, inflexible; si uno llegara a examinar sus manos, quizá encontrara restos de la sangre de sus enemigos bajo las uñas. Ferdinand cruzó una mirada con Obinze, y este la eludió. Le preocupaba que Ferdinand se acercara a hablar del turbio negocio inmobiliario que le había mencionado en su último encuentro, así que, pretextando entre dientes que necesitaba ir al lavabo, se escabulló del grupo.

En el bufé, vio a un joven que miraba con triste decepción los fiambres y las pastas. A Obinze le llamó la atención su cohibimiento; en la ropa del joven, y en su manera de estar, se adivinaba que era ajeno a ese medio, apariencia que no habría podido disimular ni aun queriendo.

—Al otro lado hay una mesa con comida nigeriana —le informó Obinze, y el joven, mirándolo, rio agradecido.

Se llamaba Yemi y era periodista. Su presencia allí no era de extrañar; los diarios del fin de semana siempre incluían amplia cobertura fotográfica de las fiestas de Chief.

Yemi había estudiado filología inglesa en la universidad, y Obinze le preguntó cuáles eran sus libros preferidos, deseoso de hablar por fin de algo interesante, pero pronto se dio cuenta de que, para Yemi, un libro no podía considerarse literatura a menos que contuviera palabras largas y párrafos incomprensibles.

—El problema es que esa novela es demasiado sencilla, el autor casi escribe en monosílabos —declaró Yemi.

A Obinze lo entristeció que Yemi fuera tan inculto y no supiera lo inculto que era. Sintió un repentino deseo de ser profesor. Se imaginó de pie ante una clase llena de Yemis, enseñando. Se acomodaría bien a él, la vida de profesor, tal como se había acomodado a su madre. A menudo imaginaba otras cosas a las que podría haberse dedicado, o a las que aún podía dedicarse: dar clases en una universidad, dirigir un periódico, entrenar a un equipo de tenis de mesa profesional.

—No sé en qué medio trabaja usted, pero siempre ando a la caza de un empleo mejor. Ahora estoy acabando el máster —explicó Yemi, quien, como todo lagosense que se preciara, iba por el mundo buscándose la vida, eternamente alerta en espera de algo mejor y más brillante; Obinze le dio su tarjeta de visita antes de ir a reunirse con Kosi.

—Empezaba a preguntarme dónde estabas —dijo ella.

—Perdona, me he encontrado con una persona —se disculpó Obinze.

Se metió la mano en el bolsillo para tocar la BlackBerry. Kosi deseó saber si le apetecía comer algo más. Él respondió que no. Quería volver a casa. Se había apoderado de él una repentina impaciencia por entrar en su gabinete y contestar el e-mail de Ifemelu, mensaje que había estado redactando inconscientemente en su cabeza. Si ella se planteaba regresar a Nigeria, significaba que había roto con el negro estadounidense. Pero también podía ser que lo llevara consigo; al fin y al cabo, era una de esas mujeres capaces de conseguir fácilmente que un hombre abandonara sus raíces, una de esas mujeres que, como no esperaba ni pedía certidumbre, hacía posible cierta clase de seguridad. Cuando ella le cogía la mano en su época en el campus, se la apretaba hasta que los dos tenían las palmas pegajosas de sudor, y con tono burlón decía: «Por si acaso esta es la última vez que nos cogemos de la mano, cojámonos de la mano en serio. Porque una moto o un coche podría matarnos ahora, o quizá yo vea calle abajo al verdadero hombre de mis sueños y te abandone y quizá tú veas a la verdadera mujer de tus sueños y me abandones». Acaso, pues, el negro estadounidense fuera también a Nigeria, aferrándose a ella. Aun así, Obinze intuía, por el e-mail, que seguía soltera. Sacó la BlackBerry para calcular la hora a la que Ifemelu había enviado el mensaje desde Estados Unidos. Al mediodía. Sus frases dejaban entrever cierta precipitación; se preguntó qué debía de estar haciendo en ese momento. Y se preguntó qué más le habría dicho de él Ranyinudo.

Cuando se encontró con Ranyinudo en el centro comercial Palms, un sábado de diciembre, esperaba ante la entrada, con Buchi cargada en un brazo, a que Gabriel acercara el coche, sosteniendo en la otra mano la bolsa de galletas de Buchi. «¡Pero si es Zeta!», exclamó Ranyinudo. En secundaria era la típica marimacho jovial, muy alta y flaca, muy franca, desprovista de esa actitud misteriosa propia de las chicas. A todos los chicos les caía bien, pero nunca la perseguían, y afectuosamente la llamaban «Déjame En Paz», porque cuando le preguntaban por su inusual nombre, siempre decía: «Sí, es un nombre igbo y significa "déjanos en paz", ¡así que déjame en paz!». Le sorprendió verla tan cambiada, tan sofisticada, con el pelo corto, en punta, y unos vaqueros ajustados, su cuerpo pleno y curvilíneo.

«¡Zeta, Zeta! ¡Cuánto tiempo! Has perdido el interés por nosotros. ¿Es tu hija? ¡Vaya! El otro día estuve con un amigo mío, Dele. ¿Conoces a Dele, del banco Hale? Me contó que ese edificio que hay cerca de la sede de Ace, en la isla Banana, es tuyo. Enhorabuena. Te ha ido pero que muy bien. Y Dele dijo también que eres muy modesto.»

Obinze se sintió violento ante sus exageradas alharacas, la deferencia que exudaba sutilmente por los poros. A ojos de ella, él ya no era el Zeta de secundaria, y lo que se contaba de su riqueza la inducía a dar por supuesto que había cambiado más de lo que en realidad había cambiado. La gente con frecuencia lo elogiaba por su modestia, pero la suya no era una modestia auténtica, era solo que no alardeaba de su pertenencia al club de los ricos, no ejercía las prerrogativas que conllevaba —ser grosero, ser desconsiderado, ser saludado en lugar de saludar—, y habida cuenta de que muchos otros como él sí ejercían esas prerrogativas, sus preferencias se interpretaban como modestia. Tampoco era jactancioso, ni hablaba de sus propiedades, lo que llevaba a la gente a presuponer que poseía más de lo que en realidad poseía. Incluso su amigo más íntimo, Okwudiba, le decía a menudo lo modesto que era, y a él lo irritaba un poco, porque deseaba que Okwudiba comprendiera que calificarlo de modesto era otorgar a la grosería rango de normalidad. Además, la modestia siempre le había parecido algo engañoso, inventado para el consuelo de los demás; a uno lo encomiaban por su modestia si no empujaba al prójimo a sentir mayores carencias de las que ya tenía. Era la honradez lo que él más valoraba; siempre había deseado ser verdaderamente honrado, y siempre temía no serlo.

En el coche, de vuelta a casa después de la fiesta de Chief, Kosi dijo:

—Cariño, debes de tener hambre. ¿Solo has comido un rollo de primavera?

—Y un *suya*.

—Tienes que comer. Menos mal que le he pedido a Marie que preparara algo —dijo ella; riéndose, añadió—: Y yo personalmente, por respeto a mí misma, debería haberme privado de esos caracoles. Creo que he comido diez por lo menos. Estaban buenísimos, y muy picantes.

Obinze se echó a reír, un tanto aburrido, pero contento de verla contenta a ella.

Marie era menuda, y Obinze no sabía si era tímida o si lo parecía a causa de su inglés entrecortado. Solo llevaba un mes con ellos. La asistenta anterior, recomendada por un pariente de Gabriel, era gruesa y había llegado aferrada a una bolsa de lona. Obinze no estaba delante cuando Kosi la registró –lo hacía por norma con todo el servicio doméstico porque quería saber qué entraban en su casa–, pero salió al oír levantar la voz a Kosi, en ese tono impaciente y agudo que adoptaba ante los criados para transmitir autoridad, para disuadirlos de faltarle al respeto. La bolsa de la chica estaba en el suelo, abierta, con la ropa asomando. Kosi, de pie al lado, sostenía en alto, con las puntas de los dedos, una caja de condones.

–¿Esto para qué es? ¿Eh? ¿Has venido a mi casa para ejercer de prostituta?

Al principio la chica bajó la vista, en silencio; finalmente miró a Kosi a la cara y dijo:

–En mi último empleo el marido de la señora me forzaba continuamente.

Kosi la miró con los ojos desorbitados. Hizo ademán de abalanzarse sobre ella, como para agredirla de algún modo, y de pronto se detuvo.

–Por favor, coge tu bolsa y sal de mi vista ahora mismo –ordenó.

La chica cambió de postura, con cierta expresión de sorpresa, y acto seguido recogió la bolsa y se volvió hacia la puerta. Cuando se marchó, Kosi dijo:

–¿Te lo puedes creer, cariño? Ha venido aquí con condones y se ha atrevido a abrir la boca para decir semejante idiotez. ¿Te lo puedes creer?

–Su antiguo jefe la violaba, y esta vez ha decidido protegerse –observó Obinze.

Kosi lo miró fijamente.

–Te da lástima. Tú no conoces a las asistentas. ¿Cómo es posible que te dé lástima?

Él deseó preguntar: «¿Cómo es posible que no te dé lástima a ti?». Pero calló al advertir un vacilante temor en la mirada de su mujer. Siempre callaba ante la inseguridad de ella, tan grande y tan corriente. La preocupaba una asistenta a quien a él ni siquiera se le habría ocurrido seducir. Lagos podía tener ese efecto en una mujer casada con un hombre joven y rico; él sabía lo fácil que era sucumbir a la paranoia ante asistentas, secretarias, las «Chicas de Lagos», esos monstruos rebosantes de glamour y sofisticación que devoraban a maridos enteros, engulléndolos por sus gargantas enjoyadas. Así y todo, deseaba que Kosi tuviera menos miedo, se conformara menos.

Unos años antes le había hablado de una atractiva empleada de banco que había acudido a su despacho para proponerle que abriera una cuenta, una mujer joven con una blusa ajustada y un botón desabrochado de más, intentando no traslucir desesperación en su mirada. «¡Cariño, tu secretaria no debería permitir que esas comerciales de banco entren en tu despacho!», había dicho Kosi, como si ya no lo viera a él, a Obinze, sino figuras desdibujadas, modelos clásicos: un hombre rico, una empleada de banco a quien habían exigido una cuota mínima de depósitos, un intercambio fácil. Kosi contaba con que la engañara, y su mayor preocupación era reducir al mínimo las posibilidades que a él pudieran presentársele. «Kosi, no puede pasar nada a menos que yo quiera. Yo nunca querré», había asegurado él, con lo que pretendía tranquilizarla y a la vez reprenderla.

En los años de su matrimonio Kosi había desarrollado una desaforada aversión por las mujeres solteras y un desaforado amor a Dios. Antes de casarse, asistía al oficio en la iglesia anglicana del puerto deportivo una vez por semana, una rutina dominical para cumplir el expediente, algo que hacía porque la habían educado así, pero después de la boda se pasó a la Casa de David porque, como le explicó a él, era una iglesia que creía en la Biblia. Más tarde, cuando él descubrió que la Casa de David tenía una sesión rogativa especial para Conservar al Marido, se quedó intranquilo. Igual que cuando una vez le preguntó por qué su mejor amiga de la universidad, Elohor, casi nunca los visitaba, y Kosi dijo «Aún está soltera», como si esa fuera una razón evidente en sí misma.

Marie llamó a la puerta de su gabinete y entró con una bandeja de arroz y plátanos fritos. Obinze comió despacio. Puso un cedé de Fela y empezó a escribir el e-mail en su ordenador; el teclado de la BlackBerry le agarrotaba los dedos y la mente. Había dado a conocer a Ifemelu la música de Fela en la universidad. Antes de eso para ella Fela era el fumador de hierba loco que en sus conciertos salía al escenario en calzoncillos, pero acabó disfrutando del sonido afrobeat, y los dos se tendían en el colchón de él en Nsukka y escuchaban sus canciones, y de pronto, cuando llegaba el estribillo *run run run,* ella se levantaba de un brinco y ejecutaba movimientos rápidos y vulgares con las caderas. Obinze se preguntó si se acordaba de eso. Se preguntó si se acordaba de que su primo mandaba cintas con recopilaciones de canciones desde el extranjero y que él grababa copias para ella en la famosa tienda de electrónica del mercado, donde sonaba la música a todo volumen las veinticuatro horas del día, reverberando en los oídos incluso cuando uno ya se había ido. Deseaba que ella tuviera la música que él tenía. A Ifemelu en realidad nunca le habían interesado Biggie ni Warren G ni Dr. Dre ni Snoop Dogg, pero Fela era otra cosa. Con Fela, los dos coincidían.

Escribió y reescribió el e-mail, sin mencionar a su mujer ni usar la primera persona del plural, buscando un equilibrio entre la seriedad y el sentido del humor. No quería ahuyentarla. Quería asegurarse de que esta vez ella contestara. Hizo clic en «Enviar» y al cabo de unos minutos comprobó si le había respondido. Estaba cansado. No era fatiga física –iba al gimnasio con regularidad y se sentía como no se había sentido desde hacía años–, sino una lasitud debilitante que embotaba los márgenes de su mente. Se levantó y salió a la veranda;

el repentino aire caliente, el rugido del generador de su vecino, el olor a gasoil le produjeron un leve mareo. Desesperados insectos alados revoloteaban en torno a la bombilla. Al contemplar la caliginosa oscuridad a lo lejos, se sintió como si pudiese flotar y lo único que necesitara fuese dejarse ir.

SEGUNDA PARTE

3

Mariama acabó de arreglar el pelo a su clienta, lo roció con abrillantador y, cuando la clienta se marchó, anunció:

—Voy a por comida china.

Aisha y Halima le indicaron lo que querían —pollo muy picante del general Tso, alitas de pollo, pollo a la naranja— con la ágil soltura de personas diciendo lo que decían a diario.

—¿Tú quieres algo? —le preguntó Mariama a Ifemelu.

—No, gracias —contestó Ifemelu.

—Tu pelo es mucho tiempo. Necesitas comer —dijo Aisha.

—Estoy bien. Llevo una barrita de muesli.

También tenía zanahorias baby en una bolsa de cierre hermético, aunque de momento su único tentempié había sido la chocolatina derretida.

—Barrita ¿de qué? —preguntó Aisha.

Ifemelu le enseñó la barrita, ecológica, de cereales cien por cien integrales y con fruta natural.

—¡Eso no comida! —comentó Halima con sorna, apartando la mirada del televisor.

—Vive aquí quince años, Halima —dijo Aisha, como si el número de años en Estados Unidos explicara por qué Ifemelu comía barritas de muesli.

—¿Quince? Mucho tiempo —afirmó Halima.

Aisha esperó a que Mariama se marchara para sacar el móvil del bolsillo.

—Perdona, hago llamada rápida —se disculpó, y salió a la calle.

Cuando volvió, se le había iluminado el rostro; gracias a esa llamada telefónica afloró en ella una hermosura risueña y bien proporcionada que Ifemelu veía por primera vez.

—Hoy Emeka sale trabajo tarde. O sea, solo viene a verte Chijioke antes de acabar nosotras —anunció, como si Ifemelu y ella lo hubieran planeado todo juntas.

—Oye, no hace falta que les pidas que vengan. No sabré ni qué decirles —adujo Ifemelu.

—Dile a Chijioke que los igbo pueden casarse con no igbo.

—Aisha, no puedo decirle que se case contigo. Se casará contigo si él quiere.

—Quieren casarse conmigo. ¡Pero no soy igbo!

Un brillo asomó a los ojos de Aisha; aquella mujer sin duda padecía algún desequilibrio.

—¿Eso te han dicho? —preguntó Ifemelu.

—Emeka dice su madre dice que si se casa con americana, se mata —explicó Aisha.

—Eso no está bien.

—Pero yo… soy africana.

—A lo mejor si se casa contigo, no se mata, pues.

Aisha la miró con rostro inexpresivo y preguntó:

—¿La madre de tu novio quiere que él se case contigo?

Ifemelu pensó primero en Blaine y enseguida cayó en la cuenta de que Aisha, lógicamente, se refería a su otro novio imaginario.

—Sí. Nos pregunta una y otra vez cuándo vamos a casarnos.

Le asombraba su propia fluidez, era como si se hubiese convencido incluso a sí misma de que no vivía de recuerdos ya enmohecidos después de trece años. Pero podría haber sido verdad; al fin y al cabo, la madre de Obinze la apreciaba.

—¡Vaya! —exclamó Aisha con sana envidia.

Entró un hombre de piel reseca y grisácea, con una mata de pelo blanco. Vendía pociones de hierbas, que llevaba en una bandeja de plástico.

—No, no, no —le dijo Aisha, levantando la mano abierta como para ahuyentarlo.

El hombre retrocedió. Ifemelu sintió lástima por él, con su rostro famélico y su dashiki raído, y se preguntó cuánto podía ganar con sus ventas. Debería haberle comprado algo.

—Tú habla a Chijioke en igbo —dijo Aisha—. Él te escucha. ¿Hablas igbo?

—Claro que hablo igbo —respondió Ifemelu a la defensiva, preguntándose si Aisha insinuaba otra vez que Estados Unidos la había cambiado—. ¡Cuidado! —exclamó, porque Aisha le había dado un tirón al desenredarle el pelo con un peine de púas pequeñas.

—Tienes pelo difícil.

—No lo tengo difícil —declaró Ifemelu con firmeza—. Eres tú quien se ha equivocado de peine.

Y le arrancó el peine de la mano y lo dejó en la mesa.

Ifemelu se había criado a la sombra del cabello de su madre, que lo tenía muy, muy negro, tan espeso que absorbía dos envases de alisador en la peluquería, tan abundante que tardaba horas bajo el secador de casco, y cuando por fin le retiraban los rulos de plástico rosa, se esparcía, libre y exuberante, cayendo por su espalda como una celebración. Su padre lo llamaba la corona de la gloria. «¿Es auténtico?», le preguntaban las desconocidas, y tendían la mano para tocarle el pelo en actitud reverente. Otras decían: «¿Eres jamaicana?», como si solo la sangre extranjera pudiera explicar un cabello tan ubérrimo que no raleaba en las sienes. Ifemelu, en los años de su infancia, a menudo se miraba en el espejo y se tiraba del pelo, lo separaba rizo a rizo, lo instaba a parecerse al de su madre, pero el pelo seguía igual de hirsuto y crecía remisamente; las trenzadoras decían que, al tocárselo, las cortaba como un cuchillo.

Un día, el año que Ifemelu cumplió los diez, su madre llegó a casa del trabajo con un aspecto distinto. Llevaba la misma ropa, un vestido marrón ceñido al talle con un cinturón, pero tenía el rostro arrebolado, la mirada perdida. «¿Dónde están las tijeras grandes?», preguntó. Y cuando Ifemelu se las dio, su madre se las llevó a la cabeza y, manojo a manojo, se esquiló todo el pelo. Ifemelu la miró atónita. El pelo estaba en el suelo como hierba marchita. «Tráeme una bolsa grande», ordenó su madre. Ifemelu obedeció, como en trance, incapaz de comprender qué ocurría. Observó a su madre deambular por el piso, recogiendo todos los objetos católicos, los crucifijos colgados en las paredes, los rosarios guardados en cajones, los misales ladeados en estantes. Su madre lo metió todo en la bolsa de polietileno, que luego sacó al patio trasero con paso enérgico, su mirada todavía distante, imperturbable. Encendió una fogata al lado de la pila de basura, justo allí donde quemaba sus compresas usadas, y primero echó su pelo, envuelto en papel de periódico viejo, y luego, uno tras otro, los objetos de culto. Un humo gris oscuro ascendió en espiral por el aire. Desde el balcón, Ifemelu rompió a llorar, consciente de que había pasado algo, y de que la mujer que, de pie junto a la hoguera, añadía más queroseno cuando el fuego se debilitaba y retrocedía cuando las llamas se avivaban, esa mujer calva e inexpresiva, no era su madre, no podía ser su madre.

Cuando su madre volvió a entrar, Ifemelu se echó atrás, pero su madre la estrechó entre sus brazos.

«Estoy salvada –dijo–. La señora Ojo me ha atendido esta tarde durante el recreo de los niños y he recibido a Cristo. Las cosas viejas han quedado atrás y ahora todo es nuevo. Alabemos al Señor. El domingo empezaremos a ir a los Santos Evangelistas. Es una iglesia que cree en la Biblia, una iglesia viva, no como Santo Domingo.» Esas palabras resultaban extrañas en labios de su madre. Las pronunciaba con excesiva rigidez, con una actitud impropia de ella. Incluso su voz, normalmente aguda y femenina, era ahora más grave y pastosa. Esa tarde Ifemelu vio cómo la esencia de su madre alzaba el vuelo. Antes rezaba el rosario de vez en cuando, se santiguaba antes de comer, se colgaba del cuello imágenes bonitas de santos, entonaba cánticos en latín y se reía cuando el padre de

Ifemelu se burlaba de ella por su pronunciación espantosa. También ella se reía cuando él decía: «Soy un agnóstico respetuoso con la religión», y le contestaba que tenía suerte de estar casado con ella, porque, pese a pisar la iglesia solo en las bodas y funerales, iría al cielo subido en las alas de la fe de ella. Pero a partir de esa tarde su Dios cambió, se volvió más exigente. El pelo alisado le ofendía. El baile le ofendía. Su madre hacía trueques con Él, ofreciéndose a pasar hambre a cambio de la prosperidad, de un ascenso en el trabajo, de la salud. Ayunó hasta quedarse en los huesos: ayuno total los fines de semana, y entre semana solo agua hasta la noche. El padre de Ifemelu la observaba con inquietud, instándola a comer un poco más, a ayunar un poco menos, y siempre hablaba con cautela, para que ella no lo tachara de agente del diablo y lo desoyera, como había hecho con un primo que vivía con ellos. «Ayuno por la conversión de tu padre», le decía a menudo a Ifemelu. Durante meses el aire en el piso fue como cristal resquebrajado. Todo el mundo se movía de puntillas en torno a su madre, que se había transformado en una desconocida, ahora delgada y huesuda y severa. Ifemelu temía que un día se partiera en dos sin más y se muriera.

De pronto, en Sábado Santo, un día lúgubre, el primer Sábado Santo tranquilo en la vida de Ifemelu, su madre salió corriendo de la cocina y anunció:

—¡He visto un ángel!

Antes, ese era un día en que guisaban y trajinaban sin parar, con muchas ollas en la cocina y muchos parientes en el piso, e Ifemelu y su madre habrían ido a misa esa noche y, con candelas encendidas, habrían cantado en medio de un mar de llamas vacilantes, y luego habrían vuelto a casa para seguir preparando la comilona de Semana Santa. Ahora en cambio el piso estaba en silencio. Sus parientes se habían mantenido a distancia y la comida sería el estofado con arroz de siempre. Ifemelu estaba en el salón con su padre, y cuando su madre dijo: «¡He visto un ángel!», Ifemelu advirtió exasperación en los ojos de su padre, un breve amago que desapareció en el acto.

—¿Qué ha pasado? —preguntó en el tono apaciguador empleado con un niño, como si seguir la corriente a la locura de su mujer sirviera para eliminarla más deprisa.

Su madre les contó la visión que acababa de tener, una aparición centelleante junto al fogón de gas, un ángel que sostenía un libro, los pliegos cosidos con hilo rojo, y le ordenaba que abandonara la iglesia de los Santos Evangelistas porque el pastor era un brujo y, por las noches, asistía a aquelarres en el fondo del mar.

—Deberías hacer caso a ese ángel —le aconsejó su padre.

Así que su madre abandonó esa iglesia y se dejó crecer el pelo, pero ya no volvió a ponerse collares ni pendientes, porque las joyas, según el pastor de la iglesia del Manantial Milagroso, eran irreverentes, impropias de una mujer virtuosa. Poco después, el día del golpe de Estado fallido, mientras los comerciantes del piso de abajo lloraban porque el golpe habría salvado a Nigeria y las vendedoras de los puestos del mercado habrían ocupado cargos en el gabinete ministerial, su madre tuvo otra visión. Esta vez el ángel se apareció en su dormitorio, encima del armario, y le ordenó que abandonara la iglesia del Manantial Milagroso y se uniera a la Asamblea de la Guía. Hacia la mitad del primer oficio al que Ifemelu asistió con su madre, en una sala de congresos con suelo de mármol, entre personas perfumadas y reverberaciones de voces vibrantes, Ifemelu miró a su madre y vio que lloraba y reía al mismo tiempo. En esa iglesia de pujante esperanza, de palmadas y ruido de pies, donde Ifemelu imaginaba un remolino de ángeles acaudalados en lo alto, el espíritu de su madre había encontrado su sitio. Era una iglesia llena de nuevos ricos; el coche pequeño de su madre, en el aparcamiento, era el más viejo, con su pintura desvaída y sus numerosos arañazos. Si rendía culto con los prósperos, dijo, Dios la bendeciría tal como los había bendecido a ellos. Volvió a ponerse joyas, a beber su Guinness negra; solo ayunaba una vez por semana y solía declarar «Mi Dios me dice» y «Mi Biblia dice», como si los de las otras personas no fuesen solo distintos sino que además estuviesen equivocados. Su respuesta a un «Buenos días» o un «Buenas tardes» era un alegre «¡Que Dios te bendiga!». El suyo pasó a ser un Dios afable, un Dios a quien no le importaba que le dieran órdenes. Cada mañana su madre despertaba a toda la casa para rezar, y ellos, arrodillados en la alfombra áspera del salón, cantaban, batían palmas, cubrían con la sangre de Jesús el día que tenían por delante, y las palabras de su madre traspasaban la quietud del amanecer: «¡Dios, Padre celestial mío, te ordeno que llenes este día de bendiciones y me demuestres que eres Dios! ¡Señor, a ti te encomiendo mi prosperidad! ¡No permitas que el maligno venza, no permitas que mis enemigos triunfen sobre mí!». El padre de Ifemelu afirmó una vez que esas oraciones eran batallas ilusorias contra difamadores imaginarios, y sin embargo insistía en que Ifemelu se despertara siempre temprano para rezar. «Eso hace feliz a tu madre», le decía.

En la iglesia, llegado el momento de los testimonios, su madre era la primera en subir apresuradamente al altar. «Esta mañana tenía un catarro —comenzaba—. Pero cuando el pastor Gideon ha empezado a rezar, me he despejado. Ahora ya se me ha ido. ¡Alabado sea el Señor!» Los fieles respondían «¡Aleluya!» a voz en cuello y luego se sucedían otros testimonios. «¡No estudié porque estaba enferma y, aun así, aprobé los exámenes con matrícula!» «¡Tenía malaria y recé y me curé!» «¡Me ha desaparecido la tos cuando el pastor ha empezado a rezar!» Pero siempre era su madre la primera en salir, sonriente, con soltura de movimientos, envuelta en el resplandor de la salvación. Ya avanzado el oficio, cuando el pastor Gideon saltaba al frente con su traje de hombreras angulosas y sus zapatos en punta y decía: «Nuestro Dios no es un Dios pobre, ¿amén? Nuestro sino es prosperar, ¿amén?», la madre de Ifemelu levantaba el brazo bien alto, apuntado al cielo, y clamaba: «Amén, Dios Padre, amén».

Ifemelu no creía que Dios hubiera regalado al pastor Gideon su enorme casa y todos aquellos coches —sin duda los había comprado con el dinero obtenido en las tres colectas de cada oficio—, como tampoco creía que Dios fuese a favorecer a todos tal como había favorecido al pastor Gideon, porque eso era imposible, pero se alegraba de que ahora su madre comiera con regularidad. La calidez había vuelto a sus ojos, y se advertía en su porte una nueva alegría, y volvía a alargar las sobremesas en compañía de su padre, y cantaba vigorosamente en la bañera. Su nueva iglesia la absorbía pero no la aniquilaba. Ahora era previsible y resultaba más fácil mentirle. Para Ifemelu, en la adolescencia, la manera más fácil de salir de casa sin que le preguntaran nada era decir «Me voy a la reunión de estudio de la Biblia» o «Me voy a la Fraternidad». Ifemelu no tenía el menor interés en la iglesia, todo esfuerzo religioso le traía sin cuidado, quizá por los muchos que ya hacía su madre. No obstante, la fe de su madre la reconfortaba; era, en su imaginación, una nube blanca que se movía benévolamente sobre su cabeza cuando ella se movía. Hasta que el General entró en sus vidas.

La madre de Ifemelu rezaba por el General todas las mañanas. Decía: «Padre celestial, te ordeno que bendigas al mentor de Uju. ¡Que sus enemigos nunca triunfen sobre él!». O decía: «¡Cubramos al mentor de Uju con la preciada sangre de Jesús!». E Ifemelu mascullaba algo incomprensible en lugar de decir «Amén». Su madre pronunciaba la palabra «mentor» con voz gutural y tono desafiante, como si la fuerza de su declamación convirtiera al General realmente en mentor, y de paso transformara el mundo en un lugar donde los médicos jóvenes pudieran permitirse el Mazda nuevo de la tía Uju, aquel coche verde, reluciente e intimidatoriamente aerodinámico.

Chetachi, que vivía en el piso de arriba, le preguntó a Ifemelu:

—¿Tu madre dijo que el mentor de la tía Uju también le prestó dinero para el coche?

—Sí.

—¡Vaya! ¡Qué suerte tiene la tía Uju! —exclamó Chetachi.

Ifemelu no pasó por alto la mueca insinuante en su cara. Chetachi y su madre ya debían de haber chismorreado sobre el coche; eran las dos unas charlatanas envidiosas, que solo iban de visita para ver qué tenían los demás en sus casas, para evaluar los muebles o electrodomésticos nuevos.

–Dios debería bendecir a ese hombre. Yo también espero encontrar a un mentor cuando me licencie –dijo Chetachi.

A Ifemelu se le erizó el vello ante las pullas de Chetachi. Así y todo, la culpa era de su madre, por haber contado con tal entusiasmo a las vecinas esa historia del mentor. No debería haberlo hecho; la vida de la tía Uju no era asunto de nadie. Ifemelu la había oído contar a alguien en el patio trasero: «Verás, de joven el General quería ser médico, y ahora ayuda a los médicos jóvenes; sin duda Dios lo usa en provecho de la gente». Y parecía sincera, jovial, convincente. Se creía sus propias palabras. Ifemelu no se lo explicaba, esa capacidad de su madre para contarse historias sobre su propia realidad que ni siquiera se asemejaban a su realidad. Cuando la tía Uju les habló por primera vez de su nuevo empleo –«En el hospital no hay ninguna plaza libre para un médico pero el General los ha obligado a crear una para mí», fueron sus palabras–, la madre de Ifemelu exclamó de inmediato: «¡Es un milagro!».

La tía Uju sonrió, una sonrisa callada para abstenerse de hablar; no creía, naturalmente, que fuera un milagro, pero prefirió no decirlo. O quizá sí había algo de milagro en su nuevo empleo como asesora del hospital militar de isla Victoria, y en su nueva casa en Dolphin Estate, la urbanización de chalets dúplex que presentaban un aire extranjero nuevo, algunos de color rosa, otros del azul de un cielo cálido, circundados por un parque con hierba tan exuberante como una alfombra nueva y bancos donde la gente podía sentarse: una rareza incluso en La Isla. Solo unas semanas atrás era una recién licenciada y todos sus compañeros de promoción hablaban de marcharse a hacer los exámenes médicos en Estados Unidos o en Gran Bretaña, porque la alternativa era dar tumbos en el reseco páramo del desempleo. El país carecía de esperanza, los coches permanecían días enteros en largas y sudorosas colas para llenar el depósito, los jubilados enarbolaban pancartas ajadas exigiendo sus pensiones, los profesores universitarios se congregaban para anunciar una huelga más. Pero la tía Uju no quería marcharse; soñaba, desde que Ifemelu tenía memoria, con ser dueña de su propia clínica privada y se aferraba con fuerza a ese sueño.

«Nigeria no será así eternamente, seguro que encontraré un empleo a tiempo parcial, y será difícil, sí, pero un día abriré mi clínica, ¡y además en La Isla!», había dicho la tía Uju a Ifemelu. Y entonces fue a la boda de una amiga. El padre de la novia era vicemariscal del aire, y se rumoreaba que quizá asistiera el jefe de Estado, y la tía Uju comentó en broma que le pediría que la nombrara oficial médico en Aso Rock. El jefe de Estado no asistió, pero sí muchos de sus generales, y uno de ellos pidió a su ayuda de campo que llamara a la tía Uju, que le pidiera que fuera a su coche en el aparcamiento después de la recepción, y cuando ella fue al Peugeot negro con una banderola ondeando en la parte delantera y saludó, «Buenas tardes, señor», al hombre sentado en la parte de atrás, él le dijo: «Me gustas. Quiero cuidar de ti». Tal vez había algo de milagro en esas palabras, «Me gustas, quiero cuidar de ti», pensaba Ifemelu, pero no en el sentido que le daba su madre. «¡Un milagro! ¡Dios es fiel!», exclamó su madre ese día, con los ojos empañados por la fe.

«El diablo es un embustero. Quiere empezar a privarnos de la dicha, pero no lo conseguirá», dijo con tono similar cuando el padre de Ifemelu perdió el empleo en la agencia federal. Lo echaron por negarse a llamar «mamá» a su nueva jefa. Llegó a casa antes que de costumbre, sumido en una amarga incredulidad, con la carta de despido en la mano, quejándose de lo absurdo que era que un hombre adulto llamara «mamá» a una mujer adulta porque ella había decidido que esa era la mejor manera de demostrarle respeto. «Doce años de trabajo abnegado. No tienen conciencia», dijo. Su madre le dio unas palmadas en la espalda, le aseguró que Dios proveería otro trabajo y, entretanto, se las arreglarían con el salario de ella como subdirectora. Él salía a buscar trabajo todas las mañanas, con los dientes apretados y el nudo de la corbata bien hecho, e Ifemelu se preguntaba si entraba en empresas al azar para probar suerte, pero pronto empezó a quedarse en casa en bata y camiseta, tirado en el raído sofá junto al aparato estéreo. «¿Esta mañana no te has bañado?», le preguntó su madre una tarde al llegar del trabajo visiblemente extenuada, con carpetas contra el pecho y manchas de sudor en las axilas. A continuación añadió, irritada: «¡Si tenías que llamar "mamá" a alguien para cobrar el sueldo, deberías haberlo hecho!».

Él guardó silencio; por un momento pareció perdido, encogido y perdido. Ifemelu sintió lástima por él. Le preguntó por el libro que tenía cara abajo en el regazo, un libro de aspecto familiar que, como ella sabía, había leído ya antes. Esperaba que su padre le ofreciera una de sus largas charlas sobre algo como la historia de China, y ella, como siempre, lo escucharía a medias, levantándole de paso el ánimo. Pero él no estaba de humor para charlas. Hizo un gesto de indiferencia como para indicarle que podía echar un vistazo al libro si quería. Las palabras de su madre lo herían con excesiva facilidad; estaba demasiado pendiente de ella, con el oído siempre atento a su voz, la mirada puesta siempre en ella. En fecha reciente, antes del despido, le había dicho a Ifemelu: «En cuanto consiga el ascenso, haré un regalo a tu madre verdaderamente memorable», y cuando ella le preguntó qué sería, él sonrió y, con un tono de misterio, respondió: «Él mismo se revelará».

Viéndolo allí en el sofá, mudo, Ifemelu pensó hasta qué punto parecía lo que era, un hombre lleno de anhelos deslavazados, un funcionario de rango medio que deseaba una vida distinta de la que tenía, que había ansiado una educación mejor de la que había podido costearse. Con frecuencia recordaba que no tenía estudios universitarios porque se había visto en la obligación de buscar trabajo para mantener a sus hermanos, y que personas menos inteligentes que él en secundaria ahora tenían doctorados. El suyo era un inglés formal, altisonante. Las asistentas a duras penas lo entendían, pese a lo cual las tenía muy impresionadas. Una vez su antigua asistenta, Jecinta, entró en la cocina, empezó a batir palmas en silencio y le dijo a Ifemelu: «¡Tendrías que haber oído el pedazo de palabra que acaba de decir tu padre! *O di egwu!*». A veces Ifemelu lo imaginaba en un aula en los años cincuenta, un súbdito colonial en exceso cumplidor, con un uniforme de algodón barato que no era de su talla, pugnando por impresionar a los profesores misioneros. Incluso su caligrafía era historiada, toda curvas y florituras, con una elegancia homogénea que le confería cierto aire de texto impreso. Había reprendido a Ifemelu de niña por ser «contumaz», «díscola», «intransigente», palabras que presentaban las nimias acciones de ella como algo épico y casi digno de orgullo. Pero su inglés afectado empezó a molestarla a medida que se hacía mayor, porque era un disfraz, una coraza ante la inseguridad. Estaba obsesionado con lo que no tenía –un título universitario, una vida de clase media alta–, y por tanto su alambicado vocabulario se convirtió en su armadura. Ella lo prefería cuando hablaba en igbo; solo entonces parecía ajeno a sus propias ansiedades.

Perder el empleo lo convirtió en una persona más callada, y un fino muro se alzó entre él y el mundo. Ya no decía entre dientes «nación de obsecuencia impenitente» cuando empezaba el noticiario de la noche en la NTA, ya no mantenía largos monólogos sobre cómo el gobierno de Babangida había reducido a idiotas irreflexivos a los nigerianos, ya no tomaba el pelo a su madre. Y, lo más llamativo, se sumó a las oraciones matutinas. Nunca antes había participado; su madre había insistido en ello en una ocasión justo antes de marcharse a su pueblo de visita. «Recemos y cubramos las carreteras con la sangre de Jesús», había dicho, y él contestó que las carreteras serían más seguras, menos resbaladizas, si no se cubrían de sangre. Ante lo que su madre arrugó el entrecejo e Ifemelu se desternilló de risa.

76

Al menos seguía sin ir a la iglesia. Antes Ifemelu volvía a casa de la iglesia con su madre y lo encontraba en el salón, sentado en el suelo, seleccionando discos de su pila de elepés y acompañando con la voz la canción que sonaba en el aparato estéreo. Siempre se le veía renovado, descansado, como si quedarse a solas con su música le hubiera devuelto el vigor. Pero después de perder el empleo casi nunca ponía música. Al llegar a casa, lo encontraban sentado a la mesa del comedor, encorvado sobre hojas sueltas, escribiendo cartas a periódicos y revistas. E Ifemelu sabía que si le hubiesen dado otra oportunidad, habría llamado «mamá» a su jefa.

Era una mañana de domingo, temprano, y alguien aporreaba la puerta del piso. A Ifemelu le gustaban las mañanas de los domingos, el lento paso del tiempo, cuando, vestida para la iglesia, se sentaba en el salón con su padre mientras su madre se preparaba. A veces hablaban, su padre y ella, y otras veces permanecían en silencio, un silencio compartido y satisfactorio, como era el caso esa mañana. El zumbido de la nevera, procedente de la cocina, era lo único que se oía, hasta que empezó el aporreo en la puerta. Una interrupción grosera. Ifemelu abrió y vio allí al casero, un hombre orondo de ojos saltones e inyectados en sangre que, según contaban, comenzaba el día con un vaso de ginebra a palo seco. Miró a su padre por encima de Ifemelu y exclamó: «¡Ya son tres meses! ¡Aún estoy esperando mi dinero!». Ifemelu reconoció esa voz: eran los gritos descomedidos que siempre provenían de los pisos de sus vecinos, de alguna otra parte. Pero ahora ese hombre estaba allí en su piso, y la escena le crispó los nervios, el casero vociferando ante su puerta y su padre volviendo hacia él un rostro impertérrito y mudo. Nunca antes habían dejado de pagar el alquiler. Cuando ella nació, vivían ya en ese piso; era poco espacioso, las paredes de la cocina estaban ennegrecidas por los efluvios del queroseno, y ella se avergonzaba cuando sus amigas del colegio iban a visitarla, pero nunca habían dejado de pagar el alquiler.

«Menudo fanfarrón», comentó su padre cuando el casero se marchó, y después ya no dijo nada más. No había nada más que decir. Debían el alquiler.

Apareció su madre, cantando y muy perfumada, el rostro seco y brillante por los polvos, que eran de un tono un poco demasiado claro. Tendió hacia el padre de Ifemelu la muñeca, donde colgaba, con el cierre abierto, su fina pulsera de oro.

—Uju vendrá después del oficio para llevarnos a ver la casa de Dolphin State —anunció—. ¿Nos acompañarás?

—No —contestó él lacónicamente, como si la nueva vida de la tía Uju fuese un tema que prefería eludir.

—Deberías venir —insistió ella.

Él, sin responder, abrochó la pulsera en torno a la muñeca de ella; luego le dijo que había comprobado el nivel de agua del coche.

—Dios es fiel. Fíjate en Uju, ¡puede pagarse una casa en La Isla! —exclamó su madre alegremente.

—Pero, mamá, tú ya sabes que la tía Uju no paga un kobo por vivir allí —le recordó Ifemelu.

Su madre le lanzó una mirada.

—¿Te has planchado el vestido?

—No hace falta plancharlo.

—Está arrugado. *Ngwa*, ve a plancharlo. Al menos hoy tenemos electricidad. O si no, ponte otra cosa.

Ifemelu se levantó a regañadientes.

—Este vestido no está arrugado.

—Ve a plancharlo. No hay necesidad de enseñar al mundo que las cosas se nos han complicado. Hay casos peores que el nuestro. Hoy toca Labor Dominical con la hermana Ibinabo, así que date prisa y vámonos ya.

La hermana Ibinabo era poderosa, y como aparentaba ejercer ese poder sin darle mayor importancia, era más poderosa aún. El pastor, según contaban, hacía todo lo que ella le pedía. El motivo no estaba claro; algunos decían que ella había fundado la iglesia con él, otros que conocía un horrendo secreto de su pasado, y otros que sencillamente poseía más fuerza espiritual que él pero no podía ser pastor porque era mujer. Si se lo proponía, podía impedir la aprobación pastoral de una boda. Conocía a todo el mundo y lo sabía todo y parecía estar en todas partes al mismo tiempo, con su aspecto desgastado, como si la vida la hubiera zarandeado durante largo tiempo. De cuerpo nervudo y cara cerrada como una concha, era difícil saber qué edad tenía, si cincuenta o sesenta. Nunca se reía, pero con frecuencia esbozaba la parca sonrisa de los devotos. Las madres le manifestaban un respeto reverencial; le llevaban pequeños obsequios, ponían en sus manos solícitamente a sus hijas para la Labor Dominical. La hermana Ibinabo, la salvadora de las jovencitas. Le pedían que hablara con las chicas atribuladas y conflictivas. Algunas madres le preguntaban si sus hijas podían vivir con ella, en el piso de detrás de la iglesia. Pero Ifemelu siempre había percibido en la hermana Ibinabo una hostilidad arraigada, en lenta ebullición, para con las jóvenes. La hermana Ibinabo no sentía el menor aprecio por ellas; se limitaba a observarlas y prevenirlas, como si la ofendiera su frescura, algo que en ella se había marchitado hacía ya tiempo.

«El sábado te vi con un pantalón ajustado —dijo la hermana Ibinabo a una chica, Christie, con un exagerado susurro, bajando la voz lo suficiente para simular que era un susurro pero no tanto como para evitar que las demás la oyeran—. Todo es permisible pero no todo es beneficioso. Cualquier chica que se pone un pantalón ajustado quiere cometer el pecado de la tentación. Es mejor evitarlo.»

Christie asintió, humilde, cortés, sobrellevando su vergüenza.

En la sala, situada al fondo de la iglesia, las dos pequeñas ventanas apenas dejaban entrar la luz, y por tanto de día la bombilla estaba siempre encendida. Los sobres de la colecta se hallaban apilados sobre la mesa, y junto a ellos había un montón de hojas de papel de seda de colores, como frágiles retales de tela. Las chicas empezaron a organizarse. Pronto algunas escribían las direcciones en los sobres; otras recortaban y abarquillaban las hojas de papel y, pegándolas, formaban flores que luego ensartaban para crear esponjosas guirnaldas. El domingo siguiente, en un oficio especial de Acción de Gracias, las guirnaldas penderían del grueso cuello del jefe Omenka y los cuellos no tan anchos de los miembros de su familia. El jefe Omenka había donado dos camionetas nuevas a la iglesia.

—Ifemelu, tú ponte con ese grupo —indicó la hermana Ibinabo.

Ifemelu se cruzó de brazos, y como solía suceder cuando se disponía a decir algo que sabía que más valía no decir, las palabras salieron de su garganta a borbotones.

—¿Por qué voy yo a hacer adornos para un ladrón?

La hermana Ibinabo la miró atónita. Se impuso el silencio. Las otras chicas observaron expectantes.

—¿Qué has dicho? —preguntó la hermana Ibinabo en voz baja, dando a Ifemelu la oportunidad de disculparse, de retractarse.

Pero Ifemelu, incapaz de contenerse, con el corazón acelerado, se precipitó por una vía rápida.

—El jefe Omenka es un 419, y todo el mundo lo sabe. Esta iglesia está llena de hombres 419. ¿Por qué vamos a actuar como si esta iglesia no se hubiera construido con dinero sucio?

—Es la obra de Dios —dijo la hermana Ibinabo en voz baja—. Si no puedes realizar la obra de Dios, debes irte. Vete.

Ifemelu abandonó apresuradamente la sala, dejó atrás la verja y se dirigió a la parada de autobús, consciente de que en cuestión de minutos lo sucedido llegaría a oídos de su madre en el espacio principal de la iglesia. Había echado a perder el día. Habrían ido a ver la casa de la tía Uju y disfrutado de una buena comida. Ahora su madre estaría crispada y susceptible. Se arrepentía de haber hablado. A fin de cuentas, ya había participado antes en la confección de guirnaldas para otros hombres 419, hombres a quienes se reservaban asientos especiales en la primera fila, hombres que donaban vehículos tan fácilmente como otros regalan un chicle. Ella había asistido como si tal cosa a sus recepciones, había comido arroz y carne y col, alimentos contaminados por el fraude, y había comido consciente de eso, sin atragantarse ni plantearse siquiera la posibilidad de atragantarse. Sin embargo ese día algo había sido distinto. Mientras la hermana Ibinabo hablaba con Christie, rezumando aquel emponzoñado desdén que ella presentaba como orientación religiosa, Ifemelu la había mirado y de pronto había visto en ella algo de su propia madre. Su madre era más bondadosa y sencilla, pero, al igual que la hermana Ibinabo, era una persona que se negaba a aceptar que las cosas fuesen como eran. Una persona que tenía la necesidad de extender el manto de la religión sobre sus propios deseos insignificantes. De repente Ifemelu quería estar en cualquier sitio menos en esa pequeña sala llena de sombras. Antes todo eso, la fe de su madre, se le antojaba inocuo, todo impregnado de gracia, y de pronto ya no era así. Deseó por un instante que su madre no fuera su madre, y eso no le despertó culpabilidad ni tristeza, sino una única emoción, una mezcla de culpabilidad y tristeza.

La parada de autobús estaba inquietantemente vacía, e imaginó ahora en las iglesias, cantando y rezando, a todas las personas que habrían estado allí apiñadas. Aguardó al autobús, preguntándose si ir a casa o a otro sitio a esperar un rato. Era mejor volver a casa y afrontar lo que hubiera que afrontar.

Su madre le dio un tirón de orejas, un tirón casi delicado, como reacia a causar verdadero dolor. Lo hacía desde que Ifemelu era niña. «¡Te pegaré!», decía cuando Ifemelu se portaba mal, pero nunca le pegaba; se limitaba a darle ese flojo tirón de orejas. En esta ocasión le dio dos tirones, primero uno, y luego el otro para hacer hincapié en sus palabras.

—El diablo está utilizándote. Tienes que rezar por esto. No juzgues. ¡Deja los juicios a Dios!

—Ifemelu —intervino su padre—, debes refrenar tu proclivi-
dad natural a la provocación. Te has hecho notar en el colegio, donde se te conoce por tu insubordinación, y ya te he
dicho que eso ha empañado tu distinguido historial académico. No es necesario establecer una pauta similar en la iglesia.

—Sí, papá.

Cuando la tía Uju llegó, la madre de Ifemelu le contó lo
ocurrido.

—Ve a meter en vereda a esa Ifemelu. Solo te hará caso a ti.
Pregúntale qué le he hecho yo para que me haga pasar vergüenza en la iglesia de esa manera. ¡Ha insultado a la hermana Ibinabo! ¡Eso es como insultar al pastor! ¿Por qué tiene
que ser tan conflictiva, esta chica? Siempre lo he dicho: con
semejante comportamiento sería mejor que fuera un chico.

—Hermana, su problema es que no siempre sabe cuándo
mantener la boca cerrada, ya lo sabes. No te preocupes, hablaré con ella —dijo la tía Uju, desempeñando su papel de
mediadora, calmando a la mujer de su primo.

Siempre se había llevado bien con la madre de Ifemelu, la
suya era la relación fácil entre dos personas que eludían con
cuidado toda conversación mínimamente profunda. Tal vez
la tía Uju agradecía a la madre de Ifemelu que la hubiera
acogido, que hubiera aceptado su posición de pariente residente especial. En su infancia Ifemelu no se sintió hija única
gracias a los primos, tías y tíos que vivían con ellos. Siempre
había maletas y bolsos en el piso; a veces uno o dos parientes
dormían en el suelo del salón durante semanas. En su mayor
parte eran de la familia de su padre, llegados a Lagos para
aprender un oficio o estudiar o buscar empleo; así, la gente,
allá en la aldea, no decía de ese hermano que, con una sola
hija, se negaba a ayudar a los otros a criar a los suyos. Su padre
se sentía obligado con ellos, insistía en que todo el mundo estuviera en casa antes de las ocho de la tarde, se aseguraba de
que hubiera comida suficiente para ir tirando, y echaba la llave
a la puerta de su dormitorio incluso cuando iba al cuarto de
baño, porque cualquiera de ellos podía colarse allí y robar algo.

Pero la tía Uju era distinta. Demasiado lista para echarse a perder en aquel pueblucho atrasado, afirmaba él. Decía que era su hermana pequeña, pese a que era hija del hermano de su padre, y con ella había sido más protector, menos distante. Cada vez que se encontraba con Ifemelu y la tía Uju acurrucadas en la cama de charla, decía afectuosamente: «Vaya par». Cuando la tía Uju se marchó a Ibadan para estudiar en la universidad, él dijo a Ifemelu, casi pesarosamente: «Uju ejercía una influencia apaciguadora en ti». Parecía ver, en la estrecha relación entre ambas, una prueba de su propio acierto en la elección, como si hubiera aportado conscientemente un regalo a su familia, un amortiguador entre su mujer y su hija.

Así las cosas, en el dormitorio, la tía Uju dijo a Ifemelu:

—Tenías que haber hecho la guirnalda, y ya está. Te he insistido en que no lo digas todo. Eso debes aprenderlo. No tienes que decirlo todo.

—¿Por qué a mamá no pueden gustarle las cosas que recibes del General sin hacer como que vienen de Dios?

—¿Quién ha dicho que no vienen de Dios? —preguntó la tía Uju, e hizo una mueca, apuntando las comisuras de los labios hacia abajo. Ifemelu se echó a reír.

Según la leyenda familiar, Ifemelu había sido una niña de tres años malhumorada que gritaba en cuanto se acercaba un desconocido, pero la primera vez que vio a la tía Uju, esta con trece años y granos en la cara, Ifemelu se aproximó a ella, se encaramó a su regazo y allí se quedó. Ifemelu desconocía si eso era un hecho real, o sencillamente se había convertido en verdad a fuerza de contarlo una y otra vez, una historia con elementos mágicos del origen de su estrecha relación. Fue la tía Uju quien cosió a Ifemelu sus vestidos cuando era pequeña, y más tarde, siendo Ifemelu ya mayor, se abstraían las dos en revistas de moda, eligiendo juntas los estilos. La tía Uju le enseñó a prensar un aguacate y extendérselo por la cara, a disolver el ungüento Robb en agua caliente y exponer la cara al vapor, a secar un grano con dentífrico. La tía Uju le llevó las novelas de James Hadley Chase envueltas en periódico para ocultar las mujeres semidesnudas de la portada, le estiró el pelo a base de calor cuando los vecinos le contagiaron piojos, habló con ella cuando le llegó la regla, complementando el sermón de su madre, este lleno de citas bíblicas sobre la virtud pero desprovisto de detalles útiles acerca de los retortijones y las compresas. Cuando Ifemelu conoció a Obinze, contó a la tía Uju que había encontrado al amor de su vida, y la tía Uju le dijo que le permitiera besarla y tocarla, pero no metérsela.

4

Los dioses, las veleidosas deidades que daban y quitaban los amores en la adolescencia, habían decidido que Obinze saliera con Ginika. Obinze era el chico nuevo, un chico interesante pese a su baja estatura. Lo habían trasladado de la escuela secundaria de Nsukka, y apenas unos días después todo el mundo estaba al corriente de los insistentes rumores sobre su madre. Se había peleado con un hombre, otro profesor de Nsukka, en una pelea de verdad, con golpes y puñetazos, y para colmo había ganado ella, llegando incluso a desgarrarle la ropa, y a causa de eso fue suspendida de empleo durante dos años, y se mudó a Lagos hasta que pudiera volver. Era una historia fuera de lo común; las verduleras se peleaban, las locas se peleaban, pero no las profesoras. Obinze, con su aspecto tranquilo e introspectivo, confería al suceso un carácter aún más enigmático. Enseguida fue admitido en el clan de los tíos guay, con su desenfado y su pavoneo, los Figuras; rondaba por los pasillos con ellos, se quedaba con ellos al fondo del salón de actos durante la asamblea general. Ninguno de ellos se remetía la camisa, y por eso siempre andaban buscándose líos, líos glamurosos, con los profesores; en cambio Obinze llegaba al colegio todos los días con la camisa pulcramente remetida, y pronto todos los Figuras se la remetían también, incluso Kayode DaSilva, el más guay del grupo.

Kayode pasaba todas las vacaciones en la casa de sus padres en Inglaterra, enorme e imponente en las fotos que Ifemelu había visto. La novia de Kayode, Yinka, era como él: también ella viajaba a menudo a Inglaterra y vivía en Ikoyi y hablaba con acento británico. Era la chica más popular de su curso, luciendo aquella mochila suya de grueso cuero con las iniciales y unas sandalias siempre distintas de las que calzaban los demás. La segunda en popularidad era Ginika, la mejor amiga de Ifemelu. Ginika no viajaba al extranjero con frecuencia, y por tanto no tenía ese aire de «otras tierras» de Yinka, pero sí la piel de color caramelo y un pelo ondulado que, sin trenzas, le caía hasta el cuello en lugar de erizársele a lo afro. Todos los años la elegían la Chica Más Guapa del curso, y ella comentaba con ironía: «Es solo porque soy mulata. ¿Cómo voy a superar en belleza a Zainab?».

Y por tanto, conforme al orden natural de las cosas, los dioses deberían haber emparejado a Obinze y Ginika. Kayode, que organizó una fiesta improvisada en el pabellón de invitados de su casa una vez que sus padres estaban en Londres, anunció a Ginika:

—En la fiesta te presentaré a mi amigo Zeta.

—No está mal —dijo Ginika con una sonrisa.

—Espero que no haya heredado el gen combativo de su madre —bromeó Ifemelu.

Le complacía ver a Ginika interesada en un chico; casi todos los Figuras del colegio lo habían intentado con ella y ninguno había durado mucho. Obinze parecía tranquilo, una buena pareja para ella.

Ifemelu y Ginika llegaron juntas, con la fiesta todavía en su arranque, la pista de baile desierta, los chicos corriendo de aquí para allá con casetes, sin disolverse aún la timidez y la torpeza. Cada vez que Ifemelu iba a casa de Kayode imaginaba cómo sería vivir allí, en Ikoyi, en una urbanización elegante en los caminos de grava, con criados vestidos de blanco.

—Mira, ahí está Kayode, con el chico nuevo —señaló Ifemelu.

—No quiero mirar —dijo Ginika—. ¿Vienen hacia aquí?

—Sí.

—Me aprietan los zapatos.

—Puedes bailar aunque te aprieten los zapatos —afirmó Ifemelu.

Los chicos estaban ya delante de ellas. Obinze, más arreglado de lo necesario, llevaba una gruesa chaqueta de pana, en tanto que Kayode vestía camiseta y vaqueros.

—¡Hola, chicas! —saludó Kayode. Alto y delgado, poseía la desenvoltura de quienes vivían en un mundo de prerrogativas—. Ginika, te presento a mi amigo Obinze, Zeta; esta es Ginika, ¡la reina que Dios creó para ti si estás dispuesto a trabajártelo!

Sonreía con suficiencia, ya un poco ebrio, el niño bonito propiciando una pareja bonita.

—Hola —dijo Obinze a Ginika.

—Esta es Ifemelu —añadió Kayode—, más conocida como Ifemsco. Es el brazo derecho de Ginika. Si te portas mal, te azotará.

Todos le rieron la gracia debidamente.

—Hola —dijo Obinze.

Posó la mirada en los ojos de Ifemelu y ahí la mantuvo, y perseveró.

Kayode, hablando ahora de banalidades, contaba a Obinze que los padres de Ginika también eran profesores universitarios.

—Así que los dos sois gente de libros —concluyó Kayode.

Obinze debería haber tomado las riendas e iniciado la conversación con Ginika, y Kayode se habría marchado, e Ifemelu lo habría seguido, y la voluntad de los dioses se habría realizado. Pero Obinze apenas habló, y la conversación quedó en manos de Kayode, su voz cada vez más estridente, y de vez en cuando lanzaba un vistazo a Obinze, como para incitarlo. Ifemelu no supo muy bien cuándo ocurrió, pero desde luego, mientras Kayode hablaba, algo ocurrió, algo extraño. Una aceleración dentro de ella, una súbita revelación. Comprendió, muy de repente, que deseaba respirar el mismo aire que Obinze. Asimismo tomó clara conciencia del presente, el ahora, la voz de Toni Braxton procedente del casete, *be it fast or slow, it doesn't let go or shake me*, «sea rápida o lenta, no se me va de la cabeza ni deja de estremecerme», el olor del coñac del padre de Kayode, que habían sacado a escondidas de la casa principal, y la blusa blanca ajustada que le irritaba las axilas. Por indicación de la tía Uju, la llevaba atada, con un nudo suelto, a la altura del ombligo, y ahora se preguntaba si quedaba elegante o más bien ridícula.

La música se interrumpió súbitamente.

—Ya voy —dijo Kayode, y fue a averiguar qué pasaba.

En ese nuevo silencio Ginika jugueteó con el brazalete metálico que le rodeaba la muñeca.

Obinze volvió a cruzar una mirada con Ifemelu.

—¿No tienes calor con esa chaqueta? —preguntó Ifemelu, sin poder contenerse, de tan acostumbrada como estaba a afilar sus palabras, a esperar el asomo de terror en los ojos de los chicos.

Pero él sonrió, como si lo encontrara gracioso. No le tenía miedo.

—Mucho calor —admitió él—. Pero soy un rústico, y esta es mi primera fiesta en la ciudad, así que tendrás que perdonarme. —Lentamente, se quitó la chaqueta, verde y con coderas, bajo la que llevaba una camisa de manga larga—. Ahora tendré que cargar con la chaqueta.

—Puedo aguantártela yo —se ofreció Ginika—. Y no le hagas caso a Ifem, a mí esa chaqueta no me parece mal.

—Gracias, no te preocupes. Debo cargar yo con ella, en castigo por habérmela puesto ya de buen comienzo.

Miró a Ifemelu con un destello en los ojos.

—No he querido decir eso —aclaró Ifemelu—. Es solo que en esta habitación hace mucho calor y esa chaqueta parece de mucho abrigo.

—Me gusta tu voz —dijo él, casi interrumpiéndola.

Y ella, que nunca se quedaba sin respuesta, graznó:

—¿Mi voz?

—Sí.

Había empezado a sonar la música.

—¿Bailamos? —propuso él.

Ifemelu asintió.

Obinze la cogió de la mano y sonrió a Ginika, como a una amable carabina que ya había cumplido su función. Ifemelu pensaba que las novelas románticas de Mills and Boon eran absurdas; sus amigas y ella a veces representaban los argumentos, Ifemelu o Ranyinudo en el papel del hombre y Ginika o Priye en el de la mujer —el hombre agarraba a la mujer, la mujer se resistía débilmente, y a renglón seguido, exhalando penetrantes gemidos, se desplomaba contra él—, y todas se desternillaban de risa. Pero allí en la fiesta de Kayode, en la pista de baile cada vez más concurrida, descubrió con un sobresalto una pequeña verdad presente en esas novelas. Era cierto que por un hombre se podía formar un nudo en el estómago, un nudo que ya no se disolvía, y que las articulaciones del cuerpo podían desencajarse, las extremidades dejar de moverse al son de la música, y todo aquello que normalmente no requería un esfuerzo de repente pesaba como el plomo. Mientras bailaba con movimientos rígidos, vio a Ginika de soslayo: los observaba un tanto boquiabierta, en expresión de desconcierto, como si no pudiese dar crédito a lo que había ocurrido.

—Has dicho «rústico» —comentó Ifemelu, levantando la voz por encima de la música.

—¿Cómo?

—Nadie dice «rústico». Es una de esas cosas que leerías en un libro.

—Ya me dirás qué libros lees —repuso él.

Estaba tomándole el pelo, y ella no captó del todo la broma, pero se rio igualmente. Más tarde lamentó no recordar todas y cada una de las palabras que se dijeron mientras bailaban. Sí recordó en cambio lo desorientada que se sintió. Cuando apagaron las luces y pusieron los blues, deseó estar en sus brazos en un rincón oscuro, pero él propuso:

—Salgamos a hablar.

Se sentaron en unos bloques de cemento detrás del pabellón de invitados, junto a lo que parecía el lavabo del portero, un cubículo estrecho del que, cuando soplaba el viento, llegaba una vaharada de olor acre. Hablaron y hablaron, ávidos de conocerse. Obinze le contó que su padre había muerto cuando él tenía siete años, y que recordaba con toda claridad cómo le enseñó a montar en triciclo en una calle arbolada cerca de su casa en el campus, pero a veces descubría, horrorizado, abrumado por una sensación de traición, que había olvidado el rostro de su padre y entonces corría a mirar la foto enmarcada en la pared del salón.

—¿Tu madre nunca ha querido volver a casarse?

—Aunque hubiese querido, no creo que lo hubiese hecho, por mí. Quiero que sea feliz, pero no quiero que vuelva a casarse.

—Yo pensaría lo mismo. ¿Es verdad que se peleó con otro profesor?

—Has oído esa historia, pues.

—Contaron que tuvo que dejar la Universidad de Nsukka por eso.

—No, no se peleó. Formaba parte de una comisión, y se descubrió que cierto profesor había desviado fondos, y mi madre lo acusó públicamente; él, furioso, la abofeteó y dijo que no podía aceptar que una mujer le hablara así. Entonces mi madre se levantó, cerró con llave la puerta de la sala de reuniones y se metió la llave en el sujetador. Dijo que no podía devolverle la bofetada porque él era más fuerte que ella, pero que tendría que pedirle una disculpa en público, delante de todos aquellos que lo habían visto abofetearla. Y él así lo hizo. Pero mi madre notó que no era sincero. Según ella, lo hizo en plan «Vale, lo siento, si eso es lo que quieres oír, y ahora saca ya la llave». Ese día mi madre llegó a casa hecha una fiera, y no paró de hablar de lo mucho que habían cambiado las cosas y de cómo era posible que una persona abofeteara a otra sin más. Escribió circulares y artículos al respecto, e intervino el sindicato de estudiantes. La gente decía: «Vaya, ¿cómo es que la abofeteó siendo viuda?», y eso la molestó aún más. Insistió en que no debería haber sido abofeteada porque

90

era un ser humano en sentido pleno, no porque no tuviera un marido para salir en su defensa. Así que unas cuantas alumnas suyas fueron y estamparon en camisetas el lema «Ser humano en sentido pleno». Supongo que con eso mi madre se dio a conocer. Por lo general, es muy discreta y tiene pocos amigos.

—¿Por eso vino a Lagos?

—No. Tenía previsto un periodo sabático desde hacía tiempo. Recuerdo la primera vez que me anunció que nos marcharíamos de allí durante sus dos años sabáticos, y yo estaba ilusionado porque pensaba que sería a Estados Unidos... El padre de un amigo mío acababa de irse a Estados Unidos... y luego me dijo que sería a Lagos, y yo le pregunté: «¿Qué sentido tiene? Para eso podríamos quedarnos en Nsukka».

Ifemelu se echó a reír.

—Al menos a Lagos también puedes venir en avión.

—Sí, pero nosotros vinimos por carretera —dijo Obinze, y se rio—. Pero ahora me alegro de que haya sido Lagos, porque si no, no te habría conocido.

—Ni habrías conocido a Ginika —bromeó ella.

—No sigas por ahí.

—Tus amigos te matarán. Se suponía que debías ir a por ella.

—Voy a por ti.

Ifemelu siempre recordaría ese momento, esas palabras: «Voy a por ti».

—Te vi en el colegio hace ya un tiempo. Incluso le pregunté a Kay por ti —dijo.

—¿Lo dices en serio?

—Te vi con una novela de James Hadley Chase en la mano, cerca del laboratorio, y me dije: «Ah, perfecto, hay esperanza. Lee».

—Creo que las he leído todas.

—Yo también. ¿Cuál es tu preferida?

—*Hechizo en la ruta maya.*

—La mía es *Si desea seguir viviendo*. Me pasé una noche en vela para acabarla.

—Sí, a mí esa también me gusta.

—¿Y en cuanto a otros libros? ¿Qué clásicos te gustan?

—¿Clásicos, *kwa*? Solo me gusta la novela negra y el thriller. Sheldon, Ludlum, Archer.

—Pero también tienes que leer libros serios.

Ella lo miró, encontrando graciosa la solemnidad con que hablaba.

—¡Niño pera! ¡Universitario! Eso debe de ser lo que te ha enseñado tu madre profesora.

—No, hablo en serio. —Guardó silencio un momento—. Te dejaré alguno para que lo intentes. Me encantan los americanos.

—«Tienes que leer libros serios» —lo imitó ella.

—¿Y poesía?

—¿Cuál fue el último poema que estudiamos en clase? «La balada del viejo marinero.» Un tostón.

Obinze se rio, e Ifemelu, sin el menor interés en continuar con el tema de la poesía, preguntó:

—¿Y qué te ha dicho Kayode de mí?

—Nada malo. Le caes bien.

—No quieres contarme lo que te ha dicho.

—Ha dicho: «Ifemelu no está mal pero trae problemas. Es de las que discuten. Es de las que hablan. Nunca está de acuerdo. Ginika, en cambio, es un encanto». —Se interrumpió y enseguida añadió—: No sabía que eso era exactamente lo que yo esperaba oír. No me interesan las buenas chicas.

—¡Anda ya! ¿Estás insultándome?

Le dio un codazo con fingido enfado. Siempre le había gustado esa imagen de sí misma como persona problemática, persona distinta, y a veces la consideraba un caparazón protector.

—Sabes que no estoy insultándote. —Le rodeó los hombros con un brazo y la acercó hacia sí con delicadeza; era la primera vez que sus cuerpos se encontraban y ella se sintió tensarse—. Pensé que estabas muy bien, pero no solo eso. Me dio la impresión de que eres de esas personas que hacen las cosas porque quieren hacerlas, y no porque las hacen los demás.

Ifemelu apoyó la cabeza en la de él y sintió por primera vez lo que a menudo sentiría a su lado: afecto por sí misma.

En su compañía, se gustaba a sí misma. Con él, se sentía cómoda; tenía la sensación de que su piel se acomodaba perfectamente al tamaño de su cuerpo. Le dijo lo mucho que deseaba que Dios existiera pero que temía que no existiera, lo mucho que le preocupaba que a esas alturas debiera saber ya qué quería hacer con su vida y que sin embargo no sabía siquiera qué quería estudiar en la universidad. Parecía de lo más natural, hablar con él de cosas raras. Nunca lo había hecho antes. La confianza, tan repentina y a la vez tan absoluta, y la intimidad la asustaron. Hacía solo unas horas no sabían nada el uno del otro, y aun así, en esos momentos previos al baile, existía entre los dos un conocimiento compartido, y ahora ella solo podía pensar en todo aquello que todavía deseaba contarle, que deseaba hacer con él. Las similitudes en sus vidas se convirtieron en buenos augurios: el hecho de que los dos fueran hijos únicos, de que cumplieran años con dos días de diferencia y de que ambos hubieran nacido en pueblos del estado de Anambra. Él era de Abba y ella de Umunnachi, pueblos que estaban a solo unos minutos uno del otro.

—¡Anda! ¡Un tío mío va a tu pueblo continuamente! —dijo él—. Lo he acompañado unas cuantas veces. Tenéis unas carreteras de pena.

—Conozco Abba. Las carreteras son peores.

—¿Cada cuánto vas a tu pueblo?

—Por Navidad.

—¡Solo una vez al año! Yo voy mucho con mi madre, al menos cinco veces al año.

—Pero seguro que yo hablo igbo mejor que tú.

—Imposible —dijo él, y pasó al igbo—. *Ama m atu inu.* Incluso sé proverbios.

—Sí, ya, el típico que conoce todo el mundo: «Una rana no corre por la tarde porque sí».

—De eso nada. Yo sé proverbios serios. *Akota ife ka ubi, e lee oba.* «Si se arranca de la tierra algo más grande que la granja, se vende el establo.»

—Ah, ¿quieres ponerme a prueba? —preguntó ella, y se echó a reír—. *Acho afu adi ako n'akpa dibia.* «En la bolsa del curandero hay de todo.»

—No está mal. *E gbuo dike n'ogu uno, e luo na ogu agu, e lote ya.* «Si matas a un guerrero en una pelea en tu pueblo, te acordarás de él cuando luches contra el enemigo.»

Intercambiaron proverbios. Ella solo pudo decir dos más antes de rendirse, y él, por su parte, seguía lanzado.

—¿Cómo sabes todo eso? —preguntó Ifemelu, impresionada—. Muchos ni siquiera hablan igbo, y proverbios no conoce casi nadie.

—Yo solo escucho a mis tíos cuando hablan. Creo que a mi padre le habría gustado.

Se quedaron callados. Llegaban ráfagas de humo de tabaco desde la entrada del pabellón de invitados, donde se habían reunido unos chicos. El bullicio de la fiesta flotaba en el aire: música a todo volumen, voces estridentes y carcajadas de chicos y chicas, todos ellos más desinhibidos y libres de lo que se sentirían al día siguiente.

—¿No vamos a besarnos? —preguntó ella.

Él pareció sorprenderse.

—¿Y eso a qué viene?

—Es solo por preguntar. Llevamos aquí sentados mucho rato.

—No me gustaría que pensaras que eso es lo único que quiero.

—¿Y qué pasa con lo que quiero yo?

—¿Tú qué quieres?

—¿Tú qué crees que quiero?

—¿Mi chaqueta?

Ella se rio.

—Sí, tu famosa chaqueta.

—Contigo me siento tímido —admitió él.

—¿En serio? Porque yo también me siento tímida contigo.

—Me cuesta creer que tú te sientas tímida en ninguna circunstancia.

Se besaron, juntaron las frentes, se cogieron de las manos. El beso de él fue placentero, incluso embriagador; no se pareció en nada a los de Mofe, su ex novio, que le resultaban demasiado salivosos.

Cuando se lo comentó a Obinze unas semanas después —«¿Y tú dónde aprendiste a besar? Porque lo tuyo no se parece en nada al salivoso tanteo de mi ex novio»—, y él se echó a reír y repitió: «¡Salivoso tanteo!»; luego explicó que no era cuestión de técnica, sino de emoción. Él había hecho lo mismo que su ex novio, pero la diferencia en este caso era el amor.

—Como ya sabes, lo nuestro fue amor a primera vista para los dos —declaró él.

—¿Para los dos? ¿Es así por fuerza? ¿Por qué hablas en mi nombre?

—Solo afirmo un hecho. Deja de resistirte.

Estaban sentados uno al lado del otro en un pupitre al fondo del aula de él, casi vacía. Empezó a sonar el timbre para anunciar el final del descanso, un zumbido metálico y discordante.

—Sí, es un hecho —convino ella.

—¿Qué?

—Que te quiero.

Con qué facilidad le salieron esas palabras, con qué claridad. Quería que él la oyese y quería que la oyese el chico sentado delante, con gafas y estudioso, y quería que la oyesen las chicas congregadas en el pasillo.

—Un hecho —repitió él con una sonrisa.

Por Ifemelu, Obinze se apuntó al club de debate, y cuando ella acababa de hablar, era él quien aplaudía más fuerte y durante más tiempo, hasta que las amigas de ella decían: «Obinze, ya basta, por favor». Por Obinze, Ifemelu se apuntó al club de deporte, y lo veía jugar al fútbol, sentada junto a la línea de banda, sosteniéndole la botella de agua. Pero la mayor pasión de Obinze era el tenis de mesa: cuando jugaba, sudaba y gritaba, resplandecía de energía, esmachaba, y ella se maravillaba de su habilidad, de cómo parecía situarse demasiado lejos de la mesa y sin embargo conseguía llegar a la pelota. Era el campeón invicto del colegio, como lo había sido, le explicó, en su colegio anterior. Cuando Ifemelu jugaba con Obinze, él se reía y decía: «¡No ganarás por pegarle a la bola con más rabia!». Por ella, los amigos de él lo llamaban «envoltorio de mujer». Una vez, mientras todos ellos hablaban de quedar después de clase para jugar al fútbol, uno preguntó: «¿Ifemelu te ha dado permiso para venir?». Y Obinze se apresuró a contestar: «Sí, pero ha dicho que solo tengo una hora». A ella le complacía que él exhibiera su relación con tal atrevimiento, como una camisa de un color chillón. A veces le preocupaba ser demasiado feliz, y entonces se le torcía el ánimo y arremetía contra Obinze, o se mostraba distante. Y su alegría se convertía en desazón y aleteaba dentro de ella como si buscara un resquicio por el que escapar volando.

5

Después de la fiesta de Kayode, Ginika empezó a comportarse con poca naturalidad y entre ellas surgió una extraña tirantez.

—No esperaba que las cosas se dieran así, tú ya lo sabes —dijo Ifemelu.

—Ifem, te miraba a ti desde el principio —respondió Ginika, y luego, para demostrar que no le importaba, comentó en broma que le había robado el novio sin proponérselo siquiera.

Su despreocupación era forzada, con las tintas un poco cargadas, e Ifemelu sintió el peso de la culpabilidad y el deseo de compensarla en exceso. Tenía la impresión de que no estaba bien que su íntima amiga Ginika, bonita, agradable, con tanto éxito entre los chicos, Ginika, con quien nunca había discutido, se viera reducida a simular indiferencia, a pesar de que en su tono de voz se traslucía cierta melancolía siempre que hablaba de Obinze. «Ifem, ¿hoy tendrás un rato para nosotras, o toca Obinze todo el día?», preguntaba.

Y así las cosas, cuando Ginika llegó una mañana al colegio, los ojos enrojecidos y los párpados hinchados, y anunció: «Dice mi padre que nos vamos a Estados Unidos el mes que viene», Ifemelu casi sintió alivio. Echaría de menos a su amiga, pero la marcha de Ginika las obligaba a las dos a escurrir a fondo su amistad y, una vez renovada, tenderla a secar, para volver al punto donde estaban antes. Los padres de Ginika llevaban tiempo hablando de renunciar a sus puestos en la universidad y partir de cero en Estados Unidos. Una vez Ife-melu, estando allí de visita, oyó decir al padre de Ginika: «No somos borregos. Este régimen nos trata como a borregos y empezamos a comportarnos como si fuéramos borregos. Hace años que no puedo investigar en serio, porque todos los días estoy organizando huelgas y hablando de salarios impaga-dos y de que no hay tiza en las aulas». Era un hombre bajo, de piel muy oscura, que parecía aún más bajo y oscuro al lado de la madre de Ginika, una mujer corpulenta de pelo ceni-ciento, y presentaba cierto aire de indecisión, como si siem-pre vacilara entre opciones. Cuando Ifemelu comunicó a sus padres que la familia de Ginika se marchaba por fin, su padre dejó escapar un suspiro y dijo: «Afortunados ellos que al me-nos tienen esa alternativa», y su madre dijo: «Es una bendi-ción de Dios».

Pero Ginika protestó y lloró, pintando imágenes de una vida triste, sin amigos, en una América desconocida.

—Ojalá pudiera quedarme a vivir contigo cuando ellos se vayan —dijo a Ifemelu. Se habían reunido en casa de Ginika sus amigas, Ifemelu, Ranyinudo, Priye y Tochi, y estaban en su dormitorio, viendo la ropa que no iba a llevarse para re-partírsela.

—Ginika, tú asegúrate de que aún puedes hablar con noso-tras cuando vuelvas —dijo Priye.

—Volverá y será una *americanah* como Bisi —dictaminó Ran-yinudo.

Se rieron a carcajadas, por la palabra «americanah», envuel-ta en jolgorio, la cuarta sílaba prolongada, y por el recuerdo de Bisi, una chica del curso por debajo de ellas que había re-gresado de un corto viaje a Estados Unidos con peculiares afec-taciones, fingiendo que ya no entendía el yoruba, añadiendo una «erre» arrastrada a cada palabra que pronunciaba en in-glés.

—Pero, Ginika, en serio, ahora mismo daría cualquier cosa por ser tú —admitió Priye—. No entiendo por qué no quieres ir. Siempre puedes volver.

En el colegio, los amigos se reunieron en torno a Ginika. Todos querían llevarla a la tienda de chuches y verla después de clase, como si su inminente marcha la hubiera vuelto aún más deseable. Ifemelu y Ginika se hallaban en el pasillo, durante un breve descanso, cuando los Figuras se acercaron a ellas: Kayode, Obinze, Ahmed, Emenike y Osahon.

—Ginika, ¿a qué parte de Estados Unidos irás? —preguntó Emenike.

Sentía veneración por quienes iban al extranjero. Cuando Kayode regresó de un viaje a Suiza con sus padres, Emenike se agachó para acariciarle los zapatos, diciendo: «Quiero tocarlos porque han pisado nieve».

—A Missouri —contestó Ginika—. Mi padre ha conseguido un puesto de profesor allí.

—Tu madre es de Estados Unidos, *abi*? O sea que tienes pasaporte estadounidense, ¿no? —preguntó Emenike.

—Sí. Pero no hemos viajado desde que yo estaba en tercero de primaria.

—El pasaporte de Estados Unidos mola un montón —afirmó Kayode—. Yo cambiaría mi pasaporte británico mañana mismo.

—Y yo —dijo Yinka.

—Yo no lo tengo por los pelos —explicó Obinze—. Mis padres me llevaron a Estados Unidos cuando tenía ocho meses. ¡Siempre le digo a mi madre que debería haber ido antes y así yo habría nacido allí!

—Mala suerte, tío —dijo Kayode.

—Yo no tengo pasaporte. La última vez que viajamos, estaba en el pasaporte de mi madre —comentó Ahmed.

—Yo estuve en el de mi madre hasta tercero de primaria; luego mi padre dijo que cada uno necesitaba tener su propio pasaporte —explicó Osahon.

—Yo nunca he salido al extranjero, pero mi padre me ha prometido que estudiaré la carrera fuera. Ojalá pudiera pedir el visado ahora en lugar de tener que esperar a acabar el colegio —dijo Emenike.

Cuando calló, se impuso un silencio.

–No nos dejes ahora, espera a acabar –dijo por fin Yinka, y Kayode y ella prorrumpieron en risotadas.

Los otros rieron también, incluso el propio Emenike, pero por debajo de esa hilaridad se percibía un eco hiriente. Les constaba que mentía: Emenike concebía historias de unos padres ricos que, como todo el mundo sabía, no tenía, inmerso en su necesidad de inventar una vida que no era la suya. La conversación decayó, se desvió hacia el profesor de matemáticas, que no sabía resolver sistemas de ecuaciones. Obinze cogió a Ifemelu de la mano y se alejaron. Lo hacían a menudo, separándose lentamente de sus amigos, para sentarse en un rincón al lado de la biblioteca o dar un paseo por el jardín de detrás de los laboratorios. Mientras paseaban, ella quiso decirle a Obinze que no sabía qué significaba «estar en el pasaporte de la madre», que su madre ni siquiera tenía pasaporte. Pero siguió caminando a su lado sin decir nada. Él encajaba allí, en ese colegio, mucho más que ella. Ifemelu tenía éxito entre sus compañeros, la incluían siempre en las listas de todas las fiestas, y siempre la proclamaban, en la asamblea general, una de las «tres primeras» de su clase, y aun así, se sentía revestida de una bruma traslúcida de diferencia. No estaría allí si no hubiese obtenido tan buenos resultados en la prueba de acceso, si su padre no se hubiese empeñado en que ella fuera a «un colegio que edifica tanto el carácter como el currículum». Su colegio de primaria era distinto, lleno de niños como ella, cuyos padres eran maestros y funcionarios, que cogían el autobús y no tenían chófer. Recordó la sorpresa en el rostro de Obinze, sorpresa que se apresuró a camuflar, cuando, a su pregunta «¿Cuál es tu número de teléfono?», ella respondió: «No tenemos teléfono».

Ahora él la tenía cogida de la mano y se la apretaba con delicadeza. La admiraba por ser franca y distinta, pero no parecía capaz de ver por debajo de eso. Para él, estar allí, entre personas que habían viajado al extranjero, era algo natural. Conocía al dedillo las cosas extranjeras, en particular las estadounidenses. Todo el mundo veía cine estadounidense e intercambiaba revistas estadounidenses descoloridas. Pero él sabía detalles sobre presidentes de Estados Unidos de cien años atrás. Todo el mundo veía programas estadounidenses, pero él estaba al corriente de que Lisa Bonet abandonaba *La hora de Bill Cosby* para rodar *El corazón del ángel* y de las enormes deudas de Will Smith antes de firmar el contrato para *El príncipe de Bel-Air*. «Pareces una negra estadounidense», era su máximo cumplido, cosa que le decía cuando se ponía un vestido bonito o cuando llevaba el pelo en grandes trenzas. Para él, Manhattan era el súmmum. Solía decir: «No es que esto sea precisamente Manhattan» o «Ve a Manhattan y verás cómo son las cosas». Le regaló un ejemplar de *Huckleberry Finn*, las hojas arrugadas de tanto pasarlas con el dedo, y ella empezó a leerlo en el autobús de camino a casa pero se interrumpió al cabo de unos capítulos. A la mañana siguiente lo plantó resueltamente en el pupitre de él.

—Tonterías ilegibles —declaró.

—Está escrito en distintos dialectos norteamericanos —explicó Obinze.

—¿Y qué? Yo sigo sin entenderlo.

—Has de tener paciencia, Ifem. Es muy interesante, y si llegas a entrar de verdad, no querrás parar de leer.

—Ya he parado de leer. Por favor, guárdate tus libros serios y déjame a mí con los libros que me gustan. Y, por cierto, sigo ganándote cuando jugamos al Scrabble, señor don Libros Serios.

Ahora, mientras volvían a clase, Ifemelu retiró la mano de la de él. Siempre que se sentía así, la traspasaba el filo del pánico a la más mínima, y los sucesos triviales se convertían en árbitros del destino. Esta vez el desencadenante fue Ginika; estaba cerca de la escalera, mochila al hombro, mientras el sol formaba vetas doradas en su rostro, y de pronto Ifemelu pensó en lo mucho que Ginika y Obinze tenían en común. La casa de Ginika en la Universidad de Lagos, un plácido bungalow con el jardín delimitado por setos de buganvilla, tal vez era como la casa de Obinze en Nsukka, e imaginó que Obinze caía en la cuenta de que Ginika se adecuaba mucho más a él, y que entonces ese regocijo, ese algo frágil y titilante entre ellos, desaparecía.

Una mañana, después de la asamblea general, Obinze le dijo a Ifemelu que su madre quería que ella fuera a visitarlos.

—¿Tu madre? —preguntó, boquiabierta.

—Creo que quiere conocer a su futura nuera.

—¡Obinze, un poco de seriedad!

—Me acuerdo de que en sexto de primaria invité a una niña a la fiesta de fin de curso, y mi madre nos llevó en coche; al dejarnos, dio un pañuelo a la niña y le dijo: «Una dama siempre necesita un pañuelo». Mi madre puede ser muy rara, *sha*. A lo mejor quiere darte un pañuelo.

—¡Obinze Maduewesi!

—Ella nunca me había pedido antes una cosa así, pero, claro, tampoco yo había tenido nunca novia formal. Solo quiere verte, creo. Dijo que debes venir a comer.

Ifemelu lo miró con asombro. ¿Qué madre en su sano juicio pedía a la novia de su hijo que fuera de visita? Aquello era insólito. Incluso la expresión «venir a comer» parecía propia del personaje de un libro. Si dos personas eran Novio y Novia, no visitaban sus mutuas casas; se apuntaban a actividades extraescolares, a clases de francés, a cualquier cosa que implicara verse fuera del colegio. Los padres de ella, naturalmente, no conocían la existencia de Obinze. La invitación de la madre de este la asustaba y la emocionaba; pasó días pensando qué ponerse.

«Basta con que seas tú misma», le aconsejó la tía Uju, e Ifemelu respondió: «¿Cómo puedo ser yo misma? ¿Qué significa eso, ya para empezar?».

Cuando fue de visita, se quedó inmóvil delante de la puerta del piso durante un rato antes de tocar el timbre, asaltada por la repentina y descabellada esperanza de que no hubiera nadie. Abrió Obinze.

–Hola. Mi madre acaba de volver del trabajo.

El salón era amplio, sin nada en las paredes salvo un cuadro en tonos turquesa de una mujer de cuello largo con turbante.

–Eso es lo único que nos pertenece. Todo lo demás venía con el piso –dijo Obinze.

–Es bonito –comentó ella entre dientes.

–No estés nerviosa. Recuérdalo, es ella quien quiere que estés aquí –susurró Obinze justo antes de entrar su madre.

Era idéntica a Onyeka Onwenu, el parecido era sorprendente: una belleza de labios grandes y nariz grande, encuadrado su rostro redondo por un peinado afro, el pelo no muy largo, su impoluta tez del color marrón intenso del cacao. La música de Onyeka Onwenu había sido uno de los más luminosos goces en la infancia de Ifemelu, y su luz había seguido brillando en los años posteriores a la niñez. Siempre recordaría el día que su padre llegó a casa con el álbum *In the Morning Light*; la cara de Onyeka Onwenu en la funda fue una revelación, y durante mucho tiempo Ifemelu resiguió los contornos de esa foto con el dedo. Las canciones, cada vez que su padre las ponía, infundían al piso un ambiente festivo, lo convertían a él en una persona más relajada, que acompañaba con su voz canciones impregnadas de feminidad, e Ifemelu, con un sentimiento de culpabilidad, concebía la fantasía de que su padre estaba casado con Onyeka Onwenu, no con su madre. Cuando saludó a la madre de Obinze con un «Buenas tardes, señora», casi esperaba que ella, en respuesta, se pusiera a cantar con una voz tan incomparable como la de Onyeka Onwenu. Sin embargo, tenía una voz baja y susurrante.

–Tienes un nombre precioso, Ifemelunamma –comentó.

Ifemelu no supo qué decir durante unos segundos.

–Gracias, señora.

–Tradúcelo –pidió ella.

–¿Que lo traduzca?

–Sí, ¿cómo traducirías tu nombre? ¿Te ha contado Obinze que hago alguna que otra traducción? Del francés. Doy clases de literatura, pero, ojo, no de literatura inglesa sino de literaturas en lengua inglesa, y para mí las traducciones son un pasatiempo. Veamos, la traducción de tu nombre del igbo al inglés podría ser «Hecha en los Buenos Tiempos» o «Hecha Hermosamente». ¿Tú qué crees?

Ifemelu era incapaz de pensar. Algo en aquella mujer le despertaba el deseo de hacer comentarios inteligentes, pero tenía la mente en blanco.

—Mamá, Ifemelu ha venido a saludarte, no a traducir su nombre —terció Obinze simulando exasperación.

—¿Tenemos algún refresco que ofrecer a nuestra invitada? ¿Has sacado la sopa de la nevera? Vamos a la cocina —dijo su madre.

Alargó el brazo, retiró un poco de pelusa del pelo de Obinze y luego le dio una palmadita en la cabeza. Ifemelu se sintió incómoda ante esa relación fluida, marcada por el humor, libre de restricciones, libre del miedo a las consecuencias; no tenía la forma habitual de una relación madre-hijo. Cocinaron juntos, revolviendo su madre la sopa, preparando Obinze el garri, mientras Ifemelu, allí de pie, bebía una Coca-Cola. Se había ofrecido a ayudar, pero la madre de Obinze había dicho: «No, querida, quizá la próxima vez», como si no dejara a cualquiera ayudar en su cocina. Era agradable y directa, incluso afectuosa, pero se revestía de cierta privacidad, cierta reticencia a desnudarse del todo ante el mundo, rasgo que Obinze también poseía. Ella había enseñado a su hijo la facultad de quedarse cómodamente dentro de uno mismo, incluso en medio de una multitud.

—¿Cuáles son tus novelas preferidas, Ifemelunamma? —preguntó la madre de Obinze—. ¿Ya sabes que Obinze solo lee libros norteamericanos? Espero que tú no seas igual de tonta.

—Mamá, tu único objetivo es obligarme a que me guste este libro. —Señaló un ejemplar de *El revés de la trama* de Graham Greene que había en la mesa de la cocina—. Mi madre lee este libro dos veces al año, no sé por qué —le explicó a Ifemelu.

—Es un libro sabio. Las historias humanas que importan son aquellas que perduran. Los libros norteamericanos que lees son pesos ligeros. —Se volvió hacia Ifemelu—. Este chico está obsesionado con Estados Unidos.

—Leo libros norteamericanos porque Estados Unidos es el futuro, mamá. Y recuerda que tu marido estudió allí.

—Eso fue cuando solo los memos estudiaban en Estados Unidos. Por entonces las universidades estadounidenses se consideraban al mismo nivel que los colegios secundarios británicos. Tuve que pulir mucho a ese hombre después de casarme con él.

—¿Pese a que dejabas tus cosas en su piso para que sus otras novias se mantuvieran alejadas?

—Ya te he dicho que no hagas caso de las falsedades de tu tío.

Ifemelu estaba pasmada. La madre de Obinze, su hermoso rostro, su apariencia de sofisticación, el hecho de ponerse un delantal blanco en la cocina, no se parecía en nada a ninguna otra madre que Ifemelu conociera. Allí, su padre se vería vulgar, con sus innecesarias palabras altisonantes, y su madre, provinciana y pequeña.

—Puedes lavarte las manos en el fregadero —dijo la madre de Obinze—. Creo que todavía no han cortado el agua.

Sentados a la mesa, comieron el garri y la sopa, esforzándose Ifemelu en ser, como había aconsejado la tía Uju, «ella misma», aunque ya no sabía qué era «ella misma». Se sentía indigna, incapaz de sumergirse con Obinze y su madre en su ambiente.

—La sopa está muy dulce, señora —comentó educadamente.

—Ah, la ha preparado Obinze —dijo su madre—. ¿No te ha contado que cocina?

—Sí, señora, pero no creía que supiera preparar una sopa.

Obinze sonreía muy ufano.

—¿Tú cocinas en tu casa? —preguntó su madre.

Ifemelu deseó mentir, decir que sí cocinaba, que le encantaba cocinar, pero recordó las palabras de la tía Uju.

–No, señora. No me gusta cocinar. Puedo comer fideos instantáneos día y noche.

La madre de Obinze se echó a reír, como si la sinceridad la cautivara, y cuando se rio, pareció un Obinze de facciones más suaves. Ifemelu comió despacio, pensando en lo mucho que deseaba quedarse allí con ellos, en medio del arrobamiento de ambos, eternamente.

Los fines de semana, cuando la madre de Obinze cultivaba su afición a la repostería, el piso olía a vainilla. Una tarta con relucientes rodajas de mango, pequeños pasteles marrones rebosantes de pasas. Ifemelu mezclaba la masa y pelaba la fruta; su madre no preparaba pasteles, su horno albergaba cucarachas.

–Obinze acaba de decir «carro», señora. Ha dicho que está en el maletero de su carro –observó Ifemelu.

En la liza Estados Unidos-Gran Bretaña entablada entre madre e hijo, ella siempre se ponía del lado de la madre.

–«Carro» es un vehículo tirado por caballos, querido hijo mío –dijo su madre.

Cuando Obinze pronunciaba «cocina» con el sonido «ese» en lugar de «ce», su madre decía: «Por favor, Ifemelunamma, dile a mi hijo que no hablo americano. ¿Podría repetirlo en nuestra lengua?».

Los fines de semana veían vídeos. Se sentaban en el salón, con la mirada fija en la pantalla, y Obinze decía: «Mamá, *chelu*, déjanos oír», cuando su madre, a veces, hacía comentarios sobre la verosimilitud de una escena, o vaticinaba un desenlace, o declaraba que tal actor llevaba peluca. Un domingo, a media película, su madre se marchó a la farmacia para comprar su medicamento contra la alergia. «Había olvidado que hoy cierran antes», adujo. En cuanto arrancó el motor del coche, revolucionándose en un sonido sordo, Ifemelu y Obinze corrieron a la habitación de él y, hundiéndose en su cama, se besaron y toquetearon, se levantaron la ropa, se la apartaron, se la medio quitaron. Sus pieles cálidas en contacto. Dejaron abiertas la puerta y las lamas de la persiana, ambos atentos al ruido del coche de su madre. Cuando lo oyeron, en cuestión de segundos estaban vestidos, otra vez en el salón, pulsado ya el botón de reproducción del vídeo.

La madre de Obinze entró y echó una ojeada al televisor.

–Estabais viendo esta escena cuando me he ido –dijo tranquilamente.

Se produjo un silencio absoluto, incluso en la película, hasta que el sonsonete de un vendedor de alubias ambulante penetró por la ventana.

–Ifemelunamma, ven, por favor –dijo su madre, y se dio media vuelta.

Obinze se puso en pie, pero Ifemelu lo detuvo.

–No, me ha llamado a mí.

La madre de Obinze le pidió que pasara a su dormitorio, le pidió que se sentara en la cama.

–Si pasa algo entre Obinze y tú, los dos seréis responsables. Pero la naturaleza es injusta con las mujeres. Un acto lo cometen dos personas, pero si hay consecuencias, una sola carga con ellas. ¿Me entiendes?

–Sí.

Ifemelu eludía la mirada de la madre de Obinze, fijándola en el linóleo blanco y negro del suelo.

–¿Has hecho algo serio con Obinze?

–No.

–Yo fui joven en su día. Sé lo que es el amor cuando se es joven. Quiero darte un consejo. Soy consciente de que, al final, harás lo que quieras, pero mi consejo es que esperes. Puedes amar sin hacer el amor. Hacer el amor es una manera hermosa de demostrar tus sentimientos, pero conlleva responsabilidad, una gran responsabilidad, y no hay prisa. Te aconsejo que esperes hasta que estés al menos en la universidad, espera hasta que seas un poco más dueña de ti misma. ¿Lo entiendes?

–Sí –respondió Ifemelu.

No sabía a qué se refería con eso de «un poco más dueña de ti misma».

–Me consta que eres una chica lista. Las mujeres son más sensatas que los hombres, y tendrás que ser tú la sensata. Convéncelo. Los dos deberíais poneros de acuerdo en esperar para que no haya presión.

La madre de Obinze calló por un momento e Ifemelu se preguntó si había terminado. El silencio reverberó en su cabeza.

–Gracias, señora –dijo Ifemelu.

–Y cuando decidas empezar, ven a verme. Quiero saber que actúas de manera responsable.

Ifemelu movió la cabeza en un gesto de asentimiento. Sentada en la cama de la madre de Obinze, en el dormitorio de esa mujer, asentía y accedía a anunciarle cuándo empezaría a mantener relaciones sexuales con su hijo. Aun así, percibió la ausencia de vergüenza. Quizá fuera por el tono de la madre de Obinze, su uniformidad, su normalidad.

–Gracias, señora –repitió, mirando ahora a la madre de Obinze a la cara, una cara franca, nada distinta de cómo era habitualmente–. Así lo haré.

Regresó al salón. Obinze, sentado en el borde de la mesa de centro, parecía nervioso.

–Lo siento. Hablaré de esto con ella en cuanto te vayas. Si quiere hablar con alguien, debe hacerlo conmigo.

–Me ha dicho que no vuelva nunca más a esta casa. Que llevo a su hijo por el mal camino.

Obinze parpadeó.

–¿Cómo?

Ifemelu se echó a reír. Después, cuando le contó lo que su madre había dicho, él cabeceó.

–¿Tenemos que decírselo cuando empecemos? ¿Qué idiotez es esa? ¿Quiere comprarnos condones? ¿Qué le pasa a esta mujer?

–Pero ¿a ti quién te ha dicho que vamos a empezar nada?

6

Entre semana la tía Uju volvía corriendo a casa para ducharse y esperar al General y los fines de semana holgaba en camisón, leyendo o cocinando o viendo la televisión, porque el General estaba en Abuja con su mujer y sus hijos. Ella evitaba el sol y se aplicaba cremas de elegantes frascos para que su tez, ya clara por naturaleza, fuera aún más clara, más luminosa, y adquiriera brillo. A veces, mientras Uju daba indicaciones a su chófer, Sola, o a su jardinero, Baba Flower, o a sus dos asistentas, Inyang, que limpiaba, y Chikodili, que guisaba, Ifemelu se acordaba de la tía de antaño, aquella aldeana llegada a Lagos hacía muchos años, quien, según las comedidas quejas de la madre de Ifemelu, era tan provinciana que siempre andaba tocando las paredes, ¿y por qué eran incapaces esos aldeanos de tenerse en pie sin alargar el brazo para dejar marcada la palma de su mano en una pared? Ifemelu se preguntaba si la tía Uju se veía alguna vez con los ojos de la chica que era antes. Tal vez no. La tía Uju se había asentado en su nueva vida con gran sutileza, más absorta en el propio General que en su riqueza recién adquirida.

La primera vez que Ifemelu vio la casa de la tía Uju en Dolphin Estate no quiso marcharse. El cuarto de baño la fascinó, con su grifo de agua caliente, su potente ducha, sus azulejos de color rosa. Las cortinas del dormitorio eran de seda cruda, y dijo a la tía Uju: «¡Anda ya! ¡Qué desperdicio usar esta tela para una cortina! Hagamos un vestido con ella». El salón tenía puertas de cristal que se abrían y cerraban deslizándose insonoramente. Había aire acondicionado hasta en la cocina. Deseaba vivir allí. Impresionaría a sus amigos; los imaginaba sentados en la salita contigua al salón, que la tía Uju llamaba el cuarto de la tele, viendo programas por vía satélite. Así que preguntó a sus padres si podía quedarse con la tía Uju entre semana.

—Está más cerca del colegio, no tendré que coger dos autobuses. Puedo ir los lunes y volver a casa los viernes —propuso Ifemelu—. También puedo ayudar a la tía Uju en la casa.

—Según tengo entendido, Uju dispone ya de ayuda suficiente —observó su padre.

—Es buena idea —le dijo su madre a su padre—. Allí puede estudiar bien, al menos habrá electricidad todos los días. No necesitará estudiar con lámparas de queroseno.

—Puede ir a ver a Uju después de clase y los fines de semana, pero no va a vivir allí —declaró su padre.

Su madre guardó silencio por un momento, desconcertada por la firmeza de él.

—De acuerdo —concluyó, lanzando una mirada de impotencia a Ifemelu.

Durante varios días Ifemelu anduvo enfurruñada. Su padre solía consentirla, cediendo a sus deseos, pero esta vez hizo caso omiso a sus pucheros, su intencionado mutismo en la mesa. Él fingió no darse cuenta cuando la tía Uju les llevó un televisor nuevo. Se quedó arrellanado en su sofá ajado, leyendo su libro ajado, mientras el chófer de la tía Uju dejaba la caja marrón de Sony en el suelo. La madre de Ifemelu empezó a cantar un himno eclesiástico —«El Señor me ha concedido la victoria, y yo lo ensalzaré aún más»— que solía cantarse a la hora de la colecta.

—El General compró más de los que yo necesitaba en la casa. No tenía dónde ponerlo —observó la tía Uju, una vaga explicación sin dirigirse a nadie en particular y una manera de zafarse de cualquier muestra de agradecimiento.

La madre de Ifemelu abrió la caja y retiró con cuidado la protección de espuma de poliestireno.

—El viejo nuestro se ve fatal —dijo, aunque todos sabían que no era así—. ¡Fíjate en lo estilizado que es! ¡Fíjate!

Su padre apartó la mirada del libro.

—Sí, lo es —admitió, y acto seguido bajó la vista.

El casero volvió una vez más. Irrumpió en el piso apartando a Ifemelu, entró en la cocina y, alzando la mano hacia el contador de la luz, arrancó el fusible y les cortó del todo el poco suministro eléctrico que recibían.

Cuando se marchó, el padre de Ifemelu dijo:

—Qué ignominia. Pedirnos el alquiler de dos años. Hasta ahora hemos pagado de año en año.

—Pero esta vez ni siquiera hemos pagado ese único año —comentó la madre, y en su tono había una ligerísima acusación.

—He hablado con Akunne de un préstamo —dijo su padre.

Aborrecía a Akunne, una especie de primo, el hombre próspero de su pueblo, a quien todos acudían con sus problemas. Él consideraba a Akunne un vulgar analfabeto, un nuevo rico.

—¿Y qué te ha dicho?

—Me ha dicho que vaya a verlo el viernes.

Le temblaban los dedos; pugnaba, aparentemente, por contener las emociones. Ifemelu se apresuró a desviar la mirada, con la esperanza de que él no la hubiese visto observarlo, y le preguntó si podía ayudarla con una pregunta difícil de sus tareas. Para distraerlo, para dar la impresión de que la vida podía volver a existir.

Su padre no estaba dispuesto a pedir ayuda a la tía Uju; pero si la tía Uju le ofrecía el dinero, él no lo rechazaría. Era mejor eso que estar en deuda con Akunne. Ifemelu contó a la tía Uju cómo había aporreado el casero su puerta, un aporreo estridente e innecesario en atención a los vecinos, a la vez que profería improperios contra su padre: «¿Es que no es usted hombre? Págueme. ¡Si la semana que viene no he recibido ya el alquiler, lo echaré de este piso!».

Mientras Ifemelu imitaba al casero, una lánguida tristeza asomó al rostro de la tía Uju.

—¿Cómo puede ese casero, ese inútil, abochornar a mi hermano así? Le pediré el dinero a Oga.

Ifemelu se quedó inmóvil.

—¿Tú no tienes dinero?

—No me queda casi nada en la cuenta. Pero Oga me lo dará. ¿Y sabes que no me han pagado el salario desde que empecé a trabajar? Los de contabilidad me salen con una historia nueva cada día. El problema empezó con mi propio puesto, que oficialmente no existe, a pesar de que atiendo a pacientes todos los días.

—Pero los médicos están en huelga —dijo Ifemelu.

—Los hospitales militares siguen pagando. Aunque con mi sueldo tampoco podría pagar el alquiler, *sha*.

—¿No tienes dinero? —volvió a preguntar Ifemelu, despacio, para verlo claro, para asegurarse—. Anda ya, tía, ¿cómo es posible que no tengas dinero?

—Oga nunca me da mucho dinero. Paga todas las facturas y quiere que yo le pida lo que necesite. Algunos hombres son así.

Ifemelu la miró con asombro. La tía Uju, con su enorme casa rosa, con la ancha antena parabólica en el tejado, el generador rebosante de gasoil, el congelador bien abastecido de carne, y no tenía dinero en el banco.

—¡Ifem, no pongas esa cara de velatorio!

La tía Uju se echó a reír, su risa cáustica. De pronto se la vio pequeña y abrumada entre los desechos de su nueva vida, el joyero de color beige en el tocador, la bata de seda en la cama, e Ifemelu sintió miedo por ella.

—Incluso me dio un poco más de lo que le pedí —le dijo la tía Uju a Ifemelu la semana siguiente, con una sonrisita, como si encontrara gracioso el comportamiento del General–. Iremos a casa después de la peluquería para dárselo a mi hermano.

A Ifemelu la sorprendió lo que costaba un retoque con alisador en la peluquería de la tía Uju; las altivas peluqueras evaluaban a cada clienta, recorriéndola con la mirada de la cabeza a los pies, para decidir cuánta atención merecía. Con la tía Uju, se desvivían y se postraban, le dirigían profundas reverencias al saludarla, elogiaban exageradamente su bolso y sus zapatos. Ifemelu observó la escena, fascinada. Era allí, en una peluquería de Lagos, donde mejor se comprendían los distintos rangos de la feminidad imperial.

–Esas chicas… yo casi esperaba que tendieran las manos y te suplicaran que cagases allí para poder venerar eso también –dijo Ifemelu cuando salían de la peluquería.

La tía Uju se rio y se dio unas palmaditas en las sedosas extensiones que le caían hasta los hombros: entretejido chino, la última versión, reluciente y tan liso como imaginarse pudiera; nunca se enredaba.

–Verás, vivimos en una economía basada en lamer culos. El mayor problema de este país no es la corrupción. El problema es que hay mucha gente cualificada que no está donde tendría que estar porque no le lame el culo a nadie, o no sabe qué culo lamer, o ni siquiera sabe lamer un culo. Yo tengo la suerte de lamer el culo adecuado. –Sonrió–. Es pura suerte. Oga dijo que yo era una chica bien educada, no como todas esas mujeres de Lagos que se acuestan con él la primera noche y a la mañana siguiente le presentan una lista con lo que quieren que les compre. Yo me acosté con él la primera noche, pero no le pedí nada, lo cual, ahora que lo pienso, fue una estupidez por mi parte, pero no me acosté con él porque quisiera algo. ¡Ay, eso que llaman poder…! Ese hombre me atrajo a pesar de esos dientes de Drácula que tiene. Me atrajo su poder.

A la tía Uju le gustaba hablar del General, distintas versiones de las mismas anécdotas repetidas y saboreadas. Su chófer le había dicho –la tía Uju se granjeó su lealtad organizándole a su mujer las visitas prenatales y la vacunación del bebé– que

113

el General le exigía detalles de los lugares que ella frecuentaba y del tiempo que se quedaba en cada sitio, y siempre que la tía Uju se lo contaba a Ifemelu, terminaba con un suspiro y decía: «¿Se piensa que no podría ver a otro hombre sin que él se enterase, si quisiera? Pero no quiero».

Estaban en el interior frío del Mazda. Cuando el chófer salía marcha atrás del recinto vallado de la peluquería, la tía Uju hizo una seña al portero, bajó la ventanilla y le dio un poco de dinero.

—¡Gracias, señora! —dijo él, y le dirigió un saludo militar.

Había repartido billetes de naira a todas las empleadas de la peluquería, a los guardias de seguridad en el exterior, a los policías en la travesía.

—La paga no les llega ni siquiera para las mensualidades del colegio de un solo hijo —le explicó la tía Uju.

—Ese poco dinero que le has dado no le servirá para pagar las mensualidades del colegio —repuso Ifemelu.

—Pero podrá comprar un poco más de algo y estará de mejor humor y no le pegará a su mujer esta noche —aclaró la tía Uju. Miró por la ventanilla y ordenó—: Más despacio, Sola. —Quería ver bien un accidente en Osborne Road; un autobús había embestido a un coche, el morro del autobús y la parte de atrás del coche eran ahora una maraña de metal, y los dos conductores se gritaban mutuamente a la cara, jaleados por la muchedumbre congregada—. ¿De dónde sale toda esa gente en cuanto hay un accidente? —La tía Uju se recostó en el asiento—. ¿Sabes que ya no me acuerdo de qué se siente al ir en autobús? Es tan fácil acostumbrarse a todo esto.

—Puedes ir a Falomo ahora y subirte a un autobús —dijo Ifemelu.

—Pero no sería lo mismo. Nunca es lo mismo cuando tienes otras opciones. —La tía Uju la miró—. Ifem, deja de preocuparte por mí.

—No me preocupo.

—Estás preocupada desde que te hablé de mi cuenta en el banco.

—Si otra persona hiciera lo mismo, dirías que es tonta.

—Ni siquiera te aconsejaría hacer lo que yo hago. —La tía Uju se volvió otra vez hacia la ventanilla—. Él cambiará. Conseguiré que cambie. Pero debo ir poco a poco.

En el piso, la tía Uju entregó al padre de Ifemelu una abultada bolsa de plástico llena de dinero.

—Es el alquiler de dos años, hermano —dijo con naturalidad y cierto bochorno.

Luego comentó en broma que él tenía un agujero en la camiseta. No lo miró a la cara mientras hablaba, ni él la miró a ella mientras le daba las gracias.

El General tenía los ojos amarillentos, lo que le indicaba a Ifemelu malnutrición en la infancia. Su cuerpo sólido y robusto inducía a imaginar las peleas que había iniciado y ganado, y los dientes salidos que asomaban entre sus labios le conferían un aspecto vagamente peligroso. A Ifemelu le sorprendía su campechana tosquedad. «¡Soy un aldeano!», decía muy ufano, como para explicar las gotas de sopa que caían en su camisa y en la mesa mientras comía, o sus sonoros eructos posteriores. Llegaba a última hora de la tarde, con su uniforme verde. Entraba con una o dos revistas del corazón en las manos mientras su ayuda de campo, siguiéndolo a una distancia servil, le llevaba el maletín y lo dejaba en la mesa del comedor. Rara vez se marchaba con las revistas del corazón; en casa de la tía Uju se veían por todas partes ejemplares de *Vintage People* y *Prime People* y *Lagos Life*, con sus fotos desenfocadas y sus titulares chabacanos.

«Uy, si yo te contara lo que hace esta gente —le decía la tía Uju a Ifemelu, golpeteando una foto de una revista con una de sus uñas, en las que lucía una manicura francesa—. Sus verdaderas historias ni siquiera salen en las revistas. Es Oga quien conoce realmente el percal.» Y a continuación hablaba del hombre que mantenía relaciones sexuales con un importante general para obtener una concesión petrolífera, del administrador militar cuyos hijos habían sido engendrados por otro, de las prostitutas extranjeras enviadas semanalmente al jefe de Estado. Repetía esas historias con una sonrisa afectuosa, como si pensara que la afición del General por el chismorreo escabroso era un capricho encantador y disculpable. «¿Sabes que le dan miedo las inyecciones? Todo un comandante general, ¡y cuando ve una aguja, le entra el pánico!», decía en el mismo tono. Para ella, era un detalle enternecedor. Ifemelu no podía ver al General como una persona enternecedora, con sus modales estridentes y zafios, la manera en que alargaba el brazo para dar una palmada en el trasero a la tía Uju cuando subían por la escalera a la vez que decía: «¿Todo esto para mí? ¿Todo esto para mí?», y la tendencia a hablar por los codos, sin tolerar nunca una interrupción antes de acabar una historia. Una de sus preferidas, que a menudo le contaba a Ifemelu mientras bebía una cerveza Star después de cenar, tenía que ver con lo distinta que era la tía Uju. La contaba con un tono de autobombo, como si la diferencia de ella reflejara el buen gusto de él. «La primera vez que le dije que me iba a Londres y le pregunté qué quería, me dio una lista. Antes de mirarla, le dije que ya sabía lo que quería. ¿No es perfume, zapatos, un bolso, un reloj y ropa? Conozco a las chicas de Lagos. Pero ¿sabes qué incluía? ¡Un perfume y cuatro libros! Me quedé de una pieza. *Chai*. Me pasé una hora larga en esa librería de Picadilly. ¡Le compré veinte libros! ¿A qué nena de Lagos conoces que pida libros?»

La tía Uju se reía, de pronto complaciente e infantil. Ifemelu sonreía debidamente. Le parecía indigno e irresponsable, que ese hombre mayor, casado, le contara esas historias; era como si le enseñara su ropa interior sucia. Intentó verlo a través de los ojos de la tía Uju, un hombre colmado de prodigios, un hombre colmado de emociones mundanas, pero no fue capaz. Reconoció la levedad del ser, el júbilo que la tía Uju mostraba los días de entre semana; ella sentía lo mismo cuando esperaba con ilusión ver a Obinze después de clase. Pero le parecía mal, un desperdicio, que la tía Uju sintiera eso por el General. El ex novio de la tía Uju, Olujimi, era distinto, guapo y bien hablado; resplandecía con un discreto brillo. Habían estado juntos durante casi toda la carrera universitaria, y cuando los veías, veías por qué estaban juntos.

—Maduré y se me quedó corto —dijo la tía Uju.

—¿Cuando maduras no es para pasar a algo mejor? —preguntó Ifemelu.

Y la tía Uju se rio como si fuese una broma.

El día del golpe, un buen amigo del General llamó a la tía Uju para preguntarle si estaba con él. Se palpaba la tensión; algunos oficiales ya habían sido detenidos. La tía Uju no estaba con el General, no sabía dónde paraba él, y se paseó escalera arriba, escalera abajo, inquieta, haciendo llamadas que no dieron resultado alguno. Pronto empezó a respirar entrecortadamente, a faltarle el aire. El pánico había degenerado en un ataque de asma. Jadeaba, temblaba, se pinchaba el brazo con una aguja, intentaba inyectarse un medicamento ella misma, gotas de sangre mancharon la colcha, hasta que Ifemelu corrió a la calle para llamar a la puerta de un vecino cuya hermana también era médica. Finalmente el General telefoneó para decir que estaba bien, que el golpe había fracasado y todo había quedado claro con el jefe de Estado; los temblores de la tía Uju cesaron.

En una festividad musulmana, una de esas celebraciones de dos días en que los no musulmanes de Lagos decían «feliz Sallah» a todos aquellos que creían musulmanes, a menudo porteros originarios del norte, y la NTA mostraba una imagen tras otra de hombres sacrificando carneros, el General prometió ir de visita; era la primera vez que pasaba una festividad pública con la tía Uju. Ella llevaba toda la mañana en la cocina supervisando a Chikodili, cantando a ratos sonoramente, tratando a Chikodili quizá con excesiva familiaridad, riendo en su compañía quizá con excesiva facilidad. Finalmente, concluidos ya los guisos e impregnada la casa de olores de especias y salsas, la tía Uju subió a ducharse.

—Ifem, por favor, ayúdame a afeitarme el vello de aquí abajo. ¡Oga dice que le molesta! —pidió la tía Uju, y se rio.

A continuación se tendió de espaldas, las piernas separadas y en alto, con una vieja revista del corazón debajo de ella, e Ifemelu aplicó el jabón de afeitar. Cuando Ifemelu ya había acabado y la tía Uju se extendía una mascarilla exfoliante en la cara, el General telefoneó para anunciar que no podía ir. La tía Uju, recubierto su rostro con aquella pasta blanca como el papel salvo por los círculos de piel en torno a los ojos, una imagen macabra, colgó el auricular, entró en la cocina y empezó a meter la comida en recipientes de plástico para guardarlos en el congelador. Chikodili la observó, confusa. Con movimientos febriles, a sacudidas, la tía Uju llenó el compartimento del congelador, lo cerró de un portazo, y cuando echó atrás bruscamente el cazo de arroz jollof, la olla de sopa de egusi cayó del fogón. La tía Uju, con cara de no saber cómo había ocurrido, se quedó mirando la salsa de color verde amarillento mientras se esparcía por el suelo de la cocina. Se volvió hacia Chikodili y, a voz en cuello, dijo:

—¿Por qué te quedas ahí como una tonta? ¡Venga, límpialo!

Ifemelu observaba desde el umbral de la cocina.

—Tía, a quien deberías estar gritando es al General.

La tía Uju se interrumpió, colérica, con los ojos desorbitados.

—¿Es a mí a quien hablas de esa manera? ¿Acaso tenemos la misma edad?

La tía Uju arremetió contra ella. Ifemelu no esperaba que le pegara, y sin embargo no se sorprendió cuando sintió la bofetada en la cara, que produjo un sonido en apariencia muy lejano y dejó la marca de los dedos en la mejilla. Cruzaron una mirada. La tía Uju abrió la boca como para decir algo y enseguida la cerró; acto seguido, se dio media vuelta y se marchó escalera arriba, conscientes ambas de que algo había cambiado entre ellas. La tía Uju no bajó hasta la noche, cuando Adesuwa y Uche fueron de visita. Ella las llamaba «mis amigas entre comillas». «Me voy a la peluquería con mis amigas entre comillas», decía, una expresión lánguidamente risueña en los ojos. Sabía que eran amigas suyas solo porque ella era la querida del General. Pero la divertían. En sus insistentes visitas, comparaban notas sobre compras y viajes, le pedían que las acompañara a fiestas. Era curioso lo que la tía Uju sabía e ignoraba de ellas, dijo en una ocasión a Ifemelu. Sabía que Adesuwa tenía tierras en Abuja, un regalo de cuando salió con el jefe de Estado, y que un hombre hausa conocido por su riqueza había comprado la boutique a Uche en Surulere, pero ignoraba cuántos hermanos tenían o dónde vivían sus padres o si habían estudiado en la universidad.

Chikodili las hizo pasar. Llevaban caftanes bordados y penetrantes perfumes, sus postizos entretejidos chinos cayéndoles por la espalda, sus conversaciones salpicadas de un prosaísmo encallecido, sus risas breves y desdeñosas. «Le dije que debía ponerlo a mi nombre.» «Ah, sabía que no traería el dinero a menos que yo le dijera que alguien había enfermado.» «Ni hablar, él no sabe que abrí la cuenta.» Iban a una fiesta en celebración del Sallah en la isla Victoria y pasaban por ahí para recoger a la tía Uju.

—No me apetece ir —dijo la tía Uju mientras Chikodili servía zumo de naranja, un brik en una bandeja, dos vasos al lado.

—¡Anda! ¿Y eso por qué? —preguntó Uche.

—Van a ir hombres importantes y serios —dijo Adesuwa—. Nunca se sabe cuándo vas a conocer a alguien.

—No quiero conocer a nadie —repuso la tía Uju, y siguió un silencio, como si todas ellas tuvieran que contener la respiración ante las palabras de la tía Uju, un vendaval que rompía sus esquemas.

Se suponía que ella debía querer conocer a hombres, mantener los ojos abiertos; se suponía que debía considerar al General una opción mejorable. Finalmente una de ellas, Adesuwa o Uche, dijo:

—¡Este zumo de naranja es del barato! ¿Es que estamos perdiendo las buenas costumbres?

Era un comentario en broma no muy afortunado, pero se rieron para aligerar la tensión del momento.

Cuando se marcharon, la tía Uju se acercó a la mesa del comedor, donde Ifemelu leía.

—Ifem, no sé qué se ha adueñado de mí. *Ndo.* —Cogió a Ifemelu de la muñeca; luego deslizó la mano, casi pensativamente, por encima del título en relieve de la novela de Ifemelu, una de Sidney Sheldon—. Debo de estar loca. Tiene barriga y dientes de Drácula y mujer e hijos y es viejo.

Por primera vez Ifemelu se sintió mayor que la tía Uju, más sabia y más fuerte que la tía Uju, y deseó arrancar a la tía Uju de esa situación, convertirla a sacudidas en una persona lúcida, que no cifrara sus esperanzas en el General, esclavizándose y afeitándose para él, siempre dispuesta a minimizar los fallos de él. Aquello no era como debía ser. Ifemelu sintió cierta satisfacción cuando, más tarde, oyó a la tía Uju vociferar por teléfono: «¡Tonterías! ¡Sabías que ibas a ir a Abuja desde el primer momento! ¿Por qué, pues, me has hecho perder el tiempo preparándome para ti?».

El pastel entregado por un chófer a la mañana siguiente, con la frase «Lo siento, amor mío» en glaseado azul, tenía un regusto amargo, pero la tía Uju lo guardó durante meses en el congelador.

El embarazo de la tía Uju llegó como un ruido repentino en una noche silenciosa. Se presentó en el piso con un bubú de lentejuelas que reflejaba la luz, resplandeciente como una presencia celestial en flotación, y dijo que quería anunciárselo a los padres de Ifemelu antes de que se enteraran por terceros.

—*Adi m ime* —se limitó a decir.

La madre de Ifemelu se echó a llorar, un llanto sonoro y melodramático, mirando alrededor, como si fuera a ver, allí tirados, los fragmentos astillados de su propia historia.

—Dios mío, ¿por qué me has abandonado?

—Yo no lo planeé: ha ocurrido —declaró la tía Uju—. Me quedé embarazada de Olujimi en la universidad. Aborté ya entonces, y no pienso hacerlo otra vez.

La palabra «aborté», rotunda como era, dejó huella en el salón, porque todos sabían que lo que no había dicho la madre de Ifemelu era que sin duda existían formas de resolver eso. El padre de Ifemelu dejó el libro y volvió a cogerlo. Se aclaró la garganta. Tranquilizó a su mujer.

—Bueno, no puedo preguntar a ese hombre por sus intenciones —le dijo él por fin a la tía Uju—. Así que te pregunto a ti cuáles son las tuyas.

—Voy a tenerlo.

Él esperó a oír más, pero la tía Uju no dijo nada, así que se recostó, abatido.

—Eres una mujer adulta. Esto no es lo que esperaba de ti, Obianuju, pero eres una mujer adulta.

La tía Uju se acercó y se sentó en el brazo del sofá. Habló en voz baja y apaciguadora, más extraña aún por lo formal que era, pero la manifiesta seriedad de su rostro dejaba claro que no había falsedad en ella.

—Hermano, tampoco yo esperaba esto de mí, pero ha pasado. Lamento decepcionarte, después de todo lo que has hecho por mí, y te ruego que me perdones. Pero sacaré el máximo provecho de esta situación. El General es un hombre responsable. Se hará cargo de su hijo.

El padre de Ifemelu se encogió de hombros sin pronunciar palabra. La tía Uju lo rodeó con un brazo, como si fuera él quien necesitara consuelo.

Más tarde Ifemelu vería el embarazo como algo simbólico. Señaló el principio del fin y pareció acelerarlo todo. A partir de ese punto los meses transcurrieron como una exhalación, el tiempo avanzó rápidamente. Allí estaba la tía Uju, vibrando de exuberancia, su rostro lustroso, su cabeza rebosante de proyectos, mientras iba agrandándose la curva de su vientre. Cada pocos días se le ocurría un nombre de niña nuevo para el bebé. «Oga está contento –anunció–. ¡Le alegra saber que un viejo como él, a su edad, aún puede marcar un gol!» El General la visitaba más a menudo, incluso algún que otro fin de semana, llevándole bolsas de agua caliente, comprimidos herbales, cosas que, por lo que había oído, eran buenas para el embarazo.

«Naturalmente, el parto será en el extranjero», le dijo a la tía Uju, y le preguntó dónde prefería, en Estados Unidos o en Inglaterra. Él quería que fuera en Inglaterra, para poder acompañarla; en Estados Unidos se había prohibido la entrada a los miembros de alto rango del gobierno militar. Pero la tía Uju eligió Estados Unidos, porque allí su hijo tendría la nacionalidad automáticamente. Se hicieron los planes, se escogió hospital, se alquiló un «departamento amueblado» en Atlanta. «Por cierto, ¿qué es un departamento?», preguntó Ifemelu. Y la tía Uju, con un gesto de indiferencia, contestó: «A saber qué querrán decir esos americanos. Pregúntaselo a Obinze, él lo sabrá. Sí sé al menos que es un sitio donde vivir. Y Oga tiene allí a gente que me ayudará». El ánimo de la tía Uju solo decayó cuando el chófer la informó de que la mujer del General se había enterado del embarazo y estaba furiosa; por lo visto, se había celebrado una tensa reunión familiar con los parientes de él y de ella. El General rara vez hablaba de su mujer, pero la tía Uju sabía más que suficiente: una abogada que había renunciado al trabajo para criar a sus cuatro hijos en Abuja, una mujer que se veía corpulenta y simpática en las fotografías de la prensa. «Me pregunto qué le rondará por la cabeza a esa mujer», dijo tristemente la tía Uju, pensativa. Durante su estancia en Estados Unidos, el General hizo pintar una de las habitaciones de un color blanco luminoso. Compró una cuna, sus patas semejantes a delicadas velas. Compró peluches, y demasiados ositos. Inyang los colocó en la cuna, dispuso unos cuantos en un estante y, quizá pensando que nadie se daría cuenta, se llevó un osito a su habitación en la parte de atrás. La tía Uju tuvo un niño. Por teléfono parecía exultante, eufórica. «Ifem, ¡tiene muchísimo pelo! ¿Te imaginas? ¡Vaya desperdicio!»

Lo llamó Dike, por su padre, y le puso su propio apellido, lo que causó a la madre de Ifemelu agitación y disgusto.

—El niño debería llevar el apellido de su padre, ¿o es que ese hombre pretende no reconocer a su hijo? —preguntó la madre de Ifemelu mientras, sentadas en el salón, digerían aún la noticia del nacimiento.

—La tía Uju ha dicho que era más fácil ponerle su propio apellido —explicó Ifemelu—. ¿Y acaso se comporta él como un hombre que no quiere reconocer a su hijo? La tía ha dicho que él incluso ha hablado de venir a pagar el excrex por ella.

—Que Dios no lo quiera —exclamó la madre de Ifemelu, casi escupiendo las palabras, e Ifemelu se acordó de todas aquellas fervientes plegarias por el mentor de la tía Uju.

Su madre, cuando la tía Uju volvió, pasó unos días en Dolphin Estate, bañando y dando el biberón al recién nacido, un bebé de piel suave, siempre gorjeando, pero trataba al General con fría formalidad. Le contestaba en monosílabos, como si él la hubiera traicionado incumpliendo las normas de la farsa concebida por ella. Una relación con la tía Uju era aceptable, pero una prueba tan flagrante de la relación no lo era. La casa olía a talco. La tía Uju era feliz. El General cogía en brazos a Dike a menudo, indicando que quizá necesitaba otro biberón o que el médico tenía que ver ese sarpullido en el cuello.

Para la fiesta del primer cumpleaños de Dike, el General contrató una orquesta. Esta se instaló en el jardín delantero, cerca del cobertizo del generador, y allí se quedó hasta que se marcharon los últimos invitados, todos ellos parsimoniosos y saciados, llevándose comida envuelta en papel de plata. Asistieron los amigos de la tía Uju, y también los amigos del General, con expresión resuelta, como diciendo que les traían sin cuidado las circunstancias, que el hijo de su amigo era el hijo de su amigo. Dike, que daba sus primeros pasos, deambuló por allí con andar vacilante, luciendo un traje y pajarita roja, seguido por la tía Uju, que intentaba obligarlo a quedarse quieto un momento para el fotógrafo. Finalmente el niño, ya cansado, empezó a llorar y tirarse de la pajarita, y el General lo cogió en brazos y lo llevó de aquí para allá. Era la imagen del General la que perduraría en la memoria de Ifemelu, los brazos de Dike en torno a su cuello, el rostro radiante, los dientes a la vista cuando, sonriendo, decía: «Se parece a mí, pero gracias a Dios ha sacado los dientes de la madre».

El General murió al cabo de una semana, cuando se estrelló el avión militar en el que viajaba. «El mismo día, el mismísimo día, que el fotógrafo trajo las fotos del cumpleaños de Dike», diría a menudo la tía Uju al contar la historia, como si ese dato tuviera una significación especial.

Era un sábado por la tarde. Cuando sonó el teléfono, Obinze e Ifemelu estaban en el cuarto de la tele, Inyang arriba con Dike, la tía Uju en la cocina con Chikodili. Contestó Ifemelu. Al otro lado de la línea, la voz del ayudante de campo del General crepitó entre las interferencias de una mala conexión, pero llegó con claridad suficiente para darle los detalles: el accidente se produjo a unos kilómetros de Jos, los cadáveres estaban calcinados, corrían ya rumores de que el jefe de Estado lo había organizado para deshacerse de oficiales que, según temía, planeaban un golpe. Ifemelu, atónita, sostenía el auricular con demasiada fuerza. Obinze la acompañó a la cocina y se quedó junto a la tía Uju mientras Ifemelu repetía las palabras del ayudante de campo.

—Mientes —dijo la tía Uju—. Es mentira.

Se acercó al teléfono con paso firme, como para desafiarlo también, y de pronto se desplomó en el suelo, sin energía, desconsolada, y rompió a llorar. Ifemelu la abrazó, la acunó. Ninguno de ellos sabía qué hacer, y los silencios entre sollozos se les antojaron en extremo silenciosos. Inyang bajó a Dike.

—¿Mamá? —dijo Dike, desconcertado.

—Llévate a Dike arriba —le ordenó Obinze a Inyang.

Alguien aporreaba la verja. Dos hombres y tres mujeres, parientes del General, obligaron a Adamu a abrir la verja por medio de intimidaciones, y ahora vociferaban ante la puerta de entrada. «¡Uju! ¡Haz las maletas y vete ahora mismo! ¡Danos las llaves del coche!» Una de las mujeres, esquelética, con los ojos enrojecidos, delataba una gran agitación, y mientras hablaba a voz en grito —«¡Ramera barata! ¡No permita Dios que toques las propiedades de nuestro hermano! ¡Prostituta! ¡Nunca vivirás en paz en este Lagos!»—, se quitó el pañuelo de la cabeza y se lo ciñó firmemente a la cintura, aprestándose para la pelea. Al principio la tía Uju calló, mirándolos asombrada, inmóvil ante la puerta. Luego les pidió que se marcharan con la voz ronca por el llanto, pero el vocerío de la parentela subió de volumen, y la tía Uju se dio media vuelta para volver adentro.

—De acuerdo, no os marchéis —les dijo—. Quedaos ahí. Quedaos ahí mientras voy a llamar a mis amigos de los cuarteles.

Solo entonces se marcharon, anunciando:

Volveremos con nuestros propios amigos.

Solo entonces la tía Uju empezó a sollozar otra vez.

—No tengo nada. Todo está a su nombre. ¿Y ahora adónde llevaré a mi hijo?

Descolgó el auricular de la horquilla y fijó la mirada en él, sin saber a quién telefonear.

—Llama a Uche y Adesuwa —sugirió Ifemelu.

Ellas sí sabrían qué hacer.

La tía Uju así lo hizo, pulsando el botón del altavoz, y luego se apoyó en la pared.

—Debes marcharte de inmediato. No dejes nada en la casa, llévatelo todo —la instó Uche—. Date mucha, mucha prisa antes de que los suyos vuelvan. Busca una furgoneta y llévate el generador. Sobre todo llévate el generador.

—No sé de dónde sacar una furgoneta —masculló la tía Uju, con un desvalimiento nuevo en ella.

—Nosotras te conseguiremos una, muy, muy deprisa. Tienes que llevarte ese generador. Eso te servirá para mantenerte hasta que te rehagas. Tienes que irte a algún sitio durante una temporada, para que no te causen problemas. Vete a Londres o Estados Unidos. ¿Tienes el visado de Estados Unidos?

—Sí.

Ifemelu recordaría los momentos finales en una nebulosa: Adamu diciendo que había ante la verja un periodista del *City People*, Ifemelu y Chikodili metiendo ropa en maletas, Obinze acarreando cosas a la furgoneta, Dike, entre risas, yendo a trompicones de aquí para allá. En las habitaciones del piso de arriba hacía un calor insoportable; el aire acondicionado había dejado de funcionar repentinamente, como si todas las bocas hubieran decidido al unísono rendir homenaje a ese final.

7

Obinze quería ir a la Universidad de Ibadan por un poema. Le leyó el poema, «Ibadan» de J.P. Clark, pronunciando lentamente las palabras «salpicón corrido de herrumbre y oro».

—¿Lo dices en serio? —preguntó ella—. ¿Por ese poema?

—Es hermoso.

Ifemelu cabeceó con fingida y exagerada incredulidad. Pero también ella quería ir a Ibadan, porque la tía Uju había estudiado allí. Rellenaron juntos las solicitudes de ingreso, sentados a la mesa del comedor mientras la madre de Obinze, rondando cerca, decía:

—¿Usáis el lápiz correcto? Repasadlo todo. Me han hablado de los errores más inverosímiles, no os los creeríais.

—Mamá —protestó Obinze—, es más probable que lo rellenemos sin equivocarnos si dejas de hablar.

—Al menos deberíais poner Nsukka como segunda opción —les aconsejó su madre.

Pero Obinze no quería ir a Nsukka, quería huir de su vida de siempre, y a Ifemelu Nsukka le parecía un lugar remoto y polvoriento. Así pues, acordaron incluir la Universidad de Lagos como segunda opción.

Al otro día, la madre de Obinze se desplomó en la biblioteca. Un estudiante la encontró tirada en el suelo como un trapo, con un pequeño chichón en la cabeza, y Obinze le dijo a Ifemelu:

—Gracias a Dios que aún no hemos enviado las solicitudes de ingreso.

—¿Qué quieres decir?

—Mi madre vuelve a Nsukka al final de este curso. Debo quedarme cerca de ella. El médico ha dicho que esto sucederá de vez en cuando. —Guardó silencio—. Podremos vernos los fines de semana largos. Yo iré a verte a Ibadan y tú vendrás a verme a Nsukka.

—No lo dirás en serio —contestó ella—. *Biko*, yo también me paso a Nsukka.

El cambio complació al padre de Ifemelu. Era alentador, dijo él, que ella estudiara en una universidad en territorio igbo, dado que había vivido siempre en el oeste. Su madre se sumió en el desconsuelo. Ibadan estaba a solo una hora de allí; Nsukka, en cambio, implicaba un día de viaje en autobús.

—No es un día, mamá, son solo siete horas —matizó Ifemelu.

—¿Y qué diferencia hay entre eso y un día? —preguntó su madre.

Ifemelu esperaba con impaciencia el momento de marcharse de casa, la independencia de ser dueña de su propio tiempo, y la reconfortaba además el hecho de que Ranyinudo y Tochi fueran también a Nsukka. Iba allí asimismo Emenike, que preguntó a Obinze si podían compartir habitación, en las antiguas dependencias del servicio de la casa de Obinze. Obinze dijo que sí. Ifemelu hubiese preferido que él se negara. «Es que no sé qué tiene ese Emenike —dijo ella—. Pero, bueno, mientras no esté presente en nuestras sesiones de techo…»

Después Obinze preguntaría a Ifemelu, medio en serio, si no pensaba que acaso el desmayo de su madre había sido intencionado, una argucia para retenerlo. Durante mucho tiempo habló melancólicamente de Ibadan, hasta que visitó el campus, durante un torneo de tenis de mesa, y luego, al regresar, le dijo a ella, un poco avergonzado: «Ibadan me ha recordado a Nsukka».

Ir a Nsukka supuso ver por fin la casa de Obinze, un bungalow en una urbanización llena de flores. Ifemelu lo imaginó allí en su infancia, bajando en bicicleta por la calle en pendiente, regresando a casa de la escuela primaria con su mochila y su botella de agua. Aun así, en Nsukka se sentía desorientada. La ciudad le parecía demasiado lenta, el polvo demasiado rojo, la gente demasiado satisfecha con la insignificancia de sus vidas. Pero llegaría a quererla, al principio con un amor vacilante. Desde la ventana de la habitación de su residencia, donde había cuatro camas encajonadas en el espacio de dos, veía la entrada de Bello Hall. Altas melinas se mecían en el viento, y bajo ellas se instalaban vendedores ambulantes, custodiando puestos de plátanos y cacahuetes, y las *okadas,* las mototaxis, aparcadas muy juntas, los motoristas charlando y riendo, pero todos atentos a posibles clientes. En su rincón, Ifemelu forró la pared con papel de vivo color azul, y como había oído historias de riñas entre compañeras de habitación —una estudiante de último curso, según decían, había echado keroseno al cajón de la estudiante de primero por ser lo que llamaban una «fresca»—, se sintió afortunada con las compañeras de habitación que le habían tocado. Eran tratables, y pronto compartía ya sus cosas con ellas y les pedía prestado todo aquello fácilmente consumible, el dentífrico, la leche en polvo, los fideos instantáneos, la pomada para el pelo. Casi todas las mañanas la despertaba un murmullo reverberante de voces en el pasillo, los estudiantes católicos rezando el rosario, e iba corriendo al cuarto de baño para recoger agua en su cubo antes de que la cortaran, y se acuclillaba sobre el excusado antes de que se llenara insufriblemente. A veces, cuando llegaba tarde, y los gusanos se arremolinaban ya en los excusados, iba a casa de Obinze, incluso si él no estaba allí, y cuando la asistenta, Augustina, le abría la puerta, decía: «Tina-Tina, ¿qué tal? Vengo a usar el baño».

Con frecuencia comía en casa de Obinze, o iban al centro, al Onyekaozulu, y, sentados en bancos de madera en la penumbra del restaurante, comían en platos esmaltados las carnes más tiernas y los estofados más sabrosos. Algunas noches se quedaba a dormir en las dependencias del servicio de casa de Obinze, escuchando música tendida en el colchón colocado en el suelo. A veces bailaba en ropa interior, contoneándose, mientras él se burlaba de su culo pequeño: «Iba a decir menéalo, pero no hay nada que menear».

La universidad era un espacio más grande y desahogado, había sitio donde esconderse, mucho sitio; no se sentía fuera de lugar porque había muchas opciones para encontrar uno su lugar. Obinze se reía del éxito que ella tenía, de lo concurrida que estaba su habitación durante la fiebre del primer año, del desfile de chicos de último curso, dispuestos a probar suerte a pesar de la enorme foto de Obinze que colgaba por encima de su almohada. Los chicos la divertían. Iban y se sentaban en su cama y, solemnemente, se ofrecían a «enseñarle el campus», y ella los imaginaba pronunciando esas mismas palabras y en el mismo tono a la chica de primero de la habitación contigua. Sin embargo uno de ellos era distinto. Se llamaba Odein. Llegó a su habitación, no como parte de la fiebre del primer año, sino para hablar a sus compañeras de habitación sobre el sindicato estudiantil, y más adelante, se dejaba caer para visitarla a ella, para saludarla, a veces con suya, caliente y picante, envuelto en papel de periódico manchado de grasa. Su activismo sorprendía a Ifelemu —se le veía un poco demasiado refinado, un poco demasiado enrollado para estar en la directiva del sindicato estudiantil—, pero también la impresionaba. Tenía unos labios carnosos, perfectamente formados, el inferior del mismo tamaño que el superior, labios que eran reflexivos y sensuales a la vez, y cuando hablaba —«Si los estudiantes no nos unimos, nadie nos escuchará»—, Ifemelu se imaginaba besándolo, tal como se imaginaba haciendo cosas que sabía que nunca haría. Fue por él que acudió a la manifestación, y convenció a Obinze para que se uniera también. Entonaron «¡Sin luz! ¡Sin agua!» y «¡El VR es un cretino!» y se dejaron arrastrar por la tumultuosa muchedumbre que se concentró, finalmente, ante la casa del vicerrector. Se rompieron botellas, se pegó fuego a un coche, y por fin salió el vicerrector, diminuto, encajonado entre guardias de seguridad, y les habló en tono edulcorado.

Más tarde la madre de Obinze dijo: «Entiendo las quejas de los estudiantes, pero nosotros no somos el enemigo. El enemigo son los militares. No nos pagan la nómina desde hace meses. ¿Cómo podemos dar clase si no comemos?». Y aún más tarde corrió por el campus la noticia de una huelga de profesores, y los estudiantes se reunieron en el vestíbulo de la residencia, en plena ebullición por lo que sabían y lo que no sabían. Era verdad: el representante estudiantil confirmó la noticia, y todos suspiraron ante esa repentina interrupción no deseada del curso y regresaron a sus habitaciones para hacer las maletas; la residencia se cerraría al día siguiente. Ifemelu oyó decir a una chica cerca de ella: «No tengo los diez kobo con que pagarme el medio de transporte para volver a casa».

La huelga se prolongó demasiado. Las semanas transcurrieron lentamente. Ifemelu se sentía intranquila, impaciente; escuchaba las noticias a diario, con la esperanza de oír que la huelga había terminado. Obinze la llamaba a casa de Ranyinudo; Ifemelu llegaba unos minutos antes de la hora en que estaba prevista su llamada y se sentaba junto al teléfono gris con disco rotatorio, esperando a que sonara. Se sentía apartada de él por la fuerza; vivían y respiraban en esferas separadas, independientes, él aburrido y desanimado en Nsukka, ella aburrida y desanimada en Lagos, y todo cuajado en un letargo. La vida se había convertido en el fotograma inmóvil de una película grandilocuente. Su madre le preguntó si quería incorporarse a la clase de costura de la parroquia, para mantenerse ocupada, y su padre le dijo que eso, la interminable huelga en la universidad, era la razón por la que los jóvenes se convertían en atracadores armados. La huelga era a nivel nacional, y todos los amigos de Ifemelu estaban en sus casas, incluso Kayode, que había vuelto de vacaciones de su universidad estadounidense. Ifemelu visitaba a sus amigos e iba a fiestas, lamentando que Obinze no viviera en Lagos. A veces Odein, que tenía coche, la recogía y la llevaba a donde tuviera que ir.

«Ese novio tuyo tiene suerte», le dijo, y ella se echó a reír, coqueteando con él. Aún se imaginaba besándolo, con sus ojos endrinos y gruesos labios.

Obinze fue un fin de semana de visita y se quedó en casa de Kayode.

—¿Qué pasa con ese Odein? —le preguntó Obinze a Ifemelu.

—¿Cómo?

—Kayode me ha contado que te llevó a casa después de la fiesta de Osahon. No me lo habías dicho.

—Me olvidé.

—Te olvidaste.

—Sí te dije que el otro día vino a recogerme, ¿no?

—Ifem, ¿qué está pasando?

Ella dejó escapar un suspiro.

—Techo, no es nada. Solo siento curiosidad por él. Nunca pasará nada. Pero siento curiosidad. Tú sientes curiosidad por otras chicas, ¿no?

Él la miraba con temor en los ojos.

—Pues no —respondió con frialdad.

—Sé sincero.

—Soy sincero. El problema es que crees que todo el mundo es como tú. Crees que eres la norma, pero no lo eres.

—¿Qué quieres decir?

—Nada. Olvídalo.

Obinze no quiso seguir hablando del tema, pero el aire entre ellos se había enturbiado, y continuó alterado durante varios días, incluso después de regresar él a su casa, así que cuando la huelga terminó («¡Los profesores la han dado por concluida! ¡Alabado sea Dios!», anunció Chetachi a gritos desde su piso una mañana) e Ifemelu volvió a Nsukka, los primeros días fueron de tanteo, sus conversaciones cautas, sus abrazos breves.

Ifemelu se sorprendió al darse cuenta de lo mucho que había añorado la propia Nsukka, las rutinas de aquel ritmo pausado, las reuniones con los amigos en su habitación hasta pasadas las doce de la noche, los chismorreos intrascendentes contados y vueltos a contar, las lentas subidas y bajadas por la escalera como en un gradual despertar, y las mañanas blanqueadas por el harmatán. En Lagos el harmatán era un simple velo caliginoso, pero en Nuskka era una presencia rabiosa y voluble; las mañanas eran tonificantes, las tardes plomíferas y las noches impredecibles. A lo lejos se formaban torbellinos de polvo, hermosos de ver siempre y cuando se mantuvieran a distancia, y se arremolinaban hasta revestirlo todo de una capa marrón. Incluso las pestañas. En todas partes la humedad era absorbida ávidamente; el laminado de madera de las mesas se desprendía y se abarquillaba, las hojas de los cuadernos crujían, la ropa se secaba en cuestión de minutos después de tenderla, los labios se agrietaban y sangraban, y siempre había que tener a mano Robb y Mentholatum, en los bolsillos y en los bolsos. Se daba brillo a la piel con vaselina, y las zonas olvidadas —entre los dedos o en los codos— adquirían un color mate ceniciento. Las ramas de los árboles presentaban un aspecto lúgubre y, sin hojas, exhibían una especie de orgullosa desolación. Los bazares de la iglesia dejaban un aroma impregnado en el aire, los efluvios de los guisos. Algunas noches el calor se posaba sobre las cosas, tupido como una toalla. Otras noches, descendía un viento frío y cortante, e Ifemelu abandonaba su habitación de la residencia y, acurrucada junto a Obinze en su colchón, escuchaba los silbidos del aire entre las casuarinas, en un mundo súbitamente frágil y quebradizo.

A Obinze le dolían los músculos. Se tendió boca abajo, e Ifemelu, a horcajadas sobre él, le masajeó la espalda y el cuello y los muslos, valiéndose de los dedos, los nudillos, los codos. Él estaba dolorosamente tenso. Irguiéndose sobre él, Ifemelu colocó un pie con cuidado en la parte de atrás de un muslo, y luego el otro.

—¿Te gusta así?

—Sí. —Obinze gimió de dolor-placer. Ella presionó lentamente, notando su piel cálida bajo las plantas de los pies, la gradual relajación de sus músculos tensos. Apoyando una mano en la pared para mantener el equilibrio, hincó más los talones y avanzó centímetro a centímetro mientras él gruñía–. ¡Oh! Ifem, sí, justo ahí. ¡Oh!

–Deberías hacer estiramientos después de tus partidos, señor mío –dijo ella, y acto seguido estaba tendida sobre la espalda de él, haciéndole cosquillas en las axilas y besándole la nuca.

–Tengo una sugerencia para un masaje mejor.

Cuando la desvistió, no se detuvo, como de costumbre, en las bragas. Se las bajó y ella levantó las piernas para ayudarlo.

–Techo –dijo ella con un grado de incertidumbre.

No quería que él se interrumpiera, pero se había imaginado aquello de otra manera, había dado por sentado que lo convertirían en una ceremonia cuidadosamente planeada.

–Me saldré –aseguró él.

–Ya sabes que eso no siempre da resultado.

–Si no da resultado, daremos la bienvenida al chiquitín.

–No digas eso.

Obinze alzó la vista.

–Pero si vamos a casarnos de todos modos, Ifem.

–Venga ya. ¿Quién te dice que no conoceré a un hombre guapo y rico y te abandonaré?

–Imposible. Iremos a Estados Unidos al acabar la carrera y criaremos a nuestros hermosos hijos.

–Ahora dirías cualquier cosa porque tienes el cerebro entre las piernas.

–¡Pero si yo siempre tengo el cerebro ahí!

Los dos reían, y de pronto las risas cesaron, dieron paso a una nueva y extraña gravedad, a una unión resbaladiza. A Ifemelu le pareció una pobre copia, una imitación vacilante de lo que había imaginado que sería. Cuando él se retiró, agitándose y jadeando y conteniéndose, la asaltó cierto malestar. Había permanecido tensa durante todo el tiempo, incapaz de relajarse. Había imaginado a la madre de él observándolos; la imagen había irrumpido en su mente y, más raro aún, era una imagen doble, de su madre y de Onyeka Onwenu, observándolos las dos, impertérritas. Sabía que de ninguna manera podía contar a la madre de Obinze lo que había ocurrido, pese a habérselo prometido y haber creído en su momento que sí se lo contaría. Pero ahora no veía cómo hacerlo. ¿Qué iba a decirle? ¿Cómo iba a explicárselo? ¿Esperaría la madre de Obinze que entrara en detalles? Obinze y ella tenían que haberlo planeado mejor; así, habría sabido como contárselo a su madre. Esa falta de planificación la había dejado un tanto alterada, y también un tanto defraudada. En cierto modo le daba la impresión de que al final no había valido la pena.

Cuando al cabo de una semana poco más o menos Ifemelu despertó dolorida, una intensa punzada en el costado y grandes náuseas propagándose por todo su cuerpo, le entró pánico. Luego vomitó y el pánico aumentó.

—Ha ocurrido —le anunció a Obinze—. Estoy embarazada.

Se habían encontrado, como de costumbre, delante del comedor Ekpo al final de la mañana, después de clase. Los estudiantes pululaban alrededor. Un grupo de chicos fumaba y reía cerca de ellos, y por un momento Ifemelu tuvo la impresión de que era ella el blanco de sus risas.

Obinze arrugó la frente. No parecía entender de qué le hablaba.

—Pero, Ifem, no puede ser. Es demasiado pronto. Además me salí.

—¡Te dije que eso no daba resultado! —le recordó ella.

De pronto lo vio más joven, un niño confuso que la miraba con aire desvalido. Su pánico fue en aumento. Movida por un impulso, levantó la mano para dar el alto a una *okada* que pasaba, se subió a la parte de atrás de un salto y le dijo al motorista que iba al centro.

—Ifem, ¿qué haces? —preguntó Obinze—. ¿Adónde vas?

—A telefonear a la tía Uju.

Obinze se subió a la siguiente *okada*, y pronto, siguiéndola a toda velocidad, dejó atrás la verja de la universidad y llegó a la oficina de NITEL, donde Ifemelu entregó al hombre que atendía detrás del mostrador desconchado un papel con el número de teléfono de la tía Uju en Estados Unidos. Una vez al aparato, habló en clave, improvisando sobre la marcha, cauta por la presencia de otra gente, unos esperando para hacer sus propias llamadas, otros simplemente merodeando, pero todos escuchando, con un interés manifiesto y descarado, las conversaciones de los demás.

—Tía, creo que lo que te pasó a ti antes de venir Dike me ha pasado ahora a mí —dijo Ifemelu—. La comida fue hace una semana.

—¿Hace solo una semana? ¿Cuántas veces?

—Una.

—Ifem, cálmate. No creo que estés embarazada. Pero tienes que hacerte una prueba. No vayas al dispensario del campus. Ve a la ciudad, a donde nadie te conozca. Pero antes cálmate. Todo irá bien, *inugo?*

Poco después Ifemelu se hallaba sentada en una silla inestable en la sala de espera del laboratorio, distante y callada, sin hacer caso a Obinze. Estaba enfadada con él. Era injusto, lo sabía, pero estaba enfadada con él. Cuando entró en el lavabo sucio con un pequeño recipiente que le había dado la chica del laboratorio, él le preguntó, ya a medio levantarse: «¿Te acompaño?», y ella replicó: «Acompañarme ¿para qué?». Y deseó abofetear a la chica del laboratorio. Un palo de escoba de rostro amarillento, la chica en cuestión, que hizo una mueca burlona y cabeceó cuando Ifemelu dijo: «Prueba de embarazo», como si no pudiera dar crédito a otro caso más de inmoralidad. Ahora los observaba con una sonrisa de suficiencia, tarareando despreocupadamente.

—Tengo el resultado —anunció al cabo de un rato, sosteniendo una hoja desplegada con cara de decepción porque salía negativo.

En un primer momento Ifemelu, de tan pasmada como estaba, no sintió alivio, y luego necesitó orinar otra vez.

—La gente debería respetarse más a sí misma y vivir como cristianos para ahorrarse problemas —les dijo la chica del laboratorio cuando se marcharon.

A última hora de la tarde Ifemelu vomitó otra vez. Estaba tumbada en la habitación de Obinze, leyendo, todavía distante con él, cuando un reflujo de saliva salada le llenó la boca. Levantándose de un salto, corrió al baño.

–Debe de ser algo que comí –comentó–. Ese potaje de ñame que compré en Mama Owerre.

Obinze entró en la casa principal y, al volver, dijo que su madre iba a llevarla al médico. Ya era casi de noche, y a su madre no le gustaba el joven médico que estaba de guardia en el dispensario en horario nocturno, así que fueron en coche a casa del doctor Achufusi. Cuando pasaron frente a la escuela primaria, con sus setos de casuarina bien recortados, Ifemelu imaginó de pronto que en efecto estaba embarazada, y la chica de aquel sórdido laboratorio había empleado productos químicos caducados para la prueba. Soltó a bocajarro:

–Tuvimos relaciones, tía, una vez.

Notó que Obinze se tensaba. Su madre la miró por el espejo retrovisor.

–Primero veamos al médico.

El doctor Achufusi, un hombre agradable y paternal, palpó el costado de Ifemelu y anunció:

–Es el apéndice, muy inflamado. Hay que extirparlo enseguida. –Se volvió hacia la madre de Obinze–. Puedo darle hora para mañana por la tarde.

–Muchas gracias, doctor –respondió la madre de Obinze.

En el coche Ifemelu dijo:

–Nunca me han operado, tía.

–No es nada –contestó la madre de Obinze enérgicamente–. Los médicos de aquí son muy buenos. Ponte en contacto con tus padres y diles que no se preocupen. Nosotros cuidaremos de ti. Cuando te den el alta, puedes quedarte en casa hasta que te sientas con fuerzas.

Ifemelu telefoneó a la colega de su madre, la tía Bunmi, y le dejó un mensaje, así como el número de teléfono de casa de Obinze para que se lo comunicara a su madre. Esa noche su madre llamó; parecía faltarle el aliento.

—Dios lo tiene todo bajo control, preciosa mía —dijo su madre—. Gracias a Dios por esa amiga tuya. Dios la bendecirá a ella y a su madre.

—Es él. Un chico.

—Ah. —Su madre guardó silencio por un momento—. Hazme el favor de darles las gracias. Dios los bendecirá. Mañana por la mañana cogeremos el primer autobús a Nsukka.

Ifemelu se acordaba de que una enfermera le afeitó desenfadadamente el vello púbico, del áspero roce de la cuchilla, del olor a antiséptico. A eso siguió un vacío, un borrado de la mente, y cuando salió de ese estado, grogui y todavía tambaleante en el límite de la memoria, oyó a sus padres hablar con la madre de Obinze. Su madre la tenía cogida de la mano. Más tarde la madre de Obinze los invitaría a instalarse en su casa, no tenía sentido malgastar dinero en un hotel. «Ifemelu es como una hija para mí», dijo.

Antes de regresar a Lagos, su padre, con el respeto timorato que le inspiraban las personas cultas, comentó: «Ella se licenció con honores en Londres». Y su madre añadió: «Un chico muy respetuoso, ese Obinze. Bien educado. Y su pueblo no está lejos del nuestro».

La madre de Obinze esperó unos días, quizá hasta que Ifemelu recobró las fuerzas, antes de llamarlos y pedirles que se sentaran y apagaran el televisor.

—Obinze e Ifemelu, la gente comete errores, pero algunos errores son evitables.

Obinze permaneció callado.

—Sí, tía —dijo Ifemelu.

—Debéis usar siempre condón. Si queréis ser irresponsables, esperad a no estar ya bajo mi tutela. —Empleaba un tono severo, de censura—. Si decidís tener una vida sexual activa, también debéis decidir protegeros. Obinze, debes comprar condones con tu paga. Ifemelu, tú también. No es problema mío si te da vergüenza. Debes entrar en la farmacia y comprarlos. Nunca dejes al chico a cargo de tu propia protección. Si él no quiere usarlo, es que no le importas lo suficiente y no debes estar con él. Obinze, puede que no seas tú quien se quede embarazado, pero si eso ocurre, te cambiará la vida por completo y ya no podrás deshacerlo. Y por favor, esto os lo digo a ambos, limitadlo a vosotros dos. Hay enfermedades por todas partes. El sida es real.

Ellos guardaron silencio.

—¿Me habéis oído? —preguntó la madre de Obinze.

—Sí, tía —respondió Ifemelu.

—¿Obinze?

—Mamá, te he oído —contestó Obinze. Con aspereza, añadió—: ¡No soy un niño!

Acto seguido se levantó y abandonó airado el salón.

8

Ahora las huelgas eran corrientes. En los periódicos, los profesores universitarios enumeraban sus quejas, los acuerdos pisoteados en el polvo por miembros del gobierno cuyos propios hijos estudiaban en el extranjero. Los campus se vaciaban, la vida abandonaba las aulas. Los estudiantes albergaban la esperanza de que las huelgas fuesen breves, ya que era mucho esperar que no hubiera ninguna huelga. Todo el mundo hablaba de marcharse. Incluso Emenike se había ido a Inglaterra. Nadie sabía cómo había conseguido el visado. «¿Ni siquiera te lo contó a ti?», le preguntó Ifemelu a Obinze, y Obinze contestó: «Ya sabes cómo es Emenike». Ranyinudo, que tenía una prima en Estados Unidos, solicitó un visado pero le fue denegado en la embajada por un negro estadounidense que, según contó ella, estaba resfriado y tenía más interés en sonarse que en examinar su documentación. La hermana Ibinabo organizó la Vigilia por el Milagro de los Visados para Estudiantes de los viernes, una reunión de jóvenes, cada uno con un sobre que contenía una solicitud de visado, que la hermana Ibinabo tocaba con la mano a modo de bendición. Una chica, ya en su último curso en la Universidad de Ife, consiguió un visado para Estados Unidos a la primera, y ofreció un testimonio entusiasta y lacrimógeno en la iglesia. «Aunque tenga que volver a empezar desde el principio en Estados Unidos, al menos sé cuándo me licenciaré.»

Un día telefoneó la tía Uju. Ya no llamaba tan a menudo; antes telefoneaba a casa de Ranyinudo si Ifemelu estaba en

Lagos, o a casa de Obinze si Ifemelu estaba en la universidad. Pero sus llamadas habían ido espaciándose. Todavía sin la convalidación para ejercer la medicina en Estados Unidos, tenía tres empleos. Hablaba de los exámenes a los que debía presentarse, diversos pasos que implicaban diversas circunstancias que Ifemelu no entendía. Siempre que la madre de Ifemelu proponía pedir a la tía Uju que enviara algo de Estados Unidos —complejos vitamínicos, calzado—, el padre de Ifemelu se negaba, antes tenían que permitir a Uju asentarse, y su madre decía, con una pizca de malicia en la sonrisa, que cuatro años eran tiempo de sobra para asentarse.

—Ifem, *kedu?* —preguntó la tía Uju—. Pensaba que estarías en Nsukka. Acabo de llamar a la casa de Obinze.

—Hay huelga.

—¡Anda! ¿Todavía no se ha acabado la huelga?

—No, se acabó la última, volvimos a clase y empezó otra.

—Pero ¿qué tonterías son esas? —dijo la tía Uju—. En serio, deberías venir a estudiar aquí. Seguro que conseguirías una beca fácilmente. Y podrías ayudarme a cuidar de Dike. La verdad, el poco dinero que gano se me va en canguros. Y si Dios quiere, para cuando vengas ya habré pasado todos los exámenes y empezado la residencia.

La tía Uju hablaba con entusiasmo pero sin precisar; hasta que ella lo sugirió, Ifemelu apenas se había planteado la posibilidad.

A no ser por Obinze, Ifemelu lo habría dejado en eso: una idea sin forma que salía a flote y luego se hundía otra vez. «Deberías intentarlo, Ifem —la instó él—. No tienes nada que perder. Preséntate a la prueba de acceso a la universidad y pide una beca. Ginika puede ayudarte a enviar solicitudes a los distintos centros. La tía Uju está allí, así que al menos tienes un punto de partida. Ojalá yo pudiera hacer lo mismo, pero no puedo marcharme sin más. En mi caso es mejor terminar la carrera e ir luego a Estados Unidos para el máster. Los estudiantes extranjeros pueden recibir financiación y ayuda económica para el máster.»

Ifemelu no acababa de entender qué sentido tenía todo aquello, pero le parecía correcto porque salía de él, el experto en Estados Unidos, que hablaba con tanta soltura de «másters» en lugar de «posgrados». Así que empezó a soñar. Se vio en una casa de *La hora de Bill Cosby*, en una universidad con alumnos provistos de libretas que milagrosamente no presentaban desgaste ni arrugas. Se sometió a las pruebas de aptitud en un centro de Lagos, con miles de personas, todas rebosantes de ambiciones. Ginika, que acababa de licenciarse, presentó solicitudes a distintas universidades en nombre de ella, y la llamó para decirle: «Solo quería que supieras que me concentro en la zona de Filadelfia porque yo estudié allí», como si Ifemelu supiera dónde estaba Filadelfia. Para ella, Estados Unidos era Estados Unidos.

La huelga terminó. Ifemelu volvió a Nsukka, se reincorporó relajadamente a la vida universitaria, y de vez en cuando soñaba con Estados Unidos. Cuando la tía Uju llamó para anunciar que habían llegado cartas de aceptación y el ofrecimiento de una beca, Ifemelu dejó de soñar. Ahora que parecía posible, tenía demasiado miedo para concebir esperanzas.

—Hazte trenzas muy, muy pequeñas que duren mucho; aquí arreglarse el pelo es carísimo —dijo la tía Uju.

—¡Tía, espera a que consiga el visado! —respondió Ifemelu.

Pidió el visado, convencida de que un norteamericano grosero rechazaría su solicitud, cosa que al fin y al cabo pasaba muy a menudo, pero la mujer canosa con una insignia de san Vicente de Paula en la solapa le sonrió y dijo: «Ven a recoger tu visado dentro de dos días. Suerte en los estudios».

La tarde que recogió su pasaporte, con el visado de tonos claros en la segunda página, organizó ese triunfal ritual que indicaba el inicio de una nueva vida en el extranjero: el reparto de sus pertenencias entre las amigas. Ranyinudo, Priye y Tochi estaban en su habitación, bebiendo Coca-Cola, la ropa de ella apilada en la cama, y lo primero a lo que todas echaron mano fue el vestido de color naranja, su vestido predilecto, regalo de la tía Uju; con el vuelo de la falda y la cremallera desde el cuello hasta el dobladillo, siempre se había sentido glamurosa y peligrosa. Me facilita las cosas, decía Obinze, antes de empezar a bajar lentamente la cremallera. Deseaba conservar el vestido, pero Ranyinudo dijo: «Ifem, ya sabes que en Estados Unidos podrás tener todos los vestidos que quieras y la próxima vez que te veamos serás una americanah de verdad».

Su madre dijo que Jesús le había anunciado en un sueño que Ifemelu prosperaría en Estados Unidos. Su padre, poniéndole un fino sobre en la mano, dijo: «Ojalá tuviera más», y ella comprendió con tristeza que debía de haberlo pedido prestado. Ante el entusiasmo de los demás, sintió de pronto desánimo y temor.

—Quizá debería quedarme y terminar la carrera aquí —le dijo a Obinze.

—No, tienes que irte. Además, ni siquiera te gusta la geología. En Estados Unidos puedes estudiar otra cosa.

—Pero la beca es parcial. ¿De dónde sacaré el dinero para pagar el resto? Con un visado de estudiante no puedo trabajar.

—Puedes encontrar empleos por horas para estudiantes en el propio campus. Ya te las arreglarás. El setenta y cinco por ciento de la matrícula no es nada despreciable.

Ella asintió, dejándose llevar por la fe de Obinze. Visitó a la madre de él para despedirse.

—Nigeria está echando a sus mejores recursos —comentó la madre de Obinze con resignación, y la abrazó.

—Te echaré de menos, tía. Muchísimas gracias por todo.

—Sigue así de bien, querida, y que todo te salga bien. Escríbenos. No debemos perder el contacto.

Ifemelu asintió con lágrimas en los ojos. A punto ya de marcharse, cuando apartaba ya la cortina en la puerta de la casa, la madre de Obinze dijo:

—Y Obinze y tú debéis tener un plan. Os hace falta un plan.

Sus palabras, tan inesperadas y tan certeras, levantaron el ánimo a Ifemelu. Su plan fue este: él iría a Estados Unidos nada más licenciarse. Buscaría la manera de conseguir un visado. Quizá para entonces ella podría ayudarlo en eso.

En los años posteriores, incluso cuando Ifemelu ya había roto todo contacto con él, recordaría a veces las palabras de su madre —«Y Obinze y tú debéis tener un plan»— y se sentiría reconfortada.

9

Mariama regresó del restaurante chino cargada de bolsas de papel marrón manchadas de aceite, llevando a la sofocante peluquería los olores a grasa y especias.

—¿Ha terminado la película?

Lanzó una ojeada a la pantalla en blanco del televisor y luego examinó la pila de DVD para elegir otro.

—Disculpa, por favor, para comer —le dijo Aisha a Ifemelu.

Se encaramó a una silla al fondo y comió las alitas de pollo fritas con los dedos, la mirada clavada en la pantalla del televisor. El nuevo DVD empezó con una serie de tráilers, escenas cortadas sin ton ni son con destellos de luz intercalados. Todos terminaban con una voz masculina nigeriana, teatral y sonora, diciendo: «¡Consiga su copia ahora!». Mariama comió de pie. Le dijo algo a Halima.

—Yo primero acabo y luego como —contestó Halima en inglés.

—Puedes comer si quieres —dijo la clienta de Halima, una joven de voz aguda y modales agradables.

—No, yo acabo. Solo un poco más —insistió Halima.

En la cabeza de su clienta faltaba únicamente un mechón en la parte delantera, erizado como el pelaje de un animal, en tanto que el resto era un conjunto de ordenadas microtrenzas que le caían hasta el cuello.

—Tengo una hora antes de ir a buscar a mis hijas —dijo la clienta.

—¿Cuántas tienes? —preguntó Halima.

—Dos —contestó la clienta. Aparentaba unos diecisiete años—. Dos niñas preciosas.

La nueva película había empezado. El rostro sonriente de una actriz de mediana edad llenó la pantalla.

—¡Uy, bien! ¡Esta actriz me gusta! —exclamó Halima—. ¡Paciencia! ¡Esta no está para tonterías!

—¿La conoces? —le preguntó Mariama a Ifemelu, señalando el televisor.

—No.

¿Por qué insistían en preguntarle si conocía a los actores de Nollywood? Un intenso olor a comida impregnaba el local. Confería al agobiante ambiente un hedor untuoso, y aun así le despertó un poco el apetito. Comió alguna que otra zanahoria. La clienta de Halima inclinó la cabeza a un lado y a otro ante el espejo y dijo:

—Muchísimas gracias. ¡Ha quedado fantástico!

Cuando se marchó, Mariama dijo:

—Con lo joven que es, y ya tiene dos hijas.

—Uy, uy, uy, esta gente —comentó Halima—. A los trece años chica conoce ya todas las posiciones. ¡Eso en África no pasa!

—¡Jamás! —coincidió Mariama.

Miraron a Ifemelu en busca de su conformidad, su aprobación. Contaban con ello, allí en ese espacio común de africanidad, pero Ifemelu permaneció callada y pasó una hoja de su novela. Cuando se fuese, hablarían de ella, no le cabía duda. Ay, esa chica nigeriana, lo importante que se siente por Princeton. Ya habéis visto la barrita, ahora ni come comida de verdad. Se reirían con desdén, pero con moderado desdén, porque ella no dejaba de ser su hermana africana, pese a que había perdido el rumbo brevemente. Un nuevo olor untuoso invadió el local cuando Halima abrió su recipiente de comida. Comía y hablaba a la pantalla del televisor.

—¡Eh, pedazo de idiota! ¡Esa mujer te quitará el dinero!

Ifemelu se apartó del cuello un pelo pegajoso. Estaba achicharrada de calor.

—¿Podemos dejar la puerta abierta? —preguntó.

Mariama abrió la puerta y la inmovilizó con una silla.

–Desde luego hace un calor espantoso.

Cada ola de calor recordaba a Ifemelu la primera que ella vivió allí, el verano de su llegada. Era verano en Estados Unidos, ella eso lo sabía, pero durante toda su vida había concebido el «extranjero» como un lugar frío con nieve y abrigos de lana, y como Estados Unidos era el «extranjero», y sus ilusiones tan poderosas que la razón no podía mantenerlas a raya, compró el jersey más grueso que encontró en el mercado de Tejuosho antes de marcharse. Poniéndoselo para el viaje, se subió la cremallera hasta el cuello en el interior vibrante del avión y se la bajó al salir del aeropuerto con la tía Uju. Aquel calor bochornoso la alarmó, como también el viejo Toyota de cinco puertas con una mancha de óxido en el costado y la tapicería de los asientos medio desprendida. Contempló los edificios y los coches y las vallas publicitarias, todo mate, un mate decepcionante; en el paisaje de su imaginación, las cosas más triviales de Estados Unidos aparecían revestidas de un lustre intenso. La sorprendió, sobre todo, un adolescente con una gorra de béisbol que permanecía inmóvil ante un muro de ladrillo, de pie, inclinado al frente, la cabeza gacha, las manos entre las piernas. Ifemelu se volvió para verlo mejor.

–¡Mira ese chico! –exclamó–. No sabía que la gente hiciera esas cosas en Estados Unidos.

–¿No sabías que en Estados Unidos la gente mea? –preguntó la tía Uju, lanzando apenas una ojeada al chico antes de fijar de nuevo la atención en el siguiente semáforo.

–¡Anda ya, tía! Me refiero a que lo hagan en la calle. Así.

–No lo hacen. No es como allá en Nigeria, donde lo hace todo el mundo. Pueden detenerlo por eso. Pero en todo caso este no es un buen barrio –explicó la tía Uju con aspereza.

Se la notaba cambiada. Ifemelu lo había percibido de inmediato en el aeropuerto, el pelo toscamente trenzado, sin pendientes en las orejas, el abrazo rápido, de pasada, como si hiciera solo semanas, no años, que no se veían.

—Ahora tendría que estar con mis libros —dijo la tía Uju, la mirada fija en la calle—. Ya sabes que se acerca la fecha de mi examen.

Ifemelu no sabía que hubiera aún un examen más; pensaba que la tía Uju estaba esperando un resultado. Pero contestó:

—Sí, ya lo sé.

El posterior silencio pesó como una losa. Ifemelu quiso disculparse, pero no sabía muy bien de qué. Quizá la tía Uju lamentaba su presencia, ahora que ya estaba allí, en aquel coche resollante suyo.

Sonó el móvil de la tía Uju.

—Sí, soy Uju.

Lo pronunció «yu-ju» en lugar de «u-ju».

—¿Ahora pronuncias tu nombre así? —preguntó Ifemelu después.

—Es así como me llaman aquí.

Ifemelu se tragó las palabras «Pues ese no es tu nombre». En lugar de eso dijo en igbo:

—No sabía que aquí hacía tanto calor.

—Hay una ola de calor, la primera de este verano —informó la tía Uju, como si «ola de calor» fuese algo que Ifemelu debía comprender.

Nunca había sentido un calor tan tórrido. Un calor envolvente, inmisericorde. Cuando llegaron al apartamento de un solo dormitorio de la tía Uju, el picaporte de la puerta estaba caliente al tacto. Dike se levantó en el acto del suelo enmoquetado de la sala de estar, plagado de coches de juguete y muñecos de acción, y la abrazó como si se acordara de ella.

—¡Alma, esta es mi prima! —dijo a su canguro, una mujer de piel pálida y rostro cansado con el pelo negro, recogido en una cola de caballo grasienta.

Si Ifemelu hubiese conocido a Alma en Lagos, la habría considerado blanca, pero descubriría que Alma era hispana, una categoría de estadounidense que era, confusamente, tanto una etnia como una raza, y se acordaría de Alma cuando, años después, escribió un post en su blog titulado «Comprender Estados Unidos para los negros no estadounidenses: qué significa "hispano"».

Los hispanos son los compañeros frecuentes de los negros estadounidenses en los ránkings de pobreza, los hispanos están un breve paso por encima de los negros estadounidenses en la escala racial estadounidense, hispana es la mujer peruana con la piel de color chocolate, hispanos son los pueblos indígenas de México. Hispanas son las personas de aspecto birracial de la República Dominicana. Hispanas son las personas de piel más clara de Puerto Rico. Hispano es también el hombre rubio de ojos azules llegado de Argentina. Basta con que uno hable español pero no sea de España, y *voilà*, pertenece a una raza llamada hispana.

Pero aquella tarde apenas se fijó en Alma, ni en la sala de estar sin más mobiliario que un sofá y un televisor, ni en la bicicleta colocada en un rincón, porque se quedó absorta en Dike. La última vez que lo vio, el día que la tía Uju se marchó apresuradamente de Lagos, era un crío de un año, llorando incesantemente en el aeropuerto como si comprendiera el vuelco que acababa de dar su vida, y ahora allí estaba, un niño de primero de primaria con un acento norteamericano impecable y aire de hiperfelicidad; la clase de niño que era incapaz de quedarse quieto y que nunca parecía triste.

—¿Por qué llevas jersey? ¡Hace demasiado calor para llevar jersey! —dijo él, y soltó una risotada, aferrado aún a ella en un interminable abrazo.

Ifemelu se rio. Era tan pequeño, tan inocente, y sin embargo poseía cierta precocidad, pero una precocidad radiante; no albergaba intenciones oscuras en cuanto a los adultos de su mundo. Esa noche, cuando él y la tía Uju se acostaron e Ifemelu se instaló en una manta en el suelo, el niño dijo: «Mamá,

¿por qué tiene que dormir en el suelo? Cabemos todos en la cama», como si percibiera lo que sentía Ifemelu. Ese apaño no tenía nada de malo —a fin de cuentas, ella había dormido en esteras cuando visitaba a su abuela en el pueblo–, pero ahora se hallaba por fin en Estados Unidos, por fin en el esplendoroso Estados Unidos, y no esperaba tener que dormir en el suelo.

—Estoy bien, Dike.

Él se levantó y le llevó su almohada.

—Toma. Es blanda y cómoda.

—Dike, ven a acostarte —ordenó la tía Uju–. Deja dormir a tu tía.

Ifemelu no podía dormir, demasiado alerta a la novedad de las cosas, y esperó a oír los ronquidos de la tía Uju antes de salir sigilosamente de la habitación y encender la luz de la cocina. Una enorme cucaracha, encaramada a la pared cerca de los armarios, se movía ligeramente arriba y abajo como si le costara respirar. Si hubiese estado en su cocina de Lagos, habría cogido una escoba y la habría matado, pero dejó en paz a la cucaracha estadounidense y se acercó a la ventana de la sala de estar. Flatlands, se llamaba esa zona de Brooklyn, según le había dicho la tía Uju. La calle estaba mal iluminada, flanqueada no por árboles frondosos sino por coches aparcados muy juntos, sin nada que ver con la hermosa calle de *La hora de Bill Cosby*. Ifemelu permaneció allí durante largo rato, su cuerpo inseguro de sí mismo, abrumado por la sensación de novedad. Pero sentía también un escalofrío de expectación, una impaciencia por descubrir Estados Unidos.

—Creo que lo mejor será que te ocupes de Dike durante el verano y me ahorres el dinero en canguros, y ya buscarás empleo cuando llegues a Filadelfia —propuso la tía Uju a la mañana siguiente.

Nada más despertar a Ifemelu, le dio tajantes instrucciones con relación a Dike y dijo que iría a la biblioteca a estudiar después del trabajo. Las palabras salían de ella atropelladamente. Ifemelu deseó que aflojara un poco la marcha.

—Con tu visado de estudiante, no puedes trabajar, y los empleos por horas en la universidad dan pena, no pagan nada, y tienes que costearte el alquiler y el resto de la matrícula. Ya ves que yo tengo tres empleos, y aun así, las cosas no son fáciles. He hablado con una amiga mía, no sé si te acuerdas de Ngozi Okonkwo… Ahora tiene la nacionalidad, y ha vuelto a Nigeria durante un tiempo para montar un negocio. Se lo pedí, y accedió a dejarte trabajar con su tarjeta de la Seguridad Social.

—¿Cómo? ¿Usaré su nombre?

—Claro que usarás su nombre —respondió la tía Uju, enarcando las cejas, como si hubiera estado a punto de preguntar a Ifemelu si era tonta y a duras penas hubiera podido contenerse.

Tenía una pizca de crema facial blanca en el pelo, prendida de la raíz de una trenza, e Ifemelu se disponía a decirle que se lo limpiara pero, cambiando de idea, calló, y observó a la tía Uju mientras se dirigía apresuradamente hacia la puerta. Se sentía dolida por el reproche de la tía Uju. Era como si, entre ellas, se hubiera enfriado repentinamente una antigua intimidad. La impaciencia de la tía Uju, esa nueva irritabilidad en ella, suscitaba en Ifemelu la sensación de que había cosas que debería saber ya pero, por alguna carencia personal suya, no sabía.

«Hay carne en conserva. Puedes preparar unos bocadillos para comer», había dicho la tía Uju, como si esas palabras fueran perfectamente normales y no requirieran un preámbulo humorístico sobre la costumbre estadounidense de comer pan en el almuerzo. Pero Dike no quiso un bocadillo. Después de enseñarle todos sus juguetes, y ver juntos algunos episodios de *Tom y Jerry*, él riéndose, encantado, porque como ella los había visto todos antes en Nigeria le contaba lo que sucedería antes de suceder, el niño abrió la nevera y señaló lo que quería que ella le preparara.

—Perritos calientes.

Ifemelu examinó aquellas salchichas curiosamente largas y luego empezó a abrir los armarios en busca de un poco de aceite.

—Dice mamá que debo llamarte tía Ifem. Pero tú no eres mí tía. Eres mi prima.

—Pues llámame prima.

—Vale, prima —dijo Dike, y se echó a reír.

Su risa era muy cálida, muy espontánea.

Ella había encontrado el aceite vegetal.

—No necesitas aceite —señaló Dike—. Tienes que cocer el perrito caliente en agua.

—¿En agua? ¿Cómo puede cocerse en agua una salchicha?

—Es un perrito caliente, no una salchicha.

Claro que era una salchicha, por más que le pusieran el ridículo nombre de «perrito caliente», y frio dos con un poco de aceite como tenía por costumbre hacer con las salchichas Satis. Dike lo miró horrorizado. Ella apagó el fogón. Él retrocedió y dijo: «Ufff». Se quedaron mirándose, el plato con el bollo y los dos perritos calientes encogidos entre ellos. Ifemelu supo entonces que debería haberle hecho caso.

—¿Puedo comer un bocadillo de mantequilla de cacahuete y mermelada? —preguntó Dike.

Ifemelu, siguiendo sus instrucciones para el bocadillo, cortó la corteza del pan y untó primero la mantequilla de cacahuete, sin reírse de la atención con que él la observaba, como si de un momento a otro fuera a ocurrírsele freír el bocadillo.

Cuando Ifemelu, esa noche, contó a la tía Uju el incidente del perrito caliente, la tía Uju dijo sin el humor que Ifemelu preveía:

—No son salchichas, son perritos calientes.

—Eso es como decir que un bikini no es lo mismo que ropa interior. ¿Acaso un visitante del espacio vería la diferencia?

La tía Uju se encogió de hombros; estaba sentada a la mesa del comedor, con un manual de medicina abierto ante sí, comiendo una hamburguesa sacada de una bolsa de papel arrugada. La piel seca, el rostro ojeroso, el espíritu desprovisto de color. Parecía tener la mirada fija en el libro más que estar leyéndolo.

En el supermercado la tía Uju nunca compraba lo que necesitaba, sino que compraba las ofertas y las convertía en necesidad. Cogía el vistoso folleto de las promociones en la entrada del Key Food e iba en busca de los artículos rebajados, pasillo tras pasillo, mientras Ifemelu empujaba el carrito y Dike las acompañaba.

—Mamá, esos no me gustan. Coge los azules —dijo Dike cuando la tía Uju metió en el carrito unas cajas de cereales.

—Dan dos por una —repuso la tía Uju.

—No saben bien.

—Saben exactamente igual que tus cereales de siempre, Dike.

—No.

Dike cogió una caja azul del estante y se adelantó rápidamente en dirección a la caja.

—¡Hola, hombrecito! —La cajera era una mujer corpulenta y alegre con quemaduras solares en las mejillas, enrojecidas y peladas—. ¿Qué? ¿Ayudando a mamá?

—Dike, ponlo en su sitio —ordenó la tía Uju con el acento nasal, arrastrado, que empleaba cuando hablaba con blancos estadounidenses, cuando se hallaba en presencia de blancos estadounidenses, cuando lo oían blancos estadounidenses. «Pooonlo eeen su siiiitio.» Y con ese acento surgía un personaje nuevo, propenso a disculparse por todo y autodegradarse. Se mostró en exceso complaciente con la cajera.

—Perdone, perdone —dijo mientras rebuscaba la tarjeta de crédito en el billetero.

Como la cajera observaba, la tía Uju permitió a Dike quedarse con los cereales, pero en el coche le agarró la oreja izquierda y se la retorció, le dio un tirón.

—¡Ya te lo he dicho! ¡No cojas nunca nada en el supermercado! ¿Me oyes? ¿O quieres que te dé un bofetón por si no me has oído?

Dike se apretó la oreja con la palma de la mano.

La tía Uju se volvió hacia Ifemelu.

—Así de mal se portan los niños en este país. Jane me contó que su hija incluso amenaza con llamar a la policía cuando le pega. Imagínatelo. No culpo a la niña, ha venido a Estados Unidos y ha aprendido lo que es llamar a la policía.

Ifemelu le frotó la rodilla a Dike. Él no la miró. La tía Uju conducía un poco demasiado deprisa.

Dike llamó desde el baño, adonde lo habían mandado a lavarse los dientes antes de irse a la cama.

—Dike, *I mechago?* —preguntó Ifemelu.

—Por favor, no le hables en igbo —dijo la tía Uju—. Dos idiomas lo confundirán.

—Pero ¿qué dices, tía? Nosotras nos criamos hablando dos idiomas.

—Esto es Estados Unidos. Aquí es distinto.

Ifemelu se mordió la lengua. La tía Uju cerró su manual de medicina y fijó la mirada al frente en el vacío. El televisor estaba apagado y se oía correr el agua en el cuarto de baño.

—Tía, ¿qué pasa? —preguntó Ifemelu—. ¿Qué problema hay?

—¿Qué quieres decir? No hay ningún problema. —La tía Uju suspiró—. Suspendí el último examen. Me dieron el resultado justo antes de que tú llegaras.

—Vaya. —Ifemelu la observaba.

—No había suspendido un solo examen en mi vida. Pero no ponían a prueba los conocimientos reales; ponían a prueba nuestra capacidad para responder a preguntas tipo test engañosas que no tienen nada que ver con el verdadero conocimiento médico. —Se levantó y fue a la cocina—. Estoy cansada. Estoy muy cansada. Pensaba que a estas alturas las cosas ya nos irían mejor a Dike y a mí. No puede decirse que alguien me ayudara y yo no me diera cuenta de lo deprisa que se iba el dinero. Estudiaba y tenía tres empleos. Atendía en una tienda del centro comercial, era ayudante de investigación e incluso trabajaba unas horas en el Burger King.

—Las cosas mejorarán —comentó Ifemelu con impotencia, consciente de lo huecas que eran sus palabras.

Nada de aquello le resultaba familiar. Era incapaz de ofrecer consuelo a la tía Uju porque no sabía cómo. Cuando la tía Uju habló de varias amigas suyas que habían llegado antes que ella a Estados Unidos y aprobado los exámenes —Nkechi, en Maryland, le envió la mesa y las sillas del comedor; Kemi, en Indiana, le compró la cama; Ozavisa le mandó la vajilla y ropa desde Hartford—, Ifemelu dijo: «Que Dios las bendiga», y las palabras sonaron demasiado grandes e inútiles en su boca.

Había supuesto, a partir de las llamadas de la tía Uju a casa, que las cosas no le iban tan mal, pero ahora se daba cuenta de que la tía Uju siempre había hablado con vaguedad, mencionando las palabras «trabajo» y «examen» sin entrar en detalles. O quizá era porque ella no le había pedido detalles, porque no esperaba entender los detalles. Y pensó, observándola, que la antigua tía Uju nunca habría llevado unas trenzas tan descuidadas. Jamás habría tolerado esos pelos que le crecían hacia dentro en la barbilla, grandes como pasas, ni se habría puesto pantalones que le formaban bultos en la entrepierna. Estados Unidos la había sometido.

10

Ese primer verano fue un verano de espera para Ifemelu; el
verdadero Estados Unidos, presentía, estaba más allá de la esquina que pronto doblaría. Incluso los días, fundiéndose entre
sí, lánguidos y límpidos, prolongándose el sol hasta muy tarde,
parecían esperar. Caracterizaba su vida cierto desposeimiento,
una estimulante crudeza, sin padres ni amigos ni hogar, los
hitos conocidos que la convertían en quien era. Y por tanto
esperaba, escribiendo largas y pormenorizadas cartas a Obinze, llamándolo de vez en cuando —llamadas muy breves, porque, según decía la tía Uju, no podía malgastarse la tarjeta
telefónica— y pasando el tiempo con Dike. Era solo un niño,
pero con él sentía una afinidad próxima a la amistad; veían
sus series de dibujos animados preferidas, *Rugrats* y *Franklin*,
y leían libros juntos, y lo llevaba a jugar con los hijos de Jane.
Esta vivía en el piso de al lado. Ella y su marido, Marlon, eran
de Granada y hablaban con un acento lírico, como si estuvieran a punto de echarse a cantar. «Son como nosotros; él tiene
un buen empleo y tiene ambición y pegan a los niños», había
dicho la tía Uju con tono de aprobación.

Ifemelu y Jane se rieron al descubrir las similitudes entre
sus respectivas infancias en Granada y Nigeria, con los libros
de Enid Blyton y profesores y padres anglófilos que venera-
ban el BBC World Service. Jane era solo unos años mayor que
Ifemelu. «Me casé muy joven. Todas deseaban a Marlon…
¿cómo iba a negarme?», decía medio en broma. Se sentaban
juntas en la escalinata de la entrada del edificio y observaban

a Dike y los hijos de Jane, Elizabeth y Junior, ir en bicicleta hasta el final de la calle y luego volver. Ifemelu llamaba a menudo a Dike para que no se alejara más, los niños gritaban, las aceras de cemento relucían bajo el sol aplastante, y la quietud del verano se veía perturbada por alguna que otra ráfaga de música a todo volumen procedente de un coche que pasaba.

—Las cosas aquí aún deben de parecerte muy raras —comentó Jane.

Ifemelu movió la cabeza en un gesto de asentimiento.

—Sí.

Una camioneta de helados entró en la calle acompañada de un melódico tintineo.

—Oye, yo llevo aquí diez años y aún tengo la sensación de estar instalándome —prosiguió Jane—. Lo más complicado es criar a los niños. Fíjate en Elizabeth, con ella he de andarme con mucho cuidado. En Estados Unidos, si no te andas con cuidado, los niños se convierten en desconocidos. Allí en nuestros países es distinto, porque puedes controlarlos. Aquí no.

Jane ofrecía un aspecto inofensivo, con aquel rostro tan del montón y aquellos brazos en continuo movimiento, pero, bajo su sonrisa presta, se advertía un gélido estado de alerta.

—¿Cuántos años tiene? ¿Diez? —preguntó Ifemelu.

—Nueve, y ya es una teatrera. Pagamos un buen dinero para que vaya a un colegio privado, porque aquí los colegios públicos no sirven para nada. Dice Marlon que pronto nos mudaremos a una zona residencial de las afueras para que puedan ir a colegios mejores. O si no, Elizabeth empezará a comportarse como estos negros estadounidenses.

—¿Qué quieres decir?

—Tú descuida, ya lo entenderás a su debido tiempo —dijo Jane, y subió al piso a coger dinero para los helados de los niños.

Ifemelu esperaba con ilusión esos momentos en que se sentaba fuera con Jane, hasta la noche que Marlon llegó del trabajo y, mientras Jane entraba a por limonada para los niños, le dijo a Ifemelu en un presuroso susurro: «He estado pensando en ti. Quiero hablar contigo». Ifemelu no se lo contó a Jane. Esta nunca culparía de nada a Marlon, ese Marlon de piel clara y ojos de color avellana a quien todas deseaban, así que Ifemelu empezó a eludirlos a los dos, a concebir elaborados juegos de mesa con los que Dike y ella podían entretenerse dentro de casa.

En una ocasión preguntó a Dike qué había hecho en el colegio antes del verano, y él contestó: «Círculos». Los niños se sentaban en el suelo en círculo y compartían sus cosas preferidas.

Ella se horrorizó.

—¿Sabes hacer divisiones?

Dike la miró con cara de extrañeza.

—Aún estoy en primero, prima.

—Yo a tu edad ya sabía hacer divisiones sencillas.

Arraigó en su cabeza la convicción de que los niños estadounidenses no aprendían nada en primaria, y se afianzó más aún cuando él le contó que su maestra a veces repartía vales; si un niño recibía un vale de deberes, podía saltarse los deberes de un día. Círculos, vales de deberes, ¿cuál sería la siguiente estupidez? Comenzó, pues, a enseñarle matemáticas; ella lo llamaba «mates» y él «mate», así que acordaron no abreviar la palabra. Años después ella no podría acordarse de ese verano sin pensar en las divisiones largas, en Dike, confuso, con la frente arrugada, sentados uno al lado del otro a la mesa del comedor, en la volubilidad de ella, que pasaba de sobornarlo a gritarle. Vale, inténtalo una vez más y podrás tomarte un helado. No irás a jugar hasta que te salgan bien. Más adelante, cuando él ya era mayor, contaba que tenía facilidad para las matemáticas gracias a ese verano de penitencia. «Querrás decir verano de ciencia», replicaba ella en lo que se convirtió en una broma familiar a la que, como la comida casera, recurrían de vez en cuando.

También fue un verano para comer. Le gustaba lo desconocido: las hamburguesas de McDonald's con el crujido agrio y breve de los pepinillos en vinagre, un sabor nuevo que le gustó un día y le disgustó al otro, los burritos que la tía Uju llevaba a casa, rezumando el sabroso relleno, y la mortadela y el salchichón que dejaban una película de sal en la boca. La desorientaba la insipidez de la fruta, como si la Naturaleza se hubiese olvidado de sazonar las naranjas y los plátanos, pero le complacía mirarla, y tocarla; como los plátanos eran tan grandes, y de un amarillo tan uniforme, les perdonaba la falta de sabor. En una ocasión Dike dijo:

—¿Por qué haces eso? ¿Comer un plátano con cacahuetes?

—Eso hacemos en Nigeria. ¿Quieres probar?

—No —respondió él con firmeza—. Creo que no me gusta Nigeria, prima.

Afortunadamente el helado era un sabor intacto. Se lo comía directamente de las tarrinas gigantes, compre una, llévese dos, guardadas en el congelador, cucharadas de vainilla y chocolate, con la mirada fija en el televisor. Seguía las series que veía en Nigeria —*El príncipe de Bel-Air*, *Un mundo diferente*—, y descubrió nuevas series que no conocía —*Friends*, *Los Simpson*—; pero eran los anuncios lo que le fascinaban. Anhelaba las vidas que mostraban, esas vidas llenas de dicha, donde todos los problemas encontraban rutilantes soluciones en champús y coches y alimentos envasados, y se convirtieron para ella en el verdadero Estados Unidos, el Estados Unidos que solo vería cuando se trasladara a la universidad en otoño. Al principio el noticiario de la noche la desconcertaba, una letanía de incendios y tiroteos, acostumbrada como estaba a las noticias de la NTA, donde oficiales del ejército muy ufanos cortaban cintas o pronunciaban discursos. Pero a fuerza de ver, un día tras otro, imágenes de hombres esposados, familias angustiadas frente a casas calcinadas y humeantes, restos de coches destrozados en persecuciones policiales, vídeos borrosos de atracos a mano armada en tiendas, su desconcierto fraguó en preocupación. Le entraba el pánico cuando se oía un ruido junto a la ventana, cuando Dike se alejaba demasiado en su bicicleta calle abajo. Dejó de sacar la basura después de anochecer, porque podía haber en la calle un hombre armado al acecho. La tía Uju dijo, con una parca risa: «Si sigues viendo la televisión, pensarás que esas cosas ocurren continuamente. ¿Sabes cuánta delincuencia hay en Nigeria? ¿No será que allí no informan de esas cosas como aquí?».

11

La tía Uju llegaba a casa con el rostro consumido y tenso, cuando las calles estaban ya a oscuras y Dike en la cama, y pre guntaba: «¿Tengo correo? ¿Tengo correo?», la pregunta siempre por duplicado, todo su ser en un límite peligroso, al borde de un precipicio. Algunas noches hablaba por teléfono durante mucho rato, bajando la voz, como para proteger algo de la mirada indiscreta del mundo. Finalmente le habló a Ifemelu de Bartholomew.

—Es contable, divorciado, y quiere sentar la cabeza. Es de Eziowelle, muy cerca de nuestro pueblo.

Ifemelu, quedándose de una pieza ante las palabras de la tía Uju, solo pudo decir:

—Ah, vale.

Nada más. «¿A qué se dedica?» y «¿De dónde es?» eran las preguntas que habría hecho su madre, pero ¿cuándo había empezado a preocuparle a la tía Uju que un hombre fuera de un pueblo cercano al de ellas?

Un sábado Bartholomew fue de visita desde Massachusetts. La tía Uju preparó mollejas a la pimienta, se empolvó la cara y se colocó ante la ventana de la sala de estar, esperando a ver llegar su coche. Dike la observaba, jugando sin mucho entusiasmo con sus muñecos de acción, confuso pero también excitado porque percibía la expectación de ella. Cuando sonó el timbre de la puerta, la tía Uju dijo a Dike con tono apremiante:

—¡Pórtate bien!

Bartholomew llevaba pantalones caqui con la cintura muy alta por encima de la barriga, y hablaba con un acento norteamericano lleno de agujeros, mutilando las palabras hasta dejarlas incomprensibles. Por su actitud, Ifemelu imaginó una infancia rural con privaciones que procuraba compensar con su afectación estadounidense, sus apócopes y elisiones.

Lanzó una mirada a Dike y dijo, casi con indiferencia:

—Ah, sí, tu hijo. ¿Cómo va eso?

—Bien —contestó Dike entre dientes.

A Ifemelu la irritó que Bartholomew no sintiera interés por el hijo de la mujer a la que cortejaba, y no se molestara siquiera en fingirlo. Era flagrantemente inadecuado para la tía Uju, indigno de ella. Un hombre más inteligente se habría dado cuenta de eso y se habría moderado, pero no así Bartholomew. Se comportó fatuamente, como un premio especial que la tía Uju había tenido la suerte de conseguir, y la tía Uju le siguió la corriente. Antes de probar las mollejas, Bartholomew comentó:

—A ver si esto está medianamente bueno.

La tía Uju se echó a reír, y en su risa se advirtió cierta conformidad, porque las palabras «A ver si esto está medianamente bueno» tenían que ver con si ella era buena cocinera, y por tanto buena esposa. Había entrado en los rituales, desplegando una sonrisa que prometía ser tímida con él pero no con el resto del mundo, abalanzándose a recogerle el tenedor cuando se le cayó, sirviéndole más cerveza. Dike, callado, observaba desde la mesa del comedor, sin tocar sus juguetes. Bartholomew comió mollejas y bebió cerveza. Habló de la política nigeriana con el ferviente entusiasmo de una persona que la seguía de lejos, que leía y releía artículos en Internet.

—La muerte de Kudirat no será en vano, galvanizará el movimiento democrático como ni siquiera consiguió ella en vida. Acabo de escribir un artículo sobre el tema para la web *Nigerian Village Square*.

La tía Uju asentía mientras él hablaba, conforme con todo lo que él decía. A menudo se imponía una brecha de silencio entre ellos. Vieron la televisión, un drama, predecible y lleno de escenas muy luminosas, en una de las cuales aparecía una joven con un vestido corto.

—En Nigeria una chica nunca se pondría un vestido así —comentó Bartholomew—. Fíjate en eso. Este país no tiene brújula moral.

Ifemelu no debería haber hablado, pero había algo en Bartholomew que hacía imposible el silencio, la exagerada caricatura que era, con su pelo a cepillo intacto desde que llegó a Estados Unidos treinta años antes y aquellos falsos y recalentados principios morales. Era una de esas personas de las que, en su pueblo natal, dirían que se «perdió». «Se fue a Estados Unidos y se perdió —diría su gente—. Se fue a Estados Unidos y se negó a volver.»

—En Nigeria las chicas llevan vestidos muchísimo más cortos que ese —dijo Ifemelu—. En secundaria, algunas nos cambiábamos en casas de amigas para que nuestros padres no se enteraran.

La tía Uju se volvió hacia ella, entrecerrando los ojos en señal de advertencia. Bartholomew la miró y se encogió de hombros, como si no mereciera una respuesta. La aversión bullía entre ambos. Durante el resto de la tarde él hizo como si ella no estuviera. En el futuro actuaría así a menudo. Más tarde Ifemelu leyó sus post online en el *Nigerian Village Square,* todos ellos estridentes y acres, bajo el alias «Contable Igbo de Massachusetts», y le sorprendió lo prolífico que era como autor, lo activamente que perseveraba en sus asfixiantes argumentos.

No había vuelto a Nigeria desde hacía años y tal vez necesitara el consuelo de esos grupos online, donde pequeñas observaciones prendían y estallaban en forma de ataques, donde se entrecruzaban insultos personales. Ifemelu imaginaba a los autores, nigerianos en casas lúgubres de Estados Unidos, sus vidas amortecidas por el trabajo, guardando el dinero ahorrado con cuidado a lo largo del año para poder visitar su país en diciembre durante una semana, y entonces llegarían con maletas llenas de zapatos y ropa y relojes baratos, y verían, en los ojos de sus parientes, imágenes de sí mismos intensamente bruñidas. Después regresarían a Estados Unidos para seguir enzarzándose online en disputas por visiones mitológicas de su país, porque su país era ahora un lugar desdibujado entre aquí y allí, y al menos por Internet podían olvidarse de lo intrascendentes que habían acabado siendo sus vidas.

Las mujeres nigerianas llegaban a Estados Unidos y perdían el norte, escribió en un post el Contable Igbo de Massachusetts; era una verdad desagradable, pero debía decirse. ¿Cómo explicar, si no, el alto índice de divorcios entre las nigerianas en Estados Unidos y el bajo índice entre las nigerianas en Nigeria? Sirena Delta contestó que en Estados Unidos las mujeres sencillamente tenían leyes que las protegían, y los índices de divorcios serían igual de altos si esas leyes existieran en Nigeria. La réplica del Contable Igbo de Massachusetts fue: «Occidente te ha lavado el cerebro. Debería darte vergüenza considerarte nigeriana». En respuesta a Eze Houston, que escribió que los hombres nigerianos eran unos cínicos cuando regresaban a Nigeria buscando a enfermeras y médicas con quienes casarse a fin de que sus nuevas esposas ganaran dinero para ellos en Estados Unidos, el Contable Igbo de Massachusetts escribió: «¿Qué tiene de malo que un hombre espere seguridad económica de su mujer? ¿Acaso las mujeres no quieren lo mismo?».

Cuando se marchó ese sábado, la tía Uju le preguntó a Ifemelu:

—¿Qué te ha parecido?

—Se pone cremas blanqueadoras.

—¿Qué?

—¿No te has dado cuenta? Tiene la cara de un color raro. Debe de ponerse de las baratas, sin filtro solar. ¿Qué clase de hombre se blanquea la piel, *biko*?

La tía Uju se encogió de hombros, como si no hubiera reparado en la tonalidad amarillo verdosa en el rostro de aquel hombre, sobre todo en las sienes.

–No está mal. Tiene un buen empleo. –Se interrumpió–. Ya tengo una edad. Quiero darle un hermano o una hermana a Dike.

–En Nigeria, un hombre como él ni siquiera se atrevería a hablarte.

–No estamos en Nigeria, Ifem –repuso la tía Uju. Antes de entrar en el dormitorio, tambaleándose bajo el peso de sus muchas angustias, añadió–: Por favor, reza para que esto salga bien.

Ifemelu nunca rezaba, pero aunque lo hubiera hecho, no habría sido capaz de rezar para que la tía Uju estuviera con Bartholomew. La entristecía que la tía Uju se hubiera conformado sencillamente con lo conocido.

Por culpa de Obinze, Manhattan intimidaba a Ifemelu. La primera vez que fue en metro desde Brooklyn hasta Manhattan, con las palmas de las manos sudorosas, recorrió las calles, observando, asimilando. Una mujer con tacones, una sílfide, corriendo, el vestido corto ondeando detrás de ella, hasta que tropezó y a punto estuvo de caerse; un hombre regordete tosiendo y escupiendo en el bordillo; una chica vestida de negro con la mano en alto para parar a alguno de los taxis que pasaban como exhalaciones. Los interminables rascacielos hostigaban el cielo, pero se veía mugre en las ventanas de los edificios. La deslumbrante imperfección de todo aquello la serenó. «Es maravilloso, pero no es el paraíso», le dijo a Obinze. Se moría de ganas de que también él viera Manhattan. Se imaginaba a los dos caminando cogidos de la mano, como las parejas estadounidenses que veía, entreteniéndose ante un escaparate, parando a leer los menús pegados a las puertas de los restaurantes, deteniéndose ante un puesto de comida para comprar botellas de té helado. «Pronto», dijo él en su carta. Se decían «pronto» a menudo, y ese «pronto» dio a su plan el peso de algo real.

Por fin llegó el resultado de la tía Uju. Ifemelu cogió el sobre en el buzón y lo entró, tan ligero, tan corriente, con el texto «Examen para la obtención de la licencia de médico en Estados Unidos» impreso en uniforme letra cursiva, y lo sostuvo en la mano largo rato, instándolo por pura fuerza de voluntad a traer buenas noticias. Lo alzó en cuanto la tía Uju entró por la puerta. Esta ahogó una exclamación.

—¿Es grueso? ¿Es grueso? —preguntó.

—¿Cómo? *Gini?* —preguntó Ifemelu.

—¿Es grueso? —preguntó otra vez la tía Uju, dejando caer el bolso al suelo y avanzando, la mano extendida, el rostro demudado en un atroz visaje de esperanza. Cogió el sobre y exclamó—: ¡Lo he conseguido! —Y luego lo abrió para asegurarse y escrutó el delgado papel—. Si suspendes, te mandan un sobre grueso para que puedas volver a inscribirte.

—¡Tía! ¡Lo sabía! ¡Enhorabuena! —exclamó Ifemelu.

Se abrazaron, apoyándose la una en la otra, oyendo sus mutuas respiraciones, y la escena despertó en Ifemelu un cálido recuerdo de Lagos.

—¿Dónde está Dike? —preguntó la tía Uju, como si él no estuviera ya siempre en la cama cuando ella volvía de su segundo empleo.

Entró en la cocina, se situó bajo la potente luz del techo y miró, una vez más, el resultado con los ojos empañados.

—Así que seré médico de familia en este Estados Unidos —dijo casi en un susurro.

Abrió una lata de Coca-Cola y la dejó sin beber.

Más tarde dijo:

—Tengo que quitarme las trenzas y alisarme el pelo para las entrevistas. Kemi me dijo que no fuera con trenzas a las entrevistas. Si llevas trenzas, te consideran poco profesional.

—¿En Estados Unidos no hay médicos con el pelo trenzado, pues? —preguntó Ifemelu.

—Yo te digo lo que me han dicho a mí. Estás en un país que no es el tuyo. Para salir adelante, haces lo que tengas que hacer.

Ahí estaba otra vez, esa extraña candidez con la que la tía Uju se había envuelto como con una manta. A veces, mientras mantenían una conversación, Ifemelu tenía la impresión de que la tía Uju había dejado atrás adrede una parte de sí misma, una parte esencial, en un lugar lejano y olvidado. Obinze dijo que era la exagerada gratitud derivada de la inseguridad del inmigrante. Obinze, que siempre tenía explicación para todo. Obinze, que le sirvió de sostén durante todo ese verano de espera —su voz ecuánime al teléfono, sus extensas cartas en sobres azules de correo aéreo— y que comprendió, al acercarse el final del verano, el nudo que ella sentía ahora en el estómago. Deseaba empezar el curso, encontrar el verdadero Estados Unidos, y sin embargo sentía ese nudo en el estómago, una ansiedad, y una nueva y dolorosa nostalgia por el verano en Brooklyn que se había convertido ya en algo familiar: niños en bicicleta, fibrosos hombres negros con ajustadas camisetas blancas sin mangas, el tintineo melódico de las camionetas de helados, la música a todo volumen de coches descapotables, el sol radiante de la mañana a la noche, y todo aquello que se pudría y apestaba en el calor húmedo. No quería separarse de Dike —la sola idea le producía una sensación de tesoro ya perdido— y sin embargo deseaba marcharse del apartamento de la tía Uju e iniciar una vida en la que solo ella estableciese los límites.

Una vez Dike le habló, melancólicamente, de un amigo suyo que había ido a Coney Island y vuelto con una foto tomada en lo alto de una atracción de feria con una empinada pendiente, y de ahí que el fin de semana antes de marcharse, ella, para sorpresa del niño, anunciara: «¡Nos vamos a Coney Island!». Jane le explicó qué tren tomar, qué hacer, cuánto le costaría. La tía Uju convino en que era buena idea, pero no le dio dinero para añadirlo a lo que ya tenía. Mientras Ifemelu observaba a Dike en las atracciones, chillando, aterrorizado y emocionado, un niño totalmente abierto al mundo, no le importó lo que había gastado. Tomaron perritos calientes y batidos y algodón de azúcar. «A ver cuándo no tengo que ir ya contigo al lavabo de las chicas», dijo él, y ella rio y rio. En el tren, de regreso, Dike estaba cansado y somnoliento. «Prima, este ha sido mi más mejor día contigo», dijo, apoyándose en ella.

El resplandor agridulce de un limbo a punto de acabar la invadió unos días después al despedirse de Dike con un beso, luego otro, y otro más, mientras él lloraba, un niño tan poco acostumbrado a llorar; ella contuvo sus propias lágrimas, y la tía Uju dijo repetidamente que Filadelfia no estaba muy lejos. Ifemelu fue al metro con su maleta rodante, viajó hasta la estación de la calle Cuarenta y dos y cogió un autocar con rumbo a Filadelfia. Ocupó un asiento de ventanilla –alguien había pegado un chicle en el cristal– y dedicó largos minutos a volver a contemplar el carnet de la Seguridad Social y el permiso de conducir pertenecientes a Ngozi Okonkwo. Ngozi Okonkwo era al menos diez años mayor que ella, de rostro estrecho, cejas que en su nacimiento semejaban pequeñas bolas antes de elevarse en arco, mandíbula en forma de uve.

–Ni siquiera me parezco a ella –había dicho Ifemelu cuando la tía Uju le dio el carnet.

–Para los blancos, somos todos iguales –contestó la tía Uju.

–¡Anda ya, tía!

–No lo digo en broma. El año pasado vino la prima de Amara, y como todavía no tiene los papeles, ha estado trabajando con la documentación de Amara. ¿Te acuerdas de Amara? Su prima es delgada, de piel muy clara. No se parecen en nada. Pues nadie se ha dado cuenta. Trabaja de cuidadora a domicilio en Virginia. Tú sobre todo recuerda siempre tu nuevo nombre, y ya está. Una amiga mía lo olvidó, y una compañera de trabajo la llamó una y otra vez y ella no reaccionó. Entonces sospecharon y la denunciaron a inmigración.

12

Allí estaba Ginika, en la pequeña y concurrida estación de autobuses, con una minifalda y un top que le cubría el pecho pero no la cintura, esperando para arrancar de allí a Ifemelu e introducirla en el auténtico Estados Unidos. Ginika había adelgazado, quedando reducida a la mitad de lo que era antes, y se le veía la cabeza más grande, en equilibrio sobre un cuello largo que inducía a pensar en un animal exótico indefinido. Abrió los brazos como animando a un niño a acercarse, riendo, exclamando: «¡Ifemsco! ¡Ifemsco!», e Ifemelu se retrotrajo por un instante a la escuela secundaria: una imagen de chicas chismorreando con sus uniformes de colores azul y blanco, sus boinas de fieltro en lo alto de la cabeza, apiñadas en el pasillo del colegio. Abrazó a Ginika. Para su ligera sorpresa, con la teatralidad del saludo, primero estrechándose, luego separándose y por último estrechándose de nuevo, se le saltaron las lágrimas.

—¡Pero fíjate! —exclamó Ginika, gesticulando, en medio del tintineo de las muchas pulseras de plata que lucía en la muñeca—. ¿De verdad eres tú?

—¿Cuándo has dejado de comer? Ahora pareces un bacalao seco —bromeó Ifemelu.

Ginika se echó a reír, cogió la maleta y se volvió hacia la puerta.

—Venga, vamos. Tengo el coche mal aparcado.

El Volvo verde estaba en la esquina de una calle estrecha. Una mujer adusta de uniforme, bloc de multas en mano, avanzaba con paso firme hacia ellas cuando Ginika montó de un salto en el coche y puso el motor en marcha.

—¡Por los pelos! —exclamó, y soltó una risotada.

Un indigente con una camiseta mugrienta, empujando un carrito lleno de fardos, acababa de detenerse junto al coche, como para tomarse un respiro, y se quedó allí inmóvil con la mirada perdida. Ginika lo miró de soslayo a la vez que se incorporaba a la circulación. Bajaron las ventanillas. Filadelfia olía al sol del verano, a asfalto quemado, a la carne que se asaba entre chasquidos en los puestos de comida ambulantes encajonados en las esquinas, atendidos por hombres y mujeres extranjeros de piel oscura encorvados en el interior. Con el tiempo a Ifemelu empezaría a gustarle el gyro de esos puestos, el pan ázimo y el cordero y las salsas chorreantes, como le encantaría también la propia Filadelfia. A diferencia de Manhattan, no dejaba entrever el espectro de la intimidación; era un ambiente íntimo pero no provinciano, una ciudad que todavía podía tratarlo a uno con benevolencia. Ifemelu vio a mujeres en las aceras que salían a comer en el descanso del mediodía, calzadas con zapatillas deportivas, prueba de la tendencia estadounidense a anteponer la comodidad a la elegancia, y vio a jóvenes parejas cogidas de la mano, besándose de vez en cuando como si temieran que, en caso de soltarse, su amor se disolviera, se fundiera hasta quedar en nada.

—Le he pedido el coche a mi casero. No quería venir a recogerte con mi coche de mierda. Ifemsco, no me lo puedo creer. ¡Estás en Estados Unidos! —dijo Ginika.

Se advertía un glamour metálico nuevo en su cuerpo escurrido, su piel aceitunada, su falda corta que ahora, remangada, le cubría apenas las ingles, su pelo muy, muy liso, que se remetía continuamente detrás de las orejas, con mechas rubias relucientes a la luz del sol.

—Estamos entrando en la ciudad universitaria, y ahí está el campus de Wellson, ¿al loro? Primero puedo llevarte a que veas la facultad y luego podemos ir a mi casa, en las afueras, y después, por la noche, podemos ir a casa de una amiga mía. Hemos quedado allí unas cuantas.

Ginika había pasado al inglés nigeriano, una versión anticuada, trasnochada, en un esfuerzo por demostrar lo poco que había cambiado. Con resuelta lealtad, se había mantenido en contacto a lo largo de los años: telefoneando, escribiendo cartas, enviando libros y unos pantalones informes que llamaba «chinos». Y ahora decía «al loro», e Ifemelu no tuvo valor para informarla de que en Nigeria ya nadie decía «al loro».

Ginika volvió a contarle anécdotas de sus primeras experiencias en Estados Unidos, como si todas contuvieran una sutil sabiduría necesaria para Ifemelu.

—No veas cómo se rieron de mí en el instituto cuando dije «Menudo palo me han dado en una tienda». ¡Porque aquí «palo» tiene connotaciones sexuales! Y tuve que explicar una y otra vez que en Nigeria significa «pasarse con el precio». ¿Y te puedes creer que aquí «mestizo» es una palabra ofensiva? En primero, estaba yo contándoles a unas amigas que allá en Nigeria, en el colegio, me eligieron por votación la chica más guapa… ¿Te acuerdas? No debería haber ganado nunca. Debería haber ganado Zainab. Fue solo porque yo era mestiza. Aquí eso se da todavía más. A ti en este país los blancos te saldrán con gilipolleces de las que yo me libro por ser mestiza. Pero, bueno, el caso es que estaba yo allí con esas amigas, hablando de Nigeria y de que todos los chicos me perseguían porque era mestiza, y ellas dijeron que me autodenigraba. Así que ahora digo «birracial», y se supone que tengo que ofenderme cuando alguien dice «mestizo». Aquí he conocido a mucha gente con madres blancas, y arrastran muchos conflictos, la verdad. Yo ni siquiera sabía que debía tener conflictos hasta que llegué a Estados Unidos. Sinceramente, si alguien quiere criar hijos birraciales, que se vaya a Nigeria.

—Pues claro. Donde todos los chicos persiguen a las mestizas.

—No *todos* los chicos, dicho sea de paso. —Ginika hizo una mueca—. Mejor será que Obinze se dé prisa en venir a Estados Unidos, antes de que te pille alguno. Debes saber que tienes la clase de cuerpo que gusta aquí.

—¿Cómo?

—Eres delgada, con mucho pecho.

—A ver, yo no soy delgada. Soy esbelta.

—Los estadounidenses dicen «delgado». Aquí «delgado» suena bien.

—¿Por eso has dejado de comer? Te has quedado sin culo. Yo siempre quise tener un culo como el tuyo —dijo Ifemelu.

—¿Sabes que empecé a perder peso casi nada más llegar? Incluso estuve al borde de la anorexia. Los chicos del instituto me llamaban «foca». Como sabes, en Nigeria cuando alguien te dice que has perdido peso, no es un cumplido. Aquí, en cambio, si alguien te dice que has perdido peso, le das las gracias. Aquí las cosas son distintas —explicó Ginika con cierta nostalgia, como si también ella acabara de llegar a Estados Unidos.

Más tarde Ifemelu observó a Ginika en el apartamento de su amiga Stephanie, con una botella de cerveza ante los labios, hilvanando palabras fluidamente con acento estadounidense, y le chocó lo mucho que ahora se parecía a sus amigas estadounidenses. Jessica, la estadounidense de origen japonés, guapa y animada, jugueteando con la llave de su Mercedes. Teresa, de tez pálida, que tenía una risa sonora y llevaba pendientes de diamantes y unos zapatos viejos y gastados. Stephanie, la estadounidense de origen chino, el pelo una melenita perfecta con vuelo cuyas puntas se curvaban hacia la barbilla, quien de vez en cuando metía la mano en el bolso, un bolso con sus iniciales, para sacar el tabaco y salir a fumar. Hari, con la piel de color café y pelo negro, lucía una ajustada camiseta, y cuando Ginika se la presentó a Ifemelu, aclaró: «Soy india, no india americana». Todas se reían de las mismas cosas y decían «¡Qué asco!» por las mismas cosas; se ceñían todas muy bien a una coreografía. Stephanie anunció que tenía cerveza casera en el frigorífico, y todas entonaron «¡Guay!». Luego Teresa dijo: «Steph, ¿puedo tomar una cerveza normal?», con la discreción de alguien que teme ofender. Ifemelu se sentó en un solitario sillón en un extremo de la sala, bebiendo zumo de naranja, atenta a la conversación. «Esa marca es malísima.» «Dios mío, no me puedo creer que esto lleve tanto azúcar.» «Internet va a cambiar el mundo.» Oyó preguntar a Ginika: «¿Sabíais que en esos caramelos de menta añaden una sustancia sacada de huesos animales?», y las demás gimotearon. Existían códigos que Ginika conocía, maneras de ser que había logrado dominar. A diferencia de la tía Uju, Ginika había llegado a Estados Unidos con la flexibilidad y la fluidez de la juventud, las pautas culturales se habían filtrado en su piel, y ahora iba a la bolera, y sabía qué rollo se traía Tobey Maguire y le daba asco la gente que defraudaba a los fondos de desempleo. Las botellas y latas de cerveza se amontonaban. Permanecían todas repantigadas en el sofá y en la alfombra con glamurosa languidez, mientras en el reproductor de CD sonaba rock duro, que Ifemelu consideraba un ruido sin armonía. Teresa era quien más rápido bebía, haciendo rodar cada lata de cerveza vacía por el parquet, y las otras reían con un entusiasmo que desconcertaba a Ifemelu, porque en realidad nada hacía tanta gracia. ¿Cómo sabían cuándo reír, de qué reír?

Ginika estaba comprando un vestido para una cena que daban los abogados con los que hacía las prácticas.

—Deberías mirar algo para ti, Ifem.

—No pienso gastar ni diez kobo de mi dinero a menos que no me quede más remedio.

—Diez centavos.

—Diez centavos.

—Yo te daré una chaqueta y ropa de cama, pero necesitas al menos unos leotardos. Ya llega el frío.

—Ya me las arreglaré —respondió Ifemelu.

Y así lo haría. Si era necesario, se pondría toda su ropa a la vez, en capas, hasta que encontrara un empleo. La aterrorizaba gastar dinero.

—Ifem, yo te lo pagaré.

—Tampoco es que tú ganes una fortuna.

—Pero al menos algo gano —repuso Ginika.

—De verdad cuento con encontrar un trabajo pronto.

—Lo encontrarás, no te preocupes.

—No entiendo cómo va a creerse nadie que soy Ngozi Okonkwo.

—No enseñes el permiso de conducir cuando vayas a la entrevista. Enseña solo el carnet de la Seguridad Social. Quizá ni siquiera te lo pidan. A veces para empleos menores no lo piden.

Ginika la guió al interior de una tienda de ropa, donde a Ifemelu el ambiente le pareció demasiado febril; le recordó a un club nocturno, la música disco a todo volumen, el interior en penumbra, y las dependientas, dos jóvenes de brazos delgados vestidas de negro, yendo de aquí para allá muy aceleradas. Una era de piel chocolate y llevaba un largo postizo negro con reflejos de color castaño rojizo; la otra era blanca, y su pelo azabache ondeaba a sus espaldas cuando se acercó a ellas.

—Hola, señoras, ¿cómo están? ¿En qué puedo ayudarlas? —preguntó con voz cantarina.

Descolgó algunas prendas de las perchas y desplegó otras de los estantes para enseñárselas a Ginika. Ifemelu miraba los precios en las etiquetas, calculaba el valor en naira y exclamaba: «¡Anda ya! ¿Cómo puede ser esto tan caro?». Cogía alguna que otra prenda y la examinaba con cuidado, para averiguar qué era, si ropa interior o blusa, si falda o vestido, y a veces ni aun así lo tenía claro.

—Esto acaba de entrar literalmente —informó la dependienta en alusión a un vestido con mucho brillo, como si divulgara un gran secreto.

—Dios mío, ¿en serio? —exclamó Ginika con gran excitación. Bajo la iluminación demasiado intensa del probador, Ginika se puso el vestido y caminó de puntillas—. Me encanta.

—Pero si no tiene forma —comentó Ifemelu.

A ella le parecía un saco rectangular en el que una persona aburrida había pegado lentejuelas a bulto.

—Es posmoderno —explicó Ginika.

Viendo a Ginika pavonearse ante el espejo, Ifemelu se preguntó si también ella, con el tiempo, compartiría los gustos de Ginika por los vestidos sin forma, si esos eran los efectos que Estados Unidos ejercía en una.

En el momento de pagar, la cajera rubia preguntó:

—¿La ha atendido alguien?

—Sí —contestó Ginika.

—¿Chelcy o Jennifer?

—Lo siento, no recuerdo el nombre.

Ginika miró alrededor para señalar a la dependienta, pero las dos habían desaparecido en los probadores del fondo.

—¿Era la del pelo largo? —preguntó la cajera.

—Bueno, las dos tenían el pelo largo.

—¿La del pelo oscuro?

Las dos tenían el pelo oscuro.

Ginika sonrió y miró a la cajera, y la cajera sonrió y miró la pantalla de su ordenador, y transcurrieron lentamente dos húmedos segundos hasta que dijo, muy alegre.

—Da igual, ya lo averiguaré y me aseguraré de que reciba su comisión.

Cuando salían de la tienda, Ifemelu comentó:

—Esperaba que preguntara «¿Ha sido la que tiene dos ojos o la que tiene dos piernas?». ¿Por qué no ha preguntado si era la negra o la blanca, así sin más?

Ginika se echó a reír.

—Porque esto es Estados Unidos. Se supone que debes fingir que no te fijas en ciertas cosas.

Ginika propuso a Ifemelu que se quedara a vivir en su casa, para ahorrar en alquiler, pero su apartamento caía muy a trasmano, en una de las últimas estaciones de Main Line, y el tren de cercanías, cogiéndolo a diario hasta Filadelfia, le representaría un coste demasiado alto. Buscaron juntas apartamentos en Filadelfia Oeste, e Ifemelu se sorprendió al ver los armarios podridos en la cocina, el ratón que cruzó como una flecha por una habitación vacía.

—Mi residencia en Nsukka estaba sucia, pero te aseguro que no tenía ratas.

—Es un ratón —precisó Ginika.

Ifemelu se disponía ya a firmar un contrato de alquiler —si para ahorrar dinero había que vivir con ratones, pues que así fuera— cuando una amiga de Ginika les habló de una habitación en alquiler, una gran ocasión para lo que corría en el entorno universitario. Formaba parte de un apartamento de cuatro habitaciones con la moqueta enmohecida, encima de una pizzería de Powelton Avenue, en un esquina donde a veces los drogadictos tiraban sus pipas de crac, patéticos fragmentos de metal retorcido que destellaban bajo el sol. La habitación de Ifemelu era la más barata, la menos espaciosa, orientada a los muros de ladrillo gastado del edificio contiguo. Flotaba pelo de perro por todas partes. Sus compañeras de piso, Jackie, Elena y Allison, parecían casi intercambiables, las tres menudas, de caderas escurridas y pelo castaño alisado con plancha, sus palos de lacrosse apilados en el estrecho pasillo. El perro de Elena se paseaba tranquilamente por la casa, grande y negro, como un burro lanudo; de vez en cuando aparecía una cagada al pie de la escalera, y Elena exclamaba: «¡Ahora sí que te has metido en un buen lío, colega!», como si actuara de cara a sus compañeras de piso, interpretando un papel cuyas frases todo el mundo conocía. Ifemelu habría preferido que el perro se quedara fuera, que era el sitio que correspondía a los perros. Cuando Elena preguntó por qué Ifemelu no había acariciado a su perro, ni le había rascado la cabeza, desde que se había instalado allí hacía una semana, ella contestó:

—No me gustan los perros.

—¿Eso es una cuestión cultural?

—¿Qué quieres decir?

–Quiero decir que, según tengo entendido, en China comen carne de gato y carne de perro.

–A mi novio, allá en mi país, le encantan los perros. A mí sencillamente no me gustan.

–Ah.

Elena la miró, arrugando la frente, igual que la habían mirado Jackie y Allison cuando dijo que nunca había jugado a los bolos, como si les extrañara que hubiera acabado siendo una persona normal sin haber jugado nunca a los bolos.

Se sentía en la periferia de su propia vida, compartiendo una nevera y un retrete, una intimidad superficial, con personas a quienes no conocía de nada. Personas que vivían entre signos de exclamación. «¡Genial!», decían a menudo. «¡Eso es genial!» Personas que no se frotaban en la ducha; tenían un sinfín de champús y acondicionadores y geles en el cuarto de baño, pero no había una sola esponja, y solo por eso, la ausencia de esponja, se le antojaban inasequiblemente ajenas a ella. (En uno de los primeros recuerdos que guardaba de su infancia, su madre, en el cuarto de baño, con un cubo de agua entre las dos, le decía: «*Ngwa*, frótate muy, muy bien entre las piernas…», e Ifemelu se aplicó quizá con excesivo vigor la esponja de lufa, para demostrar a su madre lo bien que podía limpiarse, y después durante unos días anduvo renqueante, con las piernas muy separadas.) Había en las vidas de sus compañeras de piso una falta de cuestionamiento, una presunción de certidumbre, que la fascinaba, y era eso lo que a menudo las llevaba a decir «Vamos a por tal cosa», refiriéndose a lo que fuera que necesitaran –más cerveza, pizza, alitas de pollo, alcohol–, como si ese «a por» no fuera una acción que requiriese dinero. Ifemelu estaba acostumbrada a que la gente, en su país, preguntara «¿Tienes dinero?» antes de hacer esa clase de planes. Dejaban las cajas de las pizzas en la mesa de la cocina y la propia cocina en despreocupado desorden durante varios días, y los fines de semana sus amigos se reunían en la sala de estar, con los correspondientes packs de cerveza apilados en la nevera y los churretones de orina seca en el asiento del retrete.

—Nos vamos a una fiesta. ¡Vente, será divertido! —propuso Jackie, e Ifemelu se puso su pantalón ceñido y un top atado al cuello que le dejó Ginika.

—¿No vais a vestiros? —preguntó a sus compañeras de piso antes de salir, viéndolas a todas con vaqueros desastrados.

—Ya estamos vestidas. ¿Qué quieres decir? —contestó Jackie, y soltó una carcajada como dando a entender que acababa de detectar en ella una patología extranjera más.

Fueron a una fraternidad de Chestnut Street, donde todos, de pie, bebían ponche enriquecido con vodka en vasos de plástico, hasta que Ifemelu aceptó que no habría baile; allí una fiesta implicaba quedarse de plantón y beber. Constituían todos juntos, los estudiantes de la fiesta, un revoltijo de telas raídas y cuellos desbocados, su ropa claramente gastada. (Años más tarde, en un post de su blog se leería: «En lo que se refiere a vestir bien, la cultura estadounidense está tan pagada de sí misma que no solo ha desatendido la norma de cortesía del arreglo personal, sino que ha convertido esa desatención en una virtud. «Somos demasiado superiores / activos / enrollados / no estirados para preocuparnos por el aspecto que ofrecemos a los demás, y por tanto podemos ir a clase en pijama e ir al centro comercial en ropa interior».) A medida que las borracheras iban a más, algunos yacían desmadejados en el suelo y otros cogían rotuladores y empezaban a escribir en la piel expuesta de los caídos. «Chúpamela.» «Arriba los Sixers.»

—Dice Jackie que eres africana —preguntó un chico con gorra de béisbol.

—Sí.

—¡Mola! —exclamó, e Ifemelu se imaginó contándoselo a Obinze, cómo imitaría al chico.

Obinze le sonsacaba hasta la última anécdota con pelos y señales, pidiéndole detalles, haciéndole preguntas, y a veces se echaba a reír, resonando su risa en la línea. Ifemelu le contó que Allison un día dijo: «Oye, vamos a comer algo. ¡Vente!», y ella pensó que la invitaban y que, al igual que ocurría con las invitaciones en Nigeria, Allison o alguna de las otras le pagaría la comida. Pero cuando la camarera llevó la cuenta, Allison empezó a desentrañar cuidadosamente cuántas bebidas había pedido cada persona y quién había tomado calamares de aperitivo para asegurarse de que nadie pagaba lo de otro. Obinze lo encontró muy gracioso y al final dijo: «¡Ahí tienes, eso es Estados Unidos!».

Para ella, era gracioso solo en retrospectiva. Le había representado un esfuerzo disimular su desconcierto ante los límites de la hospitalidad, y también la cuestión de las propinas —lo de pagar un quince o veinte por ciento más del total de la cuenta para la camarera—, que se parecía sospechosamente al soborno, un sistema de sobornos forzoso y eficiente.

13

Al principio olvidó que ella era otra persona. En un apartamento de Filadelfia sur, una mujer de rostro cansado abrió la
puerta y la hizo entrar a un espacio saturado de un fuerte
hedor a orina. El salón estaba a oscuras, mal ventilado, y ella
imaginó el edificio entero sumergido en la orina acumulada
durante meses, incluso años, y a sí misma trabajando a diario
en esa nube de orina. En el interior del apartamento un hombre gemía, sonidos profundos e inquietantes: eran los sonidos
de una persona para quien gemir era la única opción que
quedaba, y la asustaron.

—Ese es mi padre —dijo la mujer, dirigiéndole una mirada
de atenta evaluación—. ¿Eres fuerte?

El anuncio en el *City Paper* hacía hincapié en la fortaleza.
«Cuidadora a domicilio fuerte. Pago en efectivo.»

—Tengo fuerza suficiente para hacer el trabajo —aseguró
Ifemelu, y reprimió el impulso de salir del apartamento y
echarse a correr.

—Tienes un acento bonito. ¿De dónde eres?

—De Nigeria.

—Nigeria. ¿No hay allí una guerra?

—No.

—¿Puedo ver tu documentación? —preguntó la mujer, y luego, mientras echaba un vistazo al permiso, añadió—: ¿Cómo
dices que se pronuncia tu nombre?

—Ifemelu.

—¿Cómo?

Ifemelu casi se atragantó.

—Ngozi. La ene se pronuncia con la boca cerrada.

—Vaya. —La mujer, con su aspecto de agotamiento infinito, parecía demasiado cansada para poner en duda las dos pronunciaciones distintas—. ¿Puedes trabajar como interna?

—¿Trabajar como interna?

—Sí, vivir aquí con mi padre. Hay una habitación libre. Te quedarías tres noches por semana. Tendrías que lavarlo por la mañana. —La mujer se interrumpió—. Eres un poco menuda. Mira, tengo que entrevistar a otras dos personas; ya te llamaré.

—De acuerdo. Gracias.

Ifemelu supo que no le darían el trabajo y se alegró.

Antes de la siguiente entrevista, en el restaurante Seaview, repitió frente al espejo: «Soy Ngozi Okonkwo».

—¿Puedo llamarte Goz? —preguntó el encargado después de estrecharle la mano, y ella dijo sí, pero antes de decir sí, hizo una pausa, una pausa ínfima, pero pausa así y todo.

Y se preguntó si fue esa la razón por la que no la aceptaron para el puesto.

Más tarde Ginika dijo: «Podías haber dicho que Ngozi era tu nombre tribal e Ifemelu tu nombre de la selva y añadir otro como nombre espiritual. Cuando se trata de África, se creen toda clase de chorradas».

Ginika se echó a reír, una risa gutural y aplomada. Ifemelu rio también, pese a que no entendió del todo el chiste. Y tuvo una repentina sensación de nebulosa, de intentar abrirse paso a zarpazos a través de una telaraña blanquecina. Su otoño de semiceguera había empezado, el otoño de las perplejidades, de experiencias a las que se enfrentaba consciente de que existían resbaladizas capas de significado que se le escapaban.

El mundo estaba envuelto en gasa; veía las formas de las cosas pero no con suficiente claridad, nunca con suficiente claridad. Explicó a Obinze que había cosas que debía saber hacer pero no sabía, detalles que debería haber delimitado en su propio espacio pero no lo había hecho. Y él le recordó lo deprisa que estaba adaptándose, su tono siempre sereno, siempre reconfortante. Se presentó a empleos de camarera de mesa, recepcionista de comedor, camarera de barra, cajera, y luego esperó ofertas de trabajo que nunca llegaron, y se culpó a sí misma. Algo hacía mal, pero no sabía qué. Había llegado el otoño, lluvioso y gris. En su exigua cuenta bancaria el dinero escapaba gota a gota. Incluso los jerséis más baratos de Ross la asombraban por su elevado precio, los billetes de autobús y tren se acumulaban, y la compra en el supermercado abría agujeros en su saldo bancario, a pesar de que permanecía en guardia en la caja, atenta al visor electrónico, y cuando la suma llegaba a treinta dólares, decía: «Pare, por favor. No me llevo el resto». Cada día parecía haber una carta para ella en la mesa de la cocina, y dentro del sobre una mensualidad de la universidad, y las palabras en mayúsculas: SU EXPEDIENTE QUEDARÁ EN SUSPENSO A MENOS QUE PERCIBAMOS EL PAGO EN LA FECHA INDICADA AL PIE DE ESTE AVISO.

Lo que la asustaba era, más que las propias palabras, el impacto de las mayúsculas. Le preocupaban las posibles consecuencias, una vaga pero permanente preocupación. No imaginaba una detención policial por no pagar sus cuotas universitarias, pero ¿qué ocurría en Estados Unidos si uno no pagaba sus cuotas universitarias? Obinze le dijo que no ocurriría nada. Sugirió que hablara con administración para fijar un plan de pagos, y así al menos verían que ella tomaba medidas. Telefoneaba a Obinze a menudo, con tarjetas telefónicas baratas que compraba en la tienda abarrotada de una gasolinera de Lancaster Avenue, y el solo hecho de raspar el polvo metálico para dejar a la vista los números impresos debajo la colmaba de expectación: ante la inminencia de volver a oír la voz de Obinze. Él la tranquilizaba. Con él, podía sentir todo aquello que de verdad sentía, y no tenía que hablar con forzada alegría en la voz, como hacía con sus padres, diciéndoles que estaba muy bien, que tenía grandes esperanzas de conseguir un empleo de camarera, que se adaptaba sin problemas a las clases.

El momento culminante de sus días era la conversación con Dike. Su voz, aguda por teléfono, le infundía calor mientras le contaba lo ocurrido en su serie de televisión, o cómo había superado un nuevo nivel en la Game Boy. «¿Cuándo vendrás de visita, prima? —le preguntaba a menudo—. Ojalá cuidaras tú de mí. No me gusta ir a casa de la señorita Brown. Su lavabo apesta.»

Ifemelu lo echaba de menos. A veces le contaba cosas que sabía que él no entendería, pero se las contaba igualmente. Le habló de un profesor suyo que se sentaba en la hierba a la hora del almuerzo para comerse un bocadillo, el que le había pedido que lo llamara por su nombre de pila, Al, el que llevaba una cazadora de cuero tachonada y tenía una moto. El día que recibió su primer correo basura, le dijo a Dike: «¿A que no adivinas? Hoy me ha llegado una carta». La preaprobación de la tarjeta de crédito, con su nombre escrito sin faltas y en elegante letra cursiva, le había levantado el ánimo, la había hecho un poco menos invisible, un poco más presente. Alguien la conocía

14

Y luego vino lo de Cristina Tomas. Cristina Tomas con su aspecto desecado, los ojos azules acuosos, el pelo deslucido y la tez pálida, Cristina Tomas sentada tras el escritorio con una sonrisa, Cristina Tomas con unos leotardos blancuzcos que conferían a sus piernas un aire fúnebre. Era un día cálido, Ifemelu había pasado ante estudiantes tumbados con abandono en el césped verde; unos alegres globos se arracimaban bajo la pancarta DAMOS LA BIENVENIDA A LOS NUEVOS ALUMNOS.

–Buenas tardes. ¿Es aquí donde hay que formalizar la matrícula? –le preguntó Ifemelu a Cristina Tomas, cuyo nombre por entonces aún no conocía.

–Sí. Veamos. ¿Eres. Una. Estudiante. Extranjera?

–Sí.

–Primero. Necesitarás. Una. Carta. De. La. Oficina. De. Estudiantes. Extranjeros.

Ifemelu esbozó una sonrisa de lástima mientras Cristina Tomas le daba indicaciones para llegar a la oficina de estudiantes extranjeros, porque debía de tener alguna enfermedad para hablar así de despacio, con mohínes y chasquidos de labios. Pero cuando Ifemelu regresó con la carta, Cristina Tomas dijo:

–Necesito. Que. Rellenes. Un. Par. De. Impresos. ¿Sabes. Rellenarlos?

E Ifemelu cayó en la cuenta de que Cristina Tomas hablaba así por *ella*, por su acento extranjero, y se sintió por un momento como una niña pequeña, patosa y babeante.

—Hablo inglés.

—Eso seguro —dijo Cristina Tomas—. Solo que no sé si lo hablas bien.

Ifemelu se encogió. En ese segundo tenso, detenido en el tiempo, durante el cual cruzó una mirada con Cristina Tomas antes de coger los impresos, se encogió. Se encogió como una hoja seca. Había hablado en inglés toda su vida, encabezado el club de debate en secundaria, y siempre había considerado el dejo nasal estadounidense algo a medio formar; no debería haberse amedrentado y encogido, pero así fue. Y en las semanas posteriores, a medida que se imponía el frío del otoño, empezó a ejercitar el acento norteamericano.

La universidad en Estados Unidos era fácil, los trabajos se enviaban por correo electrónico, las aulas tenían aire acondicionado, los profesores ponían de buena gana exámenes de repesca. Pero se sentía incómoda con lo que los profesores llamaban «participación», y no entendía por qué eso debía incluirse en la nota final; solo servía para inducir a los alumnos a hablar y hablar, perdiendo tiempo de clase con obviedades, vacuidades, a veces sinsentidos. A los estadounidenses debían de enseñarles, desde primaria, a decir siempre algo en clase, lo que fuese. Así que ella permanecía muda, rodeada de estudiantes instalados relajadamente en sus sillas, todos rebosantes de saber, no sobre la materia, sino sobre cómo estar en clase. Nunca decían: «No lo sé». En vez de eso, decían: «No estoy seguro», lo cual no aportaba información pero dejaba en el aire la posibilidad de conocimiento. Y caminaban con parsimonia, esos estadounidenses, andaban sin ritmo. Evitaban las indicaciones directas: no decían «Pregúntale a alguien en el piso de arriba»; decían «Quizá te convendría preguntarle a alguien arriba». Cuando tropezabas y te caías, cuando te atragantabas, cuando recaía en ti un infortunio, no decían «Lo siento»; decían «¿Estás bien?» cuando era evidente que no lo estabas. Y si tú les decías a ellos «Lo siento» cuando se atra-

gantaban o tropezaban o les acaecía un infortunio, contestaban sorprendidos, con los ojos muy abiertos: «Ah, no ha sido
culpa tuya». Y abusaban del verbo «entusiasmar»: un profesor
entusiasmado con un nuevo libro, un alumno entusiasmado
con una clase, un político en televisión entusiasmado con una
ley; en general había demasiado entusiasmo. Algunas de las
expresiones que oía a diario la asombraban, la crispaban, y la
llevaban a preguntarse qué habría dicho la madre de Obinze
al respecto. «No deberías de haber hecho eso.» «Habían tres
cosas.» «La di una manzana.» «La mayoría de personas.» «Andé
tres kilómetros.» Comentó a Obinze: «Estos americanos hablan fatal el inglés». En su primer día de clase, visitó el centro
médico, y se quedó mirando más tiempo del estrictamente
necesario un contenedor con condones gratuitos en el rincón. Después de la revisión médica, la recepcionista le dijo
«¡Lista!» y ella, sin comprender, se preguntó qué querría decir
con eso de «lista», hasta que dedujo que debía de significar
que ya había hecho todo lo que era necesario hacer.

Cada mañana despertaba con la preocupación del dinero.
Si compraba todos los libros de texto que necesitaba, no le
alcanzaría para pagar el alquiler, y por tanto pedía prestados
los libros durante las clases y tomaba febrilmente apuntes que
más tarde, al leerlos, a veces la confundían. Su nueva amiga de
clase, Samantha, una mujer delgada que eludía el sol, repitiendo a menudo «Enseguida me quemo», le permitía de vez en
cuando llevarse un manual a casa. «Quédatelo hasta mañana
y toma las notas que necesites —decía—. Sé lo difíciles que
pueden ponerse las cosas, por eso dejé la universidad hace
años para trabajar.» Samantha era mayor, y la amistad con ella
fue un alivio, porque no era una chica boquiabierta de dieciocho años, como tantas otras en su especialidad en comunicaciones. Aun así, Ifemelu nunca se quedaba los libros más
de un día, y a veces rehusaba llevárselos a casa. Le hería el orgullo, tener que mendigar. En ocasiones, después de clase, se
sentaba en un banco en el patio y observaba a los estudiantes
pasar por delante de la gran escultura gris erigida en el cen-

tro; todos parecían llevar la vida que deseaban, podían tener empleos si querían, y por encima de ellos los banderines flameaban serenamente en lo alto de las farolas.

Sentía un deseo voraz de comprenderlo todo sobre Estados Unidos, de vestirse una nueva piel de conocimiento inmediatamente: ser seguidora de un equipo en la Super Bowl; entender qué clase de pasta era un *twinkie* y qué significaba «cierre patronal» en deporte; medir en onzas y pies cuadrados; pedir un *muffin* sin pensar que en realidad era una magdalena, y decir «me *anoté* un tanto» sin sentirse tonta.

Obinze le aconsejó que leyera libros estadounidenses, novelas, textos de historia, biografías. En el primer e-mail que le escribió –acababan de abrir un cibercafé en Nsukka– le dio una lista de libros. El primero fue *La próxima vez el fuego*. De pie ante el estante de la biblioteca, Ifemelu leyó por encima el capítulo inicial, preparada para el aburrimiento, pero poco a poco se desplazó hacia un sofá y se sentó y siguió con la lectura hasta haber completado tres cuartas partes del libro; ahí se interrumpió y cogió todos los títulos de James Baldwin que encontró en el estante. Pasaba todas sus horas libres en la biblioteca, tan magníficamente bien iluminada; la sucesión de ordenadores, los espacios de lectura amplios, limpios, bien ventilados, la acogedora claridad de todo ello, se le antojaban de una pecaminosa decadencia. Al fin y al cabo, estaba acostumbrada a leer libros a los que les faltaban hojas, caídas después de pasar por demasiadas manos. ¡Y verse ahora ante aquel desfile de libros con saludables lomos! Escribió a Obinze sobre los libros que leía, cartas cuidadas y suntuosas que inauguraron, entre ellos, una nueva forma de intimidad; Ifemelu había empezado, por fin, a comprender el poder que los libros ejercían sobre él. El anhelo por Ibadan derivado de «Ibadan» la había desconcertado; ¿cómo podía una sucesión de palabras despertar en una persona atracción por un lugar que desconocía? Pero esas semanas en que descubrió hileras e hileras de libros con su olor a piel y su promesa de placeres desconocidos, sentada con las rodillas encogidas bajo el cuerpo en una butaca del nivel inferior o a una mesa en el piso de arriba con la luz fluorescente reflejada en las páginas del libro, por fin lo entendió. Leyó los libros de la lista de Obinze pero además, al azar, sacaba un libro tras otro de los estantes, leyendo un capítulo antes de decidir qué leería rápidamente en la biblioteca y qué se llevaría en préstamo. Y mientras leía, empezaron a cobrar sentido las mitologías de Estados Unidos, fueron quedándole claros los tribalismos de Estados Unidos: la raza, la ideología y la región geográfica. Y ese nuevo conocimiento la reconfortó.

—¿Sabes que has dicho «entusiasmada»? —preguntó Obinze un día con tono jocoso—. Has dicho que estabas entusiasmada con tu clase de medios de comunicación.

—¿Ah, sí?

Se le escapaban palabras nuevas. Las columnas de bruma se disipaban. Antes se lavaba las bragas cada noche y las colgaba en un rincón discreto del cuarto de baño. Ahora que las apilaba en un cesto y las echaba a la lavadora los viernes por la noche había empezado a ver eso, el amontonamiento de las bragas sucias, como algo normal. Tomaba la palabra en clase, animada por los libros que leía, contenta de poder discrepar de los profesores y no recibir, a cambio, una reprimenda por faltar al respeto, sino un gesto de aliento.

«Vemos películas en clase —le contó a Obinze—. Aquí hablan de las películas como si las películas fueran tan importantes como los libros. Así que vemos las películas y luego escribimos un comentario personal y casi todos sacamos sobresaliente. ¿Te imaginas? Estos americanos no son nada serios.»

En el curso de historia de nivel superior, la profesora Moore, una mujer diminuta y vacilante con el aspecto de desnutrición emocional de una persona sin amigos, les mostró escenas de *Raíces*, desplegándose las luminosas imágenes en la pizarra del aula a oscuras. Cuando apagó el proyector, un espectral rectángulo blanco quedó suspendido en la pared por un momento, antes de desaparecer. Ifemelu había visto *Raíces* por primera vez en vídeo con Obinze y su madre, hundidos en sofás en la sala de estar de Nsukka. Cuando azotaban a Kunta Kinte para obligarlo a aceptar su nombre de esclavo, la madre de Obinze se levantó repentinamente, tanto que casi tropezó con un puf de piel, y salió del salón, pero no antes de que Ifemelu viera sus ojos enrojecidos. La sorprendió, el hecho de que la madre de Obinze, una persona plenamente encerrada en su contención, su intensa privacidad, pudiera llorar al ver una película. Ahora, cuando se levantaron las persianas y el aula se inundó otra vez de luz, Ifemelu recordó la tarde de aquel sábado, y la carencia que había sentido en sí misma viendo a la madre de Obinze y deseando ser también ella capaz de llorar.

—Hablemos de la representación histórica en la película —dijo la profesora Moore.

Desde el fondo del aula, una voz femenina firme, con acento no estadounidense, preguntó:

—¿Por qué se oye un pitido para ocultar la palabra *nigger*?

Y un suspiro colectivo, como una ráfaga de viento, barrió el aula.

—Veréis, esto era una grabación de la televisión, y una de las cosas que quería que comentáramos es cómo representamos la historia en la cultura popular, y el uso de ese término racista sin duda forma parte importante de ello —explicó la profesora Moore.

—Para mí no tiene sentido —declaró la voz firme.

Ifemelu se volvió. Quien había intervenido era una chica con un corte de pelo masculino, y su rostro agraciado y huesudo, de frente amplia, recordó a Ifemelu las facciones de los africanos orientales que siempre ganaban las carreras de fondo en televisión.

—O sea, *nigger* es un término denigratorio para referirse a los negros, una palabra que existe, la gente la usa. Forma parte de Estados Unidos. Ha causado mucho dolor y considero que es insultante sustituirla por un pitido.

—Bueno —dijo la profesora Moore, mirando alrededor, como si buscara ayuda.

Esta llegó de una voz áspera procedente del centro del aula.

—¡Es precisamente por eso, por el dolor que esa palabra ha causado, que no *debes* usarla!

El «debes» arrojado cáusticamente al aire por la participante, una chica afroamericana con aros de bambú en las orejas.

—El caso es que cada vez que pronuncias esa palabra hieres a los afroamericanos —afirmó un chico pálido y greñudo desde la primera fila.

Ifemelu alzó la mano; tenía en mente *Luz de agosto* de Faulkner, que acababa de leer.

—No creo que siempre sea hiriente. Creo que depende de la intención y también de quién la usa.

Una chica sentada a su lado, enrojeciendo como un tomate, prorrumpió:

—¡No! La palabra es la misma, la diga quien la diga.

—Eso es una tontería. —La voz firme otra vez. Una voz sin miedo—. Si mi madre me pega con un palo y un desconocido me pega con un palo, no es lo mismo.

Ifemelu miró a la profesora Moore para ver cómo reaccionaba a la palabra «tontería». No parecía haber reparado en ella; de hecho, un vago terror paralizaba sus facciones en algo a medio camino entre mueca y sonrisa.

—Estoy de acuerdo en que suena distinto cuando la dicen los afroamericanos, pero opino que no debe emplearse en películas, porque entonces la gente que no debería usarla puede usarla y herir los sentimientos de otras personas —afirmó una chica afroamericana de piel clara, la última en intervenir de los cuatro negros de la clase, con un suéter de un turbador tono fucsia.

—Pero eso es como negar la realidad. Si se usaba así, debe representarse así. No por esconderla va a desaparecer. —La voz firme.

—Bueno, si no nos hubieseis vendido, no estaríamos hablando de nada de esto —declaró la chica afroamericana de voz áspera, en un tono bajo pero audible.

La clase quedó envuelta en silencio. Luego la voz firme volvió a alzarse:

—Perdona, pero el comercio transatlántico de esclavos se habría producido igualmente aunque los africanos no hubieran sido vendidos por otros africanos. Fue una empresa europea. Tuvo que ver con los europeos que buscaban mano de obra para sus plantaciones.

La profesora Moore interrumpió con un hilo de voz.

—De acuerdo, hablemos ahora de cómo se sacrifica la historia en beneficio del entretenimiento.

Después de la clase, Ifemelu y la voz firme flotaron la una hacia la otra.

—Hola. Me llamo Wambui. Soy de Kenia. Tú eres nigeriana, ¿no?

Tenía un halo imponente; una persona que ponía todo y a todo el mundo en su lugar.

—Sí. Yo me llamo Ifemelu.

Se dieron la mano. Durante las siguientes semanas entablarían una amistad duradera. Wambui era la presidenta de la Asociación Estudiantil Africana.

—¿No conoces la AEA? Tienes que venir a la próxima reunión el jueves —propuso.

Las reuniones se celebraban en el sótano de Wharton Hall, en una sala sin ventanas, iluminada por una luz dura, con platos de papel, cajas de pizzas y botellas de refrescos amontonados en una mesa metálica, sillas plegables dispuestas más o menos en semicírculo. Había allí sentados nigerianos, ugandeses, kenianos, ghaneses, sudafricanos, tanzanos, zimbabuenses, un congoleño y un guineano, comiendo, charlando, dándose ánimos, y sus distintos acentos formaban redes de sonidos reconfortantes. Imitaban lo que les decían los estadounidenses: «Hablas muy bien el inglés», «¿Hay mucho sida en tu país?», «Es muy triste que en África la gente viva con menos de un dólar al día». Y ellos mismos se mofaban de África, intercambiando anécdotas sobre situaciones absurdas, sobre situaciones estúpidas, y se mofaban con toda tranquilidad, porque era una mofa nacida del anhelo, y del desgarrado deseo de ver recuperar la plenitud a un lugar. Allí, Ifemelu experimentó un suave vaivén de renovación. Allí, no tenía que dar explicaciones.

Wambui había anunciado a todo el mundo que Ifemelu buscaba trabajo. Dorothy, la juvenil ugandesa de largas trenzas que trabajaba de camarera en Center City, dijo que su restaurante contrataba personal. Pero antes Mwombeki, el tanzano que estudiaba ingeniería y ciencias políticas, echó un vistazo al currículum de Ifemelu y le aconsejó que tachara los tres años de universidad en Nigeria: a los empresarios estadounidenses no les gustaba que los empleados de bajo nivel tuvieran demasiados estudios. Mwombeki le recordaba a Obinze, esa desenvoltura suya, esa callada fortaleza. En las reuniones hacía reír a todos. «Recibí una buena educación primaria gracias al socialismo de Nyerere –decía a menudo Mwombeki–. De no haber sido así, ahora mismo estaría en Dar, tallando jirafas espantosas para los turistas.» Cuando aparecieron por primera vez dos estudiantes nuevos, uno de Ghana y el otro de Nigeria, Mwombeki les dedicó lo que llamaba la charla de bienvenida.

–Por favor, si vais a Kmart, no compréis veinte vaqueros porque cuestan cinco dólares cada uno. Los vaqueros no van a salir corriendo. Estarán allí mañana a un precio aún más bajo. Ahora estáis en Estados Unidos: no esperéis comer caliente al mediodía. Ese hábito africano debe abolirse. Cuando vayáis a la casa de algún estadounidense con un poco de dinero, se ofrecerá a enseñárosla. Olvidaos de que en vuestra casa, allá en África, a vuestro padre le daría un ataque si alguien se acercara a su dormitorio. Todos sabemos que allí el salón era el límite y, en caso de máxima necesidad, el lavabo.

Pero, por favor, sonreíd y seguid al estadounidense y ved la casa y no dejéis de decir que todo os gusta mucho. Y no os escandalicéis ante el indiscriminado toqueteo de las parejas estadounidenses. De pie en la cola del comedor, la chica tocará el brazo al chico y el chico le rodeará los hombros con el brazo y se frotarán los hombros y la espalda, y se frotarán y frotarán y frotarán, pero, por favor, no imitéis ese comportamiento.

Todos reían. Wambui gritó algo en suajili.

—Muy pronto empezaréis a adoptar un acento estadounidense, porque no querréis que los operadores del servicio de atención al cliente os pregunten continuamente por teléfono «¿Qué? ¿Qué?». Empezaréis a admirar a los africanos que tienen un acento estadounidense perfecto, como nuestro hermano aquí presente, Kofi. Los padres de Kofi vinieron de Ghana cuando él tenía dos años, pero no os dejéis engañar por su manera de hablar. Si vais a su casa, comen kenkey todos los días. Su padre le dio una bofetada cuando sacó un aprobado en una asignatura. En esa casa no se aceptan las tonterías propias de Estados Unidos. Kofi vuelve a Ghana cada año. A personas como él las llamamos amerafricano, no afroamericano, que es como llamamos a nuestros hermanos y hermanas cuyos antepasados fueron esclavos.

—Fue un bien, no un aprobado —corrigió Kofi en broma.

—Procurad haceros amigos de nuestros hermanos y hermanas afroamericanos con un sincero espíritu de panafricanismo. Pero seguid siendo amigos de los otros africanos como vosotros, pues eso os servirá para conservar la perspectiva. Asistid siempre a las reuniones de la Asociación de Estudiantes Africanos, pero si os veis en la necesidad, también podéis probar con el Sindicato de Estudiantes Negros. Fijaos por favor en que generalmente los afroamericanos van al Sindicato de Estudiantes Negros y los africanos van a la Asociación de Estudiantes Africanos. A veces se superponen, pero no mucho. Los africanos que van al SEN son los inseguros que se apresuran a decir «Soy oriundo de Kenia», pese a que Kenia asoma en ellos en cuanto abren la boca. Los afroamericanos que vienen a nuestras reuniones son aquellos que escriben poemas sobre la Madre África y piensan que toda africana es una reina nubia. Si un afroamericano os llama mandingos o rascaculos, os está insultando por ser africanos. Algunos os harán preguntas molestas sobre África, pero otros conectarán con vosotros. También descubriréis que os será más fácil haceros amigos de otros extranjeros, coreanos, indios, brasileños, lo que sea, que de estadounidenses, tanto blancos como negros. Muchos de los extranjeros comprenden el trauma que representa intentar conseguir un visado estadounidense, y ese es un buen punto de partida para entablar amistad.

Hubo más risas, carcajeándose el propio Mwombeki, como si no hubiera oído antes sus propios chistes.

Más tarde, cuando Ifemelu se marchó de la reunión, pensó en Dike, se preguntó a qué se afiliaría él en la universidad, la AEA o el SEN, y qué se lo consideraría, amerafricano o afroamericano. Tendría que elegir lo que era o, más bien, lo que era sería elegido por él.

Ifemelu pensó que la entrevista en el restaurante donde trabajaba Dorothy había ido bien. Era para un puesto de recepcionista de comedor, y se puso su blusa bonita, desplegó una cálida sonrisa, dio la mano con firmeza. La encargada, una mujer risueña, rebosante de una felicidad en apariencia incontrolable, le dijo: «¡Genial! ¡Ha sido un placer hablar contigo! ¡Pronto tendrás noticias mías!». Y por eso cuando, esa tarde, sonó el teléfono, se apresuró a contestar, esperando que fuera una oferta de empleo.

—Ifem, *kedu?* —dijo la tía Uju.

La tía Uju llamaba demasiado a menudo para preguntar si había encontrado trabajo. «Tía, serás la primera a quien telefonee cuando lo encuentre», había prometido Ifemelu en la última llamada, el día anterior. Y ahora la tía Uju volvía a llamar.

—Bien —contestó Ifemelu.

Estaba a punto de añadir «Todavía no he encontrado nada» cuando la tía Uju dijo:

—Ha habido un problema con Dike.

—¿Qué?

—La señorita Brown me ha dicho que lo ha visto en un armario con una niña. La niña es de tercero. Por lo visto, estaban enseñándose sus partes íntimas.

Siguió un silencio.

—¿Eso es todo?

—¿Cómo que si es todo? Aún no ha cumplido los siete años. Pero ¿qué es esto? ¿Para eso vine a Estados Unidos?

—De hecho, leímos algo sobre eso en una de mis clases el otro día. Es normal. Los niños sienten curiosidad por esas cosas a una edad muy temprana, pero en realidad no lo entienden.

—Normal, *kwa*? No es normal en absoluto.

—Tía, todos sentimos curiosidad de niños.

—¡No a los siete años! *Tufiakwa!* ¿Dónde ha aprendido eso? Es ese servicio de guardería. Desde que Alma se marchó y empezó a estar con la señorita Brown, ha cambiado. En compañía de todos esos niños salvajes mal educados, está aprendiendo idioteces de ellos. He decidido trasladarme a Massachusetts al final de este trimestre.

—¡Anda!

—Acabaré la residencia allí, y Dike irá a un colegio mejor y tendrá un servicio de guardería mejor. Bartholomew deja Boston para irse a vivir a un pueblo, Warrington, donde abrirá su propia empresa, así que los dos empezaremos de cero. Allí la escuela primaria es muy buena. Y el médico del pueblo busca un colaborador porque su consulta va en aumento. He hablado con él, y está interesado en que me incorpore a su consulta cuando termine.

—¿Te marchas de Nueva York para vivir en un pueblo de Massachusetts? ¿Puedes dejar la residencia así como así?

—Claro que sí. ¿Sabes mi amiga Olga, la rusa? Ella también se va, pero tendrá que repetir un año en su nuevo programa. Quiere especializarse en dermatología, y aquí la mayoría de nuestros pacientes son negros, y dice que las enfermedades de la piel presentan un aspecto distinto en la piel negra y sabe que no acabará ejerciendo en una zona de negros, así que quiere irse a un sitio donde los pacientes sean blancos. La comprendo. Es verdad que mi programa es de un nivel más alto, pero a veces las oportunidades de empleo son mejores en sitios más pequeños. Además, no quiero que Bartholomew crea que no voy en serio. Ya tengo una edad. Quiero empezar a intentarlo.

—De verdad vas a casarte con él.

—Ifem —dijo la tía Uju con fingida exasperación—, creía que ya habíamos superado esa etapa. En cuanto me traslade, iremos al juzgado y nos casaremos, para que él pueda actuar como padre legítimo de Dike.

Ifemelu oyó el pitido intermitente de una llamada entrante.

—Tía, ahora te llamo —dijo, y atendió la otra llamada sin esperar la respuesta de la tía Uju.

Era la encargada del restaurante.

—Lo siento, Ngozi. Pero hemos decidido contratar a una persona más cualificada. ¡Suerte!

Ifemelu colgó y pensó en su madre, en que a menudo echaba la culpa al diablo. «El diablo es un embustero. El diablo quiere ponernos trabas.» Fijó la mirada en el teléfono, y luego en las facturas de su mesa, sintiendo crecer en su pecho una asfixiante y tensa presión.

15

Era un hombre bajo, su cuerpo una acumulación de músculos, su cabello ya ralo y descolorido por el sol. Cuando abrió la puerta, la miró de arriba abajo, evaluándola sin compasión, y luego sonrió y dijo:

—Pasa. Tengo el despacho en el sótano.

Ifemelu sintió un hormigueo en la piel, una desazón que se apoderaba de ella. Percibió cierta venalidad en el rostro de labios finos de aquel individuo; ofrecía el aspecto de una persona para quien la corrupción era algo habitual.

—Soy un hombre muy ocupado —dijo, señalando una silla en el reducido despacho de su casa, que olía un poco a humedad.

—Eso supuse por el anuncio —respondió Ifemelu.

«Ayudante personal, mujer, para entrenador deportivo muy ocupado en Ardmore. Se requieren aptitudes para la comunicación y las relaciones interpersonales.» Se sentó en la silla; en realidad, se posó en el borde, pensando de pronto que había pasado de leer un anuncio en el *City Paper* a encontrarse sola con un desconocido en el sótano de una casa desconocida en Estados Unidos. El hombre, hundidas las manos en los bolsillos del vaquero, deambulaba con pasos cortos y rápidos, hablando de lo solicitado que estaba como entrenador de tenis, e Ifemelu temió que tropezara con las revistas deportivas apiladas en el suelo. Solo verlo la mareaba. Él hablaba a la misma velocidad con la que se movía, manteniendo una expresión extrañamente alerta, los ojos muy abiertos, sin el menor parpadeo durante demasiado tiempo.

–Se trata de lo siguiente, pues. Hay dos puestos, uno para trabajo administrativo y el otro para ayuda en la relajación. El puesto administrativo ya está ocupado. La chica empezó ayer, estudia en Bryn Mawr, y le llevará una semana entera solo poner al día el trabajo atrasado. Seguro que tengo por ahí algún que otro cheque todavía en el sobre sin abrir. –Sacó una mano del bolsillo para señalar el desorden del escritorio–. Ahora lo que necesito es ayuda para relajarme. Si te interesa el empleo, tuyo es. Te pagaría cien dólares al día, con la posibilidad de un aumento, y trabajarías según sea necesario, sin horario fijo.

Cien dólares, casi lo suficiente para cubrir el alquiler mensual. Ifemelu cambió de posición en la silla.

–¿Qué quiere decir exactamente eso de «ayuda para relajarse»?

Lo observó, en espera de la explicación. Empezó a irritarse, pensando en lo que le había costado el billete del tren de cercanías.

–Oye, no eres una niña. Trabajo tanto que no puedo dormir. No puedo relajarme. Como no me medico, he pensado que necesito ayuda para relajarme. Puedes darme un masaje, ayudarme a relajarme, esas cosas. Antes tenía a alguien, pero se ha ido a vivir a Pittsburgh. Es un chollo, o al menos eso pensaba ella. La ayudó a pagar buena parte de la deuda universitaria.

Había dicho lo mismo a otras muchas mujeres, adivinó Ifemelu, a juzgar por el ritmo acompasado con que pronunció las palabras. No era un hombre amable. Ella no sabía a qué se refería exactamente, pero, fuera lo que fuese, se arrepintió de haber ido. Se levantó.

–¿Puedo pensármelo y llamarlo por teléfono?

–Naturalmente.

El individuo se encogió de hombros, destilando el gesto una irritabilidad repentina, como si le costara creer que ella no se diera cuenta de su buena suerte. Cuando la acompañó a la puerta, se apresuró a cerrar, sin contestar a su «Gracias» de despedida. Ifemelu volvió a pie a la estación, lamentándose por el coste del billete. Los árboles eran un despliegue de color; las hojas rojas y amarillas doraban el aire, y pensó en unas palabras que había leído recientemente en algún sitio: «El primer verdor de la naturaleza es dorado». El viento tonificante, fragante y seco, le recordó a Nsukka en la estación del harmatán, y llegó acompañado de una punzada de nostalgia, tan penetrante y tan súbita que se le anegaron los ojos en lágrimas.

Cada vez que acudía a una entrevista de trabajo, o hacía una llamada telefónica por un empleo, se decía que ese sería por fin su día; en esta ocasión, el puesto de camarera, recepcionista de comedor, canguro sería para ella, pero incluso mientras se deseaba suerte, empezaba a formarse ya un creciente pesimismo en un rincón recóndito de su cabeza. «¿Qué hago mal?», preguntó a Ginika, y Ginika le aconsejó paciencia, esperanza. Escribió y reescribió su currículum, se inventó experiencia de camarera en Lagos, incluyó el nombre de Ginika como persona de cuyos hijos había sido canguro, dio el nombre de la casera de Wambui como referencia, y en cada entrevista desplegaba una cálida sonrisa y daba un firme apretón de manos, todo sugerencias de un libro que había leído sobre entrevistas de trabajo en Estados Unidos. Así y todo, no tenía trabajo. ¿Sería su acento extranjero? ¿Su inexperiencia? Pero todos sus amigos africanos tenían empleo, y los estudiantes universitarios conseguían empleo continuamente sin experiencia. Una vez se presentó en una gasolinera próxima a Chestnut Street, y un mexicano corpulento, con la mirada fija en su pecho, dijo: «¿Vienes por el puesto de ayudante? Puedes trabajar para mí de otra manera». Luego, con una sonrisa, sin que la expresión de lujuria abandonara sus ojos en ningún momento, le dijo que el puesto ya estaba dado. Ifemelu comenzó a pensar más a menudo en el diablo de su madre, a imaginar que el diablo tal vez tenía algo que ver en eso. Sumaba y restaba incesantemente, estableciendo qué necesitaba y no necesitaba, preparándose arroz y judías todas las semanas, y calentándose pequeñas porciones en el microondas para el almuerzo y la cena. Obinze se ofreció a mandarle un poco de dinero. Su primo, el de Londres, había ido de visita y le había dado unas libras. Las cambiaría por dólares en Enugu.

«¿Cómo puedes mandarme dinero desde Nigeria? Debería ser al revés», dijo Ifemelu. Pero él se lo envió igualmente, algo más de cien dólares cuidadosamente metidos en el interior de una tarjeta postal.

Ginika, con su interminable horario de prácticas en el bufete y la preparación de los exámenes de Derecho, estaba muy ocupada, pero telefoneaba a Ifemelu a menudo para ver cómo le iba en su búsqueda de empleo, y siempre con tono optimista, como para cimentar su esperanza.

—Una mujer que conocí durante mis prácticas en su organización benéfica, Kimberly, me telefoneó para decirme que se ha quedado sin canguro y busca a alguien. Le hablé de ti, y le gustaría conocerte. Si te contrata, pagará bajo mano, y así no tendrás que usar ese nombre falso. ¿Mañana a qué hora terminas? Puedo ir a recogerte para llevarte a la entrevista con ella.

—Si consigo ese trabajo, te daré el salario de mi primer mes —prometió Ifemelu, y Ginika se echó a reír.

Ginika aparcó en el camino de acceso circular de una casa que pregonaba su riqueza, la fachada de piedra sólida e imponente, cuatro solemnes columnas en la entrada. Abrió la puerta la propia Kimberly. Era una mujer esbelta y erguida, y levantó las dos manos para apartarse de la cara el espeso cabello dorado, como si una sola mano en modo alguno pudiera domar tal cantidad de pelo.

—Encantada de conocerte —le dijo a Ifemelu, sonriente, mientras le daba la mano, una mano menuda, de dedos huesudos, frágil. Con su jersey dorado ceñido a un talle increíblemente estrecho por medio de un cinturón, su pelo dorado, sus zapatos llanos dorados, ofrecía un aspecto inverosímil, como un rayo de sol–. Te presento a mi hermana Laura, que está de visita. ¡Bueno, la verdad es que nos visitamos todos los días! Laura vive prácticamente aquí al lado. Los niños están en los Poconos hasta mañana, con mi madre. He pensado que sería mejor ocuparse de esto cuando ellos no están.

–Hola –saludó Laura.

Era tan delgada y erguida y rubia como Kimberly.

Ifemelu, al describírselas a Obinze, diría que Kimberly daba la impresión de ser un pajarito de huesos delicados, fácilmente aplastable, en tanto que Laura inducía a pensar en un halcón, de pico afilado e intenciones aviesas.

–Hola, soy Ifemelu.

–Qué nombre tan bonito –comentó Kimberly –. ¿Significa algo? Me encantan los nombres multiculturales porque tienen unos significados maravillosos, de culturas muy ricas y maravillosas.

Kimberly exhibía la sonrisa bondadosa de las personas que pensaban que «cultura» era un pintoresco y desconocido espacio poblado por gente pintoresca, una palabra que siempre debía calificarse con el adjetivo «rico». No consideraría que Noruega tenía una cultura «rica».

–No sé qué significa –respondió Ifemelu, e intuyó, más que verlo, un leve asomo de sonrisa en el rostro de Ginika.

–¿Os apetece un té? –preguntó Kimberly, guiándolas hasta una cocina con resplandecientes cromados y granito y opulento espacio vacío–. Nosotras bebemos té, pero hay otras opciones, claro.

–Un té me parece estupendo –dijo Ginika.

–¿Y tú, Ifemelu? –preguntó Kimberly–. Ya sé que estoy destrozando tu nombre, pero es que es precioso. Precioso de verdad.

–No, lo has pronunciado bien. Preferiría un poco de agua o zumo de naranja, por favor.

Ifemelu descubriría más tarde que Kimberly usaba la palabra «precioso» de un modo peculiar. «Voy a ver a mi preciosa amiga de cuando iba a la universidad», decía Kimberly, o «Estamos trabajando con una mujer preciosa en el proyecto del casco urbano», y luego resultaba que las mujeres a quienes se refería tenían siempre un aspecto bastante común, pero eran siempre negras. Un día, a finales de ese invierno, cuando Ifemelu estaba sentada a la enorme mesa de la cocina con Kimberly, tomando té y esperando a que los niños regresaran de una salida con su abuela, Kimberly dijo:

—Vaya, mira a esta mujer, es preciosa —y señaló en una revista a una modelo vulgar y corriente cuyo único rasgo distintivo era su piel oscurísima—. ¿Verdad que es espectacular?

—No, no lo es. —Ifemelu guardó silencio por un momento—. Oye, puedes decir simplemente «negra». No todas las personas negras son preciosas.

Kimberly se quedó desconcertada, algo indefinible se propagó por su rostro, y de pronto sonrió, e Ifemelu pensaría que ese fue el momento en que pasaron a ser, realmente, amigas. Pero aquel primer día Kimberly le cayó bien, con su belleza quebradiza, sus ojos violáceos rebosantes de esa cualidad que a menudo Obinze describía como *obi ocha*, corazón limpio, al detectarla en las personas que le inspiraban simpatía. Kimberly hizo preguntas a Ifemelu sobre su experiencia con niños, escuchando atentamente, como si temiera que lo que deseaba oír pudiera quedar sin decir.

—No tiene el certificado de reanimación cardiopulmonar, Kim —observó Laura. Se volvió hacia Ifemelu—. ¿Estás dispuesta a hacer el curso? Es importantísimo si vas a tener a niños bajo tu cuidado.

—Estoy dispuesta.

—Nos dijo Ginika que te marchaste de Nigeria porque allí los profesores universitarios están siempre en huelga, ¿no? —preguntó Kimberly.

—Sí.

Laura movió la cabeza en un gesto de comprensión.

—Es horrible, lo que está pasando en los países africanos.

—¿Qué impresión te ha causado Estados Unidos por el momento? —preguntó Kimberly.

Ifemelu le habló del vértigo que había sentido la primera vez que fue al supermercado. En el pasillo de los cereales buscaba copos de maíz, que era lo que solía comer en Nigeria, pero, enfrentada de pronto a un centenar de cajas de cereales distintas, envuelta por un remolino de colores e imágenes, tuvo que contener el mareo. Contó esa anécdota porque la encontraba graciosa; alimentaba inocuamente el ego estadounidense.

Laura se echó a reír.

—¡No me extraña que te marearas!

—Lo nuestro en este país es el exceso, desde luego —comentó Kimberly—. Seguro que en Nigeria comías verduras y alimentos ecológicos maravillosos, pero ya verás que aquí las cosas son distintas.

—Kim, si en Nigeria se comiera toda esa comida ecológica maravillosa, ¿para qué iba a venir a Estados Unidos? —preguntó Laura.

De niñas, Laura debía de desempeñar el papel de la hermana mayor que ponía en evidencia la estupidez de la hermana menor, siempre con benevolencia y buen humor, y preferiblemente en presencia de parientes adultos.

—Bueno, aunque tuvieran poca comida, solo digo que probablemente era todo verduras ecológicas, y no esos alimentos transgénicos que tenemos aquí —dijo Kimberly.

Ifemelu percibió en el aire, entre ellas, espinas puntiagudas.

—No le has dicho nada de la televisión —le recordó Laura. Se volvió hacia Ifemelu—. Los hijos de Kim ven la televisión solo bajo supervisión adulta, y únicamente la PBS. Así que si te contrata, tendrás que estar siempre presente y controlar lo que pasa, sobre todo con Morgan.

—De acuerdo.

—Yo no tengo canguro —dijo Laura, y el énfasis puesto en ese «yo» irradiaba su convencimiento en su propia autoridad moral—. Soy una madre a tiempo completo, con intervención directa. Tenía la intención de volver a trabajar cuando Athena cumpliera los dos años, pero sencillamente me fue imposible dejarla. Kim también es muy de intervención directa, pero a veces la desbordan sus actividades, hace una labor maravillosa con su organización benéfica, y por eso yo siempre ando preocupada con las canguros. La última, Martha, era maravillosa, pero nos preguntamos si la anterior... cómo era que se llamaba... permitía a Morgan ver programas inadecuados. Yo no dejo ver nada de televisión a mi hija. Creo que hay demasiada violencia. A lo mejor cuando sea un poco mayor la dejo ver algún rato dibujos animados.

—Pero también en los dibujos animados hay violencia —adujo Ifemelu.

Laura pareció irritarse.

—Son dibujos animados. A los niños los traumatizan las imágenes reales.

Ginika lanzó un vistazo a Ifemelu, una mirada ceñuda que quería decir: déjalo correr. En primaria, Ifemelu vio morir ante un pelotón de fusilamiento a Lawrence Anini, fascinada por la mitología creada en torno a sus atracos a mano armada, sus cartas de advertencia a los periódicos, su costumbre de repartir lo que robaba entre los pobres, su facilidad para esfumarse cuando llegaba la policía. Su madre dijo «Vete adentro, esto no es para niños», pero sin convicción y cuando Ifemelu ya había visto la mayor parte de la ejecución, el cuerpo de Anini atado de cualquier manera a un poste, sacudiéndose por el impacto de las balas, antes de quedar inerte, sostenido por la cuerda entrecruzada. Se acordó ahora de eso, de lo inquietante y a la vez corriente que le había parecido.

—Déjame enseñarte la casa, Ifemelu —propuso Kimberly—. ¿Lo he pronunciado bien?

Fueron de habitación en habitación: la de la hija, con las paredes rosa y una colcha de volantes; la del hijo, con una batería; el estudio, con un piano, su superficie de madera abrillantada repleta de fotografías familiares.

—Esa la sacamos en la India —explicó Kimberly.

Aparecían de pie junto a un *rickshaw* vacío, todos en camiseta, Kimberly con su pelo dorado recogido detrás, su marido alto y delgado, su hijo menor rubio y su hija mayor pelirroja, todos con botellas de agua, sonrientes. Siempre sonreían en las fotos que tomaban, navegando, yendo de excursión, visitando lugares turísticos, y se abrazaban, todo eran brazos relajados y dientes blancos. A Ifemelu le recordaron los anuncios de televisión, donde las personas vivían siempre bajo una luz favorecedora, y sus complicaciones, a pesar de serlo, eran estéticamente agradables.

—Allí conocimos a gente que no tenía nada, absolutamente nada, pero era muy feliz —comentó Kimberly. Cogió una fotografía de las muchas dispuestas al fondo del piano; mostraba a su hija con dos mujeres indias, la piel de estas oscura y curtida, visibles las mellas en sus dentaduras entre unos labios sonrientes—. Estas mujeres eran maravillosas.

Ifemelu también descubriría más tarde que, para Kimberly, los pobres eran libres de toda culpa. La pobreza era algo resplandeciente; no concebía que los pobres pudieran ser depravados o malévolos, porque su pobreza los había canonizado, y los mayores santos eran los pobres extranjeros.

—Eso a Morgan le encanta, es artesanía indígena americana. ¡Pero Taylor dice que da miedo!

Kimberly señaló una escultura pequeña colocada en medio de las fotografías.

—Ah.

De pronto Ifemelu ya no recordaba cuál era el niño y cuál la niña; a ella los dos nombres, Morgan y Taylor, le sonaban a apellidos.

El marido de Kimberly llegó justo antes de marcharse Ifemelu.

—¡Hola! ¡Hola! —saludó, entrando majestuosamente en la cocina, alto y bronceado y táctico.

Ifemelu, viendo su pelo tirando a largo, las ondas casi perfectas a ras del cuello de la camisa, dedujo que se lo cuidaba con esmero.

—Tú debes de ser la amiga nigeriana de Ginika —dijo, sonriendo, ufano en la conciencia de su propio encanto.

Miraba a los demás a los ojos no porque le interesaran, sino porque sabía que así los otros tenían la sensación de que le interesaban.

Tras su aparición, Kimberly se quedó un tanto sin aliento. Su tono cambió; ahora hablaba con la voz aguda de una mujer consciente de su feminidad.

—Don, cariño, has llegado pronto —dijo después de besarlo.

Don miró a Ifemelu a los ojos y le contó que había estado a punto de visitar Nigeria, justo después de salir elegido Shagari, cuando trabajaba como consultor de una agencia de desarrollo internacional, pero el viaje se canceló en el último momento y lo lamentó porque tenía la esperanza de ir al Santuario y ver actuar a Fela. Mencionó a Fela con toda naturalidad, íntimamente, como si fuera algo que tenían en común, un secreto que compartían. Se advertía, en su manera de contarlo, la expectativa de una seducción exitosa. Ifemelu lo miraba, sin apenas hablar, negándose a caer en la trampa, y sintiendo una extraña lástima por Kimberly. Tener que cargar con una hermana como Laura y un marido como ese.

—Don y yo colaboramos con una excelente organización benéfica de Malaui; en realidad Don colabora mucho más que yo.

Kimberly miró a Don, que adoptó una expresión irónica y dijo:

—Bueno, hacemos lo que está en nuestras manos, pero sabemos de sobra que no somos mesías.

—Realmente deberíamos planear una visita. Es un orfelinato. Nunca hemos estado en África. Me gustaría hacer algo en África con mi organización benéfica.

Kimberly tenía ahora el semblante enternecido, los ojos empañados, y por un momento Ifemelu lamentó ser africana, ser la razón de que esa mujer preciosa, de dientes blanqueados y abundante pelo, tuviera que ir tan lejos para sentir semejante lástima, semejante desesperanza. Desplegó una radiante sonrisa, confiando en que así Kimberly se sintiera mejor.

—Tengo que entrevistar a otra persona y ya te diré algo, pero de verdad creo que encajas muy bien con nosotros —dijo Kimberly, acompañando a Ifemelu y Ginika a la puerta.

—Gracias —contestó Ifemelu—. Me encantaría trabajar para vosotros.

Al día siguiente Ginika telefoneó y dejó un mensaje, en voz baja. «Ifem, lo siento mucho. Kimberly ha contratado a otra persona pero ha dicho que te tendrá en cuenta. Ya saldrá algo pronto, no te preocupes demasiado. Ya volveré a llamarte.»

Ifemelu deseó tirar el teléfono al suelo. «Tenerla en cuenta.» ¿Por qué repetía Ginika una expresión tan vacía, «tenerla en cuenta»?

Era finales de otoño, a los árboles les habían salido cuernos, las hojas secas llegaban a veces al interior del apartamento, y tocaba ya pagar el alquiler. Los cheques de sus compañeras de piso estaban en la mesa de la cocina, uno encima de otro, todos de color rosa, orlados de flores. Ella los encontraba innecesariamente decorativos, esos cheques floreados de Estados Unidos; casi los despojaba de la debida seriedad. Junto a los cheques vio una nota, escrita con la letra infantil de Jackie: «Ifemelu, llevamos casi una semana de retraso en el alquiler». Si extendía el cheque, la cuenta le quedaría a cero. Su madre le había dado un pequeño tarro de Mentholatum el día antes de marcharse de Lagos, diciendo: «Ponlo en la bolsa de viaje, para cuando te resfríes». Ahora, revolviendo en su maleta, lo encontró, lo abrió y lo olfateó, y se extendió un poco bajo la nariz. Al olerlo le entraron ganas de llorar. El contestador automático parpadeaba, pero no pulsó el botón porque sería otra variante del mensaje de la tía Uju. «¿Te ha llamado alguien? ¿Has probado en el McDonald's y el Burger King del barrio? No siempre ponen anuncios pero podría ser que contrataran. No puedo mandarte nada hasta el mes que viene. Yo misma tengo la cuenta vacía; la verdad, ser médico residente es trabajo de esclavos.»

Había periódicos esparcidos por el suelo, con ofertas de empleo señaladas en tinta mediante círculos. Cogió uno y lo hojeó, mirando anuncios que ya había visto. ACOMPAÑANTES captó otra vez su atención. Ginika le había advertido: «Olvídate de ese rollo de las acompañantes. Dicen que no es prostitución pero sí lo es, y lo peor es que recibes quizá una cuarta parte de lo que ganas porque la agencia se lleva el resto. Sé de una chica que lo hizo en primero». Ifemelu leyó el anuncio y pensó de nuevo en llamar, pero se abstuvo, porque esperaba que diera fruto la última entrevista a la que había ido, para un puesto de camarera en un restaurante pequeño donde no se cobraba salario, sino solo las propinas. Habían dicho que, si le daban el trabajo, telefonearían al final del día; esperó hasta muy tarde pero no llamaron.

Y entonces el perro de Elena se le comió el beicon. Había calentado una loncha de beicon, la había dejado en la mesa sobre una servilleta de papel y se había vuelto para abrir la nevera. El perro engulló el beicon y la servilleta. Ifemelu miró el espacio vacío donde antes se hallaba el beicon y luego miró al perro, allí con expresión ufana, y en su cabeza entraron en erupción todas las frustraciones de su vida. Un perro se había comido su beicon, un perro se había comido su beicon cuando ella estaba sin trabajo.

—Tu perro acaba de comerse mi beicon —le dijo a Elena, que troceaba un plátano en el otro extremo de la cocina, cayendo las rodajas en su tazón de cereales.

—A ti lo que te pasa es que odias a mi perro.

—Deberías educarlo mejor. No debería comerse la comida de la gente de la mesa de la cocina.

—No vayas a matar a mi perro con vudú, ¿eh?

—¿Qué?

—¡Lo he dicho en broma! —exclamó Elena.

Elena sonreía burlonamente, el perro meneaba el rabo, e Ifemelu sintió ácido en las venas; avanzó hacia Elena, la mano en alto, a punto de estallar en la cara de Elena. Pero se contuvo con un temblor, paró, se dio media vuelta y subió a su habitación. Se sentó en la cama, se encogió las rodillas contra el pecho y se abrazó las piernas, conmocionada por su propia reacción, por lo repentinamente que se había disparado su furia. Abajo, Elena vociferaba por teléfono: «¡Te lo juro por Dios, ese mal bicho ha intentado pegarme!». Ifemelu no había deseado abofetear a su disoluta compañera de piso porque un perro baboso se hubiese comido su beicon, sino porque estaba en guerra con el mundo, y se levantaba cada día sintiéndose maltratada, imaginando una horda de individuos sin rostro, todos confabulados contra ella. La aterrorizaba ser incapaz de visualizar el mañana. Cuando sus padres la telefoneaban y le dejaban un mensaje de voz, lo guardaba, sin saber si esa sería la última vez que oyera sus voces. Estar allí, viviendo en el extranjero, sin saber cuándo volvería a su país, era contemplar el amor convertirse en ansiedad. Si llamaba a la amiga de su madre, la tía Bunmi, y el teléfono sonaba interminablemente, sin respuesta, le entraba el pánico, temiendo que tal vez su padre hubiera muerto y la tía Bunmi no supiera cómo decírselo.

Al cabo de un rato Allison llamó a su puerta.

—¿Ifemelu? Solo quería recordarte que tu cheque del alquiler no está en la mesa. Ya nos hemos retrasado mucho en el pago.

—Lo sé. Lo estoy haciendo.

Estaba en la cama boca arriba. No quería ser la compañera de piso que tenía problemas con el alquiler. La horrorizaba que Ginika le hubiera pagado la cuenta del supermercado la semana anterior. Oyó a Jackie levantar la voz en el piso de abajo: «¿Y nosotras qué vamos a hacer? No somos sus putos padres».

Sacó el talonario. Antes de extender el cheque, telefoneó a la tía Uju para hablar con Dike. Luego, renovada por la inocencia de su primo, llamó al entrenador de tenis de Ardmore.

—¿Cuándo puedo empezar a trabajar? —preguntó.

—¿Quieres venir ahora mismo?

—De acuerdo.

Se afeitó las axilas, desenterró la barra de labios que no había usado desde el día que se marchó de Lagos, dejando entonces casi todo el carmín en el cuello de Obinze al despedirse en el aeropuerto. ¿Qué pasaría con el entrenador de tenis? Había dicho «masaje», pero su actitud, su tono, rezumaban insinuaciones. Tal vez era uno de esos blancos sobre los que había leído, con gustos extraños, que deseaban que una mujer les deslizara una pluma por la espalda u orinara sobre ellos. Eso desde luego podía hacerlo, orinar sobre un hombre por cien dólares. La idea la divirtió, y esbozó una sonrisa irónica. Pasara lo que pasara, se enfrentaría a ello con su mejor aspecto, le dejaría claro que existían límites que no estaba dispuesta a cruzar. Diría, desde el principio: «Si espera sexo, no puedo ayudarlo». O quizá lo diría con más delicadeza, de manera más insinuante. «No me siento a gusto si voy demasiado lejos.» Tal vez todo eran imaginaciones suyas; tal vez él solo quería un masaje.

Cuando llegó a la casa, el entrenador la recibió con brusquedad.

—Ven arriba —dijo, y la guió a su dormitorio, vacío salvo por una cama y un gran cuadro de una lata de sopa de tomate en la pared.

Le ofreció algo para beber, como de pasada, dando a entender que esperaba una negativa, y luego se quitó la camisa y se tendió en la cama. ¿No había prefacio? Ifemelu deseó que él se hubiera andado con menos prisas. Se había quedado muda.

—Ven aquí —dijo él—. Necesito calor.

Ifemelu debía marcharse ya mismo. El equilibro de fuerzas se decantaba del lado de aquel hombre, se había decantado de

210

su lado desde que ella entró en su casa. Debía marcharse. Se quedó inmóvil.

—No puedo mantener relaciones sexuales —declaró. Se notó la voz chillona, insegura—. No puedo mantener relaciones sexuales con usted —repitió.

—Ah, no, no es eso lo que espero de ti —dijo él con excesiva premura.

Ifemelu se desplazó lentamente hacia la puerta, preguntándose si el cerrojo estaba echado, si ese hombre había echado el cerrojo, y a continuación se preguntó si él tendría un arma.

—Solo tienes que venir aquí y acostarte —insistió él—. Dame calor. Te tocaré un poco. Nada que te incomode. Solo necesito un poco de contacto humano para relajarme.

Su expresión y su tono denotaban una seguridad absoluta; Ifemelu se sintió derrotada. Qué sórdido era todo aquello, estar allí con un desconocido que sabía ya que se quedaría, sabía que se quedaría por la sencilla razón de que había ido. Estaba ya allí, ya corrompida. Se descalzó y se metió en la cama. No quería estar allí, no quería el dedo activo de él entre las piernas, no quería sus suspiros-gemidos en el oído, y sin embargo sintió brotar de su cuerpo una nauseabunda humedad. Después, permaneció allí tendida, inmóvil, aovillada y enerve. Él no la había obligado. Ella había ido allí por propia voluntad. Se había acostado en su cama, y cuando él le cogió la mano y se la puso entre las piernas, ella se acurrucó a su lado y movió los dedos. Ahora, incluso después de lavarse las manos, sosteniendo el billete de cien dólares, fino y crujiente, que él le había dado, todavía sentía los dedos pegajosos; ya no le pertenecían.

—¿Puedes hacerlo dos veces por semana? Yo correré con el billete de tren —dijo él, desperezándose y desdeñoso; quería que ella se marchara.

Ifemelu no dijo nada.

—Cierra la puerta —ordenó él, y le dio la espalda.

Fue a pie hasta la estación de tren, pesada y lenta, con la mente empantanada de lodo y luego, sentada junto a la ventanilla, empezó a llorar. Se sentía como una pelota pequeña, a la deriva y sola. El mundo era un lugar muy, muy grande, y ella era minúscula, insignificante, rebotando vacuamente de aquí para allá. Ya en el apartamento, se lavó las manos con agua tan caliente que le escaldó los dedos, y le salió una pequeña ampolla en el pulgar. Se desvistió y, formando una bola arrugada con la ropa, la tiró a un rincón; se quedó mirándola durante un rato. Nunca volvería a ponerse esas prendas, nunca las tocaría siquiera. Sentada en su cama, desnuda, contempló su vida, en esa diminuta habitación con la moqueta enmohecida, el billete de cien dólares en la mesa, su cuerpo henchido de aversión. No debería haber ido allí. Debería haberse marchado. Quería ducharse, restregarse, pero no resistía la idea de tocar su propio cuerpo; se puso, pues, el camisón, con cuidado, tocándose lo mínimo posible. Se imaginó haciendo las maletas, comprando de algún modo un pasaje y regresando a Lagos. Hecha un ovillo en la cama, lloró, deseando hundir la mano dentro de sí misma y arrancar el recuerdo de lo que acababa de ocurrir. La luz del contestador automático parpadeaba. Debía de ser Obinze. No soportaba pensar en él en ese momento. Se planteó llamar a Ginika. Finalmente llamó a la tía Uju.

—Hoy he ido a trabajar para un hombre en las afueras. Me ha pagado cien dólares.

—¡Anda! ¡Qué bien! Pero tienes que seguir buscando algo permanente. Acabo de darme cuenta de que tengo que contratar un seguro de salud para Dike porque el que ofrece este hospital nuevo de Massachusetts es absurdo, a él no lo cubre. Todavía no salgo de mi asombro por lo que va a costarme.

—¿No me preguntas qué he hecho, tía? ¿No me preguntas qué he hecho para que ese hombre me pagara cien dólares? —dijo Ifemelu, adueñándose de ella una nueva ira, propagándose por sus dedos hasta que le temblaron.

—¿Qué has hecho? —preguntó la tía Uju con indiferencia.

Ifemelu colgó. Pulsó «Mensajes entrantes» en el contestador. El primero era de su madre, hablando apresuradamente para reducir el coste de la llamada: «Ifem, ¿cómo estás? Te llamamos para saber cómo estás. Hace tiempo que no sabemos nada de ti. Danos noticias tuyas, por favor. Nosotros estamos bien. Que Dios te bendiga».

Luego la voz de Obinze, sus palabras flotando en el aire, en la cabeza de Ifemelu. «Te quiero, Ifem», decía, al final, y de pronto su voz le pareció muy lejana, parte de otra época y otro lugar. Ella permaneció rígida en la cama, no podía conciliar el sueño, no podía distraerse. Empezó a pensar en matar al entrenador de tenis. Le golpearía una y otra vez en la cabeza con un hacha, le hundiría un cuchillo en el musculoso pecho. Vivía solo, probablemente otras mujeres iban a su habitación y se abrían de piernas para su grueso dedo con la uña mordida. Nadie sabría cuál de ellas lo había hecho. Dejaría el cuchillo clavado en su pecho y luego buscaría en los cajones el fajo de billetes de cien dólares, para poder pagar el alquiler y la universidad.

Esa noche nevó, su primera nevada, y por la mañana contempló el mundo por la ventana, los coches aparcados convertidos en bultos deformes por la nieve acumulada. Se sentía exangüe, distante, suspendida en un mundo donde la oscuridad se imponía demasiado pronto y todos iban de aquí para allá bajo el peso de los abrigos, y aplastada por la ausencia de luz. Los días se sucedieron indistintamente, y el aire fresco dio paso al aire helado, tanto que dolía respirar. Obinze telefoneó muchas veces pero ella no contestó el teléfono. Borró sus mensajes de voz sin escucharlos y sus e-mails sin leerlos, y se sintió hundirse, hundirse rápidamente, e incapaz de obligarse a salir a flote.

Cada mañana despertaba aletargada, lastrada por la tristeza, asustada por el interminable día que se extendía ante ella. Todo se había espesado. Estaba sumergida, perdida, en una bruma viscosa, envuelta en una sopa de nada. Entre ella y lo que debería sentir había un abismo. No le interesaba nada.

Deseaba interesarse, pero ya no sabía cómo hacerlo; había escapado de su memoria, la capacidad de interesarse. A veces despertaba temblorosa y desvalida, y veía, frente a ella y detrás de ella y alrededor de ella, una absoluta desesperanza. Sabía que no tenía sentido estar allí, estar viva, pero carecía de la energía para pensar de manera concreta cómo suicidarse. Se quedaba en la cama y leía libros y no pensaba en nada. A veces se olvidaba de comer; otras veces esperaba hasta la medianoche, cuando sus compañeras de piso ya estaban en sus habitaciones, para ir a calentarse la comida, y dejaba los platos sucios debajo de la cama, hasta que el moho verdoso afloraba en torno a los restos grasientos de arroz y judías. A menudo, mientras comía o leía, sentía el abrumador impulso de llorar, y se le saltaban las lágrimas, le escocían los sollozos en la garganta. Había apagado el timbre del teléfono. Ya no iba a clase. Sus días habían quedado inmovilizados por el silencio y la nieve.

Allison aporreaba otra vez la puerta.

—¿Estás ahí? ¡Tienes una llamada! ¡Dice que es urgente, por Dios! ¡Te he oído tirar de la cadena del váter hace un momento!

El aporreo uniforme y ahogado, como si Allison golpeara la puerta con la palma de la mano y no con los nudillos, crispó a Ifemelu.

—No abre —oyó decir a Allison, y al cabo de un momento, justo cuando pensaba que Allison ya no estaba, se reanudó el aporreo.

Ifemelu se levantó de la cama, donde, tumbada, había estado leyendo dos novelas, alternándolas capítulo a capítulo, y con pies plomizos se acercó a la puerta. Deseó caminar más deprisa, con normalidad, pero no pudo. Sus pies se habían convertido en caracoles. Descorrió el cerrojo y abrió la puerta. Allison, con mirada colérica, le plantó el auricular en la mano.

—Gracias —dijo Ifemelu, sin energía, y añadió en un murmullo aún más bajo—: Lo siento.

Incluso hablar, obligar a las palabras a subir por la garganta y salir de la boca, la agotaba.

—¿Hola? —dijo por teléfono.

—¡Ifem! ¿Qué pasa! ¿Qué te ocurre? —preguntó Ginika.

—Nada.

—He estado muy preocupada por ti. Menos mal que he encontrado el número de tu compañera de piso. Obinze ha estado llamándome. Está loco de preocupación. Incluso tu tía Uju me ha llamado para preguntarme si te había visto.

—He estado muy ocupada —contestó Ifemelu vagamente.

Se produjo un silencio. Ginika suavizó el tono.

—Ifem, estoy aquí, tú eso ya lo sabes, ¿no?

Ifemelu deseó colgar y volver a la cama.

—Sí.

—Tengo una buena noticia. Me ha llamado Kimberly para pedirme tu número de teléfono. La canguro a la que contrató acaba de irse. Quiere contratarte a ti. Quiere que empieces el lunes. Ha dicho que te prefería a ti desde el principio, pero Laura la convenció de que contratara a la otra. ¡Así que tienes trabajo, Ifem! ¡Dinero! ¡Bajo mano! Ifemsco, es genial. Te pagará doscientos cincuenta a la semana, más que a la otra canguro. ¡Y dinero bajo mano en estado puro! Kimberly es una persona verdaderamente extraordinaria. Mañana iré a buscarte para llevarte a verla.

Ifemelu no dijo nada, en su esfuerzo por entender: las palabras tardaban mucho en cobrar significado.

Al día siguiente Ginika llamó y llamó a la puerta hasta que Ifemelu por fin abrió, y vio a Allison de pie en el descansillo, detrás de Ginika, mirando con curiosidad.

—Ya vamos con retraso, vístete —apremió Ginika con firmeza, imperiosamente, sin darle opción a negarse.

Ifemelu se puso un vaquero. Se sintió observada por Ginika. En el coche, la música rock llenó el silencio entre las dos. Iban por Lancaster Avenue, a punto de dejar atrás Filadelfia Oeste, con sus edificios tapiados y sus envoltorios de hamburguesas desperdigados por el suelo, y entrar en las zonas residenciales impecables y arboladas de Main Line, cuando Ginika dijo:

—Creo que tienes una depresión.

Ifemelu cabeceó y se volvió hacia la ventanilla. La depresión era algo que ocurría a los estadounidenses, con esa necesidad autoabsolutoria suya de convertirlo todo en enfermedad. Ella no tenía una depresión; solo estaba un poco cansada y un poco lenta.

—No es una depresión.

Años más tarde escribiría en su blog al respecto: «De cómo los negros no estadounidenses padecen de enfermedades cuyos nombres se niegan a conocer». Una congoleña escribió en respuesta un largo comentario: ella se había trasladado a Virginia desde Kinsasa y, meses después, todavía en el primer semestre de la universidad, empezó a sentir mareos por las mañanas, el corazón se le aceleraba como si quisiera huir de ella, el estómago se le revolvía y tenía náuseas, sentía un cosquilleo en los dedos. Fue al médico. Y aunque marcó con un «sí» todos los síntomas del formulario que el médico le dio, se negó a aceptar el diagnóstico de ataques de pánico porque los ataques de pánico solo les ocurrían a los estadounidenses. En Kinsasa nadie tenía ataques de pánico. No era siquiera que se les llamara con otro nombre; sencillamente no se les llamaba de ninguna manera. ¿Empezaban a existir las cosas solo cuando se les ponía nombre?

—Ifem, eso es algo por lo que pasa mucha gente, y sé que para ti no ha sido fácil adaptarte a un sitio nuevo y estar aún sin trabajo. En Nigeria no hablamos de cosas como la depresión, pero es algo real. Deberías visitarte en el centro médico.

Ifemelu permaneció de cara a la ventanilla. La asaltó, una vez más, ese abrumador deseo de llorar, y respiró hondo, esperando que se le pasara. Lamentó no haber contado a Ginika lo del entrenador de tenis, no haber cogido el tren hasta el apartamento de Ginika ese mismo día, pero ya era tarde, su desprecio de sí misma se había enquistado dentro de ella. Nunca sería capaz de formar las frases para contarlo.

—Ginika. Gracias.

Tenía la voz ronca. Se le habían escapado las lágrimas, era incapaz de controlarlas. Ginika paró en una gasolinera, le dio un pañuelo de papel y esperó a que dejara de sollozar para arrancar y seguir hacia la casa de Kimberly.

16

«Prima de fichaje», lo llamó Kimberly. «Ginika me ha dicho que has pasado por una situación difícil –dijo Kimberly–. No lo rechaces, por favor.»

A Ifemelu ni se le habría pasado por la cabeza rechazar el cheque; ahora podía pagar unas cuantas facturas, enviar algo a sus padres. A su madre le gustaron los zapatos que le mandó, en punta y con borlas, de los que podía ponerse para ir a la iglesia.

–Gracias –dijo su madre por teléfono. Luego, con un profundo suspiro, añadió–: Ha venido a verme Obinze.

Ifemelu se quedó en silencio.

–Sea cual sea tu problema, háblalo por favor con él –dijo su madre.

–De acuerdo –respondió Ifemelu, y cambió de tema.

Cuando su madre le contó que se habían quedado sin luz durante dos semanas, a ella le pareció de pronto una situación ajena, y su propia casa un lugar lejano. Ya no recordaba cómo era pasar una noche a la luz de las velas. Ya no leía las noticias en Nigeria.com porque cada titular, incluso los más insospechados, le recordaban de un modo u otro a Obinze.

Al principio se concedió un mes. Un mes para que su desprecio de sí misma se diluyera; luego telefonearía a Obinze. Pero transcurrió un mes, y mantenía aún a Obinze aislado en el silencio, amordazando su propia mente para pensar en él lo menos posible. Continuaba borrando sus e-mails sin leerlos.

Muchas veces empezaba a escribirle, elaboraba e-mails y luego se interrumpía y los desechaba. Habría tenido que contarle lo ocurrido, y no podía soportar la idea de contarle lo ocurrido. Sentía vergüenza; había fracasado. Ginika le preguntaba una y otra vez qué pasaba, por qué había excluido a Obinze de su vida, y ella decía que no era nada, que solo necesitaba un poco de espacio, y Ginika se quedaba mirándola boquiabierta, incrédula. «¿Solo necesitas espacio?»

A principios de primavera llegó una carta de Obinze. Para borrar sus e-mails bastaba con un clic, y después de ese primer clic, con los demás era más fácil, porque no concebía leer el segundo si no había leído el primero. Pero una carta era otra cosa. Le produjo una aflicción como no había sentido nunca hasta ese momento. Se desplomó en su cama con el sobre en la mano; lo olió, contempló su letra, tan familiar. Lo imaginó ante su escritorio en las dependencias del servicio, cerca de su nevera pequeña y ruidosa, escribiendo con aquella serenidad suya. Deseaba leer la carta, pero no reunía ánimos para abrirla. La dejó en la mesa. La leería pasada una semana; necesitaba una semana para hacer acopio de fuerzas. Además, contestaría, se dijo. Se lo contaría todo. Pero al cabo de una semana allí seguía la carta. La tapó con un libro, luego con otro, y un día desapareció bajo carpetas y libros. Nunca la leería.

Taylor era un niño llevadero, infantil, el más juguetón de los dos, a veces tan ingenuo que Ifemelu, con cierto sentimiento de culpabilidad, lo consideraba tonto. En cambio Morgan, solo tres años mayor, exhibía ya la disposición de ánimo fúnebre de una adolescente. Leía a un nivel muy superior al correspondiente a su edad, estaba inmersa en clases extraescolares de perfeccionamiento y observaba a los adultos con los ojos entornados, como si conociera la oscuridad que acechaba sus vidas. Al principio Ifemelu sintió antipatía por Morgan en respuesta a lo que ella veía como un rechazo perturbadoramente desarrollado de la propia Morgan. Durante las primeras semanas trató a Morgan con distancia, incluso con frialdad, decidida a no conceder el menor capricho a esa niña malcriada y escurridiza con un salpicón de pecas de color burdeos en la nariz, pero con el paso de los meses llegó a sentir aprecio por la niña, emoción que se cuidaba mucho de exteriorizar ante ella. Por el contrario, se mostraba firme y neutra, sosteniéndole la mirada cuando Morgan la miraba. Quizá por eso Morgan hacía lo que Ifemelu le pedía. Lo hacía con frialdad, con indiferencia, a regañadientes, pero lo hacía. Desoía por sistema a su madre. Y con su padre, esa actitud vigilante suya se exacerbaba hasta emponzoñarse. Don llegaba a casa y entraba majestuosamente en el estudio, esperando que todo se detuviera por él. Y en efecto todo se detenía, excepto lo que Morgan tuviese entre manos en ese momento. Kimberly, halagüeña y ferviente, le preguntaba cómo le había ido el día, desviviéndose por complacer, como si no acabara de dar crédito a que él hubiese vuelto una vez más a casa con ella. Taylor se arrojaba a los brazos de Don. Y Morgan apartaba la vista del televisor o de un libro o de un juego para observarlo, como si viera dentro de él, mientras Don fingía que no se le erizaba el vello bajo su penetrante mirada. A veces Ifemelu se preguntaba: ¿era Don el responsable? ¿Engañaba a su mujer, y Morgan se había enterado? El engaño era lo primero que a uno le venía a la cabeza con un hombre como Don, con esa aura lúbrica suya. Pero acaso se diera por contento solo con las insinuaciones; quizá coqueteara descaradamente pero no pasara de ahí, porque una aventura le exigiría un esfuerzo, y él era de esos que recibían pero no daban.

Ifemelu se acordaba a menudo de una tarde en los inicios de su etapa de canguro: Kimberly no estaba en casa, Taylor jugaba y Morgan leía en el estudio. De pronto Morgan dejó el libro, se marchó arriba tranquilamente y arrancó el papel pintado de las paredes de su habitación, volcó la cómoda, desperdigó por el suelo la ropa de la cama, desprendió las cortinas, y estaba de rodillas, tirando y tirando y tirando de la moqueta bien encolada, cuando Ifemelu entró corriendo y la detuvo. Morgan, como un pequeño robot de acero, se revolvió para zafarse con tal fuerza que amedrentó a Ifemelu. Quizá la niña acabara convertida en una asesina en serie, como esas mujeres de los documentales televisivos sobre crímenes reales, medio desnudas en los arcenes de carreteras oscuras para atraer a camioneros y luego estrangularlos. Cuando por fin Ifemelu soltó a Morgan, ya más tranquila, aflojando poco a poco, la niña regresó abajo con su libro.

Más tarde Kimberly, llorosa, le preguntó:

—Cariño, por favor, dime qué pasa.

—Soy demasiado mayor para todo eso de color rosa en mi habitación —respondió Morgan.

Ahora Kimberly llevaba a Morgan dos veces por semana a un psicólogo en Bala Cynwyd. Don y ella la trataban de manera más vacilante, se achantaban más ante su mirada de denuncia.

Cuando Morgan ganó un concurso de redacción en el colegio, Don llegó a casa con un regalo para ella. Kimberly, inquieta, permaneció al pie de la escalera mientras Don subía a entregar el obsequio envuelto en papel reluciente. Bajó al cabo de un momento.

—Ni siquiera se ha dignado mirarlo. Se ha levantado, se ha ido al baño y allí se ha quedado. Se lo he dejado en la cama.

—No te preocupes, cariño, ya se le pasará —dijo Kimberly, abrazándolo, frotándole la espalda.

Después Kimberly, en voz baja, le dijo a Ifemelu:

—Morgan es muy dura con Don. Él se esfuerza, pero ella no le abre las puertas. Se niega en redondo.

—Morgan no le abre las puertas a nadie —precisó Ifemelu.

Don necesitaba recordar que el niño no era él, sino Morgan.

—A ti te escucha —señaló Kimberly con cierta tristeza.

Ifemelu deseó decir «No le dejo muchas opciones», porque habría deseado que Kimberly no fuera tan transparente en su obsecuencia; quizá Morgan solo necesitaba la sensación de que su madre podía contraatacar. Sin embargo, dijo:

—Eso es porque yo no soy de su familia. A mí no me quiere y por tanto conmigo no hay de por medio todos esos sentimientos complicados. Yo, en el mejor de los casos, soy solo un estorbo.

—No sé qué estoy haciendo mal —se lamentó Kimberly.

—Es una fase. Lo superará, ya lo verás.

Sentía el deseo de proteger a Kimberly, quería ofrecer amparo a Kimberly.

—La única persona que le importa de verdad es mi primo Curt. Lo adora. Si tenemos una reunión familiar, se pone de mal humor cuando no está Curt. Voy a ver si puede venir de visita y habla con ella.

Laura había llevado una revista.

—Mira esto, Ifemelu —dijo—. No es Nigeria pero está cerca. Sé que los famosos pueden ser frívolos, pero parece que ella hace una buena labor.

Ifemelu y Kimberly miraron juntas la página: una mujer blanca y delgada sonriendo a la cámara, con un bebé africano de piel oscura en los brazos, rodeada de una multitud de niños africanos de piel oscura desplegándose alrededor como una alfombra. Kimberly dejó escapar un sonido, un mmm, como si no supiera bien qué pensar.

—Además es espectacular —comentó Laura.

—Sí, lo es —convino Ifemelu—. Y está igual de flaca que los niños, solo que en el caso de ella es por propia elección y en el de ellos no.

Una risotada brotó de Laura.

—¡Mira que eres graciosa! ¡Ese descaro tuyo me encanta!

Kimberly no se rio. Más tarde, a solas con Ifemelu, dijo:

—Siento que Laura haya dicho eso. Nunca me ha gustado la palabra «descaro». Es una de esas palabras que se aplica a ciertas personas y no a otras.

Ifemelu se encogió de hombros, sonrió y cambió de tema. No entendía por qué Laura buscaba tanta información sobre

Nigeria, preguntándole por el timo 419, diciéndole cuánto dinero enviaban los nigerianos residentes en Estados Unidos a su país anualmente. Era un interés agresivo, desafecto; resultaba extraño, de hecho, que alguien prestara tanta atención a algo que no le gustaba. Quizá en realidad fuera por Kimberly; acaso Laura, por alguna retorcida razón, tenía en la mira a su hermana al hacer comentarios que suscitaban en ella la necesidad de disculparse. Con todo, parecía demasiado esfuerzo para tan poca ganancia. Al principio Ifemelu consideraba las disculpas de Kimberly enternecedoras, aunque innecesarias, pero había empezado a experimentar un amago de impaciencia, porque las disculpas reiteradas de Kimberly estaban teñidas de autocompasión, como si creyera que, a base de disculpas, podía alisar todas las superficies anfractuosas del mundo.

Cuando llevaba unos meses trabajando de canguro, Kimberly le preguntó: «¿Te plantearías la opción de vivir aquí? De hecho, el sótano es un apartamento de una habitación con entrada independiente. No te cobraríamos alquiler, claro está».

Ifemelu estaba ya buscando un estudio, deseosa de dejar a sus compañeras de piso ahora que podía permitírselo, y no quería involucrarse más en la vida de los Turner, pero contempló la posibilidad de aceptar, porque oyó una súplica en la voz de Kimberly. Al final decidió que no podía vivir con ellos. Cuando dijo que no, Kimberly le propuso que usara su segundo coche.

—Así te será mucho más fácil venir después de clase. Es un cacharro. Íbamos a regalarlo. Espero que no te deje tirada en la calle —dijo, como si el Honda, que solo tenía unos años, sin una sola marca en la carrocería, pudiera dejarla tirada en la calle.

—No deberías confiar en que me lleve tu coche a casa, la verdad. ¿Y si un día no vuelvo? —preguntó Ifemelu.

Kimberly se echó a reír.

—No vale gran cosa.

—¿Tienes permiso de conducir estadounidense? —preguntó Laura—. O sea, ¿puedes conducir legalmente en este país?

—Claro que puede, Laura —terció Kimberly—. ¿Por qué iba a aceptar el coche si no?

—Lo digo solo por asegurarme —respondió Laura, como si no se pudiera contar con que Kimberly formulara las preguntas delicadas necesarias a residentes no estadounidenses.

Ifemelu las observó, tan parecidas físicamente, y ambas infelices. Pero la infelicidad de Kimberly era introspectiva, no reconocida, enmascarada por su deseo de que las cosas fueran como deberían ser, y también por la esperanza: creía en la felicidad de los demás, porque eso significaba que también ella podría disfrutarla algún día. La infelicidad de Laura era distinta, erizada de espinas; deseaba que todo el mundo alrededor fuera infeliz porque tenía la convicción de que ella siempre lo sería.

—Sí, tengo permiso estadounidense —respondió Ifemelu, y empezó a hablar de la clase de seguridad vial a la que había asistido en Brooklyn, antes de obtener el permiso.

Le contó que el profesor, un hombre blanco, delgado, con el pelo apelmazado de color paja, hizo trampa. En la sala oscura de un sótano llena de extranjeros, a la que se accedía por una escalera estrecha y aún más oscura, el profesor recogió todos los pagos en efectivo antes de proyectar en la pared la película sobre seguridad vial. De vez en cuando dejaba caer algún comentario jocoso que nadie entendía y reía para sí. Ifemelu tuvo sus dudas sobre la película: ¿cómo podía ocasionar tantos daños en un accidente un coche que circulaba tan despacio, y acabar el conductor con el cuello roto? Después el profesor repartió las preguntas del examen. Ifemelu las encontró fáciles y marcó rápidamente las respuestas a lápiz. A su lado, un cincuentón surasiático, menudo, le lanzaba una y otra vez miradas suplicantes, y ella fingía no entender que él buscaba su ayuda. El profesor recogió los exámenes, sacó una goma de color tiza y comenzó a borrar algunas de las respuestas y marcar otras. Todo el mundo aprobó. Muchos de ellos le estrecharon la mano. Dijeron «Gracias, gracias» con muy diversos acentos antes de salir. Ya podían pedir el permiso de conducir estadounidense. Ifemelu contó la anécdota con una franqueza falsa, como si para ella fuera una simple curiosidad, y no algo elegido para provocar a Laura.

—Fue un momento extraño para mí, porque hasta entonces pensaba que en Estados Unidos nadie hacía trampa —concluyó Ifemelu.

—Santo cielo —exclamó Kimberly.

—¿Eso ocurrió en Brooklyn? —preguntó Laura.

—Sí.

Laura se encogió de hombros, como dando a entender que era normal que eso ocurriera en Brooklyn pero no en el Estados Unidos donde ella vivía.

El tema en discusión era una naranja. Una naranja de color ígneo que Ifemelu había llevado con su almuerzo, pelada y dividida en gajos en una bolsa de cierre hermético. Se la comió a la mesa de la cocina, mientras Taylor, sentado cerca, hacía los deberes.

—¿Quieres un poco, Taylor? —preguntó, y le ofreció un trozo.

—Gracias. —Se lo llevó a la boca. Contrajo el rostro—. ¡Está mala! ¡Tiene cosas dentro!

—Son las semillas —explicó ella, mirando lo que él había escupido en la mano.

—¿Las semillas?

—Sí, las semillas de la naranja.

—Las naranjas no tienen cosas dentro.

—Sí tienen. Tira eso a la basura, Taylor. Voy a ponerte el vídeo didáctico.

—Las naranjas no tienen cosas dentro —repitió él.

Toda su vida había comido naranjas sin semillas, naranjas cultivadas para parecer perfectamente anaranjadas y tener una piel impecable y ninguna semilla, así que a los ocho años no sabía que existía la naranja con semillas. Él se fue corriendo al estudio a decírselo a Morgan. Ella apartó la vista del libro, levantó una mano lentamente con ademán aburrido y se remetió el pelo rojo detrás de la oreja.

—Claro que tienen semillas, las naranjas. Lo que pasa es que mamá compra de las que vienen sin semillas. Ifemelu ha comprado esas por error.

Lanzó a Ifemelu una de sus miradas acusadoras.

—No ha sido un error, Morgan. Me crié comiendo naranjas con semillas —repuso Ifemelu a la vez que encendía el vídeo.

—Vale.

Morgan se encogió de hombros. Con Kimberly no habría dicho nada, limitándose a mirarla con semblante ceñudo.

Sonó el timbre de la puerta. Debía de ser el servicio de limpieza de moquetas. Al día siguiente Kimberly y Don ofrecían un cóctel a fin de recaudar fondos destinados a un amigo suyo de quien Don había dicho: «Se presenta al Congreso solo para alimentarse el ego, no tiene la menor posibilidad», e Ifemelu se sorprendió de que pareciera reconocer el ego de los demás y en cambio viviera cegado por la neblina del suyo propio. Fue a abrir. Había en el umbral un hombre fornido y rubicundo, con el equipo de limpieza, una parte colgada al hombro, otra parte, semejante a un cortacésped, a los pies.

Cuando la vio, se tensó. Un asomo de sorpresa palpitó en sus facciones y enseguida se fosilizó en una expresión de hostilidad.

—¿Necesita una limpieza de moqueta? —preguntó, como si le trajera sin cuidado, como si ella pudiera cambiar de idea, como si él quisiera que cambiara de idea.

Ella fijó la mirada en él, una mirada de provocación, prolongando un momento colmado de presuposiciones: él pensó que era la dueña de la casa, y no era lo que esperaba ver en esa suntuosa mansión de piedra con columnas blancas.

—Sí —respondió Ifemelu por fin, de pronto hastiada—. La señora Turner me ha avisado de que vendría.

Fue como un pase mágico, la repentina desaparición de la hostilidad en aquel hombre. Una sonrisa inundó su rostro. También ella era el servicio. El universo volvía a estar organizado como correspondía.

—¿Qué tal? ¿Sabe por dónde quiere ella que empiece?

—Por el piso de arriba —contestó Ifemelu a la vez que lo dejaba pasar, preguntándose cómo era posible que toda esa animación existiera ya antes en su cuerpo.

Nunca olvidaría a aquel hombre, con fragmentos de piel reseca adheridos a los labios agrietados, despellejados, y en su blog iniciaría el post titulado «A veces en Estados Unidos raza es clase» con el relato del radical cambio de actitud de aquel hombre, y lo acabaría con: «A él no le importaba cuánto dinero tenía yo. En lo que a él se refería yo no encajaba como propietaria de aquella casa regia por mi aspecto. En el discurso público estadounidense a menudo se mete a los "negros" conjuntamente en el mismo saco que a los "blancos pobres". No blancos pobres y negros pobres. Sino blancos pobres y negros. Es muy curioso».

Taylor se entusiasmó.

—¿Puedo ayudar? ¿Puedo ayudar? —preguntó al limpiador de moquetas.

—No, gracias, chaval —respondió el hombre—. Lo tengo todo controlado.

—Espero que no empiece por mi habitación —dijo Morgan.

—¿Por qué? —preguntó Ifemelu.

—Porque no quiero, y punto.

Ifemelu deseó contarle a Kimberly lo del limpiador de moquetas, pero seguramente Kimberly se azoraría y pediría perdón por algo que no era culpa suya, como a menudo, demasiado a menudo, pedía perdón por Laura.

Era desconcertante observar los vaivenes de Kimberly, siempre deseosa de hacer lo correcto sin saber qué era lo correcto.

Si contaba a Kimberly lo del limpiador de moquetas, a saber cómo reaccionaría: se reiría, se disculparía, cogería el teléfono para llamar a la empresa y quejarse.

Y por consiguiente, en lugar de eso, le contó a Kimberly lo de Taylor y la naranja.

—¿De verdad ha pensado que la naranja era mala por las semillas? Qué gracia.

—Aunque Morgan enseguida le ha enmendado la plana, claro está —añadió Ifemelu.

—Ah, cómo no.

—Cuando yo era pequeña, mi madre me decía que me crecería una naranja en la cabeza si me tragaba una semilla. Más de una mañana, inquieta, fui a mirarme en el espejo. Al menos Taylor no tendrá ese trauma infantil.

Kimberly se echó a reír.

—¡Hola!

Era Laura, que entraba por la puerta trasera con Athena, un alfeñique de niña con el pelo tan fino que se le transparentaba el pálido cuero cabelludo. Una canija. Tal vez los purés de verduras y las rigurosas pautas dietéticas de Laura habían llevado a la niña a un estado de desnutrición.

Laura dejó un jarrón en la mesa.

—Esto mañana quedará fantástico.

—Qué bonito —comentó Kimberly, inclinándose para besar a Athena en la cabeza—. Ahí tienes el menú del servicio de catering. Don opina que la selección de entremeses es demasiado sencilla. Yo no estoy tan segura.

—¿Quiere que añadas más? —preguntó Laura, repasando el menú.

—Solo ha pensado que es un poco sencilla, lo ha dicho con mucha delicadeza.

En el estudio, Athena rompió a llorar. Laura fue a verla y, como era de esperar, enseguida se inició una sucesión de negociaciones:

—¿Quieres esta, cariño? ¿La amarilla, la azul o la roja? ¿Cuál quieres?

Tú dale una y ya está, pensó Ifemelu. Abrumar a una niña de cuatro años con opciones, dejarle la carga de tomar una decisión, era privarla de la dicha de la infancia. Al fin y al cabo, la edad adulta ya asomaba en el horizonte, y ya tendría entonces que tomar decisiones cada vez más ingratas.

—Está así de atravesada desde esta mañana —explicó Laura al volver a la cocina, sofocado ya el llanto de Athena—. La he llevado a una revisión por la otitis y ha estado de un humor de perros todo el día. Ah, y hoy he conocido a un nigeriano de lo más encantador. Hemos llegado allí, y resulta que acaba de incorporarse a la consulta un médico nuevo y es nigeriano y se ha acercado a saludarnos. Me ha recordado a ti, Ifemelu. Leí en Internet que los nigerianos son el grupo inmigrante mejor preparado en este país. Por supuesto, no decía nada de los millones de personas que viven con menos de un dólar al día allá en Nigeria, pero cuando he conocido al médico, me he acordado de ese artículo y de ti y de otros africanos privilegiados que están aquí en este país.

Laura se interrumpió, e Ifemelu, como le ocurría con frecuencia, intuyó que Laura quería decir algo más pero se contenía. Le resultó extraño que la calificaran de privilegiada. Privilegiadas eran las personas como Kayode DaSilva, cuyo pasaporte se doblaba por el peso de los sellos de los visados, que iba a Londres a pasar el verano y al Club Ikoyi a nadar, que podía levantarse tan campante y decir: «Vamos a Frenchies a por un helado».

—¡No me habían llamado privilegiada en la vida! —dijo Ifemelu—. Me gusta.

—Creo que pediré un cambio de médico para que él atienda a Athena. Era maravilloso, tan pulido y bien hablado. Además, no estoy muy contenta con el doctor Bingham desde que se marchó el doctor Hoffman. —Laura volvió a coger el menú—. En la universidad conocí a una mujer africana, creo que ugandesa, que era igual que ese doctor. Era maravillosa, y no se llevaba nada bien con la afroamericana de nuestra clase. Ella no tenía tantos conflictos.

—Quizá cuando el padre de la afroamericana no tenía derecho a voto por ser negro, el padre de la ugandesa se presentaba a las elecciones para el Parlamento o estudiaba en Oxford —comentó Ifemelu.

Laura fijó la mirada en ella, afectó una mueca de confusión.

—A ver, ¿me he perdido algo?

—Solo pienso que esa es una comparación simplista. Te haría falta saber un poco más de historia —dijo Ifemelu.

Laura torció los labios. Se tambaleó, se recompuso.

—Bueno, voy a por mi hija y luego pasaré a buscar unos libros de historia por la biblioteca, ¡si es que consigo identificarlos! —exclamó Laura, y salió con paso airado.

Ifemelu casi oyó latir aceleradamente el corazón de Kimberly.

—Lo siento —se disculpó Ifemelu.

Kimberly cabeceó y, con la vista puesta en la ensalada que estaba preparando, susurró:

—Sé que Laura puede ser difícil.

Ifemelu subió corriendo al piso de arriba en busca de Laura.

—Lo siento. He estado grosera y te pido perdón.

Pero lo sentía solo por Kimberly, por la manera en que había empezado a mezclar la ensalada como si quisiera reducirla a puré.

—No pasa nada —respondió Laura con desdén, alisando el pelo a su hija, e Ifemelu supo que tardaría mucho en despojarse de la pashmina de los ofendidos.

Aparte de un rígido «Hola», Laura no le dirigió la palabra en la fiesta del día siguiente. La casa se llenó de un suave murmullo de voces mientras los invitados se llevaban las copas de vino a los labios. Se parecían, todos ellos, con su ropa de buen gusto y sin estridencias, su humor de buen gusto y sin estridencias, y, como otros estadounidenses de clase media alta, empleaban en exceso la palabra «maravilloso». «Por favor, vendrás a echar una mano en la fiesta, ¿verdad?», había preguntado Kimberly a Ifemelu, como hacía siempre cuando tenían una reunión. Ifemelu no sabía muy bien en qué echaba una mano, ya que había un servicio de catering y los niños se acostaban temprano, pero percibía, bajo la despreocupación de la invitación de Kimberly, algo cercano a una necesidad. En un sentido mínimo que Ifemelu no alcanzaba a comprender, su presencia parecía dar estabilidad a Kimberly. Si Kimberly la quería allí, allí la tendría.

«Esta es Ifemelu, nuestra canguro y amiga», la presentaba Kimberly a sus invitados.

«Eres preciosa —le dijo un hombre, sonriente, sus dientes de un blanco llamativo—. Las mujeres africanas son espectaculares, sobre todo las etíopes.»

Una pareja habló de su safari en Tanzania. «Tuvimos un guía maravilloso, y ahora le pagamos los estudios a su primogénita.» Dos mujeres hablaron de sus donativos a una maravillosa organización benéfica de Malaui que construía pozos de agua, un maravilloso orfelinato en Botsuana, una maravillosa cooperativa de microfinanciación en Kenia. Ifemelu los miraba con asombro. Había cierto lujo en la caridad con el que no se identificaba y que ella no poseía. Dar la «caridad» por sentada, solazarse en esa «caridad» a personas que uno no conocía… tal vez se debía al hecho de haber tenido ayer y tener hoy y esperar tener mañana. Los envidiaba por eso.

Una mujer menuda con una chaqueta de color rosa y corte austero dijo:

—Soy presidenta del consejo de administración de una organización benéfica de Ghana. Trabajamos con campesinas. Nos interesa tener personal africano, no queremos ser una ONG que no emplea mano de obra local. Así que si alguna vez buscas trabajo cuando acabes la universidad y quieres volver a África y trabajar allí, telefonéame.

—Gracias.

Ifemelu deseó, de pronto y con desesperación, ser del país donde la gente daba y no de donde la gente recibía, ser una de aquellos que tenían y podían deleitarse en la elegancia de haber dado, de estar entre aquellos que podían permitirse lástima y empatía en abundancia. Salió a la terraza en busca de aire fresco. Por encima del seto, vio a la niñera jamaicana de los niños del vecino recorrer el camino de acceso, la que siempre eludía la mirada de Ifemelu y se resistía a saludar. A continuación advirtió un movimiento en el extremo opuesto de la terraza. Era Don. Advirtió algo furtivo en él y, más que ver, intuyó que él acababa de concluir una conversación por el móvil.

—Una fiesta magnífica —comentó Don—. Solo es una excusa para que Kim y yo nos reunamos aquí con los amigos. Roger se ha metido en honduras, y yo ya se lo he dicho, no tiene la menor posibilidad...

Siguió hablando, la voz demasiado cargada de cordialidad, e Ifemelu sintió en la garganta la aversión que él le inspiraba. Don y ella no hablaban así. Eso era demasiada información, demasiada charla. Deseó decirle que no había oído nada de su conversación telefónica, si es que había algo que oír, que ella no sabía nada y no quería saberlo.

—Deben de estar preguntándose dónde te has metido —dijo Ifemelu.

—Sí, volvamos —respondió él, como si hubiesen salido juntos.

Ya dentro, Ifemelu vio a Kimberly en medio del estudio, un poco apartada del círculo de amigos; había estado buscando a Don, y cuando lo vio, posó los ojos en él, y su semblante se suavizó, se despojó de inquietud.

Ifemelu se marchó de la fiesta temprano; quería hablar con Dike antes de que él se acostara. Descolgó la tía Uju.

—¿Dike se ha ido a dormir? —preguntó Ifemelu.

—Está lavándose los dientes —contestó ella, y luego, en voz más baja, añadió—: Ha vuelto a preguntarme por su apellido.

—¿Y tú qué le has dicho?

—Lo mismo. Oye, nunca me había preguntado por esas cosas antes de trasladarnos aquí.

—Tal vez sea por la presencia de Bartholomew en su vida, y el nuevo ambiente. Está acostumbrado a tenerte solo para él.

—Esta vez no me ha preguntado por qué lleva mi apellido; ha preguntado si lleva mi apellido porque su padre no lo quería.

—Tía, tal vez sea hora de que le expliques que no eras una segunda esposa —sugirió Ifemelu.

—Prácticamente era una segunda esposa. —La tía Uju adoptó un tono desafiante, incluso irritado, cerrando el puño con fuerza en torno a su versión. Había dicho a Dike que su padre pertenecía al gobierno militar, que ella era su segunda esposa, y que le habían puesto el apellido de ella para protegerlo, porque cierta gente del gobierno, no su padre, había hecho cosas malas—. Bueno, te paso a Dike —añadió con aparente normalidad.

—¡Hola, prima! ¡Tendrías que haber visto mi partido de fútbol de hoy! —exclamó Dike.

—¿Cómo es que marcas todos esos golazos cuando yo no estoy allí? ¿No será que los sueñas?

Él se rio. Aún tenía la risa fácil, el sentido del humor íntegro, pero desde el traslado a Massachusetts no era ya un niño transparente. Ahora algo lo envolvía como una película de plástico, y era más difícil interpretarlo, siempre con la cabeza inclinada sobre su Game Boy, levantando alguna que otra vez la vista para mirar a su madre, y al mundo, con un hastío demasiado opresivo para un niño. Sus notas bajaban. La tía Uju lo amenazaba con mayor frecuencia. En la última visita de Ifemelu, la tía Uju dijo a Dike: «¡Te mandaré de vuelta a Nigeria si vuelves a hacer eso!», hablándole en igbo como hacía solo cuando se enfadaba, e Ifemelu temió que para él el igbo se convirtiera en la lengua del conflicto.

También la tía Uju había cambiado. Al principio mostraba curiosidad, expectación ante su nueva vida. «Este lugar es muy blanco —dijo—. Verás, el otro día fui a la farmacia porque me urgía comprar una barra de labios y el centro comercial está a media hora de aquí, y todas las tonalidades eran demasiado claras. ¡Pero, claro, no van a tener existencias de lo que no pueden vender! Al menos es un sitio silencioso y tranquilo, y aquí me siento a salvo cuando bebo agua del grifo, cosa que jamás intentaré en Brooklyn.»

Lentamente, con el paso de los meses, su tono se agrió.

«La maestra de Dike dice que es agresivo —le contó a Ifemelu un día, después de ser emplazada para hablar con el director—. Nada menos que agresivo. Quiere que asista a lo que llaman educación especial, donde lo pondrán solo en un aula y mandarán a un maestro especializado en tratar con niños trastornados. Le dije a esa mujer que el agresivo no es mi hijo, sino el padre de ella. Ya ves, solo porque tiene un aspecto distinto, cuando hace lo mismo que hacen los demás niños, se convierte en agresión. Luego el director me dijo: "Dike es exactamente como uno de nosotros, no lo vemos distinto en absoluto". ¿Qué clase de farsa es esta? Le dije que mirara a mi hijo. Solo hay dos en todo el colegio. El otro niño es mestizo, y tan claro de piel que si lo miras de lejos ni siquiera sabes que es negro. Mi hijo destaca. ¿Cómo puede usted decirme que no lo ve distinto? Me negué en redondo a que lo pusieran en una clase especial. Es más listo que todos ellos juntos. Quieren empezar a diferenciarlo. Kemi ya me advirtió de esto. Dijo que intentaron hacérselo a su hijo en Indiana.»

Más tarde la tía Uju volcó sus quejas en su programa de residente, en lo lento y limitado que era, con los historiales médicos aún escritos a mano y archivados en carpetas polvorientas, y luego, cuando completó la residencia, empezó a quejarse de los pacientes, que creían hacerle un favor por visitarse con ella. Apenas mencionaba a Bartholomew; era como si viviera sola con Dike en la casa junto al lago de Massachusetts.

17

Ifemelu decidió dejar de imitar el acento estadounidense un
día soleado de julio, el mismo día que conoció a Blaine. Era
convincente, el acento. Lo había perfeccionado observando
con atención a amigos y locutores de televisión, fijándose en
la pérdida de nitidez de la «te», la untuosa vibración de la
«erre», las frases encabezadas con «Pues» y la escurridiza respuesta «En serio»; pero tenía una chirriante conciencia del
uso de ese acento, hablar así era para ella un acto de voluntad.
Le representaba un esfuerzo, la manera de torcer los labios, la
manera de abarquillar la lengua. En un estado de pánico, o en
un momento de terror, o si despertara sobresaltada durante un incendio, no recordaría cómo reproducir esos sonidos
estadounidenses. Por tanto, tomó la firme determinación de
abandonarlos, ese día estival del fin de semana que Dike cumplía años. La impulsó a ello una llamada de telemarketing.
Estaba en su apartamento de Spring Garden Street, el primero realmente suyo en Estados Unidos, exclusivamente suyo,
un estudio con un grifo que goteaba y un calentador ruidoso.
Desde que se instaló allí, hacía unas semanas, se sentía ligera
de pies, envuelta en bienestar, porque cuando abría la nevera,
sabía que todo el contenido era suyo, y cuando limpiaba la
bañera, sabía que no encontraría en el desagüe acumulacio-
nes de pelo de alguna compañera de piso, desconcertantes
por lo ajenas. «Oficialmente a dos manzanas de los auténticos
bajos fondos», fue como lo presentó Jamal, el encargado de
mantenimiento del edificio, cuando la previno de que oiría

tiroteos de vez en cuando; pero ella, pese a abrir la ventana y aguzar el oído todas las noches, percibía solo los sonidos de mediados del verano, la música de los coches que pasaban, las animadas risas de los niños que jugaban, el vocerío de las madres.

Aquella mañana de julio, con la bolsa de fin de semana ya lista para viajar a Massachusetts, se preparaba unos huevos revueltos cuando sonó el teléfono. El identificador de llamada indicaba «número desconocido», y pensó que podían ser sus padres desde Nigeria. Pero era un operador de telemarketing, un estadounidense joven que ofrecía mejores tarifas para las llamadas interurbanas e internacionales. Siempre colgaba a los operadores de telemarketing, pero algo en la voz de este la llevó a bajar la intensidad del fogón y seguir al aparato, algo enternecedoramente juvenil, inexperto, no puesto a prueba, un levísimo temblor, una agresiva cordialidad propia de servicio de atención al cliente que no era agresiva en absoluto; daba la impresión de que estuviese repitiendo aquello que le habían enseñado a decir pero le preocupara en extremo ofenderla.

Le preguntó cómo estaba, qué tiempo hacía en su ciudad, y le dijo que en Phoenix apretaba el calor. Acaso fuera su primer día en el puesto y, con el auricular hincado incómodamente en la oreja, albergara la vaga esperanza de que las personas a quienes telefoneaba no estuvieran en casa. Como Ifemelu sintió una extraña lástima por él, le preguntó si su tarifa para Nigeria era inferior a cincuenta y siete céntimos.

—Espere un momento mientras consulto Nigeria —respondió, y ella empezó a revolver otra vez los huevos.

El operador regresó y dijo que sus tarifas eran las mismas, pero ¿no hacía llamadas a otros países? ¿México? ¿Canadá?

—Bueno, a veces telefoneo a Londres —contestó ella. Ginika pasaba allí el verano.

—De acuerdo, espere mientras consulto Francia.

Ifemelu soltó una risotada.

—¿Hay algo gracioso por ahí?

Ella rio aún con más ganas. Abrió la boca para decir, sin ambages, que allí lo único gracioso era que él se dedicara a promocionar tarifas telefónicas internacionales y no supiera dónde estaba Londres, pero algo la obligó a contenerse, la imagen de él, de unos dieciocho o diecinueve años, quizá, obeso, sonrosado, cohibido en presencia de las chicas, aficionado a los videojuegos, y sin la menor noción de las turbulentas contradicciones de este mundo. Así que respondió:

—Estoy viendo por televisión una serie que es la monda.

—¿En serio? —dijo él, y se rio también.

A Ifemelu le partió el corazón esa candidez, y cuando volvió para informarla de las tarifas de Francia, ella le dio las gracias y le dijo que eran mejores que las suyas y que se plantearía la posibilidad de cambiar de compañía.

—¿Cuándo le viene bien que vuelva a llamarla? Si no tiene inconveniente…

Ifemelu se preguntó si acaso le pagaban a comisión. ¿Aumentaría su sueldo si ella cambiaba de compañía? Porque estaba dispuesta a hacerlo, siempre y cuando no le representara ningún coste.

—A última hora del día —respondió.

—¿Puedo preguntar con quién hablo?

—Me llamo Ifemelu.

Él repitió su nombre con exagerado cuidado.

—¿Es un nombre francés?

—No. Nigeriano.

—¿Su familia es de ahí?

—Sí. —Echó los huevos en un plato—. Me crié allí.

—¿En serio? ¿Cuánto tiempo lleva en Estados Unidos?

—Tres años.

—Guau. ¡Qué pasada! Habla como una estadounidense.

—Gracias.

Solo después de colgar empezó a sentir la mancha de una creciente vergüenza propagarse por toda ella, por darle las gracias, por formar con las palabras de ese chico, «Habla como una estadounidense», una guirnalda que colgarse al cuello. ¿Por qué era un cumplido, un logro, hablar como una estadounidense? Había ganado; Cristina Tomas, la pálida Cristina Tomas bajo cuya mirada se había encogido como un animalito derrotado, ahora le hablaría con normalidad. Había ganado, ciertamente, pero su triunfo estaba lleno de aire. Su fugaz victoria había dejado en su estela un espacio vasto y reverberante, porque había adoptado, durante demasiado tiempo, un timbre de voz y una manera de ser que no eran los suyos. Y por tanto terminó de comerse los huevos y tomó la firme determinación de dejar de imitar el acento estadounidense. Habló por primera vez sin acento estadounidense aquella tarde en la estación de la calle Treinta, inclinándose hacia la mujer de la ventanilla de Amtrak.

—¿Podría darme un billete de ida y vuelta a Haverhill, por favor? La vuelta para el domingo por la tarde. Tengo carnet de estudiante —dijo, y experimentó un repentino placer por darle a la «te» toda su sonoridad en «estudiante», por omitir la vibración de la «erre» en «Haverhill».

Esa era ella realmente; esa era la voz con que hablaría si despertara de un sueño profundo durante un terremoto. Aun así, decidió que, si la mujer de Amtrak respondía a su acento hablando demasiado despacio, como si se dirigiese a una idiota, ella recurriría a su Voz del Señor Agbo, la dicción afectada, en extremo cuidadosa, que había aprendido durante las sesiones de debate en secundaria, cuando el señor Agbo, un hombre barbudo, tirándose de la corbata deshilachada, ponía en su casete grabaciones de la BBC y luego pedía a los alumnos que pronunciaran las palabras una y otra vez hasta que, sonriente, exclamaba: «¡Correcto!». Además, Ifemelu acompañaría su Voz del Señor Agbo con una ligera elevación de cejas en lo que, imaginaba, era una altanera pose de extranjera. Pero no hubo necesidad de nada de eso, porque la mujer de Amtrak habló con normalidad.

—¿Puede enseñarme algún documento de identidad, señorita?

Y por tanto no utilizó su Voz del Señor Agbo hasta que conoció a Blaine.

El tren iba de bote en bote. El asiento contiguo al de Blaine era el único vacío en ese vagón, por lo que ella veía, y el periódico y la botella de zumo colocados en él parecían suyos. Ifemelu se detuvo y señaló el asiento, pero él mantuvo la mirada al frente, impertérrito. Detrás de ella, una mujer tiraba de una pesada maleta y el revisor recordaba que debían retirarse todos los objetos personales de los asientos libres, y Blaine la vio allí de pie —¿cómo no iba a verla?— y sin embargo no hizo nada. Surgió, pues, su Voz del Señor Agbo.

—Disculpe. ¿Eso es suyo? ¿Sería tan amable de apartarlo?

Colocó su bolsa en la rejilla portaequipajes y ocupó el asiento, envarada, con su revista en las manos, el cuerpo orientado hacia el pasillo, no hacia él. El tren ya había empezado a moverse cuando él dijo:

—Perdona que no te haya visto ahí de pie.

Su disculpa la sorprendió, aquella expresión tan seria y sincera, como si hubiera hecho algo mucho más ofensivo.

—No pasa nada —respondió ella, y sonrió.

—¿Qué tal?

Ifemelu había aprendido a decir «Bien, ¿y tú?» con el característico sonsonete estadounidense, pero esta vez contestó:

—Estoy bien, gracias.

—Me llamo Blaine —se presentó él, y le tendió la mano.

Parecía alto. Un hombre con la piel del color del pan de jengibre y uno de esos cuerpos esbeltos y bien proporcionados perfectos para un uniforme, cualquier uniforme. Ifemelu supo en el acto que era afroamericano, no caribeño ni africano ni hijo de inmigrantes de ninguno de esos lugares. No siempre había sabido distinguir esos matices. Una vez preguntó a un taxista: «¿Y tú de dónde eres?», como en confianza, muy sabidilla ella, convencida de que era ghanés, y él respondió «Detroit» con un gesto de indiferencia. Pero cuanto más tiempo pasaba en Estados Unidos, tanto mejor identificaba, a veces por el aspecto o el andar pero sobre todo por el porte y la actitud, esa sutil marca que la cultura imprime en la gente. Con Blaine, no le cupo la menor duda: descendía de los hombres y mujeres negros que llevaban cientos de años en Estados Unidos.

—Yo soy Ifemelu; encantada de conocerte.

—¿Eres nigeriana?

—Lo soy, sí.

—Una nigeriana de familia bien —observó él, y sonrió.

Su tono burlón, llamándola privilegiada, denotó una sorprendente e inmediata intimidad.

—Tan de familia bien como tú.

Habían entrado firmemente en el terreno del flirteo. Ifemelu lo sometió a un discreto reconocimiento: pantalón caqui de color claro y camisa azul marino, una indumentaria seleccionada con el grado de reflexión debido; un hombre que se miraba en el espejo, pero no se miraba demasiado tiempo. Conocía a los nigerianos, afirmó, era profesor adjunto en Yale, y si bien le interesaba sobre todo el África meridional, ¿cómo no iba a conocer a los nigerianos si rondaban por todas partes?

—¿Cuál es la proporción? ¿Un nigeriano por cada cinco africanos? —preguntó, todavía sonriendo.

Su actitud era una mezcla de ironía y afabilidad. Parecía pensar que ambos tenían en común una serie de bromas intrínsecas que no era necesario verbalizar.

—Sí, los nigerianos nos movemos por el mundo. No nos queda más remedio. Somos demasiados y no hay espacio suficiente —dijo Ifemelu, y de pronto reparó en lo cerca que estaban el uno del otro, separados únicamente por un reposabrazos.

Él hablaba ese inglés estadounidense que ella acababa de abandonar, ese inglés que inducía a los encuestadores, por teléfono, a presuponer que el hablante era blanco y culto.

—¿Tu especialidad es el sur de África, pues? —preguntó ella.

—No. La política comparativa. En este país no es posible especializarse solo en África en los másters de ciencias políticas. Puedes comparar África con Polonia o Israel, pero ¿concentrarte en la propia África...? Eso no te lo permiten.

La utilización de la tercera persona del plural en «permiten» animaba a interpretar el «te» como un «nos», que los abarcaba a ellos dos. Tenía las uñas limpias. No llevaba alianza. Ifemelu empezó a imaginar una relación, despertando ambos en invierno, abrazándose en la dura blancura de la luz matutina, tomando té English Breakfast; confiaba en que fuese uno de esos estadounidenses a quienes les gustaba el té. El zumo, la botella embutida en un bolsillo del respaldo frente a él, era de granada, ecológico. Una sencilla botella marrón con una sencilla etiqueta marrón, elegante y saludable a la vez. Sin sustancias químicas en el zumo ni tinta malgastada en etiquetas decorativas. ¿Dónde lo habría comprado? No era algo que se vendiera en una estación de tren. Tal vez fuese vegano y desconfiase de las grandes marcas y comprase solo en las cooperativas agrícolas y se llevase de casa su propio zumo ecológico. Ifemelu tenía poca paciencia con los amigos de Ginika, que en su mayoría eran así: tan virtuoso comportamiento la irritaba y a la vez ponía de manifiesto sus propias carencias; pero estaba dispuesta a consentir las devociones de Blaine. Él sostenía un libro en cartoné de la biblioteca cuyo título ella no veía y llevaba un ejemplar del *New York Times*, encajado junto a la botella de zumo. Cuando él lanzó una ojeada a la revista de Ifemelu, ella lamentó no haber sacado el libro de poemas de Esiaba Irobi, que se proponía leer en el viaje de regreso en tren. Ahora él pensaría que leía solo revistas de moda superficiales. Sintió el súbito e irracional impulso de decirle que adoraba la poesía de Yusef Komunyakaa, para redimirse. Primero ocultó con la palma de la mano el vivo carmín rojo en el rostro de la modelo de la cubierta. Luego alargó el brazo, insertó la revista en el bolsillo del respaldo de delante y comentó, con cierto desdén, lo absurda que era esa tendencia de las revistas femeninas a imponer imágenes de mujeres blancas de huesos pequeños y pechos pequeños para que el resto de las mujeres del mundo multiétnico y multióseo las emulase.

—Aun así, sigo leyéndolas —añadió—. Pasa lo mismo que con el tabaco: es malo pero lo consumes igualmente.

—Multiétnico y multióseo —repitió él, encontrándolo gracioso, intacto su interés a juzgar por la calidez patente en sus ojos; la cautivó que no fuese de esos hombres que, al interesarse en una mujer, cultivaban cierto aire de fría y fingida indiferencia.

—¿Eres estudiante de posgrado? —preguntó él.

—No, estoy en tercero, en Wellson.

¿Fueron imaginaciones de ella o se le alteró el semblante, asomando una expresión nueva? ¿De decepción, de sorpresa?

—¿En serio? Habría dicho que eras mayor.

—Lo soy. Estudié un tiempo en una universidad nigeriana antes de venir aquí. —Cambió de posición en el asiento, resuelta a volver al firme terreno del flirteo—. Tú, por tu parte, pareces muy joven para dar clases. Tus alumnos deben de estar confusos: no sabrán quién es el profesor.

—Sospecho que están confusos sobre muchas cuestiones. Este es mi segundo año en la docencia. —Guardó silencio por un momento—. ¿Te propones estudiar un posgrado?

—Sí, pero me preocupa acabar el posgrado y no saber ya inglés. Conozco a una estudiante de posgrado, una amiga de una amiga, y solo oírla hablar da miedo. La dialéctica semiótica de la modernidad textual. Cosa que no tiene el menor sentido. A veces tengo la sensación de que viven en un universo académico paralelo usando su jerga académica en lugar de hablar en inglés, y a la hora de la verdad no saben qué ocurre en el mundo real.

—Esa es una opinión muy contundente.

—No sé tenerlas de otra clase.

Él se rio, y a ella la complació haberle arrancado una risa.

—Pero te entiendo —dijo él—. Mis investigaciones incluyen los movimientos sociales, la economía política de las dictaduras, el derecho al voto y la representación en Estados Unidos, la raza y la etnia en política y la financiación de las campañas electorales. Y ese es mi rollo típico. Buena parte de lo cual son idioteces, en todo caso. Doy mis clases y me pregunto si algo de eso interesa a los chicos.

—Ah, seguro que sí. A mí me encantaría ir a una de tus clases.

Ifemelu había hablado con demasiado entusiasmo. Las palabras no le habían salido como ella quería. Sin proponérselo, se había adjudicado el papel de alumna potencial. Él pareció deseoso de cambiar el rumbo de la conversación; quizá tampoco él deseaba ser profesor de ella. Le contó que volvía a New Haven después de visitar a unos amigos en Washington D.C.

—¿Y tú adónde vas? —preguntó.

—A Warrington. A un buen rato de Boston por carretera. Vive allí una tía mía.

—¿Y vienes alguna vez a Connecticut?

—No mucho. Nunca he estado en New Haven. Pero he ido a los centros comerciales de Stamford y Clinton.

—Ah, claro, los centros comerciales. —Arqueó ligeramente los labios.

—¿No te gustan los centros comerciales?

—¿Aparte de lo impersonales e insulsos que son? Por lo demás, no tengo nada contra ellos.

Ifemelu nunca había entendido el rechazo a los centros comerciales, a la idea de encontrar exactamente las mismas tiendas en todos ellos; a ella en particular su homogeneidad la reconfortaba. Y él, con esa ropa tan cuidadosamente elegida, sin duda tenía que comprarla en algún sitio, ¿o no?

—¿Así que tú cultivas tu propio algodón y te confeccionas tu propia ropa? —preguntó ella.

Él se rio, y ella se rio también. Se imaginó a sí misma y a él cogidos de la mano en el centro comercial de Stamford, ella tomándole el pelo, recordándole esa conversación del día que se conocieron, y acercando la cara para besarlo. No era propio de ella hablar con desconocidos en el transporte público —lo haría con mayor frecuencia cuando crease su blog unos años más tarde—, pero ese día habló y habló, quizá por la novedad de su propia voz. Cuanto más hablaban, más se decía que aquello no era una coincidencia; existía una significación en la circunstancia de haber conocido a ese hombre el día que decidió devolverse la voz. Le contó, con la risa contenida de alguien impaciente por llegar al desenlace de su propio chiste, su reciente experiencia con el operador de telemarketing convencido de que Londres estaba en Francia. Él, en lugar de reírse, cabeceó.

—Preparan fatal a esa gente del telemarketing. Seguro que es un empleo provisional, sin seguro médico y sin prestaciones.

—Sí —dijo ella, escarmentada—. Me ha dado un poco de pena.

—Pues hace unas semanas mi departamento se cambió de edificio. Yale contrató a una compañía de mudanzas y les encargó que pusieran las cosas de cada persona en el nuevo despacho tal como estaban en el antiguo. Y eso hicieron. Colocaron todos mis libros en los estantes en la posición correcta. Pero ¿sabes qué noté después? Muchos de los libros estaban boca abajo.

La miraba, como para experimentar una revelación compartida, y por un momento de perplejidad ella no acabó de entender el sentido de la anécdota.

—Ah —dijo por fin—, los empleados de la compañía de mudanzas no sabían leer.

Él asintió.

—Por alguna razón, eso me dejó de una pieza…

Bajó la voz gradualmente hasta callar.

Ella empezó a imaginar cómo sería él en la cama: sería un amante atento y considerado, para quien la realización emocional era igual de importante que la eyaculación, no juzgaría la flacidez de su carne, se despertaría cada mañana del mismo humor. Se apresuró a desviar la mirada, temiendo que él le adivinara el pensamiento, tan vívidas eran las imágenes en su cabeza.

—¿Te apetece una cerveza? —preguntó él.

—¿Una cerveza?

—Sí. El vagón restaurante sirve cervezas. ¿Quieres una? Voy a buscar una para mí.

–Sí. Gracias.

Un poco cohibida, se levantó para dejarlo pasar y esperó percibir en él algún olor, pero no fue así. No usaba colonia. Quizá boicoteaba las colonias porque los fabricantes no trataban bien a sus empleados. Lo observó recorrer el pasillo, sabiendo que él sabía que lo observaba. El ofrecimiento de la cerveza la había complacido. Hasta ese momento temía que él bebiera solo zumo de granada ecológico, pero ahora la idea del zumo de granada ecológico, si bebía también cerveza, resultaba ya más de su agrado. Cuando él regresó con las cervezas y unos vasos de plástico, sirvió la de Ifemelu con un floreo que, para ella, destilaba romanticismo. Nunca le había gustado la cerveza. De niña, la consideraba una bebida alcohólica de hombres, áspera y poco elegante. Ahora, sentada junto a Blaine, riendo mientras él le contaba su primera auténtica borrachera en los inicios de su carrera universitaria, se dio cuenta de que la cerveza podía llegar a gustarle, esa textura granulada, con mucho cuerpo.

Blaine le habló de su primera etapa en la universidad: la estupidez de comerse un sándwich de semen en su iniciación como miembro de la fraternidad; su viaje por Asia en el verano de tercero, cuando estuvo en China, donde lo llamaban continuamente Michael Jordan; la muerte de su madre a causa de un cáncer la semana después de licenciarse.

–¿Un bocadillo de semen?

–Se masturbaban dentro de un trozo de pan de pita, y tenías que tomar un bocado, pero no estabas obligado a tragártelo.

–Dios mío.

–Bueno, uno hace estupideces en la juventud, cabe esperar, para no hacerlas de mayor.

Cuando el revisor anunció que la siguiente estación era New Haven, Ifemelu sintió una punzada de pérdida. Arrancó una hoja de su revista y anotó su número de teléfono.

–¿Tienes tarjeta? –preguntó.

Él se palpó los bolsillos.

—No llevo ninguna encima.

Se produjo un silencio mientras él recogía sus cosas. Luego el chirrido de los frenos del tren. Ella intuyó, y esperó equivocarse, que él no quería darle su número.

—Bueno, ¿me anotarás tu número, pues, si es que lo recuerdas?

Un mal chiste. La cerveza era la causa de que esas palabras hubieran salido de su boca.

Él anotó su número en la revista.

—Cuídate.

Le tocó el hombro suavemente al marcharse y algo asomó a su mirada, algo tierno y triste a la vez, que la llevó a pensar que se había equivocado al intuir reticencia en él. La echaba ya de menos. Ifemelu ocupó el asiento de él, deleitándose en el calor que su cuerpo había dejado, y lo observó por la ventana mientras recorría el andén.

Cuando llegó a casa de la tía Uju, su primer deseo fue telefonearlo. Pero pensó que era mejor esperar unas horas. A la mierda, se dijo al cabo de una hora, y llamó. Él no contestó. Dejó un mensaje. Volvió a llamar más tarde. No hubo respuesta. Llamó y llamó y llamó. No hubo respuesta. Llamó a medianoche. No dejó ningún mensaje. Durante todo el fin de semana llamó y llamó, y él no descolgó el teléfono en ningún momento.

Warrington era un pueblo aletargado, un pueblo satisfecho de sí mismo: calles tortuosas atravesaban espesos bosques —incluso la calle mayor, que los vecinos no querían ensanchar por temor a que atrajera a forasteros de la ciudad, era tortuosa y estrecha—; las casas soñolientas quedaban ocultas detrás de los árboles, y los fines de semana el lago azul estaba salpicado de barcas. Visto desde la ventana del comedor, en casa de la tía Uju, el lago resplandecía, un azul tan apacible que capturaba la mirada. Ifemelu se hallaba de pie ante la ventana mientras la tía Uju, sentada a la mesa, bebía zumo de naranja y exhibía sus quejas como si fueran joyas. Esa situación se había convertido en rutina durante las visitas de Ifemelu: la tía Uju iba guardando todas sus insatisfacciones en una bolsa de seda, cuidándolas, abrillantándolas, y luego, el sábado de la visita de Ifemelu, cuando Bartholomew se marchaba de casa y Dike se iba a su habitación en el piso de arriba, las desparramaba por la mesa y las volvía de un lado y del otro para reflejar la luz.

A veces contaba lo mismo dos veces. Que si un día fue a la biblioteca pública, se olvidó de sacar el libro no devuelto del bolso, y el vigilante le dijo: «Ustedes nunca hacen nada bien». Que si entró en una sala de reconocimiento y una paciente le preguntó: «¿Vendrá el médico?», y cuando contestó que el médico era ella, el rostro de la paciente se transformó en arcilla refractaria.

—¿Y te puedes creer que esa tarde telefoneó para trasladar su historial a otra consulta? ¿Te imaginas?

—¿Qué opina Bartholomew de todo esto?

Ifemelu abarcó con un gesto la sala, la vista del lago, el pueblo.

—Ese está demasiado ocupado buscando clientes. Se marcha temprano y vuelve tarde a diario. A veces Dike ni siquiera lo ve durante toda una semana.

—Me sorprende que sigas aquí, tía —dijo Ifemelu en voz baja, y al decir «aquí» las dos sabían que no solo se refería a Warrington.

—Quiero otro hijo. Hemos estado intentándolo.

La tía Uju se acercó y se quedó junto a ella, ante la ventana.

Se oyó un chacoloteo de pasos en la escalera de madera, y Dike entró en la cocina con una camiseta descolorida y pantalón corto, Game Boy en mano. Cada vez que Ifemelu lo veía, tenía la impresión de que era más alto y más reservado.

—¿Vas a ponerte esa camiseta para el campamento de verano? —preguntó la tía Uju.

—Sí, mamá —contestó él, la mirada fija en la pantalla que parpadeaba en su mano.

La tía Uju se levantó para echar un vistazo al horno. Esa mañana, la primera del campamento de verano, había accedido a prepararle *nuggets* de pollo para el desayuno.

—Prima, después jugaremos al fútbol como quedamos, ¿no? —preguntó Dike.

—Sí. —Ifemelu cogió un *nugget* del plato de él y se lo llevó a la boca—. Comer *nuggets* en el desayuno ya es raro de por sí, pero ¿esto es pollo o plástico?

—Plástico con especias —dijo él.

Ifemelu lo acompañó al autobús y lo observó subirse, las caras pálidas de los demás niños en las ventanas, el conductor saludándola con la mano en un ademán demasiado jovial. Y cuando el autobús lo llevo de vuelta esa tarde, allí estaba esperándolo. Advirtió en la cara de Dike cierta reserva, algo rayano en tristeza.

—¿Qué pasa? —preguntó Ifemelu, rodeándole los hombros con el brazo.

—Nada. ¿Podemos jugar al fútbol ahora?

—Cuando me cuentes qué ha pasado.

—No ha pasado nada.

—Creo que necesitas un poco de azúcar. Probablemente mañana tomarás demasiado, con tu pastel de cumpleaños. Pero vamos a por una galleta.

—¿Sobornas con azúcar a los niños que cuidas? ¡Qué suerte la suya!

Ifemelu se echó a reír. Sacó el paquete de Oreo de la nevera.

—¿Juegas al fútbol con los niños que cuidas?

—No —contestó ella, pese a que jugaba de vez en cuando con Taylor, pasándose la pelota en el jardín trasero, enorme y arbolado.

A veces, cuando Dike le preguntaba por los niños bajo su tutela, ella satisfacía su interés infantil hablándole de sus juguetes y sus vidas, pero procuraba no presentarlos como algo importante para ella.

—¿Y cómo ha ido el campamento?

–Bien. –Un silencio–. La monitora de mi grupo, Haley…
Ha dado protector solar a todos menos a mí. Ha dicho que
yo no lo necesitaba.

Ella lo miró a la cara, que mantenía casi inexpresiva, inquietantemente inexpresiva. No sabía qué decir.

–Ha pensado que, como eres de piel oscura, no necesitas
protección solar. Pero sí la necesitas. Mucha gente no sabe
que las personas de piel oscura también necesitan protección
solar. Ya te la compraré, no te preocupes.

Hablaba demasiado deprisa, sin saber hasta qué punto decía lo correcto, ni qué era lo correcto, y le preocupaba porque el episodio había disgustado tanto a Dike que incluso se
le notaba en la cara.

–No pasa nada –dijo él–. Ha sido más bien gracioso. A mi
amigo Danny le ha dado risa.

–¿Por qué le ha parecido gracioso a tu amigo?

–¡Porque lo era!

–Tú querías que ella te diera protector solar también a ti,
¿no?

–Supongo –respondió él, encogiéndose de hombros–. Yo
solo quiero ser normal.

Ella lo abrazó. Después fue a una tienda y le compró un
envase grande de crema solar, y en su siguiente visita lo vio
abandonado en la cómoda de Dike, olvidado y sin usar.

Comprender Estados Unidos para los negros no estadounidenses: el tribalismo estadounidense

En Estados Unidos, el tribalismo sigue vivo y muy vivo. Existen cuatro variedades: clase, ideología, región y raza. Primero, la
clase. Muy sencillo. Ricos y pobres.

Segundo, la ideología. Progresistas y conservadores. No solo
disienten en cuestiones políticas, sino que cada bando cree que
el otro es malo. Se desaconseja el matrimonio mixto y en las
raras ocasiones en que se produce se considera un hecho atípi-
co. Tercero, la región. El Norte y el Sur. Los dos lados se enzar-

zaron en una guerra civil, y quedan aún manchas resistentes de esa guerra. El Norte mira por encima del hombro al Sur, en tanto que el Sur guarda rencor al Norte. Por último, la raza. Hay una jerarquía racial en Estados Unidos. Los blancos están siempre en lo alto, concretamente los blancos anglosajones protestantes, y los negros estadounidenses están siempre en lo más bajo, y lo que queda en medio depende del momento y el lugar. (O como dice esa extraordinaria rima: si tienes la piel clara, Dios te ampara; si eres moreno, no te condeno; si eres negro, ¡vade retro!) Los estadounidenses dan por supuesto que todo el mundo entenderá su tribalismo. Pero desentrañarlo requiere su tiempo. Por eso, cuando yo estaba en mis primeros años de universidad, vino un invitado a dar una charla y una compañera le susurró a otra: «Dios mío, qué pinta de judío tiene», y se estremeció, se estremeció de verdad. Como si ser judío fuera malo. Yo no lo comprendí. Por lo que yo veía, ese hombre era blanco, no muy distinto de mi propia compañera. Para mí, judío era algo impreciso, algo bíblico. Pero no tardé en aprender. Veréis, en la jerarquía estadounidense de la raza, el judío es blanco pero también está unos peldaños por debajo del blanco. Resulta un tanto confuso, porque yo conocía a una chica pecosa con el pelo de color paja que decía que era judía. ¿Cómo saben los estadounidenses quién es judío? ¿Cómo supo la compañera de clase que aquel hombre era judío? Leí en algún sitio que las universidades estadounidenses solían preguntar a los solicitantes de plaza el apellido materno, para asegurarse de que no eran judíos, porque no admitían judíos. ¿Esa era la manera de distinguirlos, pues? ¿Por el apellido? Cuanto más tiempo llevas aquí, más empiezas a entender.

18

La nueva clienta de Mariama vestía unos vaqueros cortos, la tela pegada al trasero, y zapatillas del mismo rosa intenso que el top. Los pendientes, unos amplios aros, le rozaban la cara. De pie ante el espejo, describía la clase de trenzas cosidas que quería.

—Como un zigzag, con una raya a un lado, aquí, pero no añades el pelo al principio, lo añades cuando llegas a la coleta —dijo, hablando despacio, vocalizando en exceso—. ¿Me entiendes? —preguntó, ya convencida, por lo visto, de que Mariama no la comprendía.

—Entiendo —dijo Mariama tranquilamente—. ¿Quieres ver una foto? Tengo ese estilo en mi álbum.

Hojearon el álbum, y finalmente, con la clienta ya satisfecha y sentada, Mariama le colocó un plástico raído alrededor del cuello y ajustó la silla a la altura adecuada, desplegando en todo momento una sonrisa rebosante de sentimientos refrenados.

—Esa otra trenzadora a la que fui la última vez… —le contó la clienta—. También era africana, ¡y quería quemarme el pelo, la condenada! Sacó un mechero, y yo me dije: Oye, Shontay White, no dejes que esta mujer acerque eso a tu pelo. Así que le pregunto: ¿Y eso para qué es? Ella contesta: Quiero limpiarte las trenzas, y yo digo: ¿Qué? Entonces pretendió enseñármelo, pretendió pasar el mechero por una trenza, y yo me puse como una fiera.

Mariama movió la cabeza en un gesto de negación.

—Ah, eso está mal. Quemar no es bueno. Nosotras eso no lo hacemos.

Entró una clienta. Llevaba el pelo cubierto con un pañuelo amarillo chillón.

—Hola —saludó—. Me gustaría hacerme trenzas.

—¿Qué clase de trenzas quieres? —preguntó Mariama.

—Unas trenzas corrientes, de tamaño medio.

—¿Las quieres largas?

—No mucho, quizá hasta el hombro.

—Vale. Siéntate, por favor. Te lo hará ella.

Mariama señaló a Halima, sentada al fondo, con la mirada fija en el televisor.

Halima se levantó y se desperezó, alargando el momento un poco demasiado, como para dejar constancia de su desgana.

La mujer se sentó y señaló la pila de DVD.

—¿Vendéis películas nigerianas? —preguntó a Mariama.

—Antes sí, pero mi proveedor cerró. ¿Quieres comprar una?

—No. Es solo porque veo que tenéis muchas.

—Algunas son buenísimas —comentó Mariama.

—Yo no soporto esas cosas. Supongo que no soy muy imparcial. En mi país, Sudáfrica, los nigerianos tienen fama de robar tarjetas de crédito y drogarse y hacer toda clase de barbaridades. Las películas también son un poco así, imagino.

—¿Eres sudafricana? ¡Pero si no tienes nada de acento! —exclamó Mariama.

La mujer se encogió de hombros.

—Llevo aquí mucho tiempo. Pero eso del acento en realidad tampoco es tan importante.

—¿Cómo que no? —dijo Halima, cobrando vida de pronto, detrás de la mujer—. Cuando yo llego aquí con mi hijo, le pegan en el colegio por acento africano. En Newark. Tendrías que ver la cara de mi hijo. Morada como una cebolla. Le pegan, le pegan, le pegan. Así le pegan los chicos negros. Ahora ya no tiene acento y no hay problema.

—Lamento oírlo —dijo la mujer.

—Gracias. —Halima sonrió a la mujer, cautivada por esa hazaña extraordinaria, un acento estadounidense—. Sí, Nigeria muy corrupto. Peor país corrupto de África. Yo, sí veo la película, ¡pero no, no voy a Nigeria!

Levantó la mano en el aire con un gesto de saludo inacabado.

—Yo nunca me casaría con un nigeriano, ni permitiré que nadie en mi familia se case con un nigeriano —dijo Mariama, y lanzó a Ifemelu una breve mirada de disculpa—. No todos, pero muchos hacen cosas malas. Incluso matar por dinero.

—Bueno, eso ya no lo sé —contestó la clienta con comedimiento no muy convencido.

Aisha observaba, ladina y callada. Después, con semblante receloso, le susurró a Ifemelu:

—Tú llevas aquí quince años, pero no tienes acento estadounidense. ¿Por qué?

Ifemelu, sin prestarle atención, abrió una vez más *Cane* de Jean Toomer. Fijó la mirada en las palabras y de pronto deseó retroceder en el tiempo y aplazar el regreso a su país. Quizá se había precipitado. No debería haber vendido su piso. Tendría que haber aceptado la oferta de la revista *Letterly,* que le propuso comprar el blog y mantenerla como bloguera a sueldo. ¿Y si volvía a Lagos y descubría que regresar había sido un error? Ni siquiera la idea de que siempre podía volver a Estados Unidos la reconfortaba tanto como habría deseado.

La película había acabado, y en esa nueva ausencia de ruido en el salón, la clienta de Mariama, levantando la voz más de lo necesario, dijo:

—Esta está desigual.

Se tocó una de las finas trenzas que recorrían en zigzag su cuero cabelludo.

—No hay problema. La repetiré —contestó Mariama.

Condescendía, y se mordía la lengua, pero Ifemelu se daba cuenta de que consideraba conflictiva a la clienta y no veía la menor pega en la trenza; eso formaba parte de su nueva identidad estadounidense, ese fervor en el servicio al cliente, esa rutilante falsedad de las apariencias, y lo había aceptado, lo había asumido. Cuando la clienta se fuese, podría desprenderse de esa identidad y hacer algún comentario a Halima y Aisha acerca de los estadounidenses, lo antojadizos y pueriles que eran; lo convencidos que estaban de sus muchos derechos, pero en cuanto entrara la siguiente clienta, revertiría a esa versión impecable de su identidad estadounidense.

—¡Ha quedado muy mono! —dijo su clienta mientras pagaba a Mariama.

Al poco de marcharse la sudafricana, entró una joven blanca, curvilínea y bronceada, el cabello recogido en una coleta suelta.

—¡Hola! —saludó.

—Hola —contestó Mariama, y esperó, limpiándose las manos una y otra vez en la parte delantera del pantalón corto.

—Quería trenzarme el pelo. Podéis trenzarme el pelo, ¿verdad?

Mariama desplegó una sonrisa exageradamente entusiasta.

—Sí. Hacemos toda clase de pelo. ¿Quieres trenzas normales o trenzas cosidas? —Ahora limpiaba enfebrecidamente la silla—. Siéntate, por favor.

La mujer se sentó y dijo que quería trenzas cosidas.

—¿Algo así como Bo Derek en la película? ¿Conoces esa película? *¿Diez?*

—Sí, la conozco —respondió Mariama.

Ifemelu lo dudó.

—Me llamo Kelsey —anunció la mujer como si hablara a todas las presentes.

Era agresivamente cordial. Preguntó a Mariama de dónde era, cuánto tiempo llevaba en Estados Unidos, si tenía hijos, cómo le iba el negocio.

—El negocio tiene sus altibajos, pero hacemos lo que podemos —contestó Mariama.

—Pero en tu país ni siquiera podrías tener este negocio, ¿no? ¿No es maravilloso que consiguieras venir a Estados Unidos y ahora tus hijos disfruten de una vida mejor?

Mariama pareció sorprenderse.

—Sí.

—¿En tu país las mujeres pueden votar? —preguntó Kelsey.

Un silencio más prolongado por parte de Mariama.

—Sí.

—¿Qué lees? —Kelsey se volvió hacia Ifemelu.

Ifemelu le enseñó la cubierta de la novela. No quería entablar conversación. Y menos con Kelsey. Reconoció en ella el característico nacionalismo de los estadounidenses progresistas, que se permitían expresar toda clase de críticas contra Estados Unidos sin reservas, pero les disgustaba oírlas en boca de otros; esperaban que los demás guardaran silencio y mostraran gratitud, y siempre les recordaban que allí, en Estados Unidos, vivían mejor que en su lugar de origen.

—¿Es bueno?

—Sí.

—Es una novela, ¿no? ¿De qué trata?

¿Por qué la gente preguntaba «De qué trata» como si una novela tuviera que tratar de una sola cosa? A Ifemelu le molestó la pregunta; le habría molestado aun si no hubiese sentido, además de su pesarosa incertidumbre, el inicio de un dolor de cabeza.

—Tal vez no sea la clase de libro que te gustaría si tienes unos gustos muy concretos. Mezcla prosa y verso.

—Tienes un acento muy bonito. ¿De dónde eres?

—De Nigeria.

—Ah, qué pasada. —Kelsey tenía unos dedos finos, perfectos para la publicidad de anillos—. Iré a África este otoño. Al Congo y a Kenia, e intentaré visitar también Tanzania.

—Qué bien.

—He estado leyendo libros para prepararme. Todo el mundo me recomendó *Todo se desmorona,* que leí en el instituto. Es buenísimo, pero suena un poco antiguo, ¿sabes? O sea, que no me ayudó a entender el África moderna. Acabo de leer otro libro genial, *Un recodo en el río.* Me permitió entender de verdad la dinámica del África moderna.

Ifemelu dejó escapar un sonido, a medio camino entre resoplido y murmullo, pero calló.

—Es tan sincero, el libro más sincero sobre África que he leído —declaró Kelsey.

Ifemelu cambió de posición en la silla. Le chirriaba ese tono de enteradilla de Kelsey. Su dolor de cabeza iba en aumento. No creía que esa novela tratara en absoluto sobre África. Trataba sobre Europa, o el anhelo por Europa, y sobre la baqueteada imagen de sí mismo de un hombre indio nacido en África, que se sentía tan dolido, tan inferior, por no haber nacido en Europa, por no ser miembro de una raza cuya capacidad para crear él había ensalzado, que convertía sus carencias personales imaginadas en un impaciente desprecio por África; cultivando esa actitud altiva y resabida ante lo africano, podía convertirse, aunque fuera solo fugazmente, en europeo. Ifemelu se recostó en el asiento y así lo expresó en tono comedido. Kelsey pareció sorprenderse; no se esperaba una miniconferencia. A continuación dijo con amabilidad:

—Ah, bueno, entiendo por qué has interpretado la novela así.

—Y yo entiendo por qué tú la has interpretado como la has interpretado —repuso Ifemelu.

Kelsey enarcó las cejas, como si Ifemelu fuera una de esas personas un poco desequilibradas a quienes más valía eludir. Ifemelu cerró los ojos. Tenía la sensación de que el cielo se nublaba sobre su cabeza. Se sentía mareada. Tal vez fuera por el calor. Había puesto fin a una relación en la que no era infeliz, cerrado un blog con el que disfrutaba, y ahora perseguía algo que no podía expresar con claridad, ni siquiera para sí. También habría podido escribir en su blog un post sobre Kelsey, esa chica que por alguna razón se consideraba prodigiosamente neutra en su manera de leer los libros, en tanto que otras personas leían desde un punto de vista emocional.

—¿Quieres usar pelo? —le preguntó Mariama a Kelsey.

—¿Pelo?

Mariama sostuvo en alto una bolsa de plástico transparente con extensiones. Kelsey desorbitó los ojos y lanzó rápidas miradas alrededor, viendo la bolsa de la que Aisha extraía pequeñas porciones para cada trenza, la bolsa que Halima acababa de abrir.

—Dios mío. Se hace así, pues. ¡Yo creía que las mujeres afroamericanas con trenzas tenían un pelo muy abundante!

—No, usamos extensiones —explicó Mariama, sonriente.

—Quizá la próxima vez. Creo que hoy me trenzaré solo mi propio pelo —dijo Kelsey.

Su pelo no llevó mucho tiempo, siete trenzas cosidas, y como lo tenía demasiado fino, ya empezaba a aflojarse.

—¡Ha quedado genial! —exclamó después.

—Gracias —contestó Mariama—. Vuelve por aquí, por favor. La próxima vez puedo hacerte otro estilo.

—¡Genial!

Ifemelu, pensando en sus propias identidades estadounidenses nuevas, observó a Mariama en el espejo. Fue durante su relación con Curt cuando se miró por primera vez en el espejo y, experimentando una repentina sensación de logro, vio a otra persona.

Curt se complacía en decir que fue amor a primera vista. Cuando la gente le preguntaba cómo se conocieron, incluso gente no muy allegada, contaba que Kimberly los presentó, a él, el primo de Maryland que estaba de visita, y a ella, la canguro nigeriana de la que Kimberly tanto hablaba, y se quedó prendado de su voz grave, de la trenza que había escapado de su gomita. Pero fue en el momento en que Taylor irrumpió en el estudio, vestido solo con ropa interior y una capa azul, exclamando «¡Soy el capitán Calzoncillos!», y ella echó atrás la cabeza y se rio, cuando él se enamoró. La suya era una risa vibrante —le temblaban los hombros, se le agitaba el pecho—; era la risa de una mujer que, cuando reía, reía de verdad. A veces cuando estaban solos y ella se reía, él decía en broma: «Eso es lo que me llegó al alma. ¿Y sabes qué pensé? Si se ríe así, me pregunto cómo hará *otras cosas*». También le decía que ella había percibido ese enamoramiento —¿cómo no iba a percibirlo?—, pero fingió lo contrario porque no quería a un blanco. Lo cierto era que ella no había advertido el interés de Curt. Siempre había sabido detectar el deseo en los hombres, pero no fue así en el caso de Curt, no al principio. Aún se acordaba de Blaine, lo veía recorrer el andén en la estación de New Haven, una evocación que insuflaba en ella un anhelo condenado al fracaso. Blaine no solo la había atraído; Blaine la había cautivado, y en su cabeza lo había convertido en la pareja estadounidense ideal que nunca estaría a su alcance. Así y todo, posteriormente había tenido otros encaprichamientos, menores en comparación con ese arrebato en el tren, y acababa de salir de uno de dichos encaprichamientos, este con Abe, de su clase de ética; con Abe, que era blanco; con Abe, a quien ella le caía muy bien, que la consideraba lista y divertida, incluso atractiva, pero no la veía como una mujer. Ifemelu sentía curiosidad por Abe, interés por Abe, pero él interpretaba todos los coqueteos de ella como pura simpatía: Abe le habría presentado a su amigo negro, si hubiera tenido un amigo negro. Ella era invisible para él. Eso hizo añicos el encaprichamiento de Ifemelu, y quizá también la llevó a pasar por alto a Curt. Hasta una tarde, cuando ella jugaba a la pelota con Taylor, que lanzó muy alto, demasiado alto, y la pelota fue a caer entre unos arbustos cerca del cerezo del vecino.

—Creo que esa podemos darla por perdida —dijo Ifemelu.

La semana anterior había desaparecido allí un frisbee. Curt, en el patio, se levantó de la silla (había estado observando hasta el último movimiento de Ifemelu, le contó más tarde), se adentró entre los arbustos, casi zambulléndose, como si se lanzara a una piscina, y salió con la pelota amarilla.

—¡Hala! ¡Tío Curt! —exclamó Taylor.

Pero Curt no entregó la pelota a Taylor; se la ofreció a Ifemelu. Ella vio en sus ojos lo que él quería que viera. Sonrió y dijo:

—Gracias.

Más tarde, en la cocina, mientras Ifemelu bebía un vaso de agua después de ponerle un vídeo a Taylor, Curt dijo:

—Y ahora es cuando te propongo ir a cenar, pero, llegados a este punto, me conformo con lo que sea. ¿Puedo invitarte a una copa, un helado, una comida, el cine? ¿Esta noche? ¿Este fin de semana antes de volver a Maryland?

La contemplaba con admiración, la cabeza un poco gacha, y ella notó desplegarse algo dentro de sí. Era magnífico, ser tan deseada, y nada menos que por un hombre así, con un desenfadado brazalete metálico en la muñeca y la apostura, con hoyuelo en el mentón incluido, propia de un modelo del catálogo de unos grandes almacenes. Empezó a gustarle porque ella le gustaba a él. «Con qué delicadeza comes», le dijo durante su primera cita, en un restaurante italiano del casco antiguo. Su manera de llevarse el tenedor a la boca no tenía nada de delicado, pero le complació que él lo pensara.

«Veamos, pues, soy un blanco rico de Potomac, pero no soy ni la mitad de gilipollas de lo que cabría esperar —dijo, y ella tuvo la sensación de que ya lo había dicho antes, y de que le había dado buen resultado—. Laura siempre dice que mi madre es más rica que Dios, pero yo no estoy muy seguro de eso.»

Hablaba de sí mismo con gran deleite, como si estuviese decidido a contarle a ella todo lo que había que saber, y de inmediato. Su familia se dedicaba a la hostelería desde hacía un siglo. Fue a la universidad en California para huir de ella. Se licenció y viajó por Latinoamérica y Asia. Algo empezó a atraerlo de nuevo a su país, quizá la muerte de su padre, quizá su infelicidad a causa de una relación. Hacía un año, pues, había regresado a Maryland, había abierto una empresa de software para no incorporarse al negocio familiar, había comprado un apartamento en Baltimore, e iba a Potomac cada domingo a comer con su madre. Hablaba de sí mismo con una sencillez desembarazada, dando por sentado que ella disfrutaba con sus anécdotas sencillamente porque él mismo disfrutaba. Su entusiasmo juvenil la fascinaba. Tenía un cuerpo firme, como Ifemelu advirtió cuando se despidieron esa noche con un abrazo delante del apartamento de ella.

—Estoy a punto de pasar a un beso dentro de exactamente tres segundos —anunció él—. Un beso de verdad que puede llevarnos a otros lugares, así que si no quieres que eso ocurra, quizá te convenga retroceder ahora mismo.

Ifemelu no retrocedió. El beso fue excitante, tal como son excitantes las cosas desconocidas. Después él dijo, con apremio:

—Tenemos que contárselo a Kimberly.

—Contarle a Kimberly ¿qué?

—Que estamos saliendo.

—¿Y estamos saliendo?

Curt se rio, y ella se rio también, pese a que no bromeaba. Él era abierto y efusivo; el cinismo le era ajeno. Se sintió cautivada y casi desvalida ante eso, arrastrada por él; quizá sí estaban saliendo, después de un solo beso, visto lo convencido que él se mostraba.

Al día siguiente Kimberly la saludó así:

—Eh, hola, tortolita.

—¿Perdonas, pues, a tu primo por invitar a salir al servicio? —preguntó Ifemelu.

Kimberly se echó a reír y luego, en un gesto que sorprendió y a la vez conmovió a Ifemelu, la abrazó. Un tanto incómodas, se separaron. En la televisión del estudio daban el programa de Oprah, y oyó al público prorrumpir en aplausos.

—Bueno —dijo Kimberly, al parecer un poco sorprendida ella misma por el abrazo—. Solo quería decir que… me alegro mucho por los dos.

—Gracias. Pero solo hemos salido una vez y no ha habido consumación.

Kimberly ahogó una risita y por un momento dio la impresión de que eran amigas del instituto chismorreando sobre chicos. A veces Ifemelu intuía, bajo las secuencias bien engrasadas de la vida de Kimberly, un destello de pesar no solo por cosas que anhelaba en el presente, sino por cosas que había anhelado en el pasado.

—Deberías haber visto a Curt esta mañana —dijo Kimberly—. ¡Nunca lo había visto así! Está entusiasmadísimo.

—¿Por qué? —preguntó Morgan. Se hallaba junto a la puerta de la cocina, su cuerpo prepubescente tenso de hostilidad. A sus espaldas, Taylor intentaba enderezar las piernas de un pequeño robot de plástico.

—En fin, cariño, tendrás que preguntárselo al tío Curt.

Curt entró en la cocina con una tímida sonrisa, el pelo un tanto húmedo, despidiendo un aroma tenue y fresco a colonia.

—Eh.

La había telefoneado la noche anterior para decir que no podía dormir. «Esto es muy cursi, pero estoy muy lleno de ti, es como si te respirara, ¿entiendes?», había dicho, y ella pensó que los escritores de novela rosa se equivocaban y eran los hombres los auténticos románticos, no las mujeres.

—Morgan pregunta por qué se te ve tan entusiasmado —dijo Kimberly.

—Pues, verás, Morg, estoy entusiasmado porque tengo una novia nueva, una persona realmente especial a quien quizá conozcas.

Ifemelu deseó que Curt retirara el brazo que le había echado al hombro; no estaban anunciando su compromiso, por el amor de Dios. Morgan los miraba fijamente. Ifemelu vio a Curt a través de los ojos de ella: el tío apuesto que viajaba por el mundo y le contaba chistes muy graciosos en la cena de Acción de Gracias, el tío enrollado aún lo bastante joven para comprenderla, pero ya lo bastante mayor para mediar entre ella y su madre cuando esta no la comprendía.

—¿Ifemelu es tu novia? —preguntó Morgan.

—Sí —respondió Curt.

—Eso es asqueroso —dictaminó Morgan, al parecer con sincera aversión.

—¡Morgan! —exclamó Kimberly.

Morgan se dio media vuelta y, airada, se marchó escalera arriba.

—Esta encaprichada del tío Curt, y ahora la canguro invade su territorio. No debe de ser fácil para ella —comentó Ifemelu.

Taylor, que parecía alegrarse tanto de la noticia como de haber enderezado las piernas del robot, les preguntó:

—¿Vais a casaros y tener un bebé Ifemelu y tú, tío Curt?

—Bueno, chaval, de momento solo vamos a pasar mucho tiempo juntos, para conocernos.

—Ah, vale —contestó Taylor, un poco chasqueado, pero cuando Don llegó a casa, Taylor corrió a sus brazos y anunció—: ¡Ifemelu y el tío Curt van a casarse y tener un bebé!

—Ah —repuso Don.

Al ver su sorpresa, Ifemelu se acordó de Abe, el de su clase de ética: Don la consideraba atractiva e interesante, y consideraba a Curt atractivo e interesante, pero jamás los habría imaginado a los dos juntos, enredados en las delicadas hebras de un idilio.

Curt nunca había estado con una mujer negra; se lo dijo después de la primera vez, en su ático de Baltimore, echando atrás la cabeza como si se riera de sí mismo, como si eso fuera algo que debería haber hecho mucho antes, pero por alguna razón hubiese descuidado.

—Brindemos, pues, por este hito —dijo ella, simulando alzar una copa.

En cierta ocasión Wambui, después de presentarles Dorothy a su nuevo novio holandés en una reunión de la AEA, comentó: «Yo no podría con un hombre blanco, me daría miedo verlo desnudo, toda esa palidez. Salvo quizá con un italiano, muy bronceado. O un judío, un judío moreno». Ifemelu contempló el pelo claro y la piel clara de Curt, los lunares de color rojizo en la espalda, el salpicón de fino vello dorado en el pecho, y pensó en lo mucho que discrepaba de Wambui en ese momento.

—Eres muy sexy —dijo ella.

—Más sexy eres tú.

Le aseguró que nunca lo había atraído tanto una mujer, nunca había visto un cuerpo tan hermoso, sus pechos perfectos, su trasero perfecto. A ella eso le hizo gracia, que él considerara un trasero perfecto lo que para Obinze era un culo plano, y a ella misma le parecía que sus pechos eran pechos grandes corrientes, ya un tanto caídos. Pero las palabras de él la complacían, como un regalo espléndido innecesario. Él deseaba chuparle el dedo, lamer miel de su pezón, embadurnarle el vientre de helado, como si no bastara con yacer desnudos piel con piel.

Más tarde, cuando a él le dio por imitar a personajes —«Qué tal si tú haces de Foxy Brown», propuso—, ella lo encontró enternecedor, su aptitud para interpretar, para abstraerse de manera tan absoluta en un personaje, y se prestó, siguiéndole el juego, complacida por su placer, si bien la desconcertaba que aquello lo excitara tanto. A menudo, desnuda a su lado, se descubría pensando en Obinze. Se esforzaba en no comparar el contacto de Curt con el suyo. Había hablado a Curt de su novio de secundaria, Mofe, pero no había hecho la menor alusión a Obinze. Se le antojaba un sacrilegio mencionar a Obinze, referirse a él como un ex, esa frívola palabra que no decía nada y no significaba nada. Cada mes de silencio que pasaba entre ellos, sentía que el propio silencio se calcificaba, que se convertía en una estatua dura y cada vez más descomunal, invencible. A menudo todavía empezaba a escribirle, pero siempre se interrumpía, siempre decidía no enviar los e-mails.

Con Curt, pasó a ser, en su imaginación, una mujer libre de ataduras y preocupaciones, una mujer que corría bajo la lluvia con un sabor a fresas calentadas por el sol en la boca. «Una copa» se convirtió en parte de la arquitectura de su vida, mojitos y martinis, blancos secos y tintos afrutados. Con él iba de excursión, hacía kayak, acampaba cerca de la casa de veraneo de su familia, actividades todas ellas que antes jamás se le habrían ocurrido siquiera. Estaba más ligera y más esbelta, era la

Novia de Curt, un papel que se enfundaba como un vestido predilecto y favorecedor. Se reía más por lo mucho que él reía. El optimismo de Curt la cegaba. Tenía siempre un sinfín de planes. «¡Tengo una idea!», decía a menudo. Ella lo imaginaba de niño rodeado de demasiados juguetes de colores vivos, siempre alentado a llevar a cabo «proyectos», siempre oyendo que sus ideas triviales eran maravillosas.

—¡Vámonos a París mañana! —dijo un fin de semana—. Ya sé que es muy poco original, ¡pero tú nunca has estado allí y me encanta tener la oportunidad de enseñarte París!

—No puedo coger e ir a París así sin más. Tengo pasaporte nigeriano. Necesito solicitar un visado, con extractos bancarios y seguro médico y toda clase de pruebas de que no me quedaré y me convertiré en una carga para Europa.

—Ya, me olvidaba de eso. Vale, iremos el fin de semana que viene. Resolveremos eso del visado esta semana. Pediré una copia de mi extracto bancario mañana.

—Curtis —dijo ella con cierta severidad, para obligarlo a entrar en razón, pero allí de pie, contemplando la ciudad desde tal altura, se sentía ya atrapada en el torbellino de su entusiasmo.

Él rebosaba optimismo, un optimismo implacable, como solo podía concebirse en un estadounidense de esas características, y existía en eso un aspecto pueril que ella encontraba admirable y repulsivo a la vez. Un día dieron un paseo por South Street, porque ella nunca había visto lo que, según Curt, era la mejor parte de Filadelfia, y él deslizó su mano en la de ella mientras deambulaban ante estudios de tatuaje y grupos de chicos con el pelo rosa. Cerca de Condom Kingdom, él se metió en un pequeño local de tarot, arrastrándola consigo. Una mujer con un velo negro les dijo: «Veo luz y felicidad a largo plazo por delante de vosotros», y Curt respondió: «¡Nosotros también!» y le dio diez dólares de más. Después, cuando su efervescencia se convirtió en una tentación para Ifemelu, un alborozo sin tregua que ella de buena gana habría destruido a golpes, aplastado, ese sería uno de sus mejores recuerdos de Curt, cuando estaba en el local de tarot de South Street un día colmado de la promesa del verano: tan guapo, tan feliz, una persona con verdadera fe. Creía en los buenos augurios y en los pensamientos positivos y en las películas con final feliz, una fe exenta de conflictos, porque no se había hecho grandes planteamientos antes de elegir qué creer; sencillamente creía.

19

La madre de Curt era una mujer de elegancia desabrida, con el pelo lustroso, la tez bien conservada, y una ropa cara y de buen gusto creada para parecer cara y de buen gusto; tenía todo el aspecto de ser una de esas personas ricas que dejan poca propina. Curt la llamaba «madre», tratamiento que destilaba cierta formalidad, un tonillo arcaico. Los domingos comía con ella. A Ifemelu la complacía el ritual dominical de esos almuerzos en el recargado comedor de un hotel, lleno de gente bien vestida, parejas de pelo plateado con sus nietos, mujeres de mediana edad con broches prendidos de la solapa. La otra única persona negra era un camarero con rígida indumentaria. Ella comía unos huevos revueltos esponjosos y salmón en finas lonchas y medias lunas de melón, observando a Curt y su madre, ambos con su cegador cabello dorado. Curt hablaba, y su madre escuchaba, embelesada. Adoraba a su hijo, el niño nacido ya tardíamente en la vida, cuando ella no sabía si aún podía tener hijos, el cautivador, aquel a cuyas manipulaciones siempre cedía. Era su aventurero, el que a su regreso le llevaría especies exóticas —había salido con una japonesa, con una venezolana—, pero, a su debido tiempo, sentaría la cabeza. Ella toleraría a cualquiera que a él le gustase, pero no se sentía obligada al afecto.

—Soy republicana, como lo es toda nuestra familia. Somos muy contrarios al bienestar social, pero dimos mucho apoyo a los derechos civiles. Solo quiero que sepas qué clase de republicanos somos —le dijo a Ifemelu cuando se conocieron, como si fuera el principal punto que aclarar.

—¿Y le gustaría a usted saber qué clase de republicana soy yo?

En un primer momento la madre de Curt la miró sorprendida, y luego su rostro se tensó en una sonrisa tirante.

—Qué graciosa eres —comentó.

Una vez la madre de Curt le dijo a Ifemelu: «Tienes unas pestañas bonitas», palabras repentinas, inesperadas, y luego bebió un sorbo de su bellini, como si no hubiese oído el sorprendido «Gracias» de Ifemelu.

En el camino de regreso a Baltimore, Ifemelu dijo:

—¿Las pestañas? ¡Debe de haberse esforzado mucho para encontrar algo que halagar!

Curt se rio.

—Dice Laura que a mi madre no le gustan las mujeres guapas.

Un fin de semana Morgan fue de visita.

Kimberly y Don querían llevar a los niños a Florida, pero Morgan se negó a ir. Así que Curt la invitó a pasar el fin de semana en Baltimore. Planeó una excursión en barca, e Ifemelu pensó que convenía que él se quedara un rato a solas con Morgan.

—¿Tú no vienes, Ifemelu? —preguntó Morgan con cara de decepción—. Creía que iríamos todos juntos —pronunciaba la palabra «juntos» con más animación de la que Ifemelu había visto jamás en Morgan.

—Claro que voy —contestó. Mientras se ponía el rímel y el brillo de labios, Morgan la observaba—. Ven aquí, Morg —dijo, y aplicó el brillo en los labios de Morgan—. Aprieta esos labios. Bien. A ver, ¿por qué eres tan guapa, señorita Morgan?

Morgan se echó a reír.

Ifemelu y Curt recorrieron el muelle, Morgan entre ellos, cogida de la mano por ambos, feliz de que la llevaran de la mano, e Ifemelu pensó, como a veces imaginaba fugazmente, que estaba casada con Curt, su vida cincelada en la comodidad, él llevándose bien con la familia y los amigos de ella, y ella con los de él, excepto con su madre. Bromeaban sobre el matrimonio. Desde que ella le habló por primera vez de las ceremonias del excrex, de que los igbo la celebraban antes de la entrega del vino y la boda en la iglesia, él decía en broma que iría a Nigeria a pagar el excrex, llegaría a su hogar ancestral, se sentaría con su padre y sus tíos e insistiría en quedársela gratis. Y ella, a su vez, comentaba con tono festivo que cuando recorriese el pasillo de una iglesia de Virginia al son de la marcha nupcial, los parientes de él, mirándola horrorizados, se preguntarían unos a otros, en susurros, por qué la criada llevaba el vestido de la novia.

Estaban acurrucados en un sofá, ella leyendo una novela, él viendo los deportes. Ifemelu lo encontraba enternecedor, verlo así de absorto ante sus partidos, los párpados entornados y los ojos inmóviles en su estado de concentración. Durante los anuncios, ella comentaba con tono burlón: ¿Por qué el fútbol americano no tiene una lógica inherente? ¿Por qué se reduce a que unos hombres con exceso de peso se abalancen unos encima de otros? ¿Y por qué los jugadores de béisbol pasan tanto tiempo escupiendo y luego se echan a correr repentinamente de manera incomprensible? Él se reía e intentaba explicar, una vez más, el sentido de las *home runs* y los *touchdowns*, pero a ella no le interesaba, porque entenderlo habría significado que ya no podía meterse con él, así que volvía a concentrarse en su novela, dispuesta a meterse con él otra vez en el siguiente intermedio.

El sofá era mullido. La piel de Ifemelu relucía. En la universidad se matriculó de más créditos y mejoró su nota media. Al otro lado de los ventanales del salón se extendía el Puerto Interior, con el resplandor del agua y el centelleo de las luces. Una sensación de satisfacción se había adueñado de ella. Eso era lo que Curt le había dado, el regalo de la satisfacción, del desahogo. Con qué rapidez se había acostumbrado a esa vida, el pasaporte lleno de sellos, la solicitud de las azafatas en la primera clase de los aviones, las sábanas ligeras en los hoteles donde se alojaban y los pequeños objetos que ella acumulaba: tarros de mermelada de la bandeja del desayuno, pequeños frascos de acondicionador, zapatillas tejidas, incluso toallitas para la cara si eran especialmente suaves. Se había desprendido de su antigua piel. Casi le gustaba el invierno, la brillante capa de escarcha en el techo de los coches, el exuberante calor proporcionado por los jerséis de cachemira que Curt le compraba. En las tiendas el precio no era lo primero que él miraba. Le pagaba la compra y los libros de texto, le enviaba cheques regalo para grandes almacenes, la llevaba de compras él mismo. Le pidió que dejara de hacer de canguro; podrían pasar más tiempo juntos si ella no tenía que trabajar a diario. Pero ella se negó. «He de tener un empleo», adujo.

Ifemelu ahorró dinero, envió más a casa. Quería que sus padres se mudaran a un piso nuevo. En el bloque contiguo al suyo se había producido un robo a mano armada.

—Algo más espacioso en un barrio mejor —propuso.

—Aquí estamos bien —contestó su madre—. No está tan mal. Han instalado una verja nueva en la calle y prohibido el paso de las *okadas* a partir de las seis de la tarde, así que es seguro.

—¿Una verja?

—Sí, cerca del quiosco.

—¿Qué quiosco?

—¿No te acuerdas del quiosco? —preguntó su madre.

Ifemelu guardó silencio. Un tono sepia en sus recuerdos. No se acordaba del quiosco.

Su padre por fin había encontrado trabajo, de subdirector de recursos humanos en uno de los bancos nuevos. Compró un teléfono móvil. Compró neumáticos nuevos para el coche de su madre. Poco a poco volvía a sus monólogos sobre Nigeria.

«No se puede describir a Obasanjo como un buen hombre, pero hay que admitir que ha hecho alguna que otra cosa buena por el país; se nota un floreciente espíritu emprende-dor», decía.

Le resultaba extraño telefonearlos directamente a ellos, oír a su padre decir «¿Sí?» al sonar el timbre por segunda vez, y cuando él oía su voz, levantaba la suya, casi hasta gritar, como siempre con las llamadas internacionales. A su madre le gus-taba sacar el teléfono al balcón, para asegurarse de que los vecinos la oían: «¿Qué tal tiempo hace en Estados Unidos, Ifem?».

Su madre le hacía preguntas despreocupadas y aceptaba respuestas despreocupadas. «¿Va todo bien?», e Ifemelu no te-nía más opción que decir que sí. Su padre recordaba las clases que ella había mencionado y le planteaba preguntas concre-tas. Ella elegía las palabras, guardándose muy mucho de men-cionar a Curt. Era más fácil no hablarles de él.

—¿Cuáles son tus perspectivas de empleo? —preguntó su padre.

Se acercaba la graduación y pronto caducaría el visado de estudiante.

—Me han asignado una asesora vocacional, y la veré la se-mana que viene —explicó.

—¿Asignan un asesor vocacional a todos los estudiantes de último curso?

—Sí.

Su padre dejó escapar un murmullo de respeto y admira-ción.

—Estados Unidos es un país organizado, y allí abundan las oportunidades laborales.

—Sí. Han colocado a muchos estudiantes en buenos em-pleos —respondió Ifemelu.

No era verdad, pero era lo que su padre esperaba oír. Se sabía que en la oficina de servicios vocacionales, un espacio mal ventilado con pilas de expedientes amontonados triste-mente en los escritorios, trabajaban numerosos asesores cuya función se reducía a revisar los currículos y pedir a los estu-diantes que cambiaran la fuente o el formato y proporcionarles información de contacto desfasada de gente que nunca contestaba. La primera vez que Ifemelu entró allí, su asesora, Ruth, una afroamericana de piel de color caramelo, le preguntó:

—¿Tú a qué quieres dedicarte realmente?

—Quiero un empleo.

—Sí, pero ¿de qué clase? —inquirió Ruth con cierta incredulidad.

Ifemelu miró su currículum, colocado en la mesa.

—Soy licenciada en comunicaciones, así que cualquier cosa en comunicaciones, en los medios.

—¿Tienes alguna pasión? ¿El empleo de tus sueños?

Ifemelu negó con la cabeza. Se sentía débil, por no tener una pasión, por no saber qué quería hacer. Sus intereses eran diversos y difusos, la edición de revistas, la moda, la política, la televisión; ninguno de ellos tenía una forma consistente. Asistió al salón de orientación vocacional, donde los estudiantes lucían trajes incómodos y semblantes serios, e intentaban comportarse como adultos dignos de empleos de verdad. Los reclutadores, ellos mismos recién salidos de la universidad, jóvenes enviados a capturar a otros jóvenes, le hablaron de «oportunidad de desarrollo» y «buena aportación» y «prestaciones», pero todos se mostraron evasivos al darse cuenta de que no era ciudadana estadounidense, de que, si la contrataban, tendrían que penetrar en el oscuro túnel del papeleo de inmigración.

—Debería haber estudiado ingeniería o algo así —le dijo a Curt—. Hay licenciados en comunicaciones para dar y vender.

—Conozco a una gente con la que trataba mi padre en sus negocios; ellos podrían echarte una mano —ofreció Curt.

Y no mucho después le anunció que tenía concertada una entrevista en una empresa con sede en el centro de Baltimore para un cargo de relaciones públicas.

—Solo tienes que lucirte en la entrevista y el empleo es tuyo —dijo—. Conozco a otros de una empresa más grande, pero lo bueno de esta es que te tramitarán un visado de trabajo e iniciarán el proceso para la residencia permanente.

—¿Qué? ¿Cómo lo has conseguido?

Él se encogió de hombros.

—Hice unas llamadas.

—Curt. En serio. No sé cómo agradecértelo.

—A mí se me ocurre alguna que otra idea —dijo él con placer infantil.

Era una buena noticia, y sin embargo no pudo por menos de imbuirse de cierta sensatez. Wambui tenía tres empleos bajo mano a fin de reunir los cinco mil dólares que necesitaba para pagar a un hombre afroamericano por casarse y facilitarle así la obtención de la residencia; Mwombeki buscaba desesperadamente una empresa que lo contratara con su visado provisional, y allí estaba ella, un globo rosa, ingrávida, elevándose hacia lo más alto, impulsada por cosas externas a ella misma. Sentía, en medio de su gratitud, algo de resentimiento: porque Curt pudiera, con unas llamadas, reorganizar el mundo, encajar las cosas allí donde él quería.

Cuando comentó a Ruth lo de la entrevista en Baltimore, esta dijo:

—¿Quieres un consejo? Quítate las trenzas y alísate el pelo. Nadie habla de esos detalles, pero cuentan. Queremos que consigas ese empleo.

La tía Uju había dicho algo parecido tiempo atrás, y en aquella ocasión Ifemelu se echó a reír. Ahora sabía ya cómo eran las cosas, y no se rio.

—Gracias —respondió a Ruth.

Desde su llegada a Estados Unidos, siempre se había trenzado el cabello con extensiones largas, alarmada siempre por el precio. Prolongaba cada peinado unos tres meses, incluso cuatro, hasta que el picor en el cuero cabelludo era insoportable y las trenzas surgían de una base rizada de pelo recién salido. Así que fue una aventura nueva, eso de alisarse el pelo. Se deshizo las trenzas, con cuidado para no arañarse el cuero cabelludo, para no alterar la suciedad que lo protegería. La gama de alisadores era ahora mucho mayor, envases y envases en la sección de «cabello étnico» de la farmacia, mujeres ne-

272

gras sonrientes con el pelo increíblemente lacio y brillante junto a palabras como «botánico» y «aloe» que prometían suavidad. Compró uno en una caja de cartón verde. Una vez en el cuarto de baño, se embadurnó cuidadosamente el nacimiento del pelo con gel protector antes de empezar a aplicarse en el cabello una generosa cantidad de aquel cremoso alisador, sección a sección, sus dedos a resguardo en unos guantes de plástico. El olor le recordó al laboratorio de química de secundaria, y se obligó, por tanto, a abrir la ventana del cuarto de baño, que a menudo se atrancaba. Cronometró el proceso con precisión, enjuagándose el alisador al cabo de veinte minutos exactamente, pero el pelo siguió encrespado, su densidad intacta. El alisador no prendió. Esa era la palabra, «prender», que usó la peluquera de Filadelfia Oeste.

—Chica, tú necesitas a una profesional —afirmó dicha peluquera mientras volvía a aplicarle otro alisador—. La gente cree que ahorra dinero haciéndoselo en casa, pero no es así.

Al principio Ifemelu notó solo un leve escozor, pero luego, mientras la peluquera le aclaraba el pelo, con la cabeza hacia atrás, apoyada en un lavabo de plástico, sintió aguijonazos de dolor surgir de distintas partes del cuero cabelludo, descender hasta distintas partes de su cuerpo, regresar a su cabeza.

—Te picará solo un poco —le avisó la peluquera—. Pero mira qué bonito queda. ¡Guau, chica, tienes el vuelo de una blanca!

El pelo, en lugar de erizársele, ahora le caía, lacio y lustroso, con raya a un lado, curvándose las puntas ligeramente a la altura de la barbilla. El vigor había desaparecido. No se reconoció. Se marchó de la peluquería casi apesadumbrada; mientras la peluquera le planchaba las puntas, el olor a quemado, algo orgánico que moría y no debería haber muerto, le había producido una sensación de pérdida. Curt no supo muy bien qué decir cuando la vio.

—¿A ti te gusta, cariño? —preguntó.

—Veo que a ti no.

Él guardó silencio. Tendió la mano para acariciarle el pelo, como si este fuera a gustarle por el mero hecho de tocarlo.

Ifemelu le apartó la mano bruscamente.

—Ay. Cuidado. Me escuece un poco por el alisador.

—¿Qué?

—No es grave. En Nigeria me pasaba continuamente. Mira.

Le enseñó un queloide detrás de la oreja, una pequeña hinchazón enconada en la piel, resultado de una quemadura con un peine caliente una vez que la tía Uju le alisó el pelo en secundaria. «Échate la oreja adelante», decía a menudo la tía Uju, e Ifemelu, tensa, conteniendo la respiración, se cogía la oreja, aterrorizada ante el peligro de que el peine al rojo vivo recién retirado del fogón la quemara pero también ilusionada ante la perspectiva de tener un pelo lacio y con vuelo. Y un día sí la quemó, cuando ella se movió un poco y la tía Uju movió un poco la mano, y el metal caliente abrasó la piel detrás de la oreja.

—Dios mío —exclamó Curt con los ojos desorbitados. Insistió en examinarle con delicadeza el cuero cabelludo para ver los daños sufridos—. Dios mío.

Ante el horror de Curt, Ifemelu se preocupó más de lo que se habría preocupado normalmente. Nunca se había sentido tan cerca de él como en ese momento, sentada en la cama, inmóvil, la cara hundida en su camisa, el aroma a suavizante de ropa en la nariz, mientras él le separaba con cuidado el pelo recién alisado.

—¿Qué necesidad tenías de hacer esto? Tus trenzas eran magníficas. Y cuando te deshiciste las trenzas la última vez y te dejaste el pelo suelto… te quedó aún más magnífico, tan abundante y bonito.

—Ese pelo tan abundante y bonito serviría si fuera a entrevistarme para cantante de coro en un grupo de jazz, pero para esta entrevista necesito ofrecer una imagen profesional, y profesional equivale a lacio, y si fuera rizado, tendría que ser un rizado de mujer blanca, con rizos sueltos o, en el peor de los casos, bucles, pero nunca crespo.

—Joder, me parece una atrocidad que tengas que hacer una cosa así.

Por la noche, le costó encontrar una postura cómoda sobre la almohada. Al cabo de dos días tenía costras en el cuero cabelludo. Al cabo de tres días las costras rezumaban pus. Curt insistió en llevarla al médico, y ella se rio de él. Ya se le curaría, le aseguró, y así fue. Más tarde, una vez superada holgadamente la entrevista de trabajo, después de estrecharle la mano la entrevistadora y decir que sería una «buena aportación» a la empresa, Ifemelu se preguntó si la mujer habría pensado lo mismo en caso de haber entrado ella en ese despacho con un halo de pelo espeso, crespo, tal como Dios lo hizo: el afro.

No contó a sus padres cómo consiguió el empleo. Su padre le dijo: «No tengo la menor duda de que destacarás. Estados Unidos crea oportunidades para que las personas prosperen. De hecho, Nigeria puede aprender mucho de ese país»; su madre, por su parte, empezó a cantar cuando Ifemelu anunció que, pasados unos años, tendría la nacionalidad estadounidense.

Comprender Estados Unidos para los negros no estadounidenses: ¿A qué aspiran los blancos anglosajones protestantes?

Cierto colega del profesor Hunk es profesor invitado, un judío con un marcado acento de uno de esos países europeos donde la mayoría de la gente toma un vaso de antisemitismo en el desayuno. Un día el profesor Hunk estaba hablando de derechos civiles, y el judío va y dice: «Los negros no han sufrido tanto como los judíos». El profesor Hunk contesta: «Vamos, ¿qué es esto? ¿La olimpiada de la opresión?».

El judío no lo sabía, pero «olimpiada de la opresión» es el término que usan los progresistas estadounidenses listos para que te sientas como un tonto y te calles. Pero sí hay en marcha una olimpiada de la opresión. Todas las minorías raciales de Estados Unidos —negros, hispanos, asiáticos y judíos— soportan putadas de los blancos, putadas de distintas clases, pero putadas al fin y al cabo. Cada grupo cree para sus adentros que es a él al que le toca soportar las peores putadas. Así que no, no existe una Liga Unida de los Oprimidos. No obstante, todos los demás se consideran mejores que los negros porque... en fin, no son negros. Pongamos a Lili, por ejemplo, la mujer hispanohablante de pelo negro y piel de color café que limpiaba la casa de mi tía en un pueblo de Nueva Inglaterra. Exhibía una gran altivez. Era irrespetuosa, limpiaba mal, se andaba con exigencias. Mi tía opinaba que a Lili no le gustaba trabajar para negros. Antes de despedirla por fin, mi tía dijo: «Se cree que es blanca, la muy estúpida». Así pues, hay que aspirar a lo blanco. No todo el mundo lo hace, claro (por favor, comentaristas, no digáis lo obvio), pero muchas minorías sienten un conflictivo anhelo por la blancura del anglosajón protestante o, más exactamente, por los privilegios atribuidos a la blancura del anglosajón protestante. Puede que en realidad no les guste la piel clara pero ciertamente sí les gusta entrar en una tienda sin que un guardia de seguridad los siga. Eso es «odiar a tu judío y comértelo también», como lo expresó el gran Philip Roth. Así que si en Estados Unidos todo el mundo aspira a ser un anglosajón protestante, ¿a qué aspiran los anglosajones protestantes? ¿Alguien lo sabe?

20

Con el tiempo, Ifemelu se encariñó de Baltimore —por su deshilvanado encanto, el desvaído esplendor de sus calles, el mercado que se instalaba los fines de semana bajo el puente, rebosante de verdura y lozana fruta y almas virtuosas—, pero nunca tanto como de su primer amor, Filadelfia, esa ciudad que contenía historia entre sus delicadas manos. Sin embargo cuando llegó a Baltimore sabiendo que iba para vivir allí, no solo para visitar a Curt, le pareció un lugar triste, sin nada de que encariñarse. Los edificios estaban unidos entre sí en hileras apelotonadas y descoloridas. En sórdidas esquinas esperaban el autobús personas de hombros encorvados, arrebujadas en voluminosos chaquetones, personas negras y taciturnas, enturbiado el aire en torno a ellas por la pesadumbre. Frente a la estación del ferrocarril, muchos de los taxistas eran etíopes o punyabíes.

Su taxista etíope dijo:

—No localizo su acento. ¿De dónde es?

—De Nigeria.

—¿Nigeria? No parece africana ni por asomo.

—¿Por qué no parezco africana?

—Porque lleva la blusa muy ajustada.

—No la llevo muy ajustada.

—He pensado que era de Trinidad o un sitio de esos. —La escrutaba por el retrovisor con desaprobación y preocupación—. Ándese con mucho cuidado, o Estados Unidos la corromperá.

Cuando, años después, escribió en su blog el post «Sobre las divisiones en el seno de la comunidad formada por los negros no estadounidenses en Estados Unidos», hizo referencia al taxista, pero lo presentó como una experiencia de otra persona, cuidándose de revelar si era africana o caribeña, porque sus lectores no lo sabían.

Habló a Curt del taxista, explicándole lo mucho que la había enfurecido su sinceridad, tanto que había entrado en los lavabos de la estación para ver si la blusa rosa de manga larga le quedaba demasiado ajustada. Curt se partió de risa. Esa se convirtió en una de las muchas anécdotas que se complacía en contar a los amigos. «¡Llegó al extremo de ir a los lavabos para mirarse la blusa!» Sus amigos eran como él, gente radiante y adinerada que existía en la rutilante superficie de las cosas. A ella le caían bien, y tenía la sensación de caerles bien a ellos. La veían como una mujer interesante, poco habitual por su tendencia a expresar sus opiniones sin tapujos. Esperaban de ella ciertas cosas, y le perdonaban ciertas otras porque era extranjera. En una ocasión, sentada con ellos en un bar, oyó a Curt hablar con Brad, y Curt dijo «chupamedias». A ella le llamó la atención la palabra, tan inapelablemente americana. «Chupamedias.» Era una palabra que jamás se le habría ocurrido. Tomar conciencia de eso fue comprender que, en cierto plano, nunca llegaría a conocer totalmente a Curt y sus amigos.

Alquiló un apartamento en Charles Village, con una sola habitación y parquet antiguo, aunque era casi como si viviese con Curt; tenía la mayor parte de su ropa en el vestidor forrado de espejos en casa de él. Ahora que lo veía a diario, no solo los fines de semana, descubrió nuevas facetas en él, lo mucho que le costaba estar quieto, sencillamente quieto sin pensar en qué hacer a continuación, lo acostumbrado que estaba a quitarse el pantalón y dejarlo tirado en el suelo durante días, hasta que iba la mujer de la limpieza. Sus vidas eran una sucesión de planes que él concebía —una noche en Cozumel, un puente en Londres—, y a veces ella, el viernes por la noche después del trabajo, tomaba un taxi para reunirse con él en el aeropuerto.

«¿No es genial?», le preguntaba Curt, y ella respondía que sí, que era genial. Él siempre estaba pensando qué otra cosa *hacer,* y ella le decía que eso le resultaba extraño, porque se había criado no haciendo sino siendo. Se apresuraba a añadir, no obstante, que disfrutaba con todo eso, porque en efecto disfrutaba y sabía, además, lo mucho que él necesitaba oírselo decir. En la cama, Curt mostraba cierta ansiedad.

«¿Te gusta eso? ¿Te lo pasas bien conmigo?», preguntaba a menudo. Y ella decía que sí, lo cual era verdad, pero intuía que él no siempre la creía, o que si la creía, era solo durante el breve espacio de tiempo que tardaba en sentir la necesidad de reafirmarse nuevamente por medio de las palabras de ella. Había algo en él, que no era ego pero tampoco se reducía a simple inseguridad, algo que era necesario abrillantar, lustrar y encerar.

Y de pronto a Ifemelu empezó a caérsele el pelo en las sienes. Se lo impregnaba de acondicionadores densos y untuosos, y permanecía bajo chorros de vapor hasta que le corrían gotas de agua por el cuello. Aun así, el nacimiento del pelo le retrocedía a diario.

—Son los productos químicos —le dijo Wambui—. ¿Sabes qué contiene un alisador? Eso puede matarte. Tienes que cortarte el pelo y dejártelo crecer de manera natural.

Wambui llevaba ahora rastas cortas, que a Ifemelu no le gustaban; le parecían demasiado dispersas y aburridas, poco favorecedoras para su bonita cara.

—Yo no quiero rastas.

—No tienen por qué ser rastas. Puedes dejarte un afro, o hacerte trenzas como las de antes. Hay muchas posibilidades con el pelo natural.

—No puedo cortarme el pelo sin más —insistió.

—Alisarse el pelo es como estar en la cárcel. Estás enjaulada. Vives tiranizada por tu pelo. Hoy no has salido a correr con Curt porque no quieres que se te rice el pelo con el sudor. Aquella foto que me mandaste… en la barca llevabas el pelo tapado. Te pasas la vida luchando con tu pelo para que sea distinto de como es. Si te lo dejas al natural y te lo cuidas bien, ya no se te caerá. Puedo ayudarte a cortártelo ahora mismo. No tienes por qué pensártelo mucho.

Wambui estaba muy segura de sus palabras, era muy persuasiva. Ifemelu buscó unas tijeras. Wambui le cortó el pelo, dejando solo cinco centímetros, la parte recién crecida desde la última aplicación de alisador. Ifemelu se miró en el espejo. Era toda ella unos ojos enormes y una cabeza enorme. En el mejor de los casos, parecía un chico; en el peor, parecía un insecto.

—Me doy miedo de lo fea que estoy.

—Estás guapísima. Ahora se ve muy bien tu estructura ósea. Lo que pasa es que no estás acostumbrada a verte así. Ya te acostumbrarás —dijo Wambui.

Ifemelu seguía mirándose el pelo. ¿Qué había hecho? Parecía inacabada, como si el propio pelo, corto y grueso, reclamase atención, exigiese que se hiciera algo con él, que hubiera más. Cuando Wambui se marchó, Ifemelu, tapándose la cabeza con la gorra de béisbol de Curt, fue a la farmacia. Compró aceites y ungüentos, se aplicó primero lo uno, luego lo otro, primero con el pelo mojado, luego con el pelo seco, poniendo toda su voluntad en conseguir que se produjera un milagro desconocido. Algo, cualquier cosa, por lo cual le gustara su pelo. Se planteó comprarse una peluca, pero una peluca creaba desasosiego, ante la posibilidad siempre presente de que saliera volando de la cabeza. Se planteó ponerse un texturizador para suavizar los caracolillos elásticos de pelo, estirarse un poco el encrespamiento, pero un texturizador en realidad era un alisador, solo que menos potente, y aun así tendría que evitar la lluvia.

Curt le dijo:

—No te estreses más, cariño. Es una imagen genial, la verdad, y valiente.

—No quiero que mi pelo sea *valiente*.

—Quiero decir con estilo, chic. —Guardó silencio por un momento—. Estás guapísima.

—Parezco un chico.

Curt no dijo nada. Una velada sonrisa asomaba a su semblante, como si no entendiera por qué ella estaba tan disgustada pero supiera que más le valía no decirlo.

Al día siguiente Ifemelu llamó al trabajo para decir que se encontraba mal y volvió a meterse en la cama.

—¿No faltas al trabajo para quedarnos un día más en las Bermudas, pero faltas por tu pelo? —preguntó Curt, recostado en las almohadas, ahogando una risa.

—No puedo salir a la calle así. —Se arrebujaba bajo las sábanas como para esconderse.

—No te queda tan mal como tú crees —aseguró él.

—Al menos por fin admites que me queda mal.

Curt soltó una carcajada.

—Ya sabes lo que quiero decir. Ven aquí.

La abrazó, la besó, y luego se deslizó hacia el extremo opuesto de la cama y empezó a masajearle los pies; a ella le agradó esa presión cálida, el contacto de sus dedos. Aun así, no pudo relajarse. Al verse en el espejo del cuarto de baño, el pelo la sobresaltó, un pelo aplastado y sin vida después de toda la noche en la cama, como una madeja de lana encasquetada en la cabeza. Cogió el móvil y mandó un sms a Wambui: «Detesto mi pelo. Hoy no he podido ir a trabajar».

Wambui le contestó al cabo de unos minutos: «Conéctate a Internet. FelizmenteCrespoEnsortijado.com. Es una comunidad dedicada al pelo natural. Te inspirará».

Le enseñó el mensaje a Curt.

—Vaya un nombre absurdo para una web.

—Sí, desde luego, pero parece una buena idea. Deberías entrar en algún momento.

—Como por ejemplo ahora —dijo Ifemelu, y se levantó.

El portátil de Curt estaba en el escritorio, abierto. Cuando ella se acercó, percibió un cambio en Curt. Una premura repentina y tensa. Su lividez, su ademán aterrorizado, al ir hacia el portátil.

—¿Qué pasa? —preguntó ella.

—No significan nada. Los e-mails no significan nada.

Ifemelu se quedó mirándolo, obligándose a pensar. Él no se esperaba que ella usara su ordenador, porque rara vez lo hacía. La engañaba. Era extraño que ella nunca hubiera contemplado esa posibilidad. Cogió el portátil, lo sostuvo con firmeza, pero él no intentó quitárselo. Se limitó a quedarse allí de pie y observar. La página del correo de Yahoo estaba minimizada, junto a una web de baloncesto universitario. Leyó algunos de los e-mails. Miró las fotografías adjuntas. Los e-mails de la mujer —la dirección era ChispeantePaola123— eran en extremo insinuantes, mientras que los de Curt solo eran relativamente insinuantes, lo justo para asegurarse de que ella continuara. «Voy a prepararte una cena con un vestido rojo ajustado y zapatos de tacón altísimos —le escribía— y tú solo tienes que traerte a ti mismo y una botella de vino.» Curt contestaba: «El rojo te quedará magnífico». La mujer era más o menos de la edad de él, pero se traslucía, en las fotografías enviadas, un aire de dura desesperación, el pelo teñido de rubio platino, los ojos cargados en exceso de maquillaje azul, la blusa demasiado escotada. Sorprendió a Ifemelu que Curt la encontrara atractiva. Su ex novia blanca era una pija de rostro lozano.

—La conocí en Delaware —explicó Curt—. ¿Recuerdas aquel congreso al que quería que vinieras? Enseguida empezó a echarme los tejos. Me va detrás desde entonces. No me deja en paz. Sabe que tengo novia.

Ifemelu miró con atención una de las fotos, una de perfil en blanco y negro: la mujer echaba atrás la cabeza y la larga melena ondeaba a sus espaldas. Una mujer a quien le gustaba su pelo y pensaba que a Curt también le gustaría.

—No pasó nada —aseguró Curt—. Nada de nada. Solo los e-mails. Me acosa sin descanso. Le hablé de ti, pero insiste.

Ella lo miró, con su camiseta y su pantalón corto, tan convencido en sus justificaciones. Se sentía autorizado a eso tal como se sentiría un niño: ciegamente.

—Tú también le has escrito —adujo ella.

—Pero por lo mucho que ella insistía.

—No, lo has hecho porque querías.

—No pasó nada.

—No se trata de eso.

—Lo siento. Sé que ya estabas disgustada y lamento agravar la situación.

—Todas tus novias tenían el pelo largo y suelto —dijo ella con un tono rebosante de acusación.

—¿Cómo?

Estaba diciendo estupideces, pero ser consciente de ello no se lo impedía. Las fotos que había visto de sus ex novias la espoleaban: la japonesa esbelta con el pelo lacio teñido de rojo, la venezolana de piel aceitunada con tirabuzones hasta los hombros, la chica blanca con ondas y más ondas en el cabello rojizo. Y ahora esa mujer, cuya belleza no la impresionaba, pero tenía el pelo largo y lacio. Cerró el portátil. Se sintió insignificante y fea. Curt hablaba.

—Le pediré que no se ponga en contacto conmigo nunca más. Esto no volverá a ocurrir, cariño, te lo prometo —aseguró, e Ifemelu tuvo la impresión de que él lo decía como si, por alguna razón, aquello fuera responsabilidad de esa mujer, no suya.

Ifemelu se volvió, se caló la gorra de béisbol de Curt, metió unas cuantas cosas en una bolsa y se marchó.

Curt fue a verla al cabo de un rato, con tantas flores que ella apenas le vio la cara cuando abrió la puerta. Lo perdonaría, ella lo sabía, porque creía sus palabras. Chispeante Paola era una más de sus pequeñas aventuras. No habría llegado más lejos con ella, pero habría seguido fomentando su atención, hasta aburrirse. Chispeante Paola era como las estrellas plateadas que las maestras de Curt pegaban en las hojas de su cuaderno en primaria, fuentes de placer superficial y efímero.

Ella no quería salir a la calle, pero tampoco quedarse con él en la intimidad de su apartamento; aún tenía la sensibilidad a flor de piel. Así pues, se cubrió el pelo con un pañuelo y se fueron a dar un paseo, Curt solícito y sin escatimar promesas, ambos caminando uno al lado del otro pero sin tocarse, hasta la esquina de Charles con University Parkway, y luego de regreso al apartamento de ella.

Faltó al trabajo tres días. Al final fue a la oficina, con el pelo cortísimo, un afro excesivamente peinado y excesivamente aceitoso. «Se te ve distinta», dijeron sus compañeros, todos ellos un tanto vacilantes.

—¿Tiene algún significado? O sea, ¿es algo político? —preguntó Amy; Amy, que tenía un póster del Che Guevara en la pared de su cubículo.

—No —respondió Ifemelu.

En el comedor, la señora Margaret, la afroamericana de grandes pechos que imperaba en el mostrador —y, aparte de dos guardias de seguridad, la otra única persona negra en la empresa—, preguntó:

—¿Por qué te has cortado el pelo, encanto? ¿Eres lesbiana?

—No, señora Margaret, o al menos no de momento.

Unos años después, el día que Ifemelu presentó su dimisión, entró en el comedor para un último almuerzo.

—¿Te marchas? —preguntó la señora Margaret, abatida—. Lo siento, encanto. Por aquí tienen que tratar mejor a la gente. ¿Crees que tu pelo ha sido parte del problema?

FelizmenteCrespoEnsortijado.com tenía un fondo de pantalla amarillo chillón, tablones de mensajes llenos de post, miniaturas de mujeres negras titilantes en la parte superior. Lucían rastas largas y colgantes, afros pequeños, afros grandes, trenzas enroscadas, trenzas gruesas, descomunales y llamativos rizos y caracoles. Llamaban a los alisadores «el crac untuoso». Se negaban a seguir fingiendo que su pelo era lo que no era, a seguir huyendo de la lluvia y horrorizándose ante la posibilidad de sudar. Intercambiaban cumplidos a sus respectivas fotos y concluían los comentarios con «abrazos». Se quejaban de que en las páginas de las revistas para negros nunca aparecían mujeres con el pelo al natural, de los productos de farmacia tan emponzoñados por aceites minerales que no podían hidratar el pelo natural. Cruzaban fórmulas. Esculpían para sí mismas un mundo virtual donde su pelo acaracolado, crespo, ensortijado, lanoso era normal. E Ifemelu se precipitó en ese mundo con una gratitud vertiginosa. Mujeres de pelo corto como el suyo tenían un nombre para eso: AUM, Afro Ultra Mini. Aprendió, gracias a mujeres que colgaban instrucciones en extensos post, a evitar champús con silicona, a usar un acondicionador sin necesidad de aclarado con el pelo húmedo, a dormir con un pañuelo de satén. Encargó productos a mujeres que los elaboraban en sus cocinas y los enviaban con instrucciones precisas: CONVIENE GUARDAR EN EL FRIGORÍFICO DE INMEDIATO, NO CONTIENE CONSERVANTES. Curt abría la nevera, sacaba un recipiente con la etiqueta «manteca de pelo» y preguntaba: «¿Hay algún problema si unto la tostada con esto?». Curt vibraba de fascinación ante todo aquello. Leía los post de FelizmenteCrespoEnsortijado.com. «¡Me parece genial! −comentó−. Es como un movimiento de mujeres negras.»

Un día, en el mercado, Ifemelu estaba cogida de la mano de Curt frente a un puesto de manzanas y un hombre negro pasó por su lado y masculló:

−¿Alguna vez te has preguntado por qué le gustas con semejante selva?

Ella se quedó inmóvil, sin saber por un momento si había imaginado esas palabras; a continuación volvió a mirar a aquel hombre. Este andaba con demasiado ritmo en el paso, lo que la indujo a pensar en cierta veleidad de carácter. Un hombre indigno de atención. Aun así, sus palabras la molestaron, abrieron de pronto la puerta a nuevas dudas.

−¿Has oído lo que ha dicho ese tío? −preguntó a Curt.

−No. ¿Qué ha dicho?

Ifemelu cabeceó.

—Nada.

Sintió un profundo desánimo, y esa tarde, mientras Curt veía un partido, fue en coche a la tienda de productos de belleza y deslizó los dedos por pequeñas madejas de postizos lacios y sedosos. De pronto recordó un post de Jamilah1977 —«Me encantan las hermanas a las que les encantan sus postizos lacios, pero yo no pienso volver a ponerme pelo de caballo en la cabeza»— y se marchó de la tienda, deseosa de volver y conectarse y colgar un comentario en el tablón. Escribió: «Las palabras de Jamilah me han llevado a recordar que no hay nada más hermoso que lo que Dios me ha dado». Otras escribieron sus respuestas, colgando el icono de un pulgar en alto, diciendo lo mucho que les gustaba la foto que ella había incluido. Nunca había hablado tanto de Dios. Colgar comentarios en la web era como prestar testimonio en la iglesia; el reverberante bramido de aprobación la reanimaba.

A comienzos de la primavera, un día como otro —no era un día dorado por una luz especial, ni había ocurrido nada trascendental, y quizá solo fuera que el tiempo, como a menudo ocurre, había transfigurado sus dudas—, se miró en el espejo, se hundió los dedos en el pelo, denso, esponjoso y magnífico, y no pudo imaginarlo de otra forma. Se enamoró de su pelo, así de sencillo.

Por qué las mujeres negras de piel oscura —tanto las estadounidenses como las no estadounidenses— adoran a Barack Obama

Muchos negros estadounidenses dicen con orgullo que tienen algo de «indio». Lo cual significa: Gracias a Dios no somos negros de pura sangre. Lo cual significa que no son demasiado morenos. (Para aclararlo, cuando los blancos dicen «moreno», se refieren a los griegos o italianos, pero cuando los negros dicen «moreno», se refieren a Grace Jones.) A los hombres negros estadounidenses les gusta que sus mujeres negras tengan una parte exótica; por ejemplo, que sean medio chinas o que tengan un

286

toque de cheroki. Les gusta que sus mujeres sean claras. Pero ojo con lo que los negros estadounidenses consideran «claro». Algunas de esas personas «claras», en países de negros no estadounidenses, serían consideradas sencillamente blancas. (Ah, y los negros estadounidenses morenos ven con resquemor a los hombres claros, porque lo tienen más fácil con las mujeres.)

Ahora bien, negros no estadounidenses compañeros míos, no os lo creáis demasiado. Porque estas gilipolleces también se dan en nuestros países caribeños y africanos. No tanto como entre los negros estadounidenses, diréis. Puede ser. Aun así, se da. Sin ir más lejos, ¿qué me decís de los etíopes que piensan que no son tan negros? ¿Y de los habitantes de las islas caribeñas menores deseosos de afirmar que su ascendencia es «mixta»? Pero no nos perdamos en digresiones. El caso es que la piel clara se valora mucho en la comunidad de los negros estadounidenses. Sin embargo todo el mundo hace como si no fuera ya así. Sostienen que los tiempos de la prueba de la bolsa de papel (consúltese) han quedado atrás y debemos pasar a otra cosa. Pero hoy día la mayoría de los negros estadounidenses que triunfan en el mundo del espectáculo o en la vida pública son de piel clara. Sobre todo las mujeres. Muchos hombres negros estadounidenses con éxito se casan con mujeres blancas. Aquellos que se dignan casarse con mujeres negras se casan con mujeres de piel clara (conocidas también como mujeres con la piel de color amarillo intenso). Y por eso a las mujeres morenas les encanta Barack Obama. ¡Él rompió el molde! Se casó con una de las suyas. Él sabe lo que el mundo parece no saber: que las mujeres morenas causan sensación. Quieren que Obama gane porque quizá así al final alguien asigne un papel a una preciosa nena de color chocolate en una comedia romántica de gran presupuesto que se estrene en cines de todo el país, y no solo en tres cines de arte y ensayo de Nueva York. Mirad, en la cultura popular estadounidense, las mujeres hermosas de piel morena son invisibles. (El otro grupo igual de invisible es el de los hombres asiáticos. Pero al menos a ellos se los presenta como superlistos.) En las películas, las mujeres negras morenas aparecen en el papel secundario de matrona gorda y bondadosa o de acompañante fuerte, descarada, a veces temible. Tienen que impartir sabiduría y carácter mientras la mujer blanca encuentra el amor. Pero nunca aparecen en el papel de la mujer de bandera, guapa y deseada y demás. Así que las negras de piel morena esperan que Obama cambie eso. Ah, y las negras de piel morena también son partidarias de limpiar Washington y salir de Irak y tal.

21

Era la mañana de un domingo, y la tía Uju telefoneó, tensa y alterada.

—¡Habráse visto este crío! Tendrías que ver la ropa absurda que quiere ponerse para ir a la iglesia. Se niega a ponerse lo que le he elegido yo. Si no se viste como es debido, esa gente ya tendrá algo de que chismorrear, tú bien lo sabes. Si ellos van desastrados, no pasa nada, pero si somos nosotros, la cosa cambia. Por eso mismo le digo que se haga notar menos en el colegio. El otro día le dijeron que hablaba en clase, y él salió con que hablaba porque había acabado la tarea. Ha de hacerse notar menos, porque a los que son como él siempre los considerarán distintos, pero este niño no lo entiende. ¡Habla con tu primo, por favor!

Ifemelu pidió a Dike que se llevara el teléfono a su habitación.

—Mamá quiere que me ponga una camisa horrorosa —dijo con tono inexpresivo, desapasionado.

—Sé que esa camisa no mola, Dike, pero póntela por ella, ¿vale? Solo para ir a la iglesia. Solo por hoy.

Ifemelu conocía la camisa, una camisa a rayas sin ninguna gracia, que Bartholomew le había comprado a Dike. Era la clase de camisa que Bartholomew compraría. A ella esa camisa le recordaba a unos amigos de él que había conocido un fin de semana, una pareja nigeriana de Maryland que estaba de visita, sus dos hijos sentados junto a ellos en el sofá, ambos rígidos y abotonados hasta el cuello, atrapados en la opresión de las aspiraciones de unos padres inmigrantes. No quería que Dike fuera como ellos, pero entendía la inquietud de la tía Uju, que estaba abriéndose camino en un territorio desconocido.

–Lo más probable es que en la iglesia no veas a nadie que conozcas –prosiguió Ifemelu–. Y ya hablaré con tu madre para que no te obligue a ponértela otra vez.

Dike cedió por fin a su engatusamiento, siempre y cuando pudiera ponerse zapatillas deportivas, no los zapatos de cordón que quería su madre.

–Iré este fin de semana. Llevaré a mi novio, Curt. Por fin lo conocerás.

Ante la tía Uju, Curt se mostró solícito y encantador, con esa fluidez que avergonzaba un poco a Ifemelu. En una cena con Wambui y unos amigos, días atrás, Curt rellenaba una copa de vino aquí, una de agua allá. Encantador, fue como lo calificó una de las chicas más tarde: tu novio es de lo más encantador. E Ifemelu cayó en la cuenta de que no le gustaba el encanto. No un encanto como el de Curt, con su necesidad de deslumbrar, de actuar. Deseaba que Curt fuera más callado, más introvertido. Cuando entablaba conversaciones con alguien en un ascensor, o se deshacía en halagos con desconocidos, ella contenía la respiración, convencida de que los demás verían lo mucho que le gustaba ser el centro de atención. Pero siempre le devolvían la sonrisa y respondían y se dejaban agasajar. Como hizo la tía Uju. «Curt, ¿no vas a probar la sopa?… ¿Ifemelu nunca te ha preparado esta sopa?… ¿Has probado el plátano frito?»

Dike observaba, sin apenas despegar los labios, hablando educadamente y con decoro, a pesar de que Curt bromeaba con él y comentaba cosas de deportes y se esforzaba tanto por granjearse su afecto que Ifemelu temió que hiciera incluso volteretas. Finalmente, Curt preguntó:

–¿Te apetece tirar un rato a la canasta?

Dike se encogió de hombros.

—Vale.

La tía Uju los observó salir.

—Desde luego se comporta como si todo lo que tocas empezara a oler a perfume. Le gustas mucho —comentó la tía Uju. Luego, contrayendo la cara, añadió—: Y eso a pesar del pelo que llevas.

—Tía, *biko*, no te metas con mi pelo —protestó Ifemelu.

—Parece yute. —La tía Uju hundió una mano en el afro de Ifemelu.

Ifemelu apartó la cabeza.

—Y si en todas las revistas que abrieses y en todas las películas que vieses aparecieran mujeres guapas con el pelo como el yute, ¿qué? Ahora admirarías mi pelo.

La tía Uju soltó un bufido.

—Ya, eso cuéntaselo a tu abuela; yo solo digo la verdad. El pelo natural tiene algo de sucio y desaliñado. —La tía Uju se interrumpió—. ¿Has leído la redacción de tu primo?

—Sí.

—¿Cómo puede decir que no sabe quién es, él, ni qué es? ¿Desde cuándo tiene tantos conflictos? ¿Y hasta su apellido le crea complicaciones?

—Deberías hablar con él, tía. Si es así como se siente, así es como se siente.

—Creo que escribió eso porque es lo que enseñan allí. Todos tienen conflictos, que si la identidad por aquí, que si la identidad por allá. Alguien cometerá un asesinato y dirá que ha sido porque su madre no lo abrazaba cuando tenía tres años. O hará alguna atrocidad y dirá que ha sido por una enfermedad contra la que lucha.

La tía Uju miró por la ventana. En el jardín, Curt y Dike se dribblaban mutuamente con una pelota de baloncesto, y más allá empezaba el espeso bosque. En su última visita, Ifemelu, al despertar, vio por la ventana de la cocina un par de gráciles ciervos al galope.

—Estoy cansada —dijo la tía Uju en voz baja.

—¿Qué quieres decir? —Pero Ifemelu sabía que serían solo más quejas sobre Bartholomew.

—Los dos trabajamos. Los dos llegamos a casa a la misma hora, ¿y sabes qué hace Bartholomew? Se sienta en el salón, enciende el televisor y me pregunta qué hay para cenar. —La tía Uju frunció el entrecejo, e Ifemelu advirtió lo mucho que había engordado, el asomo de una papada, el ensanchamiento de la nariz—. Quiere que le dé mi salario. ¡Imagínate! Dice que los matrimonios se organizan así, y que como él es el cabeza de familia, yo no debería mandar dinero a mi hermano a Nigeria sin su permiso, que deberíamos pagar los plazos de su coche con mi salario. Quiero mirar colegios privados para Dike, viendo los disparates de ese colegio público, pero Bartholomew dice que son demasiado caros. ¡Demasiado caros! Entretanto, sus hijos estudiaron en colegios privados de California. Todas esas barbaridades del colegio de Dike le traen sin cuidado. El otro día fui allí, y la ayudante de una maestra me llamó a gritos desde la otra punta del vestíbulo. Imagínate. Menuda grosería. Me fijé en que no llamaba a gritos desde la otra punta del vestíbulo a los otros padres. Así que me acerqué y la puse verde. Con esa gente, si quieres conservar la dignidad, no te queda más remedio que ponerte agresiva. —Cabeceó—. A Bartholomew le trae sin cuidado que Dike siga llamándole tío. Le dije que lo animara a llamarlo papá, pero a él le trae sin cuidado. Lo único que quiere es que yo le entregue mi sueldo y le prepare mollejas a la pimienta los sábados mientras ve los deportes de las ligas europeas en la televisión por satélite. ¿Por qué he de entregarle mi salario? ¿Acaso me pagó él los estudios en la facultad de medicina? Quiere abrir un negocio pero no le conceden un préstamo y dice que va a demandarlos por discriminación porque es solvente, y se enteró de que a un hombre que va a nuestra iglesia le dieron un préstamo siendo mucho menos solvente. ¿Tengo yo la culpa de que no le den el préstamo? ¿Alguien lo obligó a venir aquí? ¿Es que no sabía que aquí seríamos los únicos negros? ¿No vino aquí convencido de que sería beneficioso para él? Todo es dinero, dinero, dinero. Continuamente pretende tomar mis decisiones profesionales por mí. ¿Qué sabe un contable de medicina? Yo solo quiero estar a gusto. Solo quiero poder pagar la universidad de mi hijo. No necesito trabajar horas y horas únicamente para acumular dinero. No me propongo comprarme un yate como los estadounidenses. —La tía Uju se apartó de la ventana y se sentó a la mesa de la cocina—. Ni siquiera sé por qué vine aquí. El otro día una farmacéutica me dijo que tenía un acento incomprensible. Imagínate, le di el nombre de un medicamento por teléfono y me dijo que tenía un acento incomprensible, como lo oyes. Y ese mismo día, como si los hubiera enviado alguien, se presentó un paciente, un vago, un inútil con tatuajes por todo el cuerpo, y me dijo que me volviera al sitio de donde había venido. Y todo porque me di cuenta de que fingía el dolor y me negué a darle más calmantes. ¿Por qué tengo que aguantar esas sandeces? Culpo a Buhari y Babangida y Abacha, porque ellos destruyeron Nigeria.

Era curioso que la tía Uju mencionara a menudo a los anteriores jefes de Estado, invocando sus nombres con tono emponzoñadamente acusador, y sin embargo nunca aludiera al General.

Curt y Dike volvieron a la cocina. A Dike le brillaban los ojos, sudaba un poco y hablaba por los codos; allá fuera, en el firmamento del baloncesto, había sucumbido a la estrella de Curt.

—¿Quieres un poco de agua, Curt? —preguntó.

—Llámalo tío Curt —dijo la tía Uju.

Curt se rio.

—O primo Curt. ¿Eso qué tal?

—Tú no eres mi primo —respondió Dike, sonriendo.

—Lo sería si me casara con tu prima.

—¡Eso depende de cuánto nos ofrezcas! —dijo Dike.

Todos se echaron a reír. La tía Uju parecía complacida.

—¿Quieres ir a por esa bebida y reunirte conmigo fuera, Dike? —preguntó Curt—. ¡Tenemos un asunto pendiente!

Curt tocó el hombro a Ifemelu con delicadeza. Antes de volver a salir, le preguntó si estaba bien.

—*O na-eji gi ka akwa* —dijo la tía Uju en un tono rebosante de admiración.

Ifemelu sonrió. Era verdad que Curt la sostenía como un huevo. Con él se sentía rompible, valiosa. Después, cuando se marcharon, deslizó la mano en la de él y se la apretó; se sentía orgullosa: de él, y de estar con él.

Una mañana la tía Uju despertó y fue al cuarto de baño. Bartholomew acababa de lavarse los dientes. La tía Uju, al coger su cepillo de dientes, vio en el lavabo un grueso cuajarón de dentífrico. Tan grueso que habría bastado para lavarse los dientes. Allí estaba, lejos del desagüe, blando, derritiéndose. Le dio asco. ¿Cómo podía una persona lavarse los dientes y dejar tanto dentífrico en el lavabo? ¿Es que no lo había visto? ¿Había añadido más al cepillo de dientes cuando eso cayó al lavabo? ¿O sencillamente se lavó con el cepillo casi sin nada? Lo que significaba que no tenía los dientes limpios. Pero a la tía Uju no eran sus dientes lo que le preocupaba. Le preocupaba el cuajarón de dentífrico en el lavabo. Muchas otras mañanas había limpiado el dentífrico, enjuagado el lavabo. Pero esa mañana no. Esa mañana estaba harta. Lo llamó a gritos, una y otra vez. Él le preguntó qué problema había. Ella contestó que el problema era el dentífrico en el lavabo. Él la miró y, mascullando, dijo que había sido por las prisas, que ya llegaba tarde al trabajo, y la tía Uju le respondió que ella también tenía un trabajo al que ir, y ganaba más que él, por si lo había olvidado. A fin de cuentas, era ella quien le pagaba el coche. Él, hecho un basilisco, salió y se fue escalera abajo. En ese punto de la historia la tía Uju introdujo una pausa, e Ifemelu imaginó a Bartholomew con su camisa de cuello de distinto color y su pantalón de cintura demasiado alta, el pinzado poco favorecedor en la parte delantera, el andar patizambo al salir hecho un basilisco. La tía Uju hablaba con voz anormalmente serena por el teléfono.

—He encontrado un apartamento en un pueblo que se llama Willow. Una urbanización con verja de entrada muy agradable, cerca de la universidad. Dike y yo nos marchamos este fin de semana —anunció la tía Uju.

—¡Anda, tía! ¿Tan deprisa?

—Lo he intentado. Se acabó.

—¿Qué te ha dicho Dike?

—Me ha dicho que nunca le ha gustado vivir en el bosque. Y no ha pronunciado una sola palabra sobre Bartholomew. Willow será mucho mejor para él.

A Ifemelu le gustó el nombre del pueblo, Willow; le sonó a comienzo recién exprimido.

A mis compañeros negros no estadounidenses: en Estados Unidos sois negros, muchachos

Queridos negros no estadounidenses, cuando tomáis la decisión de venir a Estados Unidos, os convertís en negros. Basta ya de discusiones. Basta ya de decir soy jamaicano o soy ghanés. A Estados Unidos le es indiferente. ¿Qué más da si no erais «negros» en vuestro país? Ahora estáis en Estados Unidos. Tendremos nuestros momentos de iniciación en la Sociedad de los Antiguos Esclavos Negros. El mío tuvo lugar en la universidad cuando, en una clase, me pidieron que ofreciera la perspectiva negra, solo que yo no entendía ni remotamente a qué se referían. Así que me inventé algo, sin más. Y admitidlo: decís «No soy negro» solo porque sabéis que el negro es el último peldaño de la escala racial estadounidense. Y eso no lo queréis. Ahora no lo neguéis. ¿Y si ser negro implicara todos los privilegios de ser blanco? ¿Diríais entonces «No me llaméis negro, soy de Trinidad»? Lo dudo mucho. Así que sois negros, muchachos. Y he aquí lo que pasa cuando os volvéis negros: tenéis que mostraros ofendidos si alguien, en broma, utiliza palabras como «chocolate» o «tiznajo» o «charol», aunque no sepáis de qué demonios está hablando, y como sois negros no estadounidenses, lo más

295

probable es que no lo sepáis. (En la universidad una compañera de clase blanca me pregunta si me gusta el chocolate; yo digo que sí, y otra compañera dice: Dios mío, qué racista, y yo me quedo desconcertada. «Espera, ¿cómo dices?») Debéis devolver el gesto de saludo cuando otra persona negra se cruza con vosotros en una zona muy poblada de blancos. A eso se llama «saludo negro». Entre los negros es una manera de decir: «No estás solo, yo también estoy aquí». Al describir a las mujeres negras que admiráis, siempre debéis usar la palabra FUERTE porque eso es lo que supuestamente son las mujeres negras en Estados Unidos. Si sois mujeres, por favor, no expreséis vuestra opinión como estáis acostumbradas a hacer en vuestro país. Porque en Estados Unidos las mujeres negras de opiniones muy firmes dan MIEDO. Y si sois hombres, tenéis que mostraros hipersosegados, sin exaltaros nunca más de la cuenta, o alguien temerá que estéis a punto de sacar un arma. Cuando veis la televisión y oís la expresión «comentario racista», debéis ofenderos de inmediato. Aunque penséis «Pero ¿por qué no me cuentan cuáles fueron las palabras exactas?». Por más que prefirierais poder decidir por vosotros mismos en qué medida os ofendíais, o si os ofendíais, debéis ofenderos mucho igualmente.

Cuando se denuncia un delito, rezad para que no lo haya cometido un negro, y si resulta que lo ha cometido un negro, manteneos alejados de la zona del delito durante semanas, o quizá os detengan por coincidir con la descripción del perfil. Si una cajera negra atiende mal a la persona no negra que está en la cola delante de vosotros, elogiad los zapatos o lo que sea de esa persona para compensarla por el mal servicio recibido, porque sois igual de culpables de los delitos de la cajera. Si estudiáis en una universidad de élite y un joven republicano os dice que habéis accedido solo gracias a la Discriminación Positiva, no exhibáis vuestras excelentes calificaciones del instituto. En lugar de eso, señalad sutilmente que quienes más se benefician de la Discriminación Positiva son las mujeres blancas. Si vais a comer a un restaurante, tened la bondad de dejar una propina generosa. De lo contrario la siguiente persona negra que entre recibirá un servicio pésimo, porque los camareros se lamentan cuando les toca una mesa de negros. Ya veis, las personas negras tienen un gen que las lleva a no dejar propina, así que por favor, imponeos a ese gen. Si contáis a una persona no negra algún suceso racista que os ha ocurrido, aseguraos de que no lo hacéis con resquemor. No os quejéis. Sed tolerantes. Si es posible, presentadlo con humor. Sobre todo, no os indignéis. En principio las personas negras no deben indignarse por el racismo. De lo contrario, no obtendréis solidaridad. Esto solo es aplicable a los progresistas blancos, dicho sea de paso. No os molestéis siquiera en contar a un conservador blanco un suceso racista que os haya ocurrido. Porque el conservador os dirá que sois VOSOTROS los verdaderos racistas y os quedaréis boquiabiertos.

22

Un sábado, en el centro comercial de White Marsh, Ifemelu vio a Kayode DaSilva. Llovía. Ella estaba dentro, junto a la entrada, esperando a que Curt acercara el coche, y Kayode casi tropezó con ella.

—¡Ifemsco! —exclamó.

—¡Dios mío! ¡Kayode!

Se abrazaron, se miraron, dijeron todas esas cosas que dicen las personas que no se han visto durante muchos años, incurriendo ambos en sus voces nigerianas y en sus identidades nigerianas, más estridentes, más realzadas, añadiendo expresiones de énfasis a sus frases. Él se había marchado nada más acabar secundaria para asistir a la universidad en Indiana y se había licenciado hacía años.

—Antes trabajaba en Pittsburgh, pero acabo de mudarme a Silver Spring para empezar en un empleo nuevo. Me encanta Maryland. Me encuentro con nigerianos en el supermercado y en el centro comercial, en todas partes. Es como estar otra vez en casa. Pero supongo que eso tú ya lo sabes.

—Sí —dijo ella, pese a que no lo sabía.

Su Maryland era el mundo pequeño y circunscrito de los amigos estadounidenses de Curt.

—Por cierto, tenía la intención de buscarte.

La contemplaba como si absorbiera sus detalles, como si la memorizara, para cuando contara la historia de su encuentro.

—¿Ah, sí?

—El otro día mi amigo Zeta y yo estábamos de charla, y salió tu nombre a la conversación, y él dijo que había oído

298

que vivías en Baltimore y, como yo estaba cerca, me pidió que te buscara y averiguara si te iban bien las cosas y le contara cómo se te veía ahora.

Una sensación de embotamiento se propagó rápidamente por el cuerpo de Ifemelu.

—Ah, ¿todavía os mantenéis en contacto? —musitó.

—Sí. Hemos recuperado el contacto desde que él se trasladó a Inglaterra el año pasado.

¡Inglaterra! Obinze estaba en Inglaterra. Ella había creado la distancia, haciendo como si él no existiera, cambiando de dirección de correo electrónico y de número de teléfono, y sin embargo se sintió profundamente traicionada al oír la noticia. Se habían producido cambios en la vida de él que ella ignoraba. Estaba en Inglaterra. Hacía solo unos meses Curt y ella habían viajado a Inglaterra para asistir al festival de Glastonbury, y después pasaron dos días en Londres. Obinze podía haber estado allí, podía habérselo encontrado mientras paseaba por Oxford Street.

—Pero ¿qué os ha pasado? La verdad, me costó creerlo cuando dijo que ya no estabais en contacto. ¡Hay que ver! ¡Todos esperábamos la invitación a la boda! —exclamó Kayode.

Ifemelu se encogió de hombros. Dentro de sí tenía cosas dispersas que necesitaba reunir.

—¿Y tú cómo estás? ¿Cómo te va la vida? —preguntó Kayode.

—Bien —contestó ella con frialdad—. Estoy esperando a mi novio, que ahora viene a recogerme. De hecho, creo que ese es él.

Se advirtió, en la actitud de Kayode, una retracción del ánimo, una retirada de su ejército de calidez, porque percibió claramente que ella había decidido excluirlo. Ifemelu ya empezaba a alejarse. Por encima del hombro le dijo: «Cuídate». Debería haberle dado su número de teléfono, haber seguido hablando un rato más, haberse comportado de todas las maneras previsibles. Pero las emociones se sublevaban dentro de ella. Y consideraba a Kayode culpable de tener noticias de Obinze, de devolverle a Obinze.

—Acabo de encontrarme con un viejo amigo de Nigeria. No lo veía desde el instituto —le dijo a Curt.

—¿Ah, sí? Qué bien. ¿Vive aquí?

—En Washington.

Curt la observaba, esperando algo más. Querría invitar a Kayode a tomar una copa con ellos, querría ser amigo de su amigo, querría ser tan cortés como siempre. Y eso, su expresión expectante, la irritó. Ella quería silencio. Incluso la radio la molestaba. ¿Qué diría Kayode a Obinze? ¿Que salía con un apuesto blanco en un cupé BMW, que llevaba un peinado afro y una flor roja detrás de la oreja? ¿Qué pensaría Obinze de eso? ¿Qué hacía en Inglaterra? La asaltó un nítido recuerdo, de un día soleado —el sol siempre lucía en sus recuerdos de él, y a ella eso le inspiraba cierta desconfianza— en que su amigo Okwudiba llevó un vídeo a casa de Obinze, y este dijo: «¿Una película inglesa? Tiempo perdido». Para él, solo las películas estadounidenses merecían la pena. Y ahora estaba en Inglaterra.

Curt la miraba.

—¿Verlo te ha alterado?

—No.

—¿Fue una especie de novio o algo así?

—No —respondió ella, mirando por la ventanilla.

Más tarde ese día enviaría un e-mail a la dirección de Obinze en Hotmail: «Techo, ni siquiera sé por dónde empezar. Hoy me he encontrado con Kayode en el centro comercial. Decirte que lo lamento por mi silencio incluso a mí me parece una estupidez, pero lo lamento y me siento como una estúpida. Te contaré todo lo que pasó. Te he echado y te echo de menos». Y él no contestaría.

—Te he reservado el masaje sueco —dijo Curt.

—Gracias —contestó ella. Luego en voz más baja, para compensar su irritación, añadió—: Eres un encanto.

—No quiero ser un encanto. Quiero ser el puto amor de tu vida —repuso Curt con una fuerza que la desconcertó.

TERCERA PARTE

23

En Londres la noche caía demasiado pronto, pendía en el aire de la mañana como un peligro inminente, y luego, por la tarde, se imponía una penumbra gris azulada, y los edificios victorianos presentaban todos una apariencia melancólica. En esas primeras semanas el frío amedrentó a Obinze con su ingrávida amenaza, secándole las fosas nasales, agudizando sus zozobras, obligándolo a orinar con demasiada frecuencia. Caminaba a buen paso por la acera, abstraído, con las manos hundidas en el abrigo que le había prestado su primo, un abrigo de lana gris cuyas mangas casi le engullían los dedos. A veces se detenía frente a una boca de metro, a menudo junto a un vendedor de periódicos o de flores, y observaba a la gente que pasaba rozándolo. Andaba tan deprisa, esa gente, como si tuviera un destino apremiante, una finalidad en la vida, a diferencia de él. Los seguía con la mirada, sintiendo un anhelo perdido, y pensaba: «Podéis trabajar, sois legales, sois visibles, y ni siquiera sabéis la suerte que tenéis».

Fue en una estación de metro donde conoció a los angoleños que le concertarían el matrimonio, exactamente dos años y tres días después de su llegada a Inglaterra; llevaba la cuenta.

«Hablaremos en el coche», había dicho uno de ellos un rato antes por teléfono. Cuidaban con escrupuloso esmero su Mercedes negro antiguo, que tenía ondas en las alfombrillas de tanto pasar la aspiradora, la tapicería de piel de los asientos reluciente por la cera abrillantadora. Los dos hombres se parecían mucho, con pobladas cejas que casi se tocaban, pese a haberle dicho que eran solo amigos, y además vestían igual, con cazadoras de cuero y largas cadenas de oro. Sus cortes de pelo, estilo tabla, alzándose en sus cabezas como sombreros de copa, lo sorprendieron, pero quizá esos cortes de pelo retro formaban parte de su imagen hipermoderna. Le hablaron con la autoridad de personas que habían hecho eso ya antes, y también con cierta condescendencia; al fin y al cabo, su destino estaba en manos de ellos.

—Nos hemos decidido por Newcastle porque conocemos gente allí, y ahora Londres está que arde, hay demasiadas bodas en Londres, sí, y no queremos líos —explicó uno de ellos—. Todo saldrá bien. Tú procura no hacerte notar, ¿vale? No llames la atención hasta que se celebre la boda. No te pelees en un bar, ¿vale?

—Nunca se me han dado muy bien las peleas —respondió Obinze con ironía, pero los angoleños no sonrieron.

—¿Tienes el dinero? —preguntó el otro.

Obinze entregó doscientas libras, todo en billetes de veinte que había sacado del cajero automático a lo largo de dos días. Era un pago a cuenta, para demostrar la seriedad de sus intenciones. Más adelante, cuando conociera a la chica, desembolsaría dos mil libras.

—El resto ha de ser por adelantado, ¿vale? Dedicaremos una parte a la búsqueda, y lo demás se lo queda la chica. Tío, ya sabes que nosotros no sacamos nada con esto. Normalmente pedimos mucho más, pero ahora lo hacemos por Iloba —dijo el primero.

Obinze no se lo creyó, ni siquiera entonces. Conoció a la chica, Cleotilde, al cabo de unos días, en un centro comercial, concretamente en un McDonald's cuyos ventanales daban a una boca de metro fría y húmeda en la otra acera. Se sentó a una mesa con los angoleños, viendo pasar apresuradamente a los transeúntes, y preguntándose cuál de ellos sería la chica, mientras los angoleños hablaban en susurros por sus móviles; tal vez estaban concertando otros matrimonios.

—¡Eh, hola! —saludó ella.

Lo sorprendió. Él esperaba una mujer con marcas de viruela disimuladas bajo una gruesa capa de maquillaje, una mujer curtida y avisada. Sin embargo allí estaba la chica, ingenua y lozana, con gafas, piel aceitunada, casi una niña, sonriéndole tímidamente y tomándose un batido con una cañita. Parecía una universitaria de primero, cándida o tonta, o las dos cosas.

—Solo quería saber que no tenías ninguna duda antes de hacer esto —le dijo Obinze. Luego, temiendo ahuyentarla, añadió—: Te estoy muy agradecido, y a ti no te representará mayor problema; dentro de un año tendré los papeles y nos divorciaremos. Pero primero quería conocerte y asegurarme de que estás de acuerdo en hacerlo.

—Sí.

La observó, esperando algo más. La chica jugueteó con la pajita, tímidamente, sin mirarlo a los ojos, y él tardó un rato en darse cuenta de que ella reaccionaba más a su presencia que a la situación. Se sentía atraída por él.

—Quiero ayudar a mi madre. En casa pasamos apuros —dijo, subrayadas sus palabras por un atisbo de acento no británico.

—Está con nosotros, ¿vale? —intervino uno de los angoleños, impaciente, como si Obinze hubiera osado poner en tela de juicio lo que ellos le habían dicho ya.

—Enséñale tus datos, Cleo —le instó el otro angoleño.

Sonó a falso que la llamara Cleo: Obinze lo percibió por su forma de decirlo, y por la expresión de ella al oírlo, el asomo de sorpresa en el semblante. Era una familiaridad forzada; el angoleño nunca antes la había llamado Cleo. Quizá no la había llamado nunca de ninguna manera. Obinze se preguntó de qué la conocían los angoleños. ¿Tenían acaso una lista de mujeres jóvenes con pasaporte de la Unión Europea necesitadas de dinero? Cleotilde se apartó el pelo, una maraña de apretados rizos, y se reacomodó las gafas, como si se preparase antes de mostrar su pasaporte y su carnet. Obinze los examinó. Le habría echado menos de veintitrés años.

—¿Puedes darme tu número de teléfono? —preguntó Obinze.

—Para cualquier cosa, solo tienes que llamarnos a nosotros —dijeron los angoleños, casi al unísono.

Aun así, Obinze anotó su propio número en una servilleta de papel y la deslizó hacia ella. Los angoleños le lanzaron una mirada maliciosa. Más adelante, por teléfono, ella le contó que vivía en Londres desde hacía seis años y ahorraba para estudiar en la escuela de moda, pese a que los angoleños le habían dicho que vivía en Portugal.

—¿Quieres que nos veamos? —preguntó él—. Nos será mucho más fácil si intentamos conocernos un poco.

—Sí —contestó ella sin vacilar.

Comieron pescado y patatas fritas en un bar, sentados a una mesa de madera con los lados recubiertos de una fina costra de mugre, mientras ella hablaba de su pasión por la moda y le preguntaba por la indumentaria tradicional nigeriana. Esta vez se la veía un poco más madura; Obinze advirtió el lustre en sus mejillas, los rizos más definidos en el pelo, y supo que había puesto cierto esmero en su aspecto.

—¿Qué harás cuando tengas los papeles? —preguntó ella—. ¿Traerás a tu novia de Nigeria?

Lo conmovió su transparencia.

—No tengo novia.

—Nunca he estado en África. Me encantaría ir.

Dijo «África» con melancolía, como un extranjero admirativo, colmando la palabra de exótico fervor. Su padre negro, angoleño, la había dejado con su madre blanca, portuguesa, cuando tenía solo tres años, le contó, y desde entonces no había vuelto a verlo, ni había estado nunca en Angola. Lo contó encogiendo los hombros y enarcando las cejas en un gesto cínico, como si siempre la hubiese traído sin cuidado, un esfuerzo tan ajeno a ella, tan fuera de lugar, que revelaba lo mucho que la afectaba. Existían dificultades en la vida de ella que él deseaba conocer mejor, partes de su cuerpo macizo y curvilíneo que ansiaba tocar, pero, por cautela, prefería no complicar las cosas. Esperaría hasta después de la boda, hasta que el aspecto mercantil de su relación quedase zanjado. Ella parecía entenderlo tácitamente. Así pues, durante las semanas siguientes, cuando se vieron y hablaron, a veces practicando las respuestas a las preguntas que les formularían en la entrevista de inmigración y otras veces solo charlando de fútbol, creció entre ellos el apremio del deseo contenido. Estaba presente en su manera de colocarse, muy cerca, sin tocarse, mientras esperaban en la estación de metro, en sus mutuas burlas porque él era seguidor del Arsenal y ella del Manchester United, en cómo se prolongaban sus miradas. Cuando Obinze pagó dos mil libras en efectivo a los angoleños, ella le dijo que le habían dado únicamente quinientas.

–Solo te lo comento. Ya sé que no tienes más dinero. Quiero hacer esto por ti –aclaró ella.

Lo miraba, sus ojos empañados por todo aquello que quedaba sin decir, y lo llevó a experimentar de nuevo una sensación de plenitud, lo llevó a recordar lo mucho que anhelaba sentir algo sencillo y puro. Deseó besarla, besar aquellos labios, el superior más rosado y reluciente por efecto del brillo de labios, abrazarla, expresarle su profunda e incontenible gratitud. Ella jamás revolvía su hervidero de preocupaciones, nunca esgrimía su poder ante él. Una mujer del este de Europa, según le había contado Iloba, había amenazado a un nigeriano, una hora antes de la boda en el juzgado, con marcharse si no le daba mil libras más. El hombre, aterrorizado, empezó a llamar a todos sus amigos, a reunir el dinero.

Cuando Obinze preguntó a los angoleños cuánto habían pagado a Cleotilde, uno de ellos se limitó a decir: «Tío, te ofrecimos unas buenas condiciones», con ese tono suyo, el tono de las personas que se sabían imprescindibles. A fin de cuentas, fueron ellos quienes lo llevaron al bufete de un abogado, un nigeriano de voz apagada en una silla giratoria que, mientras rodaba hacia atrás y alargaba el brazo en dirección a un archivador, dijo: «Todavía puede casarse aunque haya caducado su visado. De hecho, ahora casarse es su única opción». Fueron ellos quienes le proporcionaron los recibos del agua y el gas, por un periodo de seis meses, con su nombre y una dirección de Newcastle, ellos quienes encontraron a un hombre que «arreglaría» lo del permiso de conducir, un hombre llamado crípticamente Brown. Obinze se reunió con Brown en la estación de tren de Barking; aguardó junto a la verja según lo acordado, en medio del gentío, mirando alrededor y esperando a que sonara el móvil, porque Brown se había negado a darle un número de teléfono.

—¿Espera a alguien? —Allí estaba Brown, un hombre menudo, con un gorro calado hasta las cejas.

—Sí. Soy Obinze —dijo, sintiéndose como un personaje de una novela de espías obligado a hablar absurdamente en clave.

Brown lo llevó a un rincón tranquilo, le entregó un sobre, y helo ahí, su permiso de conducir, con su foto y la apariencia un tanto gastada de algo que se ha poseído durante un año. Una fina tarjeta de plástico, pero todo un peso en su bolsillo. Al cabo de unos días entró con ese permiso en un edificio de Londres que, desde fuera, semejaba una iglesia, con chapitel y aspecto solemne, pero por dentro estaba deteriorado, ruinoso, atestado de gente. Los indicadores eran pizarras blancas escritas a mano: NACIMIENTOS Y DEFUNCIONES POR AQUÍ. CERTIFICADOS DE MATRIMONIO POR AQUÍ. Obinze, con una cuidadosa expresión de neutralidad instalada en el semblante, entregó el permiso al funcionario del registro.

Una mujer, de camino hacia la puerta, hablaba en voz alta con su acompañante: «Fíjate la de gente que hay aquí. Todo son matrimonios falsos, del primero al último, ahora que Blunkett se les ha echado encima».

Quizá ella había ido para inscribir una defunción, y sus palabras eran simplemente los solitarios coletazos del dolor, pero Obinze sintió en el pecho la ya conocida opresión del pánico. El funcionario examinaba su permiso, demorándose más de la cuenta. Los segundos se dilataron y espesaron. En la cabeza de Obinze resonó la frase «Todo son matrimonios falsos, del primero al último». Finalmente el funcionario alzó la vista y deslizó un impreso hacia él.

—Conque se casa, ¿eh? ¡Enhorabuena!

Las palabras brotaron de él con el mecánico júbilo de la repetición frecuente.

—Gracias —contestó Obinze, e intentó desagarrotar las facciones.

Más allá del mostrador, en una pizarra blanca apoyada en una pared, constaban los lugares y fechas de las bodas programadas escritos en azul; un nombre al pie captó su atención. «Okoli Okafor y Crystal Smith.» Okoli Okafor era un compañero suyo de secundaria y universidad, un chico callado al que tomaban el pelo por tener un apellido por nombre de pila, que más tarde, en la universidad, se unió a una secta depravada, y posteriormente abandonó Nigeria durante una de las largas huelgas. Ahora allí estaba, un nombre fantasmal, a punto de casarse en Inglaterra. Acaso fuese también un matrimonio por los papeles. Okoli Okafor. En la universidad todos lo llamaban Okoli Paparazzi. El día de la muerte de la princesa Diana, un grupo de estudiantes se congregó, antes de una clase, para hablar de lo que habían oído por la radio esa mañana, repitiendo «pararazzi» una y otra vez, todos aparentemente muy enterados y seguros de sí mismos, hasta que, en un paréntesis, Okoli Okafor preguntó en voz baja: «Pero ¿quiénes son exactamente los paparazzi? ¿Son motoristas?», y al instante se ganó el apodo de Okoli Paparazzi.

Ese recuerdo, claro como un rayo de luz, llevó a Obinze de vuelta a un tiempo en que aún creía que el universo se doblegaría a su voluntad. Cuando salió del edificio, lo invadió la melancolía. Una vez, durante su último curso en la universidad, el año que la gente bailó en las calles porque había muerto el general Abacha, su madre dijo: «Un día levantaré la vista y todas las personas que conozco estarán muertas o en el extranjero». Habló con hastío mientras, sentados en el salón, comían maíz hervido y ñame. Él percibió en su voz la tristeza de la derrota, como si aquellos amigos suyos que se marchaban para ocupar plazas en la docencia en Canadá y Estados Unidos le hubiesen confirmado un gran fracaso personal. Por un momento Obinze se sintió como si también él la hubiese traicionado por tener su propio plan: obtener un posgrado en Estados Unidos, trabajar en Estados Unidos, vivir en Estados Unidos. Era un plan concebido hacía mucho tiempo. Era muy consciente, por supuesto, de lo poco razonable que podía ser la embajada de Estados Unidos —al mismísimo rector le habían denegado una vez el visado para asistir a un congreso—, pero nunca había dudado de su plan. Más adelante se preguntaría por qué estaba tan seguro. Quizá era porque nunca había deseado irse simplemente al *extranjero*; ahora algunos se iban a Sudáfrica, cosa que le resultaba graciosa. Para él, siempre había sido Estados Unidos, solo Estados Unidos. Un anhelo alimentado y acariciado durante muchos años. El spot publicitario «Andrew se larga», emitido por la NTA, que él veía de niño, había dado forma a esos anhelos. «Chicos, yo me largo —decía el personaje de Andrew, mirando a la cámara con aire un tanto achulado—. Aquí no hay buenas carreteras, ni luz, ni agua. ¡Chicos, no encuentras ni un refresco!» Mientras Andrew se largaba, los soldados del general Buhari azotaban a adultos en las calles, los profesores universitarios se declaraban en huelga por una mejora salarial, y su madre había decidido que él ya no podía tomar Fanta cuando le apeteciera, sino solo los domingos, y con permiso. Y por tanto Estados Unidos se convirtió en un lugar donde era posible disponer de botellas y más botellas de Fanta, y sin permiso. Se plantaba ante el espejo y repetía las palabras de Andrew: «¡Chicos, yo me largo!». Más adelante, buscando revistas y libros y películas y anécdotas ajenas sobre Estados Unidos, su anhelo adquirió cierto cariz místico y Estados Unidos pasó a ser el país adonde lo llevaría el destino. Se veía paseando por las calles de Harlem, conversando con sus amigos estadounidenses sobre los méritos de Mark Twain, contemplando el monte Rushmore. Unos días después de su licenciatura, rebosante de conocimientos sobre Estados Unidos, solicitó el visado en la embajada estadounidense de Lagos.

Ya sabía que el mejor entrevistador era el hombre de la barba rubia, y conforme avanzaba en la cola, abrigaba la esperanza de que no lo entrevistara la «Historia de Terror», una mujer blanca, bonita, conocida por vociferar a través del micrófono e insultar incluso a las abuelas. Finalmente le llegó el turno y el hombre de la barba rubia gritó: «¡El siguiente!». Obinze se acercó y deslizó sus impresos por debajo del cristal. El hombre miró por encima la documentación y dijo amablemente: «Lo siento, no reúne las condiciones. ¡El siguiente!». Obinze se quedó de una pieza. En los meses posteriores fue otras tres veces. En cada ocasión, sin siquiera un vistazo a sus papeles, le dijeron: «Lo siento, no reúne las condiciones», y en cada ocasión salió atónito e incrédulo del ambiente refrigerado de la embajada a la implacable luz del sol.

«Es por el miedo al terrorismo —dijo su madre—. Ahora los estadounidenses rechazan a los hombres jóvenes extranjeros.»

Le aconsejó que buscara empleo y volviera a intentarlo pasado un año. Sus solicitudes de empleo no dieron fruto. Viajó a Lagos y a Port Harcourt y a Abuja para someterse a pruebas de evaluación, que encontró fáciles, y se presentó a entrevistas, contestando con fluidez a las preguntas, pero después seguía un silencio largo y vacío. Algunos amigos conseguían trabajo, personas que, a diferencia de él, no tenían un título superior ni hablaban tan bien como él. Se preguntó si los responsables de las empresas olían en su aliento el triste anhelo por Estados Unidos, o percibían que aún consultaba obsesivamente las páginas web de universidades estadounidenses. Vivía con su madre, conducía el coche de ella, se acostaba con estudiantes jóvenes e impresionables, navegaba por Internet en cibercafés con precios especiales para toda una noche, y a veces pasaba días enteros en su habitación leyendo y eludiendo a su madre. Le disgustaba su sereno buen humor, sus esfuerzos por mostrarse positiva, diciéndole que ahora, con el presidente Obasanjo en el poder, las cosas empezaban a cambiar, que las operadoras de telefonía móvil y los bancos crecían y contrataban, e incluso se concedían créditos a los jóvenes para comprar coches. Por lo general, no obstante, lo dejaba a su aire. No llamaba a su puerta. Se limitaba a pedir a la asistenta, Agnes, que dejara un poco de comida en la cazuela para él y recogiera los platos sucios de su habitación. Un día su madre le dejó una nota en el cuarto de baño, sobre el lavabo: «Me han invitado a un congreso académico en Londres. Deberíamos hablar». Obinze se quedó desconcertado. Cuando ella llegó de clase, él la esperaba en el salón.

—Mamá, *nno* —dijo.

Ella le devolvió el saludo con un gesto de asentimiento y dejó el bolso en la mesita de centro.

—Voy a incluir tu nombre en mi solicitud de visado para Gran Bretaña como ayudante de investigación —explicó tranquilamente—. Eso te proporcionaría un visado por seis meses. En Londres puedes instalarte en casa de Nicholas. Y a ver qué puedes hacer con tu vida. Quizá desde allí puedas llegar a Estados Unidos. Sé que ya no tienes la cabeza aquí.

Él la miró fijamente.

—Según tengo entendido, hoy día se hacen estas cosas —continuó ella, y se sentó en el sofá junto a Obinze, con aparente despreocupación, pero él advirtió malestar en el tono enérgico de sus palabras. Ella era de la generación de los perplejos, que no entendían qué le había ocurrido a Nigeria pero se dejaban arrastrar. Era una mujer que se lo guardaba todo y no pedía favores, que no mentía, que no aceptaba siquiera una felicitación navideña de sus alumnos porque podía ponerla en una situación comprometida, que rendía cuentas hasta del último kobo gastado en todos los comités en que participaba, y ahora allí estaba, comportándose como si decir la verdad ahora fuera un lujo que ya no podían permitirse. Aquello iba contra todo lo que le había enseñado, y sin embargo él era muy consciente de que, en sus circunstancias, la verdad era ahora ciertamente un lujo. Ella mintió por él. Si cualquier otra persona hubiese mentido por él, no habría tenido tanta significación o ninguna en absoluto, pero ella mintió por él y él obtuvo el visado de seis meses para el Reino Unido y se sintió, incluso antes de marcharse, como un fracasado. No se puso en contacto con ella durante meses. No se puso en contacto con ella porque no había nada que decirle y quería esperar hasta tener algo que decirle. Pasó tres años en Inglaterra y solo habló con ella unas cuantas veces, conversaciones tensas durante las cuales él imaginaba que ella se preguntaba por qué no había hecho nada con su vida. Pero ella nunca le pedía detalles; solo esperaba a oír lo que él estuviera dispuesto a contarle. Más tarde, cuando él regresara a Nigeria, se sentiría asqueado consigo mismo por creerse con tantos derechos, por su propia ceguera para con ella, y pasó mucho tiempo a su lado, decidido a reparar el daño, a recuperar su anterior relación, pero en primer lugar intentaría delinear los límites del distanciamiento entre ambos.

24

Todo el mundo bromeaba sobre la gente que se iba al extranjero a limpiar váteres, y por eso mismo Obinze afrontó su primer empleo con ironía: en efecto estaba en el extranjero limpiando váteres, calzándose guantes de goma y acarreando un balde, en una agencia inmobiliaria con sede en la segunda planta de un edificio londinense. Cada vez que abría la puerta de vaivén de un retrete, este parecía exhalar un suspiro. La hermosa muchacha que limpiaba el lavabo de mujeres era ghanesa, más o menos de la edad de Obinze, y él jamás había visto una piel oscura tan reluciente. Por su manera de hablar y comportarse, Obinze adivinó unos orígenes similares a los suyos: una infancia llevadera gracias a la familia, comidas regulares, sueños en que no se concebía limpiar váteres en Londres. Ella, indiferente a los gestos cordiales de Obinze, le decía solo «Buenas tardes» con la mayor formalidad posible; sí era cordial, en cambio, con la mujer blanca que limpiaba los despachos en el piso de arriba, y una vez las vio en la cafetería vacía, tomando té y hablando en susurros. Obinze se quedó mirándolas por un rato, y dentro de él estalló un gran resquemor. No era que ella no quisiera amistad; era más bien que no quería la de él. Tal vez la amistad en sus actuales circunstancias era imposible, porque ella era ghanesa y él, un nigeriano, se asemejaba demasiado a lo que ella era; él conocía sus matices, en tanto que ella, ante la mujer polaca, disponía de entera libertad para reinventarse a sí misma, para ser quienquiera que desease ser.

Los lavabos no estaban demasiado mal, un poco de orina fuera de los urinarios, algún inodoro mal desaguado; limpiarlos debía de ser mucho más fácil que la tarea con la que se encontraba el personal de limpieza de los lavabos en el campus allá en Nsukka, con aquellos churretes de mierda en las paredes que siempre lo llevaban a preguntarse cómo era posible que alguien se tomara tantas molestias. Y por tanto se sorprendió cuando, una noche, entró en un cubículo y descubrió una cagada sobre la tapa del váter, sólida, cónica, bien centrada, como si la hubiesen colocado cuidadosamente, midiendo el punto exacto. Semejaba un cachorro acurrucado en una alfombrilla. Era una creación artística. Pensó en la famosa represión de los ingleses. La mujer de su primo, Ojiugo, había dicho en cierta ocasión: «Los ingleses son capaces de vivir en la casa de al lado durante años sin saludarte nunca. Es como si estuviesen amordazados». En esa creación artística daba la impresión de que alguien se había quitado la mordaza. ¿Un empleado despedido? ¿Alguien a quien se había negado un ascenso? Obinze se quedó mirando la cagada durante largo rato, sintiéndose cada vez más y más pequeño, hasta que aquello se convirtió en una afrenta personal, un puñetazo en la mandíbula. Y todo por tres libras la hora. Se quitó los guantes, los dejó junto a la cagada y abandonó el edificio. Esa noche recibió el mensaje de Ifemelu por correo electrónico. «Techo, ni siquiera sé por dónde empezar. Hoy me he encontrado con Kayode en el centro comercial. Decirte que lo lamento por mi silencio incluso a mí me parece una estupidez, pero lo lamento y me siento como una estúpida. Te contaré todo lo que pasó. Te he echado y te echo de menos.»

Fijó la mirada en el mensaje. Era eso lo que había anhelado durante largo tiempo. Tener noticias de ella. Al principio, cuando ella rompió el contacto, estuvo insomne durante semanas de pura preocupación, deambulando por la casa en plena noche, preguntándose qué le había ocurrido. No se habían peleado, su amor era tan efervescente como siempre, su plan seguía intacto, y de repente ella se sumió en el silencio, un silencio brutal y absoluto. Él la llamó y llamó hasta que ella cambió de número de teléfono, le envió e-mails, se puso en contacto con su madre, con su tía Uju, con Ginika. Oír el tono de Ginika, cuando dijo «Ifem necesita tiempo, creo que tiene una depresión», fue como sentir el frío del hielo en el cuerpo. Ifemelu no se había quedado inválida ni ciega a causa de un accidente, no padecía de amnesia súbita. Mantenía el contacto con Ginika y otras personas, pero no con él. No *quería* mantener el contacto con *él*. Le escribió e-mails, pidiéndole que al menos le explicara el porqué, qué había pasado. Pronto los e-mails empezaron a llegarle devueltos, no entregados; ella había cancelado la cuenta de correo. La echaba de menos con un anhelo desgarrador. Estaba dolido. Se preguntaba hasta la saciedad qué podía haber sucedido. Cambió, se encerró más en sí mismo. En momentos alternos, se sentía inflamado de ira, crispado por la confusión, abatido por la tristeza.

Y ahora allí estaba ese e-mail. El mismo tono de siempre, como si no lo hubiese herido, como si no lo hubiese dejado sangrando durante más de cinco años. ¿Por qué le escribía ahora? ¿Qué tenía él que contarle? ¿Que limpiaba váteres y precisamente ese día acababa de encontrarse un cagarro enroscado? ¿Cómo sabía ella que él aún vivía? Podría haber muerto durante su silencio y ella no se habría enterado. Lo invadió una iracunda sensación de traición. Clicó «Eliminar» y «Vaciar papelera».

Su primo Nicholas tenía los carrillos colgantes de un bulldog, y aun así conseguía, a saber cómo, resultar muy atractivo, o quizá su encanto no residiera en las facciones, sino en el aura, en la masculinidad de su estatura, en los hombros anchos, el paso largo. En Nsukka había sido el estudiante más popular del campus; su destartalado escarabajo Volkswagen aparcado frente a una cervecería aumentaba inmediatamente el caché de la clientela. Una vez dos chicas, ambas del grupo de las Figuras, tuvieron una pelea sonada por él en el Bello Hostel, hasta el punto de romperse las blusas, pero él, como buen sinvergüenza, eludió todo compromiso hasta que conoció a Ojiugo. Esta era la alumna preferida de la madre de Obinze, la única con valía suficiente para ser ayudante de investigación, y pasó por su casa un domingo para hablar de un libro. Nicholas también pasó por allí, en su ritual de todas las semanas, para comer el arroz dominical. Ojiugo llevaba los labios pintados de color naranja y unos vaqueros con rotos, hablaba sin rodeos y fumaba en público, suscitando envenenados chismorreos y la antipatía de las otras chicas, no porque hiciera esas cosas, sino porque se atrevía a hacerlas sin haber vivido en el extranjero ni tener un pariente en el extranjero, atributos que habrían inducido a las demás a disculpar su inconformismo. Obinze recordaba el desdén que ella mostró al principio por Nicholas, haciendo como si no estuviera, mientras él, poco acostumbrado a la indiferencia de una chica, levantaba cada vez más la voz. Pero al final se marcharon juntos en el Volkswagen de él. Circulaban a toda velocidad por el campus en aquel Volkswagen, Ojiugo al volante y Nicholas con el brazo asomado por la ventanilla delantera, la música a todo volumen, derrapando en las curvas, y en una ocasión con un amigo instalado dentro del maletero abierto, en la parte delantera del vehículo. Fumaban y bebían juntos en público. Crearon un mito de glamour. Una vez los vieron en una cervecería, Ojiugo con una amplia camisa blanca de Nicholas sin nada debajo, y Nicholas con unos vaqueros y nada encima. «Como corren tiempos difíciles, compartimos un mismo conjunto», explicaron a sus amigos con desenfado.

El hecho de que Nicholas hubiera perdido su desparpajo juvenil no sorprendió a Obinze; lo que lo sorprendió fue que no conservara el menor recuerdo de aquello. Nicholas, marido y padre, dueño de una casa en Inglaterra, hablaba con tal seriedad que resultaba casi cómica. «Si vienes a Inglaterra con un visado que no te permite trabajar —le dijo Nicholas—, lo primero que debes buscar no es comida ni agua; es un número de la Seguridad Social para poder trabajar. Coge todos los

empleos que puedas. No gastes nada. Cásate con una ciudadana de la Unión Europea y consigue los papeles. A partir de
ahí tu vida puede empezar.» Nicholas debió de pensar que
con eso ya había cumplido, que había impartido sabiduría, y
en los meses posteriores apenas habló a Obinze. Era como si
ya no fuera el primo mayor que había ofrecido a Obinze, a
los quince años, un cigarrillo para probarlo, que había dibu-
jado diagramas en un papel para demostrar a Obinze qué hacer cuando tenía los dedos entre las piernas de una chica. Los
fines de semana Nicholas se paseaba por la casa envuelto en
una tensa nube de silencio, cultivando sus preocupaciones.
Solo se relajaba un poco durante los partidos del Arsenal, con
una lata de Stella Artois en la mano, gritando «¡Venga, Arsenal!», acompañado de Ojiugo y sus hijos, Nna y Nne. Después
del partido, su semblante se coagulaba una vez más. Llegaba a
casa del trabajo, abrazaba a sus hijos y a Ojiugo y preguntaba:
«¿Cómo estáis? ¿Qué habéis hecho hoy?». Ojiugo enumeraba
todas sus actividades. Violoncelo. Piano. Violín. Tareas. Kumon. «Nne está mejorando mucho en la lectura de partituras»,
añadía. O «Nna no se ha aplicado en sus ejercicios de Kumon
y le han salido dos mal». Nicholas elogiaba o reprendía a cada
niño, a Nna, que tenía un rostro regordete de bulldog, y a
Nne, que tenía la belleza morena y el rostro ancho de su madre. Solo les hablaba en inglés, un inglés muy cuidado, como
si temiera que el igbo que compartía con la madre de los niños pudiera infectarlos, llevarlos a perder quizá sus preciados
acentos británicos. Luego decía:

—Bien hecho, Ojiugo. Tengo hambre.

—Sí, Nicholas.

Ella le servía la comida, un plato en una bandeja que le
acercaba al despacho o colocaba ante el televisor de la cocina.
A veces Obinze se preguntaba si le hacía una reverencia al
ponerla ante él o si la reverencia estaba solo en su actitud, en
la inclinación de los hombros y la curva del cuello. Nicholas
le hablaba en el mismo tono que usaba con sus hijos. En una
ocasión Obinze oyó que le decía a Ojiugo:

—Vosotros, me habéis desordenado el despacho. Ahora, por favor, salid de mi despacho. Todos.

—Sí, Nicholas —dijo ella, y se llevó a los niños.

«Sí, Nicholas» era su respuesta a casi todo lo que él decía. A veces, a espaldas de Nicholas, cruzaba una mirada con Obinze y hacía una mueca cómica, hinchando las mejillas como pequeños globos, sacando la lengua por la comisura de los labios. A Obinze ese gesto le recordaba la chabacana teatralidad de las películas de Nollywood.

—Pienso una y otra vez en cómo erais Nicholas y tú en Nsukka —comentó Obinze una tarde mientras la ayudaba a cortar un pollo.

—¡Anda! ¿Sabías que follábamos en público? Lo hicimos en el Teatro de las Artes. Una tarde incluso en el edificio de ingeniería, en un rincón tranquilo del pasillo. —Ojiugo se echó a reír—. Con el matrimonio las cosas cambian. Pero este país no es fácil. Yo tengo papeles porque estudié aquí el posgrado, pero ya sabes que él consiguió los suyos hace solo dos años, y durante mucho tiempo vivió con miedo, usando el nombre de otras personas para trabajar. Eso puede trastocarte la cabeza, *eziokwu*. No ha sido nada fácil para él. Este empleo que tiene ahora es muy bueno pero es un contrato temporal. No sabe si se lo renovarán. Recibió una buena oferta en Irlanda. Como sabrás, ahora Irlanda está en pleno auge, y allí a los programadores informáticos les va muy bien, pero él no quiere que nos traslademos. Aquí la educación para los niños es mucho mejor.

Obinze eligió unos frascos de especias del armario, espolvoreó el pollo y puso la cazuela en el fogón.

—¿Le echas nuez moscada al pollo? —preguntó Ojiugo.

—Sí. ¿Tú no?

—¿Yo? ¿Y yo qué se? A la que se case contigo le habrá tocado la lotería, te lo digo de verdad. Por cierto, ¿qué me dijiste que pasó entre Ifemelu y tú? Me caía muy bien.

—Se fue a Estados Unidos, abrió los ojos y se olvidó de mí.

Ojiugo se echó a reír.

Sonó el teléfono. Como Obinze deseaba desesperadamente una llamada de su agencia de colocación, cada vez que oía el teléfono sentía en el pecho la opresión de un ligero pánico, y Ojiugo decía: «No te preocupes, Zeta, las cosas se arreglarán. Fíjate en mi amiga Bose. ¿Sabías que pidió asilo, se lo negaron y vivió un infierno hasta que por fin consiguió los papeles? Ahora tiene dos guarderías y una segunda residencia en España. Lo mismo te pasará a ti, no te preocupes, *rapuba*». Había cierta vacuidad en sus palabras tranquilizadoras, una manera automática de expresar buena voluntad, de ofrecerle una ayuda que no le exigía ningún esfuerzo concreto. A veces Obinze se preguntaba, sin resquemor, si ella de verdad quería que encontrara trabajo, porque en ese caso él ya no podría cuidar de los niños mientras ella iba un momento a Tesco a comprar leche, ya no podría prepararles el desayuno mientras ella supervisaba sus prácticas antes del colegio, Nne al piano o el violín y Nna con el violoncelo. Había algo en aquellos días que Obinze acabaría echando de menos, untar una tostada con mantequilla en la luz débil del amanecer mientras los sonidos de la música flotaban por la casa, y a veces, también, la voz de Ojiugo, en una exclamación de elogio o impaciencia: «¡Muy bien! ¡Vuelve a intentarlo!» o «¿Qué porquería es esa?».

Después, esa tarde, cuando Ojiugo llegó con los niños del colegio, le dijo a Nna:

—Tu tío Obinze ha preparado el pollo.

—Gracias por ayudar a mamá, tío, pero no creo que coma pollo. —Tenía la actitud bromista de su madre.

—Hay que ver este chico —dijo Ojiugo—. Tu tío es mejor cocinero que yo.

Nna miró al techo.

—Vale, mamá, si tú lo dices. ¿Puedo ver la tele? ¿Solo diez minutos?

—Vale, diez minutos.

Era el descanso de media hora después de las tareas y antes de la llegada del profesor de francés, y Ojiugo preparaba sándwiches de mermelada, retirando cuidadosamente la corteza del pan. Nna encendió el televisor y sintonizó una actuación musical de un hombre con múltiples cadenas, grandes y brillantes, en torno al cuello.

—Mamá, he estado pensándolo —dijo Nna—. Quiero ser rapero.

—No puedes ser rapero, Nna.

—Pero quiero serlo, mamá.

—No vas a ser rapero, cariño. No hemos venido a Londres para que te hagas rapero. —Ahogando una risa, Ojiugo se volvió hacia Obinze—. Habráse visto este niño.

Nne entró en la cocina con un zumo Capri-Sun en la mano.

—¿Mamá? ¿Puedo tomarme uno, por favor?

—Sí, Nne —contestó ella. Dirigiéndose a Obinze, repitió las palabras de su hija con exagerado acento británico—: «¿Mamá? ¿Puedo tomarme uno, por favor?» ¿Has visto qué acento de pija? ¡Ja! Mi hija llegará lejos. Por eso todo nuestro dinero se va al colegio Brentwood. —Ojiugo dio a Nne un sonoro beso en la frente, y Obinze, viéndola enderezar con despreocupación una trenza suelta en la cabeza de Nne, comprendió que Ojiugo era una persona plenamente satisfecha. Otro beso en la frente de Nne—. ¿Cómo te encuentras, Oyinneya?

—Bien, mamá.

—Mañana acuérdate de no leer solo la frase que te pidan que leas. Sigue, ¿vale?

—Vale, mamá.

Nne mostraba la actitud circunspecta de una niña decidida a complacer a los adultos presentes en su vida.

—Ya sabes que mañana tiene el examen de violín, y le cuesta leer las partituras —explicó Ojiugo, como si fuera posible que Obinze lo hubiera olvidado, como si existiera la mínima posibilidad de olvidarlo cuando Ojiugo venía hablando de ello desde hacía muchísimo tiempo.

El fin de semana anterior había acompañado a Ojiugo y los niños a una fiesta de cumpleaños en una sala alquilada, un espacio con mucho eco. Mientras niños indios y nigerianos corrían de aquí para allá, Ojiugo le hablaba en susurros de algunos de ellos, quién era bueno en matemáticas pero tenía mala ortografía, quién era la mayor rival de Nne. Conocía las últimas calificaciones de todos los niños listos. Cuando no recordó qué nota había sacado una niña india, amiga íntima de su hija, en un examen reciente, llamó a Nne para preguntárselo.

—Anda, Ojiugo, déjala jugar —dijo Obinze.

Ahora Ojiugo plantó un tercer beso sonoro en la frente de Nne.

—Preciosidad mía. Aún tenemos que encontrarte un vestido para la fiesta.

—Sí, mamá. Algo rojo; no, mejor burdeos.

—Su amiga organiza una fiesta, una niña rusa. Se hicieron amigas porque tienen el mismo profesor de violín. Cuando conocí a la madre de la niña, llevaba puesto, creo, algo ilegal, la piel de un animal extinto o qué sé yo, y hacía como que no tenía acento ruso, ¡como si fuera más británica que los propios británicos!

—Es simpática, mamá —dijo Nne.

—Yo no he dicho que no sea simpática, preciosidad mía —repuso Ojiugo.

Nna había subido el volumen del televisor.

—Baja eso, Nna —ordenó Ojiugo.

—¡Mamá!

—¡Baja el volumen ahora mismo!

—¡Pero no oigo nada, mamá!

No bajó el volumen, y ella, en lugar de insistir, se volvió hacia Obinze para seguir con la conversación.

—Hablando de acentos —preguntó Obinze—, ¿se saldría Nna con la suya si no tuviese acento extranjero?

—¿A qué te refieres?

—El sábado pasado, cuando Chika y Bose trajeron a sus hijos, pensé que los nigerianos de aquí son muy permisivos con los niños porque tienen un acento extranjero. Las normas son distintas.

—*Mba*, no tiene nada que ver con el acento. Es porque en Nigeria la gente enseña a sus hijos miedo en vez de respeto. No queremos que nos tengan miedo, pero eso no significa que les toleremos las tonterías. Los castigamos. El chico sabe que le daré un bofetón si se pasa de listo, que se llevará un buen bofetón.

—Creo que la dama promete demasiado.

—Sí, pero cumplirá su palabra —dijo Ojiugo con una sonrisa—. No leo un libro desde hace una eternidad, ¿sabías? No tengo tiempo.

—Mi madre sostenía que serías una destacada crítica literaria.

—Sí, antes de que el hijo de su hermano me dejara embarazada. —Ojiugo guardó silencio por un momento, todavía sonriente—. Ahora solo cuentan estos niños. Quiero que Nna vaya a la City of London School. Y luego, Dios mediante, a Marlborough o Eton. Nne ya es una estrella del mundo académico, y sé que conseguirá becas para los mejores colegios. Ahora no existe nada más que los niños.

—Algún día serán mayores y se marcharán de casa, y para ellos no serás más que un motivo de bochorno o exasperación, y no atenderán tus llamadas telefónicas o no te llamarán durante semanas —auguró Obinze, y se arrepintió nada más decirlo. Era mezquino, no pretendía expresarlo así.

Pero Ojiugo no se ofendió. Se encogió de hombros y dijo:

—Pues entonces cogeré mi bolso y me plantaré delante de su casa.

A Obinze lo desconcertaba que Ojiugo no lamentara todo aquello que podría haber llegado a ser. ¿Era una cualidad inherente a las mujeres, o simplemente aprendían a ocultar sus pesares personales, a dejar en suspenso sus vidas, a subsumirse en el cuidado de los niños? Ojiugo visitaba foros en Internet sobre clases particulares y música y colegios, y le contaba qué había descubierto como si de verdad creyera que el resto del mundo estaría tan interesado como ella en lo mucho que la música mejoraba la aptitud matemática en los niños de nueve años. O se pasaba horas al teléfono hablando con sus amigas sobre qué profesor de violín era bueno y qué clases eran tirar el dinero.

Un día, después de salir corriendo para llevar a Nna a su clase de piano, telefoneó a Obinze para decirle: «¿Puedes creerte que me he olvidado de lavarme los dientes?». Volvía a casa de sus reuniones de Weight Watchers y le decía cuánto peso había perdido o ganado, pero escondía barritas Twix en el bolso y luego, entre risas, le preguntaba si quería una. Más adelante se inscribió en otro programa de adelgazamiento, asistió a dos reuniones matutinas y, al llegar a casa después de la segunda, le dijo: «No pienso volver. Te tratan como si tuvieras un problema mental. He dicho que no, que no tengo conflictos internos. Por favor, a mí solo me gusta el sabor de la comida, y esa engreída va y me dice que estoy reprimiendo algo interno. Idioteces. Estos blancos se creen que todo el mundo tiene sus mismos problemas mentales». Su tamaño era el doble de cuando estaba en la universidad, y si bien su ropa de entonces presentaba cierto desaliño, tenía un toque de estilo calculado, el dobladillo de los vaqueros recogido para dejar a la vista los tobillos, blusas desastradas que le resbalaban por un hombro. Ahora sencillamente ofrecía una imagen de abandono. Los vaqueros creaban un abultamiento de carne fofa por encima de la cintura que deformaba las camisetas, como si algo ajeno a ella creciera debajo.

A veces iban sus amigas de visita y se sentaban en la cocina a hablar hasta que se marchaban a toda prisa para recoger a sus hijos. En esas semanas que Obinze pasó deseando desesperadamente que sonara el teléfono, llegó a conocer bien las voces de todas ellas. Las oía con toda claridad desde la pequeña habitación del piso de arriba, donde se tumbaba a leer en la cama.

–Hace poco conocí a un hombre –explicó Chika–. Es un encanto, pero tiene un hablar de lo más pueblerino. Se crió en Onitsha y no os imagináis cómo habla. Cecea: «Voy a zalir de compraz», «Ciéntate en eza cilla».

Se echaron a reír.

—El caso es que me dijo que estaba dispuesto a casarse conmigo y adoptar a Charles. ¡Dispuesto! Como si hiciera una obra de caridad. ¡Dispuesto! Imaginaos. Pero la culpa no es suya; es porque estamos en Londres. En Nigeria yo ni miraría a un hombre así, y menos aún saldría con él. El problema es que aquí en Londres estamos todos dentro del mismo saco.

—Londres nos uniforma. Ahora estamos todos en Londres y somos todos iguales, qué absurdo —comentó Bose.

—Quizá debería buscarse a una jamaicana —dijo Amara. Su marido la había dejado por una jamaicana, con la que, como se supo, tenía un hijo de cuatro años en secreto, y de un modo u otro siempre desviaba todas las conversaciones hacia el tema de las jamaicanas—. Esas antillanas están apropiándose de nuestros hombres, y nuestros hombres, los muy idiotas, se van detrás de ellas. Luego tienen un hijo y no quieren ni oír hablar de casarse, solo les interesa la pensión alimenticia. Lo único que hacen es gastar el dinero de ellos en arreglarse el pelo y las uñas.

—Sí —asintieron Bose, Chika y Ojiugo, las tres conformes.

Una conformidad rutinaria, automática: el bienestar emocional de Amara era más importante de lo que en realidad pensaban.

Sonó el teléfono. Ojiugo lo cogió y, al volver, dijo:

—Esa mujer que acaba de llamar... es todo un personaje. Su hija y Nne tocan en la misma orquesta. La conocí la primera vez que Nne se examinó. Llegó con su Bentley, una mujer negra, con chófer y toda la pesca. Me preguntó dónde vivíamos, y cuando se lo dije, supe exactamente qué le pasaba por la cabeza: ¿cómo puede pensar en la Orquesta Nacional Infantil alguien que vive en Essex? Así que decidí buscarme problemas y le dije: «Mi hija va a Brentwood». ¡Tendríais que haberle visto la cara! Ya sabéis que la gente como nosotras teóricamente no habla de colegios privados y música. Lo máximo que deberíamos desear es un buen colegio público para alumnos aventajados. Miré a la mujer y me reí por dentro.

Luego me salió con que las clases de música para los niños son muy caras. Me repitió una y otra vez lo caras que eran, como si hubiese visto mi cuenta corriente vacía. ¡Imaginaos! Es una de esas negras que quieren ser la única persona negra en la sala, y así ninguna otra persona negra representa una amenaza directa para ella. Ahora solo ha llamado para decirme que ha leído en Internet que una niña de once años obtuvo una distinción de grado cinco y no consiguió entrar en la Orquesta Nacional Infantil. ¿Por qué me habrá llamado solo para darme esa noticia negativa?

—¡Una enemiga del progreso! —exclamó Bose.

—¿Es jamaicana? —preguntó Amara.

—Es una negra británica. No sé cuál es su origen.

—Debe de ser Jamaica —aseguró Amara.

25

Espabilado, esa era la palabra que todo el mundo usaba para describir a Emenike en secundaria. Espabilado, término que rezumaba la admiración emponzoñada que sentían por él. Un chico espabilado. Un tío espabilado. Si se filtraban las preguntas de un examen, Emenike sabía cómo conseguirlas. Sabía también qué chica se había sometido a un aborto, cuáles eran las propiedades de los alumnos ricos, qué profesores estaban liados. Siempre hablaba muy deprisa, agresivamente, como si toda conversación fuese una discusión, usando la velocidad y la pura fuerza de sus palabras para insinuar autoridad y desalentar la discrepancia. Sabía mucho, y sentía avidez por saber más. Siempre que Kayode regresaba de unas vacaciones en Londres, henchido de su propia importancia, Emenike le preguntaba por lo último en música y cine, y luego le examinaba los zapatos y la ropa. «¿Esto es de diseño? ¿De qué marca es?», preguntaba Emenike con una feroz expresión de anhelo en la mirada. Había contado a todo el mundo que su padre era el *igwe* de su pueblo, y lo había mandado a Lagos a vivir con un tío suyo hasta que cumpliera los veintiún años para evitar las presiones de una vida principesca. Pero un día apareció un viejo en la escuela, con un remiendo en el pantalón cerca de la rodilla, el rostro enjuto, el cuerpo encorvado a causa de la humildad impuesta por la pobreza. Todos los chicos se rieron al descubrir que era en realidad el padre de Emenike. Las risas se olvidaron pronto, quizá porque nadie se había creído del todo la historia del príncipe; al fin y al cabo,

Kayode siempre llamaba a Emenike, a sus espaldas, «Chico de Aldea». O quizá porque necesitaban a Emenike, que disponía de información que nadie más tenía. Eso, su audacia, era lo que había atraído a Obinze. Emenike era una de las pocas personas para quienes «leer» no significaba «estudiar», y por eso pasaban horas hablando de libros, trocando conocimientos y jugando al Scrabble. Su amistad fue a más. En la universidad, cuando Emenike vivía con Obinze en las dependencias del servicio de la casa de su madre, a veces la gente lo tomaba por un pariente. «¿Qué es de tu hermano?», le preguntaban a Obinze, y él contestaba: «Está bien», sin molestarse en explicar que Emenike y él no estaban emparentados. Pero eran muchas las cosas que él desconocía sobre Emenike, cosas que, como sabía, no debía preguntar. Emenike a menudo faltaba a clase durante semanas, sin más explicación que alguna vaguedad como «Me he ido a casa», y hablaba interminablemente de personas que «triunfaban» en el extranjero. La suya era la inquietud tensa y apremiante de una persona convencida de que el azar, por error, le había asignado un lugar por debajo de su verdadero destino. Cuando se marchó a Inglaterra durante una huelga en segundo curso, Obinze no llegó a saber jamás cómo había conseguido el visado. Aun así, se alegró por él. Emenike estaba maduro de ambición, a punto de reventar, y Obinze consideró su visado una bendición: esa ambición encontraría por fin una salida. Eso pareció, y muy pronto, ya que Emenike empezó a enviar solo noticias de sus logros: el final del posgrado; un empleo en el departamento de la vivienda; la boda con una inglesa, una abogada de la ciudad.

Emenike fue la primera persona a quien Obinze telefoneó al llegar a Inglaterra.

«¡Zeta! Cuánto me alegro de saber de ti. Ya te llamaré, ahora mismo estoy entrando en una reunión de dirección», dijo Emenike. La segunda vez que Obinze telefoneó, Emenike parecía un tanto agobiado. «Estoy en Heathrow. Georgina y yo nos vamos a pasar una semana a Bruselas. Ya te llamaré cuando vuelva. ¡Estoy impaciente por ponernos al día, tío!»

La respuesta de Emenike a Obinze por correo electrónico fue similar: «Cuánto me alegro de que andes por aquí, tío, ¡estoy impaciente por verte!». Obinze, tontamente, imaginó que Emenike lo acogería, lo guiaría. Conocía muchas historias de amigos y parientes que, en el áspero resplandor de la vida en el extranjero, pasaban a ser menos fiables que antes, incluso hostiles. Pero ahí se imponía la obstinación de la esperanza, la necesidad de creer en la propia excepcionalidad, en que esas cosas ocurrían solo a otras personas cuyos amigos no eran como los de uno. Telefoneó a otros amigos. Nosa, que se había marchado justo después de licenciarse, lo recogió en la estación de metro y lo llevó a un bar donde pronto se reunieron otros amigos. Intercambiaron apretones de manos y palmadas en la espalda, y tomaron cerveza de barril. Rieron con recuerdos de la época estudiantil. Hablaron poco de los detalles de sus vidas presentes. Cuando Obinze dijo que necesitaba un número de la Seguridad Social y preguntó: «¿Cómo me lo hago, tíos?», todos reaccionaron con gestos vagos.

—Tú mantén los ojos bien abiertos, tío —dijo Chidi.

—La cuestión es acercarse al centro de Londres. Allí en Essex estás demasiado lejos de la acción —le aconsejó Wale.

Después, cuando Nosa lo llevaba de vuelta a la estación en coche, Obinze preguntó:

—¿Dónde trabajas, pues, tío?

—En el subterráneo. Un verdadero agobio, pero las cosas ya mejorarán.

Aunque Obinze sabía que se refería al metro, la palabra «subterráneo» lo llevó a imaginar túneles siniestros que se adentraban en la tierra y continuaban eternamente, sin acabar en ninguna parte.

—¿Y qué me dices de Emenike, de Don Espabilado? —preguntó Nosa con un tono cargado de malicia—. Le va muy bien y vive en Islington, con su mujer blanca, que podría ser su madre. Ahora es un pijo de cuidado. Ya no se habla con la gente corriente. Él puede ayudarte a abrirte camino.

—Ha estado viajando mucho, aún no nos hemos visto —contestó Obinze, percibiendo con toda claridad su propia falta de convicción.

—¿Qué tal está tu primo Iloba? —preguntó Nosa—. Lo vi el año pasado en la boda del hermano de Emeka.

Obinze ni siquiera recordaba que Iloba vivía ahora en Londres; lo había visto por última vez días antes de la graduación. Iloba solo era un vecino del pueblo de su madre, pero había mostrado tal entusiasmo por su supuesto parentesco con Obinze que en el campus todo el mundo daba por sentado que eran primos. A menudo Iloba acercaba una silla, sonriente, sin ser invitado, y se unía a Obinze y sus amigos en la terraza de un bar, o se presentaba ante la puerta de Obinze un domingo por la tarde cuando este estaba ya cansado de la atonía propia de la tarde del domingo. Una vez Iloba paró a Obinze en el patio de Estudios Generales, exclamando con gran alegría «¡Pariente!» y, acto seguido, lo puso al tanto de las bodas y defunciones de personas del pueblo de su madre a las que apenas conocía. «Udoakpuanyi murió hace unas semanas. ¿No lo conocías? Era vecino de tu madre.» Obinze asintió y emitió los murmullos correspondientes, siguiendo el juego a Iloba, porque la actitud de este era siempre muy afable y despreocupada, con su pantalón demasiado ajustado y demasiado corto, dejando a la vista los tobillos huesudos; se había ganado a pulso su apodo: «Iloba Salta», que pronto se metamorfoseó en «Loba Sal Tú».

Obinze consiguió su número de teléfono por mediación de Nicholas y lo llamó.

—¡Zeta! ¡Pariente! ¡No me dijiste que vendrías a Londres! —exclamó Iloba—. ¿Cómo está tu madre? ¿Y tu tío, el que se casó con una mujer de Abagana? ¿Cómo está Nicholas?

Iloba parecía rebosar pura y simple felicidad. Algunas personas nacían incapaces de enmarañarse en emociones turbias, en complicaciones, e Iloba era una de ellas. Ante personas así, Obinze sentía admiración y aburrimiento a la vez. Cuando Obinze preguntó a Iloba si podía ayudarlo a conseguir un número de la Seguridad Social, habría entendido un poco de resentimiento por su parte, cierta hostilidad –al fin y al cabo, se ponía en contacto con Iloba solo porque necesitaba algo–, pero lo sorprendió su sincero deseo de ayudarlo.

–Te dejaría usar el mío, pero estoy trabajando con él y es arriesgado –respondió Iloba.

–¿Dónde trabajas?

–En el centro de Londres. Seguridad. No es fácil, este país no es fácil, pero vamos saliendo adelante. Me gusta el turno de noche porque me deja tiempo para estudiar el material de mi curso. Estoy haciendo un máster en administración en el Birbeck College. –Iloba se interrumpió–. Zeta, no te preocupes, pensaremos en ello los dos. Daré voces por ahí y ya te diré algo.

Iloba le devolvió la llamada al cabo de dos semanas para decirle que había encontrado a alguien. «Se llama Vincent Obi. Es del estado de Abia. Un amigo mío me puso en contacto con él. Quiere verte mañana por la noche.»

Se reunieron en el piso de Iloba. Allí todo transmitía una sensación de claustrofobia, el propio piso, el barrio de hormigón sin árboles, las paredes marcadas del edificio. Todo parecía en exceso reducido, en exceso falto de espacio.

–Un sitio bonito, Loba Sal Tú –comentó Obinze, no porque el piso fuera bonito, sino porque Iloba tenía un piso en Londres.

–Te habría propuesto que te instalaras aquí, Zeta, pero vivo con dos primos míos.

Iloba puso en la mesa unas botellas de cerveza y un plato pequeño de chin-chin frito. Despertó una intensa añoranza en Obinze, esa hospitalidad ritual. Se acordó de cuando volvía al pueblo con su madre por Navidad, y sus tías le ofrecían platos de chin-chin.

Vincent Obi era un hombre pequeño y orondo sumergido en un holgadísimo vaquero y un desmañado abrigo. Mientras Obinze le estrechaba la mano, se evaluaron mutuamente. En la posición de los hombros de Vincent, en la aspereza de su actitud, Obinze advirtió que había aprendido muy temprano, por pura necesidad, a resolver sus problemas. Imaginó su vida en Nigeria: una escuela secundaria pública llena de niños descalzos, una escuela politécnica pagada con ayuda de varios tíos, una familia con muchos niños y una muchedumbre de personas que dependían de él en su pueblo y que, cada vez que iba de visita, esperaban grandes hogazas de pan y calderilla repartidas meticulosamente entre ellas. Obinze se vio a sí mismo a través de los ojos de Vincent: hijo de una profesora universitaria, criado entre algodones, y ahora necesitado de ayuda. Al principio Vincent afectó un acento británico, rematando las frases con «eh» demasiado a menudo.

—Esto es un acuerdo comercial, eh. Pero voy a ayudarte. Puedes utilizar mi número de la Seguridad Social y pagarme el cuarenta por ciento de lo que ganes —dijo Vincent—. Esto es un acuerdo comercial, eh. Si no recibo lo pactado, te denunciaré.

—Hermano —dijo Obinze—. Eso es un poco demasiado. Conoces mi situación. No tengo nada. Intenta rebajarlo, por favor.

—El treinta y cinco por ciento, y de ahí no paso. Esto es acuerdo comercial. —Había perdido el acento y ahora hablaba el inglés nigeriano—. Para que te enteres: hay mucha gente en tu situación.

Iloba intervino en igbo.

—Vincent, mi hermano aquí presente pretende ahorrar dinero y conseguir los papeles. El treinta y cinco es demasiado, *o rika, biko.* Por favor intenta ayudarnos.

—Ya sabes que algunos se quedan con la mitad. Sí, él está en una situación difícil, pero todos estamos igual. Voy a ayudarlo, pero esto es un acuerdo comercial.

Vincent, en igbo, tenía un acento rural. Dejó su carnet de la Seguridad Social en la mesa, y estaba ya escribiendo su número de cuenta corriente en un papel. Sonó el móvil de Iloba. Esa noche, al oscurecer, degradándose el color del cielo hasta tornarse de un violeta claro, Obinze se convirtió en Vincent.

26

Obinze en el papel de Vincent, después de su experiencia con la mierda enroscada en la tapa de váter, informó a su agencia de que no seguiría en ese empleo. Rastreó las páginas de ofertas laborales en los periódicos, hizo llamadas y puso todas sus esperanzas en ello, hasta que la agencia le ofreció otro trabajo: limpiar anchos pasillos en el almacén de una envasadora de detergente. Un brasileño, de piel cetrina y pelo oscuro, limpiaba el edificio contiguo.

—Me llamo Vincent —dijo Obinze cuando se encontraron en el cuarto del fondo.

—Y yo Dee. —Un silencio—. Ah, no, no eres inglés. Tú sí serás capaz de pronunciarlo. En realidad me llamo Duerdinhito, pero como los ingleses no pueden pronunciarlo, dicen Dee.

—Duerdinhito —repitió Obinze.

—¡Sí!

Una sonrisa de satisfacción. Un pequeño lazo de extranjería. Mientras vaciaban sus aspiradoras, charlaron de los Juegos Olímpicos de 1996, regodeándose Obinze en el recuerdo de que Nigeria había ganado primero a Brasil y luego a Argentina.

—Kanu era bueno, eso lo admito —dijo Duerdinhito—. Pero Nigeria tuvo suerte.

Cada noche Obinze acababa cubierto de polvo químico blanco. En sus oídos se alojaba arenilla. Procuraba no respirar demasiado hondo mientras limpiaba, receloso de los peligros que flotaban en el aire, hasta que su jefe le comunicó que lo despedían por reducción de plantilla. El siguiente empleo fue como sustituto temporal en una empresa de reparto de mobiliario de cocina, donde una semana tras otra viajó sentado junto a conductores blancos que lo llamaban «peón», visitó obras de construcción llenas de ruido y cascos, subió con tablones de madera a cuestas por largas escaleras, sin ayuda ni reconocimiento alguno. En el silencio de los conductores, y en su tono cuando decían «¡Peón!», Obinze percibía su aversión. Una vez, cuando tropezó y cayó sobre una rodilla, una caída tan violenta que volvió cojeando a la furgoneta, el conductor les dijo a los demás en el almacén: «Tiene mala pata porque es un negrata». Se rieron. Su hostilidad le dolía, pero solo un poco; para él lo importante era que ganaba cuatro libras la hora, más las horas extra, y cuando lo mandaron a un nuevo almacén de entregas en West Thurrock, temió perder la posibilidad de hacer horas extra.

El jefe del almacén nuevo tenía todo el aspecto del arquetipo inglés que Obinze llevaba en la cabeza, alto y enjuto, de pelo rubio rojizo y ojos azules. Pero era un hombre risueño, y en la imaginación de Obinze los ingleses no eran hombres risueños. Se llamaba Roy Snell. Dio un vigoroso apretón de manos a Obinze.

—¿Eres africano, pues, Vincent? —preguntó mientras enseñaba a Obinze el almacén, del tamaño de un campo de fútbol, mucho mayor que el anterior, y reinaba un gran trasiego con la carga de las furgonetas, el plegado de las cajas de cartón que luego se guardaban en un profundo foso, las voces de los hombres.

—Sí. Nací en Birmingham y volví a Nigeria a los seis años.

Era la versión más convincente, según habían acordado Iloba y él.

—¿Por qué has regresado? ¿Están muy mal las cosas allí en Nigeria?

—Solo quería ver si era posible disfrutar de una vida mejor aquí.

Roy Snell asintió. Parecía una persona a quien siempre podía aplicarse la expresión «como unas pascuas».

—Hoy trabajarás con Nigel, es nuestro empleado más joven —dijo, señalando a un hombre de cuerpo fofo y blancuzco, el pelo oscuro erizado y un rostro casi angelical—. ¡Creo que te gustará trabajar aquí, Vinny!

Había tardado cinco minutos en pasar de Vincent a Vinny, y en los meses posteriores, cuando jugaban a tenis de mesa durante el descanso del mediodía, Roy decía a los hombres: «¡Tengo que ganar a Vinny por una vez!». Y ellos se reían disimuladamente y repetían «Vinny».

Obinze encontraba graciosa la afición con que hojeaban todos el periódico cada mañana, deteniéndose en la foto de la mujer pechugona, examinándola como si fuera un artículo de máximo interés, y se diferenciara en algo de la foto vista en esa misma página el día anterior, la semana anterior. Sus conversaciones, mientras aguardaban a que las furgonetas estuvieran cargadas, giraban siempre en torno a los coches, el fútbol y, sobre todo, las mujeres, contando cada uno de ellos anécdotas que sonaban demasiado apócrifas y demasiado parecidas a las anécdotas del día anterior, de la semana anterior, y siempre que mencionaban el «calzón» —«la pájara enseñó el calzón»—, Obinze lo encontraba aún más gracioso, porque en el inglés nigeriano «calzón» significaba pantalón corto en lugar de braga, e imaginaba a esas mujeres núbiles con pantalones cortos de color caqui que les quedaban grandes, como los que él se ponía en su primer año de secundaria.

El saludo de Roy Snell por la mañana era un codazo en el vientre. «¡Vinny! ¿Estás bien? ¿Estás bien?», preguntaba. Siempre incluía el nombre de Obinze en la lista de las tareas exteriores, que se pagaban mejor, siempre le preguntaba si quería trabajar los fines de semana, cuando la hora se pagaba el doble, siempre le preguntaba por las chicas. Era como si Roy sintiera por él un afecto especial, protector y bondadoso a la vez.

—No has echado un polvo desde que viniste al Reino Unido, ¿eh, Vinny? Podría darte el número de una pájara —dijo una vez.

—Tengo novia en Nigeria —contestó Obinze.

—¿Y qué hay de malo en echar un polvete?

Cerca de ellos, varios hombres se rieron.

—Mi novia tiene poderes mágicos —respondió Obinze.

Roy lo encontró más cómico de lo que le parecía a Obinze. Se tronchó de risa.

—Se dedica a la brujería, ¿eh? Vale, pues, nada de polvos para ti. Siempre he querido ir a África, Vinny. Creo que cuando tú vayas a Nigeria de visita, me tomaré unas vacaciones e iré yo también. Puedes enseñarme el país, conseguirme a alguna pájara nigeriana, ¡pero nada de brujería!

—Sí, eso sí podría hacerlo.

—¡Ya, ya sé que podrías! Tienes toda la pinta de saber qué hacer con una pájara —dijo Roy, y le dio otro codazo en el vientre a Obinze.

Roy ponía a Obinze a trabajar con Nigel a menudo, tal vez porque eran los más jóvenes del almacén. Aquella primera mañana Obinze advirtió que los otros hombres, bebiendo café en vasos de papel y consultando el tablón para ver quién trabajaba con quién, se reían de Nigel. Este no tenía cejas; los trazos de piel levemente rosada allí donde deberían haber estado las cejas conferían a su rostro regordete un aspecto inacabado, espectral.

—Pillé una cogorza en el bar y los amigos me afeitaron las cejas —le explicó Nigel a Obinze, casi en tono de disculpa, mientras se daban la mano.

—Para ti se acabó el folleteo hasta que te crezcan las cejas, chaval —dijo a voz en grito uno de los hombres mientras Nigel y Obinze se dirigían hacia la furgoneta.

Obinze aseguró las lavadoras en la parte de atrás, tensando las correas hasta que quedaron bien ajustadas, y luego subió a la cabina y estudió el plano para encontrar las rutas más cortas a las direcciones de entrega. Nigel tomaba las curvas con brusquedad y hablaba entre dientes de lo mal que conducía la gente hoy día. En un semáforo, Nigel sacó una botella de colonia de la bolsa que llevaba a los pies, se echó un poco en el cuello y se la ofreció a Obinze.

–No, gracias.

Nigel se encogió de hombros. Al cabo de unos días volvió a ofrecerle. El aroma de la colonia anegaba el interior de la furgoneta, y Obinze, de vez en cuando, tomaba bocanadas de aire fresco por la ventanilla bajada.

–Acabas de llegar de África. No has visto las atracciones turísticas de Londres, ¿verdad que no, tío? –preguntó Nigel.

–No –contestó Obinze.

Así pues, tras el reparto de primera hora en el centro de Londres, Nigel lo llevaba a dar un paseo y le enseñaba el palacio de Buckingham, las cámaras del Parlamento, el Puente de la Torre, hablando sin parar de la artritis de su madre y de los melones de su novia Haley. Obinze tardó un tiempo en entender bien a Nigel cuando hablaba, a causa de su dejo, que era solo una versión más extrema de los acentos de las personas con quienes Obinze había trabajado, cada palabra retorcida y alargada hasta que salía de sus bocas convertida en otra cosa. Una vez Nigel dijo «malla» y Obinze pensó que había dicho «milla», y cuando por fin Obinze comprendió a qué se refería, Nigel se echó a reír y dijo: «Tienes una forma de hablar muy pija, ¿eh? Pija africana».

Un día, cuando Obinze llevaba varios meses en el puesto, después de entregar un frigorífico nuevo en una casa de Kensington, Nigel dijo, refiriéndose al anciano que había entrado en la cocina: «Es todo un caballero, desde luego». Nigel habló con tono admirativo, ligeramente intimidado. El hombre, desgalichado y resacoso, con el pelo revuelto, la bata abierta en el pecho, había dicho con altivez: «Supongo que sabéis instalarlo», como si lo dudara. Sorprendió a Obinze que Nigel, por considerar a aquel hombre «todo un caballero», no se quejara de la suciedad de la cocina, como habría hecho en circunstancias normales. Y si el hombre hubiese hablado con otro acento, Nigel lo habría acusado de mezquino por no darles propina.

Se acercaban al siguiente lugar de entrega en South London, y Obinze acababa de llamar al dueño de la casa para anunciarle que estaban a punto de llegar cuando de pronto Nigel preguntó a borbotones:

—¿Qué se le dice a una chica que te gusta?

—¿A qué te refieres? —quiso saber Obinze.

—La verdad es que no estoy tirándome a Haley. Me gusta pero no sé cómo decírselo. El otro día me pasé por su casa y había allí otro tío. —Nigel se interrumpió. Obinze procuró mantener el rostro inexpresivo—. Me da que tú sabes qué decirle a una pájara, chaval —añadió Nigel.

—Solo tienes que decirle que te gusta —respondió Obinze, recordando la fluidez con que Nigel, en el almacén con otros hombres, aportaba a menudo detalles de sus polvos con Haley, y de un polvo que le echó a una amiga de Haley mientras ella estaba fuera de vacaciones—. Nada de juegos ni frases preparadas. Tú dile solo: Oye, me gustas y creo que eres preciosa.

Nigel lo miró de soslayo con expresión dolida. Era como si, en su convencimiento de que Obinze era ducho en el arte de las mujeres, esperara cierta profundidad, cosa que Obinze lamentó no tener mientras cargaba el lavavajillas en una carretilla y lo llevaba a la puerta. Les abrió una mujer india, un ama de casa corpulenta y amable, que les ofreció un té. Mucha gente ofrecía té o agua. En una ocasión, una mujer de aspecto triste ofreció a Obinze un tarrito de mermelada casera, y él vaciló, pero tuvo la sensación de que, fuera cual fuese la causa de su honda desdicha, se agravaría si él no aceptaba, y por tanto se llevó la mermelada a casa, donde seguía, muerta de asco en la nevera, aún sin abrir.

«Gracias, gracias», dijo la mujer india mientras Obinze y Nigel instalaban el lavavajillas nuevo y se llevaban el viejo.

En la puerta, dio una propina a Nigel. Este era el único conductor que repartía las propinas a medias con Obinze; los otros fingían no acordarse de compartirlas. Una vez, cuando Obinze trabajaba con otro conductor, una anciana jamaicana le metió diez libras en el bolsillo en un momento en que el conductor no miraba. «Gracias, hermano», dijo ella, y a Obinze le entraron ganas de telefonear a su madre en Nsukka y contárselo.

27

Un lúgubre anochecer se cernía sobre Londres cuando Obinze entró en el café librería y se sentó ante una taza de café moca y un bollo de arándanos. Sentía un grato dolor en las plantas de los pies. No hacía mucho frío; había llegado sudando debido al abrigo de lana de Nicholas, ahora colgado en el respaldo de su silla. Ese era su gran placer semanal: visitar la librería, tomarse una carísima bebida con cafeína, leer gratis tanto como le fuera posible, y convertirse otra vez en Obinze. A veces pedía que lo dejaran en el centro de Londres después de una entrega y vagaba sin rumbo para acabar en una librería y sentarse en el suelo en un rincón, lejos de los corrillos de gente. Leía narrativa estadounidense contemporánea, porque abrigaba la esperanza de encontrar una resonancia, algo que diera forma a sus anhelos, una sensación del Estados Unidos en que se había imaginado como parte integrante. Quería conocer la vida cotidiana de Estados Unidos, qué comía la gente y qué inquietudes les consumían, qué la avergonzaba y qué la atraía, pero leyó una novela tras otra y se sintió defraudado: nada era solemne, nada era serio, nada era perentorio, y casi todo se disolvía en la nada de la ironía. Leía periódicos y revistas estadounidenses; las publicaciones británicas, en cambio, solo las hojeaba, porque incluían cada vez más artículos sobre inmigración, y siempre avivaban el pánico en su pecho. «Los colegios desbordados por los solicitantes de asilo.» Aún no había encontrado a nadie. La semana anterior había conocido a dos nigerianos, amigos lejanos de un amigo, que, según dijeron, conocían a una mujer del este de Europa, y él les había pagado cien libras. Ahora no le devolvían las llamadas y en los móviles saltaba directamente el buzón de voz. Tenía el bollo a medio comer. No se había dado cuenta de lo deprisa que se había llenado la cafetería. Se sentía bien, incluso a gusto, y absorto en un artículo de una revista cuando una mujer y un niño se acercaron a preguntarle si podían compartir su mesa. Tenían la piel de color nuez y el pelo oscuro. Supuso que eran bangladesíes o esrilanqueses.

—Por supuesto —respondió, y apartó su pila de libros y revistas, a pesar de que no estaban en el lado de la mesa que ellos ocuparían. Él aparentaba ocho o nueve años, y llevaba un jersey de Mickey Mouse y tenía en las manos una Game Boy azul. La mujer lucía un aro en la nariz, minúsculo, como de cristal, que destellaba cuando ella movía la cabeza a un lado y al otro. Ella le preguntó si le quedaba espacio suficiente para sus revistas, si quería que apartara un poco su silla. Luego comentó a su hijo, con un tono risueño dirigido claramente a Obinze, que nunca había sabido bien si esos estrechos bastoncillos de madera que ponían junto a los sobres de azúcar servían para remover.

—¡No soy un bebé! —protestó su hijo cuando ella intentó cortarle la magdalena.

—Solo he pensado que te sería más fácil.

Obinze alzó la mirada y vio que la mujer hablaba a su hijo pero lo observaba a él, con una expresión melancólica en los ojos. Se sintió henchido de posibilidades, ante ese encuentro casual con una desconocida, imaginando los caminos por los que podría conducirlo.

El niño mostraba una encantadora expresión de curiosidad.

—¿Vives en Londres? —le preguntó a Obinze.

—Sí —contestó él, pero ese «sí» no revelaba su verdadera historia: que en efecto vivía en Londres pero invisiblemente, su existencia como un trazo a lápiz borrado; cada vez que veía a un policía o alguien de uniforme, cualquiera con el mínimo de autoridad, reprimía el impulso de echarse a correr.

—Su padre falleció el año pasado —dijo la mujer en voz baja—. Estas son nuestras primeras vacaciones en Londres sin él. Antes veníamos todos los años al acercarse la Navidad.

La mujer asentía con la cabeza continuamente mientras hablaba y el niño parecía molesto, como si no quisiera que Obinze se enterara de eso.

—Lo siento —dijo Obinze.

—Hemos ido a la Tate —explicó el niño.

—¿Te ha gustado? —preguntó Obinze.

El niño frunció el entrecejo.

—Me he aburrido.

Su madre se puso en pie.

—Tenemos que irnos. Vamos al teatro. —Se volvió hacia su hijo y añadió—: No vas a entrar con esa Game Boy, ya lo sabes.

El niño no le hizo caso, se despidió de Obinze y se encaminó hacia la puerta. La madre dirigió a Obinze una larga mirada, aún más melancólica que la anterior. Quizá había sentido un profundo amor por su marido y aquello, tomar conciencia por primera vez de que volvía a sentir atracción, fue una revelación desconcertante. Obinze los observó marcharse, preguntándose si ponerse en pie y pedirle sus datos de contacto, pese a saber que no lo haría. Algo en esa mujer lo indujo a pensar en el amor, y como siempre que pensaba en el amor, Ifemelu acudió a su mente. Entonces, muy repentinamente, lo asaltó el deseo sexual. Una oleada de lujuria. Deseaba follar con alguien. Enviaría un sms a Tendai. Se habían conocido en una fiesta a la que lo llevó Nosa, y esa noche acabó en la cama de ella. Tendai, una zimbabuense sabia, de caderas anchas, que tenía por costumbre sumergirse durante demasiado tiempo en la bañera. Lo miró atónita la primera vez que él le limpió el piso y le preparó un arroz jollof. Estaba tan poco acostumbrada a que un hombre la tratara bien que lo observaba sin cesar, inquieta, una expresión velada en los ojos, como si contuviera la respiración y esperara a que de un momento a otro llegaran los malos tratos. Sabía que él no tenía papeles. «De lo contrario serías uno de esos nigerianos que se dedican a la tecnología de la información y van en BMW», dijo. Tenía la residencia británica, y dispondría de un pasaporte al cabo de un año, e insinuó que tal vez estaría dispuesta a ayudarlo. Pero él no quería la complicación de casarse con Tendai por los papeles; un día ella despertaría y se convencería de que nunca había sido solo por los papeles.

Antes de salir de la librería, mandó un sms a Tendai: «¿Estás en casa? Estaba pensando en pasarme por ahí». Caía una llovizna gélida cuando iba hacia la boca del metro, pequeñas gotas estallando en su abrigo, y cuando llegó allí, contempló absorto el sinfín de salivazos que salpicaba la escalera. ¿Por qué la gente no esperaba a salir de la estación para escupir? Se sentó en el asiento manchado de un tren ruidoso, delante de una mujer que leía el periódico vespertino. «"Hablen en inglés en casa", dice Blunkett a los inmigrantes.» Imaginó el contenido del artículo. Eran muchos los comentarios de esa índole que se publicaban ahora en los periódicos, haciéndose eco de lo que se oía en la radio y la televisión, e incluso en las conversaciones de algunos de los trabajadores en el almacén. El viento que barría las islas británicas olía a miedo a los solicitantes de asilo, contagiaba a todos el pánico ante el inminente desastre, y en consecuencia se escribían y leían artículos, sencillos y estridentes, como si los autores vivieran en un mundo en el que el presente no guardaba relación con el pasado, y nunca se hubieran detenido a pensar que ese era el curso normal de la historia: la afluencia a Gran Bretaña de negros y morenos de países creados por Gran Bretaña. Pero él lo entendía. Debía de ser reconfortante, esa negación de la historia. La mujer cerró el periódico y lo miró. Tenía el pelo castaño, greñudo, y una mirada dura y recelosa. Obinze se preguntó qué estaría pensando. ¿Se preguntaba si él era uno de esos inmigrantes ilegales que superpoblaban una isla ya superpoblada? Más tarde, en el tren a Essex, notó que alrededor todos eran nigerianos, las ruidosas conversaciones en yoruba y pidgin llenaban el vagón, y por un momento vio la extranjería no blanca de esa escena, exenta de toda restricción, a través de la mirada recelosa de la mujer blanca del metro. Pensó de nuevo en la mujer esrilanquesa o bangladesí y la sombra de dolor de la que estaba saliendo justo en ese momento, y pensó en su madre y en Ifemelu, y en la vida que había imaginado para sí, y en la vida que tenía ahora, barnizada como estaba por el trabajo y la lectura, el pánico y la esperanza. Nunca se había sentido tan solo.

28

Una mañana a principios de verano, con una revitalizante calidez en el aire, Obinze llegó al almacén y supo al instante que algo pasaba. Los otros hombres eludían su mirada, con movimientos rígidos, poco naturales, y Nigel, cuando vio a Obinze, se volvió rápidamente, demasiado rápidamente, hacia los lavabos. Lo sabían. Debían de haberse enterado de algún modo. Veían en la prensa los titulares sobre los solicitantes de asilo que desangraban la Seguridad Social, estaban al corriente de esas hordas que superpoblaban una isla ya de por sí superpoblada, y ahora sabían que era uno de los malditos, ocupando un puesto de trabajo con un nombre que no era el suyo. ¿Dónde estaba Roy Snell? ¿Había ido a avisar a la policía? ¿Era a la policía a quien se avisaba? Obinze intentó recordar los detalles de los casos en que alguien había sido descubierto y deportado, pero tenía la cabeza embotada. Se sentía desnudo. Deseaba darse media vuelta y echarse a correr, pero su cuerpo siguió adelante, contra su voluntad, hacia la zona de carga. De pronto percibió un movimiento a sus espaldas, apresurado y violento, demasiado cerca, y no había podido aún volverse cuando tenía ya encasquetado en la cabeza un gorro de papel. Era Nigel, y con él un corrillo de hombres sonrientes.

—¡Feliz cumpleaños, Vinny! —exclamaron todos.

Obinze se quedó inmóvil, amedrentado por el absoluto vacío que se impuso en su mente. Comprendió entonces a qué venía aquello. Era el cumpleaños de Vincent. Roy debía de habérselo dicho a los demás. Ni siquiera él se había acordado de memorizar la fecha de nacimiento de Vincent.

—¡Ah! —se limitó a decir, y tal fue su alivio que sintió náuseas.

Nigel le pidió que lo acompañara al cuarto del café, hacia donde en ese momento acudían en tropel los demás hombres, y Obinze, allí sentado con ellos, todos blancos a excepción de Patrick, jamaicano, mientras circulaban las magdalenas y la Coca-Cola que ellos habían pagado de su bolsillo para celebrar un cumpleaños que creían que era el suyo, tomó conciencia de un hecho con lágrimas en los ojos: se sentía a salvo.

Esa noche lo telefoneó Vincent, y Obinze se sorprendió un poco, porque Vincent solo lo había llamado una vez, meses atrás, al cambiar de banco, para darle los datos de la nueva cuenta. Se preguntó si debía felicitar a Vincent, si la llamada tenía algo que ver con la ocasión del cumpleaños.

—¿Vincent, *kedu*?

—Quiero un aumento.

¿Acaso Vincent había aprendido esa frase en una película? Esas palabras, «Quiero un aumento», sonaban postizas y cómicas.

—Quiero el cuarenta y cinco por ciento. Sé que ahora trabajas más.

—Anda ya, Vincent. ¿Cuánto saco yo? Sabes que estoy ahorrando para eso del matrimonio.

—El cuarenta y cinco por ciento —insistió Vincent, y colgó.

Obinze decidió hacer oídos sordos. Conocía a los individuos de la calaña de Vincent; presionaban para ver hasta dónde podían llegar y luego se echaban atrás. Si lo llamaba e intentaba negociar, quizá Vincent se envalentonara y planteara nuevas exigencias. Y no se arriesgaría a perder por completo el ingreso que él hacía semanalmente en su banco. Por tanto, cuando una semana después, en medio del trajín matutino de conductores y furgonetas, Roy dijo: «Vinny, entra un momento en mi despacho», Obinze no le concedió mayor importancia. En el escritorio de Roy había un periódico, plegado por la página en que aparecía la foto de la mujer pechugona. Roy dejó lentamente la taza de café encima del periódico. A todas luces incómodo, evitaba mirar a Obinze a la cara.

—Ayer llamó una persona. Dijo que no eres quien dices ser, que eres un ilegal y trabajas con el nombre de un británico. —Se produjo un silencio. Obinze se quedó anonadado. Roy volvió a coger la taza—. ¿Por qué no traes mañana el pasaporte y lo aclaramos?

Obinze masculló las primeras palabras que acudieron a su cabeza.

—Vale. Mañana traeré el pasaporte.

Salió del despacho sabiendo que nunca recordaría lo que había sentido hacía unos momentos. ¿Roy le pedía que llevara el pasaporte simplemente para simplificarle el despido, para proporcionarle una salida? ¿O creía de verdad que el denunciante se equivocaba? ¿Por qué iba alguien a llamar por una cosa así a menos que fuera verdad? Obinze nunca había hecho tan gran esfuerzo por actuar con normalidad como el resto de ese día, por dominar la rabia que lo corroía. No era la idea del poder que Vincent tenía sobre él lo que lo enfurecía, sino la temeridad con que Vincent había hecho uso de él. Esa tarde se marchó del almacén, por última vez, deseando más que nada en el mundo haber dicho a Nigel y Roy su verdadero nombre.

Unos años más tarde, en Lagos, cuando Chief le dijo que buscara a un hombre blanco a quien presentar como director general, Obinze telefoneó a Nigel. Conservaba el mismo número de móvil.

—Soy Vinny.

—¡Vincent! ¿Estás bien, tío?

—Perfectamente, ¿y tú? —respondió Obinze. Al cabo de un momento, dijo—: Vincent no es mi verdadero nombre, Nigel. Me llamo Obinze. Tengo un trabajo que ofrecerte en Nigeria.

29

Los angoleños le decían que las cosas estaban «muy caras», o más «complicadas», vaguedades que supuestamente explicaban cada nueva petición de dinero.

«Esto no es lo que acordamos», decía Obinze, o «Ahora mismo no tengo más dinero», y ellos contestaban: «Las cosas están muy caras, sí», con un tono que, imaginaba él, iba acompañado de un gesto de indiferencia. Seguía un silencio en la línea telefónica, una ausencia de palabras que le indicaba que era su problema, no el de ellos. «Lo pagaré el viernes», decía él por fin antes de colgar.

La amable solidaridad de Cleotilde era para él un alivio.

«Tienen mi pasaporte —le dijo, y eso a él le pareció un tanto siniestro, casi como si ella fuera una rehén—. A no ser por eso podríamos hacerlo por nuestra cuenta.» Pero él no quería hacerlo por su cuenta con Cleotilde. Aquello era un paso muy importante y necesitaba la solidez de la pericia, la experiencia, de los angoleños para asegurarse de que todo salía bien. Nicholas ya le había prestado dinero; Obinze se resistía a pedirle otra vez, por la expresión severa en su ojos, como si lo juzgara, como si pensara que Obinze era blando, un niño mimado, y que mucha gente no tenía un primo que pudiera prestarle dinero. Emenike era la otra única persona a la que podía pedírselo. En su última conversación Emenike le había dicho: «No sé si has visto tal obra en el West End, pero Georgina y yo hemos ido y nos ha encantado», como si Obinze, con su trabajo de repartidor, ahorrando austeramente, consumido por las preocupaciones de la inmigración, pudiera pensar siquiera en ir a ver una obra al West End. La inconsciencia de Emenike lo había disgustado, porque indicaba falta de respeto y, peor aún, indiferencia hacia él, y hacia su vida actual. Telefoneó a Emenike y, pronunciando las palabras atropelladamente, obligándose a hablar, dijo que necesitaba quinientas libras, y se las devolvería en cuanto encontrara otro trabajo, y luego, más despacio, contó a Emenike lo de los angoleños, y lo cerca que estaba de culminar por fin la ceremonia de la boda, pero había muchos gastos extra que no había previsto.

«No te preocupes. Veámonos el viernes», contestó Emenike.

Ahora Emenike estaba sentado frente a Obinze en un restaurante tenuemente iluminado, después de quitarse la chaqueta y revelar un impecable jersey de cachemira de color tostado. A diferencia de sus otros amigos ahora residentes en el extranjero, no se había engordado, no había cambiado desde la última vez que Obinze lo vio en Nsukka.

—¡Tío, Zeta, tienes buen aspecto! —dijo, y sus palabras destilaron insinceridad. Obinze, con los hombros encorvados por el estrés, la ropa prestada de su primo, desde luego no podía ofrecer muy buen aspecto—. Perdona, siento no haber tenido tiempo para vernos. Mi agenda de trabajo es una locura y además hemos estado viajando mucho. Te habría propuesto venir a vivir con nosotros, pero no es una decisión que pueda tomar yo solo. Georgina no lo entendería. Ya sabes que estos blancos no se comportan como nosotros.

Contrajo los labios, formando algo parecido a una mueca de suficiencia. Se mofaba de su mujer, pero Obinze supo, por el velado tono de veneración en su voz, que era una burla teñida de respeto, una burla dirigida a algo que consideraba, a su pesar, inherentemente superior. Obinze recordó lo que Kayode decía a menudo de Emenike en secundaria: puede leer todos los libros que quiera, pero sigue llevando la aldea en la sangre.

—Acabamos de volver de Estados Unidos. Tío, tienes que ir a Estados Unidos. No hay otro país igual en el mundo. Fuimos en avión a Denver y luego en coche hasta Wyoming. Georgina acababa de salir de un caso complicadísimo, ¿recuerdas que te lo comenté antes de irme a Hong Kong? Ella estaba allí por razones de trabajo, y yo fui a visitarla durante un fin de semana largo. Así que pensé que debíamos ir a Estados Unidos: ella necesitaba unas vacaciones.

Sonó un pitido en el móvil de Emenike. Lo sacó del bolsillo, echó un vistazo e hizo una mueca, como si quisiera que le preguntaran qué decía el mensaje, pero Obinze no se lo preguntó. Estaba cansado; Iloba le había dado su carnet de la Seguridad Social, a pesar de que trabajar los dos al mismo tiempo representaba un riesgo para ambos, pero todas las agencias de colocación con las que Obinze había probado hasta el momento querían ver un pasaporte y no solo el carnet. La cerveza le parecía floja, y deseó que Emenike le diera ya el dinero sin más. Pero Emenike reanudó la charla, gesticulando, sus ademanes fluidos y seguros, su actitud todavía la de una persona convencida de que sabía cosas que otros nunca sabrían. Y sin embargo se advertía en él algo distinto que Obinze no pudo precisar. Emenike habló durante largo rato, iniciando a menudo una anécdota con la frase «Lo que tienes que entender de este país es lo siguiente...». Obinze, distraído, acabó pensando en Cleotilde. Según los angoleños, debían viajar a Newcastle como mínimo dos personas del lado de Cleotilde, a fin de prevenir toda sospecha, pero ella lo había llamado el día anterior para decir que llevaría solo a una amiga, así él no tendría que pagar el tren y la estancia en un hotel de dos personas más. A Obinze le pareció todo un detalle, pero le pidió que llevara a dos personas igualmente; no estaba dispuesto a correr el menor riesgo.

Emenike hablaba de algo que había ocurrido en el trabajo.

—De hecho, fui el primero en llegar a la reunión, organicé mis carpetas, y luego me fui al lavabo, y al volver me encontré con un blanco estúpido que me dijo: «Ah, veo que sigues el horario africano». ¿Y sabes qué? Lo puse a parir. Desde entonces me envía un e-mail detrás de otro para que vayamos a tomar una copa. Una copa ¿para qué?

Emenike bebió un sorbo de cerveza. Era ya la tercera, y estaba cada vez más locuaz y estridente. Todas sus anécdotas sobre el trabajo presentaban la misma trayectoria: primero alguien lo infravaloraba o lo tenía en poco, y él acababa victorioso, poniendo el punto final con una palabra o acción ingeniosa.

—Echo de menos Nigeria. Ha pasado ya mucho tiempo, pero la verdad es que no he encontrado el momento para volver. Además, Georgina no saldría viva de una visita a Nigeria —dijo Emenike, y se echó a reír. Había presentado su país como la selva y a sí mismo como el intérprete de la selva—. ¿Otra cerveza?

Obinze negó con la cabeza. Un hombre que intentaba acceder a la mesa situada detrás de ellos rozó la chaqueta de Emenike, colgada en el respaldo, y la tiró.

—Eh, mira este. Quiere estropearme la Aquascutum. Fue el regalo de Georgina en mi último cumpleaños —dijo Emenike mientras colgaba la chaqueta de nuevo en el respaldo.

Obinze no conocía la marca, pero dedujo, por la mueca de pretendida distinción en el rostro de Emenike, que debía impresionarlo.

—¿Seguro que no quieres otra cerveza? —preguntó Emenike, mirando alrededor en busca de la camarera—. Hace como si no me viera. ¿Te has fijado en lo grosera que ha estado antes? A estas europeas del este sencillamente no les gusta servir a los negros.

Cuando la camarera anotó el pedido, Emenike sacó un sobre del bolsillo.

—Aquí tienes, tío. Ya sé que me pediste quinientos, pero hay mil. ¿Quieres contarlo?

«¿Contarlo?», estuvo a punto de decir Obinze, pero la palabra no salió de su boca. Cuando a uno le prestaban dinero a la manera nigeriana, se lo plantaban en la mano, le cerraban el puño y desviaban la mirada, quitando importancia rotundamente a las efusivas palabras de agradecimiento —y tenían que ser efusivas—, y uno no contaba el dinero, eso desde luego, a veces ni siquiera lo miraba hasta que se quedaba solo. Pero ahora iba Emenike y le pedía que contara el dinero. Y eso hizo Obinze, lenta e intencionadamente, pasando cada billete de una mano a la otra, preguntándose si Emenike lo había aborrecido durante todos esos años de secundaria y universidad. Él, a diferencia de Kayode y los otros, nunca se había reído de Emenike, pero tampoco lo había defendido. Quizá Emenike se sentía despechado por su neutralidad.

—Gracias, tío.

Había mil libras, naturalmente. ¿Acaso pensaba Emenike que podía habérsele caído un billete de cincuenta libras de camino al restaurante?

—No es un préstamo —declaró Emenike, recostándose en el asiento con una parca sonrisa.

—Gracias, tío —repitió Obinze, y a pesar de todo sintió gratitud y alivio.

Venía preocupándole lo que aún le quedaba por pagar antes de la boda, y si ese era el precio, contar el regalo en efectivo mientras Emenike lo observaba con cierto aire de poder en la mirada, que así fuera.

Sonó el teléfono de Emenike.

—Georgina —anunció alegremente antes de atender la llamada. Al contestar, levantó un poco la voz, para que Obinze lo oyera—. Es fantástico volver a verlo después de tanto tiempo. —Luego, tras un silencio—: Claro, querida, buena idea.

Bajó el teléfono y le dijo a Obinze:

—Georgina quiere venir a reunirse con nosotros en menos de media hora para que vayamos todos a cenar. ¿Te parece bien?

Obinze se encogió de hombros.

—Nunca digo que no a una comida.

Justo antes de que llegara Georgina, Emenike le dijo en un susurro:

—No le comentes nada de la boda a Georgina.

Obinze, por como Emenike hablaba de Georgina, la había imaginado como una abogada de éxito, frágil e inocente, quien sin embargo no conocía en realidad los males del mundo, pero cuando llegó, con su rostro anguloso y un cuerpo grande y un corte impecable en el pelo castaño que le daba aspecto de eficiencia, comprendió de inmediato que era franca, avisada, e incluso sentía cierto hastío por el mundo. Imaginó que sus clientes confiaban al instante en sus aptitudes. Esa era una mujer que verificaba las cuentas de las organizaciones benéficas a las que hacía donaciones. Esa era una mujer que sin duda saldría viva de una visita a Nigeria. ¿Por qué Emenike la había retratado como una arquetípica inglesa desvalida? Besó a Emenike en los labios, y luego se volvió para estrechar la mano a Obinze.

—¿Te apetece algo en especial? —le preguntó a Obinze mientras se desabrochaba el abrigo marrón de ante—. Hay un indio muy agradable cerca de aquí.

—Uy, ese es un poco cutre —intervino Emenike. Había cambiado. Ahora hablaba con una modulación nueva, una dicción más lenta, y la temperatura de todo su ser había bajado notablemente—. Podríamos ir a ese restaurante nuevo de Kensington. No está muy lejos.

—No sé bien si Obinze lo encontrará interesante, cariño —dijo Georgina.

—Ah, yo creo que le gustará —afirmó Emenike.

Autocomplacencia, ese era el cambio en él. Se había casado con una mujer británica, vivía en un hogar británico, trabajaba en una empresa británica, viajaba con pasaporte británico, decía «ejercitarse» para referirse a una actividad mental más que a una actividad física. Siempre había anhelado esa vida, y nunca se había creído del todo que algún día accedería a ella. Ahora mostraba el envaramiento de la autocomplacencia. Estaba saciado. En el restaurante de Kensington, una vela resplandecía en la mesa, y el camarero rubio, que parecía demasiado alto y apuesto para ser camarero, sirvió unos cuencos diminutos con una especie de gelatina verde.

—Nuestro nuevo aperitivo de limón y tomillo, gentileza del chef —anunció.

—Fantástico —dijo Emenike, sumiéndose al instante en uno de los rituales de su nueva vida: frente contraída, intensa concentración, sorbos de agua con gas ante la carta de un restaurante.

Georgina y él hablaron de los entrantes. Llamaron al camarero para que contestara una pregunta. A Obinze le chocó ver con qué seriedad se tomaba Emenike esa iniciación al vudú de la buena gastronomía, porque cuando el camarero le llevó algo parecido a tres elegantes hierbajos verdes, por los que pagaría trece libras, se frotó las manos con placer. La hamburguesa llegó servida en cuatro porciones, dispuestas en una amplia copa de martini. Cuando llegó el plato de Georgina, un montón de ternera roja cruda, con un huevo encima como un sol, Obinze procuró no mirarla mientras comía, porque de lo contrario se habría sentido tentado de vomitar.

Fue Emenike quien más habló, contando a Georgina su época juntos en el colegio, sin permitir apenas a Obinze mediar palabra. En las anécdotas que contó, Obinze y él eran los granujas apreciados por todos que siempre se metían en líos interesantes. Obinze observaba a Georgina, y solo entonces tomó conciencia de que era mucho mayor que Emenike, ocho años por lo menos. Su contorno facial masculino se suavizaba gracias a las frecuentes y breves sonrisas, pero eran sonrisas pensativas, las sonrisas de una escéptica por naturaleza, y Obinze se preguntó hasta qué punto se creía las historias de Emenike, hasta qué punto había dejado en suspenso la razón por efecto del amor.

—Obinze, mañana por la noche ofrecemos una cena —dijo Georgina—. Tienes que venir.

—Sí, me olvidaba de comentártelo —añadió Emenike.

—Tienes que venir, en serio. Hemos invitado a unos cuantos amigos, y creo que te gustará conocerlos —insistió Georgina.

—Por mí, encantado.

Su casa adosada en Islington, con una corta escalinata bien conservada ante la puerta verde, olía a asado cuando Obinze llegó. Le abrió Emenike.

—¡Zeta! Has llegado pronto, y aún no hemos acabado en la cocina. Pasa y espera en mi despacho a que lleguen los otros.

Emenike lo llevó al piso de arriba, hasta el despacho, una habitación limpia y luminosa, más luminosa aún por efecto de las estanterías blancas y las cortinas blancas. Las ventanas se comían amplias porciones de pared, y Obinze se imaginó ese espacio por la tarde, magníficamente bañado de luz, y a sí mismo hundido en el sillón junto a la puerta, absorto en un libro.

—Vendré a buscarte dentro de un rato —dijo Emenike.

En la repisa de una ventana había una foto de Emenike con los ojos entornados frente a la Capilla Sixtina, otra haciendo el signo de la paz en la Acrópolis, otra en el Coliseo, con una camisa del mismo color nuez moscada que el muro de las ruinas. Obinze se lo imaginó visitando los lugares que debía visitar, diligente y resuelto, pensando no en lo que veía, sino en las fotos que tomaría y en las personas que después verían esas fotos. La gente que sabría que había participado en esos triunfos. En un estante, Graham Greene captó su atención. Cogió *El revés de la trama* y empezó a leer el primer capítulo, invadido por una repentina nostalgia de la adolescencia, cuando su madre lo releía cada pocos meses.

Entró Emenike.

—¿Eso es Waugh?

—No. —Le mostró la portada del libro—. A mi madre le encanta este libro. Siempre andaba intentado inculcarme el amor por sus novelas inglesas.

—Waugh es el mejor de todos. *Brideshead* es lo más cercano que he leído a una novela perfecta.

—Yo opino que Waugh es un caricaturista. La verdad, soy incapaz de entrar en esas novelas inglesas supuestamente cómicas. Es como si no pudieran abordar la complejidad real y profunda de la vida humana y por eso recurrieran a la comicidad. Greene es el polo opuesto, demasiado taciturno.

—No, tío, tienes que volver a leer a Waugh. Yo a Greene no acabo de verle la gracia, aunque la primera parte de *El fin del romance* es una pasada.

—Este despacho es de ensueño —comentó Obinze.

Emenike se encogió de hombros.

—¿Quieres algún libro? Llévate lo que te apetezca.

—Gracias, tío —dijo Obinze, sabiendo que no se llevaría ninguno.

Emenike echó un vistazo alrededor, como si viera el despacho con ojos nuevos.

—Encontramos este escritorio en Edimburgo. Georgina tenía ya unas cuantas piezas buenas pero luego, ya juntos, encontramos algunas otras.

Obinze se preguntó si Emenike había interiorizado su propio disfraz tan plenamente que incluso cuando estaban solos podía hablar de «muebles buenos», como si la idea de «muebles buenos» no fuera ajena a su mundo nigeriano, donde las cosas nuevas debían parecer nuevas. Obinze podría haber hecho algún comentario a Emenike al respecto, pero ya no; eran demasiadas las cosas que habían cambiado en su relación. Obinze lo siguió escalera abajo. La mesa del comedor era un despliegue de color, vistosos platos de loza disparejos, algunos de ellos desportillados, copas de vino rojas, servilletas de color azul marino. En un centro de mesa de plata, delicadas flores blanquecinas flotaban en agua. Emenike se encargó de las presentaciones.

—Este es Mark, un viejo amigo de Georgina, y esta es su mujer, Hannah, quien, dicho sea de paso, está acabando su tesis sobre el orgasmo femenino, o más bien el orgasmo femenino israelí.

—Bueno, en realidad no es tan específico —observó Hannah, y sus palabras se recibieron con risas generalizadas, mientras estrechaba la mano afectuosamente a Obinze.

Tenía el rostro bronceado, de facciones anchas y expresión altruista, el rostro de una persona que no soportaba el conflicto. Mark, pálido y arrugado, dio un apretón en el hombro a su mujer, pero no se rio con los demás.

—Encantado —le dijo a Obinze con un tono casi formal.

—Este es nuestro querido amigo Phillip, que es el mejor abogado de Londres... después de Georgina, claro —prosiguió Emenike.

—¿Son todos los hombres nigerianos tan guapos como tú y tu amigo? —le preguntó Phillip a Emenike con afectado arrobamiento a la vez que daba la mano a Obinze.

—Tendrás que ir a Nigeria para verlo —respondió Emenike, y guiñó el ojo en lo que parecía un ininterrumpido coqueteo con Phillip.

Phillip, esbelto y elegante, llevaba una camisa roja de seda con el cuello desabrochado. Viendo su amaneramiento, los gestos flexibles de las muñecas, los movimientos arremolinados de los dedos en el aire, Obinze recordó a un chico de secundaria —Hadome, se llamaba— que, según contaban, pagaba a los alumnos de primero para que le chuparan la polla. En una ocasión Emenike y otros dos chicos, mediante engatusamientos, llevaron a Hadome a los lavabos y allí le dieron una paliza; el ojo se le hinchó tan deprisa que, poco antes de terminar las clases en el colegio, presentaba un aspecto grotesco, como una enorme berenjena morada. Obinze se había quedado en la puerta de los lavabos con otros chicos, chicos que no habían intervenido directamente en la paliza pero se lo tomaron a risa, chicos que participaron con sus provocaciones e incitaciones, chicos que gritaron: «¡Homo! ¡Homo!».

—Esta es nuestra amiga Alexa. Alexa acaba de mudarse a un apartamento en Holland Park, después de pasar años en Francia; así, ahora, la veremos mucho más, afortunados nosotros. Se dedica a la edición musical. Además, es una poeta fantástica —continuó Emenike.

—Para ya —protestó Alexa, y luego, volviéndose hacia Obinze, le preguntó—: ¿Y tú de dónde eres, cariño?

–De Nigeria.

–No, no, me refiero a Londres, cariño.

–Pues, de hecho, vivo en Essex.

–Ya –dijo ella, como decepcionada. Era una mujer menuda de rostro muy pálido y cabello rojo tomate–. ¿Cenamos, chicos?

Cogió un plato y lo examinó.

–Me encantan estos platos. Georgina y Emenike nunca aburren, ¿a que no? –comentó Hannah.

–Los compramos en la India, en un bazar –informó Emenike–. Hechos a mano por campesinas, realmente preciosos. ¿Os habéis fijado en los detalles de la orla?

Levantó uno de los platos.

–Sublime –declaró Hannah, y miró a Obinze.

–Sí, muy bonito –masculló Obinze.

Esos platos, con su acabado poco profesional, los ligeros bultos en el contorno, nunca se habrían enseñado en presencia de invitados en Nigeria. Todavía no sabía muy bien si Emenike se había convertido en una persona que creía que algo era hermoso porque estaba hecho a mano por pobres en un país extranjero, o si simplemente había aprendido a fingir. Georgina sirvió el vino, y Emenike el entrante, cangrejo con huevos duros. Había adoptado un encanto cuidadoso y calibrado. Decía «Cielos» con frecuencia. Cuando Phillip se quejó de la pareja francesa que construía una casa junto a la suya en Cornualles, Emenike preguntó: «¿Os tapan la puesta de sol?».

«¿Os tapan la puesta de sol?» A Obinze, como a ninguna de las personas con quienes se había criado, jamás se le habría ocurrido hacer una pregunta de ese estilo.

–¿Y qué tal por Estados Unidos? –preguntó Phillip.

–Un lugar fascinante, la verdad. Pasamos unos días con Hugo en Jackson, Wyoming. Conociste a Hugo la Navidad pasada, ¿no, Mark?

–Sí. ¿Y qué hace por allí?

Mark no parecía impresionado por los platos; a diferencia de su esposa, no había cogido uno para examinarlo.

—Está en una estación de esquí, pero nada pretenciosa. En Jackson dicen que la gente que va a Aspen espera que alguien le ate los cordones de las botas de esquí —explicó Georgina.

—La idea de esquiar en Estados Unidos me pone mala —afirmó Alexa.

—¿Por qué? —preguntó Hannah.

—¿Tienen un centro Disney, con Mickey Mouse vestido de esquiador? —preguntó Alexa.

—Alexa ha ido a Estados Unidos solo una vez, cuando estudiaba, pero le encanta detestar ese país a distancia —explicó Georgina.

—Yo he adorado Estados Unidos a distancia toda mi vida —intervino Obinze.

Alexa se volvió hacia él con cierta sorpresa, como si no esperara que hablase. Bajo la luz de la araña, su cabello rojo presentaba un resplandor extraño y antinatural.

—Lo que he notado aquí es que muchos ingleses sienten veneración por Estados Unidos pero también un profundo resentimiento —añadió Obinze.

—Muy cierto —dijo Phillip, mirando a Obinze y asintiendo—. Muy cierto. Es el resentimiento de un padre cuyo hijo al final es mucho más hermoso y tiene una vida mucho más interesante.

—Pero los americanos nos adoran, a nosotros los británicos, adoran nuestro acento y a la reina y los autobuses de dos pisos —afirmó Emenike.

Allí estaba, ya lo había dicho: se consideraba británico.

—¿Y sabéis cuál fue para Emenike la gran revelación cuando estuvimos allí? —dijo Georgina con una sonrisa—. La diferencia entre el «adiós» estadounidense y el británico.

—¿El «adiós»? —preguntó Alexa.

—Sí. Dice que los británicos lo arrastran más, mientras que el de los estadounidenses es más corto.

—Fue una gran revelación. Lo explica todo sobre la diferencia entre ambos países —declaró Emenike, sabiendo que se reirían, como así fue—. También me llamó la atención la diferencia ante lo extranjero. Allí te sonríen y son sumamente cordiales, pero si no te llamas Cory o Chad, no se esfuerzan en absoluto en pronunciar bien tu nombre. Los británicos se mostrarán hoscos y recelosos si uno los trata con excesiva cordialidad, pero consideran los nombres extranjeros nombres realmente válidos.

—Eso es interesante —comentó Hannah.

—Ya cansa un poco hablar de Estados Unidos como si allí vivieran aislados del resto del mundo —observó Georgina—, aunque no puede decirse que nosotros no contribuyamos a ello, porque cuando pasa algo importante en Estados Unidos, es titular en Gran Bretaña; cuando pasa algo importante aquí, en Estados Unidos aparece en la última página, si es que aparece. Pero, en mi opinión, lo más preocupante era la chabacanería del patriotismo, ¿no te parece, querido? —Georgina se volvió hacia Emenike.

—Totalmente de acuerdo —contestó Emenike—. Ah, y fuimos a un rodeo. Hugo pensó que nos apetecería un poco de cultura.

Todos prorrumpieron en ahogadas risas.

—Y vimos un desfile increíble de niños con la cara muy pintada, y también muchas banderas ondeando, y no paramos de oír «Dios bendiga América». Me aterrorizaba la idea de que fuera uno de esos sitios donde no sabes qué puede pasarte si de pronto dices «No me gusta Estados Unidos».

—A mí Estados Unidos también me pareció un país muy patriotero cuando hice la especialidad allí —comentó Mark.

—Mark es cirujano infantil —explicó Georgina a Obinze.

—Uno tenía la sensación de que la gente... es decir, la gente progresista, porque los conservadores estadounidenses vienen de un planeta totalmente distinto, incluso para un tory como yo... consideraba que podía criticar tranquilamente su país pero se lo tomaba muy mal cuando lo hacía uno de fuera —continuó Mark.

—¿Dónde estuviste? —preguntó Emenike, como si conociese hasta el último rincón de Estados Unidos.

–En Filadelfia. En un centro especializado que se llamaba Hospital de Niños. Era un lugar admirable, y la formación era excelente. En Inglaterra habría tardado dos años en ver los casos poco comunes que tuve allí en un mes.

–Pero no te quedaste –señaló Alexa, casi en tono triunfal,

–No tenía previsto quedarme.

El rostro de Mark en ningún momento fraguaba del todo en una expresión concreta.

–Hablando de eso: acabo de entrar en contacto con una organización benéfica fantástica cuyo objetivo es impedir que el Reino Unido contrate a tantos empleados africanos en el sector de la salud –comentó Alexa–. Sencillamente no quedan médicos y enfermeras en ese continente. ¡Es una auténtica tragedia! Los médicos africanos deberían quedarse en África.

–¿Por qué no van a querer ejercer allí donde la electricidad y la paga llegan sin interrupciones? –preguntó Mark con tono inexpresivo. Obinze percibió que Alexa no le inspiraba la menor simpatía–. Yo soy de Grimsby y, desde luego, no quiero trabajar en un hospital de barrio de allí.

–No es lo mismo, ¿no te parece? Estamos hablando de algunos de los pueblos más pobres del mundo. Esos médicos tienen una responsabilidad como africanos –argumentó Alexa–. La vida no es justa, desde luego. El privilegio de tener un título en medicina conlleva la responsabilidad de ayudar a su gente.

–Ya veo. ¿Y ninguno de nosotros tiene esa responsabilidad respecto a los pueblos desfavorecidos del norte de Inglaterra, supongo? –le preguntó Mark.

Alexa enrojeció. En el repentino y tenso silencio, contrayéndose el aire entre todos ellos, Georgina se levantó y dijo:

–¿Estáis preparados para mi asado de cordero?

Todos elogiaron la carne, que Obinze habría dejado un poco más en el horno; recortó el contorno de su trozo con cuidado para comerse los lados, oscurecidos por la cocción, y dejar en el plato las partes teñidas de sangre rosada. Hannah, con tono apaciguador, como para distender el ambiente, encauzó la conversación, introduciendo temas en los que no surgieran discrepancias y cambiando de derrotero si intuía que amenazaba la discordia. Era una conversación sinfónica, fundiéndose las voces entre sí, en consenso: qué atrocidad el trato dispensado a los recolectores de berberechos chinos, qué absurda la idea de aplicar una matrícula obligatoria en la enseñanza superior, qué descabellada la irrupción en el Parlamento de los partidarios de la caza del zorro. Se rieron cuando Obinze dijo:

—No entiendo a qué viene tanto alboroto con la caza del zorro en este país. ¿No hay cosas más importantes?

—¿Qué podría ser más importante? —preguntó Mark, irónicamente.

—Bueno, no conocemos otra manera de librar nuestra lucha de clases —explicó Alexa—. Verás, los terratenientes y los aristócratas cazan, y nosotros, las clases medias liberales, nos subimos por las paredes. Queremos privarlos de sus juguetitos absurdos.

—Queremos privarlos de ellos, eso por descontado —convino Phillip—. Es una monstruosidad.

—¿Habéis oído las declaraciones de Blunkett? Dice que no sabe cuántos inmigrantes hay en el país —comentó Alexa, y Obinze se tensó de inmediato, notando una opresión en el pecho.

—«Inmigrante», claro está, es la palabra en clave para referirse a los musulmanes —dijo Mark.

—Si realmente quisiera saberlo, iría a todas las obras en construcción de este país y haría un recuento —señaló Phillip.

—Fue muy interesante ver la reacción ante eso mismo en Estados Unidos —intervino Georgina—. Allí también están armando mucho revuelo con la inmigración. Aunque, claro, Estados Unidos siempre ha sido más tolerante con los inmigrantes que Europa.

—Bueno, sí, pero eso es porque los países europeos se basaron en la exclusión, y no, como es el caso de Estados Unidos, en la inclusión —adujo Mark.

—Pero allí además se da una psicología distinta, ¿no? —planteó Hannah—. Los países europeos están rodeados de países muy parecidos entre sí, en tanto que Estados Unidos toca con México, que en realidad es un país en vías de desarrollo, y eso crea una psicología distinta en cuanto a la inmigración y las fronteras.

—Pero nosotros no recibimos inmigrantes de Dinamarca. Recibimos inmigrantes del este de Europa, que es nuestro México —declaró Alexa.

—Salvo, claro está, por la raza —matizó Georgina—. Los europeos del este son blancos, los mexicanos, no.

—Por cierto, Emenike, ¿cómo has percibido la raza en Estados Unidos? —preguntó Alexa—. Es un país injustamente racista, ¿verdad?

—No hace falta ir a Estados Unidos para eso, Alexa —declaró Georgina.

—A mí me dio la impresión de que en Estados Unidos los negros y los blancos trabajan juntos pero no juegan juntos, y aquí los negros y los blancos juegan juntos pero no trabajan juntos —observó Emenike.

Los otros asintieron pensativamente, como si hubiese hecho un comentario profundo; Mark, en cambio, dijo:

—No sé si acabo de entenderlo.

—Yo opino que en este país la clase social se respira en el aire —intervino Obinze—. Todo el mundo conoce su sitio. Incluso la gente indignada por las diferencias de clase ha aceptado en cierto modo su lugar. En este país un chico blanco y una chica negra que se crían en el mismo pueblo de clase obrera pueden juntarse y la raza será una consideración secundaria, pero en Estados Unidos, incluso si el chico blanco y la chica negra se crían en el mismo barrio, la raza será un asunto primordial.

Alexa le dirigió otra mirada de sorpresa.

—Un poco simplificado pero sí, eso es aproximadamente lo que yo quería decir —coincidió Emenike, hablando despacio, recostándose en el respaldo, y Obinze percibió cierta reprensión.

Debería haberse quedado callado; al fin y al cabo, ese era el escenario de Emenike.

—Pero tú aquí, Emenike, no has tenido que vértelas con ninguna forma de racismo, ¿verdad? —preguntó Alexa, dando a entender con su tono que ya sabía que la respuesta era no—. La gente tiene prejuicios, por supuesto, pero ¿prejuicios no tenemos todos?

—Pues te equivocas —contestó Georgina con firmeza—. Cuenta lo del taxista, cariño.

—Ah, sí, eso —dijo Emenike mientras se levantaba para servir los quesos.

De pasada, murmuró algo al oído de Hannah y esta sonrió y le tocó el brazo. ¡Qué encantado se le veía de vivir en el mundo de Georgina!

—Cuenta —le instó Hannah.

Y eso hizo Emenike. Contó la anécdota del taxi que intentó parar una noche, en Upper Street; de lejos, el taxi tenía la luz encendida pero, al acercarse, la luz se apagó, y Emenike supuso que no estaba de servicio. Cuando el taxi pasó de largo, Emenike miró hacia atrás despreocupadamente y vio que la luz volvía a encenderse y que un poco más allá, en la misma calle, se detenía para recoger a dos mujeres blancas.

Eso Emenike ya se lo había contado a Obinze antes, y ahora le sorprendió que lo relatara de manera tan distinta. No mencionó la rabia que sintió allí de pie en esa calle, mirando el taxi. Entró en un estado de gran agitación, había explicado a Obinze, y le temblaron las manos durante largo rato, un poco asustado por sus propios sentimientos. En cambio ahora, mientras apuraba el vino de su copa, con unas flores flotando ante él, habló en un tono despojado de ira, cargado únicamente de cierta superioridad festiva, en tanto que Georgina introducía exclamaciones aclaratorias: «¿No es increíble?».

Alexa, bien servida de vino tinto, con los ojos enrojecidos por debajo del cabello escarlata, cambió de tema.

—Blunkett debería ser sensato y asegurarse de que este país sigue siendo un refugio. Sin lugar a dudas hay que permitir la entrada a personas que han sobrevivido a guerras atroces. –Se volvió hacia Obinze–. ¿Tú no estás de acuerdo?

–Sí –contestó él, y un sentimiento de enajenación lo recorrió como un escalofrío.

Alexa, y los demás invitados, y quizá incluso Georgina, comprendían todos que se huyera de la guerra, de la clase de pobreza que aplastaba el alma humana, pero no entenderían la necesidad de escapar del letargo opresivo de la falta de elección. No entenderían por qué las personas como él, que se habían criado sin hambre ni sed pero vivían empantanadas en la insatisfacción, condicionadas desde su nacimiento a mirar hacia otro lugar, convencidas eternamente de que las vidas reales se desarrollaban en ese otro lugar, ninguna de ellas famélica, ni víctima de violaciones, ni procedente de aldeas quemadas, estuvieran ahora decididas a afrontar peligros, a actuar ilegalmente, para marcharse, ávidas solo de elección y certidumbre.

30

Nicholas le dio a Obinze un traje para la boda. «Es un buen traje italiano —le dijo—. A mí me queda pequeño así que a ti debería venirte bien.» El pantalón era grande, y cuando Obinze se apretó el cinturón, le formaba bolsas, pero la chaqueta, también grande, ocultaba el antiestético pliegue de ropa en la cintura. Tampoco era que le importara mucho. Tan absorto estaba en dejar atrás ese día, en iniciar por fin su vida, que se habría envuelto sus partes íntimas en un pañal si hubiese sido necesario. Iloba y él se reunieron con Cleotilde cerca del Centro Cívico. Ella estaba bajo un árbol con sus amigas, el pelo recogido con una cinta blanca, la raya de los ojos muy marcada en negro; parecía una persona mayor y más sexy. El vestido de color marfil le ceñía la cadera. Se lo había pagado él. «No tengo ropa de vestir», le había dicho a modo de disculpa cuando telefoneó para advertirle que no disponía de una indumentaria que quedara convincente en una novia. Lo abrazó. Se la notaba nerviosa, y él intentó mitigar su propio nerviosismo pensando en ellos dos juntos después de eso, en que en menos de una hora sería libre para caminar con paso más seguro por las calles de Gran Bretaña y libre para besarla.

—¿Tienes los anillos? —le preguntó Iloba a Cleotilde.

—Sí.

Obinze y ella los habían comprado la semana anterior, anillos sencillos y baratos, los dos idénticos, de una tienda en una calle menor, y a Cleotilde se la había visto tan contenta, probándose distintos anillos entre risas, que él se preguntó si acaso ella deseaba que aquello fuera una boda auténtica.

—Faltan quince minutos —anunció Iloba. Se había autodesignado organizador. Sacó fotos, sosteniendo la cámara digital a cierta distancia de la cara, diciendo—: ¡Acercaos! ¡Vale, una más!

Su exultante buen humor irritaba a Obinze. En el viaje en tren a Newcastle el día anterior, mientras Obinze, incapaz siquiera de leer, no hacía otra cosa que mirar por la ventana, Iloba habló por los codos, hasta que su voz se convirtió en un murmullo lejano, quizá en un esfuerzo para evitar que Obinze se preocupara demasiado. Ahora hablaba a las amigas de Cleotilde con desenfadada cordialidad, sobre el nuevo entrenador del Chelsea, sobre *Gran Hermano*, como si estuvieran todos allí por una razón normal y corriente.

—Hora de ponerse en marcha —anunció Iloba.

Se encaminaron hacia el Centro Cívico. Esa tarde lucía el sol. Obinze abrió la puerta y se hizo a un lado para dejar pasar a los demás al interior de un vestíbulo aséptico, donde se detuvieron para orientarse, para asegurarse de cómo llegar al registro civil. Dos policías, de guardia junto a la puerta, los observaron con semblante imperturbable. Obinze acalló su pánico. No había nada de que preocuparse, nada en absoluto, se dijo, debía de haber policías presentes en el Centro Cívico por norma; pero percibió en la súbita pequeñez del vestíbulo, la súbita densidad del aire preñado de fatalidad, que algo iba mal, aun antes de advertir que otro hombre se acercaba a él, en mangas de camisa, remangado, las mejillas tan enrojecidas que parecía mal maquillado.

—¿Es usted Obinze Maduewesi? —le preguntó el hombre de las mejillas enrojecidas.

Sostenía un legajo de papeles, y Obinze vio una fotocopia de su pasaporte.

—Sí —le contestó Obinze en voz baja, y esa palabra, sí, fue para el agente de inmigración de mejillas enrojecidas, para Iloba y para Cleotilde y para él mismo, el reconocimiento de que aquello se había acabado.

—Su visado ha caducado y no está usted autorizado a permanecer en el Reino Unido —le comunicó el hombre de las mejillas enrojecidas.

Un policía lo esposó. Tuvo la sensación de contemplar la escena desde lejos, de contemplarse a sí mismo en el recorrido hasta el coche patrulla que esperaba fuera, y luego hundido en el asiento trasero en exceso mullido. En el pasado había temido muchas veces que eso ocurriera, tantas que se habían convertido en un único momento desdibujado de pánico, y ahora parecía solo el eco apagado de una secuela. Cleotilde se había tirado al suelo y había roto a llorar. Tal vez nunca había visitado el país de su padre, pero en ese momento Obinze se convenció de su africanidad: ¿cómo, si no, habría podido tirarse al suelo en esa perfecta interpretación teatral? Se preguntó si sus lágrimas eran por él o por ella misma o por lo que podía haber surgido entre ambos. Pero Cleotilde no tenía por qué preocuparse, ya que era ciudadana europea; los policías apenas la miraron. Fue él quien sintió el peso de las esposas durante el trayecto a la comisaría, quien en silencio entregó su reloj y su cinturón y su billetero, y observó al policía coger su teléfono móvil y apagarlo. El enorme pantalón de Nicholas se le escurría cadera abajo.

—Los zapatos también. Quítese los zapatos —ordenó el policía.

Obinze se descalzó. Lo condujeron a una celda. Era pequeña, de paredes marrones, y los barrotes metálicos, tan gruesos que no podía abarcarlos con la mano, le recordaron la jaula del chimpancé en el lúgubre y olvidado zoo de Nsukka. La iluminaba una única bombilla, colgada del altísimo techo. En esa diminuta celda se concentraba una inmensidad reverberante y vaciadora.

—¿Era usted consciente de que su visado había caducado?

—Sí.

—¿Estaba usted a punto de contraer un matrimonio falso?

—No. Cleotilde y yo salimos desde hace un tiempo.

—Puedo procurarle un abogado, pero es evidente que lo deportarán —dijo el agente de inmigración sin alterarse.

Cuando llegó el abogado, abotargado y ojeroso, Obinze se acordó de todas las películas en las que el abogado de oficio aparece agobiado y exhausto. Llegó con un maletín pero no lo abrió, y se sentó frente a Obinze, sin nada en las manos, sin una carpeta, sin papel, sin un bolígrafo. Se mostró amable y comprensivo.

—El Estado tiene todas las de ganar, y podemos apelar, pero si he de serle sincero, solo servirá para alargar el proceso y al final será despachado del Reino Unido igualmente —explicó con el semblante de un hombre que había pronunciado esas mismas palabras, en ese mismo tono, más veces de las que quería, o podía, recordar.

—Estoy dispuesto a volver a Nigeria —declaró Obinze.

Esa última pizca de dignidad fue como un envoltorio, que se le desprendía y él deseaba conservar a toda costa.

El abogado pareció sorprenderse.

—Muy bien, pues —dijo, y se puso en pie con cierta precipitación, como agradeciendo que le hubieran simplificado la tarea.

Obinze lo observó marcharse. Iba a marcar en un impreso que su cliente estaba dispuesto a ser despachado. «Despachado.» Ante esa palabra Obinze se sintió inanimado. Un objeto que debía ser despachado. Un objeto sin aliento, sin mente. Un objeto.

Detestaba el frío peso de las esposas, la señal que, imaginaba, le dejarían en las muñecas, el destello de los eslabones metálicos que lo privaban de movimiento. Allí estaba, esposado, conducido a través del vestíbulo del aeropuerto de Manchester, y en la frialdad y el bullicio de ese aeropuerto, hombres y mujeres y niños, viajeros y empleados del servicio de limpieza y guardias de seguridad lo observaban, preguntándose qué fechoría habría cometido. Mantuvo la mirada fija en una mujer blanca, alta, que lo precedía con andar apresurado, ondeando el pelo a sus espaldas, una mochila en los hombros.

Ella no comprendería su historia, por qué él cruzaba ahora el aeropuerto con aros de metal ceñidos a las muñecas, porque las personas como ella no se angustiaban por los visados a la hora de emprender un viaje. Acaso la preocupara el dinero, el alojamiento, la seguridad, quizá incluso el visado, pero nunca con una angustia que le retorcía las vértebras.

Lo llevaron a una habitación con tristes literas adosadas contra las paredes. Allí se encontraban ya tres hombres. Uno, de Yibuti, tumbado, casi siempre en silencio, mantenía la mirada en el techo como si reviviera el viaje que lo había llevado a una celda de retención en el aeropuerto de Manchester. Dos eran nigerianos. El más joven, sentado en su cama, hacía crujir los dedos incesantemente. El otro, el de mayor edad, se paseaba por aquel reducido espacio y hablaba sin parar.

—Hermano, ¿cómo te han pillado? —le preguntó a Obinze con una familiaridad inmediata que lo molestó.

Algo en él le recordaba a Vincent. Obinze se encogió de hombros y permaneció callado; el mero hecho de compartir una celda no lo obligaba a la cortesía.

—¿Podría traerme algo para leer, por favor? —le preguntó Obinze a una agente de inmigración cuando acudió a llevarse al hombre de Yibuti para recibir una visita.

—Leer —repitió ella, enarcando las cejas.

—Sí. Un libro, una revista, un periódico —aclaró Obinze.

—Quiere leer —dijo, y asomó a su rostro una sonrisa de desprecio—. Lo siento. Pero hay una sala con un televisor y se le permite ir allí a ver la tele después del almuerzo.

En la sala del televisor había un grupo de hombres, muchos de ellos nigerianos, hablando en voz alta con marcado acento. Los demás, sentados aquí y allá, hundidos en sus propias penas, escuchaban a los nigerianos intercambiar sus historias, a veces riéndose, a veces autocompadeciéndose.

—Ah, para mí esta ya es la segunda vez. La primera vine con otro pasaporte —comentó uno de ellos.

—A mí me pillaron en el trabajo.

—Yo conozco a uno que, después de deportarlo, volvió y consiguió los papeles. Ahora él me ayudará.

Obinze los envidió por lo que eran, hombres que cambiaban de nombre y pasaporte como si tal cosa, que planeaban regresar y pasaban otra vez por lo mismo porque no tenían nada que perder. Él carecía de su *savoir faire*; era blando, un chico que se había criado comiendo copos de maíz y leyendo libros, educado por una madre en una época en que decir la verdad no era todavía un lujo. Lo avergonzaba estar con ellos, entre ellos. Ellos no padecían su vergüenza, y Obinze les envidiaba incluso eso.

En prisión preventiva se sintió en carne viva, desollado, despojado de las capas exteriores de sí mismo. La voz de su madre por teléfono casi le resultó desconocida, una mujer hablando en un nítido inglés nigeriano, diciéndole, serenamente, que fuera fuerte, que ella iría a Lagos a recibirlo, y él recordó que, años atrás, cuando el gobierno del general Buhari dejó de suministrar artículos de primera necesidad, y ella ya no llegaba a casa con latas de leche gratuitas, empezó a moler soja en casa para hacer leche. Decía que la leche de soja era más nutritiva que la de vaca, y aunque él se negaba a beber aquel líquido grumoso por las mañanas, la observaba a ella mientras, con sentido común y sin la menor queja, apuraba su vaso. Esa misma actitud exhibía ahora, por teléfono, diciéndole que iría a recogerlo como si siempre hubiera contemplado esa posibilidad, que su hijo acabara en prisión preventiva, esperando a ser despachado de un país extranjero.

Pensaba mucho en Ifemelu, imaginando qué hacía, cómo había cambiado su vida. Una vez, en la universidad, ella le dijo: «¿Sabes qué era lo que más admiraba de ti en secundaria? Que nunca tenías el menor reparo en decir "No lo sé". Otros fingían saber lo que no sabían. Tú, en cambio, tenías esa seguridad en ti mismo, y siempre estabas dispuesto a admitirlo cuando no sabías algo». Obinze lo consideró un cumplido poco habitual, y se había deleitado en esa imagen de sí mismo, quizá porque sabía que no era del todo cierto. Se preguntaba qué pensaría ella ahora si supiera dónde estaba. Se compadecería de él, de eso no le cabía la menor duda, pero ¿sentiría también decepción, aunque fuera en pequeña medida? Estuvo a punto de pedir a Iloba que se pusiera en contacto con ella. No sería difícil localizarla; sabía ya que vivía en Baltimore. Pero al final no se lo pidió. Cuando Iloba lo visitaba, le hablaba de abogados. Los dos sabían que no tenía sentido, pero Iloba hablaba de abogados igualmente. Se sentaba frente a Obinze, apoyaba la cabeza en la mano, y hablaba de abogados. Obinze se preguntaba si algunos de esos abogados existían solo en la cabeza de Iloba. «Conozco a un abogado en Londres, un ghanés; representó a un hombre sin papeles, el hombre ya estaba casi en el avión para volver a su país, y de pronto nos enteramos de que estaba en libertad. Ahora trabaja en tecnología de la información.» Otras veces Iloba se consolaba afirmando lo evidente. «Si al menos se hubiera celebrado la boda antes de que llegaran… —decía—. ¿Sabes que si hubieran llegado un segundo después de declararos marido y mujer, no te habrían tocado?» Obinze asentía con la cabeza. Lo sabía, e Iloba sabía que él lo sabía. En su última visita Iloba se echó a llorar cuando Obinze le anunció que lo trasladaban a Dover al día siguiente.

—Zeta, las cosas no tenían que acabar así.

—Iloba, ¿qué tonterías dices? Para de llorar, amigo mío —le dijo Obinze, alegrándose de estar en situación de simular fortaleza.

Por el contrario, cuando Nicholas y Ojiugo iban a verlo, le desagradaban sus denodados esfuerzos por mostrarse positivos, por aparentar, casi, que él solo estaba internado en un hospital y ellos lo visitaban. Se sentaban frente a él, separados por la mesa fría y desnuda, y hablaban de trivialidades, Ojiugo un poco atropelladamente, y Nicholas diciendo más en una hora de lo que Obinze le había oído decir durante semanas; Nne había sido aceptada en la Orquesta Nacional Infantil,

Nna había ganado un premio más. Le llevaron dinero, novelas, una bolsa de ropa. Nicholas había ido de compras para él, y la mayoría de las prendas eran nuevas y de su talla. Ojiugo preguntaba a menudo: «Pero ¿te tratan bien? ¿Te tratan bien?», como si lo importante fuera el trato, y no la aciaga realidad de todo aquello, el hecho de que él estuviera en un centro de retención, a punto de ser deportado. Nadie se comportaba con normalidad. Se hallaban todos bajo el hechizo de su infortunio.

«Esperan a disponer de plazas en un vuelo a Lagos —explicó Obinze—. Me retendrán en Dover hasta que haya una plaza disponible.»

Obinze había leído sobre Dover en un periódico. Una antigua cárcel. Le pareció surrealista, verse conducido a través de la verja electrónica, dejando atrás los altos muros, la alambrada. Su celda era aún menor y más fría que la de Manchester, y su compañero de celda, otro nigeriano, le aseguró que no iba a permitir que lo deportaran. Tenía un rostro descarnado, curtido. «Me quitaré la camisa y los zapatos cuando intenten subirme a bordo. Pediré asilo —le dijo a Obinze—. Si te quitas la camisa y los zapatos, no te suben a bordo.» Lo repetía a menudo, como un mantra. De vez en cuando soltaba un sonoro pedo, sin mediar palabra, y de vez en cuando se postraba de rodillas en medio de la minúscula celda y, alzando las manos al cielo, rezaba. «¡Padre y Señor, alabado sea tu nombre! ¡Para ti nada es excesivo! ¡Bendito sea tu nombre!» Tenía unas líneas profundas grabadas en las palmas de las manos. Obinze se preguntaba qué atrocidades habrían presenciado esas manos. Sentía ahogo en esa celda; salía solo para hacer ejercicio y comer, una comida que semejaba un tazón de gusanos hervidos. Era incapaz de comer; sintió que se le debilitaba el cuerpo, que le desaparecía la carne. Cuando por fin, una mañana temprano, lo metieron en una furgoneta, una pelusa, como grama, cubría toda su mandíbula. Aún no había amanecido. Iba con dos mujeres y cinco hombres, todos esposados, todos con destino a Nigeria. En el aeropuerto de Heathrow, custodiados, atravesaron los controles de Seguridad e Inmigración y subieron al avión bajo la mirada de los demás pasajeros. Los sentaron al fondo, en la última fila de asientos, la más cercana al lavabo. Obinze permaneció inmóvil durante todo el vuelo. Rechazó la bandeja de comida.

—No, gracias —le dijo a la azafata.

La mujer sentada junto a él le preguntó con avidez:

—¿Puede darme a mí la suya?

También ella había estado en Dover. Tenía los labios muy oscuros y una actitud optimista, invicta. Conseguiría, Obinze no lo dudaba, otro pasaporte con otro nombre y volvería a intentarlo.

Cuando el avión inició su descenso hacia Lagos, una azafata se detuvo ante ellos y dijo en voz alta:

—Ustedes no pueden salir. Un agente de inmigración vendrá a recogerlos.

Su rostro tenso traslucía aversión, como si todos ellos fueran delincuentes, causa de bochorno para los nigerianos íntegros como ella. El avión se vació. Obinze, mirando por la ventanilla, contempló un viejo reactor bajo el suave sol de última hora de la tarde, hasta que un hombre uniformado se acercó por el pasillo. Tenía el vientre voluminoso; debía de haberle costado lo suyo abotonarse la camisa.

—¡Sí, sí, he venido a recogeros! ¡Bienvenidos a casa! —dijo jocosamente, y recordó a Obinze la capacidad nigeriana para la risa, para recurrir al humor.

Eso lo había echado de menos. «Nos reímos demasiado —dijo su madre en una ocasión—. Tal vez deberíamos reírnos menos y resolver más nuestros problemas.»

El hombre de uniforme los llevó a un despacho y les entregó unos impresos. Nombre. Edad. País de procedencia.

—¿Te han tratado bien? —le preguntó el hombre a Obinze.

—Sí —contestó Obinze.

—¿Y tienes algo para los chicos?

Obinze lo miró por un momento, aquel rostro franco, aquella visión sencilla de las cosas; se realizaban deportaciones a diario, y no se acababa el mundo. Obinze sacó del bolsillo un billete de diez libras, parte del dinero que Nicholas le había dado. El hombre lo cogió con una sonrisa.

Una vez fuera, fue como respirar vapor; Obinze sintió un vahído. Lo envolvió una renovada tristeza, la tristeza de sus días venideros, cuando percibiera el mundo ligeramente descentrado, la visión desenfocada. En la zona acordonada próxima a Llegadas, a cierta distancia de las otras personas expectantes, lo esperaba su madre.

CUARTA PARTE

31

Cuando Ifemelu rompió con Curt, le dijo a Ginika:

—Había un sentimiento que quería sentir y no sentía.

—Pero ¿qué dices? ¡Tú lo engañaste! —Ginika cabeceó como si Ifemelu estuviera loca—. Ifem, de verdad, a veces no te entiendo.

Era cierto, había engañado a Curt con un hombre más joven que vivía en su edificio, en Charles Village, y tocaba en un grupo. Pero también era cierto que, con Curt, había anhelado experimentar emociones que nunca sintió. No se había creído del todo a sí misma mientras estaba con él, con Curt, tan feliz, tan guapo, tan capaz de modelar la vida a su gusto. Ella lo quería, y quería la vida fácil y movida que él le proporcionaba; así y todo, a menudo debía contener el impulso de crear asperezas, de aplastar, aunque fuera un poco, su propio regocijo.

—Creo que te saboteas a ti misma —dijo Ginika—. Por eso cortaste de aquella manera con Obinze. Y ahora has engañado a Curt porque en cierto modo no crees merecer la felicidad.

—Ahora vas a recomendarme unas pastillas para el Trastorno del Autosabotaje —repuso Ifemelu—. Eso es absurdo.

—¿Por qué lo has hecho, pues?

—Fue un error. La gente comete errores. La gente hace estupideces.

Lo había hecho, en realidad, por curiosidad. Pero eso no pensaba decírselo a Ginika, porque lo consideraría una frivo-

lidad. Ginika no lo entendería; Ginika prefería una razón seria, como el autosabotaje. Ni siquiera estaba muy segura de
que le gustara ese hombre, Rob, que vestía vaqueros sucios
con rotos, camisas de franela arrugadas, botas mugrientas. Ella
no entendía el *grunge*, la idea de ofrecer un aspecto desastrado
porque podías permitirte no ir desastrado; era una burla para
los verdaderamente desastrados. Con esa manera de vestir suya,
Ifemelu lo consideraba superficial, y así y todo sintió curiosidad por él, por cómo sería, desnudo en la cama con ella. El
sexo estuvo bien la primera vez: ella se puso encima, deslizándose y gimiendo y agarrándole el vello del pecho, y sintiéndose ligera y glamurosamente teatral mientras lo hacía. Pero la
segunda vez, cuando llegó al apartamento de Rob, y él tiró de
ella para estrecharla entre sus brazos, la invadió un profundo
sopor. Él ya tenía la respiración acelerada, y ella se zafó de su
abrazo y cogió el bolso para marcharse. En el ascensor la asaltó la aterradora sensación de que buscaba algo sólido, de que
agitaba los brazos, y todo lo que tocaba quedaba reducido a
la nada. Fue al apartamento de Curt y se lo contó.

—No ha significado nada. Ha pasado una sola vez y lo siento muchísimo.

—Para de jugar —dijo Curt, pero ella supo, por el horror de
la incredulidad que oscurecía el azul de sus ojos, que él sabía
que no estaba jugando.

Durante horas se eludieron, tomando té y poniendo música y consultando el correo electrónico, Curt tendido boca
arriba en el sofá, quieto y callado, hasta que por fin preguntó:

—¿Quién es ese hombre?

Ella le dijo cómo se llamaba: Rob.

—¿Es blanco?

Ifemelu se sorprendió de que le preguntara eso, y tan
pronto.

—Sí.

Había visto a Rob por primera vez unos meses antes, en
el ascensor, con su ropa descuidada y el pelo sin lavar, y él le
había sonreído y había dicho: «Ya nos veremos». A partir de

entonces, siempre que se encontraban, él la miraba con cierto interés un tanto abúlico, como si los dos supieran que iba a suceder algo entre ellos y fuera solo cuestión de tiempo.

—¿Quién coño es? —preguntó Curt.

Le contó que era el vecino del piso de arriba, que siempre se saludaban y no se decían nada más, hasta la noche en que se encontraron cuando él volvía de la licorería, y le preguntó si le apetecía tomar una copa, y ella actuó de una manera estúpida e impulsiva.

—Le diste lo que quería —dijo Curt.

Sus facciones se endurecían por momentos. Era un comentario extraño por parte de Curt, la clase de comentario que haría la tía Uju, quien consideraba que el sexo era algo que una mujer daba a un hombre a costa de sí misma.

En un repentino y vertiginoso arranque de temeridad, rectificó a Curt.

—Tomé lo que quería yo. Si le di algo, fue secundario.

—¡Escúchate, joder! ¡Escúchate! —exclamó Curt con voz ronca—. ¿Cómo has podido hacerme una cosa así? Yo te he tratado bien.

Curt veía ya su relación a través de la lente del pasado. La desconcertó, esa capacidad del amor romántico para mutar, la rapidez con que un ser amado se convertía en un desconocido. ¿Adónde iba el amor? Quizá el amor real era el de la familia, vinculado de algún modo a la sangre, ya que el amor a los hijos no moría como el amor romántico.

—No me perdonarás —dijo ella, una pregunta solo a medias.

—Zorra.

Blandió la palabra como un cuchillo; salió de su boca afilada por el desprecio. Oír a Curt decir «zorra» con tal frialdad se le antojó surrealista, y los ojos se le anegaron en lágrimas, sabiendo que era ella quien lo había convertido en un hombre capaz de decir «zorra» con esa frialdad, y deseando que fuera un hombre incapaz de decir «zorra» en ninguna circunstancia. Sola en su apartamento, lloró y lloró, hecha un ovillo en la alfombra del salón, tan poco usada que aún olía a tienda. Su relación con Curt era como ella quería, la cresta de una ola en su vida, y sin embargo había empuñado un hacha y la había despedazado. ¿Por qué la había destruido? Imaginó a su madre aducir que era el demonio. Deseó creer en el demonio, en un ser externo a ella que le invadía la mente y la llevaba a destruir aquello que le importaba.

Se pasó semanas telefoneando a Curt, esperando ante su edificio hasta que él salía, repitiendo una y otra vez lo mucho que lo sentía, lo mucho que deseaba arreglar las cosas. El día que despertó y aceptó por fin que Curt no le devolvería las llamadas, no le abriría la puerta de su apartamento por más que llamara, se fue sola al bar preferido de los dos en el centro. La camarera, la que los conocía, le dedicó una afable sonrisa, una sonrisa comprensiva. Ella le devolvió la sonrisa y pidió otro mojito, pensando que quizá la camarera fuese más adecuada que ella para Curt, con su pelo castaño reluciente como el satén a fuerza de secador, los brazos delgados, la ajustada ropa negra, y esa capacidad para mantener siempre una locuacidad inquebrantable e inocua. También su fidelidad sería siempre inquebrantable e inocua: si ella tuviera a un hombre como Curt, no se dejaría arrastrar a un coito por curiosidad con un desconocido que interpretaba música poco armoniosa. Ifemelu fijó la mirada en la copa. Algo fallaba en ella. No sabía qué era, pero algo fallaba. Una avidez, un desasosiego. Un conocimiento incompleto de sí misma. La sensación de algo remoto, inaccesible. Se levantó y dejó una buena propina en la barra. Hasta pasado mucho tiempo su recuerdo del final con Curt sería este: un viaje en taxi por Charles Street, a toda prisa, un poco ebria y un poco aliviada y un poco sola, mientras el taxista punyabí le contaba, muy orgulloso, que a sus hijos les iba mejor en el colegio que a los niños estadounidenses.

Unos años más tarde, un día después de convertirse Barack Obama en candidato a la presidencia de Estados Unidos por el Partido Demócrata, durante una cena en Manhattan en la que todos los invitados eran fervientes partidarios de Obama, todos con los ojos empañados por el vino y la victoria, un hombre blanco de pelo ralo afirmó: «Obama pondrá fin al racismo en este país», y una elegante poeta haitiana de cadera ancha, con un afro más voluminoso que el de Ifemelu, le dio la razón, moviendo la cabeza en un gesto de asentimiento, y explicó que ella, en California, había salido con un hombre blanco durante tres años, y la raza nunca les había creado ningún conflicto.

—Eso es mentira —dijo Ifemelu.

—¿Qué? —preguntó la mujer como si no hubiera oído bien.

—Es mentira —repitió Ifemelu.

La mujer la miró con los ojos muy abiertos.

—¿Vas a decirme cómo fue mi propia experiencia?

Pese a que por entonces Ifemelu sabía que las personas como esa mujer decían lo que decían para no incomodar a los demás y para demostrar que sabían valorar «Lo Lejos Que Hemos Llegado», pese a que por entonces estaba felizmente instalada en el círculo de amigos de Blaine, uno de los cuales era el nuevo novio de esa mujer, y pese a que debería haberlo dejado correr, no lo hizo. No pudo. Una vez más las palabras se le adelantaron; tomaron por la fuerza su garganta y salieron atropelladamente.

—La única razón por la que dices que la raza no fue causa de conflictos es porque desearías que no lo hubiera sido. Es lo que deseamos todos. Pero es mentira. Yo vengo de un país donde la raza no era motivo de conflicto; no pensaba en mí como negra, y me convertí en negra precisamente cuando llegué a Estados Unidos. Cuando eres negro en Estados Unidos y te enamoras de una persona blanca, la raza no importa mientras estáis los dos juntos y a solas, porque estáis únicamente vosotros y vuestro amor. Pero en cuanto salís a la calle, la raza sí importa. Pero no hablamos de ello. No comentamos siquiera a nuestras parejas blancas los pequeños detalles que nos sacan de quicio, ni las cosas que nos gustaría que entendieran mejor, porque nos preocupa que digan que exageramos, o que somos demasiado susceptibles. Y no queremos que digan: «Fíjate en lo lejos que hemos llegado, hace solo cuarenta años, habría sido ilegal el mero hecho de que tú y yo fuéramos pareja», bla, bla, bla, porque ¿sabes qué pensamos cuando dicen eso? Pensamos, por qué coño ha tenido que ser ilegal alguna vez. Pero no decimos nada. Dejamos que se amontone dentro de nuestra cabeza, y cuando vamos a agradables cenas con personas progresistas como esta, decimos que la raza no importa porque eso es lo que debemos decir, para no incomodar a nuestros agradables amigos progresistas. Es la verdad. Hablo por experiencia.

La anfitriona, una francesa, lanzó una mirada a su marido estadounidense con una maliciosa sonrisa de complacencia en la cara; las cenas más inolvidables eran aquellas en que los invitados soltaban alguna inconveniencia inesperada y potencialmente ofensiva.

La poeta cabeceó y le dijo a la anfitriona:

—Me encantaría llevarme a casa un poco de esa salsa de aperitivo si sobra algo.

Miró a los demás como si no pudiera creer que de verdad estuvieran escuchando a Ifemelu. Pero sí la escuchaban, todos callados, con la mirada fija en Ifemelu como si se dispusiera a revelar un secreto obsceno que los excitaría e implicaría a la vez. Ifemelu había bebido demasiado vino blanco; de vez en cuando tenía la sensación de que le flotaba la cabeza. Más tarde ya se disculparía por correo electrónico a la anfitriona y a la poeta. Pero ahora todos la observaban, incluso Blaine, cuya expresión Ifemelu no pudo, por una vez, interpretar con claridad. Y por tanto empezó a hablar de Curt.

No era que eludieran la cuestión de la raza, Curt y ella. Hablaban del tema de una manera escurridiza, sin reconocer nada ni afrontar nada, concluyendo siempre con la palabra «absurdo», como si se tratara de un dato curioso que debía examinarse y luego dejarse de lado. O lo abordaban en broma, y al final ella se quedaba con cierta sensación de incomodidad adormecida que nunca admitía ante él. Y no era que Curt actuara como si en Estados Unidos ser negro y ser blanco fuera lo mismo; sabía que no era así. Era, más bien, que ella no se explicaba cómo era posible que él comprendiera una cosa y sin embargo fuera tan absolutamente sordo para otra cosa muy parecida, ni se explicaba que le resultara tan fácil dar un salto con la imaginación en ciertos casos, pero fuese un inválido a la hora de saltar en otros. Antes de la boda de su prima Ashleigh, por ejemplo, dejó a Ifemelu en un salón de belleza, para modelarse las cejas, cerca de la casa donde él había vivido en su infancia. Ifemelu entró y sonrió a la mujer asiática que atendía detrás del mostrador.

—Hola. Me gustaría depilarme las cejas con cera.

—No trabajamos con cabello rizado —respondió la mujer.

—¿No trabajan con cabello rizado?

—No. Lo siento.

Ifemelu se quedó mirando largo rato a la mujer; no merecía la pena discutir. Si no trabajaban con cabello rizado, no trabajaban con cabello rizado, entendieran lo que entendiesen por rizado. Telefoneó a Curt y le pidió que diera media vuelta y volviera a buscarla, porque el salón de belleza no trabajaba con cabello rizado. Curt llegó, sus ojos azules más azules aún, y dijo que quería hablar con la encargada de inmediato.

—Va a hacerle las cejas a mi novia, o me encargaré de que les cierren el puto local. No merecen tener una puta licencia.

La mujer se transformó en una coqueta solícita y risueña.

—Lo siento mucho, ha sido un malentendido —contestó.

Sí, podían hacerle las cejas.

Ifemelu ya no quería, temiendo que la mujer la escaldara, le arrancara la piel, la pellizcara, pero Curt estaba indignadísimo en nombre de ella, su ira humeaba en el aire estancado del salón, y se quedó allí sentada, tensa, mientras la mujer le depilaba las cejas.

En el coche, ya de vuelta, Curt le preguntó:

—Además, ¿qué rizos tienes tú en las cejas? ¿Y cómo puede ser tan difícil una puta depilación a la cera?

–Tal vez nunca han hecho las cejas a una negra y por eso piensan que es distinto, porque, al fin y al cabo, tenemos el pelo distinto, pero supongo que ahora sabe que las cejas no son muy distintas.

Curt dejó escapar un resoplido de sorna y alargó el brazo para cogerle la mano; ella le notó la palma caliente. En la recepción, mantuvo los dedos entrelazados con los de ella. Jovencitas con vestidos minúsculos, conteniendo la respiración y encogiendo el vientre, desfilaron ante él para saludarlo y coquetear, preguntándole si las recordaba, la amiga de Ashleigh del instituto, la compañera de habitación de Ashleigh en la universidad. Cuando Curt decía: «Esta es mi novia, Ifemelu», la miraban con sorpresa, una sorpresa que algunas de ellas disimulaban y otras no, y en sus semblantes se traslucía la pregunta «¿Por qué ella?». A Ifemelu la divertía. Había visto antes esa expresión, en los rostros de mujeres blancas, desconocidas en la calle, que la veían cogida de la mano de Curt y al instante esa expresión empañaba sus caras. Era la expresión de quienes afrontaban una gran pérdida tribal. No se debía solo a que Curt fuera blanco, sino a la clase de blanco que era, el pelo dorado rebelde y el rostro agraciado, el cuerpo atlético, el radiante encanto y el olor del dinero en torno a él. Si hubiese sido gordo, más viejo, pobre, corriente, excéntrico, o hubiera llevado rastas, habría llamado menos la atención, y las guardianas de la tribu se habrían apaciguado. No contribuía a mejorar las cosas el hecho de que ella, pese a ser quizá una chica negra bonita, no fuera la clase de negra que ellas, con cierto esfuerzo, podían imaginar con él: no era de piel clara, no era birracial. En esa fiesta, mientras Curt la llevaba cogida de la mano, la besaba a menudo, la presentaba a todo el mundo, lo que al principio la divertía al final la agotó. Las miradas habían empezado a traspasarle la piel. Estaba cansada incluso de la protección de Curt, cansada de necesitar protección.

Curt se inclinó hacia ella y susurró: «¿Ves esa de allí, la del autobronceado de mala calidad? Ni siquiera se da cuenta de que su puto novio no te quita ojo desde que hemos entrado».

Por lo visto, pues, Curt sí había advertido, y comprendido, la expresión de aquellas caras: «¿Por qué ella?». Ifemelu se sorprendió. A veces él, mientras flotaba en su burbujeante exuberancia, tenía un destello de intuición, de sorprendente perspicacia, y ella se preguntaba si existían otras cosas primordiales que pasaba por alto en él. Como cuando su madre, que había leído por encima el dominical, masculló que cierta gente todavía buscaba razones para quejarse pese a que en la actualidad Estados Unidos era un país sin percepción del color, y él le dijo:

—Vamos, mamá. ¿Qué pasaría si de pronto diez personas con el mismo aspecto que Ifemelu entraran aquí a comer? ¿Eres consciente de que los comensales aquí reunidos no lo verían con muy buenos ojos?

—Es posible —le respondió su madre, evasiva, y mirando a Ifemelu, enarcó las cejas en un gesto acusador, como para decir que sabía muy bien quién había convertido a su hijo en un deplorable paladín racial.

Ifemelu esbozó un asomo de sonrisa triunfal.

Y aun así… Una vez fueron a Vermont para visitar a la tía de Curt, Claire, una mujer que tenía una granja ecológica y se paseaba descalza, afirmando que así se sentía en contacto con la tierra. ¿Había tenido Ifemelu esa experiencia en Nigeria?, le preguntó, y pareció decepcionada cuando Ifemelu le respondió que su madre le habría dado una bofetada si alguna vez hubiese salido a la calle sin zapatos. Claire, durante toda la visita, habló de su safari por Kenia, de la gallardía de Mandela, de su adoración por Harry Belafonte, e Ifemelu temió que de un momento a otro comenzara a hablar en inglés afroamericano o suajili. Cuando se marcharon de aquella casa laberíntica, Ifemelu comentó:

—Seguro que sería una mujer interesante si fuese ella misma. No necesito que me asegure hasta la saciedad que aprecia a los negros.

Y Curt le dijo que esa actitud no tenía que ver con la raza; sencillamente su tía era hiperconsciente de la diferencia, cualquier diferencia.

—Habría hecho exactamente lo mismo si yo me hubiera presentado con una rusa rubia –le aseguró.

Naturalmente su tía no habría actuado igual con una rusa rubia. Una rusa rubia era blanca, y su tía no habría sentido la necesidad de mostrar que apreciaba a las personas con el mismo aspecto que la rusa rubia. Pero eso Ifemelu no se lo dijo a Curt porque habría deseado que para él fuera evidente.

Cuando entraban en un restaurante con manteles de hilo en las mesas y la recepcionista los miraba y preguntaba a Curt: «¿Mesa para uno?», Curt se apresuraba a decir a Ifemelu que la recepcionista no lo había dicho «en ese sentido». Y ella de buena gana le habría preguntado: «¿Qué otro sentido podría haberle dado la recepcionista?». Cuando, en Montreal, la dueña pelirroja de un hostal se negó a reconocer su presencia mientras se registraban, y se negó rotundamente, sonriendo y mirando solo a Curt, Ifemelu deseó decirle a él lo agraviada que se sintió, tanto más porque no sabía bien si a aquella mujer le disgustaban los negros o le gustaba Curt. Pero calló porque él habría contestado que exageraba o estaba cansada o las dos cosas. Sencillamente él unas veces lo veía y otras era incapaz de verlo. Sabía que debería haberle planteado esas reflexiones, que el hecho de dejarlas sin plantear proyectaba una sombra sobre ambos. Así y todo, optó por el silencio. Hasta el día que discutieron por una revista de Ifemelu. Curt había cogido un ejemplar de *Essence* de la pila en la mesita de centro, una de las infrecuentes mañanas que pasaban en el apartamento de Ifemelu, flotando aún en el aire el denso aroma de las tortillas que ella había preparado.

—Esta revista tiene un sesgo racial –observó él.

—¿Cómo?

—Vamos. ¿Solo aparecen mujeres negras?

—Lo dices en serio.

Él quedó desconcertado.

—Sí.

—Vamos a la librería.

—¿Cómo?

—Tengo que enseñarte una cosa. No hagas preguntas.

—Vale —respondió él, sin saber de qué iba esa nueva aventura pero deseoso, con aquel placer infantil suyo, de participar.

Con Ifemelu al volante, fueron en coche a la librería del Puerto Interior, donde ella cogió ejemplares de las distintas revistas femeninas del expositor y se encaminó hacia la cafetería.

—¿Quieres un café con leche? —preguntó él.

—Sí, gracias.

Una vez instalados en sus sillas, con los vasos de papel ante sí, Ifemelu dijo:

—Empecemos por las portadas. —Esparció las revistas por la mesa, algunas solapadas—. Mira, todas son mujeres blancas. Se supone que esta es hispana, lo sabemos porque han escrito aquí dos palabras en español, pero tiene exactamente el mismo aspecto que esta mujer blanca, sin la menor diferencia en el tono de piel, ni en el cabello ni en las facciones. Ahora voy a pasar las hojas una por una, y tú dime cuántas mujeres negras ves.

—Vamos, nena —dijo Curt, divertido, recostándose con el vaso de papel en los labios.

—Tú sígueme la corriente —pidió ella.

Así que él contó.

—Tres negras —contestó al final—. O quizá cuatro. Esta podría ser negra.

—O sea que tres mujeres negras en unas dos mil páginas de revistas femeninas, y todas son birraciales o racialmente ambiguas, es decir, que también podrían ser indias o puertorriqueñas o algo así. Ninguna es de piel oscura. Ninguna se parece a mí, así que de estas revistas no puedo sacar ideas para maquillarme. Mira, este artículo dice que te pellizques las mejillas para darte color. Este explica los distintos productos capilares para *todas*... y «todas» significa rubias, morenas y pelirrojas. Yo no soy nada de eso. Y este otro habla de los mejores acondicionadores: para pelo liso, ondulado y rizado. No crespo. ¿Ves lo que quieren decir por rizado? Yo nunca podría hacer eso con mi pelo. Este otro habla de combinar el color de ojos y la sombra de ojos: ojos azules, verdes y avellana. Pero yo tengo los ojos negros así que no sé qué sombra me va bien. Este dice que esa barra de labios rosa es universal, pero quiere decir universal si eres blanco porque yo parecería una muñeca negra de trapo si me pusiera ese tono de rosa. Ah, mira, aquí tenemos algún avance. Un anuncio de base de maquillaje. Hay siete tonos distintos para la piel blanca y un tono chocolate genérico, pero eso es un avance. Ahora hablemos de sesgo racial. ¿Entiendes por qué existe una revista como *Essence*?

—Vale, nena, vale, no esperaba que fueras a darle tanta importancia.

Esa noche Ifemelu escribió un largo e-mail a Wambui acerca de la librería, las revistas, las cosas que no decía a Curt, cosas omitidas e incompletas. Fue un largo e-mail, hurgando, cuestionando, desenterrando. Wambui, en su respuesta, dijo: «Todo eso es la pura verdad. Debería leerlo más gente. Deberías crear un blog».

Para ella, los blogs eran algo nuevo y desconocido. Pero contar a Wambui lo que ocurría era satisfactorio solo hasta cierto punto: anhelaba más oyentes, y anhelaba conocer las vivencias de otros. ¿Cuántas personas más optaban por el silencio? ¿Cuántas personas más se habían convertido en negras en Estados Unidos? ¿Cuántas habían tenido la sensación de que una gasa envolvía su mundo? Rompió con Curt al cabo de unas semanas, se registró en WordPress y nació su blog. Después le cambiaría el nombre, pero al principio lo llamó *Raza o Curiosas observaciones a cargo de una negra no estadounidense sobre el tema de la negritud en Estados Unidos*. Su primer post fue una versión del e-mail enviado a Wambui con una puntuación más cuidada. Hacía referencia a Curt como «el ex blanco sexy». Unas horas después consultó las estadísticas del blog. Lo habían leído nueve personas. Horrorizada, retiró el post. Al día siguiente volvió a colgarlo, modificado y recortado, con un nuevo colofón que aún recordaba claramente. Lo recitó en ese momento, sentada a la mesa en la cena de la pareja franco-estadounidense, mientras la poeta haitiana la miraba, cruzada de brazos.

¿La solución más simple al problema de la raza en Estados Unidos? El amor romántico. No la amistad. No la clase de amor seguro y superficial donde el objetivo es que las dos personas se sientan cómodas. Sino el amor romántico profundo y verdadero, de esos amores que te retuercen y te estrujan y te hacen respirar por la nariz de tu amado. Y como ese verdadero amor romántico profundo y verdadero es muy poco común, y como la sociedad estadounidense está estructurada para que sea incluso menos común entre negros estadounidenses y blancos estadounidenses, el problema de la raza en Estados Unidos nunca se resolverá.

—¡Uf! ¡Qué historia tan maravillosa! —exclamó la anfitriona francesa, llevándose la palma de la mano al pecho en un gesto teatral, mirando a los comensales, como en busca de respuesta.

Pero los demás guardaron silencio, desviando la vista, sin saber muy bien qué hacer.

Un mensaje a Michelle Obama, más El pelo como metáfora racial

Una Amiga Blanca y yo somos grupis de Michelle Obama. Así que el otro día voy y le digo: Me pregunto si Michelle Obama lleva postizo, hoy se le ve el pelo más denso, y tanto calor a diario debe de estropeárselo. Y ella contesta: ¿Quieres decir que el pelo no le crece así? O sea: ¿soy yo o he ahí la metáfora perfecta de la raza en Estados Unidos? El pelo. ¿Os habéis fijado alguna vez en cómo aparecen las mujeres negras en los programas de belleza de la televisión? En la foto fea de «antes» la negra sale con su pelo natural (áspero, acaracolado, crespo o muy rizado), y en la foto bonita de «después», alguien ha cogido un metal caliente y le ha alisado el pelo a fuerza de chamuscárselo. Algunas mujeres negras, NE y NNE, preferirían correr desnudas por la calle antes que mostrarse en público con su cabello natural. Porque, haceos cargo, no es profesional, sofisticado, o lo que sea; sencillamente no es normal. (Por favor, comentaristas, no me digáis que es lo mismo que cuando una mujer blanca no se tiñe el pelo.) Cuando tienes el pelo natural de una negra, la gente cree que te has «hecho» algo en el pelo. En realidad, las que llevan afros y rastas son las que no se han «hecho» nada en el pelo. Deberíais preguntar a Beyoncé qué se ha hecho. (A todos nos encanta Bey, pero ¿por qué no nos enseña, solo por una vez, cómo es su pelo tal como le crece en el cuero cabelludo?) Mi pelo natural es crespo, y lo llevo en trenzas cosidas o sueltas o me lo dejo en afro. No, no es una cuestión política. No, no soy artista ni poeta ni cantante. Tampoco soy una madre tierra. Simplemente no quiero alisadores en mi pelo: ya hay sustancias cancerígenas en mi vida más que suficientes. (A propósito, ¿podemos prohibir las pelucas afro en Halloween? Por Dios, el afro no es un disfraz.) Imaginaos que Michelle Obama se cansara de todo ese calor y decidiera dejarse el pelo natural y saliera en televisión con un montón de pelo lanoso, o apretados rizos en espiral. (Imposible saber cómo será su textura. No es raro que una negra tenga tres texturas distintas en la cabeza.) Causaría sensación, pero el pobre Obama desde luego perdería el voto independiente, incluso el voto de los demócratas indecisos.

ACTUALIZACIÓN: ZoraNeale, 22, que está en transición, me pidió que incluyera mis pautas en un post. Manteca de karité como acondicionador sin aclarado para muchas mujeres que se dejan el pelo al natural. Pero no para mí. Cualquier cosa con mucha manteca de karité me deja el pelo grisáceo y reseco. Y la sequedad es el mayor problema de mi pelo. Me lo lavo una vez por semana con un champú hidratante sin silicona. Uso un acondicionador hidratante. No me seco el pelo con toalla. Me lo dejo mojado, lo divido en secciones y aplico una crema sin aclarado (mi preferida actualmente es Qhemet Biologics, otras de mis marcas predilectas son Oyin Handmade, Shea Moisture, Bask Beauty y Darcy's Botanicals). Luego me hago tres o cuatro grandes trenzas cosidas, y me envuelvo la cabeza con un pañuelo de satén (el satén va bien, conserva la humedad; el algodón va mal, absorbe la humedad). Me voy a dormir. A la mañana siguiente me deshago las trenzas y listos, ¡un precioso y esponjoso afro! El truco está en aplicar el producto cuando el pelo está mojado. Y nunca jamás me peino cuando el pelo está seco. Solo lo peino cuando está mojado o húmedo, o totalmente impregnado de una cremosa loción hidratante. Esta pauta, trenzar cuando aún está mojado, da resultado incluso a nuestras Blancas de Pelo Muy Rizado que están hartas de planchas y tratamientos con keratina. ¿Algunas NE y NNE con el pelo natural quieren dar a conocer sus pautas?

32

Durante semanas Ifemelu se tambaleó de aquí para allá, intentando recordar a la persona que ella había sido antes de Curt. Su vida juntos era algo que le había ocurrido, que ella no habría podido imaginar ni aun proponiéndoselo, y por tanto sin duda conseguiría regresar a lo que había sido antes. Pero esa etapa anterior era una mancha desdibujada de color pizarra y ya no sabía quién era ella en otro tiempo, qué le proporcionaba satisfacción por entonces, qué le disgustaba, qué deseaba. El trabajo la aburría: se ocupaba siempre de las mismas tareas insípidas, escribir comunicados de prensa, corregir comunicados de prensa, corregir las pruebas de los comunicados de prensa, sus movimientos mecánicos y embrutecedores. Quizá siempre había sido así y ella no se había dado cuenta, porque la cegaba el brillo de Curt. Tenía la sensación de que su apartamento era como la casa de un desconocido. Los fines de semana iba a Willow. La tía Uju vivía en uno de varios edificios de estuco agrupados, en un vecindario de paisaje bien cuidado, con peñascos colocados en las esquinas, y a última hora del día gente cordial paseaba a perros hermosos. La tía Uju había adquirido una nueva despreocupación; en verano se ponía una pequeña esclava, un esperanzado destello de oro en el tobillo. Se había unido a Médicos Africanos por África, ofreciéndose voluntaria para misiones médicas de dos semanas, y en su viaje a Sudán conoció a Kweku, un médico ghanés divorciado.

—Me trata como a una reina. Igual que Curt te trataba a ti —le dijo a Ifemelu.

—Intento olvidarlo, tía. ¡No me hables más de él!

—Lo siento —dijo la tía Uju, aunque no parecía sentirlo en absoluto.

Le había dicho a Ifemelu que hiciera todo lo posible por rescatar la relación, porque no encontraría a otro hombre que la amara como Curt la había amado. Cuando Ifemelu contó a Dike que había roto con Curt, él dijo:

—Tenía buen rollo, prima. ¿Lo llevarás bien?

—Sí, claro.

Tal vez él percibía algo distinto, y era consciente de una ligera inestabilidad en su ánimo; la mayoría de las noches Ifemelu se tendía en la cama y lloraba, se reprochaba lo que había destruido, luego se decía que no tenía motivos para llorar, y lloraba de todos modos. Dike le llevó una bandeja a su habitación en la que había puesto un plátano y una lata de cacahuetes.

—¡La hora de la merienda! —anunció con una sonrisa burlona; seguía sin entender por qué a alguien podía gustarle comer las dos cosas a la vez.

Mientras Ifemelu comía, él se quedó sentado en la cama y le habló del colegio. Ahora jugaba al baloncesto, sus notas habían mejorado, le gustaba una chica llamada Otoño.

—Estás adaptándote francamente bien aquí.

—Sí —dijo él, y su sonrisa recordó a Ifemelu la que tenía antes en Brooklyn: abierta, sin reservas.

—¿Te acuerdas del personaje Goku en mis dibujos manga? —preguntó.

—Sí.

—Con tu afro, te pareces un poco a Goku —observó Dike, y se rio.

Kweku llamó a la puerta y esperó a que ella lo invitara a pasar antes de asomar la cabeza.

—Dike, ¿estás listo? —preguntó.

—Sí, tío. —Dike se levantó—. ¡En marcha!

—Vamos al centro comunal, ¿te apetece venir? —le preguntó Kweku a Ifemelu con actitud vacilante, casi formal; también él sabía que ella sufría por una ruptura.

Era un hombre bajo, con gafas, todo un caballero y muy caballeroso; Ifemelu lo apreciaba porque él apreciaba a Dike.

—No, gracias.

Kweku vivía en una casa no muy lejos de allí, pero tenía alguna que otra camisa en el armario de la tía Uju, e Ifemelu había visto una loción limpiadora para hombres en el lavabo de la tía Uju, y envases de yogur ecológico en la nevera, que sabía que la tía Uju no consumía. Miraba a la tía Uju con ojos diáfanos, los de un hombre que quería que el mundo supiese el gran amor que sentía. A Ifemelu le recordaba a Curt, y le producía, una vez más, una tristeza nostálgica.

Su madre captó algo en su voz por teléfono.

—¿Estás enferma? ¿Te ha pasado algo?

—Estoy bien. Es el trabajo.

También su padre le preguntó por qué se la notaba distinta y si todo iba bien. Ella respondió que todo iba bien, que dedicaba gran parte de su tiempo al blog después del trabajo; se disponía a explicar ese nuevo pasatiempo suyo, pero él dijo:

—Estoy bastante familiarizado con el concepto. En la oficina estamos sometiéndonos a una rigurosa introducción a la informática.

—Han confirmado la solicitud de tu padre. Puede tomarse vacaciones cuando yo acabe el curso en la escuela —dijo su madre—. Así que deberíamos pedir el visado cuanto antes.

Hacía tiempo que Ifemelu soñaba con la visita de sus padres, y hablaba de ello. Ahora podía permitírselo, y ahora su madre lo deseaba, pero ella hubiese preferido que fuera en otro momento. Quería verlos, pero la sola idea de la visita la agotaba. No estaba segura de si sería capaz de ser su hija, la persona que ellos recordaban.

—Mamá, ahora tengo mucho trabajo.

—Anda. ¿Es que vamos a ser un estorbo para tu trabajo?

Así pues, les envió cartas de invitación, extractos bancarios, una copia de su certificado de residencia. Ahora las cosas estaban mejor en la embajada estadounidense; el personal seguía siendo grosero, dijo su padre, pero ya no había que pelearse y darse empujones en la puerta para ponerse en la fila. Les concedieron visados de seis meses. Estuvieron tres semanas. Parecían desconocidos. Tenían el mismo aspecto de siempre, pero la dignidad que Ifemelu recordaba se había esfumado, sustituida por algo pequeño, una avidez provinciana. Su padre se maravilló por la moqueta en el vestíbulo de su edificio; su madre acaparó bolsos de piel sintética en Kmart, servilletas de papel de la sección de restaurantes del centro comercial, e incluso bolsas de plástico. Los dos se hicieron fotos delante de JC Penney, pidiendo a Ifemelu que se asegurara de sacar todo el letrero de la tienda. Ella los observaba con aire de superioridad, y se sentía culpable por ello; había preservado el recuerdo de sus padres como algo muy preciado, y sin embargo, al verlos por fin, los observaba con aire de superioridad.

—No entiendo a los estadounidenses. Cuando dicen la «o» suena como una «a» —declaró su padre—. Personalmente prefiero la manera de hablar británica.

Antes de marcharse, su madre le preguntó en voz baja:

—¿Tienes algún amigo?

Dijo «amigo» en inglés; el eufemismo que los padres utilizaban para no profanarse la lengua con el término «novio», pese a ser exactamente eso a lo que se referían: alguien desde una perspectiva romántica, un posible marido.

—No —respondió Ifemelu—. El trabajo me ha tenido muy ocupada.

—El trabajo está bien, Ifem. Pero también deberías mantener los ojos abiertos. Recuerda que una mujer es como una flor. Se nos pasa el tiempo muy deprisa.

En otro tiempo quizá Ifemelu habría soltado una risotada de desdén y le habría dicho a su madre que ella no se sentía como una flor en absoluto. Pero en ese momento estaba muy cansada, le habría representado un esfuerzo excesivo. El día que se marcharon de vuelta a Nigeria, Ifemelu se desplomó en su cama, llorando desconsoladamente y pensando: ¿Qué me pasa? Sentía alivio por la marcha de sus padres, y se sentía culpable por sentir alivio. Después del trabajo, se paseó por el centro de Baltimore sin rumbo fijo, sin interesarse en nada. ¿Era eso a lo que los novelistas llamaban hastío? La tarde de un miércoles de poca actividad, presentó su dimisión. No tenía previsto dimitir, pero de repente le pareció que era lo que debía hacer; por tanto escribió la carta en su ordenador y la llevó al despacho del director.

—Estabas progresando mucho. ¿Podemos hacer algo para que cambies de opinión? —preguntó el director, muy sorprendido.

—Es por motivos personales, asuntos familiares —dijo Ifemelu, sin entrar en detalles—. Le agradezco mucho todas las oportunidades que me ha dado.

¿En qué quedamos?

Nos dicen que la raza es una fantasía, que existe más variación genética entre dos negros que entre un negro y un blanco. Luego nos dicen que las negras tenemos una clase peor de cáncer de mama y más fibroides. Y las blancas tienen fibrosis quística y osteoporosis. ¿En qué quedamos, pues, médicos aquí presentes? ¿Es la raza una fantasía o no?

33

El blog se había quitado el velo y había mudado los dientes de leche; por rachas, la sorprendió, la complació, la dejó rezagada. Aumentó el número de lectores, miles y miles en todo el mundo, tan deprisa que se resistía a consultar las estadísticas, reacia a saber cuánta gente había accedido para leerla ese día, porque la asustaba. Y a la vez le producía una sensación de euforia. Cuando veía sus post reposteados en otro sitio, se sonrojaba por la sensación de logro, y sin embargo no había imaginado nada de eso, no había abrigado jamás ninguna ambición sólida. Le llegaban e-mails de lectores que querían contribuir con donaciones al blog. Donaciones. Esa palabra la distanció aún más del blog, lo convirtió en algo ajeno a ella que podía prosperar o no, a veces sin ella y a veces con ella. Así que añadió un vínculo a su cuenta en PayPal. Aparecieron cantidades abonadas, muchas pequeñas, y otra tan grande que cuando la vio dejó escapar un sonido desconocido, una mezcla de exclamación ahogada y chillido. Esa suma empezó a repetirse todos los meses, anónimamente, tan regular como una nómina, y ella se sentía avergonzada cada vez, como si hubiera encontrado algo valioso en la calle y se lo hubiera apropiado. Se preguntó si procedía de Curt, del mismo modo que se preguntaba si él seguía el blog, y qué pensaba de que aludiera a él como el Ex Blanco Sexy. Se lo preguntaba sin mucha convicción; añoraba lo que podría haber sido, pero ya no lo añoraba a él.

Consultaba el correo electrónico de su blog demasiado a menudo, como una niña abriendo con impaciencia un regalo que no sabe si quiere, y leía el correo de personas que la invitaban a una copa, que le decían que era una racista, que le daban ideas para el blog. Otra bloguera que elaboraba manteca para el pelo fue la primera en proponerle que introdujera publicidad, e Ifemelu, a cambio de una tarifa simbólica, colgó la imagen de una mujer de pelo exuberante en el ángulo superior derecho de la página del blog; con un clic se accedía a la web de la manteca para el pelo. Otra lectora ofreció más dinero por un gráfico intermitente que mostraba primero a una modelo de cuello largo con un vestido ajustado y luego a la misma modelo con un sombrero flexible. Un clic en esa imagen llevaba a una boutique online. Pronto llegaron e-mails referentes a publicidad de champús de Pantene y maquillajes de Covergirl. Más adelante un e-mail del director de vida multicultural de un colegio privado de Connecticut, tan formal que Ifemelu lo imaginó mecanografiado en papel cortado a mano, con un emblema plateado; le preguntaba si estaría dispuesta a dar una charla a los alumnos sobre la diversidad. Otro e-mail llegó de una empresa de Pensilvania, escrito con menos formalidad, diciéndole que un profesor de la zona la había identificado como provocativa bloguera racial y preguntándole si estaría dispuesta a impartir su taller anual sobre la diversidad. Un redactor de *Baltimore Living* le escribió un mensaje para decirle que deseaba incluirla en un artículo bajo el título «Diez personas que tener en cuenta»; la fotografiaron junto a su ordenador portátil, su rostro en sombras, bajo la leyenda: «La bloguera». Los lectores se triplicaron. Llegaron más invitaciones. Para recibir llamadas telefónicas, se ponía su pantalón más serio, su barra de labios de color más apagado, y hablaba sentada a su mesa, muy erguida, con las piernas cruzadas, la voz comedida y segura. Sin embargo una parte de ella siempre se tensaba de temor, esperando que la persona al otro lado de la línea se diera cuenta de que representaba el papel de esa profesional, de esa negociadora de condiciones, que viera que en realidad era una parada que llevaba un camisón arrugado todo el día, que la llamara «¡Farsante!» y colgara. Pero llegaron más invitaciones. El hotel y el viaje estaban cubiertos y los honorarios variaban. En una ocasión, movida por un impulso, dijo que quería el doble de lo que le habían ofrecido la semana anterior y, para su asombro, el hombre que llamaba desde Delaware, contestó: «Sí, podemos pagarlo».

La mayoría de los asistentes a su primera charla sobre la diversidad en una pequeña empresa de Ohio calzaban zapatillas deportivas. Eran todos blancos. El título era «Cómo hablar de raza con colegas de otras razas», pero ¿a quién, se preguntó, iban a hablar sus oyentes si todos eran blancos? Quizá el portero era negro.

«No soy una experta, así que no reproduzcan mis palabras textualmente», comenzó, y todos se echaron a reír, unas risas cálidas y alentadoras, y ella se dijo que aquello iría bien, que no debería haberle preocupado tener que dirigirse a una sala llena de desconocidos en medio de Ohio. (Había leído, con cierta inquietud, que allí existían aún pueblos enteramente blancos con toque de queda para los negros a partir del anochecer.) «El primer paso para una comunicación sincera sobre la raza es tomar conciencia de que uno no puede considerar iguales todas las formas de racismo», dijo, y a partir de ahí acometió un discurso cuidadosamente preparado. Cuando, al acabar, dijo «Gracias», complacida por la fluidez de su charla, los rostros de los presentes permanecieron inexpresivos. Los aplausos desganados la sumieron en el desánimo. Después se quedó a solas con el director de recursos humanos, tomando té con hielo demasiado dulce en la sala de conferencias y hablando de fútbol, deporte al que, como él sabía, se jugaba bien en Nigeria, como si prefiriera hablar de cualquier cosa menos de la charla que ella acababa de dar. Esa noche recibió un e-mail: EN TU CHARLA NO HAS DICHO MÁS QUE CHORRADAS. ERES UNA RACISTA. TENDRÍAS QUE AGRADECER QUE TE HAYAMOS DEJADO ENTRAR EN ESTE PAÍS.

Ese mensaje, escrito en mayúsculas, fue una revelación. El objetivo de los talleres sobre la diversidad, o las charlas multiculturales, no era fomentar cambios reales, sino propiciar que después la gente se sintiera a gusto consigo misma. No buscaban el contenido de las ideas de Ifemelu; solo buscaban el gesto de su presencia. No habían leído el blog, sino que habían oído que era una «destacada bloguera» sobre cuestiones de raza. Y por consiguiente, en las semanas posteriores, cuando dio otras charlas en empresas y colegios, empezó a decir lo que la audiencia quería oír, nada de lo cual escribiría jamás en su blog, porque le constaba que la gente que leía el blog no era la misma que asistía a sus talleres sobre la diversidad. Durante sus charlas decía: «Estados Unidos ha realizado grandes avances, por los cuales debemos estar muy orgullosos». En su blog escribía: «El racismo nunca debería haber existido, y por tanto no vais a recibir un premio por reducirlo». Llegaron aún más invitaciones. Contrató a una estudiante en prácticas, una estadounidense de origen haitiano, con el pelo en elegantes trenzas, que se movía ágilmente por Internet, buscando toda aquella información que Ifemelu necesitaba, y borrando comentarios inapropiados casi tan pronto como los colgaban.

Ifemelu compró un pequeño apartamento. Cuando vio por primera vez los anuncios en la sección inmobiliaria del periódico, se llevó una sorpresa al comprobar que podía pagar la entrada en efectivo. Estampar su firma sobre la palabra «Propietario» le había producido una aterradora sensación de persona adulta, y también cierto asombro al pensar que eso era posible gracias al blog. Transformó uno de los dos dormitorios en despacho, y allí escribía, asomándose a menudo a la ventana para contemplar su nuevo vecindario en Roland Park, las casas adosadas restauradas al amparo de árboles viejos. Le llamaba la atención ver qué post del blog despertaban interés y a cuáles apenas accedía nadie. Su post sobre las citas online, «¿Qué tiene que ver el amor con eso?», seguía suscitando comentarios, como algo pegajoso, después de muchos meses.

Por tanto, todavía un poco triste por la ruptura con el Ex Blanco Sexy, poco aficionada al ambiente de los bares, me apunté a un portal de citas online. Y miré muchos perfiles. Así que he aquí la cuestión. En esa categoría donde eliges la etnia que te interesa… Los hombres blancos marcan mujeres blancas, y los más valientes marcan asiáticas e hispanas. Los hispanos marcan blancas e hispanas. Los hombres negros son los únicos que probablemente marquen «todas», pero algunos ni siquiera marcan «negras». Marcan blancas, asiáticas, hispanas. Yo no experimenté el amor. Pero en todo caso ¿qué tiene que ver el amor con tanto marcar? Podrías entrar en un supermercado y toparte con alguien y enamorarte, y ese alguien no sería de la raza que has marcado online. Así que después de visitar el portal, cancelé mi suscripción, por suerte todavía en periodo de prueba, me devolvieron el dinero, y optaré por ir de un lado a otro a ciegas por el supermercado.

Llegaron comentarios de personas con experiencias afines y personas diciendo que se equivocaba, de hombres que le pedían que colgara una foto suya, de mujeres negras que contaban historias de citas online con final feliz, de personas enfadadas y de personas encantadas. Algunos comentarios le hicieron gracia, porque no guardaban la menor relación con el tema del post. «Déjate de rollos —escribió uno—, los negros lo consiguen todo con facilidad. En este país no consigues nada si no eres negro. A las mujeres negras incluso se les permite pesar más.» Su recurrente post «La miscelánea del viernes», un revoltijo de ideas, era lo que captaba más clics y comentarios cada semana. A veces escribía algún post previendo respuestas desagradables, con un nudo en el estómago a causa del temor y la excitación, pero solo atraía comentarios desapasionados. Ahora que le pedían que interviniera en mesas redondas y debates, en la radio pública y en la radio comunitaria, siempre identificada como La Bloguera, se sentía subsumida en su blog. Se había convertido en su blog. A veces, por la noche, mientras yacía despierta, su creciente malestar salía a rastras de los rincones, y en su imaginación los numerosos lectores del blog se transformaban en una turbamulta colérica y severa que la esperaba, dejando pasar el tiempo hasta que llegara el momento de atacarla, de desenmascararla.

Hilo abierto: para todos los negros con la cremallera echada

Escribo esto para los negros con la cremallera echada, los negros estadounidenses y no estadounidenses con movilidad ascendente que no hablan de Experiencias Vitales que Tienen que Ver Exclusivamente con el Hecho de Ser Negro. Porque no quieren que nadie se incomode. Contad vuestra historia aquí. Descorred esa cremallera. Este es un lugar seguro.

34

Gracias al blog, Blaine volvió a su vida. En la convención Blogging While Brown, celebrada en Washington, durante la toma de contacto del primer día, en el vestíbulo del hotel atestado de gente saludándose con excesivo entusiasmo por el nerviosismo, Ifemelu charlaba con una bloguera especialista en maquillaje, una estadounidense de origen mexicano que lucía sombra de ojos fosforescente, cuando alzó la vista y se sintió paralizada y temblorosa, porque, a unos discretos pasos de ella, en un corrillo, se hallaba Blaine. Estaba idéntico, salvo por las gafas de montura negra. Tal como lo recordaba de aquel día en el tren: alto y desenvuelto. La bloguera del maquillaje le contaba que *Bellachicana* recibía continuamente muestras gratuitas de los fabricantes de productos de belleza, planteándose la ética de esa práctica, e Ifemelu asentía, pero en realidad permanecía alerta solo a la presencia de Blaine, y al hecho de que, con toda naturalidad, se separaba de su corrillo y se encaminaba hacia ella.

—¡Hola! —dijo, echando un vistazo a su placa de identificación—. ¿Así que tú eres la Negra No Estadounidense? Me encanta tu blog.

—Gracias.

No se acordaba de ella. Pero ¿por qué iba a acordarse? Hacía mucho tiempo desde su encuentro en el tren, y por entonces ninguno de los dos conocía el significado de la palabra «blog». A él le haría gracia saber lo mucho que ella lo había idealizado, que lo había convertido en una persona, no de carne y hueso, sino de pequeños cristales de perfección, el hombre estadounidense que ella nunca tendría. Blaine se volvió para saludar a la bloguera del maquillaje e Ifemelu vio, por su placa de identificación, que él escribía un blog sobre la «intersección entre el mundo académico y la cultura popular».

Blaine se volvió otra vez hacia ella.

–¿Siguen bien tus visitas a centros comerciales de Connecticut? Porque yo sigo cultivando mi propio algodón.

Por un momento a Ifemelu se le cortó la respiración, y luego se echó a reír, una risa vertiginosa y exultante, porque su vida se había convertido de pronto en una película mágica donde las personas se reencontraban.

–¡Te acuerdas!

–He estado observándote desde la otra punta del vestíbulo. Cuando te he visto, no podía creérmelo.

–Dios mío. ¿Cuánto tiempo hace, diez años?

–Más o menos. ¿Ocho?

–No me llamaste –dijo ella.

–Tenía una relación. Era conflictiva ya por entonces, pero duró mucho más de lo que debería.

Se interrumpió, con una expresión que ella llegaría a conocer muy bien, una virtuosa manera de entornar los ojos que anunciaba los elevados principios de su dueño.

A eso siguieron e-mails y llamadas telefónicas entre Baltimore y New Haven, comentarios medio en broma en sus respectivos blogs, intenso coqueteo durante las llamadas ya entrada la noche, hasta el día de invierno en que él se presentó ante su puerta, las manos hundidas en los bolsillos de su tabardo de color gris estaño, con nieve esparcida en las solapas como polvo mágico. Ella preparaba un arroz con coco, un olor a especias saturaba el aire del apartamento, había una botella de merlot barato en la encimera y sonaba Nina Simone a todo volumen en su reproductor de cedés. La canción «Don't Let Me Be Misunderstood» los acompañó, solo minutos después de la llegada de Blaine, cuando cruzaron el puente de amigos que coqueteaban a amantes. Después él, apoyándose en un codo, la observó. Su cuerpo esbelto tenía algo de fluido, casi hermafrodita, y la llevó a recordar que, según él mismo le había comentado, hacía yoga. Quizá podía erguirse cabeza abajo, contorsionarse en insólitas permutaciones. Cuando Ifemelu echó el arroz, ya frío, a la salsa de coco y lo revolvió, le dijo que la aburría cocinar, y que había comprado todas esas especias el día anterior, y había cocinado porque esperaba su visita. Se había imaginado a sí misma y a él con jengibre en los labios, curry amarillo retirado a lametones del cuerpo de ella, hojas de laurel aplastadas bajo ambos; en lugar de eso, los dos, muy formales, se habían besado en el salón y ella lo había llevado al dormitorio.

—Deberíamos haberlo hecho de manera más inverosímil —comentó Ifemelu.

Él se echó a reír.

—A mí sí me gusta cocinar, así que habrá muchas oportunidades para lo inverosímil.

Pero ella sabía que él no era una persona propensa a hacer las cosas de manera inverosímil. No después de ver cómo se ponía el condón, tan lento y aséptico en su concentración. Más tarde, cuando Ifemelu supo que escribía cartas al Congreso acerca de Darfur, que daba clases particulares a adolescentes en el instituto de Dixwell, que realizaba trabajo voluntario en un centro de acogida, lo vio como una persona que, en lugar de una columna vertebral normal, poseía un firme junco de bondad.

Fue como si, en virtud de su encuentro en el tren años antes, pudieran soslayar varias etapas, pasar por alto varias incógnitas, y zambullirse en una intimidad inmediata. Después de la primera visita de Blaine, Ifemelu regresó con él a New Haven. Ese invierno hubo semanas, semanas frías y soleadas, en que New Haven semejaba iluminado desde dentro, la escarcha adherida a los arbustos, el ambiente teñido de una tonalidad festiva en ese mundo habitado en apariencia solo por

Blaine y ella. Se acercaban a pie al local de Howe Street donde vendían falafel y, sentados en un rincón oscuro, tomaban hummus y hablaban durante horas, hasta que finalmente salían de allí con el picor del ajo en la lengua. O ella se reunía con él en la biblioteca después de su clase, y allí, en la cafetería, bebían chocolate caliente demasiado espeso y comían cruasanes integrales demasiado granulosos, la pila de libros de Blaine en la mesa. Él preparaba verduras y cereales ecológicos cuyos nombres Ifemelu ni siquiera sabía pronunciar —bulgur, quinoa— y limpiaba con diligencia mientras cocinaba, eliminando una salpicadura de salsa de tomate con el trapo tan pronto como aparecía, enjugando el agua derramada de inmediato. La amedrentaba hablándole de las sustancias químicas con que se rociaban los cultivos, las sustancias químicas con que alimentaban a los pollos para que crecieran más deprisa, y las sustancias químicas utilizadas para dotar a la fruta de una piel perfecta. ¿Por qué creía que la gente moría de cáncer? Y por eso ella, antes de comerse una manzana, la restregaba en el fregadero, a pesar de que Blaine solo compraba fruta ecológica. Le explicó qué cereales contenían proteínas, qué verduras contenían caroteno, qué frutas tenían demasiado azúcar. Lo sabía todo; eso a ella la intimidaba y la enorgullecía y le producía una ligera aversión. Con él, en su apartamento de la vigésima planta de un rascacielos cercano al campus, pequeños detalles domésticos se colmaban de significado: la manera en que la observaba hidratarse con manteca de cacao después de una ducha nocturna, el zumbido de su lavavajillas al encenderse… y ella imaginaba una cuna en el dormitorio, un niño dentro, y a Blaine licuando meticulosamente fruta ecológica para el bebé. Sería un padre perfecto, ese hombre tan concienzudo en sus disciplinas.

—No puedo comer tempeh, no entiendo cómo te puede gustar —dijo ella.

—No me gusta.

—¿Por qué lo comes, pues?

—Porque es bueno para la salud.

Blaine salía a correr todas las mañanas y se pasaba el hilo dental todas las noches. A ella se le antojaba muy estadounidense, eso del hilo dental, ese deslizamiento mecánico de un hilo entre los dientes, poco elegante y funcional. «Deberías pasarte el hilo dental a diario», le aconsejó Blaine. Y ella empezó a pasárselo, tal como empezó a hacer otras cosas que él hacía —ir al gimnasio, comer más proteínas que hidratos de carbono—, y las hacía con satisfacción y agradecimiento, porque la mejoraban. Él era como un tónico beneficioso; con él, solo podía elevarse a un nivel de bondad superior.

La mejor amiga de Blaine, Araminta, fue a visitarlo y dio un cálido abrazo a Ifemelu, como si ya se conocieran.

—Blaine en realidad no ha salido con nadie desde que rompió con Paula. Y ahora está con una hermana, y encima una hermana de color chocolate. ¡Vamos progresando! —exclamó Araminta.

—Mint, basta ya —atajó Blaine, pero sonreía.

El hecho de que su mejor amigo fuera una mujer, una arquitecta con un postizo largo y liso que llevaba tacones y vaqueros ceñidos y lentillas de color, decía algo sobre Blaine que gustó a Ifemelu.

—Blaine y yo nos criamos juntos. En el instituto éramos los únicos negros de la clase. Todos nuestros amigos querían que saliéramos; ya sabes lo que piensan, que dos chicos negros tienen que estar juntos, pero él no era mi tipo —declaró Araminta.

—Qué más quisieras —dijo Blaine.

—Ifemelu, ¿me permites que te diga lo mucho que me alegra que no seas profesora universitaria? ¿Has oído hablar a sus amigos? Nada es lo que es sin más. Todo tiene que significar otra cosa. Es absurdo. El otro día Marcia comentaba que las negras están gordas porque sus cuerpos son bastiones de resistencia antiesclavista. Sí, desde luego si las hamburguesas y los refrescos son resistencia antiesclavista, es verdad.

—Mira tú, la que va de copas al Harvard Club. Salta a la vista lo que hay detrás de esa pose antiintelectual —dijo Blaine.

—Vamos. ¡Una buena educación no es lo mismo que convertir el mundo entero en algo que explicar! Hasta Shan se burla de vosotros. Os imita muy bien a Grace y a ti: «Formación de un canon y topografía de la conciencia espacial e histórica». —Araminta se volvió hacia Ifemelu—. ¿Conoces ya a Shan, su hermana?

—No.

Un rato después, mientras Blaine estaba en el dormitorio, Araminta dijo:

—Shan es un personaje interesante. No te la tomes muy en serio cuando la conozcas.

—¿Qué quieres decir?

—Es una persona fantástica, muy seductora, pero si tienes la impresión de que te trata con desprecio o algo así, no es por ti, es su manera de ser. —Y añadió, bajando la voz—: Blaine es muy buen tío, muy buen tío.

—Lo sé.

Ifemelu percibió en las palabras de Araminta algo que era una advertencia, o una súplica.

Al cabo de un mes Blaine le pidió que se instalara con él, pero ella tardó un año en mudarse, pese a que para entonces prácticamente vivía en New Haven, y tenía un pase para el gimnasio de Yale como pareja de un profesor, y escribía los post de su blog desde el apartamento de Blaine, en una mesa que él había colocado para ella cerca de la ventana del dormitorio. Al principio, encantada por su interés, honrada por su inteligencia, le permitía leer los post antes de colgarlos. No le pedía sugerencias, pero poco a poco empezó a introducir cambios, a añadir y quitar, en función de sus comentarios. Con el tiempo eso empezó a causarle cierto resquemor. Sus post sonaban académicos, demasiado como él. Ifemelu había escrito un post sobre las zonas urbanas deprimidas —«¿Por qué están llenas de negros estadounidenses las partes más húmedas y lúgubres de las ciudades de Estados Unidos?»—, y él le recomendó que incluyera detalles sobre la política gubernamental y la redelimitación de distritos. Ella así lo hizo, pero luego, al releerlo, retiró el post.

—No quiero explicar, quiero observar.

—Recuerda que la gente no te lee para entretenerse, te lee como comentarista cultural. Eso es una verdadera responsabilidad. Hay universitarios que hacen trabajos sobre tu blog. No digo que tengas que emplear un tono académico o aburrido. Conserva tu estilo pero dale más profundidad.

—Ya tiene profundidad suficiente —le respondió ella, irritada, pero con la insidiosa impresión de que a Blaine no le faltaba razón.

—Estás perezosa, Ifem.

Él empleaba a menudo esa palabra, «perezoso», para aquellos de sus alumnos que no entregaban un trabajo a tiempo, para negros famosos que eludían el activismo político, para ideas que no concordaban con las suyas. A veces se sentía como la aprendiza de Blaine; cuando se paseaban por los museos, él se entretenía ante las pinturas abstractas, que a ella la aburrían; ella, por su parte, se dejaba atraer por las esculturas atrevidas o los cuadros naturalistas, y percibía en la tensa sonrisa de Blaine su decepción al comprobar que aún no había aprendido lo suficiente de él. Cuando Blaine ponía selecciones de su discografía completa de John Coltrane, la observaba mientras ella escuchaba, esperando el arrobamiento que tenía la certeza de que experimentaría, y al final, viendo que ella no se había sentido transportada por la música, se apresuraba a desviar la mirada. Ifemelu escribió en su blog sobre dos novelas que le encantaron, una de Ann Petry y otra de Gayl Jones, y Blaine dijo: «No fuerzan los límites». Hablaba con amabilidad, como si no quisiera disgustarla, pero se sentía en la obligación de decirlo. Sus posturas eran firmes, tan meditadas y plenamente desarrolladas en su propia cabeza que a veces parecía sorprenderlo que ella no hubiera llegado también a las mismas conclusiones. Ifemelu se sentía a un paso de aquello en lo que él creía, y aquello que él sabía, y estaba deseosa de po nerse a su altura, fascinada por su sentido de la rectitud. En una ocasión, mientras recorrían Elm Street para ir a comer un sándwich, vieron a la negra rechoncha que se había convertido en un elemento fijo del campus: siempre de pie cerca de la cafetería, con un gorro de lana encasquetado en la cabeza, ofreciendo rosas rojas de plástico a los viandantes y preguntando «¿Tiene usted unas monedas?». Hablaban con ella dos estudiantes, y de pronto uno le dio un capuchino en un vaso alto de papel. La mujer pareció encantada; echó atrás la cabeza y bebió.

—Es lamentable —comentó Blaine cuando pasaban por delante.

—Desde luego —convino Ifemelu, pese a que no acababa de entender por qué él reaccionaba tan virulentamente ante la indigente y el regalo del capuchino.

Semanas antes una mujer blanca ya mayor, detrás de ellos en la cola del supermercado, había dicho:

—Tienes un pelo precioso, ¿me permites tocarlo?

Ifemelu accedió. La mujer hundió los dedos en su afro. Ifemelu percibió que Blaine se tensaba, vio que le latían las sienes.

—¿Cómo has podido dejarle hacer eso? —le reprochó él después.

—¿Y por qué no? ¿Cómo, si no, iba ella a saber cuál es el tacto de un pelo como el mío? Probablemente no conoce a ningún negro.

—¿Y por eso tú tienes que ser su conejillo de Indias? —le preguntó Blaine.

Esperaba que ella sintiera lo que no sabía sentir. Había cosas que existían para Blaine y ella no alcanzaba a comprender. Con sus amigos íntimos, a menudo se sentía un poco perdida. Todos tirando a jóvenes, iban bien vestidos y adoptaban cierto aire de rectitud, salpicando las frases de «digamos» y «los modos en que»; los jueves se reunían en un bar, y a veces uno de ellos organizaba una cena, en la que Ifemelu básicamente escuchaba, casi sin despegar los labios, mirándolos con asombro: ¿hablaban en serio esas personas tan indignadas por la maduración en camiones de la verdura importada? Querían poner fin al trabajo infantil en África. No compraban ropa confeccionada con mano de obra mal pagada en Asia. Contemplaban el mundo con una seriedad lúcida y poco práctica que la conmovía, pero nunca la convencía. En compañía de sus amigos, Blaine ensartaba referencias desconocidas para ella, y se le veía muy distante, como si perteneciera a ellos, y cuando por fin la miraba, con expresión cálida y afectuosa, ella sentía algo cercano al alivio.

Habló a sus padres de Blaine, les dijo que se marchaba de Baltimore para irse a New Haven a vivir con él. Habría podido mentir, inventarse un empleo nuevo, o decir sencillamente que le apetecía mudarse.

–Se llama Blaine –dijo–. Es estadounidense.

Captó el simbolismo presente en sus propias palabras, transmitido hasta Nigeria, a miles de kilómetros, y supo cómo lo interpretarían sus padres. Blaine y ella no habían hablado de matrimonio, pero ella sentía firme el suelo que pisaba. Quería que sus padres conocieran su existencia, y lo bueno que era. Empleó esa palabra al describirlo: «bueno».

–¿Un descendiente de esclavos? –preguntó su padre, al parecer desconcertado.

Ifemelu soltó una carcajada.

–Papá, aquí ya nadie piensa en esos términos.

–Pero ¿por qué un descendiente de esclavos? ¿Es que allí hay una escasez sustancial de nigerianos?

Ella no contestó, todavía riendo, y le pidió que le pasara con su madre. No contestarle, o incluso comunicarle que se iba a vivir con un hombre sin estar casada con él, era algo que solo podía hacer porque vivía en Estados Unidos. Las normas habían cambiado, se habían escurrido por las grietas de la distancia y la vida en el extranjero.

Su madre preguntó:

—¿Es cristiano?

—No. Es de una secta satánica.

—¡Sangre de Jesús! —exclamó su madre.

—Mamá, sí, es cristiano —afirmó ella.

—Entonces no hay problema. ¿Cuándo vendrá a presentarse? Podéis planearlo para que lo hagamos todo al mismo tiempo... la llamada a la puerta, el excrex y la entrega del vino, así se reducirá el coste y él no tendrá que andar yendo y viniendo. Estados Unidos está lejos...

—Mamá, por favor, de momento vamos a tomárnoslo con calma.

Cuando Ifemelu colgó, aún sonriendo, decidió cambiar el título de su blog a *Raza o Diversas observaciones acerca de los negros estadounidenses (antes denigrados con otra clase de apelativos) a cargo de una negra no estadounidense.*

Oferta de empleo en Estados Unidos: árbitro en jefe para dictaminar «quién es racista»

En Estados Unidos existe el racismo pero han desaparecido todos los racistas. Los racistas son cosa del pasado. Los racistas son los blancos malévolos de labios finos que salen en las películas sobre los tiempos de los derechos civiles. He aquí la cuestión: la manifestación del racismo ha cambiado, pero el lenguaje no. Por consiguiente, si no has linchado a alguien, no se te puede tachar de racista. Si no eres un monstruo chupador de sangre, no se te puede tachar de racista. Alguien debe poder decir que los racistas no son monstruos. Son personas con familias que los quieren, gente corriente que paga impuestos. Alguien tiene que encargarse de decidir quién es racista y quién no. O tal vez simplemente ha llegado el momento de descartar la palabra «racista». Buscar algo nuevo. Como Síndrome del Trastorno Racial. Y podrían definirse distintas categorías para quienes padecen ese síndrome: leve, medio y agudo.

35

Una noche Ifemelu se levantó de la cama para ir al baño y oyó a Blaine en el salón, hablando por teléfono, con tono amable y reconfortante.

—Perdona, ¿te he despertado? Era mi hermana, Shan —dijo cuando volvió a acostarse—. Ha vuelto a Nueva York, de Francia. Está a punto de salir a la calle su primer libro y tiene una crisis. —Se interrumpió—. Otra pequeña crisis. Shan tiene muchas crisis. ¿Vendrás conmigo a verla este fin de semana?

—Claro. ¿A qué me dijiste que se dedicaba?

—¿A qué no se dedica Shan? Antes era gestora de fondos. Luego lo dejó y viajó por todo el mundo e hizo algo de periodismo. Conoció a un haitiano y se marchó a vivir con él a París. Más tarde él enfermó y murió. Ocurrió todo muy deprisa. Ella se quedó allí un tiempo, e incluso después de decidirse a volver a Estados Unidos conservó el piso de París. Ahora lleva cerca de un año con otro hombre, Ovidio. Es la primera auténtica relación que ha tenido desde que murió Jerry. Un tío francamente aceptable. Esta semana él está fuera, por un encargo en California, y Shan se ha quedado sola. A ella le gusta organizar reuniones, las llama salones. Tiene un grupo de amigos increíbles, casi todos artistas y escritores, y se juntan en casa de ella y mantienen conversaciones interesantísimas. —Guardó silencio por un momento—. Shan es una persona muy especial.

Cuando Shan entraba en una habitación, desaparecía todo el aire. Ella no respiraba hondo; no lo necesitaba: sencillamente el aire flotaba hacia ella, atraído por su autoridad natural, hasta que no quedaba nada para los demás. Ifemelu imaginó la infancia sin aire de Blaine, corriendo detrás de Shan para impresionarla, para recordarle su existencia. Incluso ahora, de adulto, era aún el hermano pequeño henchido de amor desesperado, que intentaba ganarse una aprobación que temía no recibir nunca. Llegaron al apartamento de Shan a primera hora de la tarde, y Blaine se detuvo a charlar con el portero, tal como había charlado con el taxista desde Penn Station, de esa forma natural suya, creando alianzas con conserjes, personal de limpieza, conductores de autobús. Sabía cuánto ganaban y cuántas horas trabajaban, sabía que no tenían seguro médico.

—Eh, Jorge, ¿cómo va eso? —preguntó Blaine, pronunciando el nombre a la española.

—Bastante bien. ¿Cómo están sus alumnos de Yale? —inquirió el portero, complacido al parecer de verlo y complacido de que fuera profesor de Yale.

—Me traen de cabeza, como de costumbre —respondió Blaine. Luego señaló a la mujer que estaba ante el ascensor de espaldas a ellos, con una colchoneta de yoga rosa entre los brazos—. Ah, ahí está Shan.

Shan era menuda y guapa, de rostro ovalado y pómulos prominentes, un rostro imperioso.

—¡Eh! —exclamó ella, y abrazó a Blaine. No miró a Ifemelu ni una sola vez—. Me alegro mucho de haber ido a mi clase de Pilates. Te abandona si lo abandonas. ¿Hoy has salido a correr?

—Sí.

—Acabo de hablar con David otra vez. Dice que esta tarde a última hora me enviará portadas alternativas. Por fin parece que me escuchan.

Alzó la vista al techo en un gesto de desesperación.

Las puertas del ascensor se abrieron y ella entró primero, hablando aún con Blaine, quien ahora parecía incómodo, como si esperara el momento de hacer las presentaciones, momento que Shan no parecía dispuesta a conceder.

—La directora de marketing me ha llamado esta mañana. Me ha hablado con esa cortesía insoportable que es peor que cualquier insulto, ¿sabes? Y va y me cuenta lo mucho que gusta la portada a los libreros y bla bla bla. Es absurdo.

—Es el instinto de rebaño de la edición corporativa —comentó Blaine—. Hacen lo que hacen todos los demás.

El ascensor paró en la planta de Shan, y ella se volvió hacia Ifemelu.

—Ay, perdona, estoy tan estresada… Encantada de conocerte. Blaine no para de hablar de ti. —Miró a Ifemelu: una evaluación ostensible sin el menor reparo por ser una evaluación ostensible—. Eres guapísima.

—Tú sí eres guapísima —respondió Ifemelu, sorprendiéndose, porque esas no eran palabras que hubiera pronunciado en circunstancias normales, pero ya se sentía absorbida por Shan; el cumplido de esta le había producido una extraña felicidad.

Shan es especial, había dicho Blaine, e Ifemelu comprendió en ese momento a qué se refería. Shan presentaba el aspecto de una persona que en cierto modo había sido *elegida*. Los dioses la habían tocado con una varita. Si llevaba a cabo una acción corriente, se convertía en algo enigmático.

—¿Te gusta la sala? —le preguntó Shan a Ifemelu, abarcando el espectacular mobiliario con un amplio gesto de la mano: una alfombra roja, un sofá azul, un sofá naranja, un sillón verde.

—Sé que debe de significar algo pero no acabo de entenderlo.

Shan se echó a reír, una sucesión de breves sonidos que parecían interrumpirse prematuramente, como si precedieran a algo que después no llegaba, e Ifemelu, viendo que se limitaba a reírse, sin decir nada, añadió:

—Es interesante.

—Sí, interesante.

Shan se detuvo junto a la mesa del comedor y, tras apoyar la pierna en ella, se inclinó para agarrarse el pie con la mano. Su cuerpo era una colección de gráciles y pequeñas curvas, las nalgas, los pechos, las pantorrillas, y en sus movimientos se apreciaba la prerrogativa de los elegidos; podía hacer estiramientos de pierna en la mesa de su comedor siempre que le viniera en gana, incluso con una invitada en su apartamento.

—Blaine me dio a conocer *Raza*. Es un blog excelente.

—Gracias —dijo Ifemelu.

—Tengo un amigo nigeriano que es escritor. ¿Conoces a Kelechi Garuba?

—He leído su obra.

—El otro día hablamos de tu blog y dijo que estaba seguro de que la Negra No Estadounidense era caribeña porque a los africanos les trae sin cuidado la raza. ¡Se quedará de una pieza cuando te conozca! —Shan se interrumpió para cambiar de pierna en la mesa e inclinarse para agarrarse el pie—. Siempre anda muy preocupado porque sus libros no venden bien. Le he dicho que si quiere vender bien, le conviene más escribir atrocidades sobre su pueblo. Le conviene decir que los africanos son los únicos culpables de los problemas africanos, y que los europeos han ayudado a África más que perjudicarla, y entonces será famoso y la gente dirá que es muy sincero.

Ifemelu se echó a reír.

—Un retrato interesante —comentó, señalando una foto en un aparador: en ella aparecía Shan con dos botellas de champán sostenidas en alto por encima de la cabeza, rodeada de niños morenos, andrajosos y risueños, en lo que parecía una barriada latinoamericana de chabolas con paredes de trozos de hojalata—. Quiero decir que es interesante literalmente.

—Ovidio no quería enseñarla pero yo insistí. Se supone que es irónica, obviamente.

Ifemelu imaginó su insistencia, una simple frase, que no fue necesario repetir y ante la cual Ovidio se apresuró a complacerla.

—¿Y vas a menudo a Nigeria? —le preguntó Shan.

—No. La verdad es que no he ido desde que llegué a Estados Unidos.

—¿Por qué?

—Al principio no podía permitírmelo. Después tenía que trabajar y nunca encontraba el momento.

Ahora Shan se hallaba de cara a ella, con los brazos estirados hacia atrás como alas.

—Los nigerianos nos llaman *acata*, ¿no? ¿Y significa animal salvaje?

—No sé si significa animal salvaje; en realidad no sé qué significa, y yo no uso esa palabra.

Ifemelu se dio cuenta de que casi tartamudeaba. Era verdad, y sin embargo, bajo la mirada directa de Shan, se sintió culpable. Shan destilaba poder, un poder sutil y devastador.

Blaine salió de la cocina con dos vasos altos de un líquido rojizo.

—¡Cócteles vírgenes! —exclamó Shan con placer infantil a la vez que aceptaba un vaso de Blaine.

—Granada, agua con gas y unos cuantos arándanos —dijo Blaine, entregando a Ifemelu el otro vaso—. Y bien, Shan, ¿cuándo será tu próximo salón? Le hablé de ellos a Ifemelu.

Blaine, al contar a Ifemelu que Shan llamaba «salones» a sus reuniones, había puesto un énfasis jocoso en la palabra, pero esta vez la pronunció seriamente en francés.

—Ah, pronto, supongo.

Shan se encogió de hombros, un gesto amigable y despreocupado, bebió un sorbo de su vaso y se inclinó a un lado en otro estiramiento, como un árbol doblado por el viento.

Sonó su móvil.

—¿Dónde he dejado ese teléfono? Debe de ser David.

El teléfono estaba en la mesa.

—Ah, es Luc. Ya lo llamaré más tarde.

—¿Quién es Luc? —le preguntó Blaine a la vez que salía de la cocina.

—Un francés, un tío muy rico. Es gracioso, lo conocí en el aeropuerto y, mira, le seguí la corriente porque sí. Le digo que tengo novio y me suelta «Entonces te admiraré a distancia y esperaré hasta que se tercie». Dijo «que se tercie», como lo oyes. —Shan bebió un sorbo de su cóctel—. En Europa los hombres blancos te miran como mujer, no como negra, y eso es agradable. Ojo, no es que quiera salir con ellos, eso ni hablar, solo quiero saber que la posibilidad está ahí.

Blaine asentía, dándole la razón. Si cualquier otra persona hubiese dicho lo que decía Shan, habría rastreado de inmediato las palabras en busca de un matiz, y discrepado de su alcance, su simplicidad. Ifemelu le había dicho en una ocasión, mientras veía una noticia sobre el divorcio de una celebridad, que no entendía la sinceridad inflexible e inequívoca que exigían los estadounidenses en las relaciones.

—¿Qué quieres decir? —le preguntó él, y ella advirtió la inminencia de la disconformidad en su voz; también él creía en la sinceridad inflexible e inequívoca.

—Para mí, es distinto, y creo que se debe a que soy del Tercer Mundo —prosiguió ella—. Criarse en el Tercer Mundo es tomar conciencia de los muy distintos aspectos que constituyen tu realidad y de que la sinceridad y la verdad siempre dependen del contexto.

Se había sentido perspicaz por concebir esa explicación, pero Blaine cabeceó aun antes de que ella terminara de hablar y dijo:

—Eso me parece de lo más perezoso, usar el Tercer Mundo de esa manera.

Ahora asentía mientras Shan decía:

—Los europeos sencillamente no son tan conservadores y rígidos con las relaciones como los estadounidenses. En Europa los blancos piensan: «Solo busco una mujer sexy». En Estados Unidos los blancos piensan: «No tocaré a una mujer negra pero tal vez me lo montaría con Halle Berry».

—Eso tiene gracia —dijo Blaine.

—Naturalmente, existe ese grupúsculo de blancos que solo salen con negras, pero eso viene a ser una especie de fetiche, y resulta repulsivo –declaró Shan, y a continuación posó su resplandeciente mirada en Ifemelu.

Ifemelu casi sintió reticencia a disentir; era extraño lo mucho que deseaba caer bien a Shan.

–En realidad, yo he tenido la experiencia contraria. Muestran mucho más interés en mí los hombres blancos que los afroamericanos.

–¿Ah, sí? –Shan se interrumpió–. Supongo que será por tus antecedentes exóticos, todo ese asunto de la africana auténtica.

La hirió, el desaire de Shan, y luego el aguijonazo dio paso a un erizado resquemor contra Blaine, porque deseó que no coincidiera tan entusiastamente con su hermana.

Volvió a sonar el teléfono de Shan.

–¡Vaya, más vale que sea David!

Se llevó el teléfono al dormitorio.

–David es su editor. Quieren poner en la portada una imagen sexualizada, un torso negro, y ella se opone –explicó Blaine.

–No me digas.

Ifemelu tomó un sorbo de su vaso y hojeó una revista de arte, todavía irritada con él.

–¿Estás bien? –le preguntó él.

–Estoy perfectamente.

Shan había vuelto. Blaine la miró.

–¿Todo en orden?

Ella asintió.

–No van a ponerla. Ahora parece que todo el mundo lo ve claro.

–Estupendo –dijo Blaine.

–Cuando salga tu libro tendrías que ser mi bloguera invitada durante un par de días –propuso Ifemelu–. Sería increíble. Me encantaría contar contigo.

Shan enarcó las cejas, expresión que Ifemelu no supo interpretar, y temió haber manifestado excesiva efusividad.

–Sí, supongo que podría hacerlo –dijo Shan.

Obama puede ganar solo si sigue siendo el Negro Mágico

El pastor de Obama asusta porque lleva a pensar que a lo mejor después de todo Obama no es el Negro Mágico. Por cierto, el pastor es bastante melodramático, pero ¿habéis estado alguna vez en una iglesia de negros estadounidenses de la vieja escuela? Puro teatro. Pero el argumento básico de este hombre es cierto: los negros estadounidenses (ciertamente los de su edad) conocen un Estados Unidos distinto del de los blancos estadounidenses; conocen un Estados Unidos más áspero y más feo. Pero se supone que uno no debe decir eso, porque en Estados Unidos todo va bien y todo el mundo es igual. Así que ahora que el pastor lo ha dicho, quizá Obama también lo piensa, y si lo piensa Obama, no es el Negro Mágico, y solo un Negro Mágico puede ganar unas elecciones en Estados Unidos. ¿Y qué es un Negro Mágico?, os preguntaréis. El Negro que es sabio y benévolo a perpetuidad. Sometido a grandes sufrimientos, nunca reacciona. Nunca se enfurece, nunca se muestra amenazador. Siempre perdona toda clase de mierda racista. Enseña al blanco a disgregar el prejuicio triste pero comprensible que anida en su corazón. Vemos a ese hombre en muchas películas. Y Obama va que ni pintado para el papel.

36

Era una fiesta de cumpleaños sorpresa en Hamden, para Marcia, la amiga de Blaine.

—¡Feliz cumpleaños, Marcia! —exclamó Ifemelu, de pie junto a Blaine, a coro con los demás amigos.

La lengua le pesaba un poco en la boca, su entusiasmo era un poco forzado. Llevaba con Blaine más de un año, pero no acababa de encajar entre sus amigos.

—¡Serás cabrón! —le dijo Marcia a su marido, Benny, entre risas y lágrimas.

Marcia y Benny eran profesores de historia y originarios del sur, e incluso se parecían, los dos de cuerpo menudo y tez de color miel, con largas rastas que les rozaban el cuello. Exhibían su amor como un intenso perfume, exudando un compromiso diáfano, tocándose, aludiendo el uno al otro. Mientras Ifemelu los observaba, imaginó esa vida para ella y Blaine, una casita en una calle tranquila, batiks colgados de las paredes, esculturas africanas de expresión ceñuda en los rincones, existiendo los dos en un uniforme zumbido de felicidad.

Benny servía las copas. Marcia iba de aquí para allá, todavía atónita, mirando las bandejas de un servicio de catering dispuestas en la mesa del comedor, la masa de globos que se mecían bajo el techo.

—¿Cuándo has hecho todo esto, cariño? ¡Si he salido solo una hora!

Abrazó a todo el mundo mientras se enjugaba las lágrimas. Antes de abrazar a Ifemelu, una arruga de preocupación asomó a su rostro, e Ifemelu supo que Marcia había olvidado su nombre.

—Cuánto me alegro de volver a verte, gracias por venir —dijo con una dosis extra de sinceridad, poniendo mayor énfasis en el «cuánto», como para compensar el olvido del nombre.

—¡Muchacho! —le dijo a Blaine, que la estrechó y la levantó un poco del suelo, riéndose ambos.

—¡Pesas menos que en tu último cumpleaños! —exclamó Blaine.

—¡Y cada día está más joven! —comentó Paula, la ex novia de Blaine.

—Marcia, ¿vas a embotellar tu secreto? —preguntó una mujer a quien Ifemelu no conocía, su pelo decolorado y hueco, semejante a un casco de platino.

—Su secreto es el buen sexo —dijo muy seria Grace, una estadounidense de origen coreano que daba clase de estudios afroamericanos, menuda y esbelta, siempre vestida con ropa elegantemente holgada, de modo que parecía flotar en un susurro de sedas. «Soy una rara avis, una izquierdista cristiana», había dicho a Ifemelu cuando se conocieron.

—¿Has oído eso, Benny? —preguntó Marcia—. Nuestro secreto es el buen sexo.

—¡Es verdad! —afirmó Benny, y le guiñó el ojo—. Eh, ¿alguien ha visto el anuncio de Barack Obama esta mañana?

—Sí, ha estado saliendo todo el día en las noticias —contestó Paula.

Era baja y rubia, con una tez clara y rosada, de aspecto saludable, como quien pasa mucho tiempo al aire libre, e Ifemelu se preguntó si montaba a caballo.

—Yo ni siquiera tengo televisor —dijo Grace con un suspiro, burlándose de sí misma—. Acabo de venderlo y me he comprado un móvil.

—Volverán a pasarlo —observó Benny.

—¡Comamos!

Era Stirling, el rico, que, según le contó Blaine, procedía de una rancia familia bostoniana; su padre y él habían accedido a Harvard por razón de su apellido. Era un hombre de tendencia izquierdista y buenas intenciones, condicionado por la clara conciencia de sus muchos privilegios. Nunca se permitía tener una opinión. «Sí, entiendo tu planteamiento», decía a menudo.

La comida se consumió acompañada de muchos elogios y vino, el pollo frito, las verduras, las tartas. Ifemelu cogió porciones pequeñas, alegrándose de haber tomado unos frutos secos antes de salir de casa; no le gustaba la cocina *soul*.

–Hacía años que no comía un pan de maíz tan bueno como este –comentó Nathan, sentado junto a ella.

Era profesor de literatura, neurótico, con un continuo parpadeo detrás de las gafas, la única persona en Yale en quien Blaine, según él mismo, confiaba plenamente. Nathan había dicho a Ifemelu unos meses antes, con gran altivez, que no leía narrativa posterior a 1930. «A partir de los treinta todo fue cuesta abajo», afirmó.

Ella se lo contó después a Blaine, con cierto tono de impaciencia, casi acusador, y añadió que los profesores universitarios no eran intelectuales; no sentían curiosidad, plantaban sus imperturbables tiendas de conocimiento especializado y permanecían en ellas a resguardo.

Blaine contestó: «Bueno, Nathan tiene sus rarezas. No es porque sea profesor». Una nueva actitud defensiva había empezado a traslucirse en el tono de Blaine cuando hablaban de sus amigos, quizá porque percibía la incomodidad de Ifemelu en presencia de ellos. Cuando Ifemelu asistía a una charla con Blaine, él comentaba por norma que podía haber sido mejor, o que los primeros diez minutos habían sido aburridos, como para adelantarse a las críticas de ella. La última charla a la que asistieron fue la de su ex novia Paula, en una universidad de Middletown, Paula con un vestido verde oscuro de corte cruzado y botas, de pie ante el público reunido en el aula, hablando con fluidez y convicción, provocando y encandilando; la joven y guapa especialista en ciencias políticas que con toda seguridad obtendría la titularidad en su departamento.

Lanzaba frecuentes miradas a Blaine, como una alumna a su profesor, calibrando su propia actuación por la expresión de él. Mientras ella hablaba, Blaine asentía sin cesar, y en una ocasión incluso suspiró sonoramente como si las palabras de ella lo hubieran llevado a una epifanía familiar y exquisita. Habían seguido siendo buenos amigos, Paula y Blaine, habían permanecido en el mismo círculo después de engañarlo ella con una mujer, otra Paula, a quien ahora, para distinguirlas, llamaban Pee. «Hacía un tiempo que nuestra relación arrastraba problemas. Paula dijo que lo de Pee era solo un experimento, pero yo me di cuenta de que era mucho más, y no me equivocaba, porque siguen juntas», le explicó Blaine a Ifemelu, y ella lo veía todo en exceso insulso, en exceso civilizado. Incluso la demostración de cordialidad de Paula para con ella le resultaba en exceso aséptica.

—¿Qué te parece si nos deshacemos de él y nos vamos a tomar una copa? —le había dicho Paula a Ifemelu esa tarde después de la charla, sonrojadas sus mejillas por la emoción y el alivio posterior a un trabajo bien hecho.

—Estoy agotada —contestó Ifemelu.

—Y yo necesito preparar la clase de mañana —dijo Blaine—. ¿Qué tal si quedamos este fin de semana?

Y se despidió de ella con un abrazo.

En el camino de vuelta en coche a New Haven, Blaine le preguntó a Ifemelu:

—No ha estado mal, ¿verdad?

—Pensaba que ibas a tener un orgasmo —respondió ella, y Blaine se rio.

Durante la charla, observando a Paula, Ifemelu había tenido la impresión de que esta, a diferencia de ella misma, se sentía a gusto con los ritmos de Blaine, y eso seguía pensando ahora, mientras la observaba comer su tercera ración de col rizada, sentada al lado de su novia Pee, riéndose de algún comentario de Marcia.

La mujer del pelo semejante a un casco comía la col rizada con los dedos.

—Los humanos no deberíamos usar utensilios para comer —observó.

Michael, sentado junto a Ifemelu, dejó escapar un sonoro resoplido.

—¿Y por qué no te vas a vivir a una caverna? —preguntó, y todos se echaron a reír, pero Ifemelu no supo hasta qué punto lo había dicho en broma.

Michael tenía poca paciencia con la afectación. A ella le caía bien, con sus trenzas cosidas a lo largo del cuero cabelludo y su permanente expresión caústica y desdeñosa ante toda forma de sentimentalismo. «Michael es buen tío, pero se esfuerza tanto en ir de auténtico que llega a dar una imagen de negatividad», había dicho Blaine cuando ella conoció a Michael. A los diecinueve años Michael acabó en la cárcel por asaltar a un conductor y robarle el vehículo, y se complacía en decir que «Algunos negros no valoran la educación hasta después de pasar por la cárcel». Era fotógrafo, con una beca de investigación, y la primera vez que Ifemelu vio sus fotografías, en blanco y negro, con un extraordinario juego de sombras, la sorprendió su delicadeza y vulnerabilidad. Ella esperaba unas imágenes más descarnadas. Ahora una de esas fotografías colgaba ante su escritorio, en la pared del apartamento de Blaine.

Al otro lado de la mesa, Paula preguntó:

—¿Te he dicho que he pedido a mis alumnos que lean tu blog, Ifemelu? Resulta interesante ver lo a salvo que se sienten en su manera de pensar, y quiero obligarlos a salir de su zona de confort. Me encantó el último post: «Consejos amistosos para el estadounidense no negro: cómo reaccionar ante un negro estadounidense que habla de la negritud».

—¡Eso tiene gracia! —exclamó Marcia—. Me encantaría leerlo.

Paula sacó su móvil, lo manipuló y empezó a leer en voz alta.

Querido estadounidense no negro, si un negro estadounidense te cuenta una experiencia relacionada con el hecho de ser negro, ten la bondad de no apresurarte a sacar a relucir ejem-

425

plos de tu propia vida. No digas: «Es igual que cuando yo...». Tú has sufrido. En este mundo todos sufrimos. Pero tú no has sufrido concretamente por ser un negro estadounidense. No te precipites a la hora de buscar explicaciones alternativas a lo ocurrido. No digas: «Bah, en realidad no es una cuestión de raza, sino de clase. Bah, no es una cuestión de raza, sino de género. Bah, no es una cuestión de raza, es el monstruo de las galletas». Verás, en realidad no es que los negros estadounidenses DESEEN que sea una cuestión de raza. Preferirían no soportar putadas racistas. Así que cuando dicen que algo tiene que ver con la raza, ¿no será acaso porque realmente tiene que ver con eso? No digas «No percibo las diferencias de color», porque si no percibes las diferencias de color, tienes que ir al médico y significa que cuando un negro aparece en televisión, sospechoso de un delito cometido en tu vecindario, lo único que ves es una figura borrosa que tira a gris, morado y amarillo. No digas «Estamos cansados de hablar de raza» o «No hay más raza que la raza humana». Los negros estadounidenses también están cansados de hablar de raza. Desearían no tener que hacerlo. Pero siguen soportando putadas. No introduzcas la frase «Uno de mis mejores amigos es negro» como preámbulo a tu respuesta, porque eso no cambia nada y a nadie le importa, y es posible que tu mejor amigo sea negro y aun así tú hagas putadas racistas, y además probablemente no sea verdad, al menos en lo que se refiere a «mejor», no a lo de «amigo». No digas que como tu abuelo era mexicano tú no puedes ser racista (por favor, haz clic aquí para más información sobre «No existe una Liga Unida de los Oprimidos»). No saques a relucir el sufrimiento de tus bisabuelos irlandeses. Claro que ellos soportaron muchas putadas de los estadounidenses ya establecidos. También los italianos. También los europeos del este. Pero existía una jerarquía. Hace cien años las etnias blancas detestaban ser detestadas, pero la situación resultaba más o menos tolerable porque como mínimo los negros estaban por debajo de ellos en la escala. No digas que tu abuelo era siervo en Rusia cuando había esclavitud porque lo que importa es que tú ahora eres estadounidense, y ser estadounidense significa que aceptas todo el tinglado, los activos de Estados Unidos y las deudas de Estados Unidos, y las leyes de Jim Crow son una deuda de tomo y lomo. No digas que es lo mismo que el antisemitismo. No lo es. En el odio a los judíos también está presente la posibilidad de la envidia —son tan listos, estos judíos, lo controlan todo, estos judíos—, y uno debe admitir que la envidia viene acompañada de cierto respeto, por rencoroso que sea. En el odio a los negros estadounidenses no se da la posibilidad de la envidia: son tan perezosos, estos negros, son tan poco inteligentes, estos negros.

No digas: «Bah, el racismo se ha acabado, de la esclavitud hace ya mucho tiempo». Hablamos de problemas de los años sesenta del siglo XX, no del siglo XIX. Si conoces a un anciano negro estadounidense de Alabama, probablemente recuerde la época en que tenía que bajarse de la acera al cruzarse con un blanco. El otro día me compré un vestido en una tienda de ropa antigua por eBay, confeccionado en 1960, en perfecto estado, y me lo pongo mucho. Cuando la dueña original se lo ponía, los negros estadounidenses no podían votar por ser negros. (Y quizá la dueña original era una de esas mujeres, esas retratadas en las famosas fotografías en sepia, que se plantaban en hordas delante de las escuelas gritando «¡Simio!» a los niños negros porque no querían que fuesen a clase con sus hijos blancos. ¿Dónde están esas mujeres ahora? ¿Duermen bien? ¿Se acuerdan de cuando gritaban «Simio»?) Por último, no salgas con que «los negros también son racistas», empleando ese cierto tonillo, como quien dice «seamos justos». Porque claro que todos tenemos prejuicios (yo ni siquiera soporto a algunos de mis parientes consanguíneos, gente avariciosa, egoísta), pero el racismo tiene que ver con el poder de un grupo, y en Estados Unidos son los blancos quienes detentan ese poder. ¿Cómo? Bueno, a los blancos no se los trata de pena en las comunidades de afroamericanos de clase alta y a los blancos no se les niegan préstamos bancarios o hipotecas precisamente porque son blancos y en los jurados los miembros negros no juzgan a los delincuentes blancos con mayor severidad que a los delincuentes negros por el mismo delito y los agentes de policía negros no detienen a blancos por conducir siendo blancos y las empresas de negros no dejan de contratar a alguien porque su nombre suene a blanco y los maestros negros no dicen a los chicos blancos que no tienen inteligencia suficiente para llegar a médicos y los políticos negros no prueban artimañas para reducir el poder de voto de los blancos a través de la manipulación y las agencias de publicidad no dicen que no pueden utilizar modelos blancos para anunciar productos sofisticados porque la «corriente dominante» no los considera «aspiracionales».

Así pues, tras esta lista de recomendaciones de lo que no debes hacer, ¿qué debes hacer? No lo sé muy bien. Intenta escuchar, tal vez. Oye lo que se dice. Y recuerda que no tiene que ver contigo. Los negros estadounidenses no te dicen que tú seas el culpable. Solo te dicen qué es lo que pasa. Si no lo entiendes, pregunta. Si te incomoda preguntar, di que te incomoda preguntar y después pregunta igualmente. Es fácil ver cuándo hay buenas intenciones detrás de una pregunta. Luego escucha un poco más. A veces la gente solo quiere sentirse escuchada. Brindemos por las posibilidades de amistad y conexión y entendimiento.

—¡Me encanta lo del vestido! —exclamó Marcia.

—Es para morirse de risa —comentó Nathan.

—Debes de estar embolsándote una buena tarifa por charlas gracias a ese blog —dijo Michael.

—Solo que la mayor parte acaba en manos de mis parientes hambrientos allá en Nigeria —repuso Ifemelu.

—Debe de estar bien eso —añadió él.

—Eso ¿qué?

—Saber de dónde vienes. Tener unos antepasados que se remontan en el tiempo, esas cosas.

—Bueno. Sí.

Michael la miró, y su expresión la incomodó porque no sabía bien qué escondía; al cabo de un momento él apartó la vista.

Blaine, hablando con la amiga de Marcia, la del pelo semejante a un casco, decía:

—Necesitamos superar ese mito. No hay nada de judeocris-
tiano en la historia de Estados Unidos. Aquí nadie simpatizaba
con los católicos ni con los judíos. Estos son valores angloprot-
testantes, no valores judeocristianos. Incluso en Maryland se
dejó de ver muy pronto con buenos ojos a los católicos. —De
repente se interrumpió, sacó el móvil del bolsillo y se levantó—. Disculpadme, gente. —Bajando la voz, explicó a Ifemelu—:
Es Shan. Enseguida vuelvo. —Y entró en la cocina para atender la llamada.

Benny encendió el televisor y vieron a Barack Obama, un
hombre delgado con un abrigo negro que parecía quedarle
grande, su actitud un tanto vacilante. Al hablar, escapaban de
su boca vaharadas de aliento condensado, como humo en el
aire frío. «Y por eso, a la sombra del Antiguo Capitolio del
Estado, donde en su día Lincoln exigió la unidad a un congreso dividido, donde perduran esperanzas comunes y sueños
comunes, hoy me presento ante ustedes para anunciar mi can-
didatura a la presidencia de Estados Unidos de América.»

—No me puedo creer que lo hayan convencido para una
cosa así —observó Grace—. El tío tiene posibilidades, pero antes necesitaría crecer. Le falta un poco de peso. Lo estropeará
todo para los negros porque quedará muy lejos y ya no podrá
presentarse un negro a la campaña en este país durante los
próximos cincuenta años.

—¡A mí me da buen rollo! —exclamó Marcia, y se echó a
reír—. Eso me encanta, la idea de construir un país más esperanzado.

—Yo creo que sí tiene posibilidades —afirmó Benny.

—Bah, no puede ganar. Antes le pegarán un tiro en el culo
—comentó Michael.

—Es tan refrescante ver a un político que percibe los matices —dijo Paula.

—Sí —coincidió Pee. Tenía los brazos en exceso tonificados,
delgados y con abultados músculos, un corte de pelo a lo elfo

y una apariencia de intensa ansiedad; era una de esas personas cuyo amor debía de ser asfixiante–. Se le ve tan listo, habla tan bien…

–Y tú hablas como mi madre –le reprochó Paula con el tono hiriente de la continuación de una pelea privada, en que las palabras entrañaban significados distintos–. ¿Qué tiene de especial que hable bien?

–¿Estamos hormonales, Pauly? –preguntó Marcia.

–¡Sí, lo está! –exclamó Pee–. ¿Os habéis fijado en que se ha comido todo el pollo frito?

Paula hizo caso omiso a Pee y, como en un gesto de desafío, tendió la mano para coger otro trozo de tarta de calabaza.

–¿Qué opinas de Obama, Ifemelu? –preguntó Marcia, e Ifemelu dedujo que Benny o Grace le habían susurrado su nombre al oído, y ahora Marcia estaba deseosa de exhibir su nuevo conocimiento.

–A mí me gusta Hillary Clinton –declaró Ifemelu–. La verdad es que no sé nada de este Obama.

Blaine volvió al comedor.

–¿Qué me he perdido?

–¿Shan está bien? –preguntó Ifemelu.

Blaine asintió.

–Da igual qué opine de Obama la gente. La verdadera cuestión es si los blancos están preparados para tener un presidente negro –señaló Nathan.

–Yo estoy preparada para un presidente negro. Pero dudo que la nación lo esté –declaró Pee.

–En serio, ¿has estado hablando con mi madre? –preguntó Paula–. Ella dijo exactamente lo mismo. Si tú estás preparada para un presidente negro, ¿quién es ese impreciso país que no lo está? Eso lo dice la gente cuando no puede decir que no está preparada. E incluso la idea de estar preparado es absurda.

Ifemelu tomó prestadas esas palabras al cabo de unos meses, en un post escrito durante la desenfrenada última vuelta de la campaña presidencial: «Incluso la idea de estar preparado es absurda». «¿Nadie se da cuenta de lo ridículo que es preguntar a la gente si está preparada para tener un presidente negro? ¿Estáis preparados para que el ratón Mickey sea presidente? ¿O qué tal la rana Gustavo? ¿Y Rodolfo el reno?»

—Mi familia tiene unos antecedentes progresistas impecables, reunimos todos los requisitos —explicó Paula con las comisuras de los labios hacia abajo en una expresión irónica, haciendo girar el pie de su copa de vino vacía—. Pero mis padres siempre se apresuraban a decir a sus amigos que Blaine estaba en Yale. Como si dijeran que él es uno de los pocos buenos.

—Eres demasiado severa con ellos, Pauly —dijo Blaine.

—No, en serio, ¿tú no lo veías así? —preguntó ella—. ¿Recuerdas aquel día de Acción de Gracias tan espantoso en casa de mis padres?

—¿Te refieres a lo mucho que me apetecían unos macarrones con queso?

Paula se echó a reír.

—No, no me refiero a eso.

Pero no explicó a qué se refería, y por tanto el recuerdo no salió a relucir, y quedó envuelto en la intimidad compartida de ambos.

De vuelta en el apartamento de Blaine, Ifemelu dijo:

—He tenido celos.

Eran celos, la punzada de malestar, la desazón en el estómago. Paula tenía la apariencia de una verdadera ideóloga; podía, imaginaba Ifemelu, deslizarse fácilmente hacia la anarquía, plantarse al frente de las protestas, desafiando las porras de los policías y las pullas de los descreídos. Al percibir eso en Paula, una sentía sus propias carencias, en comparación con ella.

—No hay ninguna razón para tener celos, Ifem —aseguró Blaine.

—El pollo frito que tú comes no es el pollo frito que como yo, pero sí es el pollo frito que come Paula.

—¿Qué?

—Para Paula y para ti, el pollo frito es rebozado. Para mí, el pollo frito es sin rebozar. Sencillamente he pensado que los dos tenéis muchas cosas en común.

—¿Tenemos el pollo frito en común? ¿Te das cuenta de la carga que tiene aquí el pollo frito como metáfora? —Blaine se reía, una risa amable, afectuosa—. Tus celos son adorables, diría yo, pero no existe la menor posibilidad de que pase nada.

Ifemelu sabía que no pasaba nada. Blaine no la engañaría. Tenía muy desarrollada la fibra de la bondad. Para él la fidelidad no representaba un esfuerzo; no volvía la cabeza para mirar a las mujeres guapas en la calle porque no se le ocurría. Pero Ifemelu sentía celos de los vestigios emocionales que existían entre Paula y él, y de la idea de que Paula era como él, buena como él.

Viajar siendo negro

Un amigo de una amiga, un NE forrado de dinero, está escribiendo un libro que se titula *Viajar siendo negro*. No solo negro, aclara, sino reconociblemente negro, porque hay toda clase de negros y, sin ánimo de ofender, él no se refiere a esos negros que parecen puertorriqueños o brasileños o lo que sea; se refiere a los negros reconocibles como tales. Porque el mundo te trata de otra manera. He aquí lo que dice, pues: «Se me ocurrió la idea del libro en Egipto. Nada más llegar a El Cairo, va un árabe egipcio y me llama bárbaro negro. Y yo me pongo en plan, ¡eh, se supone que esto es África! Así que empecé a pensar en otras partes del mundo y en cómo sería viajar allí siendo negro. Yo soy negro como el que más. Hoy día los blancos del sur me mirarían y pensarían, ahí va un buen ejemplar de macho negro. En las guías de viajes te explican qué debes esperar si eres gay o si eres mujer. Demonios, tendrían que incluir también un apartado así para los que somos negros reconocibles. Informar a los viajeros negros de qué va la cosa. No es que vayan a pegarte un tiro ni nada de eso, pero está muy bien saber en qué lugares debes esperar que la gente te mire. En la Selva Negra alema-

432

na era una mirada bastante hostil. En Tokio y Estambul, la gente se mostraba indiferente, como si tal cosa. En Shanghái las miradas eran intensas, en Delhi eran malévolas. Yo pensé: "Eh, ¿no estamos todos juntos en esto? Ya me entendéis, la gente de color y tal". Había leído que Brasil es la Meca de la raza, y voy a Río y nadie se parece a mí en los buenos restaurantes y los buenos hoteles. La gente reacciona con extrañeza cuando me pongo en la cola de primera clase en el aeropuerto. Una extrañeza amable, como diciendo, eh, te has equivocado, no puedes tener ese aspecto y volar en primera. Voy a México, y me miran. No es una mirada hostil en absoluto, pero te das cuenta de que llamas la atención, como si les cayeras bien pero no por ello dejaras de ser King Kong». Y en ese punto mi profesor Hunk dice: «Latinoamérica en su conjunto tiene una relación francamente complicada con los negros, eclipsada por esa idea suya de que "somos todos mestizos". México está mejor que lugares como Guatemala y Perú, donde el privilegio blanco es mucho más manifiesto, pero, claro, esos países tienen una población negra mucho más numerosa». Y luego otro amigo dice: «Los negros nativos reciben peor trato que los negros no nativos en todas partes del mundo. Mi amiga, nacida y criada en Francia, hija de padres togoleses, se hace pasar por anglófona cuando sale de compras en París, porque los dependientes son más amables con los negros que no hablan francés. Del mismo modo que los negros estadounidenses reciben un trato muy respetuoso en los países africanos». ¿Ideas? Por favor, colgad vuestros propios Relatos de Viajes.

37

Ifemelu tenía la impresión de haber apartado la vista un momento y, al volver a mirar, haber descubierto a Dike transformado; su primito había desaparecido, y en su lugar había ahora un chico que ya no era un niño, de metro ochenta y músculos estilizados, que jugaba al baloncesto con el equipo del instituto de Willow y salía con Page, una rubia grácil con minifalda y zapatillas Converse. Una vez, cuando Ifemelu preguntó: «¿Y cómo van las cosas con Page?», Dike contestó: «Aún no nos acostamos, si es eso lo que quieres saber».

Por las tardes se congregaban en su habitación seis o siete amigos, todos blancos excepto Min, un chino alto cuyos padres eran profesores universitarios. Jugaban en el ordenador y veían vídeos en YouTube, chinchándose y rivalizando, todos ellos envueltos por un chispeante arco de despreocupada juventud, y en el centro se hallaba Dike. Todos reían los chistes de Dike, y lo miraban buscando su conformidad, y de modo tácito y delicado le permitían tomar sus decisiones colectivas: pedir pizza, ir al centro comunitario a jugar al ping-pong. Con ellos, Dike era otro: adoptaba cierta arrogancia en la voz y el andar, cuadraba los hombros, como en una actuación de alto voltaje, y salpicaba sus frases con «guay» y «eh, tíos».

—¿Por qué hablas así con tus amigos, Dike? —preguntó Ifemelu.

—Oye, prima, ¿y cómo es que tú me tratas a mí así? —dijo él con exagerada comicidad, arrancando una risotada a Ifemelu.

Ella se lo imaginó en la universidad; sería un guía estudiantil perfecto, al frente de una bandada de futuros estudiantes con sus padres, enseñándoles las maravillas del campus, sin olvidarse de añadir algo que a él personalmente le desagradaba, mostrándose en todo momento implacablemente gracioso y brillante y alegre, y las chicas se enamorarían al instante de él, y los chicos envidiarían su gracejo, y los padres desearían que sus hijos fueran como él.

Shan vestía una refulgente camiseta dorada, los pechos sueltos, balanceándose cuando se movía. Coqueteaba con todos, tocando un brazo, arrimándose demasiado al abrazar, prolongando un beso en la mejilla. Sus cumplidos, de tan excesivos, rezumaban insinceridad, y a pesar de eso sus amigos sonreían y resplandecían al oírlos. No importaba lo que dijera; lo que importaba era que lo decía Shan. Era la primera vez que Ifemelu asistía a uno de sus salones, y estaba nerviosa. No había motivo para estarlo, no era más que una reunión de amigos; aun así, estaba nerviosa. Había sido un suplicio decidir qué ponerse, se había probado y había descartado nueve conjuntos antes de optar por un vestido verde azulado que le reducía el talle.

—¡Eh! —exclamó Shan cuando llegaron Blaine e Ifemelu e intercambiaron abrazos.

—¿Va a venir Grace? —le preguntó Shan a Blaine.

—Sí. Iba a coger el siguiente tren.

—Estupendo. Hace una eternidad que no la veo. —Shan bajó la voz y le dijo a Ifemelu—: He oído que Grace se apropia de las investigaciones de sus alumnos.

—¿Cómo?

—Grace. He oído que se apropia de las investigaciones de sus alumnos. ¿Lo sabías?

—No —respondió Ifemelu. Le extrañó que Shan le contara eso acerca de la amiga de Blaine, y sin embargo se sintió especial, admitida en la guarida íntima del chismorreo de Shan.

Y luego, de pronto avergonzada por no haber tenido la fortaleza necesaria para salir en defensa de Grace, por quien sentía simpatía, dijo–: Dudo mucho que sea verdad.

Pero Shan dirigía ya la atención hacia otra cosa.

–Quiero que conozcas a Omar, el hombre más sexy de Nueva York –dijo Shan, y presentó a Ifemelu a un hombre alto como un jugador de baloncesto, cuyo nacimiento del pelo tenía una forma demasiado perfecta, una nítida curva a lo ancho de la frente, precisos ángulos descendentes cerca de las orejas.

Cuando Ifemelu le tendió la mano para estrechársela, él se inclinó ligeramente, llevándose la mano al pecho, y sonrió.

–Omar no toca a las mujeres con quien no está emparentado –explicó Shan–. Lo cual queda muy sexy, ¿no? –Y ladeó la cabeza para lanzarle una mirada insinuante a Omar–. Y esta es la hermosa y absolutamente original Mirabelle, y su novia Joan, que es igual de hermosa. ¡Me acomplejan!

Mirabelle y Joan, dos blancas menudas con desproporcionadas gafas de montura oscura, dejaron escapar unas risitas. Ambas lucían vestidos cortos, uno de topos rojos, el otro orlado de encaje, prendas con el aspecto un tanto deslucido, un tanto holgado propio de los hallazgos en tiendas de ropa antigua. Eran, en cierto modo, disfraces. Cumplían los requisitos de cierta clase media ilustrada y culta, la atracción por los vestidos que eran más interesantes que bonitos, la atracción por lo ecléctico, la atracción por aquello que teóricamente debía atraerlas. Ifemelu las imaginó en sus viajes: seguro que coleccionaban objetos insólitos y llenaban sus casas con ellos, pruebas no refinadas de su refinamiento.

–¡Aquí está Bill! –exclamó Shan, abrazando a un hombre moreno y musculoso con sombrero de fieltro–. Bill es escritor, pero a diferencia del resto de nosotros, tiene un montón de pasta. –Shan casi hablaba en un arrullo–. A Bill se le ha ocurrido una idea magnífica para un libro de viajes titulado *Viajar siendo negro*.

–Me encantaría saber de qué va –comentó Ashanti.

—Por cierto, Ashanti, me encanta tu pelo, chica —dijo Shan.

—¡Gracias!

Era todo un espectáculo, con sus conchas de caurí: tintineaban en sus muñecas, pendían de sus rastas en espiral, le rodeaban el cuello. Decía «patria» y «religión yoruba» con frecuencia, lanzando ojeadas a Ifemelu como en busca de confirmación, y era una parodia de África con la que Ifemelu se incomodaba y luego se sentía culpable por incomodarse.

—¿Por fin tienes una portada que te guste para el libro? —le preguntó Ashanti a Shan.

«Gustar» es mucho decir. Atended, todos, el libro es unas memorias, ¿vale? Trata de un sinfín de cosas, de criarse en un pueblo de blancos, de ser la única negra en mi colegio privado en secundaria, de la muerte de mi madre, todo eso. El editor lee el manuscrito y me dice: «Soy consciente de que aquí la raza es importante, pero debemos asegurarnos de que el libro trasciende del contexto de la raza, para que no sea solo sobre la raza». Y yo pienso: Pero ¿por qué tengo que trascender del contexto de la raza? Ya me entendéis, como si la raza fuera un brebaje que queda mejor si se sirve tibio, aligerado con otros líquidos, o de lo contrario los blancos no pueden ingerirlo.

—Eso tiene gracia —señaló Blaine.

—Había puesto un sinfín de marcas en el diálogo del manuscrito y hecho anotaciones a los márgenes: «¿La gente de verdad dice esto?». Y yo pensaba: Oye, ¿tú a cuántos negros conoces? Los conoces como iguales, como amigos. No me refiero a la recepcionista de la oficina ni quizá a la única pareja negra cuyo hijo va al colegio de tu hijo y a la que saludas. Quiero decir conocer conocer. A ninguno. Así que ¿cómo vas a decirme tú a mí cómo hablan los negros?

—No es culpa suya. No hay suficientes negros de clase media —observó Bill—. Muchos blancos progresistas buscan amigos negros. Es casi tan difícil como encontrar una donante de óvulos que sea una chica alta y rubia de dieciocho años y estudie en Harvard.

Todos se echaron a reír.

—Escribí una escena sobre un suceso ocurrido en la universidad, sobre una gambiana que yo conocía. Le encantaba comer chocolate de repostería. Siempre llevaba chocolate de repostería en el bolso. El caso es que vivía en Londres y estaba enamorada de un inglés blanco, y él iba a abandonar a su mujer por ella. Así que estábamos en un bar y ella nos lo contaba a unos cuantos, a mí y a otra chica, y a un tal Peter, un tío bajo de Wisconsin. ¿Y sabéis qué le dijo Peter? Dijo: «Su esposa debe de sentirse peor sabiendo que eres negra». Lo dijo como si fuera de lo más evidente. No que la esposa se sintiera mal por la existencia de otra mujer, y punto, sino que se sintiera mal porque la mujer era negra. Así que lo incluyo en el libro y mi editor quiere cambiarlo porque, según él, no es *sutil*. Como si la vida fuera siempre tan sutil, joder. Y luego escribo sobre el malestar de mi madre en el trabajo, porque tenía la sensación de haber llegado a su techo y de que no la dejarían ascender más porque era negra, y el editor va y dice: «¿Podemos matizar un poco más? ¿Tenía tu madre desavenencias con alguien en el trabajo, quizá? ¿Le habían diagnosticado ya el cáncer?». Considera que deberíamos complicarlo, para que no sea solo raza. Y yo me digo: Pero si era una cuestión de raza. Mi madre sentía malestar porque pensaba que ella, en igualdad de circunstancias salvo por la raza, habría sido nombrada vicepresidenta, y habló mucho de eso hasta que murió. Pero por alguna razón de pronto la experiencia de mi madre no tiene matices. «Matices» significa no incomodar a nadie para que todos tengan la libertad de considerarse *individuos* y todos hayan llegado a donde están por sus propios *méritos*.

—Quizá deberías convertir eso en una novela —propuso Mirabelle.

—¿Hablas en serio? —preguntó Shan, un poco ebria y melodramática, ahora sentada en el suelo en posición de yoga—. En este país no se puede escribir una novela sincera sobre la raza. Si escribes sobre cómo afecta realmente la raza a las personas, todo resulta demasiado obvio. En este país los autores negros que escriben narrativa, cuatro gatos si no contamos los diez mil que escriben gilipolleces de gueto con portadas chillonas, tienen dos opciones: pueden ser afectados o pueden ser pretenciosos. Cuando no eres ni lo uno ni lo otro, nadie sabe qué hacer contigo. Así que si escribes sobre la raza, tienes que procurar ser tan lírico y sutil que el lector que no lee entre líneas ni siquiera se entere de que el libro trata sobre la raza. Ya me entendéis, una meditación proustiana, muy aguada y difusa, que al final solo te deja una sensación aguada y difusa.

—O basta con buscar a un escritor blanco. Los escritores blancos pueden ser contundentes al hablar de la raza y ponerse en plan activista porque su ira no es amenazadora —comentó Grace.

—¿Y qué me decís de ese libro que acaba de salir, *Memorias de un monje*? —preguntó Mirabelle.

—Es un libro deshonesto, cobarde. ¿Lo has leído? —preguntó Shan.

—He leído una crítica.

—Ahí está el problema. Lees más comentarios sobre libros que libros propiamente dichos.

Mirabelle se sonrojó. Solo le aceptaría eso sin rechistar a Shan, sospechó Ifemelu.

—En este país tenemos una postura muy ideológica ante la narrativa. Si un personaje no nos resulta reconocible, ese personaje pasa a ser inverosímil —declaró Shan—. Ni siquiera puedes leer narrativa estadounidense para formarte una idea de cómo es la vida real hoy día. Lees narrativa estadounidense para enterarte de cosas que hacen los blancos disfuncionales y son extrañas para los blancos normales.

Todos se echaron a reír. Shan parecía encantada, como una niña exhibiendo su canto ante los ilustres amigos de sus padres.

—El mundo simplemente no es como esta habitación —observó Grace.

—Pero podría serlo —dijo Blaine—. Nosotros somos la prueba de que el mundo puede ser como esta habitación. Podría ser un espacio seguro e igualitario para todos. Basta con desmantelar los muros del privilegio y la opresión.

—Ya está otra vez el hippy de mi hermano —dijo Shan.

Se oyeron más risas.

—Deberías escribir algo sobre esto en tu blog, Ifemelu —sugirió Grace.

—Por cierto, ¿sabéis por qué Ifemelu puede escribir ese blog? —preguntó Shan—. Porque es africana. Escribe desde fuera. En realidad no siente todo eso sobre lo que escribe. Para ella, es todo peculiar y curioso. Así que puede escribirlo y recibir todos esos elogios e invitaciones para dar charlas. Si fuese afroamericana, la etiquetarían de rabiosa y la excluirían sin más.

La sala se sumió, por un momento, en el silencio.

—Creo que eso es bastante acertado —comentó Ifemelu, sintiendo rechazo hacia Shan, y hacia sí misma, por sucumbir al hechizo de Shan.

Era verdad que en el tejido de su propia historia no aparecía bordada la raza; no la llevaba grabada en el alma. Aun así, habría preferido que Shan se lo dijera estando las dos a solas en lugar de soltarlo en ese momento, tan exultante, delante de sus amigos, dejando a Ifemelu con un nudo de resquemor, una pesadumbre, en el pecho.

—Gran parte de esto es relativamente reciente. A principios del siglo diecinueve las identidades negras y panafricanas de hecho eran fuertes. La Guerra Fría obligó a la gente a elegir, y todo se reducía a convertirse en internacionalista, que para los estadounidenses equivalía, claro está, a comunista, o a convertirse en parte del capitalismo en Estados Unidos, que fue la elección de la élite afroamericana —declaró Blaine en defensa de Ifemelu, pero a ella se le antojó demasiado abstracto, demasiado pobre, demasiado tarde.

Shan lanzó una mirada a Ifemelu y sonrió, y en esa sonrisa se adivinó la posibilidad de una gran crueldad. Cuando, al cabo de unos meses, Ifemelu tuvo la pelea con Blaine, se preguntó si Shan había alimentado el enfado de él, un enfado que ella nunca llegó a entender plenamente.

¿Qué es Obama si no negro?

Mucha gente –sobre todo no negros– dice que Obama no es negro, que es birracial, multirracial, blanco y negro, cualquier cosa menos negro. Porque su madre era blanca. Pero la raza no es biología; la raza es sociología. La raza no es genotipo; la raza es fenotipo. La raza importa debido al racismo. Y el racismo es absurdo porque tiene que ver con el aspecto de uno. No con la sangre que corre por sus venas. Tiene que ver con el tono de piel y la forma de la nariz y los rizos del pelo. Booker T. Washington y Frederick Douglas tuvieron padres blancos. Imaginadlos diciendo que no eran negros.

Imaginad a Obama, con la piel del color de una almendra tostada, el pelo crespo, diciendo a una empleada del censo: «Soy más o menos blanco». Sí, ya, dirá ella. Muchos negros estadounidenses tienen un antepasado blanco, porque a los blancos dueños de esclavos les gustaba andar violando en los barracones de los esclavos por la noche. Pero si sales con la piel oscura, no hay más que hablar. (Así que si eres esa rubia de ojos azules que dice «Mi abuelo era indio americano y a mí también me discriminan» cuando los negros hablan de las putadas padecidas, por favor, calla de inmediato.) En Estados Unidos no tienes la posibilidad de decidir a qué raza perteneces. Se decide por ti. Barack Obama, con su aspecto, habría tenido que sentarse en la parte de atrás del autobús hace cincuenta años. Si un negro cualquiera comete un delito hoy día, Barack Obama podría ser detenido e interrogado por corresponderse con el perfil. ¿Y cuál sería ese perfil? «Hombre negro.»

38

A Blaine no le caía bien Boubacar, y quizá eso incidió o quizá no en la historia de la pelea entre ellos, pero el hecho es que a Blaine no le caía bien Boubacar y el día de Ifemelu empezó con una visita a la clase de Boubacar. Blaine y ella habían conocido a Boubacar en una cena organizada por la universidad en honor de él, un profesor senegalés de piel azabache que acababa de trasladarse a Estados Unidos para dar clases en Yale. Abrasaba con su inteligencia y abrasaba con su elevado concepto de sí mismo. Sentado a la cabecera de la mesa, bebía vino tinto y hablaba mordazmente de los presidentes franceses a quienes había conocido, de las universidades francesas que le habían ofrecido trabajo.

—Vine a Estados Unidos porque quiero elegir a mi propio amo. Si debo tener un amo, mejor Estados Unidos que Francia. Pero nunca comeré una *cookie* ni iré a un McDonald's. ¡Eso es barbárico!

A Ifemelu la encandilaba y la divertía. Le gustaba su acento, su inglés impregnado de wólof y francés.

—Me ha parecido magnífico —le dijo más tarde a Blaine.

—Resulta interesante oírlo decir cosas corrientes tan convencido de que son muy profundas —repuso Blaine.

—Tiene un poco de ego, pero tanto como cualquier otro en torno a la mesa —afirmó Ifemelu—. ¿Acaso ese no es un requisito previo al contrato para vosotros los de Yale?

Blaine no se rio, como normalmente habría hecho. Ifemelu percibió, en su reacción, un rechazo territorial que era ajeno a su manera de ser; la sorprendió. Llegó al punto de fingir un mal acento francés e imitar a Boubacar:

—Los africanos francófonos hacen una pausa para el café, los africanos anglófonos hacen una pausa para el té. ¡En este país es imposible conseguir un café con leche auténtico!

Tal vez le molestó la facilidad con que ella se había dejado arrastrar hacia Boubacar ese día, después de servirse el postre, como atraída por una persona que hablaba su mismo lenguaje mudo. Ifemelu había lanzado alguna pulla a Boubacar sobre los africanos francófonos, lo mucho que los franceses les habían baqueteado la mente, y lo susceptibles que habían acabado siendo, demasiado atentos a los despechos europeos y a la vez demasiado embelesados con lo europeo. Boubacar se rio, una risa que a Ifemelu le resultó familiar; no se habría reído así con un estadounidense, si un estadounidense hubiese osado decir eso mismo, habría respondido de manera cortante. Tal vez a Blaine le molestó esa reciprocidad, algo esencialmente africano de lo que se sentía excluido. Pero los sentimientos de Ifemelu por Boubacar eran fraternales, desprovistos de deseo. Quedaban a menudo a tomar el té en la librería Atticus y hablaban —o ella escuchaba, ya que era sobre todo él quien hablaba— acerca de la política del África occidental y de la familia y de sus países de origen, y ella siempre se marchaba sintiéndose fortalecida.

Para cuando Boubacar mencionó la nueva beca de investigación en humanidades en Princeton, Ifemelu había empezado a contemplar su pasado. Un desasosiego se había adueñado de ella. Sus dudas sobre el blog habían ido en aumento.

—Debes solicitarla. Sería perfecta para ti —dijo él.

—No soy profesora universitaria. Ni siquiera tengo un posgrado.

—El becado actual es un músico de jazz, muy brillante, pero solo tiene el título de secundaria. Quieren gente que haga cosas nuevas, que rebase los límites. Debes solicitarla, y por favor utilízame como referencia. Tenemos que acceder a sitios como ese, ya lo sabes. Es la única manera de cambiar la conversación.

Ella se conmovió, sentada ante él en una cafetería, sintiendo las afinidades de algo compartido.

Boubacar la había invitado a menudo a asistir a su clase, un seminario sobre asuntos africanos contemporáneos. «Tal vez encuentres algún tema para tu blog», decía. Así que el día que se inició la historia de su pelea con Blaine, asistió a la clase de Boubacar. Se sentó al fondo, junto a la ventana. Fuera caían las hojas de árboles viejos y majestuosos; la gente, arrebujada en bufandas, caminaba apresuradamente por la acera con vasos de papel entre las manos, las mujeres, en especial las asiáticas, preciosas con sus ajustadas faldas y botas de tacón. Todos los alumnos de Boubacar tenían los ordenadores portátiles abiertos ante sí, y las luminosas pantallas mostraban gestores de correo electrónico, búsquedas de Google, fotos de famosos. De vez en cuando abrían un archivo de Word y escribían unas cuantas palabras pronunciadas por Boubacar. Sus chaquetas colgaban de los respaldos de las sillas, y su lenguaje corporal, apático, un poco impaciente, decía esto: ya conocemos las respuestas. Después de clase irían a la cafetería de la biblioteca y pedirían un sándwich con *zhou* del Norte de África, o un curry de la India, y de camino a otra clase, un grupo de estudiantes les entregaría condones y chupachups, y por la tarde irían a tomar el té a casa de un decano donde un presidente latinoamericano o un premio Nobel contestaría a sus preguntas como si fueran gente importante.

—Tus alumnos estaban todos navegando por Internet —le dijo Ifemelu a Boubacar cuando regresaban al despacho de él.

—No dudan de su presencia aquí, esos estudiantes. Consideran que este es su lugar, que se lo han ganado y que pagan por ello. *Au fond*, nos han comprado a todos. Esa es la clave de la grandeza estadounidense, ese orgullo desmedido —explicó Boubacar, tocado con una boina negra de fieltro, las manos hundidas en los bolsillos de la chaqueta—. Por eso no comprenden que deberían dar gracias por tenerme ante ellos.

Acababan de llegar a su despacho cuando alguien llamó a la puerta entornada.

—Adelante —dijo Boubacar.

Entró Kavanagh. Ifemelu había coincidido alguna que otra vez con él, un profesor adjunto de historia que de niño vivió en el Congo. Tenía el pelo rizado y mal carácter, y parecía más apto para ser corresponsal de guerras peligrosas en países remotos que para dar clases de historia a universitarios. Quedándose en la puerta, anunció a Boubacar que al día siguiente comenzaba su año sabático y el departamento encargaría bocadillos para un almuerzo de despedida, y según le habían dicho, los bocadillos serían muy sofisticados, con brotes de alfalfa y cosas así.

—Me pasaré si estoy muy aburrido —respondió Boubacar.

—Deberías venir —invitó Kavanagh a Ifemelu—. En serio.

—Iré. Una comida gratis siempre es bienvenida.

Cuando salía del despacho de Boubacar, recibió un sms de Blaine: «¿Te has enterado de lo del señor White, el de la biblioteca?».

Lo primero que pensó Ifemelu fue que el señor White había muerto. No sintió gran pesar, y por ello se sintió culpable. El señor White, hombre de ojos acuosos y piel muy oscura, rayana en un tono arándano, era un guardia de seguridad que permanecía sentado a la salida de la biblioteca y verificaba la contrasolapa de cada libro. Ifemelu estaba tan acostumbrada a verlo sentado, un rostro y un torso, que la primera vez que lo vio caminar la entristecieron sus andares: los hombros encorvados, como si viviera bajo el peso de pérdidas no superadas. Blaine había entablado amistad con el señor White hacía años, y a veces, durante los descansos, se quedaba fuera conversando con él. «Ese hombre es un libro de historia», le dijo Blaine a Ifemelu. Ella se había cruzado con el señor White en más de una ocasión. «¿Tiene una hermana?», le preguntaba a Blaine, señalando a Ifemelu. O le decía: «Se le ve cansado, amigo mío. ¿Alguien lo ha tenido entretenido hasta muy tarde?», comentario que Ifemelu consideraba inapropiado. Siempre que se daban la mano, el señor White le estrujaba los dedos, gesto cargado de insinuación, y ella retiraba la mano de un tirón y eludía su mirada hasta que Blaine y ella se iban. En ese apretón de manos se adivinaba una pretensión, una lascivia, y por ello Ifemelu siempre había sentido cierta aversión, pero nunca se lo había comentado a Blaine porque también lamentaba esa aversión. Al fin y al cabo, el señor White era un viejo negro maltratado por la vida y ella habría deseado poder pasar por alto las libertades que se tomaba.

—Es curioso que nunca antes te haya oído ese dejo afroamericano —le dijo Ifemelu a Blaine la primera vez que lo oyó hablar con el señor White. Su sintaxis era distinta, las cadencias más rítmicas.

—Supongo que me he acostumbrado a esa voz que usamos cuando nos observan los blancos. Y como sabes, los negros más jóvenes en realidad ya no cambian de código. Los chicos de clase media no hablan el argot afroamericano y los chicos de las barriadas hablan solo el argot afroamericano, y carecen de la fluidez que tiene mi generación.

—Voy a escribir sobre el tema en mi blog.

—Sabía que dirías eso.

Contestó a Blaine con otro sms: «No, ¿qué ha pasado? ¿Está bien el señor White? ¿Has acabado? ¿Te apetece un sándwich?».

Blaine la llamó y le pidió que lo esperara en la esquina de Whitney, y pronto lo vio avanzar hacia ella, una figura rápida y en buena forma con un jersey gris.

—Eh —dijo, y le dio un beso.

—Hueles bien —comentó Ifemelu, y él volvió a besarla.

—¿Has sobrevivido a la clase de Boubacar? ¿Pese a que no había *croissants* como es debido o *pain au chocolat*?

—Calla ya. ¿Qué le ha pasado al señor White?

Mientras iban cogidos de la mano hacia la sandwichería, Blaine le contó que un amigo del señor White, un negro, pasó por allí la tarde anterior, y los dos se quedaron un rato delante de la biblioteca. El señor White entregó a su amigo las llaves de su coche, porque su amigo se lo había pedido prestado, y el amigo entregó al señor White un dinero, que el señor White le había dejado tiempo atrás. Un empleado blanco de la biblioteca, al verlos, dio por sentado que los dos negros estaban pasándose droga y llamó al supervisor. El supervisor llamó a la policía. La policía llegó y se llevó al señor White para interrogarlo.

—Dios mío —exclamó Ifemelu—. ¿Está bien?

—Sí. Vuelve a estar tras su mesa. —Blaine se interrumpió—. Imagino que da por hecho que estas cosas pasan.

—Esa es la verdadera tragedia —dijo Ifemelu, y cayó en la cuenta de que estaba utilizando las palabras del propio Blaine; a veces oía en su voz el eco de la de él.

La verdadera tragedia de Emmett Till, le había dicho Blaine una vez, no fue el asesinato de un niño negro por silbar a una mujer blanca, sino el hecho de que algunos negros pensaran: Pero ¿cómo se te ocurrió silbar?

—He charlado un rato con él. Le ha quitado importancia al asunto, ha dicho que tampoco era para tanto, y ha preferido hablar de su hija, que lo tiene verdaderamente preocupado. La chica insiste en dejar el instituto. Así que voy a intervenir, voy a darle clases particulares. He quedado en verla el lunes.

—Blaine, ya das clases a seis chicos, y con esta serán siete —dijo Ifemelu—. ¿Vas a dar clases particulares a toda la barriada de New Haven?

Soplaba el viento, y Blaine tenía los ojos casi cerrados. Los coches pasaban a su lado por Whitney Avenue, y él se volvió a mirarla con los párpados entornados.

—Ojalá pudiera —contestó en voz baja.

—Es que quiero verte más —explicó ella, y le rodeó la cintura con el brazo.

—La respuesta de la universidad ha sido una fantochada absoluta. ¿Un simple error sin la menor connotación racial? ¿Te lo puedes creer? Estoy pensando en organizar una protesta mañana, hacer salir a la gente a la calle y decir que esto no está bien. No en nuestra propia casa.

No solo se lo planteaba, ya lo había decidido, Ifemelu lo vio claramente. Blaine se sentó a una mesa junto a la puerta mientras ella se acercaba al mostrador a pedir, y pidió por él sin titubeos, tan acostumbrada estaba a él, a lo que le gustaba. Cuando volvió con una bandeja de plástico –el sándwich de pavo para ella y el rollito vegetal para él colocados junto a dos bolsas de patatas laminadas, hechas al horno, sin sal–, él tenía la cabeza ladeada y el móvil al oído. Al final de la tarde había hecho llamadas y enviado e-mails y sms y la noticia ya había corrido, y su teléfono tintineaba y sonaba y emitía pitidos, con respuestas de personas que se subían al carro. Un estudiante telefoneó para pedirle sugerencias de cara a los textos de las pancartas. Otro estudiante estaba poniéndose en contacto con las cadenas de televisión locales.

A la mañana siguiente, antes de marcharse a la universidad, Blaine anunció:

–Tengo una clase detrás de otra. ¿Nos vemos en la biblioteca, pues? Envíame un sms cuando estés de camino.

No habían hablado de ello, él dio por sentado sin más que ella iría, así que contestó:

–Vale.

Pero no fue. Y no es que se olvidara. Blaine habría sido más indulgente si ella simplemente se hubiera olvidado, si, absorta en la lectura o en su blog, hubiera pasado por alto la protesta. Pero no se olvidó. Sencillamente prefirió ir a la comida de despedida de Kavanagh en lugar de plantarse delante de la biblioteca de la universidad con una pancarta. Blaine no se lo tendría muy en cuenta, se dijo. Si Ifemelu sintió cierta incomodidad, no fue consciente de ello hasta que, sentada en un aula con Kavanagh y Boubacar y otros profesores, bebiendo a sorbos de una botella de zumo de arándano, escuchando a una joven hablar de su inminente concurso para una plaza de titular, empezó a recibir una avalancha de sms de Blaine: «¿Dónde estás?», «¿Estás bien?», «Excelente respuesta de la gente, te busco», «Para mi sorpresa, Shan acaba de aparecer», «¿Estás bien?». Ifemelu se marchó pronto y volvió al apartamento. Allí, tumbada en la cama, envió a Blaine un sms de disculpa, diciéndole que acababa de despertarse de una siesta más larga de la cuenta. «Vale. Voy para casa.»

Entró y la estrechó entre sus brazos con una fuerza y un entusiasmo que habían cruzado la puerta con él.

—Te he echado de menos. Tenía muchas ganas de que estuvieras allí. Me he alegrado tanto de que Shan viniera —dijo con cierta emotividad, como si todo hubiera sido un triunfo personal suyo—. Ha sido como un Estados Unidos en pequeño. Chicos negros y chicos blancos y chicos asiáticos y chicos hispanos. Y allí estaba la hija del señor White, fotografiando las pancartas donde aparecía la foto de su padre, y he tenido la sensación de que todo eso por fin le devolvía cierta dignidad.

—Me parece fantástico.

—Shan te manda saludos. Ahora va de camino a la estación para coger el tren de vuelta.

Era fácil que Blaine se enterara. Bastaba con que alguno de los presentes en el almuerzo mencionara por casualidad que Ifemelu había estado allí, pero ella no llegó a saber cómo lo descubrió exactamente. Al otro día, cuando regresó, la miró, sus ojos brillantes como la plata, y dijo:

—Mentiste.

Lo dijo con tal horror que la desconcertó, como si nunca hubiese contemplado la posibilidad de que ella mintiera. Deseó decir: «Blaine, la gente miente». No obstante dijo:

—Lo siento.

—¿Por qué?

La miraba como si ella hubiera hundido la mano en él y le hubiera arrancado la inocencia, y por un momento lo odió, a ese hombre que incluso cuando se comía el corazón de las manzanas de ella lo convertía en una acción moral.

—No sé por qué, Blaine. Sencillamente no me apetecía. No pensaba que fuera a molestarte tanto.

—¿Sencillamente no te apetecía?

—Lo siento. Debería haberte dicho que fui al almuerzo.

—¿Por qué ese almuerzo era de pronto tan importante? ¡Si apenas conoces a ese colega de Boubacar! —exclamó él con incredulidad—. Oye, no todo consiste en escribir un blog, tienes que vivir conforme a lo que crees. Ese blog es un juego que en realidad no te tomas en serio, es como elegir una asignatura optativa *interesante* por las tardes para completar tus créditos.

Ifemelu percibió en su tono que la acusaba sutilmente no solo de pereza, de falta de fervor y convicción, sino también de africanidad; no mostraba furia suficiente porque era africana, y no afroamericana.

—Eso que dices no es justo —contestó ella.

Pero él ya le había dado la espalda, glacial y mudo.

—¿Por qué no me hablas? —preguntó Ifemelu—. No entiendo por qué le das tanta importancia a esto.

—¿Cómo es posible que no lo entiendas? Es una cuestión de principios —afirmó Blaine, y en ese momento se convirtió en un desconocido para ella.

—Lo siento mucho.

Blaine acababa de entrar en el cuarto de baño y cerrar la puerta.

Ifemelu se sintió marchitar bajo su rabia muda. ¿Cómo podían los principios, algo abstracto que flotaba en el aire, encajonarse tan sólidamente entre ellos y transformar a Blaine en otra persona? Ella habría preferido que fuese una emoción incivilizada, una pasión como los celos o la traición.

Telefoneó a Araminta.

—Me siento como la esposa confusa llamando a su cuñada para que le explique cómo es su marido.

—Recuerdo que, en el instituto, se organizó un acto para recaudar fondos, y en una mesa pusieron galletas y tal, y había que dejar dinero en un tarro y coger una galleta, y yo, bueno, en plan rebelde, cogí una galleta y no dejé dinero, y Blaine se puso hecho una furia conmigo. Recuerdo que pensé: Eh, que solo es una galleta. Pero para él, creo, era una cuestión de principios. A veces es de una altitud de miras ridícula. Dale uno o dos días, y se le pasará.

Pero transcurrió un día, y luego otro, y Blaine continuó enjaulado en su gélido silencio. Al tercer día de mutismo, Ifemelu metió unas cuantas cosas en una bolsa y se marchó. Como no podía volver a Baltimore –tenía la casa alquilada y todas sus pertenencias en un guardamuebles–, se fue a Willow.

Lo que el mundo académico entiende por «privilegios de los blancos», o Sí, es una mierda ser pobre y blanco pero prueba a ser pobre y no blanco

Y un tío va y le dice al profesor Hunk: «Eso de los privilegios de los blancos es absurdo. ¿Cómo voy a ser yo un privilegiado? Me crié en Virginia Occidental, más pobre que las ratas. Soy un pueblerino de los Apalaches. Mi familia vive de las ayudas sociales». De acuerdo. Pero los privilegios se miden siempre con relación a otra cosa. Ahora imaginad a alguien como él, así de pobre y jodido, y convertid eso en una persona negra. Si los detienen a los dos por tenencia de drogas, pongamos, el blanco tiene más probabilidades de acabar en tratamiento y el negro tiene más probabilidades de acabar en la cárcel. En igualdad total de condiciones, a excepción de la raza. Consultad las estadísticas. El pueblerino de los Apalaches está jodido, y eso no mola, pero si fuera negro, estaría requetejodido. También dijo al profesor Hunk: «Además, ¿por qué tenemos que hablar siempre de la raza? ¿No podemos ser sencillamente seres humanos?». Y el profesor Hunk respondió: «En eso consisten precisamente los privilegios de los blancos, en que tú puedas plantear una cosa así. Para ti, la raza en realidad no existe porque nunca ha sido una barrera. Los negros no tienen esa opción. Un negro en una calle de Nueva York no quiere pensar en la raza, hasta que intenta parar un taxi, y no quiere pensar en la raza cuando va al volante de su Mercedes por debajo del límite de velocidad, hasta que un poli le da el alto. Así que el pueblerino de los Apalaches no tiene privilegios de clase, pero desde luego sí tiene privilegios de raza. ¿Qué pensáis? Contribuid, lectores, y dad a conocer vuestras experiencias, sobre todo si sois no negros.

PD: El profesor Hunk acaba de sugerirme que cuelgue esto: un test acerca de los Privilegios Blancos, copyright de una mujer de lo más enrollada que se llama Peggy McIntosh. Si contestáis no en la mayoría de los casos, enhorabuena, tenéis privilegios de blancos. ¿De qué sirve todo esto? ¿Queréis que os diga la verdad? No tengo ni idea. Supongo que está bien saberlo, así de sencillo. Sirve para que podáis regodearos de vez en cuando, para que os levante el ánimo cuando estéis deprimidos, esas cosas. Así que ahí va:

Cuando quieres unirte a un prestigioso club social, ¿te preguntas si tu raza será un obstáculo?

Cuando vas de compras, tú solo, a una buena tienda, ¿te preocupa que te sigan o te acosen?

Cuando pones un canal de televisión de amplia audiencia o abres un periódico mayoritario, ¿esperas encontrar sobre todo a personas de otra raza?

¿Te preocupa que tus hijos no tengan libros y material escolar que traten de personas de su propia raza?

Cuando solicitas un crédito en un banco, ¿te preocupa que, como consecuencia de tu raza, se te considere poco solvente?

Si usas palabras malsonantes o vistes con desaliño, ¿piensas que la gente puede opinar que eso se debe a un deficiente sentido moral, o a la pobreza, o a la incultura de tu raza?

Si se te dan bien las cosas en una situación dada, ¿esperas que se te considere un dechado para tu raza? ¿O que se te describa como «distinto» de la mayoría de los de tu raza?

Si criticas al gobierno, ¿te preocupa que se te consideres un intruso cultural? ¿O que se te pida que «te vuelvas a X», siendo X algún lugar fuera de Estados Unidos?

Si recibes un servicio deficiente en una buena tienda y exiges ver al «encargado», ¿esperas que esa persona sea una persona de otra raza?

Si te da el alto un agente de tráfico, ¿te preguntas si es por tu raza?

Si aceptas un empleo en una empresa con discriminación positiva, ¿te preocupa que tus compañeros de trabajo piensen que no estás cualificado y que te han contratado solo por tu raza?

Si quieres mudarte a un buen barrio, ¿te preocupa que tal vez no te acojan bien por tu raza?

Si necesitas ayuda jurídica o médica, ¿te preocupa que tu raza pueda perjudicarte?

Cuando te pones ropa interior o tiritas de color «carne», ¿sabes ya de antemano que contrastará con tu piel?

39

La tía Uju había empezado a hacer yoga. Estaba a cuatro patas, con la espalda arqueada, sobre una colchoneta de color azul vivo en el sótano, mientras Ifemelu, tendida en el sofá, se comía una chocolatina y la observaba.

—¿Cuántas te has comido ya? ¿Y desde cuándo comes chocolate normal? Pensaba que Blaine y tú comíais solo alimentos ecológicos y de comercio justo.

—Las he comprado en la estación.

—¿Las? ¿Cuántas?

—Diez.

—¡Diez! ¡Anda ya!

Ifemelu se encogió de hombros. Ya se las había comido todas, pero no tenía intención de decírselo a la tía Uju. Le había proporcionado placer, comprar chocolatinas en un puesto de periódicos, chocolatinas baratas con azúcar y sustancias químicas y otras cosas repugnantes genéticamente modificadas.

—Ah, o sea, como has reñido con Blaine, ¿ahora comes el chocolate que a él no le gusta?

La tía Uju soltó una risotada.

Dike bajó del piso de arriba y miró a su madre, que ahora tenía los brazos en alto, en la posición del guerrero.

—Mamá, estás ridícula.

—¿No dijo un amigo tuyo el otro día que tu madre estaba buena? Pues es gracias a esto.

Dike cabeceó.

—Prima, quiero enseñarte una cosa en YouTube, un vídeo para morirse de risa.

Ifemelu se levantó.

—¿Te ha hablado Dike del incidente informático en el colegio? —preguntó la tía Uju.

—No, ¿qué ha pasado? —quiso saber Ifemelu.

—El lunes me llamó el director para decirme que el sábado Dike hackeó la intranet del colegio. Este chico estuvo conmigo todo el sábado. Fuimos a Hartford a visitar a Ozavisa. Pasamos allí todo el día y el chico ni se acercó a un ordenador. Cuando pregunté por qué creían que había sido él, contestaron que tenían información. Imagínate, el tío se despierta esa mañana y echa la culpa a mi hijo. A Dike ni siquiera se le da bien la informática. Creía que nos habíamos librado de esas cosas al irnos de aquel pueblo de palurdos. Kweku quiere que presentemos una queja formal, pero yo dudo que valga la pena. Ahora dicen que ya no sospechan de él.

—Yo ni siquiera sé hackear —dijo Dike con sorna.

—¿Por qué habrán hecho una estupidez así? —preguntó Ifemelu.

—Primero hay que echar la culpa al chico negro —contestó él, y se echó a reír.

Más tarde Dike le contó que sus amigos decían «Eh, Dike, ¿tienes hierba?» y que era de lo más gracioso. Le habló de la pastora de la iglesia, una mujer blanca, que un día saludó con un hola a todos los demás chicos pero, al acercarse a él, dijo: «¿Qué hay, 'mano?». Se rio y añadió: «Me sentí como si me salieran dedos de la cabeza en lugar de orejas. Así que, claro, por fuerza tuve que ser yo el que hackeó la intranet del colegio».

—Esos de tu colegio son unos memos —afirmó Ifemelu.

—Qué gracia, prima, cómo pronuncias esa palabra, «memos».

Se interrumpió y acto seguido repitió la frase de Ifemelu, «Esos de tu colegio son unos memos», en una buena imitación del acento nigeriano.

Ella le contó la anécdota del pastor nigeriano que, mientras daba un sermón en una iglesia de Estados Unidos, pronunció en un momento dado la palabra «fucsia» pero, debido a su acento, los parroquianos creyeron oír «furcia» y escribieron a su obispo para quejarse. Dike se desternilló de risa. Aquello se convirtió en uno más de los chistes de su repertorio. «Oye, prima, quiero una camiseta de color furcia.»

Durante nueve días Blaine no respondió a sus llamadas. Por fin cogió el teléfono, con voz apagada.

—¿Puedo ir este fin de semana para que preparemos un arroz con coco? Yo cocino —propuso ella.

Antes de que él consintiera, Ifemelu lo oyó tomar aire y se preguntó si lo sorprendía que ella se atreviera a sugerir un arroz con coco.

Ifemelu observó a Blaine cortar las cebollas, observó sus dedos largos y los recordó en contacto con su propio cuerpo, resiguiendo las líneas de su clavícula, deslizándose por la piel más oscura debajo del ombligo. Él alzó la vista y le preguntó si los trozos eran del tamaño adecuado; ella contestó: «La cebolla está bien», y pensó que él siempre había sabido cuál era el tamaño adecuado para las cebollas, que troceaba con suma precisión, y siempre había preparado él el arroz pese a que ahora iba a hacerlo ella. Blaine rompió el coco contra el fregadero y dejó salir el agua antes de comenzar a desprender con cuidado la pulpa blanca de la cáscara mediante un cuchillo. A Ifemelu le tembló la mano cuando echó el arroz en el agua hirviendo, y mientras observaba cómo empezaban a hincharse los estrechos granos de arroz basmati, se preguntó si aquello estaba siendo un fracaso, su comida de reconciliación. Echó un vistazo al pollo en el fuego. Una vaharada con olor a especias se elevó cuando destapó la cazuela —jengibre y curry y hojas de laurel—, e Ifemelu comentó, innecesariamente, que tenía buen aspecto.

—No me he pasado con las especias como sueles hacer tú —dijo él.

Ella sintió una ira momentánea y quiso decir que no era justo por su parte postergar el perdón de esa manera, pero optó por preguntar si le parecía que debía añadirse un poco de agua. Blaine siguió rallando el coco y no contestó. Ella observó el coco desmenuzarse en polvo blanco; la entristeció pensar que ya nunca volvería a ser un coco entero, y abrazó a Blaine desde detrás, rodeándole el pecho con los brazos, sintiendo su calor a través de la sudadera, pero él se apartó y dijo que debía acabar antes de que se pasara el arroz. Ifemelu cruzó el salón para mirar por la ventana, el campanario, alto y regio, imponiéndose a los demás edificios del campus de Yale, y vio los primeros copos de nieve arremolinarse en el aire de última hora de la tarde, como arrojados desde lo alto, y recordó su primer invierno con él, cuando todo parecía bruñido e infinitamente nuevo.

Comprender Estados Unidos para los negros no estadounidenses: unas cuantas explicaciones de lo que las cosas significan realmente

1. De todos los tribalismos, el que más incomoda a los estadounidenses es la raza. Si mantenéis una conversación con un estadounidense y queréis abordar algún tema racial que os parezca interesante, y el estadounidense dice: «Ah, es simplista decir que es una cuestión de raza, el racismo es muy complejo», significa que quiere que os calléis ya. Porque el racismo, ciertamente, es complejo. Muchos abolicionistas querían la libertad de los esclavos pero no querían que los negros vivieran cerca de ellos. Hoy día a mucha gente no le importa tener una niñera negra o un chófer de limusina negro. Pero desde luego sí les importa, y mucho, tener un jefe negro. Lo simplista es decir: «Es muy complejo». Pero callaos igualmente, sobre todo si necesitáis un empleo/favor de ese estadounidense en particular.

2. La diversidad tiene distintos significados para distintas personas. Si un blanco dice que un vecindario es diverso, signi-

457

fica que hay un nueve por ciento de negros. (En cuanto llega al diez por ciento de negros, los blancos se marchan.) Si un negro dice vecindario diverso, piensa que el cuarenta por ciento es negro.

3. A veces dicen «cultura» cuando se refieren a raza. Dicen que una película es para un público «mayoritario», se refieren a que «gusta a los blancos o es obra de blancos». Cuando dicen «urbano», quieren decir negro y pobre y posiblemente peligroso y potencialmente emocionante. «Con carga racial» significa que nos sentimos incómodos al decir «racista».

40

No volvieron a pelearse hasta el final de la relación, pero durante el periodo de impasibilidad de Blaine, cuando Ifemelu se encerró en sí misma y comió una chocolatina tras otra, sus sentimientos hacia él cambiaron. Seguía admirándolo, por su fibra moral, su vida de líneas bien definidas, pero ahora era admiración por una persona apartada de ella, una persona lejana. E Ifemelu advirtió que su propio cuerpo había cambiado. En la cama no se volvía hacia él rebosante de puro deseo como antes, y cuando él tendía la mano hacia ella, su primer impulso era alejarse. Se besaban a menudo, pero ella siempre mantenía los labios apretados; no quería tener su lengua en la boca. Su unión estaba despojada de pasión, pero surgió una pasión nueva, fuera de ellos, que los fundía en una intimidad desconocida para ellos hasta entonces, una intimidad intuitiva, tácita, lábil: Barack Obama. Coincidían, sin incitación alguna, sin la sombra de la obligación o el compromiso, en Barack Obama.

Al principio, aunque Ifemelu deseaba que Estados Unidos eligiera a un presidente negro, le parecía imposible, y no imaginaba a Obama como presidente de Estados Unidos; se le antojaba demasiado menudo, demasiado flaco, un hombre al que se lo llevaría un soplo de viento. Hillary Clinton era más sólida. A Ifemelu le gustaba ver a Clinton por televisión, con sus trajes pantalón de corte recto, una expresión de determinación fija en el rostro, camufladas sus bonitas facciones, porque solo así podía convencer al mundo de que era una mujer capaz. Le caía bien. Deseaba su victoria, intentaba transmitirle buena suerte, hasta la mañana en que cogió el libro de Barack Obama, *Los sueños de mi padre*, que Blaine acababa de leer y había dejado en el estante, algunas hojas marcadas con el ángulo plegado. Ifemelu examinó las fotografías de la cubierta, la joven keniana mirando la cámara con expresión aturdida, rodeando a su hijo con los brazos, y el joven estadounidense, de actitud desenvuelta, estrechando a su hija contra el pecho. Ifemelu recordaría más adelante el momento en que decidió leer el libro, solo por curiosidad. Tal vez no lo habría leído si Blaine se lo hubiera recomendado, porque eludía cada vez más los libros que le gustaban a él. Pero Blaine no se lo había recomendado; solo lo había dejado en el estante, junto a otros libros apilados que había terminado ya pero se proponía revisar. Leyó *Los sueños de mi padre* en un día y medio, sentada en el sofá, con Nina Simone sonando por el altavoz del iPod de Blaine. Se sintió atrapada y conmovida por el hombre que conoció en esas páginas, un hombre inquisitivo e inteligente, un hombre amable, un hombre tan absoluta, inevitable y encantadoramente humano. Le recordó la expresión que utilizaba Obinze para referirse a las personas que le agradaban: *obi ocha*, corazón limpio. Ifemelu creyó a Barack Obama. Cuando Blaine llegó a casa, Ifemelu, sentada a la mesa del comedor, lo observó trocear albahaca fresca en la cocina, y dijo: «Ojalá el hombre que escribió este libro pudiera ser el presidente de Estados Unidos».

El cuchillo se detuvo. Blaine alzó la vista, con la mirada encendida, como si no se hubiera atrevido a abrigar la menor esperanza de que ella creyera en lo mismo en que él creía, e Ifemelu sintió entre ellos el primer latido de una pasión compartida. Se estrecharon ante el televisor cuando Barack Obama consiguió la victoria en los caucus de Iowa. La primera batalla, y la había ganado. Las esperanzas de ambos se desbordaban, estallaban en forma de posibilidad real: Obama en efecto podía ganar. Y a renglón seguido, como obedeciendo a una coreografía, empezaron a preocuparse. Les preocupó que algo lo descarrilara, que algo chocara con su tren rápido. Todas las mañanas Ifemelu, al despertar, comprobaba que Obama seguía vivo. Que no había surgido ningún escándalo, ningún episodio oculto en su pasado. Conteniendo la respiración, con el corazón acelerado, encendía el ordenador, y luego, ya más calmada después de ver que seguía vivo, leía las últimas noticias sobre él, apresurada y ávidamente, buscando información y tranquilidad, con múltiples ventanas minimizadas al pie de la pantalla. A veces, en los chats, se encogía cuando leía los post sobre Obama, y se levantaba y se alejaba de su ordenador, como si el propio portátil fuera el enemigo, y se detenía ante la ventana para ocultar las lágrimas, incluso a sí misma. «¿Cómo puede ser presidente un mono? Que alguien nos haga un favor y le pegue un tiro a ese. Que lo envíe de vuelta a la selva africana. Un negro nunca ocupará la Casa Blanca, tío, por algo se llama Casa Blanca.» Intentaba imaginar a las personas que escribían esos posts, bajo alias como «MadredeBarrioResidencial231» y «NormanRockwellMola», sentadas ante sus escritorios, con una taza de café al lado, y sus hijos a punto de llegar a casa en el autobús escolar envueltos en un resplandor de inocencia. Viendo los chats, Ifemelu tenía la sensación de que su blog era intrascendente, una comedia de costumbres, una sátira ligera sobre un mundo que era cualquier cosa menos ligero. No escribía en su blog sobre la ruindad que encontraba cada mañana al conectarse, aparentemente multiplicada durante la noche, brotando nuevos chats, floreciendo más virulencia, porque de hacerlo, propagaría las palabras de personas que aborrecían no al hombre que Barack Obama era, sino la idea de tenerlo como presidente. Optó por escribir sobre la postura política de Obama, en un post recurrente titulado «He aquí por qué Obama lo hará mejor», añadiendo a menudo vínculos a la página web de él, y escribió también sobre Michelle Obama. Disfrutó con la ironía poco convencional del humor de Michelle Obama, el aplomo con que movía sus largas extremidades, y luego lo lamentó cuando la atenazaron, la plancharon, la revistieron de una imagen insulsamente íntegra en las entrevistas. Aun así, había, en sus cejas muy enarcadas y en el hábito de ceñirse el cinturón más arriba de lo que imponía la tradición, un destello de su antigua identidad. Fue eso lo que atrajo a Ifemelu, la ausencia de disculpas, la promesa de sinceridad.

«Si se casó con Obama, él no puede ser tan malo», comentaba a menudo en broma a Blaine, y este respondía: «Muy cierto, muy cierto».

Recibió un e-mail del dominio princeton.edu y, antes de leerlo, le temblaron las manos de la emoción. La primera palabra que vio fue «grato». Le habían concedido la beca de investigación. La paga era buena, las exigencias asumibles: se esperaba que viviera en Princeton y utilizara la biblioteca y diera una charla al final del curso. Parecía demasiado bueno para ser verdad, un acceso al sacrosanto reino estadounidense. Blaine y ella fueron en tren a Princeton a buscar apartamento, y a ella le llamó la atención la propia ciudad, el verdor, la paz y la elegancia. «Me admitieron en Princeton cuando buscaba universidad –dijo Blaine–. Entonces era casi un lugar bucólico. Lo visité y me pareció un sitio hermoso, pero yo no me veía estudiando allí.»

Ifemelu entendió a qué se refería, incluso ahora que Princeton había cambiado y se había convertido, como dijo Blaine mientras paseaban ante las hileras de relucientes tiendas, en una ciudad de un «capitalismo agresivamente consumista». Sintió admiración y desorientación. Le gustó su apartamento, a un paso de Nassau Street; la ventana del dormitorio daba a una arboleda, y deambuló por la habitación vacía pensando en un nuevo comienzo para ella, sin Blaine, sin saber no obstante si era ese verdaderamente el nuevo comienzo que deseaba.

«No voy a trasladarme aquí hasta pasadas las elecciones», aseguró.

Blaine asintió antes de que ella acabara la frase; claro que no se trasladaría allí hasta que vieran a Barack Obama lograr la victoria. Blaine se incorporó como voluntario a la campaña de Obama, y ella se empapaba de todo lo que él contaba acerca de las casas que visitaba y la gente que lo recibía. Un día, al llegar le habló de una anciana negra, arrugada como una pasa, que se quedó sujeta a la puerta como si fuera a caerse y le dijo: «No pensaba que esto fuera a ocurrir ni en vida de mi nieto».

Ifemelu incluyó en su blog esa anécdota, describiendo los mechones plateados en su cabeza canosa, los dedos temblorosos a causa del párkinson, como si ella misma hubiera estado allí presente con Blaine. Todos los amigos de él apoyaban a Obama, excepto Michael, que siempre llevaba un pin de Hillary Clinton en el pecho, e Ifemelu ya no se sentía excluida en sus reuniones. Incluso se había disuelto la desazón nebulosa que antes sentía, mitad adustez, mitad inseguridad, cuando Paula andaba cerca. Se reunían en bares y apartamentos, comentando los detalles de la campaña, riéndose de las tonterías que aparecían en las noticias. ¿Votarán los hispanos a un negro? ¿Sabe jugar a los bolos? ¿Es patriota?

—¿No es curioso que digan que «los negros quieren a Obama» y «las mujeres quieren a Hillary»? ¿Y qué pasa entonces con las mujeres negras? —preguntó Paula.

—Cuando dicen «mujeres» se refieren automáticamente a las «mujeres blancas» —contestó Grace.

—Lo que no entiendo es cómo pueden decir que Obama se beneficia porque es negro —comentó Paula.

—Es complicado, pero se beneficia, igual que Clinton se beneficia de ser una mujer blanca —dijo Nathan, inclinándose al frente y parpadeando aún más deprisa—. Si Clinton fuera una mujer negra, su estrella no brillaría tanto. Si Obama fuera un hombre blanco, su estrella quizá brillara tanto o quizá no, porque algunos hombres blancos han llegado a la presidencia sin mérito para ello, pero eso no cambia el hecho de que Obama no tenga mucha experiencia y la gente se entusiasme ante un candidato negro con verdaderas opciones.

—Aunque si gana, dejará de ser negro, igual que Oprah ya no es negra, es Oprah —afirmó Grace—, y por lo tanto puede ir a lugares donde se desprecia a los negros y a ella no le pasa nada. Él ya no será negro, será solo Obama.

—En el supuesto de que Obama se beneficie, y la idea del beneficio, dicho sea de paso, es más que dudosa... pero en el supuesto de que se beneficie, no es por ser negro, es por ser un negro distinto —comentó Blaine—. Si Obama no tuviese una madre blanca y no lo hubieran criado unos abuelos blancos y no tuviera Kenia e Indonesia y Hawai y todas esas historias que lo convierten en cierto modo en uno más, si fuera un simple negro de Georgia, sería distinto. Estados Unidos habrá dado un verdadero paso cuando un negro normal y corriente de Georgia sea presidente, un negro con una media de aprobado en la universidad.

—Estoy de acuerdo —dijo Nathan.

Y de nuevo llamó la atención a Ifemelu cómo coincidían todos. Sus amigos, como ella y Blaine, eran creyentes. Auténticos creyentes.

El día que Barack Obama salió elegido candidato del Partido Demócrata, Ifemelu y Blaine hicieron el amor, por primera vez desde hacía semanas, y Obama estaba allí con ellos, como una oración no pronunciada, una tercera presencia emocional. Blaine y ella hicieron un viaje de horas por carretera para oír su discurso, se cogieron de la mano en medio de la densa multitud, enarbolaron pancartas con el texto CAMBIO escrito en destacadas letras blancas. Cerca de ellos un hombre negro llevaba en hombros a su hijo, y el niño reía, su boca llena de dientes de leche, con una mella en el arco superior. El padre alzaba la vista, e Ifemelu supo que estaba atónito por su propia fe, atónito por creer en cosas en las que nunca había esperado creer. Cuando la muchedumbre prorrumpía en ovaciones, batiendo palmas y silbando, el hombre no podía aplaudir, porque mantenía sujetas las piernas de su hijo, así que se limitaba a sonreír y sonreír, su rostro súbitamente juvenil por el regocijo. Ifemelu lo observó, a él y a las personas que los rodeaban, emitiendo todos una extraña fosforescencia, recorriendo todos una única línea de emociones intactas. Tenían fe. Tenían verdadera fe. A menudo experimentaba una dulce sorpresa, al tomar conciencia de que había en el mundo tanta gente que sentía exactamente lo mismo que Blaine y ella respecto a Barack Obama.

Algunos días su fe aumentaba. Otros días se sumían en la desesperanza.

«Esto no va bien», murmuró Blaine mientras pasaban de un canal al otro, y todos mostraban imágenes del pastor de Barack Obama dando un sermón, y sus palabras «Dios maldiga a Estados Unidos» se abrieron paso a fuego en los sueños de Ifemelu.

Ifemelu conoció, por Internet, la primicia de que Barack Obama pronunciaría un discurso sobre la raza en respuesta a las imágenes de su pastor, y envió un sms a Blaine, que estaba dando una clase. Su respuesta fue simple: «¡Bien!». Después, viendo el discurso por televisión, sentada entre Blaine y Grace en el sofá del salón, Ifemelu se preguntó qué estaría pensando realmente Obama y qué sentiría mientras yaciera en la cama esa noche, cuando todo estuviera en silencio y vacío. Lo imaginó allí, a aquel niño que sabía que a su abuela le daban miedo los negros, convertido ahora en un hombre que contaba eso al mundo para redimirse. Sintió cierta tristeza al pensarlo. Mientras Obama hablaba, compasivo y cadencioso, con banderas estadounidenses ondeando a sus espaldas, Blaine cambió de posición, suspiró, se recostó en el sofá. Finalmente dijo:

—Es inmoral equiparar así los agravios de los negros y el temor de los blancos. Es sencillamente inmoral.

—Con este discurso no pretendía iniciar una conversación sobre la raza, sino de hecho darla por concluida —señaló Grace–. Puede ganar solo si elude la raza. Eso lo sabemos todos. Pero lo importante es conseguir que primero llegue al cargo. Tiene que hacer lo que sea necesario. Al menos ahora el asunto del pastor está zanjado.

También Ifemelu adoptó una actitud pragmática ante el discurso, pero Blaine se lo tomó de una manera personal. Su fe se resquebrajó, y durante unos días perdió el brío, y regresaba de correr por las mañanas sin la habitual euforia sudorosa, caminando con paso pesado. Fue Shan quien inconscientemente lo sacó de su desmoronamiento.

–Tengo que ir a la ciudad para quedarme unos días con Shan –le explicó Blaine a Ifemelu–. Ovidio acaba de llamarme. Shan no anda bien.

–¿No anda bien?

–Una crisis nerviosa. Me desagrada esa expresión, suena a cuento de viejas. Pero Ovidio lo ha llamado así. Lleva varios días en cama. No come. No deja de llorar.

Ifemelu sintió una repentina irritación; en Shan eso, le pareció, era una manera más de reclamar atención.

–Lo está pasando muy mal. Con eso de que el libro no despierte el menor interés y tal.

–Ya –dijo Ifemelu, y sin embargo no podía compadecerse realmente de Shan, cosa que la asustó. Tal vez era porque la consideraba culpable, en cierto modo, de la pelea con Blaine, por no ejercer su influencia sobre Blaine para hacerle entender que se excedía en su reacción–. Se recuperará –aseguró–. Es una persona fuerte.

Blaine la miró, sorprendido.

–Shan es una de las personas más frágiles del mundo. No es fuerte, nunca lo ha sido. Pero es especial.

La última vez que Ifemelu vio a Shan, hacía aproximadamente un mes, esta le dijo:

–Ya sabía yo que Blaine y tú volveríais a estar juntos.

Empleó el mismo tono de una persona que habla de un hermano muy querido que ha vuelto a consumir drogas psicodélicas.

—¿Obama no te parece apasionante? —preguntó Ifemelu con la esperanza de que al menos de ese tema Shan y ella pudieran hablar sin aguijonazos subyacentes.

—Bah, no sigo las elecciones —contestó Shan sin darle importancia.

—¿Has leído su libro?

—No. —Shan se encogió de hombros—. Estaría bien que alguien leyera *mi* libro.

Ifemelu se abstuvo de decir: «No eres tú el centro de atención. Por una vez no eres tú el centro de atención».

—Deberías leer *Los sueños de mi padre*. Los otros libros son documentos de campaña —la instó Ifemelu—. Obama es auténtico.

Pero a Shan no le interesó. Hablaba de una mesa redonda en la que había participado una semana atrás en un festival literario.

—Y van y me preguntan cuáles son mis escritores preferidos. Lógicamente sé que esperan oír, sobre todo, nombres de escritores negros, y por nada del mundo pienso decirles que Robert Hayden es el amor de mi vida, pese a que lo es. Así que no mencioné a ningún negro ni a nadie mínimamente de color, ni con tendencias políticas, ni vivo. Así que menciono, con un aplomo indiferente, a Turguénev y Trollope y Goethe, pero para no estar demasiado en deuda con hombres blancos muertos, porque eso sería poco original, añadí a Selma Lagerlöf. Y de pronto ya no saben qué preguntarme, porque les he tirado el guión por la ventana.

—Eso tiene gracia —comentó Blaine.

La víspera del día de las elecciones Ifemelu permaneció insomne en su cama.

—¿Estás despierta? —le preguntó Blaine.

—Sí.

Se abrazaron en la oscuridad, sin hablar, sus respiraciones acompasadas hasta que por fin se sumieron en un estado de duermevela. Por la mañana fueron al colegio electoral; Blaine quería ser uno de los primeros en votar. Ifemelu observó a la gente que ya estaba allí, en fila, aguardando a que se abriera la puerta, y para sus adentros los instó a todos a votar a Obama. Para ella fue como una privación no poder votar. Tenía ya aprobada la concesión de la nacionalidad, pero aún faltaban unas semanas para el juramento. Pasó una mañana inquieta, consultando en todas las páginas web de noticias, y cuando Blaine regresó de clase, le pidió que apagara el ordenador y el televisor para que pudieran tomarse un descanso, respirar hondo, comer el *risotto* que él había preparado. Nada más acabar de cenar, Ifemelu volvió a encender el ordenador. Solo para asegurarse de que Barack Obama seguía vivo y bien. Blaine preparó cócteles virgen para sus amigos. Araminta fue la primera en llegar, yendo directamente desde la estación de tren, con dos teléfonos en las manos, comprobando la información actualizada en los dos. Luego llegó Grace, con sus susurrantes sedas, un pañuelo dorado al cuello, diciendo: «¡Dios mío, no puedo respirar de lo nerviosa que estoy!». Michael se presentó con una botella de prosecco. «Ojalá mi madre estuviera viva para ver este día, pase lo que pase», comentó. Paula y Pee y Nathan llegaron juntos, y pronto estaban todos sentados, en el sofá y en las sillas del comedor, con la mirada fija en el televisor, bebiendo té y los cócteles virgen de Blaine, y repitiendo lo mismo que habían dicho antes. «Si gana en Indiana y Pennsylvania, está hecho.» «Pinta bien en Florida.» «Las noticias de Iowa son contradictorias.»

—En Virginia hay mucho voto negro, así que pinta bien —dijo Ifemelu.

—En Virginia tiene pocas posibilidades —comentó Nathan.

—No necesita Virginia —intervino Grace, y acto seguido exclamó—: ¡Dios mío, Pennsylvania!

En la pantalla del televisor apareció un gráfico, una foto de Barack Obama. Había ganado en los estados de Pennsylvania y Ohio.

—No veo cómo McCain va a superar eso —saltó Nathan.

Paula estuvo sentada junto a Ifemelu durante un rato después de aparecer los gráficos en la pantalla: Barack Obama había ganado en el estado de Virginia.

–Dios mío –exclamó Paula con la mano temblorosa ante la boca.

Blaine, sentado muy erguido y quieto, miraba fijamente el televisor, y entonces se oyó la voz grave de Keith Olbermann, a quien Ifemelu había seguido tan obsesivamente en la MSNBC durante los últimos meses, la voz de una rabia progresista efervescente y abrasadora; ahora esa voz decía: «Todo apunta a que Barack Obama será el próximo presidente de los Estados Unidos de América».

Blaine lloraba, abrazado a Araminta, que también lloraba, y luego abrazado a Ifemelu, fuertemente, y Pee estrechaba a Michael y Grace estrechaba a Nathan y Paula estrechaba a Araminta e Ifemelu estrechaba a Grace y el salón se convirtió en un altar de alborozo e incredulidad.

Sonó un pitido en su móvil: un sms de Dike.

«No me lo puedo creer. Mi presidente es negro como yo.» Ifemelu leyó el mensaje varias veces con los ojos anegados en lágrimas.

En la televisión Barack Obama y Michelle Obama y sus dos hijas salían a un escenario. Flotaban en el viento, bañados por una luz incandescente, victoriosos y risueños.

«Jóvenes y viejos, ricos y pobres, demócratas y republicanos, negros, blancos, hispanos, asiáticos, indios americanos, homosexuales, heterosexuales, discapacitados y no discapacitados, los estadounidenses han enviado al mundo el mensaje de que no somos solo una colección de estados en rojo y estados en azul. Hemos sido y seremos siempre los Estados Unidos de América.»

La voz de Barack Obama se elevaba y caía, su semblante solemne, y en torno a él la gran y resplandeciente muchedumbre de los esperanzados. Ifemelu observó, hipnotizada. Y en ese momento para ella no había nada más hermoso que Estados Unidos.

Comprender Estados Unidos para los negros no estadounidenses: reflexiones sobre el amigo blanco especial

Un auténtico don para el negro con la cremallera echada es el Amigo Blanco que Sí Lo Pilla. Lamentablemente, esto no es tan habitual como cabría desear, pero algunos afortunados tienen ese amigo blanco a quien no es necesario explicarle las putadas. Poned a ese amigo manos a la obra, desde ya. Amigos así no solo lo pillan, sino que también poseen grandes detectores de chorradas y por lo tanto entienden perfectamente que pueden decir cosas que vosotros tenéis que callaros. Así pues, en gran parte de Estados Unidos anida en los corazones de muchas personas cierta idea solapada: que los blancos se ganaron su espacio en los trabajos y en las universidades mientras que los negros lo consiguieron porque eran negros. Pero de hecho, desde el origen de Estados Unidos, los blancos han obtenido empleos porque son blancos. Muchos blancos con su misma cualificación pero piel negra no tendrían los empleos que tienen. Pero nunca digáis eso en público. Dejad que lo diga vuestro amigo blanco. Si cometéis el error de decirlo, os acusarán de una rareza conocida como «sacar la carta de la raza». Nadie sabe muy bien qué significa eso.

Cuando mi padre estudiaba en mi país NNE, muchos negros estadounidenses no podían votar ni ir a una buena escuela. ¿La razón? El color de su piel. El color de la piel era su único problema. Hoy día muchos estadounidenses sostienen que el color de la piel no puede ser parte de la solución, porque en tal caso nos hallamos ante una rareza llamada «racismo inverso». Instad a vuestro amigo blanco a señalar que el panorama del negro estadounidense viene a ser como cuando pasas en la cárcel muchos años injustamente y de pronto te ponen en libertad, pero no te dan billete para el autobús; ah, y encima tú y el tío que te metió en la cárcel ahora sois automáticamente iguales. Si sale a relucir eso de que «lo de la esclavitud fue hace mucho tiempo», instad a vuestro amigo blanco a decir que muchos blancos todavía heredan dinero que sus familias amasaron hace cien años. Así que si perdura ese legado, ¿por qué no el legado de la esclavitud? E instad a vuestro amigo blanco a decir lo curioso que es que los encuestadores estadounidenses pregunten a los blancos y los negros si el racismo ha terminado. Los blancos en general dicen que ha terminado y los negros en general dicen que no. Ciertamente curioso. ¿Alguna otra sugerencia respecto a lo que conviene pedir que diga ese amigo blanco? Por favor, no os privéis de colgar vuestros comentarios. Y brindemos por todos los amigos blancos que sí lo pillan.

41

Aisha sacó el teléfono del bolsillo y volvió a guardárselo con un suspiro de frustración.

—No sé por qué Chijioke no llama para venir.

Ifemelu permaneció callada. Aisha y ella se habían quedado solas en la peluquería; Halima acababa de marcharse. Ifemelu estaba cansada y le dolía la espalda, y el salón, con su ambiente sofocante y su techo podrido, empezaba a darle náuseas. ¿Por qué esas africanas no podían mantener su peluquería limpia y ventilada? Tenía el pelo casi acabado, solo faltaba una pequeña sección, como la cola de un conejo, en la parte delantera de la cabeza. Se moría de ganas de salir de allí.

—¿Cómo consigues papeles? —preguntó Aisha.

—¿Qué?

—¿Cómo consigues papeles?

Ifemelu enmudeció de asombro. Un sacrilegio, esa pregunta; los inmigrantes no preguntaban a otros inmigrantes cómo habían conseguido sus papeles, no escarbaban en esos rincones íntimos, enterrados; bastaba con admirar el simple hecho de haberlos conseguido, haber adquirido un estado legal.

—Yo pruebo con un americano cuando llego… a casarme. Pero él me trae muchos problemas, sin trabajo, y todos los días dice dame dinero, dinero, dinero —contó Aisha, moviendo la cabeza en un gesto de negación—. ¿Cómo consigues tú los tuyos?

De pronto la irritación de Ifemelu se disipó, y en su lugar surgió una vaporosa sensación de afinidad, porque Aisha no se lo habría preguntado si ella no fuera africana, y en este nuevo lazo vio otro augurio más de su regreso a Nigeria.

—Yo los conseguí por el trabajo —contestó—. La empresa para la que trabajaba avaló mi certificado de residencia.

—Ah —dijo Aisha, como si acabara de darse cuenta de que Ifemelu pertenecía a un grupo de personas a quienes la residencia les caía del cielo. La gente como ella, naturalmente, no conseguía los papeles a través de una empresa—. Chijioke consigue papeles en la lotería.

Lentamente, casi con amor, peinó la sección de pelo que se disponía a trenzar.

—¿Qué te ha pasado en la mano? —preguntó Ifemelu.

Aisha se encogió de hombros.

—No lo sé. Viene y va.

—Mi tía es médico. Le haré una foto a tu brazo y le preguntaré qué opina —propuso Ifemelu.

—Gracias.

Aisha terminó una trenza en silencio.

—Mi padre muere, yo no voy.

—¿Cómo?

—El año pasado. Mi padre muere y yo no voy. Por los papeles. Pero a lo mejor si Chijioke se casa conmigo, cuando mi madre muere, yo puedo ir. Ella enferma. Pero le envío dinero.

Por un momento Ifemelu no supo qué decir. La voz apagada de Aisha y su rostro inexpresivo magnificaron su tragedia.

—Lo siento, Aisha.

—No sé por qué Chijioke no viene. Habla tú con él.

—No te preocupes, Aisha. Todo saldrá bien.

A renglón seguido, tan repentinamente como había hablado, Aisha rompió a llorar. Se le diluyeron los ojos, se le contrajo la boca, y algo aterrador le ocurrió en la cara: se desmoronó en una mueca de desesperación. Siguió trenzándole el pelo a Ifemelu, sin advertirse el menor cambio en los movimientos de sus manos, en tanto que su rostro, como si no perteneciera al cuerpo, siguió arrugándose, manando las lágrimas de sus ojos, agitándose su pecho.

—¿Dónde trabaja Chijioke? —preguntó Ifemelu—. Iré allí y hablaré con él.

Aisha fijó la mirada en ella, las lágrimas resbalando aún por sus mejillas.

—Mañana iré a hablar con Chijioke —repitió Ifemelu—. Tú solo dime dónde trabaja y a qué hora tiene el descanso.

¿Qué estaba haciendo? Debía levantarse y marcharse de allí, sin dejarse arrastrar más hacia las profundidades del laberinto de Aisha. Pero no podía levantarse y marcharse. Estaba a punto de regresar a Nigeria, y vería a sus padres, y podría volver a Estados Unidos si lo deseaba, y allí estaba Aisha, abrigando la esperanza, pero no muy convencida, de ver otra vez a su madre. Hablaría con ese tal Chijioke. Era lo mínimo que podía hacer.

Se sacudió el pelo caído en la ropa y entregó a Aisha un fino fajo de dólares. Aisha los desplegó en la palma de la mano y los contó vigorosamente. Ifemelu se preguntó cuánto acabaría en manos de Mariama y cuánto recibiría Aisha. Esperó a que Aisha se guardara el dinero en el bolsillo antes de darle la propina. Aisha cogió el billete, este de veinte dólares, ahora con los ojos secos, el rostro de nuevo inexpresivo.

—Gracias.

Una densa sensación de incomodidad flotaba en el salón, e Ifemelu, como para disiparla, se examinó nuevamente el pelo en el espejo, dándose toquecitos a la vez que giraba la cabeza a un lado y a otro.

—Mañana iré a ver a Chijioke y te llamaré.

Se sacudió la ropa para quitarse los restos de pelo suelto y miró alrededor para asegurarse de que no se dejaba nada.

—Gracias.

Aisha se acercó a Ifemelu como para abrazarla, y de pronto se detuvo, vacilante. Ifemelu le dio un suave apretón en el hombro antes de volverse hacia la puerta.

En el tren se preguntó cómo se las arreglaría para convencer a un hombre de que se casara cuando no parecía muy dispuesto. Le dolía la cabeza, y el pelo, a pesar de que Aisha no había tensado mucho las trenzas, aun le causaba una incómoda tirantez en las sienes, una molestia en el cuello y los nervios. Se moría de ganas de llegar a su casa y darse una larga ducha fría, recogerse el pelo en un gorro de satén y tenderse en el sofá con el portátil. El tren acababa de parar en Princeton cuando sonó el teléfono. Se detuvo en el andén para buscar el móvil dentro del bolso, y al principio, como la tía Uju decía incoherencias, hablando y sollozando simultáneamente, creyó entender que Dike había muerto. Pero lo que la tía Uju decía era *o nwucha-gokwa, Dike anwuchagokwa*. Dike había estado a punto de morir.

—¡Se ha tomado una sobredosis de pastillas y ha bajado al sótano y se ha tumbado en el sofá! —explicó la tía Uju, quebrándosele la voz en su propia incredulidad—. Nunca bajo al sótano cuando llego a casa. Allí solo hago el yoga por la mañana. Ha sido Dios quien me ha dicho que bajara hoy a descongelar la carne. ¡Ha sido Dios! Lo he visto allí tendido, todo sudado, sudor por todo el cuerpo, y enseguida me ha entrado el pánico. He pensado que alguien había dado droga a mi hijo.

Ifemelu temblaba. Pasó un tren a toda velocidad y se tapó la otra oreja con un dedo para oír mejor la voz de la tía Uju. Esta hablaba de «indicios de toxicidad hepática», e Ifemelu se sintió ahogada en esas palabras, «toxicidad hepática», en su propia confusión, en el repentino oscurecimiento del aire.

—¿Ifem? —preguntó la tía Uju—. ¿Sigues ahí?

—Sí. —La palabra había recorrido un largo túnel—. ¿Qué ha pasado? ¿Qué ha pasado exactamente, tía? ¿Qué estás diciendo?

—Se ha metido en el cuerpo un frasco entero de Tylenol. Ahora está en cuidados intensivos, y se pondrá bien. Dios no estaba preparado para que muriera, así de sencillo —dijo la tía Uju. Se sonó la nariz, y el ruido llegó con estridencia por el teléfono—. Y encima se ha tomado un antiemético para retener el medicamento en el estómago. Dios no estaba preparado para que muriera.

—Iré mañana.

Permaneció inmóvil en el andén durante largo rato, y se preguntó qué estaba haciendo ella mientras Dike se tomaba el frasco de pastillas.

QUINTA PARTE

42

Obinze consultaba con frecuencia su BlackBerry, con demasiada frecuencia, incluso cuando se levantaba por la noche
para ir al baño, y pese a reírse de sí mismo, no podía dejar de
consultarla. Pasaron cuatro días, cuatro días enteros, hasta que
ella contestó. Eso lo desanimó. Ella nunca se había andado
con remilgos, y normalmente habría contestado mucho antes. Tal vez estaba ocupada, se dijo, aunque de sobra sabía lo
cómoda y poco convincente que era esa razón: «ocupada».
O tal vez había cambiado y ahora era una de esas mujeres que
esperaban cuatro días enteros para que no se las notara demasiado ansiosas, posibilidad que lo desanimó más aún. En su
e-mail, afectuoso pero muy breve, le decía que estaba ilusionada y nerviosa ante la perspectiva de abandonar su vida y
volver a Nigeria, aunque no entraba en detalles. ¿Cuándo volvía exactamente? ¿Y qué era tan difícil dejar atrás? Volvió a
buscar en Google al negro estadounidense con la esperanza,
quizá, de encontrar un post sobre una ruptura, pero el blog
contenía solo enlaces a artículos académicos. Uno de ellos era
sobre la música hip-hop de los primeros tiempos como activismo político —muy americano, eso de estudiar el hip-hop
como tema viable—, y lo leyó confiando en que fuera una estupidez, pero le interesó lo suficiente para seguir leyendo hasta
el final, y eso le revolvió el estómago. El negro estadounidense se había convertido, de un modo absurdo, en rival. Pro-
bó en Facebook. Kosi intervenía mucho en Facebook, colgaba fotos y se mantenía en contacto con gente, pero él había

anulado su cuenta hacía tiempo. Al principio se entusiasmó con Facebook, fantasmas de viejos amigos cobrando vida de pronto con esposas y maridos e hijos, y fotos seguidas de comentarios. Pero empezó a horrorizarlo el aire de irrealidad, la curiosa manipulación de imágenes para crear una vida paralela, fotos que la gente había tomado con Facebook en mente, colocando de fondo aquello de lo que se enorgullecían. Ahora reactivó su cuenta para buscar a Ifemelu, pero ella no tenía perfil en Facebook. Quizá sentía con Facebook el mismo desencanto que él. Eso le produjo un vago placer, otro ejemplo de lo mucho que se parecían. Su negro estadounidense salía en Facebook, pero su perfil solo era visible para sus amigos, y en un momento de delirio Obinze se planteó enviarle una solicitud de amistad, solo para ver si había colgado fotos de Ifemelu. Deseó esperar unos días antes de contestar a Ifemelu, pero esa misma noche, sin poder evitarlo, le escribió un largo e-mail sobre la muerte de su madre. «Nunca pensé que moriría hasta que murió. ¿Tiene eso algún sentido?» Había descubierto que el dolor no se atenuaba con el tiempo; era más bien un estado volátil. A veces la aflicción le sobrevenía de manera tan repentina como el día que su asistenta lo telefoneó para decirle, entre sollozos, que su madre estaba tendida en la cama y no respiraba; otras veces se olvidaba de que había muerto y por un momento planeaba coger un avión al este para ir a verla. Ella había contemplado con recelo su nueva riqueza, como si no entendiera un mundo en que una persona podía ganar tanto tan fácilmente. Cuando él, por sorpresa, le regaló un coche nuevo, ella dijo que su coche viejo funcionaba perfectamente, el Peugeot 505 que tenía desde que él estudiaba secundaria. Obinze encargó que le entregaran el coche en su propia casa, un Honda pequeño para que ella no lo considerara demasiado ostentoso, pero siempre que la visitaba, lo veía aparcado en el garaje, envuelto en una nube de polvo traslúcida. Recordaba con toda claridad su última conversación con ella por teléfono, tres días antes de su muerte, su creciente desánimo con su empleo y con la vida en el campus.

«Nadie publica en revistas internacionales —había dicho—. Nadie va a los congresos. Esto es como una charca lodosa y poco profunda en la que todos nos revolcamos.»

Escribió esto en su e-mail a Ifemelu, lo mucho que lo había entristecido también a él la tristeza de su madre con su empleo. Guardándose mucho de cargar demasiado las tintas, comentó que la iglesia de su pueblo natal le había cobrado diversas cantidades por distintos conceptos antes del funeral, y que los empleados del servicio de catering habían robado carne en el entierro, envolviendo los trozos de ternera en hojas de bananero recién cortadas y lanzándolas al otro lado de la tapia del recinto para que los cogieran sus cómplices, y que sus parientes habían reaccionado con gran preocupación ante el robo de la carne. Se levantaron las voces, se lanzaron acusaciones, y una tía suya dijo: «¡Esa gente del catering tiene que devolver hasta el último trozo de los bienes afanados!». Bienes afanados. A su madre le habría hecho gracia eso de que la carne fuese un bien afanado, e incluso su funeral terminase en una pelotera por carne afanada. ¿Por qué, escribió a Ifemelu, nuestros funerales se convierten a la primera de cambio en otras cosas que no guardan relación alguna con la persona que ha muerto? ¿Por qué los aldeanos esperan a que se produzca una muerte para vengarse por agravios pasados, los reales y los imaginarios, y por qué han de resarcirse con tanta saña?

La respuesta de Ifemelu llegó al cabo de una hora, una andanada de palabras pesarosas. «Lloro mientras escribo esto. ¿Sabes cuántas veces deseé que fuera mi madre? Fue la única adulta —aparte de la tía Uju— que me trató como una persona con una opinión digna de tomarse en cuenta. No sabes la suerte que tienes de haber crecido bajo sus cuidados. Ella era todo lo que yo quería ser. Lo siento muchísimo, Techo. Imagino el desgarro que debiste de sentir y debes de sentir aún a veces. Yo estoy ahora en Massachusetts con la tía Uju y Dike, pasando por algo que me ayuda a formarme una idea de esa clase de dolor, pero solo una mínima idea. Por favor, dame un número para que te llame, si es posible.»

El e-mail de Ifemelu lo hizo feliz. Ver a su madre a través de los ojos de ella lo hizo feliz. Y lo envalentonó. Se preguntó a qué dolor se refería y esperó que fuese la ruptura con el negro estadounidense, aunque habría preferido que la relación no representara tanto para ella como para sumirla en una pena tan honda. Intentó imaginar lo cambiada que estaría, lo americanizada, sobre todo después de mantener una relación con un estadounidense. Había observado un optimismo delirante en muchas de las personas que habían vuelto de Estados Unidos en los últimos años, un optimismo delirante en exceso entusiasta, con mucho balanceo de cabeza y una sonrisa permanente, actitud que lo aburría, porque era como una caricatura, sin textura ni profundidad. Confiaba en que ella no se hubiera convertido en eso. No podía imaginárselo. Le había pedido su número de teléfono. No podía albergar sentimientos tan profundos por su madre si no sentía aún algo por él. Así que volvió a escribirle, dándole todos sus números de teléfono, los tres móviles, el fijo de la oficina y el de su casa. Concluyó el e-mail con estas palabras: «Resulta extraño que en todos los acontecimientos importantes de mi vida siempre haya tenido la sensación de que tú eras la única persona que me comprendería». Le daba vueltas la cabeza, pero en cuanto pulsó «Enviar», sintió una punzada de arrepentimiento. Había sido demasiado, y demasiado pronto. No debería haber escrito algo tan cargado. Consultó su BlackBerry obsesivamente, día tras día, y al décimo día comprendió que ella no le contestaría.

Redactó unos cuantos mensajes de disculpa, pero no se los mandó porque lo violentaba disculparse por algo que no podía precisar. Nunca decidió conscientemente escribirle los largos y pormenorizados e-mails posteriores. Esa última afirmación, que la había echado de menos en todos los acontecimientos importantes de su vida, era grandilocuente, lo sabía, pero no del todo falsa. Por supuesto hubo largos periodos de tiempo en que no pensó en ella activamente, cuando vivía inmerso en el entusiasmo inicial de su relación con

Kosi, en su nueva hija, en un nuevo contrato, pero ella nunca había estado ausente. La había tenido siempre en la palma de la mente. Pese al silencio de ella y a su propio y confuso resquemor.

Empezó a escribirle sobre su etapa en Inglaterra, primero con la esperanza de que ella le contestara y luego por el placer mismo de escribir. Nunca se había contado a sí mismo su propia historia, nunca se había permitido reflexionar al respecto, desorientado como estaba por la deportación y, más tarde, por el súbito arranque de su nueva vida en Lagos. Escribirle a ella se convirtió también en una manera de escribirse a sí mismo. No tenía nada que perder. Aun cuando leyera sus e-mails en compañía del negro estadounidense y se riera de su estupidez, no le importaba.

Por fin ella contestó.

Techo, perdona mi silencio. Dike ha intentado suicidarse. No quise decírtelo antes (y no sé por qué). Ahora está mucho mejor, pero ha sido traumático y me ha afectado más de lo que yo habría imaginado (ya me entiendes, «intentarlo» no significa que haya ocurrido, pero me he pasado días llorando, pensando en lo que podría haber ocurrido). Lamento no haberte llamado para darte el pésame por tu madre. Tenía la intención de hacerlo, y te agradezco que me dieras tu número de teléfono, pero aquel día llevé a Dike a su cita con el psiquiatra y después ya no me vi con ánimos de nada más. Me sentía como si algo me hubiese abatido. La tía Uju dice que tengo una depresión. Ya sabes que en Estados Unidos existe la tendencia a convertirlo todo en una enfermedad que necesita medicación. No me medico; solo paso mucho tiempo con Dike, viendo muchas películas espantosas de vampiros y naves espaciales. Me han encantado tus e-mails sobre Inglaterra y me han hecho mucho bien, en muy diversos sentidos, y no tengo palabras para agradecerte que los hayas escrito. Espero tener ocasión de ponerte al corriente de mi propia vida... cuandoquiera que sea. Pasé un tiempo en Princeton con una beca de investigación que ha concluido recientemente y estuve varios años escribiendo un blog anónimo sobre la raza, que llegó a ser mi medio de vida, y puedes leer los archivos aquí. He aplazado mi regreso a casa. Me mantendré en contacto. Cuídate, y espero que tú y tu familia estéis bien.

Dike había intentado quitarse la vida. Era incomprensible. Obinze recordaba a Dike en la más tierna infancia, con el ruedo blanco del pañal visible en la cintura, correteando por la casa de Dolphin Estate. Ahora era un adolescente que había intentado quitarse la vida. El primer impulso de Obinze fue acudir junto a Ifemelu, inmediatamente. Deseó comprar un billete y subirse a un avión con destino a Estados Unidos y estar con ella, consolarla, ayudar a Dike, ponerlo todo en orden. Luego se rio de lo absurda que era su relación.

—Cariño, no me haces caso —dijo Kosi.

—Lo siento, *omalicha* —se disculpó.

—Ahora no pienses en el trabajo.

—Vale, lo siento. ¿Qué decías?

Iban en el coche, de camino a un colegio de primaria y parvulario en Ikoyi, para visitarlo el día de puertas abiertas como invitados de Jonathan e Isioma, unos amigos de Kosi que conocía de la iglesia, cuyo hijo iba allí. Kosi lo había organizado todo, en esa segunda visita a un colegio para decidir dónde matricularían a Buchi.

Obinze solo los había visto una vez, en una cena a la que los invitó Kosi. Isioma le pareció interesante; los pocos comentarios que se permitió hacer eran reflexivos, pero en general permaneció en silencio, quedándose en segundo plano, fingiendo ser menos inteligente de lo que era para salvaguardar el ego de Jonathan, en tanto que Jonathan, el presidente de un banco cuyas fotos aparecían continuamente en los periódicos, dominó la velada con interminables anécdotas sobre sus tratos con agentes inmobiliarios suizos, los gobernantes nigerianos a quienes había asesorado y las numerosas empresas que había salvado de la quiebra.

Presentó a Obinze y a Kosi a la directora del colegio, una mujer inglesa menuda y oronda, diciendo:

—Obinze y Kosi son amigos íntimos. Creo que su hija podría unirse a nosotros el año que viene.

—Muchos extranjeros de alto nivel traen a sus hijos aquí —explicó la directora en un tono teñido de orgullo, y Obinze se preguntó si ese era un comentario de rutina.

Probablemente lo había dejado caer con frecuencia suficiente para saber el efecto que surtía, lo mucho que impresionaba a los nigerianos.

Isioma le preguntó por qué su hijo no hacía aún apenas matemáticas e inglés.

—Nuestro método es más conceptual. Preferimos que durante el primer año los niños exploren su entorno —respondió la directora.

—Pero esas dos posibilidades no deberían excluirse entre sí. También pueden aprender algo de matemáticas e inglés —insistió Isioma. Luego, con un humor que no pretendía ocultar la seriedad subyacente, añadió—: Mi sobrina va a un colegio en el continente y a los seis años sabía escribir «onomatopeya».

La directora esbozó una tensa sonrisa; no consideraba, decía esa sonrisa, que mereciera la pena comentar los procedimientos de colegios de nivel inferior. Más tarde se sentaron en un amplio salón de actos y vieron la obra de teatro navideña preparada por los niños, sobre una familia nigeriana que encuentra un huérfano ante su puerta el día de Navidad. En mitad de la obra una maestra encendió un ventilador que impulsaba pequeños trozos de algodón blanco por el escenario. Nieve. Nevaba en la obra.

—¿Por qué echan nieve? ¿Enseñan a los niños que una Navidad no es una verdadera Navidad a menos que nieve como en el extranjero? —preguntó Isioma.

—Anda —dijo Jonathan—. ¿Qué tiene eso de malo? ¡Es solo una obra de teatro!

—Es solo una obra de teatro, pero entiendo el punto de vista de Isioma —comentó Kosi, y luego se volvió hacia Obinze—. ¿Cariño?

—La niña que interpretaba el ángel lo hacía muy bien —dijo Obinze.

Ya en el coche, Kosi observó:

—No tienes la cabeza aquí.

Obinze leyó todos los archivos de *Raza o Diversas observaciones acerca de los negros estadounidenses (antes denigrados con otra clase de apelativos) a cargo de una negra no estadounidense*. Los post del blog lo asombraron, le parecieron muy estadounidenses y ajenos, la voz irreverente con su tono coloquial, su mezcla de registros altos y bajos en el uso del lenguaje, y no se la imaginó escribiéndolos. Sintió grima al leer las alusiones a sus novios: el Ex Blanco Sexy, el Profesor Hunk. Leyó «Esta misma tarde» varias veces, porque era el post más personal que había escrito sobre el negro estadounidense, y buscó pistas y sutilezas sobre la clase de hombre que era, la clase de relación que mantenían.

Y en Nueva York la policía detuvo al profesor Hunk. Pensaron que tenía drogas. Los negros estadounidenses y los blancos estadounidenses consumen drogas en igual proporción (consúltese), pero pronunciad la palabra «droga» y veréis qué imagen acude a la cabeza de todo el mundo. El profesor Hunk está disgustado. Dice que él es profesor de una universidad de élite, y sabe de qué va la cosa, y se pregunta qué sentiría si fuera un chico pobre de una barriada. Siento pena por mi chico. Cuando nos conocimos, me contó que en el instituto quería sacar sobresalientes porque una profesora blanca le dijo: «Céntrate en conseguir una beca de baloncesto, los negros tienen más predisposición física y los blancos más predisposición intelectual, eso no es bueno ni malo, solo distinto» (y esa profesora fue a Columbia, dicho sea de paso). Así que estuvo cuatro años demostrándole que se equivocaba. Yo no pude identificarme con eso: con el deseo de obtener buenos resultados para demostrar algo. Pero también entonces sentí pena. Así que me voy a prepararle un té. Y a administrarle un poco de ternura, amor y cariño.

Obinze, que la había conocido cuando ella sabía poco de las cosas sobre las que escribía en su blog, experimentó una sensación de pérdida, como si se hubiera convertido en una persona que ya nunca reconocería.

SEXTA PARTE

43

Durante los primeros días Ifemelu durmió en la habitación de Dike, en el suelo. «No ha sucedido.» «No ha sucedido.» Se lo decía a sí misma a menudo, y sin embargo, interminables y elípticas cavilaciones acerca de lo que podía haber ocurrido se arremolinaban en su cabeza. La cama de Dike, esa habitación, habrían quedado vacías para siempre. En algún lugar dentro de Ifemelu se habría abierto una brecha que ya no se habría cerrado jamás. Lo imaginaba tomándose las pastillas. Tylenol, simple Tylenol; había leído en Internet que una sobredosis podía matar a una persona. ¿En qué estaba pensando Dike? ¿Pensaba en ella? Cuando volvió a casa del hospital, después del lavado de estómago, el control hepático, ella escrutó su rostro, sus gestos, sus palabras, en busca de alguna señal, de alguna prueba de que realmente había estado a punto de ocurrir. No se le veía distinto de antes; no tenía ojeras, ni apariencia fúnebre. Ella le preparó el arroz jollof que le gustaba, mezclado con trozos de pimiento rojo y verde, y mientras comía, llevándose el tenedor del plato a la boca, diciendo «Esto está buenísimo», como siempre había hecho en el pasado, ella notó acumularse dentro de sí las lágrimas y las preguntas. ¿Por qué? ¿Por qué lo había hecho? ¿Qué se le había pasado por la cabeza? No se lo preguntó porque, según el psicoterapeuta, no convenía preguntarle nada todavía. Transcurrieron los días. Ifemelu se aferró a él, temiendo soltarlo y temiendo, también, asfixiarlo. Al principio no podía conciliar el sueño; aun así, rechazó la pequeña pastilla azul que le ofreció la tía Uju, y por la noche se quedaba en vela, pensando y dando vueltas, su mente rehén de las cavilaciones sobre lo que podía haber sucedido, hasta que, por fin, se sumía en un sueño extenuado. Algunos días despertaba obsesionada con el deseo de culpabilizar a la tía Uju.

—¿Te acuerdas de una vez que Dike estaba contándote algo y dijo «Nosotros los negros», y le dijiste «Tú no eres negro»? —le preguntó a la tía Uju, en voz baja porque Dike seguía dormido en el piso de arriba.

Estaban en la cocina, en el tenue resplandor de la luz matutina, y la tía Uju, vestida para irse a trabajar, de pie junto al fregadero, comía un yogur.

—Sí, me acuerdo.

—No deberías haberlo dicho.

—Ya sabes a qué me refería. No quería que él empezara a comportarse como esta gente de aquí y a pensar que todo lo que le pasa es porque es negro.

—Le dijiste lo que no era pero no le dijiste lo que era.

—¿Qué me estás diciendo?

La tía Uju pisó el pedal del cubo de la basura, la tapa se abrió y echó el envase vacío del yogur. Ahora trabajaba a jornada parcial para poder pasar más tiempo con Dike, y lo llevaba ella misma a sus citas con el psicoterapeuta.

—Nunca lo has ayudado a reafirmarse.

—Ifemelu, su intento de suicidio se debió a una depresión —respondió la tía Uju en voz baja, con delicadeza—. Es una enfermedad clínica, que padecen muchos adolescentes.

—¿La gente se levanta un buen día y se deprime, así sin más?

—Sí.

—No en el caso de Dike.

—Tres de mis pacientes han intentado suicidarse, todos ellos adolescentes blancos. Uno lo consiguió —dijo la tía Uju, su tono apaciguador y triste, como siempre desde que Dike volvió del hospital.

—¡Su depresión se debe a su experiencia, tía! —exclamó Ifemelu, levantando la voz, y de pronto empezó a sollozar, a pedir

492

disculpas a la tía Uju, consciente de que se propagaba su propia culpabilidad y la manchaba también a ella. Dike no se habría tomado esas pastillas si ella hubiese llevado más cuidado, si hubiese estado más alerta. Se había agazapado con demasiada facilidad detrás de la risa, había sido incapaz de trabajar el terreno emocional de las bromas de Dike. Era verdad que él se reía, y que su risa convencía con su sonido y su luz, pero eso acaso fuera un escudo, y por debajo tal vez creciera la planta trepadora del trauma.

Ahora, en la estridente y silenciosa estela de su intento de suicidio, Ifemelu se preguntaba qué habían enmascarado con tantas risas. Ella debería haberse preocupado más. Lo observaba con atención. Lo protegía. No quería que lo visitaran sus amigos, aunque el psicoterapeuta había dicho que no había inconveniente si él deseaba verlos. Ni siquiera Page, que hacía unos días, estando a solas con Ifemelu, se había echado a llorar y había dicho: «No me puedo creer que no haya recurrido a mí en busca de ayuda». Era una niña, bienintencionada y sencilla, y sin embargo Ifemelu sintió una oleada de resentimiento hacia ella, por pensar que Dike tendría que haber recurrido a ella. Kweku volvió de su misión médica en Nigeria y pasó un tiempo con Dike, mirando la televisión con él, restableciendo la calma y la normalidad.

Transcurrieron las semanas. Ifemelu dejó de sucumbir al pánico cuando Dike se quedaba demasiado rato en el baño. Faltaban unos días para su cumpleaños, y le preguntó qué quería, acumulándosele de nuevo las lágrimas, porque imaginó su cumpleaños no como el día en que cumplía diecisiete años, sino como el día en que habría cumplido diecisiete años.

—¿Y si vamos a Miami? —propuso él, medio en broma, pero ella lo llevó a Miami y pasaron dos días en un hotel, pidiendo hamburguesas en un bar techado de paja junto a la piscina, hablando de todo menos del intento de suicidio.

—Esto es vida —dijo él, tumbado de cara al sol—. Ese blog tuyo era fantástico, te tenía nadando en la abundancia, y tal. Ahora que lo has dejado, ¡ya no podremos hacer estas cosas!

—No nadaba, más bien chapoteaba —dijo ella, mirándolo, a su apuesto primo, y los rizos de vello húmedo en su pecho la entristecieron, porque en ellos se insinuaba su nueva y tierna vida adulta, y deseó que siguiera siendo un niño; si aún fuera un niño, no habría tomado las pastillas ni se habría tendido en el sofá del sótano con la certidumbre de que ya nunca volvería a despertar.

—Te quiero, Dike. Te queremos, ¿tú eso lo sabes?

—Lo sé. Prima, tendrías que irte.

—Irme ¿adónde?

—De vuelta a Nigeria, como tenías pensado. Estaré bien, te lo prometo.

—Tal vez podrías ir a visitarme —propuso ella.

Tras una pausa, él contestó:

—Sí.

SÉPTIMA PARTE

44

Al principio Lagos la agredió; tantas prisas en medio del aturdimiento provocado por el sol, los autobuses amarillos repletos de piernas y brazos aplastados, los voceadores sudorosos corriendo detrás de los coches, los anuncios en descomunales vallas (otros garabateados en las paredes: FONTANERO LLAMAR AL 080177777) y las pilas de basura que se elevaban en las aceras como una ofensa. El comercio emitía un zumbido demasiado desafiante. Y el aire estaba saturado de exageración, las conversaciones rebosantes de afirmaciones excesivas. Una mañana yacía en Awolowo Road el cuerpo de un hombre. Otra mañana La Isla se inundó y los coches se convirtieron en barcos jadeantes. Allí, pensaba ella, podría suceder cualquier cosa, podría brotar un tomate maduro de la piedra maciza. Y por consiguiente tenía la vertiginosa sensación de caer, de caer en el interior de la nueva persona en quien se había convertido, de caer en lo conocido extraño. ¿Aquello siempre había sido así, o había cambiado mucho en su ausencia? Cuando se marchó de allí, solo los ricos tenían teléfono móvil, todos los números empezaban por 090, y las chicas querían salir con hombres del 090. Ahora su trenzadora de pelo tenía teléfono móvil; la vendedora de plátanos, detrás de su parrilla ennegrecida, tenía teléfono móvil. En su infancia conocía todas las paradas de autobús y las calles secundarias, sabía interpretar los crípticos códigos de los conductores y el lenguaje corporal de los voceadores callejeros. Ahora le representaba un esfuerzo entender todo aquello que no se expresaba de viva voz.

¿Desde cuándo eran tan groseros los tenderos? ¿Los edificios de Lagos siempre habían tenido esa pátina de deterioro? ¿Y cuándo se había convertido en una ciudad poblada de gente presta a mendigar y en exceso fascinada por las cosas gratuitas?

«¡Americanah! –le decía Ranyinudo con frecuencia a modo de pulla–. Ves las cosas con ojos de americana. Pero el problema es que ni siquiera eres una americanah auténtica. ¡Al menos si tuvieras acento americano, toleraríamos tus quejas!»

Ranyinudo fue a recogerla al aeropuerto. La esperaba en la zona de llegadas con un vestido ahuecado de dama de honor, el colorete demasiado rojo en las mejillas, como hematomas, las flores verdes de satén en el pelo ahora ladeadas. A Ifemelu la sorprendió lo arrebatadora, lo atractiva que estaba. Ya no era una fibrosa masa de brazos desmañados y piernas desmañadas, sino una mujer curvilínea, grande y firme, exultante en su peso y en su estatura, y eso le confería un aspecto imponente, una presencia que captaba las miradas.

–¡Ranyi! –exclamó Ifemelu–. Ya sé que mi regreso es todo un acontecimiento, pero no sabía que fuera como para ponerse un traje de fiesta.

–Tonta. Vengo directa de la boda. No he querido volver a casa a cambiarme por miedo a encontrarme después un atasco.

Se abrazaron, estrechándose con fuerza. Ranyinudo olía a perfume floral y a gases de escape y a sudor; olía a Nigeria.

–Estás guapísima, Ranyi. O sea, debajo de todas esas pinturas de guerra. Tus fotos no te hacen justicia.

–Ifemsco, tú sí que estás preciosa, incluso después del largo vuelo –contestó Ranyinudo, y se rio, sin dar importancia al cumplido de Ifemelu, desempeñando su antiguo papel, el de la menos bonita.

Su aspecto había cambiado pero conservaba cierto aire de persona excitable, un poco temeraria. Conservaba asimismo el eterno gorjeo en la voz, con la risa siempre a punto de aflorar a la superficie, de reventar, de entrar en erupción. Conducía deprisa, frenando con brusquedad y lanzando frecuentes miradas a la BlackBerry, que llevaba en el regazo; cada vez que se detenía el tráfico, la cogía y tecleaba rápidamente.

—Ranyi, deberías enviar mensajes y conducir únicamente cuando no viaje nadie contigo, así solo te matarás tú —dijo Ifemelu.

—¡Venga! No escribo mensajes y conduzco. Envío mensajes cuando no conduzco. Esta boda ha sido el no va más, la mejor boda en la que he estado. No sé si te acordarás de la novia. Era la mejor amiga de Funke en secundaria. Ijeoma, una chica muy amarilla. Estudió en el Niño Sagrado, pero solía venir con Funke a nuestra clase para el examen de la Comisión de Enseñanza. Nos hicimos amigas en la universidad. Si la vieras ahora… uf, es una mujer despampanante. Su marido está forrado. El anillo de compromiso era más grande que la roca Zuma.

Ifemelu miraba por la ventana, escuchando a medias, pensando en la escasa gracia de Lagos, las calles plagadas de socavones, las casas brotando sin orden ni concierto como la mala hierba. En medio de su revoltijo de sentimientos, identificó solo la confusión.

—Lima y melocotón —dijo Ranyinudo.

—¿Cómo?

—Los colores de la boda. Lima y melocotón. La decoración del salón era muy bonita, y la tarta, preciosa. Mira, he sacado fotos. Voy a colgar esta en Facebook.

Ranyinudo entregó su BlackBerry a Ifemelu, que se la quedó para que Ranyinudo se concentrara en la conducción.

—Y he conocido a alguien. Me ha visto mientras esperaba fuera a que acabara la misa. Hacía tanto calor que se me derretía la base del maquillaje en la cara, y me consta que parecía un zombi. ¡Aun así, ha venido a hablar conmigo! Eso es buena señal. Creo que este de verdad es un marido en potencia. ¿Te he contado que mi madre rezaba novenas para poner fin a mi relación cuando yo salía con Ibrahim? Al menos con este no le dará un infarto. Se llama Ndudi. Un nombre guay, *abi*? Más igbo no lo hay. ¡Y tendrías que ver qué reloj lleva!

Se dedica al petróleo. En su tarjeta de visita constan oficinas en Nigeria y en el extranjero.

—¿Por qué esperabas fuera durante la misa?

—Todas las damas de honor hemos tenido que esperar fuera porque nuestros vestidos eran indecentes. —Ranyinudo paladeó la palabra «indecente» y se rio—. Eso pasa mucho, sobre todo en las iglesias católicas. Incluso llevábamos mantones, pero el sacerdote ha dicho que tenían demasiado encaje, así que nos hemos quedado fuera esperando hasta el final de la misa. Igualmente doy gracias a Dios, porque si no, no habría conocido a ese hombre.

Ifemelu miró el vestido de Ranyinudo, los finos tirantes, el cuello plisado poco escotado. Antes de marcharse ella, ¿se excluía a las damas de honor de los oficios eclesiásticos porque llevaban vestidos de tirantes? Creía que no, pero ya no estaba muy segura. Ya no estaba muy segura de qué era nuevo en Lagos y qué era nuevo en ella misma. Ranyinudo aparcó en una calle de Lekki, que cuando Ifemelu se marchó no era más que terreno rescatado del mar; ahora, en cambio, había una sucesión de casas enormes rodeadas de altas tapias.

—Como mi piso es el más pequeño, no tengo plaza de aparcamiento en el garaje —explicó Ranyinudo—. Los demás inquilinos aparcan dentro, pero tendrías que oír el griterío todas las mañanas cuando un vecino no aparta el coche y otro llega tarde al trabajo.

Ifemelu se apeó en medio del zumbido ruidoso y discordante de los generadores, demasiados generadores; el sonido traspasó su tierno oído medio y palpitó en su cabeza.

—Esta última semana no hemos tenido luz —explicó Ranyinudo, levantando la voz para hacerse oír por encima de los generadores.

El portero se acercó apresuradamente para ayudar con las maletas.

—Bienvenida a casa, tía —le dijo a Ifemelu.

No solo había dicho «bienvenida», sino «bienvenida a casa», como si de algún modo supiera que había vuelto para quedarse. Ella le dio las gracias, y en la oscuridad gris del atardecer, en medio de aquel aire colmado de olores, la asaltó una emoción casi insoportable que no logró identificar. Era nostalgia y melancolía, una hermosa tristeza por todo aquello que había echado de menos y por todo aquello que nunca conocería. Más tarde, sentada en el sofá del pequeño y elegante salón de Ranyinudo, los pies hundidos en la alfombra demasiado mullida, ante el televisor de pantalla plana colgado en la pared opuesta, Ifemelu se vio a sí misma con incredulidad. Lo había hecho. Había vuelto. Encendió el televisor y buscó canales nigerianos. En la NTA, la primera dama, envuelto el rostro en un pañuelo azul, dirigía la palabra a una concentración de mujeres, y bajo la imagen se deslizaba el rótulo: «La primera dama suministra mosquiteras a las mujeres».

—Ni siquiera me acuerdo de la última vez que vi este canal absurdo —comentó Ranyinudo—. Mienten para el gobierno pero ni siquiera saben mentir bien.

—¿Y qué canal nigeriano ves?

—La verdad es que ninguno. Veo Style y E! A veces la CNN y la BBC. —Ranyinudo se había puesto un pantalón corto y una camiseta—. Me viene una chica a cocinar y limpiar, pero este estofado lo he preparado yo misma para ti, así que tienes que comértelo. ¿Qué vas a beber? Tengo malta y zumo de naranja.

—¡Malta! Voy a beberme toda la malta de Nigeria. La compraba en un supermercado hispano de Baltimore, pero no era lo mismo.

—En la boda he comido un arroz ofada excelente, así que no tengo hambre.

Pero, después de servir un plato a Ifemelu, comió un poco de arroz y estofado de pollo de un cuenco de plástico, encaramada en el brazo del sofá, mientras las dos chismorreaban sobre viejos amigos: Priye era organizadora de actos y recientemente había subido al más alto nivel después de conocer a la mujer del gobernador. Tochi había perdido su empleo en un banco a causa de la última crisis de la banca, pero se había casado con un abogado rico y tenía un hijo.

—Tochi me contaba cuánto dinero tenía la gente en sus cuentas —explicó Ranyinudo—. ¿Te acuerdas de Mekkus Parara, aquel que suspiraba por Ginika? ¿Te acuerdas de que siempre tenía en los sobacos unas manchas amarillas apestosas? Ahora está podrido de dinero, pero es dinero sucio. Esa gente que estafa en Londres y Estados Unidos, ¿sabes? Luego vuelven a Nigeria con el dinero y se construyen mansiones en Victoria Garden City. Tochi me contó que Mekkus nunca iba al banco en persona. Enviaba a sus chicos para ingresar diez millones un día, veinte millones otro, metidos en esas bolsas de plástico baratas. Yo nunca he querido trabajar en un banco. Lo malo de trabajar en un banco es que si no te toca una sucursal buena, con clientes de altos vuelos, pringas. Te pasas la vida atendiendo a comerciantes inútiles. Tochi tuvo suerte con su empleo, le tocó una buena sucursal y conoció allí a su marido. ¿Quieres más malta?

Ranyinudo se levantó. En su manera de moverse se observaba una exuberante lentitud femenina, un porte erguido, un contoneo, un vaivén de nalgas a cada paso. Unos andares nigerianos. Andares, por otra parte, en los que se insinuaba el exceso, como si se adivinara en ellos el reflejo de algo que era necesario atemperar. Ifemelu cogió la botella de malta fría que le tendió Ranyinudo y se preguntó si su vida habría sido así en caso de no marcharse, si sería como Ranyinudo, que trabajaba en una agencia de publicidad, que vivía en un piso de una sola habitación, que asistía a una iglesia pentecostal donde hacía de acomodadora, y que salía con un alto ejecutivo casado que le pagaba billetes de avión a Londres en clase business. Ranyinudo enseñó a Ifemelu fotografías de él en su móvil. En una, aparecía con el torso desnudo, el vientre ligeramente abultado de la mediana edad, recostado en la cama de Ranyinudo, exhibiendo la sonrisa pacata de un hombre recién saciado de sexo. Otra era un primer plano, su rostro una silueta desdibujada y misteriosa, con la vista baja. El cabello entrecano le quedaba atractivo, incluso distinguido.

—¿Son impresiones mías, o este hombre parece una tortuga? —dijo Ifemelu.

—Son impresiones tuyas. Pero Ifem, en serio, Don es un buen hombre. No es como muchos de esos inútiles que pululan por Lagos.

—Ranyi, me dijiste que era un rollo pasajero. Pero dos años no son un rollo pasajero. Me tienes preocupada.

—Siento algo por él, no lo voy a negar, pero quiero casarme, y él lo sabe. Antes me planteaba tener un hijo suyo, pero ahí tienes a Uche Okafor, la de Nsukka, ¿te acuerdas de ella? Tuvo un hijo con el presidente del Halc Bank, y el tío le salió con que él no era el padre y la mandó a paseo, y ahora ella tiene que criar a su hijo sola. *Na wa.*

Ranyinudo contemplaba la fotografía en el móvil con un asomo de sonrisa afectuosa. Un rato antes, en el viaje en coche desde el aeropuerto, mientras aflojaba la marcha para primero entrar y después salir de un enorme socavón, había dicho: «A ver si Don me cambia ya este coche de una vez. Viene prometiéndomelo desde hace tres meses. Necesito un jeep. ¿Te das cuenta de lo mal que están las calles?». E Ifemelu sintió algo entre fascinación y anhelo por la vida de Ranyinudo. Una vida en la que movía una mano y las cosas le caían del cielo, y ella sencillamente contaba con que cayeran del cielo.

A las doce de la noche Ranyinudo apagó el generador y abrió las ventanas.

—He tenido puesto el generador una semana entera sin parar, ¿te imaginas? Hacía mucho que la electricidad no daba tantos problemas.

El frescor se disipó enseguida. Un aire húmedo y caliente anegó la habitación, y pronto Ifemelu se revolvía en la humedad de su propio sudor. Había empezado a sentir una dolorosa palpitación detrás de los ojos y un mosquito zumbaba cerca, y de repente, con cierta culpabilidad, se alegró de tener un pasaporte azul de Estados Unidos en el bolso. La protegía de la falta de elección. Siempre podía marcharse; no estaba obligada a quedarse.

—Pero ¿qué humedad es esta? —preguntó. Ocupaba la cama de Ranyinudo, que estaba en un colchón en el suelo—. No puedo respirar.

—No puedo respirar —remedó Ranyinudo, su voz al borde de la risa—. ¡Venga! ¡Americanah!

45

Ifemelu había encontrado el anuncio en *Empleos Nigerianos Online:* «jefa de sección de reportajes para destacada revista femenina mensual». Preparó su currículum, inventó una experiencia anterior como redactora en plantilla de una revista femenina («cerrada por quiebra», entre paréntesis), y unos días después de enviarlo por medio de un servicio de mensajería, la directora de *Zoe* telefoneó desde Lagos. La voz madura y cordial al otro lado de la línea sonaba vagamente inapropiada. «Ah, llámame tía Onenu», dijo con tono jovial cuando Ifemelu le preguntó con quién hablaba. Antes de ofrecer el puesto a Ifemelu, bajando la voz en confianza, comentó: «Cuando empecé con esto, no contaba con el apoyo de mi marido, porque pensaba que me perseguirían los hombres si iba en busca de publicidad». Ifemelu tuvo la sensación de que la revista era un pasatiempo para la tía Onenu, un pasatiempo importante para ella, pero un pasatiempo a fin de cuentas. No una pasión. No algo que la consumía. Y cuando conoció a la tía Onenu, se reafirmó en esa impresión: aquella era un mujer con la que era fácil simpatizar pero a la que era difícil tomar en serio.

Ifemelu fue con Ranyinudo a la casa de la tía Onenu en Ikoyi. Se sentaron en sofás de piel fríos al tacto y hablaron en voz baja hasta que apareció la tía Onenu. Una mujer esbelta, risueña y bien conservada, con unas mallas, una camiseta holgada y un postizo en el pelo excesivamente juvenil, cayéndole en ondas hasta la espalda.

—¡Mi jefa de sección de reportajes ha llegado de Estados Unidos! —exclamó, y abrazó a Ifemelu. Era difícil calcular su edad, entre cincuenta y sesenta y cinco años, pero saltaba a la vista que no había nacido con aquella tez clara: su lustre era demasiado céreo y tenía los nudillos oscuros, como si esos pliegues se hubiesen resistido valientemente a la acción de la crema blanqueadora—. Quería que te pasaras por aquí antes de empezar el lunes para poder darte la bienvenida en persona.

—Gracias.

A Ifemelu la visita al domicilio particular se le antojaba extraña y poco profesional, pero aquella era una revista pequeña, y aquello era Nigeria, donde los lindes se desdibujaban, donde el trabajo y la vida se fundían, y donde se llamaba «mamá» a las jefas. Además, se imaginaba ya asumiendo la gestión de *Zoe,* transformándola en una compañera vibrante y valiosa para las mujeres nigerianas, y —quién sabía— tal vez comprando algún día la revista a la tía Onenu. Y ella no recibiría en su casa a las empleadas recién incorporadas.

—Eres una chica guapa —dijo la tía Onenu, moviendo la cabeza en un gesto de asentimiento, como si ser guapa fuera un requisito para el puesto y la hubiera preocupado la posibilidad de que Ifemelu no lo fuera—. Me gustó tu manera de hablar por teléfono. No me cabe duda de que contigo a bordo superaremos en tirada a *Glass.* ¡Debes saber que somos una publicación mucho más joven que ellos, y sin embargo estamos ya a punto de alcanzarlos!

Apareció un mayordomo de blanco, un anciano circunspecto, para preguntar qué les apetecía beber.

—Tía Onenu, he estado leyendo números atrasados tanto de *Glass* como de *Zoe,* y tengo algunas ideas sobre lo que podemos cambiar —dijo Ifemelu cuando el mayordomo se fue a por su zumo de naranja.

—¡Eres una auténtica americana! Ya lista para ponerte manos a la obra, una persona seria y eficiente. Muy bien. Para empezar, dime cómo nos ves en comparación con *Glass.*

A Ifemelu las dos revistas le parecían insípidas, pero *Glass* estaba mejor producida, los colores de las páginas no se corrían tanto como los de *Zoe*, y tenía más presencia en la calle; en el coche, cada vez que Ranyinudo aminoraba la velocidad, un voceador se acercaba para poner contra la ventanilla insistentemente un ejemplar de *Glass*. Pero como veía ya la obsesión de la tía Onenu con la competencia, tan ostensiblemente personal, declaró:

—Son parecidas, pero creo que podemos mejorar. Hay que reducir los perfiles con entrevista, dejarlos en uno al mes, y ofrecer el perfil de una mujer que de verdad haya conseguido algo por sí sola. Necesitamos más columnas personales, y deberíamos introducir una columna rotatoria con un autor invitado, y tratar más las cuestiones de salud y dinero, tener mayor presencia online, y dejar de copiar artículos de revistas extranjeras. La mayoría de las lectoras no pueden ir al mercado y comprar brócoli, porque en Nigeria no hay, así que ¿por qué sale este mes en *Zoe* una receta de una crema de brócoli?

—Sí, sí —dijo la tía Onenu lentamente. Parecía atónita. Al cabo de un momento, como recobrándose, añadió—: Muy bien. Hablaremos de todo eso el lunes.

Ya en el coche, Ranyinudo comentó:

—¡Ja, vaya manera de hablar a tu jefa! Si no fuese porque vienes de Estados Unidos, te habría despedido en el acto.

—Ya me gustaría a mí saber qué trasfondo hay entre ella y la directora de *Glass*.

—Leí en la prensa amarilla que se detestan. Estoy segura de que hay algún hombre de por medio, ¿qué va a ser, si no? ¡Mujeres, bah! Creo que la tía Onenu fundó *Zoe* solo por competir con *Glass*. Diría que ni siquiera sabe nada de prensa; solo es una mujer rica que decidió crear una revista, y mañana puede cerrarla y abrir un spa.

—Y qué casa tan fea —comentó Ifemelu.

Era monstruosa, con dos ángeles de alabastro custodiando la verja, y una fuente abovedada borboteando en el jardín delantero.

—¿Cómo que fea? Pero ¿qué dices? ¡La casa es preciosa!

—No para mí —dijo Ifemelu, y sin embargo en su día las casas así le habían parecido preciosas.

Pero allí estaba ahora, manifestando su desagrado con la altiva seguridad de quien reconocía lo kitsch.

—¡Su generador es tan grande como mi piso y no hace nada de ruido! —exclamó Ranyinudo—. ¿Te has fijado en el cobertizo del generador, junto a la verja?

Ifemelu no se había fijado. Y ese detalle le hirió el orgullo. En eso se habría fijado un auténtico lagosense: el cobertizo del generador, el tamaño del generador.

En Kingsway Road creyó ver pasar a Obinze en un Mercedes negro de chasis bajo y se irguió, aguzando la vista, pero, al reducirse la velocidad en un embotellamiento, vio que el hombre no se parecía en nada a él. En las semanas siguientes imaginó ver a Obinze varias veces, personas que sabía que no eran él pero podrían haberlo sido: la silueta trajeada de espalda recta que entró en el despacho de la tía Onenu, el hombre en el asiento trasero de un coche con los cristales tintados, la cara inclinada hacia un móvil, la figura detrás de ella en la cola del supermercado. Incluso imaginó, cuando fue a conocer a su casero, que entraría y se encontraría allí con Obinze. El agente inmobiliario le había dicho que el casero prefería inquilinos extranjeros. «Pero se relajó cuando le dije que usted venía de Estados Unidos», añadió. El casero era un hombre mayor con caftán marrón y pantalón a juego; tenía la piel curtida y la apariencia dolida de una persona que había padecido mucho a manos de otros.

—No alquilo a ningún igbo —dijo en voz baja, e Ifemelu se sorprendió. ¿Ahora se decían esas cosas con semejante facilidad? ¿Se decían ya antes con esa misma facilidad y ella sencillamente se había olvidado?—. Sigo esa norma desde que un igbo me destruyó la casa en Yaba. Pero usted parece una persona responsable.

—Sí, soy responsable —respondió ella, y afectó una sonrisa bobalicona.

Los otros pisos que le gustaban eran demasiado caros. A pesar de que las tuberías quedaban a la vista bajo el fregadero y el inodoro estaba ladeado y los azulejos del baño puestos chapuceramente, eso era lo mejor que podía pagarse. Le gustaba el salón amplio y aireado, con sus ventanales, y le encantaba la estrecha escalera que conducía a una pequeña terraza, pero lo más importante: estaba en Ikoyi. Y ella quería vivir en Ikoyi. En su infancia, Ikoyi olía a refinamiento, un refinamiento remoto, inaccesible para ella: la gente que vivía en Ikoyi no tenía granos en la cara y en las casas a uno de los chóferes se le designaba «chófer de los niños». El primer día que vio el piso, se quedó de pie en la terraza y contempló la finca contigua, una magnífica casa colonial, ahora amarillenta por el deterioro, los jardines devorados por el follaje, la hierba y los arbustos amontonados. En el tejado de la casa, parte del cual se había desmoronado y hundido, vio un movimiento, un destello de plumas de color turquesa. Era un pavo real. El agente inmobiliario le contó que había vivido allí un oficial del ejército durante el régimen del general Abacha; ahora la propiedad estaba inmovilizada por un proceso judicial. Ifemelu imaginó a la gente que había vivido allí quince años atrás mientras ella, en un piso pequeño de la hacinada zona continental, veía con anhelo aquellas vidas serenas y envueltas en espacio.

Extendió un cheque por el alquiler de dos años. Por eso la gente aceptaba sobornos y buscaba sobornos; ¿cómo, si no, podía alguien pagar honradamente dos años de alquiler por adelantado? Planeó llenar la terraza de azucenas en macetas de barro, y decorar el salón con colores pastel, pero antes debía buscar un electricista que instalara el aire acondicionado, un pintor que repintara las paredes untuosas, y alguien que alicatara la cocina y el baño. El agente inmobiliario llevó a un hombre para ocuparse del alicatado. La obra se prolongó una semana, y cuando el agente inmobiliario la telefoneó para decirle que estaba acabada, ella, ilusionada, fue a ver el piso. Al entrar en el cuarto de baño, se quedó mirando con incredulidad. Los azulejos tenían los bordes desiguales, y en los rincones quedaban pequeños huecos. Un azulejo presentaba una fea grieta en el centro. Parecía todo hecho por un niño impaciente.

—¿Qué es este disparate? ¡Fíjese en esos bordes desiguales! ¡Hay un azulejo roto! ¡Esto es aún peor que el alicatado antiguo! ¿Cómo puede darse por satisfecho con este trabajo lamentable? —le preguntó al hombre.

Él se encogió de hombros, convencido a todas luces de que ella alborotaba innecesariamente.

—Yo estoy satisfecho con el trabajo, tía.

—¿Usted quiere que yo le pague?

Una parca sonrisa.

—Vamos, tía, he acabado el trabajo.

—No se preocupe, señora, cambiará el azulejo roto —terció el agente inmobiliario.

El alicatador pareció remiso.

—Pero he acabado el trabajo. El problema es que los azulejos se rompen con mucha facilidad. Es por la calidad.

—¿Que ha acabado? ¿Hace esta chapuza y dice que ha acabado? —Su enfado iba en aumento, su voz cada vez más alta y severa—. No pagaré lo acordado, ni hablar, porque usted no ha hecho lo acordado.

El alicatador la miraba con los ojos entornados.

—Y si quiere problemas, créame, los tendrá —advirtió Ifemelu—. ¡Lo primero que haré es llamar al comisario de policía y lo encerrarán en el centro de detención Alagbon Close! —Había empezado a gritar—. ¿Usted sabe quién soy yo? ¡Usted no sabe quién soy, por eso se permite una chapuza así!

El hombre pareció acobardarse. Ifemelu se había sorprendido a sí misma. ¿De dónde había salido eso? ¿Esas falsas bravatas, el recurso fácil a la amenaza? Afloró a su memoria, intacto después de tantos años, el recuerdo del día que murió el General de la tía Uju y ella amenazó a los parientes de él. «De acuerdo, no os marchéis —les dijo—. Quedaos ahí. Quedaos ahí mientras voy a llamar a mis amigos de los cuarteles.»

—Tía, no se preocupe, hará el trabajo otra vez —aseguró el agente inmobiliario.

Más tarde Ranyinudo le dijo: «¡Ya no te comportas como una americanah!», y a Ifemelu, a su pesar, le complació oírlo.

«El problema es que en este país ya no tenemos artesanos —dijo Ranyinudo—. Los ghaneses son mejores. Mi jefe se está construyendo una casa y solo contrata a ghaneses para los acabados. Los nigerianos no hacen más que chapuzas. No se toman el tiempo necesario para acabar las cosas debidamente. Es un horror. Pero oye, Ifem, tenías que haber llamado a Obinze. Él te lo habría resuelto todo. Al fin y al cabo, se dedica a eso. Debe de tener infinidad de contactos. Deberías haberlo llamado incluso antes de empezar a buscar piso. Podría haberte ofrecido un alquiler reducido en una de sus fincas, incluso un piso gratis. No sé a qué estás esperando para llamarlo.

Ifemelu movió la cabeza en un gesto de negación. Esa Ranyinudo… para ella los hombres solo existían como fuente de objetos. Personalmente, no se imaginaba telefoneando a Obinze para pedirle un alquiler reducido en una de sus fincas. Así y todo, no se explicaba por qué aún no lo había llamado. Se lo había planteado muchas veces, a menudo sacando el móvil para deslizar la agenda hasta su número, y sin embargo no lo había llamado. Él aún le enviaba e-mails, diciendo que esperaba que ella estuviera bien, o que esperaba que Dike saliera adelante, y ella contestó a unos cuantos, siempre brevemente, respuestas que él supondría que mandaba desde Estados Unidos.

46

Pasaba los fines de semana con sus padres, en el piso antiguo, feliz de quedarse allí sentada sin más y contemplar las paredes que habían sido testigos de su infancia; solo cuando empezó a comer el guiso de su madre, una capa de aceite flotando en lo alto del concentrado de tomate, cayó en la cuenta de lo mucho que lo había echado de menos. Los vecinos pasaban a saludarla, la hija regresada de América. Muchos eran nuevos y desconocidos, pero sentía un afecto sentimental por ellos, porque le recordaban a los otros que había conocido, a Mama Bomboy, del piso de abajo, que una vez, cuando ella estaba en primaria, dándole un tirón de orejas, le dijo «No saludas a los mayores»; a Oga Tony, del piso de arriba, que fumaba en su terraza; al comerciante de la casa de al lado que, por alguna razón que ella ignoraba, la llamaba «campeona».

—Solo vienen a ver si les regalas algo —dijo su madre en un susurro, como si los vecinos que acababan de marcharse pudieran oírla—. Todos esperaban que yo les comprara algo cuando fuimos a América, así que fui al mercado, compré unos frascos de perfume pequeñísimos y les dije que eran de América.

A sus padres les gustaba hablar de su visita a Baltimore, a su madre de las rebajas, a su padre de que no entendía las noticias porque ahora los estadounidenses empleaban expresiones coloquiales en noticiarios serios.

—¡Es la infantilización e informalización definitiva de Estados Unidos! ¡Presagia el fin del imperio estadounidense, están matándose desde dentro! —declaró.

Ifemelu les seguía la corriente, escuchando sus observaciones y recuerdos, y esperaba que ninguno de los dos mencionara a Blaine; les había dicho que había retrasado su visita por un asunto de trabajo.

No tenía necesidad de mentir a sus viejas amigas sobre Blaine, pero lo hizo, comunicándoles que tenía una relación seria y pronto él se reuniría con ella en Lagos. En sus encuentros con viejas amigas, la sorprendió lo deprisa que sacaban a relucir el tema del matrimonio, las solteras con tono resentido, las casadas con cierta suficiencia. Ifemelu quería hablar del pasado, de los profesores de quienes se burlaban y los chicos que antes les gustaban, pero el matrimonio era siempre el tema predilecto: qué marido era un canalla, quién andaba a la caza desesperadamente, colgando en Facebook demasiadas fotos de sí misma emperifollada, qué hombre había decepcionado a alguna de ellas después de cuatro años y la había abandonado para casarse con una muchachita a quien podía controlar. (Cuando Ifemelu contó a Ranyinudo que se había encontrado en el banco con una antigua compañera de clase, Vivian, lo primero que preguntó Ranyinudo fue: «¿Está casada?».) Así que utilizó a Blaine como escudo. Si conocían la existencia de Blaine, las amigas casadas no le dirían: «No te preocupes, ya te llegará el turno, solo tienes que rezar», y las amigas no casadas no darían por sentado que pertenecía al grupo autocompasivo de las solteras. Se daba también una tensa nostalgia en esas reuniones, algunas en el piso de Ranyinudo, otras en el de Ifemelu, otras en restaurantes, porque ella pretendía encontrar, en esas mujeres adultas, vestigios de su pasado que a menudo ya no estaban allí.

Tochi estaba irreconocible, tan gorda que incluso la nariz le había cambiado de forma, y la papada le colgaba por debajo de la cara como un bollo. Llegó al piso de Ifemelu con su bebé en una mano, la BlackBerry en la otra, y una asistenta a rastras, cargada con una bolsa de lona llena de biberones y baberos. «Madam America», fue el saludo de Tochi, y durante el resto de la visita habló en defensivas ráfagas, como si estuviese decidida a combatir el americanismo de Ifemelu.

—Yo solo compro ropa inglesa para mi bebé, porque la americana pierde color después del primer lavado. Mi marido quería que nos fuéramos a vivir a América, pero yo me negué, por lo malo que es allí el sistema educativo. En la clasificación de una agencia internacional ocupaba el último lugar entre los países desarrollados, ¿lo sabías?

Tochi siempre había sido perspicaz y reflexiva; en secundaria siempre era Tochi quien intervenía con serena racionalidad cuando Ifemelu y Ranyinudo discutían. En la personalidad cambiada de Tochi, en su necesidad de defenderse contra agravios imaginados, Ifemelu percibió una gran infelicidad personal. Y por eso apaciguó a Tochi, hablando mal de Estados Unidos, aludiendo solo a las cosas que también a ella le desagradaban del país, exagerando su acento no estadounidense, hasta que la conversación se convirtió en una farsa deprimente. Al final el bebé de Tochi vomitó, un líquido amarillento que la asistenta se apresuró a limpiar, y Tochi dijo:

—Tenemos que irnos, el bebé quiere dormir.

Ifemelu la observó irse con una sensación de alivio. La gente cambiaba, a veces cambiaba demasiado.

Prive, más que cambiar, se había endurecido, y ahora tenía una personalidad revestida de cromo. Se presentó en el piso de Ranyinudo con una pila de periódicos, llenos de fotografías de la gran boda que acababa de organizar. Ifemelu imaginó los comentarios de la gente sobre Prive. Le van bien las cosas, diría, le van francamente bien.

—¡Mi teléfono no ha parado de sonar desde la semana pasada! —exclamó Prive con tono triunfal, echándose atrás el postizo liso de color rojizo que le caía sobre un ojo; cada vez que levantaba una mano para apartarse el pelo, que invariablemente volvía a caerle sobre un ojo, ya que se lo habían cosido con ese fin, Ifemelu se distraía con el delicado color rosa de sus uñas.

Priye poseía la actitud aplomada y un poco siniestra de una persona capaz de conseguir que los demás se atuvieran a sus deseos. Y rutilaba: los pendientes de oro amarillo, las tachuelas en el bolso de diseño, el chispeante carmín de color bronce.

—La boda fue todo un éxito: asistieron siete gobernadores, ¡siete! —contó.

—Y ninguno conocía a la pareja, estoy segura —dijo Ifemelu con sorna.

Priye se encogió de hombros y alzó la palma de una mano en un gesto de indiferencia, quitando toda trascendencia a ese detalle.

—¿Desde cuándo se mide el éxito de una boda por el número de gobernadores que asisten? —preguntó Ifemelu.

—Es prueba de que tienes contactos. Es prueba de tu prestigio. ¿Sabes lo poderosos que son los gobernadores en este país? El poder ejecutivo no es poca cosa —señaló Priye.

—Pues cuantos más gobernadores vengan a mi boda, mejor. Indica nivel, nivel de verdad —declaró Ranyinudo. Observaba las fotografías, pasando lentamente las hojas de los periódicos—. Priye, ¿te has enterado de que Mosope se casa dentro de dos semanas?

—Sí. Me llamó, pero tenía un presupuesto demasiado bajo para mí. Esa chica nunca ha entendido la primera norma de la vida en Lagos. No te casas con el hombre a quien quieres. Te casas con el hombre que te mantenga mejor.

—¡Amén! —exclamó Ranyinudo, y se echó a reír—. Pero a veces un hombre puede ser lo uno y lo otro. Esta es la temporada de las bodas. ¿Cuándo me tocará a mí, Dios mío?

Dirigió la mirada al techo y levantó las manos en actitud de plegaria.

—Le he dicho a Ranyinudo que le organizaré la boda sin cobrarle comisión —le explicó Priye a Ifemelu—. Y también me ocuparé de la tuya, Ifem.

—Gracias, pero creo que Blaine preferirá una celebración sin gobernadores —contestó Ifemelu, y todas se echaron a reír—. Probablemente hagamos algo discreto en una playa.

A veces se creía sus propias mentiras. Ahora le parecía estar viéndolo: Blaine y ella vestidos de blanco en una playa caribeña, rodeados de unos cuantos amigos, corriendo hacia un altar improvisado de arena y flores, mientras Shan los observaba con la esperanza de que uno de los dos tropezara y cayera.

47

Onikan era el casco antiguo de Lagos, una porción del pasado, un templo consagrado al desvaído esplendor de la época colonial; Ifemelu recordó que antes, las casas, abandonadas y sin pintar, se deterioraban gradualmente, y el moho trepaba por las paredes, y los goznes de las verjas se oxidaban y atrofiaban. Ahora, en cambio, los promotores inmobiliarios reformaban y desmantelaban, y en la planta baja de un edificio de tres pisos recién rehabilitado, unas sólidas puertas de cristal daban acceso a una recepción pintada de color terracota donde se hallaba sentada una recepcionista de rostro agraciado, Esther, y detrás de ella se erigían, en gigantescas letras plateadas, las palabras: REVISTA ZOE. Esther albergaba un sinfín de modestas ambiciones. Ifemelu la imaginaba hurgando en las pilas de zapatos y ropa de segunda mano en los tenderetes laterales del mercado de Tejuosho, escogiendo los artículos mejores y luego regateando incansablemente con el vendedor. Vestía ropa bien planchada y zapatos de tacón gastados pero lustrados con esmero; leía libros como *Acceder a la prosperidad por medio de la oración*, y trataba a los chóferes con superioridad a la vez que intentaba congraciarse con los redactores. «Esos pendientes son muy bonitos, señora –le decía a Ifemelu–. Si algún día se le ocurre tirarlos, tenga la bondad de dármelos y la ayudaré a tirarlos.» E invitaba una y otra vez a Ifemelu a su iglesia.

–¿Vendrá este domingo, señora? Mi pastor es un hombre de Dios poderoso. Mucha gente da fe de milagros que han ocurrido en sus vidas gracias a él.

—¿Por qué crees que habría de ir a tu iglesia, Esther?

—Le gustará, señora. Es una iglesia muy espiritual.

Al principio el tratamiento de «señora» incomodaba a Ifemelu. Esther tenía por lo menos cinco años más que ella, pero, naturalmente, la posición estaba por encima de la edad: ella era jefa de sección, con coche y chófer, y el aura de América flotaba sobre su cabeza, e incluso Esther esperaba que hiciera el papel de «señora». Así que lo hacía, halagando a Esther y bromeando con Esther, pero siempre con un tono festivo y paternalista al mismo tiempo, y a veces le regalaba alguna que otra cosa, un bolso viejo, un reloj viejo. Tal como hacía con su chófer, Ayo. Se quejaba de sus excesos de velocidad, lo amenazaba con despedirlo por llegar tarde una vez más, le pedía que repitiera sus instrucciones para asegurarse de que la había entendido. Aun así, cuando hablaba en esos términos, siempre percibía en su propia voz un timbre agudo, poco natural, incapaz de convencerse plenamente de su rango señorial.

La tía Onenu se complacía en decir: «¡La mayor parte de mi equipo se compone de licenciados extranjeros, y no como el de esa mujer de *Glass,* que contrata a chusma incapaz de puntuar una frase!». Ifemelu se la imaginó diciendo eso en una cena, «La mayor parte de mi equipo», como si la revista fuera una empresa grande y dinámica, pese a que solo tres personas constituían la redacción y otras cuatro trabajaban en administración, y únicamente Ifemelu y Doris, la redactora jefa, tenían títulos extranjeros. Doris, delgada y de ojos hundidos, una vegetariana que anunciaba que era vegetariana a la menor oportunidad, hablaba con el dejo estadounidense propio de un adolescente, dando a las frases una entonación interrogativa, excepto cuando hablaba con su madre por teléfono; entonces su inglés adquiría una uniformidad e impasibilidad nigerianas. Llevaba largas microrrastas de un tono cobrizo por efecto del sol y vestía de una manera poco común: calcetines blancos y zapatos de cordón masculinos, camisas de hombre remetidas en pantalones pirata, cosa que ella consideraba original, y que todos en la oficina le disculpaban por que había vuelto del extranjero. No usaba maquillaje, salvo por un intenso carmín rojo, que daba a su rostro un aspecto chocante, con ese trazo carmesí, y probablemente esa era su intención; pero su piel sin adornos tendía a presentar una tonalidad cenicienta, y el primer impulso de Ifemelu, cuando se conocieron, fue aconsejarle una buena crema hidratante.

—¿Fuiste a Wellson, en Filadelfia? ¿Yo fui a Temple? —dijo Doris, como para dejar claro de inmediato que las dos pertenecían a un mismo club superior—. Compartirás este despacho con Zemaye y conmigo. Es la ayudante de redacción, y estará fuera por un encargo hasta esta tarde, ¿o tal vez más? Siempre se queda fuera todo el tiempo que le apetece.

Ifemelu captó la malignidad del comentario. No era sutil; Doris pretendía que la captara.

—He pensado que podrías, no sé, ¿dedicar esta semana a adaptarte a esto? ¿Ver qué hacemos? ¿Y la semana que viene puedes empezar con algún encargo?

—De acuerdo —respondió Ifemelu.

El despacho, un espacio amplio con cuatro mesas, un ordenador en cada una, parecía desnudo, sin estrenar, como si para todos fuera el primer día de trabajo. Ifemelu no sabía bien cómo podría dársele un aspecto distinto; quizá con fotos de familia en los escritorios, o simplemente con más objetos, más carpetas y papeles y grapadoras, prueba de que estaba habitado.

—¿Yo tenía un trabajo excelente en Nueva York, pero decidí volver y establecerme aquí? —dijo Doris—. No sé, por las presiones familiares, para que sentara la cabeza y tal, ¿entiendes? ¿Como soy hija única? Cuando llegué, una tía mía me miró y dijo: «Puedo conseguirte un empleo en un buen banco, pero debes cortarte esas rastas». —Movió la cabeza a uno y otro lado en un gesto burlón a la vez que remedaba el acento nigeriano—. ¿Te juro que esta ciudad esta llena de bancos? ¿Les basta que seas medianamente atractiva de una manera previsible, y ya tienes un empleo en el servicio de atención al cliente? ¿El caso es que acepté este trabajo porque me interesa el mundo de las revistas? Y este es un buen sitio para conocer a gente, por los muchos actos a los que tenemos que asistir, ¿entiendes?

Doris hablaba como si Ifemelu y ella compartieran de algún modo el mismo territorio, la misma visión del mundo. Eso a Ifemelu la molestaba un poco, la arrogancia de Doris en su certidumbre de que ambas eran, por fuerza, de la misma opinión.

Poco antes del almuerzo entró en el despacho una mujer con el pelo alisado, peinado hacia atrás, muy lustroso. Lucía una falda de tubo ajustada y unos zapatos de charol con los tacones altos como zancos. Con unas facciones faltas de armonía, no era guapa, pero se comportaba como si lo fuese. Núbil. Esa fue la palabra que acudió a la cabeza de Ifemelu al verla, con su torneada esbeltez, su estrecho talle y la inesperada turgencia de los pechos.

—Hola. Tú eres Ifemelu, ¿verdad? Bienvenida a *Zoe*. Soy Zemaye.

Le estrechó la mano a Ifemelu, manteniendo una expresión cuidadosamente neutra.

—Hola, Zemaye. Encantada de conocerte. Tienes un nombre precioso.

—Gracias. —Estaba acostumbrada a oírlo—. Espero que no te guste estar en habitaciones frías.

—¿Habitaciones frías?

—Sí. A Doris le gusta poner el aire acondicionado muy fuerte, y yo tengo que ir con suéter en la oficina, pero ahora que tú compartirás el despacho, quizá podamos votar —dijo Zemaye a la vez que se sentaba ante su escritorio.

—¿De qué hablas? ¿Desde cuándo tienes que ponerte un suéter en la oficina? —preguntó Doris.

Zemaye enarcó las cejas y sacó un grueso chal de un cajón de su escritorio.

—¿Es la humedad lo que es insoportable? —explicó Doris, y se volvió hacia Ifemelu, esperando su conformidad—. Al principio, cuando regresé, ¿tenía la sensación de que no podía respirar?

Zemaye también se volvió hacia Ifemelu.

—Yo soy una chica del delta, producto nacional, nacida y criada aquí. Así que no crecí con aire acondicionado, y puedo respirar sin necesidad de que la habitación esté fría.

Hablaba con tono imperturbable, y todo cuanto decía lo pronunciaba sin inflexiones, ni ascendentes ni descendentes.

—Bueno, ¿no sé qué decirte del frío? —repuso Doris—. ¿En Lagos la mayoría de las oficinas tienen aire acondicionado?

—Pero no lo ponen a la temperatura más baja —replicó Zemaye.

—¿Nunca me habías dicho nada de eso?

—Te lo digo continuamente, Doris.

—O sea, ¿que eso te impide trabajar?

—Hace frío, y punto —afirmó Zemaye.

Su antipatía mutua era un colérico leopardo al acecho en el despacho.

—A mí no me gusta el frío —declaró Ifemelu—. Creo que, con el aire acondicionado al nivel más bajo, me congelaría.

Doris pestañeó. Parecía sentirse no solo traicionada, sino también sorprendida de haber sido traicionada.

—Bueno, vale, ¿podemos apagarlo y encenderlo a lo largo del día? ¿Me cuesta respirar sin el aire acondicionado y las ventanas son muy pequeñas?

—Vale —contestó Ifemelu.

Zemaye calló; ya había vuelto la cabeza hacia el ordenador, indiferente en apariencia a esa nimia victoria, e Ifemelu se sintió inexplicablemente decepcionada. Al fin y al cabo, había tomado partido, poniéndose audazmente del lado de Zemaye, y aun así, ella permaneció inexpresiva, inescrutable. Ifemelu se preguntó de qué iba. Zemaye le despertaba curiosidad.

Más tarde, mientras Doris y Zemaye examinaban unas fotografías de una mujer corpulenta con un ajustado vestido de volantes, extendidas sobre la mesa de Doris, Zemaye dijo: «Lo siento, pero tengo una urgencia», y se dirigió a toda prisa hacia la puerta. Viendo sus movimientos elásticos, Ifemelu sintió el deseo de perder peso. Doris también la siguió con la mirada.

—¿No te saca de quicio que la gente diga «Tengo una urgencia» o «Necesito aliviarme» cuando quiere ir al lavabo? —preguntó Doris.

Ifemelu se rio.

—¡Por supuesto!

—Tampoco hace falta que digan «toilette». Pero podrían decir al menos «baño», «aseo», «servicio».

—A mí «servicio» nunca me ha gustado. Me gusta más «baño».

—¡A mí también! —dijo Doris—. ¿Y no te saca de quicio cuando aquí la gente anda comiéndose sílabas? «¡Trae pa'quí!»

—¿Sabes lo que no soporto? Cuando dicen «coger» en lugar de «tomar»: «La cogió de la mano», «Cogió al niño en brazos».

—¡Uy, sí, desde luego!

Se reían cuando Zemaye volvió y, mirando a Ifemelu con su expresión inquietantemente neutra, dijo:

—Debéis de estar hablando de la próxima reunión de los de Allende los Mares.

—¿Y eso qué es? —preguntó Ifemelu.

—Doris habla de esas reuniones a todas horas, pero no me puede invitar porque solo es para la gente que vuelve del extranjero.

Si había sorna en el tono de Zemaye, y debía de haberla, la ocultaba bajo su enunciación uniforme.

—Por favor, ¿eso de «allende los mares» está desfasado? No estamos en los años sesenta —dijo Doris. Después, dirigiéndose a Ifemelu, añadió—: ¿Tenía intención de decírtelo? ¿Se llama Club Nigerpolitano y no es más que un grupo de gente que acaba de volver, algunos de Inglaterra, pero la mayoría de Estados Unidos? ¿Todo muy informal, en plan compartir experiencias y contactos? Seguro que conoces a algunos. ¿Debes venir sin falta?

—Sí, me gustaría.

Doris se levantó y cogió su bolso.

—Tengo que ir a casa de la tía Onenu.

Cuando se marchó, el despacho quedó en silencio: Zemaye escribía en el ordenador, Ifemelu navegaba por Internet y se preguntaba qué pensaba Zemaye.

Por fin Zemaye dijo:

—Con que eras una famosa bloguera en Estados Unidos. Cuando nos lo contó la tía Onenu, no lo entendí.

—¿A qué te refieres?

—¿Por qué la raza?

—Descubrí la raza en Estados Unidos y me fascinó.

—Mmm —musitó Zemaye, como si considerara que eso, el descubrimiento de la raza, era un fenómeno exótico y antojadizo—. La tía Onenu dijo que tienes un novio negro americano y que pronto vendrá.

Ifemelu se sorprendió. La tía Onenu le había preguntado por su vida privada, con naturalidad pero también con cierta insistencia, y ella le había contado la historia falsa de Blaine, pensando que en todo caso su jefa no tenía por qué meterse en su vida personal, y ahora por lo visto su vida personal había corrido entre los demás empleados. Tal vez estaba tomándoselo muy a la americana, obsesionándose con la privacidad por sí misma. ¿Qué más daba si Zemaye sabía lo de Blaine?

—Sí. Debería estar aquí el mes que viene —contestó.

—¿Por qué allí solo son delincuentes los negros?

Ifemelu abrió la boca y volvió a cerrarla. Hela ahí, la famosa bloguera sobre cuestiones de raza, y no encontraba palabras.

—Me encanta *Cops*. Tengo DSTV por esa serie —dijo Zemaye—. Y todos los delincuentes son negros.

—Eso es como decir que todos los nigerianos practican el timo 419 —repuso Ifemelu por fin.

Su argumento quedó poco sólido, insuficiente.

—¡Pero es verdad, todos nosotros llevamos un pequeño 419 en la sangre! —Zemaye sonrió, y por primera vez asomó a sus ojos algo parecido al verdadero humor. Luego añadió—: Perdona, ¿eh? No he querido decir que tu novio sea un delincuente. Era solo por preguntar.

48

Ifemelu pidió a Ranyinudo que las acompañara a ella y a Doris a la reunión del Club Nigerpolitano.

—Por favor, no tengo energía para vosotros los retornados —dijo Ranyinudo—. Además, Ndudi ha vuelto por fin de todos sus viajes y vamos a salir.

—Allá tú si antepones un hombre a una amiga. Bruja.

—Sí, ya. ¿Acaso vas a casarte tú conmigo? Y por cierto, le he dicho a Don que voy a salir contigo, así que procura no ir a ningún sitio donde puedas encontrarte con él.

Ranyinudo se reía. Aún se veía con Don, alargándolo para asegurarse de que Ndudi iba «en serio», y a la vez confiaba en que le regalara antes el coche nuevo.

La reunión del Club Nigerpolitano: un pequeño grupo de gente bebiendo champán en vasos de papel, junto a la piscina de una casa en Osborne Estate, gente elegante, derramando todos *savoir faire*, cultivando cada uno una rareza de su propia cosecha: un afro de color jengibre, una camiseta con un retrato de Thomas Sankara, enormes pendientes hechos a mano que colgaban como obras de arte moderno. Cada voz marcada por su respectivo acento extranjero. «¡En esta ciudad es imposible encontrar un granizado decente!» «Cielos, ¿estuviste en aquel congreso?» «¡Lo que este país necesita es una sociedad civil activa!» Ifemelu conocía a algunos de ellos. Charló con Bisola y Yagazie, las dos con el pelo al natural, en trenzas enroscadas, un halo de espirales encuadrando el rostro. Hablaron de las peluquerías de allí, donde las peluqueras se las veían y se las deseaban para peinar el pelo al natural, como si fuera una erupción alienígena, como si ellas mismas no tuvieran el cabello también así antes de derrotarlo con sustancias químicas.

—Las peluqueras siempre te salen con que te alises el pelo. Es absurdo que las africanas no valoren nuestro pelo al natural en África —dijo Yagazie.

—Desde luego —contestó Ifemelu, y percibió un tono moralista en su voz, en todas sus voces.

Eran los santificados, los retornados, que habían vuelto con una reluciente capa de más. Se unió a ellas Ikenna, una abogada que había vivido en las afueras de Filadelfia y con quien Ifemelu había coincidido en una edición del congreso Blogging While Brown. También se acercó Fred, un hombre acicalado y rechoncho que ya se había presentado antes a Ifemelu. «Viví en Boston hasta el año pasado», dijo de una manera falsamente discreta, porque «Boston» era la palabra en clave para referirse a Harvard (de lo contrario habría dicho MIT o Tufts o cualquier otro sitio), igual que una mujer dijo: «Estuve en New Haven», dando a entender que había estado en Yale, con esa actitud remilgada que pretendía no parecer remilgada. Otras personas se sumaron al corrillo, agrupadas todas por cierta familiaridad, por la facilidad con que podían recurrir a las mismas referencias. Pronto se reían y enumeraban todo aquello que añoraban de Estados Unidos.

—La leche de soja baja en calorías, la NPR, Internet de banda ancha —dijo Ifemelu.

—Una buena atención al cliente, una buena atención al cliente, una buena atención al cliente —declaró Bisola—. Aquí la gente, cuando te atiende, se comporta como si te hiciera un favor. Los establecimientos de alto nivel son aceptables, aunque nada del otro mundo, pero ¿los restaurantes corrientes? No hay nada que hacer. El otro día pedí a un camarero si podía traerme el ñame hervido con una salsa distinta de la del menú. Me miró y me dijo que no sin más. Cómico.

—Pero en Estados Unidos la atención al cliente puede ser muy molesta. Una persona rondándote y fastidiándote todo el tiempo. «¿Qué? ¿Cómo va? ¿Eso sigue dándonos trabajo?» ¿Desde cuándo comer es un trabajo? –dijo Yagazie.

–¿Yo añoro un vegetariano decente? –comentó Doris.

Luego habló de su nueva asistenta, que era incapaz de preparar un simple bocadillo, y contó también que una vez pidió un rollito de primavera vegetariano en un restaurante de isla Victoria, le dio un bocado y le supo a pollo, y el camarero, cuando lo llamó, se limitó a sonreír y dijo: «Es posible que hoy hayan puesto pollo». Hubo risas. Fred aseguró que seguro que pronto abrirían un buen vegetariano, ahora que se invertía más en el país; alguien descubriría la existencia de un mercado vegetariano potencial.

–¿Un restaurante vegetariano? Imposible. En este país solo hay cuatro vegetarianos, incluida Doris –observó Bisola.

–Tú no eres vegetariana, ¿verdad? –le preguntó Fred a Ifemelu. Quería hablar solo con ella.

Ifemelu venía lanzándole alguna que otra ojeada y siempre lo sorprendía mirándola.

–No –respondió.

–Ah, hay un sitio nuevo en Akin Adesola –dijo Bisola–. Sirven un *brunch* buenísimo. Tienen de esas cosas que nosotros podemos comer. ¿Y si vamos este domingo?

«Tienen de esas cosas que nosotros podemos comer.» Cierto malestar asaltó a Ifemelu. Se sentía a gusto allí, y deseó no sentirse a gusto. También deseó no estar tan interesada en ese nuevo restaurante, no ponerse alerta ante la imagen de ensaladas verdes recién hechas y verduras al vapor todavía firmes. Le encantaba comer todo aquello que había añorado cuando estaba fuera, el arroz jollof preparado con mucho aceite, el plátano frito, el ñame hervido, pero anhelaba asimismo todo aquello a lo que se había habituado en Estados Unidos, incluso la quinoa, la especialidad de Blaine, acompañada de feta y tomate. Eso era en lo que esperaba no haberse convertido y en lo que temía haberse convertido: una de esas personas que pensaban «Tienen de esas cosas que nosotros podemos comer».

Fred hablaba de Nollywood, levantando un poco demasiado la voz.

—Nollywood en realidad es teatro público, y si uno lo interpreta así, resulta más tolerable. Es un producto para el consumo público, incluso para la participación masiva, no esa forma de experiencia individual que es el cine.

Miraba a Ifemelu, solicitando su asentimiento con la mirada: en principio las personas como ellos no veían las películas de Nollywood, y si las veían, era solo a modo de esparcimiento antropológico.

—A mí me gusta Nollywood —afirmó Ifemelu, pese a que también ella pensaba que Nollywood era más teatro que cine. El impulso a llevar la contraria era fuerte. Si se distanciaba, quizá no fuera tanto la persona en que temía estar transformándose—. Puede que Nollywood sea melodramático, pero en Nigeria la vida es muy melodramática.

—¿Ah, sí? —preguntó la mujer de New Haven, estrujando el vaso de papel en su mano, como si lo considerara una gran rareza, el hecho de que a alguien en esa reunión le gustara Nollywood—. Esas películas son un insulto a mi inteligencia. O sea, son sencillamente malas. ¿Qué dicen sobre nosotros?

—Pero también Hollywood hace películas malas. Solo que las hace con mejor iluminación —respondió Ifemelu.

Fred soltó una carcajada, demasiado entusiasta, para hacerle saber que estaba de su lado.

—No me refiero al aspecto técnico —dijo la mujer de New Haven—. Es una industria retrógrada. El retrato de las mujeres, sin ir más lejos. El cine es más misógino que la sociedad.

Ifemelu vio a un hombre al otro lado de la piscina cuyos hombros anchos le recordaron a Obinze. Pero era demasiado alto para ser él. Se preguntó qué opinaría Obinze de una reunión como esa. ¿Acudiría siquiera? Al fin y al cabo lo habían deportado de Inglaterra, así que quizá no se considerase un retornado como ellos.

—Eh, vuelve —dijo Fred, acercándose a ella, reclamando espacio personal—. Tienes la cabeza en otra parte.

Ella esbozó una débil sonrisa.

—Ahora ya la tengo aquí.

Fred sabía cosas. Tenía el aplomo de una persona que sabía cosas prácticas. Debía de tener un máster en administración de empresas por Harvard y empleaba en la conversación palabras como «capacidad» y «valor». No debía de soñar en imágenes, sino en datos y cifras.

—Mañana hay un concierto en el MUSON. ¿Te gusta la música clásica? —preguntó.

—No.

Ifemelu nunca habría imaginado que a él sí le gustara.

—¿Estás dispuesta a que te guste la música clásica?

—Estar uno dispuesto a que algo le guste... esa es una idea extraña —dijo, sintiendo ya curiosidad por él, un vago interés.

Charlaron. Fred mencionó a Stravinsky y a Strauss, a Vermeer y a Van Dyck, con referencias innecesarias, con excesivas citas textuales, su espíritu en sintonía con el otro lado del Atlántico, demasiado transparente en su interpretación, demasiado deseoso de demostrar cuánto sabía sobre el mundo occidental. Ifemelu escuchó con un amplio bostezo interno. Se había equivocado con él. No era el típico hombre con un máster en administración de empresas que veía el mundo como un negocio. Era un empresario del mundo del espectáculo, hábil y experimentado, la clase de hombre con un buen acento estadounidense y un buen acento británico, que sabía qué decir a los extranjeros, cómo conseguir que los extranjeros se sintieran cómodos, y que podía obtener fácilmente fondos del extranjero para proyectos dudosos. Ifemelu se preguntó cómo era por debajo de esa capa de pericia.

—¿Vendrás, pues, a tomar esa copa? —preguntó él.

—Estoy agotada. Creo que me marcharé a casa. Pero llámame.

49

La lancha se deslizaba por el agua espumosa, frente a playas de arena ebúrnea, y los árboles eran estallidos de exuberante verdor. Ifemelu se reía. Se interrumpió a media carcajada, y contempló su presente: un chaleco salvavidas de color naranja ceñido al cuerpo, un barco en la distancia gris, sus amigos con gafas de sol, de camino a la casa en la playa de una amiga de Priye, donde asarían carne y correrían descalzas. Pensó: Estoy de verdad en casa. Estoy en casa. Ya no enviaba sms a Ranyinudo para saber qué hacer: «¿Debo comprar carne en Shoprite o mandar a Iyabo al mercado?», «¿Dónde compro perchas?». Ahora la despertaba el glugluteo de los pavos reales y se levantaba de la cama familiarizada ya con la forma de su día, sin tener que pensar en las rutinas. Se había apuntado a un gimnasio, pero solo había ido dos veces, porque después del trabajo prefería quedar con los amigos, y aunque siempre planeaba no comer, acababa comiendo un sándwich club y bebiendo una o dos cervezas Chapman, y entonces decidía postergar el gimnasio. La ropa le apretaba aún más. En algún lugar, en un rincón lejano de su mente, deseaba perder peso antes de volver a ver a Obinze. No lo había llamado; esperaría a recuperar su esbeltez anterior.

En el trabajo sentía una inquietud envolvente. *Zoe* la sofocaba. Era como llevar un jersey que picaba cuando hacía frío: anhelaba quitárselo pero temía hacerlo por las posibles consecuencias. A menudo pensaba en crear un blog, escribir sobre lo que le apeteciera, desarrollarlo lentamente, y por fin publicar su propia revista. Pero era un plan nebuloso, en gran medida una incógnita. Ahora que estaba en Nigeria, tener ese empleo la llevaba a sentirse anclada. Al principio se lo pasaba bien escribiendo los reportajes, entrevistando a mujeres de la alta sociedad en sus casas, observando sus vidas y volviendo a aprender antiguas sutilezas. Pero pronto empezó a aburrirse, y sobrellevaba las entrevistas como podía, escuchando a medias y presente a medias. Cada vez que entraba en sus fincas de cemento, anhelaba arena donde hundir los dedos de los pies. Una criada o un niño le abría la puerta, la invitaba a sentarse en un salón de cuero y mármol que le recordaba un aeropuerto limpio de un país rico. Luego aparecía la señora, cálida y de buen humor, ofreciéndole una copa, a veces algo de comer, antes de acomodarse en un sofá para hablar. Todas ellas, las señoras que entrevistaba, alardeaban de sus propiedades o de los lugares donde ellas o sus hijos habían estado y de las cosas que habían hecho, y luego culminaban sus alardeos con Dios. «Damos gracias a Dios. Ha sido obra de Dios. Dios es fiel.» Al marcharse, Ifemelu pensaba que podría escribir esos reportajes sin necesidad de hacer las entrevistas.

También podría haber prescindido de asistir a los actos públicos, o «eventos», como se les llamaba ahora. Qué común era ahora esa palabra en Lagos, qué generalizada: evento. Podía ser el cambio de marca de un producto, un desfile de modas, el lanzamiento de un disco. La tía Onenu siempre insistía en que un fotógrafo acompañara al redactor. «Por favor, alternad con la gente —decía la tía Onenu—. Si todavía no se anuncian con nosotros, quiero que empiecen pronto; si han empezado, ¡queremos que vayan a más!» Al dirigirse a Ifemelu, la tía Onenu decía «alterna» con mucho hincapié, como si pensara que eso era algo que Ifemelu no hacía bien. Quizá la tía Onenu tenía razón. En esos actos, en salones rebosantes de globos, con colgaduras de seda en los rincones, sillas revestidas de gasa y excesivas recepcionistas paseándose de aquí para allá, llamativamente maquilladas, Ifemelu sentía poca inclinación a hablar de *Zoe* con desconocidos. Se pasaba el rato cruzando sms con Ranyinudo o Priye o Zemaye, aburrida, esperando el momento de marcharse sin que se interpretara como una descortesía. Siempre se sucedían dos o tres discursos llenos de circunloquios, y todos parecían escritos por la misma persona insincera y ampulosa. Se daba las gracias a los ricos y famosos por su asistencia: «Deseamos agradecer su presencia al ex gobernador de...». Se descorchaban botellas, se abrían briks de zumo, se servían samosas y satays de pollo. En una ocasión, en un acto al que asistió con Zemaye, el lanzamiento de una nueva bebida, le pareció ver pasar a Obinze. Se volvió. No era él, pero habría podido serlo perfectamente. Lo imaginó asistiendo a actos como ese, en salones como ese, acompañado de su esposa. Ranyinudo le había contado que la esposa, cuando era estudiante, fue elegida la chica más guapa de la Universidad de Lagos, y en la imaginación de Ifemelu se parecía a Bianca Onoh, el icono de belleza de su adolescencia, una mujer de pómulos prominentes y ojos almendrados. Y cuando Ranyinudo mencionó el nombre de la esposa de Obinze, Kosisochukwu, un nombre poco corriente, Ifemelu imaginó a la madre de Obinze pidiéndole que se lo tradujera. Al representarse a la madre de Obinze y la mujer de Obinze decidiendo cuál era la mejor traducción –la Voluntad de Dios o Como Dios Quiera– se sintió traicionada. Ese recuerdo, la madre de Obinze diciendo «tradúcelo» hacía tantos años, se le antojaba más valioso ahora que había muerto.

Cuando se marchaba del acto, vio a Don.

–Ifemelu.

Ella tardó un momento en reconocerlo. Ranyinudo se lo había presentado meses atrás, una tarde que Don se dejó caer en el piso de Ranyinudo de camino a su club, con zapatillas deportivas, e Ifemelu se marchó casi de inmediato, para dejarlos a solas. Se le veía gallardo con su traje azul marino, el pelo entrecano, bruñido.

–Hola –saludó ella.

–Tienes buen aspecto, muy buen aspecto –dijo él, lanzando una mirada al escote de su vestido de fiesta.

—Gracias.

—No me preguntas por mí. —Como si hubiera alguna razón para preguntarle. Don le dio su tarjeta—. Llámame, no dejes de llamarme, eh. Hablemos. Cuídate.

No estaba interesado en ella, no especialmente. Era tan solo un hombre importante de Lagos; ella, una mujer atractiva y sola, y según la leyes de su universo, él tenía que hacer una insinuación, aunque fuese una insinuación no muy entusiasta, aunque estuviese viéndose con su amiga, y esperaba, naturalmente, que ella no se lo dijera a su amiga. Se guardó la tarjeta en el bolso y, ya en casa, la rompió en trocitos, que observó flotar en el agua del inodoro durante un rato antes de tirar de la cadena. Se sintió extrañamente enojada con él. Ese comportamiento decía algo de su relación con Ranyinudo que le desagradó. Telefoneó a Ranyinudo, y se disponía a contarle lo ocurrido cuando ella dijo: «Ifem, estoy muy deprimida». Así que Ifemelu se limitó a escuchar. Era por Ndudi.

—Es tan infantil —continuó Ranyinudo—. Si dices algo que no le gusta, deja de hablarte y empieza a tararear. A tararear de verdad, muy sonoramente. ¿Cómo es posible que un adulto se comporte de una manera tan inmadura?

Era lunes por la mañana. Ifemelu leía *Postbourgie*, su blog estadounidense preferido. Zemaye examinaba una pila de fotografías en papel brillante. Doris tenía la mirada fija en la pantalla del ordenador, sosteniendo entre las manos ahuecadas un tazón donde se leía I ♥ FLORIDA. En su mesa, al lado del ordenador, había una lata de té en hoja.

—Ifemelu, ¿creo que en este reportaje hay demasiada rechifla?

—Tus comentarios editoriales son de un valor inestimable —repuso Ifemelu.

—¿Qué quiere decir «rechifla»? Por favor, explícanoslo a aquellos que no hemos estudiado fuera —dijo Zemaye.

Doris hizo como si no la oyera.

—¿Sencillamente no creo que la tía Onenu quiera que publiquemos esto?

—Convéncela, tú eres su redactora jefa —dijo Ifemelu—. Tenemos que dar impulso a esta revista.

Doris se encogió de hombros y se levantó.

—¿Ya hablaremos de esto en la reunión?

—Me muero de sueño —dijo Zemaye—. Voy a pedir a Esther que prepare un Nescafé para no dormirme en la reunión.

—¿El café instantáneo es espantoso? —comentó Doris—. Me alegra no ser muy aficionada al café, o me moriría.

—¿Qué tiene de malo el Nescafé? —preguntó Zemaye.

—¿Ni siquiera debería llamarse café? —respondió Doris—. Es peor que malo.

Zemaye bostezó y se desperezó.

—Pues a mí me gusta. El café café es.

Después, cuando entraron en el despacho de la tía Onenu, Doris al frente con un holgado pichi azul y unas merceditas negras de tacón cuadrado, Zemaye le preguntó a Ifemelu:

—¿Por qué Doris se viste de pena para venir a trabajar? Esa ropa parece un chiste.

Se sentaron en torno a una mesa de reuniones ovalada en el amplio despacho de la tía Onenu. El postizo de esta era más largo y más extraño que el último, alto y muy repeinado por delante, con ondas de pelo flotando a sus espaldas. Tomó un sorbo de una botella de Sprite Light y dijo que le gustaba el artículo de Doris titulado «Casarte con tu mejor amigo».

—Muy bueno e inspirador —añadió.

—Pero, tía Onenu, las mujeres no deberían casarse con su mejor amigo porque no hay química sexual —observó Zemaye.

La tía Onenu lanzó a Zemaye la mirada que uno dirigiría a la estudiante desquiciada a quien no podía tomarse en serio; luego revolvió sus papeles y dijo que no le gustaba el perfil de la señora Funmi King escrito por Ifemelu.

—¿Por qué dices «nunca mira a su mayordomo cuando le habla»? —le preguntó la tía Onenu.

—Porque no lo miraba.

—Pero así queda como una mala mujer —objetó la tía Onenu.

—A mí me parece un detalle interesante.

—Estoy de acuerdo con la tía Onenu —intervino Doris—. ¿Interesante o no, equivale a un juicio de valor?

—La idea misma de entrevistar a alguien y escribir un perfil implica un juicio de valor —adujo Ifemelu—. No tiene que ver con el sujeto. Tiene que ver con la impresión que el entrevistador extrae del sujeto.

La tía Onenu movió la cabeza en un gesto de negación. Doris movió la cabeza en un gesto de negación.

—¿Por qué tenemos que andarnos con tanta cautela? —preguntó Ifemelu.

—Esto no es aquel blog sobre la raza que escribías en Estados Unidos para provocar a todo el mundo, Ifemelu —comentó Doris con falso humor—. ¿Esto es una revista femenina en toda regla?

—¡Sí, eso es! —convino la tía Onenu.

—Pero, tía Onenu, nunca nos pondremos por delante de *Glass* si seguimos así —insistió Ifemelu.

La tía Onenu la miró con los ojos muy abiertos.

—*Glass* hace exactamente lo mismo que nosotras —se apresuró a afirmar Doris.

Esther entró para anunciar a la tía Onenu que había llegado su hija.

Esther se tambaleaba sobre sus altos zapatos negros, y cuando pasó junto a Ifemelu, esta temió que los tacones cedieran y Esther se torciera los tobillos. Un rato antes, esa misma mañana, le había dicho a Ifemelu: «Señora, lleva el pelo fatal», con triste sinceridad, refiriéndose a lo que Ifemelu consideraba unas atractivas trenzas enroscadas.

—Anda, ¿ya está aquí? —dijo la tía Onenu—. Chicas, por favor, acabad vosotras la reunión. Yo me llevo a mi hija a comprar un vestido y por la tarde he quedado con los distribuidores.

Ifemelu estaba cansada, aburrida. Pensó, una vez más, en crear un blog. Su teléfono vibraba; era Ranyinudo, y normalmente habría esperado hasta el final de la reunión para devolverle la llamada. Pero dijo: «Disculpad, tengo que atenderla, una conferencia», y salió apresuradamente. Ranyinudo se quejaba de Don.

—Dice que ya no soy la chica dulce de antes. Que he cambiado. Mientras tanto, sé que me ha comprado el jeep y que incluso lo ha recogido en Aduanas pero ahora no quiere dármelo.

Ifemelu pensó en la expresión «chica dulce». Chica dulce significaba que, durante mucho tiempo, Don había dado a Ranyinudo una forma moldeable, o ella le había permitido creer que así era.

—¿Qué hay de Ndudi?

Ranyinudo dejó escapar un sonoro suspiro.

—No hemos vuelto a hablar desde el domingo. Hoy no se acordará de llamarme. Mañana estará demasiado ocupado. Y le he dicho que eso no es de recibo. ¿Por qué iba a hacer yo todo el esfuerzo? Ahora está de morros. Es incapaz de iniciar una conversación como un adulto o admitir que ha hecho algo mal.

Más tarde, ya en el despacho, Esther entró para anunciar que un tal señor Tolu quería ver a Zemaye.

—¿Ese es el fotógrafo con el que hiciste el artículo de los sastres? —preguntó Doris.

—Sí. Llega tarde. Lleva días eludiendo mis llamadas —contestó Zemaye.

—¿Tienes que resolver eso y asegurarte de que tengo las imágenes para mañana al mediodía? —la instó Doris—. ¿Lo necesito todo para enviarlo a la imprenta antes de las tres? ¿No quiero que se repita el retraso con la imprenta, y menos ahora que *Glass* imprime en Sudáfrica?

—Vale. —Zemaye dio una sacudida al ratón—. Hoy el servidor va lentísimo. Necesito enviar esto. Esther, dile que espere.

—Sí, señora.

—¿Te encuentras mejor, Esther? —preguntó Doris.

—Sí, señora. Gracias, señora. —Esther hizo una reverencia, al estilo yoruba. Se había quedado de pie junto a la puerta, como si esperase permiso para marcharse, pero escuchando la conversación—. Estoy tomando la medicina para la fiebre tifoidea.

—¿Tienes fiebre tifoidea? —preguntó Ifemelu.

—¿No te fijaste en el aspecto que tenía el lunes? ¿Le di dinero y le dije que fuera al hospital, no a una farmacia? —explicó Doris.

Ifemelu lamentó no haberse dado cuenta de que Esther no estaba bien.

—Lo siento, Esther.

—Gracias, señora.

—Esther, lo siento mucho —intervino Zemaye—. Le vi mala cara, pero pensé que estaba ayunando. Ya sabéis que siempre está ayunando. Ayunará y ayunará hasta que Dios le conceda un marido.

Esther ahogó una risita.

—Recuerdo que, en secundaria, tuve una fiebre tifoidea muy grave —contó Ifemelu—. Fue horrible, y resultó que el antibiótico que estaba tomando era demasiado flojo. ¿Tú qué tomas, Esther?

—Una medicina, señora.

—¿Qué antibiótico te han recetado?

—No lo sé.

—¿No sabes el nombre?

—Voy a buscarlo, señora.

Esther regresó. Las pastillas estaban en unas bolsas transparentes, sin nombres, con las instrucciones escritas en tinta azul y letra muy apretada: «Tomar dos por la mañana y por la noche. Tomar una tres veces al día».

—Deberíamos escribir sobre esto, Doris. Deberíamos tener una columna de salud con información práctica útil. Alguien debería informar al ministro de Sanidad de que los nigerianos de a pie van a un médico y el médico les receta fármacos sin nombre. Esto podría matarte. ¿Cómo va a saber alguien lo que ya has tomado, o lo que no deberías tomar si ya estás tomando otra cosa?

—Bah, pero ese es un problema menor: lo hacen para que no compres los medicamentos en otro sitio —explicó Zemaye—. ¿Y qué me dices de los fármacos falsos? Vete al mercado y verás lo que venden.

—Vale, ¿tranquilas, chicas? ¿No hay ninguna necesidad de ponerse en plan activista? ¿Aquí no hacemos periodismo de investigación?

Ifemelu empezó a visualizar su nuevo blog, un diseño azul y blanco, y en la cabecera alguna escena de Lagos vista desde el aire. No una de las imágenes habituales, no un embotellamiento de autobuses amarillos oxidados ni un barrio de chabolas de zinc encharcado. Quizá serviría la casa abandonada de la finca contigua a su piso. Sacaría la foto ella misma, con la luz espectral de última hora de la tarde, y esperaba captar el pavo macho en pleno vuelo. Para los post usaría una fuente nítida, muy legible. Un artículo sobre la asistencia sanitaria, utilizando el episodio de Esther, con imágenes de paquetes del medicamento sin nombre. Un post sobre el Club Nigerpolitano. Un artículo de moda sobre la ropa que las mujeres realmente podían permitirse. Post sobre personas que ayudan a otras, pero nada parecido a los reportajes de *Zoe*, donde siempre aparecía algún rico abrazando a niños en un orfanato, con bolsas de arroz y latas de leche en polvo de fondo.

—Esther, no debes hacer tanto ayuno —le aconsejó Zemaye—. ¿Sabéis qué? Hay meses que Esther dona todo su salario a su iglesia, lo llaman «sembrar una semilla», y luego viene y me pide trescientos naira para el transporte.

—Pero, señora, solo es una pequeña ayuda. Y usted está a la altura de las circunstancias —dijo Esther con una sonrisa.

—La semana pasada ayunaba con un pañuelo —prosiguió Zemaye—. Lo tenía en su mesa todo el día. Insistía en que alguien de su parroquia había recibido un ascenso después de ayunar con un pañuelo.

—¿Por eso tenía un pañuelo en la mesa? —preguntó Ifemelu.

—Pero ¿yo estoy convencida de que los milagros existen? ¿Me consta que mi tía se curó del cáncer en su iglesia? —dijo Doris.

—Con un pañuelo mágico, *abi?* —se burló Zemaye.

—¿No me cree, señora? Pero es verdad.

Esther disfrutaba con la camaradería, reacia a volver a su mesa.

—Conque quieres un ascenso, ¿eh, Esther? O sea, que quieres mi puesto —preguntó Zemaye.

—¡No, señora! ¡Todas seremos ascendidas en nombre de Jesús!

Todas se rieron.

—¿Esther te ha dicho qué espíritu tienes, Ifemelu? —preguntó Zemaye, ya camino de la puerta—. Cuando empecé a trabajar aquí, siempre me invitaba a su iglesia y de pronto un día me dijo que habría un oficio rogatorio especial para las personas con el espíritu de la seducción. Personas como yo.

—¿Eso es un disparate? —Doris esbozó una sonrisa de suficiencia.

—¿Cuál es mi espíritu, Esther? —preguntó Ifemelu.

Esther cabeceó, sonriente, y se marchó del despacho.

Ifemelu se volvió hacia su ordenador. Acababa de ocurrírsele el título del blog: *Las pequeñas redenciones de Lagos.*

—¿Me pregunto con quién saldrá Zemaye?

—A mí me ha dicho que no tiene novio.

—¿Has visto su coche? ¿El salario no le da ni para pagar la luz de ese coche? Tampoco es que su familia sea rica ni nada por el estilo. ¿Llevo trabajando con ella casi un año y la verdad es que no sé a qué dedica su tiempo?

—Quizá vuelve a casa, se cambia de ropa y por la noche se convierte en atracadora armada —sugirió Ifemelu.

—Igual —convino Doris.

—Deberías incluir un reportaje sobre las iglesias —propuso Ifemelu—. Como la iglesia de Esther.

—¿Eso no encaja en *Zoe*?

—Es absurdo que la tía Onenu se empeñe en publicar tres perfiles de esas mujeres aburridas, que no han hecho nada en la vida ni tienen nada que contar. O esas otras más jóvenes que de pronto, sin el menor talento, deciden que son diseñadoras de moda.

—¿Sabías que pagan a la tía Onenu, no? —preguntó Doris.

—¿Le pagan? —Ifemelu la miró atónita—. No, no lo sabía. Y tú sabes que no lo sabía.

—Pues así es. La mayoría. ¿Comprenderás que en este país esas situaciones se dan mucho?

Ifemelu se levantó para recoger sus cosas.

—Nunca sé cuál es tu postura, o ni siquiera si tienes una postura.

—¿Y tú eres una elementa de cuidado, con esa tendencia tuya a juzgar a todo el mundo? —replicó Doris levantando la voz.

Ifemelu, alarmada por ese cambio tan repentino, pensó que tal vez Doris, bajo sus afectaciones retro, era una de esas mujeres capaces de transformarse ante una provocación, de rasgarse las vestiduras y pelearse en la calle.

—Te pasas la vida juzgando a la gente. ¿Quién te has creído que eres? ¿Por qué piensas que esta revista debería ir dirigida a ti? No es tuya. ¿La tía Onenu te ha dicho cómo quiere que sea su revista, y te atienes a eso o no trabajas aquí?

—Tienes que comprarte una crema hidratante y dejar de asustar a la gente con ese carmín rojo horrendo —repuso Ifemelu—. Y tienes que buscarte una vida propia, y dejar de creer que haciéndole la pelota a la tía Onenu y ayudándola a publicar una revista infumable se te abrirán las puertas, porque no va a ser así.

Se marchó del despacho sintiéndose vulgar, avergonzada, por lo que acababa de pasar. Quizá fuera una señal, quizá había llegado el momento de dejar ese empleo y crear su blog.

Cuando salía, Esther dijo, en voz baja y muy seria:

—¿Señora? Creo que el suyo es el espíritu de la repelemaridos. Es usted demasiado severa, señora. No encontrará marido. Pero mi pastor puede destruir ese espíritu.

50

Dike visitaba a un psicoterapeuta tres veces por semana. Ifemelu lo telefoneaba día sí, día no, y unas veces él le hablaba de la sesión y otras no, pero siempre quería conocer detalles de su nueva vida. Ella le describió el piso y le contó que tenía un chófer para llevarla al trabajo, y que se veía con sus viejos amigos, y que los domingos le encantaba conducir porque las calles estaban vacías, Lagos se convertía en una versión más amable de sí misma, y los viandantes, con su vistosa ropa de misa, parecían flores movidas por el viento.

—Lagos te gustaría, creo.

Y él, sorprendentemente, respondió con entusiasmo:

—Prima, ¿puedo hacerte una visita?

Al principio la tía Uju se resistió.

—¿Lagos? ¿Es un sitio seguro? Ya sabes por lo que ha pasado. No creo que pueda sobrellevarlo.

—Pero lo ha pedido él, tía.

—¿Lo ha pedido él? ¿Desde cuándo sabe Dike lo que le conviene? ¿No es la misma persona que quería dejarme sin hijo?

Pero la tía Uju compró el billete de avión a Dike y ahora allí estaban, Dike y ella en su coche, avanzando a paso de tortuga en el tráfico de Oshodi en hora punta, Dike mirando por la ventanilla con los ojos muy abiertos.

—¡Dios mío, prima, nunca había visto tantos negros juntos en el mismo sitio! —exclamó.

Pararon en un restaurante de comida rápida, donde él pidió una hamburguesa.

—¿Esto es carne de caballo, prima? Porque hamburguesa no es, eso desde luego.

En adelante solo comería arroz joloff y plátano frito.

Fue un feliz augurio, su llegada un día después de colgar el blog y una semana después de presentar la dimisión. La tía Onenu no pareció sorprenderse, ni intentó disuadirla. «Querida, ven y dame un abrazo», se limitó a decir con una vacua sonrisa mientras a Ifemelu se le agriaba el orgullo. Pero Ifemelu veía con optimismo el futuro de *Las pequeñas redenciones de Lagos,* con una etérea fotografía de una casa colonial abandonada en la cabecera. Su primer post fue una breve entrevista a Priye, con fotografías de bodas organizadas por ella. Ifemelu consideraba que la mayor parte de la decoración era extrema y recargada, pero el post recibió comentarios entusiastas, sobre todo acerca de la decoración. «Una decoración fantástica.» «Señora Priye, espero que organice usted mi boda.» «Un magnífico trabajo, siga así.» Zemaye, con seudónimo, había escrito un artículo para el blog sobre el lenguaje corporal y el sexo: «¿Se puede saber si dos personas lo hacen solo con verlas juntas?». Eso también atrajo muchos comentarios. Pero la mayor respuesta, con diferencia, la recibió el post de Ifemelu sobre el Club Nigeropolitano.

Lagos no ha sido nunca, no será nunca, ni ha aspirado nunca a ser como Nueva York, ni como ningún otro lugar, dicho sea de paso. Lagos siempre ha tenido indiscutiblemente su propia identidad, pero eso uno nunca lo sabría en una reunión del Club Nigerpolitano, un grupo de jóvenes retornados que se dan cita todas las semanas para lamentarse de las numerosas diferencias entre Lagos y Nueva York, como si alguna vez Lagos se hubiera asemejado un poco a Nueva York. Una confesión: yo soy una de ellos. Casi todos nosotros hemos vuelto para ganarnos la vida en Nigeria, para abrir negocios, para buscar contratas públicas y contactos. Otros han venido con sueños en los bolsillos y un afán de cambiar el país, pero nos pasamos la vida quejándonos de Nigeria, y aunque nuestras quejas sean legítimas, me imagino a mí misma como observadora externa diciendo: ¡Vuélvete por donde has venido! Si tu cocinero no sabe preparar un *panini* perfecto, no es porque sea tonto. Es porque Nigeria no es una nación donde se coman sándwiches, y su último jefe no comía pan al mediodía. Así que necesita aprendizaje y práctica. Y Nigeria no es una nación de personas con alergias alimentarias, ni una nación de tiquismiquis para quienes la comida tiene que ver con distinciones y separaciones. Es una nación de personas que comen ternera y pollo y piel e intestinos de vaca y pescado seco en un único cuenco de sopa, y eso se llama surtido; así que no os deis tantos aires y haceos cargo de que aquí el estilo de vida es precisamente eso, un surtido.

El primer comentarista escribió: «Vaya una chorrada de post. ¿Eso qué más da?». El segundo escribió: «Menos mal que por fin alguien habla de esto. Refleja bien la arrogancia de los retornados nigerianos. Mi prima ha vuelto después de seis años en Estados Unidos, y la otra mañana me acompañó a la guardería de Unilag adonde yo tenía que llevar a mi sobrina. Cerca de la verja vio a unos alumnos hacer cola para el autobús y dijo: "¡Vaya, la gente aquí hace cola de verdad!"». Otro de los primeros comentaristas escribió: «¿Por qué los nigerianos que estudian en el extranjero tienen la opción de elegir su destino en el servicio social obligatorio? A los nigerianos que estudian en Nigeria se les asigna destino por sorteo, ¿por qué, pues, los nigerianos que estudian en el extranjero no reciben el mismo trato?». Ese comentario desencadenó más respuestas que el post inicial. El sexto día el blog había recibido ya mil visitantes.

Ifemelu actuaba como moderadora, borrando cualquier comentario obsceno, deleitándose en la vitalidad de todo aquello, en la sensación de sí misma como vanguardia emergente de algo vibrante. Escribió un largo post sobre el despilfarro implícito en la forma de vida de algunas jóvenes de Lagos, y un día después de colgarlo la llamó Ranyinudo, furiosa, resoplando por el teléfono.

—Ifem, ¿cómo has podido hacer una cosa así? ¡Cualquiera que me conozca sabrá que soy yo!

—Eso no es verdad, Ranyi. Tu historia es muy común.

—Pero ¿qué dices? ¡Es evidente que soy yo! ¡Escucha esto! —Ranyinudo guardó silencio y al cabo de un momento empezó a leer en voz alta.

Hay en Lagos muchas jóvenes con Fuentes de Ingresos Desconocidas. Llevan vidas que no se pueden permitir. Han viajado a Europa solo en clase business, y sin embargo tienen empleos con los que ni siquiera podrían pagarse un billete normal y corriente. Una de ellas es amiga mía, una mujer hermosa y brillante que trabaja en publicidad. Vive en La Isla y se ve con un banquero importante. Me preocupa que acabe como muchas mujeres de Lagos cuyas vidas se dibujan en torno a hombres que en realidad nunca serán suyos, anuladas por su cultura de la dependencia, con desesperación en la mirada y bolsos de diseño en la mano.

—Ranyi, en serio, nadie sabrá que eres tú. Hasta ahora todos los comentarios han sido de gente que decía que se identificaba. Son muchas las mujeres que se pierden en relaciones como esa. A quien en realidad tenía en mente era a la tía Uju, con su General. Esa relación la destrozó. Se convirtió en otra persona por el General, y era incapaz de hacer nada por sí misma, y cuando él murió, se fue a pique.

—¿Y quién eres tú para juzgar? ¿En qué se diferencia eso de tu relación con ese blanco rico de América? ¿Tendrías ahora la nacionalidad estadounidense si no fuera por él? ¿Cómo conseguiste tu empleo allí? Tienes que dejarte de tonterías. ¡No te sientas tan superior!

Ranyinudo le colgó. Durante largo rato Ifemelu, consternada, se quedó mirando el teléfono mudo. Luego retiró el post y fue en coche a casa de Ranyinudo.

—Ranyi, perdona —se disculpó—. No te enfades, por favor.

Ranyinudo le lanzó una prolongada mirada.

—Tienes razón —añadió Ifemelu—. Es fácil juzgar a los demás. Pero no era nada personal, ni había mala intención. Por favor, *biko*. Nunca volveré a entrometerme de esa manera en tu vida privada.

Ranyinudo cabeceó.

—Infemelunamma, tu problema es la frustración emocional. Vete a buscar a Obinze, por favor.

Ifemelu se echó a reír. Era lo que menos esperaba oír.

—Antes tengo que perder peso —contestó.

—A ti lo que te pasa es que tienes miedo.

Antes de marcharse, Ifemelu se sentó un rato en el sofá con Ranyinudo, y juntas bebieron malta y vieron las últimas noticias sobre celebridades en E!

Dike se ofreció como moderador del blog, para que ella pudiera tomarse un respiro.

«¡Dios mío, prima, la gente se toma esto de manera muy personal!» A veces, al leer un comentario, se reía a carcajadas. En otras ocasiones le preguntaba el significado de expresiones desconocidas para él. «¿Qué es "estate al loro"?» La primera vez que se fue la luz después de su llegada lo sobresaltaron el zumbido, el ronroneo y los pitidos del SAI.

—¡Dios mío! ¿Eso es una alarma de incendio? —preguntó.

—No, eso es solo un aparato para que esta locura de los cortes de corriente no me estropee el televisor.

—¡Ese ruido sí es una locura! —exclamó Dike, pero al cabo de unos días iba él mismo al fondo del piso para encender el generador cuando se interrumpía el suministro eléctrico.

Ranyinudo llevó a sus primas para que lo conocieran, chicas casi de su edad con vaqueros finos ceñidos a las escurridas caderas e incipientes pechos perfilados bajo las camisetas.

—Dike, tendrías que casarte con una de ellas —dijo Ranyinudo—. Necesitamos niños guapos en nuestra familia.

—¡Ranyi! —exclamaron sus primas, abochornadas, disimulando su timidez.

Dike les caía bien. Era tan fácil sentir simpatía por él, con su encanto y su humor y aquella vulnerabilidad tan a flor de piel. En Facebook colgó una foto que le había tomado Ifemelu en la terraza con las primas de Ranyinudo, y al pie escribió: «Gente, todavía no se me ha comido ningún león».

—Ojalá hablara igbo —le dijo a Ifemelu después de pasar una velada con sus padres.

—Pero lo entiendes a la perfección.

—Aun así, ojalá lo hablara.

—Todavía puedes aprenderlo —comentó ella, presa de una repentina desesperación, sin saber hasta qué punto eso era importante para él, pensando una vez más en él tendido en el sofá del sótano, empapado en sudor. Dudó si decir algo más o no.

—Sí, supongo —contestó él, y se encogió de hombros, como diciendo que ya era tarde.

Unos días antes de marcharse, preguntó a Ifemelu:

—¿Cómo era mi padre?

—Te quería.

—¿Te caía bien?

Ifemelu no quiso mentirle.

—No lo sé. Era un hombre de peso en un gobierno militar, y una cosa así incide en ti y en tu manera de relacionarte con la gente. A mí me preocupaba tu madre, porque consideraba que se merecía algo mejor. Pero ella lo quería, lo quería de verdad, y él te quería a ti. Te cogía en brazos con mucha ternura.

—Me cuesta creer que mi madre me haya escondido tanto tiempo que fue su amante.

—Era por protegerte —aseguró Ifemelu.

—¿Podemos ir a ver la casa de Dolphin Estate?

—Sí.

Lo llevó en coche a Dolphin Estate, donde la asombró el estado de deterioro. La pintura de los edificios se desconchaba, las calles tenían socavones, y la urbanización entera se resignaba a su propio declive.

—Antes esto era mucho más bonito —dijo Ifemelu.

Dike se quedó de pie ante la casa, contemplándola, hasta que el portero preguntó:

—¿Sí? ¿Algún problema?

Volvieron al coche.

—¿Me dejas conducir, prima? —pidió Dike.

—¿Estás seguro?

Él asintió. Ifemelu abandonó el asiento del conductor y rodeó el coche para ocupar el del acompañante. Dike condujo hasta casa, y si bien vaciló un poco antes de incorporarse a la circulación en Osborne Road, luego se fundió entre el tráfico con mayor seguridad. Ifemelu supo que eso tenía algún significado para él, pero fue incapaz de interpretarlo. Esa noche, cuando se cortó la luz, el generador no arrancó, y ella sospechó que al chófer, Ayo, le habían vendido gasoil adulterado con queroseno. Dike se quejó del calor, de las picaduras de mosquito. Ifemelu abrió las ventanas, le aconsejó que se quitara la camisa, y se tendieron uno al lado del otro en la cama a charlar, a charlar con desgana, y ella alargó el brazo y le tocó la frente y dejó ahí la mano hasta oír su respiración suave y acompasada cuando lo venció el sueño.

Por la mañana unas nubes de color gris pizarra cubrían el cielo, y una densa amenaza de lluvia flotaba en el aire. No muy lejos una bandada de pájaros chilló y alzó el vuelo. Llovería, un mar desencadenado desde el cielo, y las imágenes de DSTV llegarían granulosas, las líneas telefónicas se saturarían, las calles se inundarían y el tráfico avanzaría a paso de caracol. Estaba en la terraza con Dike cuando empezaron a caer las primeras gotas.

—No sé, pero creo que esto me gusta —comentó él.

Ifemelu deseó decir: «Puedes vivir conmigo. Aquí hay buenos colegios privados a los que podrías ir», pero se abstuvo.

Lo llevó al aeropuerto, y se quedó mirando hasta que Dike dejó atrás el control de seguridad, se despidió de ella con la mano, y dobló un recodo. Ya de vuelta en casa, oyó el sonido hueco de sus pasos mientras iba del dormitorio al salón y luego a la terraza y después desandaba el camino. Más tarde Ranyinudo le dijo:

—No entiendo por qué un buen chico como Dike quiso matarse. Un chico que vive en América y lo tiene todo. ¿Cómo es posible? Es un comportamiento de extranjero.

—¿Un comportamiento de extranjero? ¿Qué coño estás diciendo? ¿Comportamiento de extranjero? ¿Has leído *Todo se desmorona*? —preguntó Ifemelu, arrepintiéndose de haber contado a Ranyinudo lo de Dike.

Estaba furiosa con ella como nunca lo había estado, y sin embargo sabía que lo decía con la mejor intención, y que era lo mismo que dirían otros muchos nigerianos, razón por la que no había hablado a nadie más del intento de suicidio de Dike desde su regreso.

51

La primera vez que entró en el banco la aterrorizó pasar ante el guardia de seguridad armado y, tras el pitido, cruzar la puerta para acceder al espacio cerrado, hermético y sin aire, como un ataúd en posición vertical, donde esperó hasta que se encendió la luz verde. ¿Siempre habían tenido los bancos esos sistemas de seguridad tan ostentosos? Antes de marcharse de Estados Unidos, había traspasado cierta suma de dinero a Nigeria, y en Bank of America se vio obligada a hablar con tres personas distintas, que le dijeron, las tres, que Nigeria era un país de alto riesgo; si algo le ocurría a su dinero, ellos no se hacían responsables. ¿Lo entendía? La última mujer con la que habló le exigió que repitiera su respuesta.

—Disculpe, señora, no la he oído bien. Necesito saber que es usted consciente de que Nigeria es un país de alto riesgo.

—¡Soy consciente!

Le leyeron una advertencia tras otra, y empezó a temer por su dinero, en su tortuoso recorrido a través del aire hasta Nigeria, y se preocupó aún más cuando llegó al banco y vio los oropeles de la seguridad en la entrada. Pero el dinero estaba a salvo en su cuenta.

Y un día, al entrar en el banco, vio a Obinze en la sección de servicio al cliente. Estaba de pie, de espaldas a ella, y supo, por la estatura y la forma de la cabeza, que era él. Se paró en seco, con el estómago revuelto por un repentino desasosiego, esperando que no se volviera antes de que ella se serenara. De pronto él se volvió, y no era Obinze. Sintió un nudo en la garganta. Tenía la cabeza llena de fantasmas. Ya en el coche, encendió la refrigeración y decidió llamarlo, para liberarse de los fantasmas. El teléfono de Obinze sonó y sonó. Ahora era un hombre importante; lógicamente, no debía de responder a una llamada de un número desconocido. Envió un sms: «Techo, soy yo». Su teléfono sonó casi de inmediato.

—¿Hola? ¿Ifem?

Esa voz que no había oído desde hacía mucho tiempo, y le pareció cambiada e idéntica a la vez.

—¡Techo! ¿Cómo estás?

—Has vuelto.

—Sí.

Le temblaban las manos. Debería haberle enviado antes un e-mail. Debía mostrarse locuaz, preguntar por su mujer y su hija, decirle que en realidad ya llevaba un tiempo allí.

—Bueno… —dijo Obinze, alargando la palabra—. ¿Cómo estás? ¿Dónde estás? ¿Cuándo puedo verte?

—¿Qué te parece ahora?

Había dicho esas palabras impulsada por la temeridad que a menudo afloraba en ella en momentos de nerviosismo, pero quizá fuera mejor verlo en el acto y dejar el asunto zanjado. Lamentó no haberse arreglado un poco más; tal vez podría haberse puesto su vestido cruzado preferido, que la hacía más delgada, pero esa falda hasta la rodilla tampoco estaba mal, y los tacones siempre le daban seguridad, y el afro, por suerte, aún no se le había encogido demasiado a causa de la humedad.

Se produjo un silencio al otro lado de la línea —¿cierto titubeo?—, e Ifemelu se arrepintió de su precipitación.

—En realidad ahora tengo una reunión y voy con el tiempo justo —se apresuró a añadir—, pero solo quería saludarte. Podemos quedar cualquier día de estos…

—Ifem, ¿dónde estás?

Le contestó que iba camino de Jazzhole a comprar un libro, y llegaría allí al cabo de unos minutos. Media hora después, cuando estaba ya delante de la librería, se detuvo un Range Rover negro y Obinze se apeó de la parte de atrás.

Hubo un momento, un hundimiento del cielo azul, una inercia de inmovilidad, en que ninguno de los dos supo qué hacer, mientras él se acercaba, mientras ella permanecía allí de pie, paralizada, con los ojos entrecerrados, y de pronto él estaba ante ella y se abrazaron. Ella le dio una fuerte palmada en la espalda, luego otra, para que fuese un abrazo de amigos, un abrazo de amigos platónico y sin riesgo, pero él la estrechó contra sí muy ligeramente, y la retuvo un instante más de lo necesario, como diciendo que para él no era un abrazo de amigos.

—¡Obinze Maduewesi! ¡Cuánto tiempo! ¡Vaya, no has cambiado nada!

Estaba azorada, y el tono agudo de su propia voz la irritó.

Él mantenía la vista fija en ella, con una expresión franca y nada cohibida, y ella se resistió a sostenerle la mirada. Le temblaban los dedos, como si fueran ajenos a ella, y eso ya era de por sí bastante molesto como para encima mirarlo a los ojos, hallándose los dos allí de pie, bajo el tórrido sol, entre los gases del tráfico de Awolowo Road.

—Me alegro mucho de verte, Ifem.

Estaba tranquilo. Ifemelu había olvidado lo tranquilo que era. Conservaba, en su porte, un vestigio de su vida adolescente: aquel que nunca se esforzaba demasiado, aquel a quien las chicas deseaban y con quien los chicos querían estar.

—Estás calvo.

Él se rio y se tocó la cabeza.

—Sí. En gran parte por decisión mía.

Se le veía más fornido, había dejado atrás al chico menudo de la época universitaria y ahora era más recio, más musculoso, y quizá debido a esa robustez parecía más bajo de lo que ella recordaba. Con sus tacones altos, ella era más alta que él. No había olvidado su discreto estilo, pero en ese instante sencillamente lo recordó de nuevo, viendo sus sencillos vaqueros oscuros, sus babuchas de cuero, la manera en que entró en la librería sin necesidad de dominar el espacio.

—Sentémonos —propuso él.

En la librería el aire era más bien fresco, el ambiente melancólico y ecléctico, los libros, los cedés y las revistas dispuestos en estantes bajos. Un hombre, de pie junto a la entrada, los saludó con un gesto a la vez que se ajustaba los grandes auriculares en la cabeza. Se sentaron uno frente al otro en la pequeña cafetería situada al fondo y pidieron zumo. Obinze dejó sus dos móviles en la mesa; se iluminaban a menudo, en modo silencio, y él les lanzaba una ojeada. Iba al gimnasio, se advertía en la firmeza de su pecho, en cómo se tensaban los dos bolsillos de su ajustada camisa.

—Ya llevas un tiempo aquí —dijo él.

La observaba de nuevo, y ella recordó que a menudo había tenido la sensación de que él le leía el pensamiento. Sabía cosas sobre ella que ella misma no sabía conscientemente.

—Sí.

—¿Y qué has venido a comprar?

—¿Cómo?

—El libro que querías comprar.

—En realidad quería quedar contigo aquí. He pensado que si al final este reencuentro se convierte en algo que me gustaría recordar, quiero recordarlo en Jazzhole.

—Quiero recordarlo en Jazzhole —repitió él, sonriendo, como si solo ella hubiese podido expresarlo así—. No has dejado de ser sincera, Ifem. Menos mal.

—Empiezo a creer que sí querré recordar este momento.

Su nerviosismo se desvanecía; habían superado rápidamente la inevitable incomodidad inicial.

—¿Tendrías que estar en otra parte ahora mismo? —preguntó él—. ¿No puedes quedarte un rato?

—Sí, sí puedo.

Él apagó los dos teléfonos. Una declaración poco común en una ciudad como Lagos para un hombre como él, concederle a ella toda su atención.

—¿Cómo está Dike? ¿Cómo está la tía Uju?

—Bien. Él está mucho mejor. De hecho, ha venido a visitarme. Acaba de marcharse.

La camarera les sirvió zumo de mango y naranja en vasos altos.

—¿Qué es lo que más te ha sorprendido al volver? —preguntó él.

—Todo, para serte franca. He empezado a preguntarme si me pasa algo raro.

—Bah, eso es normal —dijo Obinze, y ella recordó que él siempre se apresuraba a tranquilizarla, a reconfortarla—. Yo estuve fuera mucho menos tiempo, claro, pero me quedé muy sorprendido al regresar. Pensaba una y otra vez que las cosas deberían haberme esperado, pero no había sido así.

—No recordaba que Lagos fuera una ciudad tan cara. Me cuesta creer el dinero que gastan los nigerianos ricos.

—La mayoría de ellos son ladrones o mendigos.

Ifemelu se echó a reír.

—Ladrones o mendigos.

—Es la verdad. Y no solo gastan mucho; además cuentan con gastar mucho. El otro día conocí a un hombre, y me contó que hará unos veinte años creó una empresa de antenas parabólicas. Era la época en que las parabólicas se consideraban aún una novedad en el país, y por lo tanto estaba introduciendo algo que la mayoría de la gente desconocía. Diseñó un plan comercial y fijó un buen precio que le proporcionaba buenos beneficios. Otro amigo suyo, que se dedicaba ya a los negocios e iba invertir en la empresa, echó un vistazo al precio y le pidió que lo duplicara. De lo contrario, explicó, los ricos nigerianos no lo comprarían. Lo duplicó y dio resultado.

—Absurdo. Quizá siempre haya sido así, y antes nosotros no lo sabíamos, porque no podíamos saberlo. Es como si estuviéramos viendo una Nigeria adulta de la que no sabíamos nada.

—Sí.

A Obinze le complació oírla hablar en primera persona del plural, Ifemelu lo notó, y a ella le complació que la primera persona del plural le hubiera salido tan fácilmente.

—Esta es una ciudad muy transaccional —observó Ifemelu—, deprimentemente transaccional. Incluso las relaciones personales son todas transaccionales.

—Algunas relaciones.

—Sí, algunas —coincidió ella. Estaban diciéndose algo que ninguno de los dos era capaz aún de expresar. Como sintió que el nerviosismo recorría otra vez sus dedos, recurrió al humor—. Y hay cierta grandilocuencia en nuestra manera de hablar que también había olvidado. Solo cuando empecé a hablar con grandilocuencia, me sentí de nuevo en casa.

Obinze se rio. A Ifemelu le gustaba su risa callada.

—Cuando regresé —dijo él—, me chocó lo deprisa que mis amigos habían engordado, ya todos con grandes barrigas de bebedores de cerveza. Pensé: pero ¿qué está pasando? Entonces comprendí que eran la nueva clase media creada por nuestra democracia. Tenían empleo y podían permitirse beber mucha más cerveza y salir a comer, y ya sabes que aquí, para nosotros, salir a comer equivale a pollo con patatas fritas, así que engordaron.

Ifemelu sintió que se le encogía el estómago.

—Bueno, si te fijas un poco, verás que no solo son tus amigos.

—No, no, Ifem, tú no estás gorda. En eso eres muy americana. Lo que los americanos consideran gordo no es más que lo normal. Tendrías que ver a mis amigos para saber a qué me refiero. ¿Te acuerdas de Uche Okoye? ¿O incluso Okwudiba? Ahora ya ni pueden abrocharse la camisa. —Obinze se interrumpió—. Tú has aumentado un poco de peso y te sienta bien. *I maka*.

Sintió vergüenza, una vergüenza grata, al oírle decir que estaba «guapa».

—Antes te metías conmigo porque no tenía culo —recordó ella.

—Retiro mis palabras. En la puerta te he dejado pasar por una razón.

Se rieron y después, una vez apagadas las risas, quedaron en silencio, sonriéndose en la extrañeza de su intimidad. Ifemelu se acordó de cuando, en Nsukka, se levantaba desnuda del colchón de Obinze colocado en el suelo y él comentaba: «Iba a decir menéalo, pero no hay nada que menear», y ella, juguetonamente, le daba una patada en la espinilla. Ante la nitidez de ese recuerdo, la repentina punzada de anhelo que le causó, sintió un vahído.

—Pero, hablando de sorpresas, Techo, mírate: un hombre importante con su Range Rover. Tener dinero debe de haberte cambiado mucho las cosas.

—Sí, supongo.

—Vamos —le instó ella—. Dime en qué sentido.

—La gente te trata de otra manera. No me refiero solo a los desconocidos. También a mis amigos. Incluso a mi prima Nneoma. De pronto la gente te hace la pelota porque cree que eso es lo que esperas, toda esa exagerada cortesía, esos exagerados elogios, incluso un exagerado respeto que tú no te has ganado en absoluto, y resulta de lo más falso y chabacano, como un cuadro malo con demasiado color, pero a veces empiezas a creértelo un poco, y a veces te ves a ti mismo bajo otra luz. Un día fui a una boda en mi pueblo, y cuando entré, el maestro de ceremonias no paró de darme jabón tontamente, y me di cuenta de que yo mismo caminaba de otra manera. Yo no quería caminar de otra manera, pero lo hacía.

—¿Cómo? ¿En plan contoneo? —bromeó ella—. ¡Enséñamelo!

—Antes tendrás que darme jabón. —Obinze tomó un sorbo de zumo—. Los nigerianos pueden ser muy obsequiosos. Somos gente segura de sí misma pero muy obsequiosos. No nos cuesta ser insinceros.

—Tenemos seguridad pero no dignidad.

—Sí. —Obinze la miró, y una expresión de conformidad asomó a sus ojos—. Y si sigues siendo blanco de ese exceso de pelotilleo, al final acabas paranoico. Ya nunca sabes si algo es sincero o veraz. Y entonces los demás, temiendo por ti, se vuelven también paranoicos, pero de una manera distinta. Mis parientes siempre están diciéndome: cuidado dónde comes. Incluso aquí en Lagos mis amigos me dicen que vigile lo que como. No comas en casa de una mujer porque te pondrá algo en la comida.

—¿Y lo haces?

—Si hago ¿qué?

—¿Vigilar lo que comes?

—No lo haría en tu casa. —Una pausa. Obinze flirteaba abiertamente y ella no supo qué decir—. Pero no —prosiguió—. Me gusta pensar que si quisiera comer en casa de alguien, sería una persona a quien no se le ocurriría echarme alguna porquería en la comida.

—Da la impresión de que es una situación muy desesperada.

—Una de las cosas que he descubierto es que en este país todo el mundo tiene la mentalidad de la escasez. Imaginamos que escasean incluso cosas que no escasean, y eso genera una especie de desesperación en todo el mundo, incluso entre los ricos.

—Los ricos como tú, querrás decir —bromeó ella con cierto sarcasmo.

Obinze guardó silencio. A menudo guardaba silencio antes de hablar. A Ifemelu eso le pareció un detalle exquisito; era como si, por puro respeto a su interlocutor, deseara desgranar las palabras de la mejor manera posible.

—Me gusta pensar que yo no padezco esa desesperación. A veces me da la sensación de que el dinero que tengo en realidad no es mío, como si se lo guardara a alguien durante un tiempo. Cuando compré mi finca en Dubái, era mi primera finca fuera de Nigeria, casi tuve miedo, y cuando le conté a Okwudiba cómo me sentía, me dijo que estaba loco y que debía dejar de comportarme como si la vida fuera una de esas novelas que leo. Mis propiedades lo tenían muy impresionado, y yo me sentí como si mi vida se hubiera convertido en una capa de simulación tras otra, y empecé a ponerme sentimental con el pasado. Me acordaba de cuando vivía con Okwudiba en su primer piso, un pequeño apartamento en Surulere, y calentábamos la plancha en el fogón cuando la compañía eléctrica cortaba la luz. Y del vecino de abajo, que gritaba «¡Alabado sea el Señor!» cuando la luz volvía, e incluso yo veía algo de hermoso en el hecho de que volviera la luz cuando esta escapa a tu control porque no tienes un generador. Pero es todo simple romanticismo, porque naturalmente no quiero volver a esa vida.

Ifemelu apartó la mirada, temiendo que las emociones que se habían acumulado dentro de ella mientras él hablaba confluyeran en su cara.

—Claro que no quieres. Te gusta tu vida.

—Vivo mi vida.

—Vaya, qué misteriosos somos.

—¿Y tú qué cuentas, famosa bloguera de la raza, becada en Princeton? ¿Tú cómo has cambiado? —le preguntó él, inclinándose hacia ella, acodado en la mesa.

—Cuando hacía canguros en mi etapa de estudiante, un día me oí decirle al niño que cuidaba: «Estás hecho un vaquero». ¿Existe alguna palabra más americana que «vaquero»?

Obinze se reía.

—Fue entonces cuando pensé, sí, puede que haya cambiado un poco.

—No tienes acento americano.

—Me esforcé en evitarlo.

—Al leer tu blog, me sorprendí. No parecías tú.

—Pero la verdad es que no creo que haya cambiado mucho.

—Uy, sí has cambiado —dijo él con una certidumbre que a ella le produjo un rechazo instintivo.

—¿En qué sentido?

—No lo sé. Se te ve más consciente de ti misma. Tal vez más cauta.

—Hablas como un pariente decepcionado.

—No. —Otro de sus silencios, pero esta vez parecía callarse algo—. Pero me sentí orgulloso de tu blog. Pensé: se fue, aprendió y conquistó.

Ifemelu se sintió de nuevo abochornada.

—En cuanto a eso de conquistar, tengo mis dudas.

—También ha cambiado tu estética.

—¿A qué te refieres?

—¿En Estados Unidos curabas tú misma la carne que comías?

—¿Cómo?

—Leí un artículo sobre una nueva corriente entre las clases privilegiadas estadounidenses. Sus seguidores beben la leche directamente de la vaca y esas cosas. Viéndote con una flor en el pelo, he pensado que quizá tú andabas metida en algo así.

Ella se rio a carcajadas.

—Pero, ahora en serio, dime en qué has cambiado.

Obinze hablaba con tono jocoso, y sin embargo ella se tensó un poco ante la pregunta, que parecía acercarse demasiado a su núcleo tierno y vulnerable. Contestó, pues, con desenfado:

—En el gusto, supongo. Me cuesta creer la de cosas que ahora considero feas. No soporto la mayoría de los edificios de esta ciudad. Ahora soy una persona que ha aprendido a admirar las vigas de madera a la vista. —Dirigió la mirada al techo, y su capacidad para burlarse de sí misma arrancó una sonrisa a Obinze, una sonrisa que ella vio como un premio que deseaba ganar una y otra vez—. En realidad viene a ser una especie de esnobismo.

—Es puro esnobismo, no una especie —la corrigió él—. A mí me pasaba eso con los libros. Pensaba calladamente que yo tenía mejor gusto.

—El problema es que yo no siempre me lo callo.

Obinze se rio.

—Ah, eso ya lo sabíamos.

—Has dicho que eso te pasaba antes. ¿Qué ocurrió?

—Lo que ocurrió es que me hice mayor.

—Uf —exclamó ella.

Obinze no dijo nada; enarcando levemente las cejas en un gesto irónico, dio a entender que también ella tendría que hacerse mayor.

—¿Qué estás leyendo ahora? —preguntó Ifemelu—. Seguro que has leído todas las novelas estadounidenses publicadas.

—He estado leyendo mucho más ensayo, historia y biografías. De todas partes, no solo de Estados Unidos.

—¿Cómo? ¿Te desenamoraste?

—Me di cuenta de que podía comprar Estados Unidos, y entonces perdió su brillo. Cuando lo único que tenía era mi pasión por Estados Unidos, me negaron el visado; con mi nueva cuenta bancaria, en cambio, conseguir un visado era muy fácil. He ido allí de visita unas cuantas veces. Me proponía comprar un inmueble en Miami.

Ifemelu sintió una punzada; él había visitado Estados Unidos sin ella enterarse.

—¿Y qué conclusión sacaste finalmente de tu país de ensueño?

—Recuerdo que cuando fuiste a Manhattan por primera vez, me escribiste. Decías: «Es maravilloso, pero no es el paraíso». Me acordé de eso cuando cogí mi primer taxi en Manhattan.

Ella también se acordaba de haberlo escrito, no mucho antes de interrumpir el contacto con él, antes de levantar muchos muros entre ella y él.

—Lo mejor de Estados Unidos es que te da espacio —comentó Ifemelu—. Eso me gusta. Me gusta el hecho de que te tragas el sueño, es una mentira pero te lo tragas, y eso es lo único que cuenta.

Obinze miró su vaso, sin el menor interés en oírla filosofar, y ella se preguntó si lo que había visto en sus ojos era resentimiento, si también él recordaba lo total y absolutamente que ella lo había excluido de su vida. Cuando Obinze preguntó: «¿Sigues siendo amiga de tus viejas amigas?», ella lo interpretó como el deseo de saber a quién más había excluido de su vida durante todos esos años. No sabía si sacar el tema ella misma o si esperar a que lo hiciera él. Le correspondía a ella, se lo debía, pero la atenazaba un temor inexpresable, un temor a romper cosas delicadas.

—De Ranyinudo, sí. Y de Priye. Las demás se han convertido en personas que antes fueron mis amigas. Un poco lo que te pasó a ti con Emenike. Por cierto, cuando leí tus e-mails, no me extrañó que Emenike acabara así. Siempre percibí algo de eso en él.

Obinze cabeceó y apuró el zumo; ya antes había desechado la pajita y seguido bebiendo a sorbos.

—Una vez estaba con él en Londres, y se burlaba de un compañero de trabajo, un nigeriano, porque no sabía pronunciar F-e-a-t-h-e-r-s-t-o-n-e-h-a-i-g-h. Lo pronunció fonéticamente, tal como había hecho ese hombre, que era la manera incorrecta, y no lo dijo de la manera correcta. Yo tampoco sabía cómo se pronunciaba, y él sabía que yo no lo sabía, y pasaron unos minutos horribles durante los que él fingió que los dos nos reíamos de ese hombre, cuando desde luego no era así. Él también se reía de mí. Recuerdo que fue el momento en que comprendí que él nunca había sido amigo mío.

—Es un huevón.

—Huevón. Una palabra muy americana.

—¿Ah, sí?

Obinze medio enarcó las cejas como si no hubiera necesidad de aclarar lo evidente.

—Emenike no se puso en contacto conmigo en ningún momento después de mi deportación. Hasta que el año pasado alguien debió de decirle que yo andaba metido en el cotarro, y empezó a llamarme. —Obinze dijo «en el cotarro» con un tono que destilaba mofa—. Siempre me preguntaba si había algún negocio en el que pudiéramos entrar juntos, esa clase de idioteces. Y un día le dije que en realidad prefería su condescendencia, y desde entonces ya no ha vuelto a llamarme.

—¿Y qué hay de Kayode?

—Estamos en contacto. Tiene un hijo con una americana.

Obinze consultó su reloj y cogió sus teléfonos.

—Es una pena pero tengo que irme.

—Sí, yo también.

Ifemelu deseaba prolongar ese momento, allí sentada en medio del aroma de los libros, redescubriendo a Obinze. Antes de subir cada uno a su coche, se abrazaron, susurrando los dos «Me alegro de haberte visto», y ella imaginó que ambos chóferes los observaban con curiosidad.

—Mañana te llamo —dijo él.

Pero Ifemelu apenas acababa de acomodarse en el coche cuando un pitido anunció la entrada de un nuevo sms en el móvil: era de él. «¿Puedes quedar para comer mañana?» Podía. Era sábado, y ella debería preguntar por qué no estaba con su esposa e hija, e iniciar una conversación para aclarar qué se traían entre manos exactamente; pero tenían un pasado común, un vínculo grueso como un cordel, y eso no significaba por fuerza que se trajeran algo entre manos, ni que fuera necesaria una conversación, y por tanto abrió la puerta cuando sonó el timbre, y él entró y admiró las flores en la terraza, las azucenas que se alzaban como cisnes en las macetas.

—Me he pasado toda la mañana leyendo *Las pequeñas redenciones de Lagos*. De hecho, lo he explorado de principio a fin —dijo él.

Eso la complació.

—¿Qué te ha parecido?

—Me ha gustado el post del Club Nigerpolitano. Aunque te sitúas un poco por encima de todos.

—No sé muy bien cómo tomarme eso.

—Como la verdad —dijo él, y enarcó una ceja a medias de aquella manera suya, que debía de ser una nueva peculiaridad; Ifemelu no la recordaba del pasado—. Pero es un blog magnífico. Es valeroso e inteligente. Me encanta el diseño.

Ahí estaba otra vez, animándola.

Ifemelu señaló la finca contigua.

—¿Reconoces eso?

—¡Ah, sí!

—Pensé que sería una imagen perfecta para el blog. Una casa tan hermosa, y en ese majestuoso estado de ruina. Y además con los pavos reales en el tejado.

—Tiene cierto aspecto de juzgado. Siempre me han fascinado esas casas viejas y las historias que las acompañan. —Dio un tirón a la endeble barandilla metálica de la terraza, como para comprobar lo duradera que era, lo segura, y eso agradó a Ifemelu—. Pronto alguien se la apropiará, la demolerá y levantará un resplandeciente bloque de pisos de lujo carísimos.

—Alguien como tú.

—Cuando empecé a dedicarme a la propiedad inmobiliaria, me planteé reformar las casa antiguas en lugar de demolerlas, pero no tenía sentido. Los nigerianos no compran casas porque sean antiguas. Ya sabes, el granero de un molino de doscientos años reformado, esas cosas que tanto gustan en Europa. Aquí eso no da resultado. Y es lógico, claro, porque somos tercermundistas, y los tercermundistas miramos al futuro, nos gustan las cosas nuevas, porque lo mejor está todavía por venir, mientras que en Occidente lo mejor ya ha pasado, y por eso han de convertir el pasado en fetiche.

—¿Es una impresión mía, o ahora te ha dado por soltar peroratas?

—Es solo que resulta tonificante tener a una persona inteligente con quien hablar.

Ifemelu, apartando la mirada, se preguntó si eso era una alusión a su mujer, y sintió cierto rechazo hacia él debido a ello.

—Tu blog tiene ya muchos seguidores —comentó Obinze.

—Ya tengo grandes planes. Me gustaría viajar por Nigeria y colgar post desde cada estado, con fotos e historias de interés humano, pero debo ir paso a paso, asentarlo, sacar algo de dinero con la publicidad.

—Necesitas inversores.

—No quiero tu dinero —respondió ella con cierta aspereza, manteniendo la mirada fija en el tejado hundido de la casa abandonada.

Seguía irritada por el comentario de Obinze acerca de la inteligencia; era, forzosamente, una alusión a su mujer, y deseaba preguntarle por qué se lo decía a ella. ¿Por qué se había casado con una mujer que no era inteligente y luego, de buenas a primeras, le salía con que su mujer no era inteligente?

—Fíjate en el pavo, Ifem —dijo Obinze, con delicadeza, como si percibiera su irritación.

Observaron al pavo real abandonar la sombra de un árbol y emprender su lúgubre vuelo para encaramarse en su lugar preferido en el tejado, desde donde oteaba el reino en decadencia que se extendía bajo él.

—¿Cuántos hay? —preguntó Obinze.

—Un macho y dos hembras. Tenía la esperanza de ver al macho ejecutar la danza de apareamiento, pero aún no lo he conseguido. Me despiertan de madrugada con sus chillidos. ¿Los has oído alguna vez? Casi parecen los gritos de un niño negándose a hacer algo.

El pavo movía el esbelto cuello, y de pronto, como si la hubiera oído, graznó, con el pico muy abierto, brotando el sonido de su garganta.

—Tenías razón con lo de ese sonido —dijo Obinze, acercándose a ella—. Sí se parece un poco al grito de un niño. La finca me recuerda a una propiedad que tengo en Enugu. Una casa antigua. Se construyó antes de la guerra, y la compré para derruirla, pero luego decidí quedármela. Es muy elegante y apacible, con grandes verandas, y en la parte de atrás crecen viejas plumarias. Estoy reformando el interior por completo, así que por dentro será muy moderna, pero por fuera conservará su aspecto original. No te rías, pero cuando la vi, pensé en poesía.

Al oírlo decir «No te rías» de esa manera infantil, Ifemelu sonrió, medio burlándose de él, medio dándole a entender que le gustaba la idea de que una casa lo llevara a pensar en poesía.

—Imagino el día que por fin escape de todo y me vaya a vivir allí.

—Ciertamente, la gente se vuelve excéntrica cuando enriquece.

—¿O tal vez todos llevemos la excentricidad dentro, y no tenemos el dinero necesario para exteriorizarla? Me encantaría llevarte a ver esa casa.

Ella musitó un vago murmullo de conformidad.

El teléfono de Obinze sonaba desde hacía un rato, un zumbido apagado y continuo en su bolsillo. Por fin lo sacó y le echó un vistazo:

—Perdona, tengo que contestar.

Ifemelu asintió y entró, preguntándose si sería su esposa.

Desde el salón oyó su voz a ráfagas, que se elevaba, bajaba y luego volvía a elevarse, hablando en igbo, y cuando entró, tenía la mandíbula tensa.

—¿Va todo bien?

—Es un chico de mi pueblo. Le pago los estudios, y ahora de pronto se cree con muchos derechos; esta mañana me ha enviado un sms para decirme que necesita un teléfono móvil y que si puedo enviárselo para el viernes. Un niño de quince años. Hay que tener cara. Y luego empieza a llamarme. O sea, que le he echado un buen rapapolvo y además le he dicho que se acabó la beca, a ver si así se asusta y entra en razón.

—¿Es pariente tuyo?

—No.

Ifemelu esperó, en previsión de una explicación.

—Ifem, hago lo que deben hacer los ricos. Pago las mensualidades del colegio de un centenar de alumnos de mi pueblo y del pueblo de mi madre. —Hablaba con incómoda indiferencia; no era un tema que le gustara tratar. Se hallaba de pie junto a la estantería—. Qué bonito es este salón.

—Gracias.

—¿Te has traído todos tus libros?

—Casi todos.

—Ah. Derek Walcott.

—Me encanta. Por fin entiendo algo de poesía.

—Veo a Graham Greene.

—Empecé a leerlo por tu madre. Me encanta *El revés de la trama*.

—Intenté leerlo después de su muerte. Quería que me gustara. Pensé que si al menos conseguía que me gustara…

Tocó el libro mientras se apagaba su voz.

La melancolía de Obinze la conmovió.

—Es auténtica literatura, la clase de historia humana que leerá la gente dentro de doscientos años —dijo ella.

—Hablas como mi madre.

Obinze experimentaba una sensación de familiaridad y de extrañeza al mismo tiempo. Por las cortinas descorridas se proyectaba una media luna de luz en el salón. Se encontraban junto a la estantería, ella hablando de la primera vez que por fin leyó *El revés de la trama*, y él escuchando con atención, de aquella manera intensa tan suya, como si sorbiera sus palabras. Se encontraban junto a la estantería, riéndose los dos de las muchas veces que su madre había intentado inducirlo a leer el libro. Y de pronto se encontraban junto a la estantería besándose. Al principio fue un beso tierno, los labios contra los labios, luego sus lenguas se tocaron, y ella se sintió desfallecer entre sus brazos. Fue él quien primero se apartó.

—No tengo condones —dijo ella con atrevimiento, con intencionado atrevimiento.

—No sabía que necesitáramos condones para comer.

Ella le pegó en broma. Millones de incertidumbres invadían su cuerpo. No quería mirarlo a la cara.

—Tengo una chica que viene a limpiar y cocinar, así que hay un montón de estofado en el congelador y arroz jollof en la nevera. Podemos comer aquí. ¿Te apetece beber algo?

Se volvió hacia la cocina.

—¿Qué pasó en Estados Unidos? ¿Por qué cortaste el contacto?

Ifemelu siguió camino de la cocina.

—¿Por qué cortaste el contacto? —repitió él en voz baja—. Dime qué pasó, por favor.

Antes de sentarse frente a él a su pequeña mesa de comedor y hablarle del entrenador de tenis de mirada corrupta que vivía en Ardmore, Pennsylvania, sirvió zumo de mango de un tetrabrik para los dos. Le describió detalles del despacho de aquel hombre, todavía vivos en su memoria —las pilas de revistas deportivas, el olor a humedad—, pero cuando llegó a la parte en que él la llevaba a su habitación, se limitó a decir:

—Me quité la ropa e hice lo que él me pidió. Me costó creer que me humedeciera. Lo odié. Me odié a mí misma. Me odié a mí misma de verdad. Me sentía como si... no sé... me hubiera traicionado a mí misma. —Guardó silencio por un momento—. Y a ti.

Durante largos minutos Obinze permaneció callado, con la mirada baja, como si tratara de asimilar la historia.

—En realidad no pienso mucho en aquello —añadió Ifemelu—. Me acuerdo, pero no le doy vueltas, no me permito darle vueltas. Ahora me resulta tan extraño hablar de eso... Te parecerá una razón estúpida para echar lo nuestro por la borda, pero eso fue lo que ocurrió, y con el paso del tiempo no supe cómo arreglarlo.

Obinze seguía callado. Ella miraba la caricatura enmarcada de Dike colgada de su pared, las orejas cómicamente puntiagudas, y se preguntó qué sentía Obinze. Por fin él dijo:

—No me puedo ni imaginarme lo mal que lo debiste pasar, ni lo sola que te sentiste. Deberías habérmelo contado. Ojalá me lo hubieras contado.

Para Ifemelu, sus palabras fueron como una melodía, y notó que se le agitaba la respiración, que engullía el aire. No lloraría, era absurdo llorar después de tanto tiempo; pero se le empañaron los ojos y sintió un enorme peso en el pecho y un picor en la garganta. El escozor de las lágrimas. No emitió sonido alguno. Él le cogió la mano con la suya, enlazadas ambas sobre la mesa, y entre ellos creció el silencio, un silencio antiguo que los dos conocían. Ella estaba dentro de ese silencio y estaba a salvo.

52

—Vamos a jugar al tenis de mesa. Soy miembro de un pequeño club privado en la isla Victoria —propuso él.

—Hace una eternidad que no juego.

Ifemelu recordó que siempre quería ganarle, a pesar de que Obinze era el campeón del colegio, y que él le decía, provocándola: «Prueba con más estrategia y menos fuerza. Con la pasión nunca se gana una partida, por más que digan». En esta ocasión dijo algo parecido:

—Con las excusas no se gana una partida. Deberías probar con la estrategia.

Había conducido él mismo. En el coche, encendió el motor y simultáneamente empezó a sonar la música. «Yori Yori», de Bracket.

—Ah, me encanta esta canción —comentó ella.

Obinze subió el volumen, y los dos cantaron; la canción transmitía cierta exuberancia, con su alegría rítmica tan desprovista de artificio, y el aire se llenó de despreocupación.

—¡Anda! ¿Cuánto tiempo hace que volviste? ¿Cómo es que te conoces ya tan bien esta canción? —preguntó él.

—Lo primero que hice fue ponerme al día en música moderna. Es apasionante, toda esa música nueva.

—Lo es. Ahora los clubes ponen música nigeriana.

Ifemelu recordaría ese momento, sentada junto a Obinze en su Range Rover, detenidos en un embotellamiento, escuchando «Yori Yori» —*Your love dey make mi heart do yori yori*.

Nobody can love you the way I do, «Con tu amor mi corazón hace yori, yori. Nadie ama como tú»–, a su lado un reluciente Honda, último modelo, y delante un Datsun antiguo que parecía tener cien años.

Después de unas partidas de tenis de mesa, ganadas todas por Obinze, sin dejar de incitarla burlonamente, comieron en el pequeño restaurante, donde estaban solos excepto por una mujer que leía periódicos en la barra. El encargado, un hombre orondo que prácticamente reventaba la chaqueta negra, demasiado ajustada, se acercó varias veces a la mesa para decir:

—Espero que esté todo bien, señor. Encantado de volver a verlo, señor. Cómo va el trabajo, señor.

Ifemelu se inclinó hacia Obinze y le preguntó:

—¿No llega un momento en que te hartas?

—Ese hombre no se acercaría tan a menudo si no pensara que me tienes abandonado. Eres adicta a ese teléfono.

—Perdona. Solo consultaba el blog. —Se sentía relajada y feliz—. ¿Sabes qué te digo? Deberías escribir para mí.

—¿Yo?

—Sí, te encargaré un tema. ¿Qué te parece, por ejemplo, los peligros de ser joven, rico y apuesto?

—Me encantaría escribir sobre algo con lo que pueda identificarme personalmente.

—¿Qué tal la seguridad? Quiero incluir algo sobre seguridad. ¿Has tenido alguna experiencia en el Tercer Puente Continental? El otro día alguien me contó que una noche ya tarde, cuando volvía al continente después de salir de un club, se le pinchó un neumático en el puente y siguió adelante por lo peligroso que es parar allí.

—Ifem, yo vivo en Lekki, y no voy de clubes. Ya no.

—Vale. —Lanzó otra mirada a su teléfono—. Es solo que quiero contenido nuevo y vibrante a menudo.

—Estás distraída.

—¿Conoces a Tunde Razaq?

—¿Quién no?

–Quiero entrevistarlo. Quiero empezar a incluir un reportaje semanal de «Lagos visto desde dentro», y quiero empezar con las personas más interesantes.

–¿Qué tiene ese de interesante? ¿Que es un playboy de Lagos que vive del dinero de su padre, dinero acumulado gracias a un monopolio de importación de gasoil que tienen por sus contactos con el presidente?

–También es productor musical, y por lo visto campeón de ajedrez. Mi amiga Zemaye lo conoce, y él le acaba de escribir para decirle que me concederá la entrevista si le permito invitarme a cenar.

–Probablemente ha visto una foto tuya en algún sitio. –Obinze se levantó y apartó la silla de un empujón con una vehemencia que la sorprendió–. Ese tipejo es un canalla.

–No te pongas así –dijo ella, encontrando graciosa la reacción; sus celos la complacieron.

En el viaje de regreso en coche al piso de Ifemelu él volvió a poner «Yori Yori», y ella se meció y bailó con los brazos, para esparcimiento de él.

–Creía que tu Chapman era sin alcohol –comentó Obinze–. Quiero poner otra canción. Esta me recuerda a ti.

Empezó a sonar «Obi Mu O», de Obiwon, y ella se quedó quieta y callada mientras la letra flotaba en el coche: *This is that feeling that I've never felt… and I'm not gonna let it die.* «Este es el sentimiento que nunca he sentido… y no lo dejaré morir.» Cuando las voces masculina y femenina cantaban en igbo, Obinze las acompañó, apartando la vista de la calle para mirar a Ifemelu, como si le dijera que esa conversación en realidad era entre ellos, diciéndole él que era guapa, diciéndole ella que era guapo, declarándose ambos verdadera amistad. *Nwanyi oma, nwoke oma, omalicha nwa, ezigbo oyi m o.*

Cuando la dejó en su casa, se inclinó para besarla en la mejilla, dudando si acercarse o abrazarla, como si temiera dejarse vencer por la atracción mutua.

–¿Puedo verte mañana? –preguntó él, y ella accedió.

Fueron a un restaurante brasileño junto a la laguna, donde el camarero les sirvió un pincho de carne y marisco tras otro, hasta que Ifemelu anunció que estaba a punto de vomitar. Al día siguiente él le preguntó si podían cenar juntos, y la llevó a un restaurante italiano, cuyos carísimos platos a ella le parecieron sin la menor personalidad, y los camareros con pajarita, cabizbajos y lentos, le produjeron una ligera pesadumbre.

En el camino de vuelta pasaron por Obalende, donde una hilera de mesas y tenderetes ocupaba la calle bulliciosa y en los farolillos de los vendedores ambulantes parpadeaban llamas anaranjadas.

—¡Paremos y compremos plátano frito! —propuso Ifemelu.

Obinze encontró una plaza de aparcamiento libre un poco más adelante, frente a una cervecería, y dejó allí el coche. Saludó con actitud relajada y afectuosa a los hombres que bebían sentados en los bancos, y ellos exclamaron: «¡Vaya tranquilo, jefe! ¡Su coche está a salvo!».

La vendedora de plátanos fritos intentó convencer a Ifemelu de que comprara también boniato frito.

—No, solo plátano.

—¿Y akaras, tía? Los acabo de preparar. Muy frescos.

—Vale —dijo Ifemelu—. Pónganos cuatro.

—¿Por qué compras akaras que no quieres? —preguntó Obinze, sonriendo.

—Porque esta mujer es una auténtica emprendedora. Vende lo que produce. No vende su ubicación ni la fuente de su petróleo ni el nombre de la persona que molió el grano. Sencillamente vende lo que produce.

Otra vez en el coche, Ifemelu abrió la bolsa de plástico aceitosa que contenía los plátanos, se llevó a la boca una rodaja pequeña y amarilla perfectamente frita.

—Esto está mucho mejor que aquello bañado en mantequilla que apenas he podido acabarme en el restaurante. Y sabemos que no vamos a intoxicarnos porque al freírlo se eliminan los microbios —añadió.

Él la observaba, risueño, y ella sospechó que hablaba demasiado. Ese recuerdo también lo conservaría, Obalende de noche, iluminado por un centenar de pequeñas luces, las voces en alto de los borrachos cerca de ellos, y el contoneo de caderas de una mujer enorme que pasó junto al coche.

Obinze le preguntó si podía invitarla a comer, y ella propuso un restaurante nuevo, informal, del que había oído hablar, donde pidió un sándwich de pollo y luego se quejó del hombre que fumaba en el rincón.

—Muy americano por tu parte, eso de quejarte del humo —comentó Obinze, y ella no supo si lo decía como reproche o no.

—¿El sándwich viene acompañado de patatas fritas? —le preguntó Ifemelu al camarero.

—Sí, señora.

—¿Tienen patatas de verdad?

—¿Señora?

—¿Son sus patatas de esas congeladas de importación, o las cortan y fríen ustedes mismos?

El camarero pareció ofenderse.

—Son las congeladas de importación.

Cuando el camarero se alejó, Ifemelu observó:

—Esas patatas congeladas saben fatal.

—Ese hombre no se puede creer que quieras patatas de verdad —dijo Obinze en tono sarcástico—. Para él, las patatas de verdad son un atraso. Recuerda que este es nuestro nuevo mundo de clase media. No hemos completado el primer ciclo de prosperidad, no hemos vuelto aún al origen, a beber leche de la ubre de la vaca.

Cada vez que él la dejaba en su casa, la besaba en la mejilla, inclinándose ambos el uno hacia el otro; luego, cuando se apartaban, ella se despedía y se apeaba del coche. El quinto día, cuando él entró en el recinto del edificio, ella preguntó:

–¿Tienes condones en el bolsillo?

Obinze permaneció callado por un momento.

–No, no tengo condones en el bolsillo.

–Pues yo compré una caja hace unos días.

–Ifem, ¿por qué dices eso?

–Tú tienes mujer e hija, y los dos nos morimos de ganas. ¿A quién estamos engañando con estas citas castas? Así que más vale dar el paso de una vez por todas.

–Te escondes detrás del sarcasmo –le reprochó él.

–Vaya, qué superioridad la tuya.

Estaba enfadada. Había pasado apenas una semana desde su primer encuentro, y ya estaba enfadada, furiosa viendo que él la dejaba y volvía a su casa, a su otra vida, su verdadera vida, y que ella no podía imaginar los detalles de esa vida, no sabía en qué clase de cama dormía, en qué clase de plato comía. Desde el momento mismo que empezó a contemplar su propio pasado, concebía una relación con él, pero solo en trazos débiles e imágenes desdibujadas. Ahora, enfrentada a la realidad de Obinze, y de la alianza de plata en su dedo, temía acostumbrarse a él, ahogarse. O quizá ya se había ahogado, y su temor procedía de la conciencia de ese hecho.

–¿Por qué no me llamaste cuando volviste? –preguntó él.

–No lo sé. Primero quería instalarme.

–Yo esperaba ayudarte a instalarte.

Ella no dijo nada.

–¿Sigues con Blaine?

–¿A ti qué más te da, casado como estás? –repuso Ifemelu con una ironía que sonó en exceso cáustica; deseaba ofrecer una imagen fría, distante, controlada.

–¿Puedo entrar un momento? ¿Para hablar?

–No, tengo que investigar unas cosas para el blog.

–Por favor, Ifem.

Ella suspiró.

–Vale.

En el piso, Obinze se sentó en el sofá mientras ella se sentaba en su sillón, lo más lejos posible. De pronto sintió un terror bilioso por lo que fuera que él se disponía a decir, que ella no quería oír, y por eso mismo, absurdamente, dijo:

—Zemaye quiere escribir una guía irónica para hombres que desean engañar a sus parejas. Dijo que el otro día su novio estuvo inaccesible, y cuando por fin apareció, le explicó que se le había caído el teléfono al agua. Ese es el pretexto más antiguo del repertorio: el teléfono caído al agua. A mí me hizo gracia. Yo no lo conocía. Así que la regla número uno de su guía es no decir nunca que se te ha caído el teléfono al agua.

—Yo esto no lo veo como un engaño —declaró él en voz baja.

—¿Sabe tu mujer que estás aquí? —Ifemelu estaba provocándolo—. Me pregunto cuántos hombres dicen eso mismo cuando engañan, que no lo ven como un engaño. O para ser más exactos, ¿dirán alguna vez que lo ven como un engaño?

Obinze se levantó, con movimientos resueltos, y al principio Ifemelu pensó que iba a acercarse a ella, o quizá quería ir al baño, pero se encaminó hacia la puerta del piso, abrió y se marchó. Ella se quedó mirando la puerta, inmóvil durante largo rato, y luego se puso en pie e, incapaz de concentrarse, empezó a pasearse de aquí para allá, preguntándose si debía telefonearlo, debatiéndose en la duda. Decidió no llamarlo; le molestaba su comportamiento, su silencio, su simulación. Cuando sonó el timbre al cabo de unos minutos, parte de ella se resistió a abrir.

Lo dejó pasar. Se sentaron uno al lado del otro en el sofá.

—Siento haberme marchado así —se disculpó él—. Desde que has vuelto, no soy el de siempre, y no me ha gustado que hablaras como si lo que hay entre nosotros fuera algo corriente. No lo es. Y yo creo que tú lo sabes. Creo que has dicho eso para herirme, pero sobre todo porque estás confusa. Soy consciente de que debe de ser difícil para ti, el hecho de que nos hayamos visto y hayamos hablado de muchas cosas pero eludido otras muchas.

—Hablas en clave.

Se le veía estresado, con la mandíbula tensa, y ella se moría de ganas de besarlo. Sin duda era un hombre inteligente y seguro, pero también delataba cierta inocencia, una confianza en sí mismo sin ego, un salto a otro tiempo y lugar, que a ella le resultaba entrañable.

—No he dicho nada porque a veces siento tal felicidad a tu lado que no quiero echarlo a perder —explicó Obinze—. Y también porque antes quiero tener algo que decir, antes de decir nada.

—Me acaricio pensando en ti.

Él la miró, un tanto desconcertado.

—Esto no es un noviazgo entre solteros, Techo. No podemos negar la atracción que existe entre nosotros, y quizá sea un tema del que deberíamos hablar.

—Tú sabes que esto no tiene nada que ver con el sexo. Esto nunca ha tenido nada que ver con el sexo.

—Lo sé —contestó ella, y le cogió la mano.

Flotaba entre ambos un deseo ingrávido, sin fisuras. Se inclinó y lo besó, y él tardó en reaccionar, pero al cabo de un momento le quitaba la blusa a tirones, le bajaba bruscamente las copas del sujetador para liberarle los pechos. Ella conservaba un vívido recuerdo de la firmeza de su abrazo, y sin embargo se percibía también algo nuevo en su unión; sus cuerpos recordaban y no recordaban. Ella le tocó la cicatriz del torso, recordándola otra vez. Siempre había considerado la expresión «hacer el amor» un poco sensiblera; «tener relaciones sexuales» le parecía más auténtica y «follar» era más excitante, pero después, tendida a su lado, los dos sonriendo, a veces riendo, el cuerpo de ella sumido en una sensación de paz, pensó en lo acertada que era esa expresión, «hacer el amor». Se produjo un despertar incluso en sus uñas, en aquellas partes de su cuerpo que siempre habían estado adormecidas. Deseó decirle: «No ha habido semana que no haya pensado en ti». Pero ¿era verdad? Claro que hubo semanas durante las cuales él quedó oculto bajo las capas de su vida, pero tenía la sensación de que era verdad.

Se incorporó y dijo:

—Siempre veía el techo con otros hombres.

Él desplegó una sonrisa lenta y prolongada.

—¿Sabes qué he sentido durante mucho tiempo? Que estaba esperando a ser feliz.

Obinze se levantó para ir al lavabo. Ifemelu encontraba muy atractiva su baja estatura, esa baja estatura firme y sólida. Veía, en su baja estatura, una estabilidad; podía capear cualquier cosa. No se tambalearía fácilmente. Volvió, y ella dijo que tenía apetito. Obinze encontró unas naranjas en la nevera; las peló, y las comieron sentados uno al lado del otro. Luego se acostaron entrelazados, desnudos, en un círculo de plenitud, y ella se durmió y no se dio cuenta cuando él se marchó. Despertó en una mañana oscura, encapotada y lluviosa. Sonaba su teléfono. Era Obinze.

—¿Cómo estás? —preguntó.

—Grogui. No sé muy bien qué pasó ayer. ¿Me sedujiste?

—Por suerte, tu puerta tiene picaporte de resbalón. No me habría gustado tener que despertarte para que cerraras con llave.

—Así que en efecto me sedujiste.

Él se echó a reír.

—¿Puedo ir a ti?

A ella le gustó su manera de expresarlo: «¿Puedo ir a ti?».

—Sí. Llueve a cántaros.

—¿En serio? Aquí no llueve. Estoy en Lekki.

A ella eso le pareció absurdamente excitante, que lloviera donde ella estaba y que no lloviera donde estaba él, a solo unos minutos de allí, y por tanto esperó, con impaciencia, con tenso deleite, a que pudieran ver juntos la lluvia.

53

Y empezaron, pues, para Ifemelu los embriagadores días llenos de clichés: se sentía plenamente viva, el corazón le latía más deprisa cuando él llegaba a su puerta, y cada mañana era como el momento de desenvolver un regalo. Se reía, o cruzaba las piernas o movía la cadera en un ligero contoneo, con una mayor conciencia de sí misma. El camisón olía a la colonia de Obinze, un tenue aroma a cítrico y madera, porque lo dejaba sin lavar durante el mayor tiempo posible, y no se daba prisa en limpiar la pizca de crema de manos derramada por él en el lavabo, y después de hacer el amor, mantenía intacto el hueco en la almohada, la blanda concavidad donde él había apoyado la cabeza, como para conservar su esencia hasta la vez siguiente. A menudo salían a la terraza y contemplaban los pavos en el tejado de la casa abandonada, a veces cogidos de la mano, e Ifemelu pensaba en la vez siguiente, y en la siguiente, en que harían eso juntos. Eso era el amor, aguardar con anhelo el mañana. ¿Se había sentido así de adolescente? Las emociones se le antojaban absurdas. Sufría cuando él no respondía a sus sms de inmediato. Se ofuscaba de celos por el pasado de él. «Tú eres el gran amor de mi vida», decía él, y ella lo creía; así y todo, estaba celosa de las mujeres a quienes él había amado aunque fuera solo fugazmente, aquellas mujeres que habían forjado un espacio en su pensamiento. Estaba celosa incluso de las mujeres a quienes él gustaba, imaginando las atenciones que recibía allí en Lagos, apuesto como era, y ahora además rico. Cuando se lo presentó a Zemaye, la grácil Zemaye con su falda ajustada y sus zapatos de plataforma, contuvo su malestar, porque vio en la mirada admirativa y alerta de Zemaye las miradas de todas las mujeres voraces de Lagos. Eran celos en su imaginación, él no hacía nada para fomentarlos; la suya era una devoción muy presente y transparente. Ifemelu se maravillaba de la intensidad y la atención con que la escuchaba. Recordaba todo lo que ella le decía. Nunca había gozado antes de eso, de ser escuchada, de ser realmente oída, y por eso él pasó a ser nuevamente algo muy preciado; cada vez que se despedía al final de una llamada telefónica, ella se sumía en el pánico. Era ciertamente absurdo. Su amor adolescente no había sido tan melodramático. Quizá se debía a que las circunstancias eran distintas, y ahora pesaba sobre ellos el matrimonio del que él nunca hablaba. A veces decía: «El domingo no podré venir hasta media tarde», o bien «Hoy tengo que marcharme antes», todo lo cual, como ella sabía, tenía que ver con su mujer, pero no entraban en detalles. Obinze no lo intentaba, y ella no lo deseaba, o se decía que no lo deseaba. Le sorprendía que él saliera por ahí con ella tan abiertamente, a comer y cenar, a su club privado, donde el camarero la llamaba «señora», quizá dando por supuesto que era su mujer; que se quedara con ella hasta más allá de las doce de la noche y nunca se duchara después de hacer el amor; que volviera a su casa con el contacto y el olor de ella en la piel. Obinze estaba decidido a conceder a su relación la mayor dignidad posible, a simular que no actuaba a escondidas pese a que, por supuesto, sí lo hacía. En una ocasión dijo enigmáticamente, mientras yacían entrelazados en la cama de ella bajo la luz indefinida de última hora de la tarde: «Puedo quedarme a dormir, me gustaría quedarme». Ifemelu se negó de inmediato, sin añadir nada más. No quería acostumbrarse a despertar a su lado. Tampoco se permitió plantearse por qué podía él quedarse esa noche. Así las cosas, su matrimonio permaneció suspendido por encima de ellos; no hablaban de eso, no lo sondeaban. Hasta que una noche a ella no le apeteció salir a cenar y él dijo con entusiasmo:

—Tienes espaguetis y cebolla. Déjame cocinar para ti.

—Siempre y cuando no me duela después el estómago.

Obinze se rio.

—Echo de menos cocinar. En casa no puedo cocinar.

Y en ese instante su mujer se convirtió en una presencia espectral y oscura en la habitación. Era palpable y amenazadora como nunca antes lo había sido cuando él decía: «El domingo no podré venir hasta media tarde» u «Hoy tengo que marcharme antes». Ifemelu se apartó de él y abrió su portátil para consultar el blog. Una caldera se había encendido muy dentro de ella. También él percibió la súbita trascendencia de sus palabras, porque se acercó y se detuvo a su lado.

—A Kosi nunca le ha gustado que yo cocine. Tiene unas ideas muy básicas y convencionales sobre cómo debe ser una esposa, y veía mi deseo de cocinar como una acusación, cosa que a mí me pareció una bobada. El caso es que dejé de hacerlo, solo por tener la fiesta en paz. Preparo tortillas, pero nada más, y los dos simulamos que mi sopa de *onugbu* no es mejor que la suya. De hecho, hay mucha simulación en mi matrimonio, Ifem. —Se interrumpió—. Me casé con ella en un momento en que me sentía vulnerable; por entonces había muchos vaivenes en mi vida.

De espaldas a él, Ifemelu dijo:

—Por favor, Obinze, prepara los espaguetis, y ya está.

—Siento una gran responsabilidad por Kosi, eso es lo único que siento. Y quiero que lo sepas.

Obinze, sujetándola por los hombros, la volvió con delicadeza para tenerla de cara a él, y dio la impresión de que quería decir algo más, pero esperaba que Ifemelu lo ayudara a decirlo, y ante eso ella sintió el fogonazo de un nuevo resquemor. Se volvió otra vez hacia su ordenador, ahogada por un afán de destruir, de arremeter y abrasar.

—Mañana ceno con Tunde Razaq —anunció ella.

—¿Por qué?

—Porque quiero.

—El otro día dijiste que no irías.

—¿Qué pasa cuando vuelves a casa y te metes en la cama con tu mujer? ¿Qué pasa? —preguntó ella, y le entraron ganas de llorar. Algo se había resquebrajado y echado a perder entre ellos—. Creo que debes irte.

—No.

—Obinze, vete, por favor.

Él se negó a marcharse, y después Ifemelu se alegró de que no se hubiera ido. Preparó los espaguetis, y ella removió la comida en el plato, con la garganta reseca, ya sin apetito.

—Nunca te pediré nada. Soy una mujer adulta, y conocía ya tu situación cuando me metí en esto —declaró ella.

—Por favor, no digas eso. Me asusta. Oyéndolo, me siento prescindible.

—No tiene nada que ver contigo.

—Lo sé. Sé que para ti es la única manera de sentir un poco de dignidad en esto.

Ifemelu lo miró e incluso su racionalidad empezó a irritarla.

—Te quiero, Ifem. Nos queremos —afirmó él.

Obinze tenía lágrimas en los ojos. También ella empezó a llorar, con un llanto desvalido, y se abrazaron. Después, mientras yacían en la cama, el aire permanecía tan quieto e insonoro que los ruidos del estómago de Obinze parecían amplificados.

—¿Eso ha sido mi estómago o el tuyo? —preguntó él en broma.

—El tuyo, por supuesto.

—¿Te acuerdas de la primera vez que hicimos el amor? Acababas de pasearte por encima de mí. Me encantaba cuando te paseabas por encima de mí.

—Ahora ya no puedo pasearme por encima de ti. Estoy demasiado gorda. Te morirías.

—No digas eso.

Finalmente Obinze se levantó y se puso el pantalón, con movimientos lentos y remisos.

—Mañana no puedo venir, Ifem. Tengo que llevar a mi hija...

Ella lo interrumpió.

—No te preocupes.

—El viernes voy a Abuja —añadió.

—Sí, ya me lo dijiste.

Ifemelu intentaba apartar de sí la sensación de inminente abandono, que la desbordaría en cuanto él saliera y se oyera el chasquido del picaporte.

—Ven conmigo —dijo él.

—¿Qué?

—Ven conmigo a Abuja. Solo tengo dos reuniones, y podemos quedarnos el fin de semana. Nos vendrá bien estar en un sitio distinto, hablar. Y tú nunca has estado en Abuja. Puedo reservar habitaciones separadas en el hotel si quieres. Dime que sí. Por favor.

—Sí.

Hasta ese momento nunca se había permitido hacerlo, pero cuando él se marchó, miró las fotografías de Kosi en Facebook. Era de una belleza deslumbrante, esos pómulos, esa piel impoluta, esas curvas femeninas perfectas. Cuando vio una foto tomada en un ángulo poco favorecedor, la examinó durante un rato y encontró en ello un pequeño placer malévolo.

Estaba en la peluquería cuando él le mandó un sms: «Lo siento, Ifem, pero creo que debo ir solo a Abuja. Necesito un tiempo para pensar. Te quiero». Ifemelu fijó la mirada en el mensaje y, con dedos trémulos, le contestó en tres palabras: «Cobarde de mierda». Luego se volvió hacia la trenzadora:

—¿Vas a utilizar ese cepillo con el secador? Es broma o qué? ¿Es que no usáis la cabeza?

La trenzadora la miró desconcertada.

—Tía, perdona, pero es el que utilizo siempre con tu pelo.

Para cuando Ifemelu llegó a su casa, el Range Rover de Obinze estaba aparcado delante del edificio. La siguió escalera arriba.

—Ifem, por favor, quiero que lo entiendas. Creo que todo ha ido un poco demasiado deprisa, todo lo sucedido entre nosotros, y necesito un tiempo para ver las cosas en perspectiva.

—Un poco demasiado deprisa —repitió ella—. ¡Qué falta de originalidad! No es propio de ti.

—Tú eres la mujer a quien quiero. Eso no puede cambiarlo nada. Pero siento una responsabilidad ante lo que es necesario hacer.

Ella se apartó con un respingo de él, de la aspereza de su voz, de la ausencia de significado de sus palabras, fáciles y nebulosas. ¿Qué significaba «responsabilidad ante lo que es necesario hacer»? ¿Significaba que quería continuar viéndola pero tenía que seguir casado? ¿Significaba que no podía seguir viéndola? Cuando quería, se comunicaba con toda claridad, y sin embargo ahora se ocultaba tras palabras deslavazadas.

—¿Qué estás diciendo? —preguntó—. ¿Qué intentas decirme?

Como él permaneció en silencio, Ifemelu añadió:

—Vete a la mierda.

Entró en su dormitorio y se encerró con llave. Desde la ventana de la habitación observó el Range Rover hasta que desapareció por un recodo de la calle.

54

Abuja tenía amplios horizontes, anchas calles, orden: el visitante llegado de Lagos se quedaba atónito ante la secuencia y el espacio. El aire olía a poder; allí todo el mundo evaluaba a todo el mundo, preguntándose en qué medida era «alguien». Olía a dinero, a dinero fácil, dinero que cambiaba de manos con facilidad. Además, Abuja rezumaba sexo. Chidi, un amigo de Obinze, decía que en Abuja no perseguía a las mujeres porque no quería ofender a un ministro o un senador. Allí toda mujer joven y atractiva era misteriosamente sospechosa. Abuja era un lugar más conservador que Lagos, sostenía Chidi, porque era más musulmán que Lagos, y en las fiestas las mujeres no se ponían ropa reveladora; sin embargo allí era mucho más sencillo comprar y vender sexo. Fue en Abuja donde Obinze estuvo a punto de engañar a Kosi, no con una de esas deslumbrantes chicas que llevaban lentillas de colores y largos postizos, sino con una mujer de mediana edad envuelta en un caftán que se sentó junto a él ante la barra del hotel y dijo: «Sé que estás aburrido». Se la veía ávida de riesgo; quizá era una esposa frustrada y reprimida que había conseguido esa única noche de libertad.

Por un momento la lujuria venció a Obinze, una lujuria descarnada y devastadora, pero pensó que después su aburrimiento sería aún mayor y desearía que ella se marchara de la habitación del hotel, y todo junto le pareció un esfuerzo excesivo.

Ella acabaría con uno de los muchos hombres de Abuja que llevaban vidas ociosas y rastreras en hoteles y apartamentos de alquiler, cortejando a personas bien conectadas y postrándose ante ellas para obtener una contrata o para cobrar por una contrata. En el último viaje de Obinze a Abuja, uno de esos hombres, a quien él apenas conocía, había observado durante un rato a dos mujeres jóvenes en el extremo opuesto de la barra y luego le había preguntado como si tal cosa: «¿Tiene un condón de sobra?», y él se había negado a seguirle el juego.

Ahora, sentado a una mesa con un mantel blanco en el restaurante del hotel Protea Asokoro, esperando a Edusco, el hombre de negocios que quería comprar sus terrenos, se imaginó a Ifemelu junto a él y se preguntó qué impresión sacaría de Abuja. Le desagradaría, esa impersonalidad, o quizá no. Era una mujer imprevisible. Una vez, durante una cena en un restaurante de isla Victoria, con los lúgubres camareros pululando alrededor, la notó distante, la mirada fija en la pared detrás de él, y temió que estuviera molesta por algo.

—¿Qué piensas? —preguntó.

—Pienso que en Lagos todos los cuadros parecen siempre torcidos, no hay uno solo recto.

Obinze se rio, y pensó que con ella se sentía como nunca se había sentido con otra mujer: divertido, alerta, vivo. Después, cuando salían del restaurante, la observó mientras ella sorteaba briosamente los charcos de agua junto a la verja y lo asaltó el deseo de pavimentar todas las calles de Lagos, para ella.

Estaba alterado: tan pronto pensaba que había tomado la decisión correcta al ir sin ella a Abuja, para reflexionar, como se lo reprochaba con virulencia. Quizá la había alejado de él. La había telefoneado muchas veces, le había enviado mensajes para pedirle que hablaran, pero ella no le había contestado, y tal vez mejor así, porque no habría sabido qué decirle.

Edusco había llegado. Una voz estridente bramando al teléfono desde el vestíbulo del restaurante. Obinze no lo conocía bien —solo habían tenido trato profesional una vez antes, presentados por un amigo común—, pero admiraba a los hombres como él, hombres que no conocían a nadie importante, que no tenían contactos, y habían amasado su fortuna ateniéndose a la lógica elemental del capitalismo. Edusco no había pasado de la enseñanza primaria cuando empezó a trabajar de aprendiz con comerciantes; al principio instaló un puesto en Onitsha y ahora tenía la segunda empresa de transportes del país. Entró en el restaurante, con su paso resuelto y su enorme barriga, hablando a gritos en su inglés macarrónico; no se le ocurría dudar de sí mismo.

Más tarde, mientras hablaban del precio del terreno, Edusco dijo:

—Oye, hermano. A ese precio no lo venderás, nadie te lo comprará. *Ife esika kita.* La recesión nos afecta a todos.

—Hermano, sube un poco la puja, hablamos de un terreno en Maitama, no de un terreno en tu pueblo.

—Tú tienes el estómago lleno. ¿Qué más quieres? Lo ves, ese es el problema con vosotros los igbo. No ayudáis a los hermanos. Por eso me gustan los yoruba, cuidan unos de otros. El otro día fui a la delegación de Hacienda, cerca de mi casa, y había allí un hombre, un igbo, y al ver su nombre, le hablé en igbo, ¡y ni siquiera me contestó! Un hausa habla en hausa a su paisano hausa. Un yoruba reconoce a un yoruba en cualquier sitio y habla en yoruba. Pero un igbo habla en inglés a un igbo. Hasta me sorprende que me hables en igbo.

—Es verdad. Es triste, es el legado de un pueblo vencido. Perdimos la guerra de Biafra y aprendimos a convivir con la vergüenza.

—¡Es simple egoísmo! —exclamó Edusco, sin el menor interés en la intelectualización de Obinze—. Al yoruba ahí lo tienes, ayudando a su hermano, pero ¿vosotros los igbo...? *I ga-asikwa.* Fíjate en el precio que me das.

—De acuerdo, Edusco, ¿por qué no te regalo el terreno? Déjame ir a buscar la escritura para regalártela.

Edusco se echó a reír. Le caía bien a Edusco, Obinze se daba cuenta; lo imaginó hablando de él en una reunión con otros igbo hechos a sí mismos, hombres que eran impetuosos y luchadores, que hacían malabarismos con empresas enormes y mantenían familias amplias. «Obinze *ma ife* –imaginó que diría Edusco–. Obinze no es como algunos de esos muchachitos inútiles forrados de dinero. Este no es tonto.»

Obinze miró su botella de Gulder casi vacía. Era extraño, cómo sin Ifemelu todo perdía su lustre; incluso el sabor de su cerveza preferida era distinto. Tendría que haberla llevado a Abuja. Era una estupidez decir que necesitaba tiempo para pensar cuando lo único que hacía era esconderse de una verdad que ya conocía. Ella lo había llamado cobarde, y en efecto existía cobardía en su temor al desorden, a alterar aquello que ni siquiera deseaba: su vida con Kosi, esa segunda piel con la que nunca se había sentido del todo a gusto.

–De acuerdo, Edusco –dijo Obinze, de pronto exhausto–. No voy a comerme el terreno si no lo vendo.

Edusco lo miró atónito.

–¿Quieres decir que aceptas mi precio?

–Sí.

Cuando Edusco se marchó, Obinze telefoneó a Ifemelu una y otra vez, pero no contestó. Quizá tenía apagado el sonido, y comía sentada a la mesa, con la camiseta rosa que se ponía tan a menudo, una de cuello muy cerrado en cuya pechera se leía HEARTBREAKER CAFÉ; los pezones, cuando se le endurecían, puntuaban esas palabras como comas invertidas. Pensar en la camiseta rosa lo excitó. O quizá estuviera leyendo en la cama, tapada con su túnica abada a modo de manta, sin más ropa que un culote negro. Todas sus bragas eran culotes negros; le gustaba esa lencería con un toque juvenil. Una vez Obinze recogió uno de esos culotes del suelo, allí donde él mismo lo había tirado después de quitárselo, y miró la costra lechosa en la entrepierna, y ella se rio y dijo: «Ah, ¿quieres olerlo? Yo nunca he entendido ese rollo de andar oliendo la ropa interior». O quizá estaba ante su ordenador, trabajando en el blog. O había salido con Ranyinudo. O charlaba por teléfono con Dike. O acaso estuviera con algún hombre en su salón, hablándole de Graham Greene. Se le revolvió el estómago al imaginarla con otro. Pero no estaría con otro, no tan pronto. Así y todo, no podía olvidar esa tozudez impredecible suya; era capaz de hacerlo para herirlo. Cuando ella, aquel primer día, le dijo: «Siempre veía el techo con otros hombres», él sintió curiosidad por saber cuántos habían sido. Deseó preguntárselo, pero se abstuvo, por miedo a que ella le dijera la verdad y eso lo atormentara de por vida. Ella sabía, por supuesto, que la amaba, pero él se preguntaba si sabía en qué medida ese amor lo consumía, en qué medida todos sus días estaban infectados por ella, afectados por ella; y en qué medida le alteraba incluso el sueño. «Kimberly adora a su marido, y su marido se adora a sí mismo. Debería dejarlo pero no lo hará nunca», dijo ella una vez, hablando de la mujer para quien había trabajado en Estados Unidos, la mujer con *obi ocha*. Ifemelu había dejado caer ese comentario despreocupadamente, sin segundas, y aun así, él percibió el alfilerazo de otros posibles significados.

Cuando ella le hablaba de su vida en Estados Unidos, él escuchaba con una intensidad rayana en desesperación. Deseaba formar parte de todo lo que ella había hecho, familiarizarse con todas las emociones que había sentido. En una ocasión ella le dijo: «El problema con las relaciones interculturales es que dedicas demasiado tiempo a dar explicaciones. Mis ex novios y yo dedicábamos mucho tiempo a darnos explicaciones. A veces me preguntaba si habríamos tenido algo que decirnos en caso de haber sido del mismo sitio», y a él le complació oírlo, porque eso confería a su relación con ella una profundidad, la eximía de la intrascendencia de la novedad. Los dos eran del mismo lugar y aun así tenían mucho que decirse.

Una vez, mientras conversaban sobre política estadounidense, ella dijo: «Me gusta Estados Unidos. En realidad es el único país donde viviría aparte de este. Pero un día, hablando de niños con un grupo de amigos de Blaine, me di cuenta de que si alguna vez tengo hijos, no quiero darles una infancia americana. No quiero que digan "Hola" a los adultos; quiero que digan "Buenos días" y "Buenas tardes". No quiero que murmuren "Bien" cuando alguien les pregunta "¿Cómo estás?". O que levanten cinco dedos cuando les pregunten la edad. Quiero que digan, "Estoy bien, gracias" y "Tengo cinco años". No quiero un niño que se alimente de elogios y espere un premio por el esfuerzo, ni que sea contestón con los adultos en aras de la expresión personal. ¿Tan conservador es eso? Los amigos de Blaine decían que sí, y para ellos "conservador" es el peor insulto».

Él se rio, lamentando no haber estado allí, con ese «grupo de amigos», y deseó que ese niño imaginario fuese suyo, ese niño conservador con buenos modales. Le dijo: «La niña cumplirá dieciocho años y se teñirá el pelo de color morado», y ella contestó: «Sí, pero para entonces yo ya la habré echado de casa».

En el aeropuerto de Abuja, de regreso a Lagos, pensó en ir a la terminal internacional en lugar de la nacional, en comprar un billete a cualquier sitio inverosímil, como Malabo. Luego lo asaltó una pasajera aversión por sí mismo, porque, naturalmente, no iba a hacerlo; en vez de eso haría lo que se esperaba de él. Embarcaba en su vuelo a Lagos cuando lo llamó Kosi.

—¿El vuelo sale a su hora? Recuerda que vamos a salir con Nigel por su cumpleaños.

—Cómo no voy a acordarme.

Un silencio al otro lado de la línea. Obinze había contestado con brusquedad.

—Perdona —se disculpó—. Me duele un poco la cabeza.

—Querido, *ndo*. Sé que estás cansado. Hasta luego.

Obinze colgó y recordó el día que su hija, Buchi, resbaladiza y con el pelo rizado, nació en el hospital Woodlands, en Houston, y que Kosi se volvió hacia él mientras intentaba aún torpemente quitarse los guantes de látex y dijo, casi en tono de disculpa: «Querido, la próxima vez tendremos un niño». Él dio un respingo. Comprendió entonces que ella no lo conocía. No lo conocía en absoluto. No sabía que a él le traía sin cuidado el sexo de su hijo. Y sintió un leve desprecio hacia ella, por querer un niño porque se suponía que era eso lo que debían querer, y por ser capaz de decir, justo después del parto de su primera hija, «la próxima vez tendremos un niño». Quizá debería haber hablado más con ella, sobre el hijo que esperaban y sobre todo lo demás, porque si bien intercambiaban palabras amables y eran buenos amigos y compartían silencios cómodos, en realidad no hablaban. Pero él nunca lo había intentado, porque sabía que las preguntas que se hacía sobre la vida eran totalmente distintas de las de ella.

Eso lo supo desde el principio, lo percibió en la primera conversación después de presentarlos un amigo en una boda. Ella, dama de honor, lucía un vestido de raso de color fucsia, muy escotado para exhibir el nacimiento de los pechos, de los que él no podía apartar la vista, y alguien, pronunciando un discurso, describió a la novia como «una mujer virtuosa». Kosi, al oírlo, asintió con entusiasmo y le susurró: «Es una mujer verdaderamente virtuosa». A Obinze lo sorprendió que ella usara la palabra «virtuosa» sin la menor ironía, como en los artículos mal escritos de las páginas femeninas en los periódicos de los fines de semana. «La esposa del ministro es una mujer hogareña y virtuosa.» Aun así, la deseó, la persiguió con extrema determinación. Nunca había visto a una mujer de pómulos tan perfectamente formados, hasta tal punto que su rostro parecía vivo, arquitectónico, y se alzaban cuando sonreía. Además, él era un rico reciente y padecía una desorientación reciente: una semana estaba a dos velas, instalado en el piso de su prima, y a la semana siguiente tenía millones de naira en la cuenta. Kosi se convirtió en una piedra angular de la realidad. Si podía estar con ella, una mujer tan extraordinariamente hermosa y sin embargo tan corriente, tan predecible y doméstica y abnegada, quizá su propia vida empezara a parecerle verosímilmente suya. Ella abandonó el piso que compartía con una amiga y se trasladó a su casa, donde dispuso sus frascos de perfume en el tocador, aromas cítricos que él acabó relacionando con el hogar, y se sentaba en el BMW junto a él como si él siempre hubiera tenido un BMW, y proponía despreocupadamente viajes al extranjero como si él siempre hubiese sido capaz de viajar, y cuando se duchaban juntos, ella le restregaba la piel con una esponja áspera, incluso entre los dedos de los pies, hasta que él se sentía renacer. Hasta que él fue dueño de su nueva vida. Ella no compartía sus intereses —era una persona poco imaginativa que no leía, con una actitud ante el mundo de conformidad más que de curiosidad—, pero él le estaba agradecido, consideraba una suerte estar a su lado. Y un día Kosi le dijo que su familia quería saber cuáles eran sus intenciones. «No paran de preguntar, ellos», dijo, e hizo hincapié en ese «ellos» para excluirse del clamor matrimonial. Obinze percibió, y desaprobó, la manipulación de Kosi. Aun así, se casó. A fin de cuentas, ya vivían juntos, y no era infeliz, e imaginó que ella, con el tiempo, adquiriría cierto peso. No había sido así, pasados cuatro años, salvo en un sentido físico, de un modo que la hacía más hermosa, más lozana, con las caderas y los pechos más generosos, como una planta de interior bien regada.

Obinze encontraba gracioso que Nigel hubiera decidido trasladarse a Nigeria en lugar de limitarse a ir de visita alguna que otra vez cuando Obinze necesitaba exhibir a su director general blanco. La paga era buena, y ahora Nigel habría podido llevar en Essex la vida que antes jamás hubiera imaginado, pero prefirió vivir en Lagos, al menos durante una temporada. Y así se inició la festiva espera de Obinze, convencido de que Nigel al final se cansaría de la sopa de pimienta, los locales nocturnos y las copas en los chiringuitos de la playa de Kuramo. Pero Nigel allí seguía, en su piso de Ikoyi, con una criada interna y su perro. Ya no decía «Lagos tiene mucho sabor», y se quejaba más del tráfico, y por fin había dejado de lamentarse por su última novia, una chica de Benué, bonita de cara y falsa en su actitud, que lo había abandonado por un hombre de negocios libanés rico.

—Ese fulano está calvo como una bola de billar —le había dicho Nigel a Obinze.

—Tu problema, amigo mío, es que amas demasiado y con demasiada facilidad. Todo el mundo veía que esa chica era una farsante, que andaba detrás de algo más grande.

—¡Eh, tío, no digas «algo más grande» en ese tono! —protestó Nigel.

Ahora había conocido a Ulrike, una mujer delgada de rostro anguloso y cuerpo masculino que trabajaba en una embajada y parecía decidida a pasarse toda su etapa de servicio en Nigeria con cara de pocos amigos. En la cena, limpió los cubiertos con la servilleta antes de empezar a comer.

—Eso en tu país no lo haces, ¿verdad? —preguntó Obinze con frialdad.

Nigel le lanzó una mirada de sorpresa.

—Pues sí —contestó Ulrike sin apartar la vista.

Kosi le dio una palmada a Obinze en el muslo por debajo de la mesa, como para apaciguarlo, cosa que lo irritó. También lo irritaba Nigel, que de pronto había empezado a hablar de las casas adosadas que Obinze planeaba construir, de lo mucho que lo entusiasmaba el proyecto del arquitecto nuevo. Un tímido intento de poner fin a la conversación entre Obinze y Ulrike.

—Un diseño interior fantástico. Me recuerda las fotos de esos loft de lujo en Nueva York —comentó Nigel.

—Nigel, no voy a usar ese proyecto. Una cocina de planta abierta no sirve para los nigerianos, y nuestro mercado son los nigerianos, porque lo nuestro es la venta, no el alquiler. Las cocinas de planta abierta son para extranjeros, y aquí los extranjeros no compran inmuebles.

Ya le había explicado a Nigel muchas veces que en Nigeria guisar, con tanto triturar, no era una actividad ornamental. Era algo que requería muchos esfuerzos y muchas especias, y los nigerianos preferían mostrar el producto acabado, no el proceso.

—¡No habléis más de trabajo! —exclamó Kosi animadamente—. Ulrike, ¿has probado alguna comida nigeriana?

Obinze se levantó de repente y fue al servicio. Telefoneó a Ifemelu y se encolerizó al ver que ella seguía sin contestar. La culpó. La culpó por hacer de él una persona sin pleno control de sus sentimientos.

Nigel entró en el servicio.

—¿Qué te pasa, tío?

Tenía las mejillas de un rojo encendido, como siempre que bebía. Obinze estaba junto al lavabo con el teléfono en la mano, propagándose otra vez por su cuerpo la lasitud del agotamiento. Deseó contárselo a Nigel, que era quizá el único amigo en quien confiaba plenamente, pero Nigel se sentía atraído por Kosi. «Tío, vaya pedazo de mujer», le había dicho una vez, y Obinze veía en los ojos de Nigel el tierno y acallado anhelo de un hombre por aquello que sería siempre inasequible. Nigel lo escucharía, pero no lo comprendería.

—Perdóname, no debería haber sido tan grosero con Ulrike —se disculpó Obinze—. Es solo que estoy cansado. Creo que estoy pillando la malaria.

Esa noche Kosi se arrimó poco a poco a él, en ofrenda. No era una declaración de deseo, esa manera de acariciarle el pecho y cogerle el pene con la mano, sino una ofrenda votiva. Un rato antes había anunciado que quería empezar a «intentarlo en serio para tener nuestro hijo». No dijo «intentarlo en serio para tener un segundo niño», dijo «intentarlo en serio para tener nuestro hijo», y era una de esas cosas que aprendía en su iglesia. «Hay poder en la palabra hablada. Reclama tu milagro.» Obinze recordó que la primera vez, después de varios meses intentando quedarse embarazada, comenzó a decir con hosca indignación moral: «Todas mis amigas con una vida dura están embarazadas».

Cuando Buchi nació, Obinze accedió a asistir a un oficio de acción de gracias en la iglesia de Kosi, un salón atestado de gente de tiros largos, amigos de Kosi, personas como Kosi. Y a él le parecieron un hatajo de simples acémilas, simples acémilas batiendo palmas y balanceándose, todos ellos doblegados y maleables ante el pastor, un hombre con traje de diseño.

—¿Qué te pasa, cariño? —preguntó Kosi al notar que el miembro de Obinze seguía flácido en su mano—. ¿Te encuentras mal?

—Es solo cansancio.

Kosi llevaba el pelo cubierto con una redecilla negra, la cara impregnada de una crema con olor a menta, que a Obinze siempre le había gustado. Le dio la espalda. Venía dándole la espalda desde el día que besó a Ifemelu por primera vez. No debía compararlas, pero lo hacía. Ifemelu era exigente con él. «No, no te corras aún, te mataré si te corres», decía, o «No, chico, estáte quieto», y hundía las uñas en su pecho y se movía a su propio ritmo, y cuando por fin arqueaba la espalda y dejaba escapar un grito agudo, él se sentía satisfecho por haberla complacido. Ella contaba con que la complacieran; Kosi, en cambio, no. Kosi siempre reaccionaba a sus caricias con sumisión, y a veces él imaginaba a su pastor diciéndole que una esposa debía mantener trato sexual con su marido, aun si no le apetecía, o de lo contrario el marido buscaría solaz en una pécora.

—¿No estarás poniéndote enfermo?.

—Estoy bien.

Normalmente él la abrazaba, le frotaba lentamente la espalda hasta que ella conciliaba el sueño. Pero en ese momento fue incapaz de hacerlo. No pocas veces en las últimas semanas había empezado a hablarle de Ifemelu, pero al final lo había dejado correr. ¿Qué podía decirle? Parecería el diálogo de una mala película. «Estoy enamorado de otra mujer. Hay otra. Voy a abandonarte.» Le parecía extraño que alguien pudiera pronunciar seriamente esas palabras, fuera de una película y fuera de las páginas de un libro. Kosi lo rodeaba con los brazos. Obinze se desprendió de ella y, entre dientes, dijo que tenía molestias de estómago o algo así y se fue al baño. Ella había puesto un popurrí nuevo, una mezcla de hojas secas y semillas en un cuenco morado, sobre la funda de la cisterna del inodoro. El aroma a lavanda, demasiado intenso, le provocó una sensación de ahogo. Vació el cuenco en el váter y de inmediato sintió remordimientos. Ella lo había hecho con la mejor intención. Al fin y al cabo, no sabía que el aroma a lavanda, así de intenso, le desagradaría.

Cuando volvió a casa después de ver a Ifemelu por primera vez en Jazzhole, le dijo a Kosi: «Ifemelu está en la ciudad. He tomado una copa con ella», y Kosi contestó: «Ah, tu novia de la universidad», con tal indiferencia que él no se la creyó del todo.

¿Por qué se lo dijo? Quizá porque ya entonces percibía la fuerza de sus propios sentimientos y quería prepararla, decírselo gradualmente. Pero ¿cómo podía no darse cuenta de que él había cambiado? ¿Cómo podía no verlo en su cara? ¿Por todo el tiempo que pasaba solo en su gabinete, y por la frecuencia con que salía, por lo mucho que trasnochaba? Con esa actitud, Obinze albergaba la esperanza, egoístamente, de distanciarla, de provocarla. Pero ella siempre respondía con gestos de asentimiento, dóciles y acomodaticios, cuando él le decía que había estado en el club. O en casa de Okwudiba. En una ocasión le contó que aún andaba tras ese trato tan difícil con los nuevos propietarios árabes de Megatel, y dejó caer «ese trato» con toda naturalidad, como si Kosi ya estuviera al corriente, y ella contestó con un vago murmullo de aliento. Pero Obinze no tenía participación alguna en Megatel.

A la mañana siguiente, cuando despertó, no se sentía reparado por el sueño y una gran tristeza nublaba su ánimo. Kosi estaba ya en pie y duchada, sentada frente al tocador, repleto de cremas y pociones dispuestas tan meticulosamente que a veces él se imaginaba a sí mismo poniendo las manos bajo el mueble y volcándolo, solo para ver qué quedaba de todos esos frascos.

—Hace tiempo que no me preparas huevos, Zeta —dijo ella, acercándose a besarlo cuando vio que estaba despierto.

Así que él le preparó los huevos, y jugó con Buchi abajo en el salón, y cuando Buchi se durmió, leyó los periódicos, nublado aún su pensamiento por la tristeza. Ifemelu seguía sin atender sus llamadas. Subió al dormitorio. Kosi estaba limpiando un armario. En el suelo se alzaba una pila de zapatos, los tacones hacia arriba. Se detuvo junto a la puerta.

—No soy feliz, Kosi. Amo a otra. Quiero el divorcio. Me aseguraré de que a Buchi y a ti no os falte nada.

—¿Cómo?

Ella se volvió de espaldas al espejo y lo miró con semblante inexpresivo.

—No soy feliz. —No era así como él había planeado decirlo, pero ni siquiera había planeado qué decir—. Estoy enamorado de otra. Me aseguraré….

Kosi alzó la mano, la palma abierta hacia él, para obligarlo a callar. No digas más, le instaba su mano. No digas más. Y a él le molestó que no quisiera saber más. Kosi tenía la palma pálida, casi diáfana, y Obinze vio el entramado verdoso de venas. Kosi bajó la mano. Luego, lentamente, se postró de rodillas. Para ella fue un movimiento fácil, postrarse de rodillas, porque lo hacía a menudo cuando rezaba, arriba en la salita del televisor, con la asistenta y la niñera y quienquiera que estuviese en la casa. «Buchi, chist», decía entre las palabras de la oración, y Buchi seguía con su parloteo de bebé, pero al final, con su voz de pito, siempre chillaba: «¡Amén!». Cuando Buchi decía «¡Amén!» con ese placer, ese deleite, Obinze temía que de mayor se convirtiese en una mujer que, con esa palabra, «amén», aplastase las preguntas que deseaba hacer al mundo. Y ahora Kosi se postraba de rodillas ante él, y él se negaba a comprender qué hacía.

—Obinze, esto es una familia —dijo Kosi—. Tenemos una hija. Ella te necesita. Yo te necesito. Debemos mantener esta familia unida.

Arrodillada, le suplicaba que no se fuera, y Obinze deseó que, en lugar de eso, reaccionara con ira.

—Kosi, amo a otra mujer. Lamento mucho hacerte daño de esta manera y…

—Esto no tiene nada que ver con otra mujer, Obinze —declaró Kosi a la vez que se erguía, su voz más dura, su mirada más severa–. ¡Tiene que ver con mantener a esta familia unida! Hiciste un juramento ante Dios. Yo hice un juramento ante Dios. Soy una buena esposa. Estamos casados. ¿Crees que puedes destruir a esta familia solo porque tu antigua novia ha vuelto a la ciudad? ¿Sabes qué significa ser un padre responsable? Tienes una responsabilidad para con esa niña de ahí abajo. ¡Lo que hagas hoy puede arruinarle la vida y convertirla en una persona trastornada hasta el día de su muerte! ¿Y todo porque tu antigua novia ha vuelto de América? ¿Porque el sexo acrobático con ella te recuerda tu época en la universidad?

Obinze retrocedió. Así que ella lo sabía. Se marchó a su gabinete y se encerró dentro. Aborrecía a Kosi, por saberlo todo desde el principio y fingir que no sabía nada, y por el lodo de la humillación que le dejó en el estómago. Había ocultado un secreto que ni siquiera era un secreto. Sintió el peso de múltiples capas de culpabilidad, culpabilidad no solo por querer abandonar a Kosi, sino de hecho por haberse casado con ella. Lo que no podía hacer era casarse con ella, a sabiendas de que no debía, y ahora, con una hija, pretender dejarla. Ella estaba empeñada en mantener el matrimonio, y eso era lo mínimo que le debía, mantener el matrimonio. Lo traspasó el pánico ante la idea de seguir casado; sin Ifemelu, el futuro se cernía ante él como un tedio lúgubre e infinito. A continuación se dijo que esa reacción suya era estúpida y melodramática. Tenía que pensar en su hija. Y sin embargo, allí sentado en su silla, cuando giró para buscar un libro en el estante, se sintió ya en plena huida.

Como se había refugiado en su gabinete, y había dormido ahí mismo, en el sofá, como ya no habían vuelto a cruzar palabra, pensó que Kosi no querría ir al bautizo del hijo de su amigo Ahmed al día siguiente. Pero por la mañana Kosi extendió en la cama su falda larga de encaje azul, el caftán senegalés azul de él y, en medio, el vestido azul de terciopelo con volantes de

Buchi. Nunca antes lo había hecho, eso de sacar conjuntos de colores a juego para los tres. Abajo, Obinze vio que Kosi había preparado tortitas, las gruesas que a él le gustaban, dispuestas ya en la mesa del desayuno. Buchi había derramado un poco de Ovaltine en su mantel individual.

—Hezekiah ha estado llamándome —dijo Kosi pensativamente, refiriéndose al primo de Obinze en Awka, que telefoneaba solo cuando quería dinero—. Ha enviado un sms para decir que no puede ponerse en contacto contigo. No sé por qué finge no saber que no quieres atender sus llamadas.

Era extraño que dijera eso, que hablara de la simulación de Hezekiah cuando ella misma estaba inmersa en la simulación; colocaba dados de piña natural en el plato de Obinze como si la noche anterior no hubiese existido.

—Pero deberías hacer algo por él, por poco que sea, o si no, no te dejará en paz —continuó Kosi.

«Hacer algo por él» significaba darle dinero, y Obinze, repentinamente, detestó esa tendencia de los igbo a recurrir al eufemismo siempre que hablaban de dinero, a las alusiones veladas, a emplear el gesto en lugar de señalar directamente. Encuentra algo para esa persona. Haz algo por esa persona. Le reventaba. Le parecía una cobardía, sobre todo tratándose de gente que, por lo demás, era ofensivamente franca. «Cobarde de mierda», lo había llamado Ifemelu. Había algo de cobardía incluso en sus sms y sus llamadas telefónicas a ella, consciente como era de que no le contestaría. Podría haber ido a su piso y llamado a su puerta, aunque solo fuera para que ella lo echara. Y había algo de cobardía en su incapacidad para repetirle a Kosi que quería el divorcio, en su manera de ampararse en la comodidad de la negación de Kosi. Ella cogió un trozo de piña del plato de Obinze y se lo comió. Permanecía resuelta, decidida, serena.

—Coge a papá de la mano —le dijo a Buchi esa tarde cuando entraron en la finca engalanada de Ahmed.

Deseaba recuperar la normalidad a fuerza de voluntad. Deseaba crear un buen matrimonio a fuerza de voluntad. Llevaba un regalo envuelto en papel de plata, para el bebé de Ahmed. En el coche le había dicho a Obinze qué era, pero él ya no lo recordaba. Entoldados y mesas de bufé salpicaban el amplio recinto, verde y ajardinado, con la promesa de una piscina al fondo. Tocaba una orquesta. Dos payasos corrían de aquí para allá. Los niños bailaban y gritaban.

—Es la misma orquesta que contratamos nosotros para la fiesta de Buchi —susurró Kosi.

Ella había decidido organizar una gran fiesta en celebración del nacimiento de Buchi, y él pasó todo aquel día como flotando, con una burbuja de aire entre él y la fiesta. Cuando el maestro de ceremonias dijo «el nuevo padre», Obinze se sobresaltó extrañamente al tomar conciencia de que se refería a él, de que en realidad era él el nuevo padre. Un padre.

La mujer de Ahmed, Sike, abrazó a Obinze, pellizcó las mejillas a Buchi, mientras la gente pululaba alrededor y las risas saturaban el aire. Admiraron al recién nacido, dormido en los brazos de su abuela, una mujer con gafas. Y a Obinze le llamó la atención que unos años antes asistieran a bodas, ahora a bautizos y pronto a funerales. Morirían. Todos morirían. Después de sobrellevar vidas en las que no eran felices ni infelices. Intentó sacudirse la lúgubre sombra que lo envolvía. Kosi llevó a Buchi hacia el corrillo de mujeres y niños próximo a la entrada del salón; allí jugaban a algo formando un círculo, cuyo centro lo ocupaba un payaso de labios rojos. Obinze observó a su hija: sus andares torpes, la cinta azul con flores de seda en el pelo espeso, la mirada suplicante que dirigía a Kosi, su expresión, que tanto le recordaba a la de su propia madre. No soportaba la idea de que Buchi, de mayor, le guardara rencor, que careciera de algo de lo que él debería haber sido para ella. Pero lo importante no era si abandonaba a Kosi o no; lo importante era ver a Buchi con frecuencia. Al fin y al cabo viviría en Lagos, y procuraría verla siempre que pudiera. Muchas personas se criaban sin padre. Él mismo sin ir más lejos, aunque siempre había contado con el espíritu reconfortante de su padre, idealizado, inmovilizado en jubilosos recuerdos de infancia. Desde el regreso de Ifemelu, buscaba sin darse cuenta casos de hombres que habían roto sus matrimonios, y deseaba encontrar un final feliz a esas historias, niños más a gusto con padres separados que con padres casados e infelices. Pero en la mayoría de los casos los niños, resentidos, vivían con amargura el divorcio, y habrían preferido que sus padres permanecieran juntos aunque fueran infelices. Una vez, en su club, había aguzado el oído mientras un joven hablaba a unos amigos sobre el divorcio de sus propios padres, el alivio que para él representó, porque la infelicidad de ellos era una pesada carga. «Su matrimonio era un obstáculo para toda forma de dicha en nuestra vida, y lo peor es que ni siquiera se peleaban.»

Obinze, desde el otro extremo de la barra, dijo: «¡Bravo!», y atrajo miradas de extrañeza de los presentes.

Seguía observando a Kosi y Buchi hablar con el payaso de labios rojos cuando llegó Okwudiba.

—¡Zeta!

Se abrazaron, dándose palmadas en la espalda.

—¿Qué tal en China? —preguntó Obinze.

—Esos chinos, en fin. Una gente muy astuta. Resulta que los idiotas al frente de mi proyecto habían firmado un montón de contratos absurdos con los chinos. Nosotros queríamos revisar algunos de los acuerdos pero los chinos, unos cincuenta, se presentaban en la reunión cargados de papeles y decían «¡Firme aquí, firme aquí!». Te agotan con la negociación hasta que se quedan con tu dinero y también con tu cartera. —Okwudiba se echó a reír—. Ven, vamos arriba. Según he oído, Ahmed ha guardado allí botellas de Dom Pérignon.

Arriba, en lo que parecía un comedor, los tupidos cortinajes de color burdeos estaban corridos, impidiendo el paso de la claridad del día, y una luminosa y recargada araña de luces, como una tarta nupcial hecha de cristales, pendía del centro del techo. Había hombres sentados en torno a una gran mesa de roble, colmada de botellas de vino y licores, con bandejas de arroz y carne y ensaladas. Ahmed entraba y salía, dando instrucciones a la camarera, escuchando las conversaciones e intercalando alguna que otra frase.

—A los ricos no les preocupa la tribu. Pero cuanto más bajas en la escala, tanto más importancia tiene la tribu —decía Ahmed cuando Obinze y Okwudiba entraron.

A Obinze le gustaba el talante satírico de Ahmed. Este había alquilado azoteas estratégicas en Lagos cuando las operadoras de telefonía móvil empezaban a aparecer, y ahora les subarrendaba las azoteas para instalar los repetidores, amasando lo que él llamaba irónicamente el único dinero fácil y limpio del país.

Obinze estrechó la mano a los presentes, conocidos suyos en su mayoría, y pidió a la camarera, una joven que había colocado una copa de vino ante él, si podía servirle, en lugar de eso, una Coca-Cola. Con el alcohol se hundiría aún más en su pantano. Escuchó la conversación en torno a él, las bromas, las pullas, los comentarios, las anécdotas y la repetición de las mismas anécdotas. Al cabo de un rato, como cabía esperar, empezaron a criticar al gobierno: dinero robado, contratos incumplidos, infraestructuras abandonadas hasta pudrirse.

—Oye, es muy difícil ser un funcionario honrado en este país. Todo está montado para que robes. Y lo peor es que la gente quiere que robes. Tu familia quiere que robes, tus amigos quieren que robes —comentó Olu, un hombre flaco y desaliñado, con la jactancia fácil que acompañaba la riqueza heredada, el apellido famoso.

Por lo visto, en una ocasión le ofrecieron un cargo ministerial, y él, según la leyenda urbana, respondió: «Pero no puedo instalarme en Abuja, allí no hay agua, no puedo sobrevivir sin mis barcos». Olu acababa de divorciarse de su mujer, Morenike, una amiga de Kosi de sus tiempos universitarios. A menudo Olu, cuando aún estaban casados, incordiaba a Morenike, que solo pesaba unos kilos de más, instándola a perder peso, a mantenerse en forma para mantener vivo el interés de él. Durante el divorcio, ella descubrió un alijo de fotos pornográficas en el ordenador de su casa, todas de mujeres obesas, con mollas de grasa en brazos y vientres, y llegó a la conclusión, y Kosi coincidió con ella, de que Olu padecía un problema espiritual.

«¿Por qué todo tiene que ser un problema espiritual? Ese hombre solo tiene un fetiche», le había dicho Obinze a Kosi. Ahora a veces se descubría mirando a Olu con divertida curiosidad. Con la gente nunca se sabía.

—El problema no es que los funcionarios roben, el problema es que roban demasiado —afirmó Okwudiba—. Fijaos en todos esos gobernadores. Salen de su estado y vienen a Lagos a comprar parcelas, y no las tocan hasta que abandonan el cargo. Por eso hoy día nadie puede permitirse comprar suelo.

—¡Es verdad! Los especuladores del suelo están echando a perder los precios para todo el mundo. Y los especuladores son gente del gobierno. En este país tenemos problemas muy graves —dijo Ahmed.

—Pero eso no pasa solo en Nigeria. Hay especulación del suelo en todas partes —afirmó Eze.

Era el hombre más rico de los presentes, propietario de pozos petrolíferos, y como muchos de los nigerianos ricos, vivía libre de angustias y disfrutaba de una felicidad ajena a todo. Coleccionaba arte y contaba a todo el mundo que coleccionaba arte. A Obinze le recordaba a una amiga de su madre, la tía Chinelo, una profesora de literatura que al volver de una breve estancia en Harvard le dijo a su madre en una cena en casa: «El problema es que en este país tenemos una burguesía muy atrasada. Tiene dinero pero necesita refinarse. Necesita saber más de vinos». Y su madre, moderándose, repuso: «En el mundo hay muchas maneras distintas de ser pobre, pero da la impresión, cada vez más, de que solo hay una de ser rico». Más tarde, cuando la tía Chinelo se fue, su madre observó: «Qué idiotez. ¿Por qué habrían de saber más de vinos?». A Obinze ese comentario lo sorprendió —ciertamente necesitaban saber más de vinos— y en cierto modo también lo decepcionó, porque a él siempre le había caído bien la tía Chinelo. Imaginó que alguien había dicho a Eze algo parecido —necesitas coleccionar arte, necesitas saber más de arte—, y en consecuencia él había empezado a buscar arte con el fervor de un interés inventado. Cada vez que Obinze veía a Eze y lo oía hablar torpemente de su colección, sentía la tentación de decirle que lo regalara todo y se liberara.

—El precio del suelo no es un problema para personas como tú, Eze —dijo Okwudiba.

Eze se echó a reír, una risa de autocomplacencia para manifestar su conformidad. Se había quitado la chaqueta roja y la había colgado del respaldo de su silla. Tendía, en aras del estilo, a cultivar una imagen de dandi; siempre llevaba colores primarios, y las hebillas de sus cinturones eran siempre grandes y prominentes, como dientes de conejo.

En el otro extremo de la mesa, Mekkus contaba:

—Veréis, mi chófer dijo que había aprobado el examen de la Comisión de Enseñanza, pero el otro día le pedí que me hiciera una lista, y no sabe escribir. ¡No es capaz de escribir «niño» y «gato»! ¡Asombroso!

—Hablando de chóferes, el otro día me contó un amigo que su chófer es un homosexual económico. Por lo visto, va detrás de hombres que le dan dinero, y a la vez tiene mujer e hijos en casa —explicó Ahmed.

—¡Un homosexual económico! —repitió alguien, y los demás prorrumpieron en carcajadas.

Charlie Bombay pareció encontrarlo especialmente gracioso. Con el rostro tosco y surcado de cicatrices, era la clase de individuo que se sentiría a gusto en medio de una pandilla de hombres estridentes, comiendo carne con pimienta, bebiendo cerveza y viendo un partido del Arsenal.

—¡Zeta! Hoy estás muy callado —observó Okwudiba, ya por su quinta copa de champán—. *Aru adikwa?*

Obinze se encogió de hombros.

—Estoy bien. Es solo cansancio.

—Pero si Zeta siempre está callado —observó Mekkus—. Es un caballero. ¿No será porque ha venido aquí a sentarse con nosotros? Él lee poesía y Shakespeare. Es un inglés muy correcto.

Mekkus rio ruidosamente su propio chiste, que no era un chiste. En la universidad destacaba en cuestiones de electrónica, reparaba reproductores de CD que se consideraban causas perdidas, y el suyo fue el primer ordenador personal que vio Obinze. Se licenció y fue a Estados Unidos, volvió poco tiempo después, muy furtivamente y muy rico gracias, según decían muchos, a un descomunal fraude con tarjetas de crédito. Tenía la casa tachonada de cámaras de un circuito cerrado de televisión; sus guardias de seguridad portaban armas automáticas. Y ahora, a la menor mención de Estados Unidos en una conversación, decía: «Ya sabes que nunca podré entrar en Estados Unidos después del negocio que hice allí», como para quitar hierro a los rumores que lo seguían.

–Sí, Zeta es todo un caballero –convino Ahmed–. ¿Os podéis creer que Sike me preguntó si conocía a alguien como Zeta para presentárselo a su hermana? Le dije: Anda, no buscas a alguien como yo para casarlo con tu hermana y en cambio buscas a alguien como Zeta. ¿Os lo podéis creer?

–No, Zeta no está callado porque sea un caballero –intervino Charlie Bombay con su natural parsimonia, añadiendo sílabas de más a las palabras con su marcado acento igbo, demediada ya una botella de coñac que había plantado ante sí con actitud territorial–. ¡Es porque no quiere que nadie sepa cuánto dinero tiene!

Se rieron. Obinze siempre había imaginado a Charlie Bombay como un maltratador de esposas. No tenía razón alguna para sospecharlo; no sabía nada de la vida personal de Charlie Bombay, y ni siquiera había visto a su mujer. Así y todo, cada vez que veía a Charlie Bombay, lo imaginaba pegando a su mujer con un grueso cinturón de cuero. Parecía rebosar violencia, ese hombre fanfarrón y poderoso, ese padrino que había contribuido a financiar la campaña electoral del gobernador de su estado y ahora monopolizaba casi todos los sectores en ese estado.

–Cuidado con Zeta, se cree que no sabemos que es propietario de la mitad de los terrenos de Lekki –dijo Eze.

Obinze esbozó la obligada sonrisa. Sacó su móvil y rápidamente envió un sms a Ifemelu: «Háblame, por favor».

–No nos conocemos, soy Dapo –se presentó el hombre sentado al otro lado de Okwudiba, alargando el brazo por encima de la mesa para estrechar la mano a Obinze con actitud entusiasta, como si este acabara de aparecer. Obinze cerró la mano en un apretón poco convencido. Charlie Bombay había mencionado su riqueza, y de pronto Dapo mostraba interés en él. ¿Tú también estás metido en el petróleo?

–No –respondió Obinze lacónicamente.

Antes había oído fragmentos de la conversación de Dapo, sobre su trabajo en la consultoría petrolera, sus hijos en Londres. Dapo debía de ser uno de esos que instalaban a su mujer e hijos en Inglaterra y luego volvía a Nigeria a buscar dinero.

–Antes decía que los nigerianos que no paran de quejarse de las compañías petrolíferas no entienden que esta economía se vendría abajo sin ellas –comentó Dapo.

–Debes de estar muy confuso si piensas que las compañías petrolíferas nos hacen un favor –respondió Obinze. Okwudiba lo miró asombrado; la frialdad del tono era impropia de él–. El gobierno nigeriano básicamente financia la industria del petróleo a base de captaciones de fondos, y las grandes compañías planean retirarse igualmente de las operaciones en tierra. Quieren dejar eso a los chinos y concentrarse exclusivamente en las plataformas. Es como una economía paralela; se mantienen en las plataformas, solo invierten en equipamiento de alta tecnología, extraen petróleo a miles de kilómetros de profundidad. Sin plantilla local. Con trabajadores del sector llegados de Houston y Escocia. Así que no, no nos hacen ningún favor.

–¡Eso! –coincidió Mekkus–. Y son todos pura chusma. Todos esos fontaneros submarinos y esos buzos de gran profundidad y esa gente que sabe reparar robots de mantenimiento bajo el agua. Pura chusma, todos ellos. Se los ve en la sala de espera de British Airways. Han pasado un mes en la plataforma sin alcohol, y para cuando llegan al aeropuerto, están ya como cubas y luego hacen el ridículo en el vuelo. Mi prima era azafata y, según contaba, llegó un punto en que las aerolíneas tuvieron que exigirles que firmaran acuerdos respecto a la bebida, o no les permitirían volar en sus aviones.

—Pero Zeta no vuela con British Airways, así que no puede saberlo —dijo Ahmed.

En una ocasión se había reído de la negativa de Obinze a volar con British Airways, porque al fin y al cabo era la compañía con la que viajaban los hombres importantes.

—Cuando yo era un hombre normal y corriente en lo que a economía se refiere, British Airways me trataba como la mierda de una mala diarrea —comenzó Obinze.

Los otros se rieron. Obinze albergaba la esperanza de que vibrara su móvil, y esa misma esperanza lo exasperaba. Se puso en pie.

—Tengo que ir al baño.

—Está abajo, justo enfrente de la escalera —dijo Mekkus.

Okwudiba salió detrás de él.

—Me voy a casa —dijo Obinze—. Voy a buscar a Kosi y Buchi.

—¿Zeta, *o gini*? ¿Qué te pasa? ¿Es solo cansancio?

Se hallaban de pie en lo alto de la escalera curva, con su balaustrada ornamental.

—Ya sabes que Ifemelu ha vuelto —dijo Obinze, y el mero hecho de mencionar su nombre lo reconfortó.

—Lo sé.

Okwudiba quiso decir que sabía algo más.

—La cosa va en serio. Quiero casarme con ella.

—Anda ya. ¿Es que te has convertido en musulmán sin decírnoslo?

—Okwu, no hablo en broma. Nunca debería haberme casado con Kosi. Ya entonces lo sabía.

Okwudiba respiró hondo y exhaló, como para expulsar el alcohol.

—Oye, Zeta, muchos no nos casamos con la mujer a la que amábamos de verdad. Nos casamos con la mujer que teníamos a mano cuando estábamos en situación de casarnos. Así que olvídate de eso. Puedes seguir viéndola, pero no hay ninguna necesidad de ese comportamiento más propio de un blanco. Si tu mujer tiene un hijo con otro, o si tú le pegas, eso es razón para un divorcio. Pero ¿decir que no tienes ningún problema con tu mujer y que, aun así, vas a dejarla por otra? *Haba*. Por favor, eso no es propio de nosotros.

Kosi y Buchi se hallaban al pie de la escalera. Buchi lloraba.

—Se ha caído —explicó Kosi—. Ha dicho que papá ha de llevarla en brazos.

Obinze empezó a bajar.

—¡Buch-Buch! ¿Qué ha pasado?

Antes de llegar a ella, la niña tenía ya los brazos extendidos, esperándolo.

55

Un día, Ifemelu vio danzar al pavo macho con las plumas extendidas en un halo gigantesco. La hembra, a su lado, picoteaba algo en el suelo, y al cabo de un rato se alejó, indiferente al gran despliegue de plumas. El macho de pronto pareció tambalearse, tal vez por el peso de las plumas, o por el peso del rechazo. Ifemelu sacó una foto para el blog. Se preguntó qué pensaría Obinze de esa imagen; recordó que le había preguntado si había visto danzar al macho alguna vez. Sus recuerdos de él la asaltaban con facilidad; en medio de una reunión con una agencia de publicidad, recordó que Obinze le arrancó de la barbilla con unas pinzas un pelo que le crecía hacia dentro, estando ella con la cabeza apoyada en una almohada y él muy cerca, muy concentrado en su examen. Cada recuerdo la anonadaba con su cegadora luminosidad. Cada recuerdo traía consigo una sensación de pérdida incuestionable, de que un gran peso se precipitaba hacia ella, y deseaba poder esquivarlo, agacharse para que pasara de largo, para poder salvarse. El amor era una forma de aflicción. Era eso a lo que los novelistas llamaban sufrimiento. A ella eso antes se le antojaba un poco tonto, la idea de sufrir por amor, pero ahora lo entendía. Se guardaba mucho de pasar por la calle de isla Victoria donde estaba el club de Obinze, y ya no compraba en el centro comercial Palms, y lo imaginaba evitando, también él, su zona de Ikoyi, manteniéndose a distancia de Jazzhole. No había coincidido con él en ningún sitio.

Al principio ponía «Yori Yori» y «Obi Mu O» incansablemente, pero al cabo de un tiempo dejó de hacerlo, porque las canciones daban a sus recuerdos un carácter definitivo, como si fueran cantos fúnebres. Se sentía herida por la falta de convicción de los sms y las llamadas de él, por la lasitud de sus esfuerzos. Él la quería, Ifemelu lo sabía, pero carecía de cierta fortaleza; su temple reblandecía en el sentido de la obligación. Cuando, después de una visita a la oficina de Ranyinudo, colgó el post sobre la demolición de los puestos de los vendedores callejeros, llevada a cabo por el gobierno, un comentarista anónimo escribió: «Esto es como poesía». Y supo que fue él. Sencillamente lo supo.

Es por la mañana. Un camión, un camión oficial, se detiene cerca del alto bloque de oficinas, junto a los tenderetes de los vendedores callejeros, y del interior salen hombres en tropel, hombres que golpean y destruyen y arrasan y pisotean. Destruyen los tenderetes, los reducen a tablones de madera. Hacen su trabajo, vistiendo la palabra «demoler» como impecables trajes. Ellos mismos comen en tenderetes idénticos a esos, y si en Lagos desaparecen todos los tenderetes, se quedarán sin almuerzo, porque no podrán pagar otra cosa. Pero aplastan, pisotean, golpean. Uno de ellos abofetea a una mujer, porque ella no coge su cazuela y utensilios y se echa a correr. Se queda ahí plantada e intenta dialogar con ellos. Más tarde le arde la cara a causa del bofetón mientras contempla sus galletas enterradas en el polvo. Su mirada traza una línea hacia el cielo inhóspito. Aún no sabe qué hará, pero hará algo, se reorganizará y se recuperará y se irá a otra parte y venderá sus alubias y su arroz y sus espaguetis hervidos hasta adquirir casi la consistencia de un puré, sus Coca-Colas y sus dulces y sus galletas.

Es última hora de la tarde. Frente al alto bloque de oficinas, se desvanece la luz del día y los autocares de las empresas esperan. Las mujeres se dirigen hacia ellos, calzadas con zapatillas sin tacón, contándose lentamente anécdotas intrascendentes. Llevan los zapatos de tacón en los bolsos. Del bolso sin cerrar de una mujer asoma un tacón semejante a un puñal romo. Los hombres caminan más deprisa hacia los autocares. Pasan por debajo de unos árboles que, hace solo unas horas, albergaban el medio de vida de los vendedores de comida. Allí los chóferes y mensajeros compraban su almuerzo. Pero ahora los tenderetes han desaparecido. Han sido erradicados, y no queda nada, ni el envoltorio perdido de una galleta, ni una botella que antes contuvo agua, nada que indique que en otro tiempo estuvieron allí.

Ranyinudo la instaba con frecuencia a salir más, a quedar con alguien. «En todo caso, a Obinze siempre se le veía un tanto satisfecho de sí mismo», dijo Ranyinudo, y aunque Ifemelu sabía que Ranyinudo solo pretendía animarla, la sorprendía que los demás no consideraran a Obinze tan rayano en la perfección como lo veía ella.

Escribía los post de su blog preguntándose qué impresión causarían en él. Escribió sobre un desfile de modas al que había asistido, sobre los giros de una modelo con una falda Ankara, un vibrante remolino de azules y verdes, como una mariposa altiva. Escribió sobre una vendedora en la esquina de una calle de isla Victoria que exclamó alegremente «¡Buena mujer!» cuando Ifemelu se detuvo a comprar manzanas y naranjas. Escribió sobre las vistas desde la ventana de su dormitorio: una garceta encorvada en la tapia del recinto, agotada por el calor; el portero ayudando a una vendedora ambulante a colocarse la bandeja sobre la cabeza, una acción tan elegante que se quedó mirando largo rato después de marcharse la vendedora. Escribió sobre los locutores de las emisoras de radio, con sus acentos postizos y cómicos. Escribió sobre la tendencia de las mujeres nigerianas a dar consejos, sinceros consejos rebosantes de mojigatería. Escribió sobre las inundaciones en un barrio de chabolas de cinc, sus techumbres como sombreros aplastados, y sobre las jóvenes que vivían allí, modernas y despiertas, con sus vaqueros ajustados, sus vidas tenazmente sembradas de esperanza: querían abrir peluquerías, ir a la universidad. Tenían fe en que les llegara el turno. «Estamos solo a un paso de esa vida de barriada, nosotros los que vivimos vidas de clase media con aire acondicionado», escribió, y se preguntó si Obinze coincidiría con ella. El dolor de su ausencia no menguó con el tiempo; parecía más bien agravarse cada día, avivar en ella recuerdos aún más nítidos. Así y todo, se sentía en paz: por estar en Nigeria, por estar escribiendo su blog, por haber redescubierto Lagos. Por fin su existencia se había desarrollado plenamente.

Tendió las manos hacia el pasado. Telefoneó a Blaine para saludarlo, para decirle que siempre había pensado que era demasiado bueno, demasiado puro para ella, y él mostró poca naturalidad al teléfono, como si le molestara la llamada, pero al final dijo: «Me alegro de que hayas llamado». Telefoneó a Curt, y él reaccionó con entusiasmo, encantado de tener noticias suyas, y ella imaginó que volvían a estar juntos, en una relación exenta de profundidad y dolor.

—¿Fuiste tú el que donaba esas grandes cantidades de dinero para el blog? —preguntó.

—No —respondió él, y ella no supo si creerlo—. ¿Conque sigues con los blogs?

—Sí.

—¿Sobre la raza?

—No, solo sobre la vida. Aquí la raza no tiene gancho, la verdad. Tengo la sensación de que dejé de ser negra nada más apearme del avión en Lagos.

—Te creo.

Ifemelu había olvidado lo estadounidense que era su forma de hablar.

—No ha sido lo mismo con nadie más —aseguró él.

A ella le complació oírlo. Curt la telefoneaba ya entrada la noche, hora de Nigeria, y charlaban de lo que antes hacían juntos. Los recuerdos ahora parecían bruñidos. Hizo vagas alusiones a la posibilidad de visitarla en Lagos, y ella contestó vagamente con murmullos de asentimiento.

Una tarde, mientras Ifemelu entraba en Terra Kulture con Ranyinudo y Zemaye para ver una obra de teatro, se encontró con Fred. Después se sentaron todos en el restaurante a tomar granizados.

—Un hombre agradable —le susurró Ranyinudo a Ifemelu.

Al principio Fred habló, como la otra vez, de música y arte, su espíritu agarrotado por la necesidad de impresionar.

—Me gustaría saber cómo eres cuando no actúas —dijo Ifemelu.

Él se echó a reír.

—Si sales conmigo, lo sabrás.

En el posterior silencio Ranyinudo y Zemaye miraron expectantes a Ifemelu, y ella lo encontró gracioso.

—Saldré contigo —respondió.

La llevó a un club nocturno, y cuando ella dijo que se aburría por la música a todo volumen y el humo y la proximidad de cuerpos de desconocidos semidesnudos, él admitió tímidamente que tampoco le gustaban los clubes nocturnos; había supuesto que a Ifemelu sí le gustaban. Vieron películas juntos en el piso de ella, y luego en la casa de él en Oniru, donde colgaban cuadros de arcos en las paredes. A Ifemelu le sorprendió que les gustaran las mismas películas. Su cocinero, un hombre elegante de Cotonou, preparó un guiso de cacahuetes que a ella le encantó. Fred le tocó la guitarra, y le cantó, con voz ronca, y le contó que su sueño era ser el cantante de un grupo folk. Era atractivo, con esa clase de atractivo que una apreciaba cada vez más con el paso del tiempo. Le gustaba. Se llevaba a menudo la mano a las gafas para reacomodárselas, un leve movimiento con el dedo, y a Ifemelu le parecía un gesto enternecedor. Y mientras yacían desnudos en la cama, todo muy cálido y agradable, ella deseó que las cosas fueran distintas. Si al menos pudiera sentir lo que quería sentir.

Y de pronto, una lánguida tarde de domingo, siete meses después de su último encuentro, allí estaba Obinze, ante la puerta de su piso. Se quedó mirándolo.

—Ifem.

Se llevó una gran sorpresa al verlo, su cabeza rapada y la agraciada delicadeza de sus facciones. Tenía una mirada apremiante, intensa, y ella advirtió la agitación de su pecho a causa de la respiración entrecortada. Obinze sostenía una larga hoja de papel densamente escrita.

—He escrito esto para ti. Es lo que me gustaría saber si estuviera en tu lugar. En qué he tenido ocupada la mente. Lo he escrito todo.

Le tendía la hoja, su pecho todavía agitado, y ella se quedó inmóvil, sin coger el papel.

—Sé que podríamos aceptar las cosas que no podemos ser el uno para el otro, e incluso convertirlo en una tragedia poética de nuestras vidas. O podríamos pasar a la acción. Yo quiero pasar a la acción. Quiero que esto ocurra. Kosi es una buena mujer, y yo me daba por contento con mi matrimonio, pero no debería haberme casado con ella. Siempre supe que faltaba algo. Quiero criar a Buchi. Quiero verla a diario. Pero todos estos meses he estado fingiendo, y un día ella tendrá edad para saber que he fingido. Hoy me he marchado de casa. Viviré en mi piso de Parkview de momento y espero ver a Buchi a diario si es posible. Sé que he tardado demasiado tiempo y sé que tú sigues adelante con tu vida, y lo entenderé perfectamente si ahora dudas y necesitas tiempo. —Guardó silencio por un momento, cambió de postura—. Ifem, voy a por ti. Iré a por ti hasta que le des a esto una oportunidad.

Ifemelu lo miró durante largo rato. Él decía lo que ella quería oír, y sin embargo se quedó mirándolo.

—Techo —dijo por fin—. Entra.

AGRADECIMIENTOS

Mi más profundo agradecimiento a mi familia, que leyó los borradores, me contó historias, dijo «jisie ike» justo cuando necesitaba oírlo, respetó mi necesidad de espacio y tiempo, y nunca vaciló en esa extraña y hermosa fe nacida del amor: James y Grace Adichie, Ivara Esege, Ijeoma Maduka, Uche Sonny-Eduputa, Chuks Adichie, Obi Maduka, Sonny Eduputa, Tinuka Adichie, Kene Adichie, Okey Adichie, Nneka Adichie Okeke, Oge Ikemelu y Uju Egonu.

Tres personas adorables concedieron a este libro mucho tiempo y sabiduría: Ike Anya, *oyi di ka nwanne*; Louis Edozien; y Chinakueze Onyemelukwe.

Por su inteligencia y su extraordinaria generosidad al leer el manuscrito, en ocasiones más de una vez, y permitirme ver a mis personajes a través de sus ojos, y decirme qué encajaba y qué no, doy las gracias a estos queridos amigos: Aslak Sira Myhre, Binyavanga Wainaina, Chioma Okolie, Dave Eggers, Muhtar Bakare, Rachel Silver, Ifeacho Nwokolo, Kym Nwosu, Colum McCann, Funmi Iyanda, Martin Kenyon (apreciado pedante), Ada Echetebu, Thandie Newton, Simi Dosekun, Jason Cowley, Chinazo Anya, Simon Watson y Dwayne Betts.

Mi gratitud a mi editor Robin Desser, de Knopf; a Nicholas Pearson, Minna Fry y Michelle Kane de Fourth Estate; al personal de la Agencia Wylie, sobre todo a Charles Buchan, Jackie Ko y Emma Paterson; a Sarah Chalfant, amiga y agente, por ese continuado sentimiento de seguridad, y al Instituto de Estudios Avanzados Radcliffe de Harvard por el pequeño despacho lleno de luz.

ÚLTIMOS TÍTULOS PUBLICADOS

Blanco, Bret Easton Ellis
Boulder, Eva Baltasar
Sinfín, Martín Caparrós
Un lugar en el mapa, Shaun Prescott
Relatos reales, Javier Cercas
Fulgentius, César Aira
Bajotierra, Robert Macfarlane
¿Será que soy feminista?, Alma Guillermoprieto
Todo lo que no puedo decir, Emilie Pine
Nino en la noche, Capucine y Simon Johannin
La encargada de vestuario, Patrick McGrath
Lanny, Max Porter
Todo esto existe, Íñigo Redondo
El diablo a todas horas, Donald Ray Pollock
De la naturaleza de los dioses, António Lobo Antunes
La vida descalzo, Alan Pauls
La mirada inconformista, Manuel Vázquez Montalbán
Trampa 22, Joseph Heller
Maelstrom, Sigrid Rausing
Ella pisó la Luna, Belén Gopegui
Mary Ventura y el noveno reino, Sylvia Plath
La campana de cristal, Sylvia Plath
La parte recordada, Rodrigo Fresán
Gente normal, Sally Rooney
Su último deseo, Joan Didion
Las doce y veinte de la noche, Daniel Galera

Los salvajes. Una boda francesa, Sabri Louatah
Una separación, Katie Kitamura
Invéntate algo, Chuck Palahniuk
Roedores. Cuerpo de embarazada sin embrión, Paula Bonet
Hacia tierras lejanas, Robert L. Stevenson
Lo que te pertenece, Garth Greenwell
El escándalo del siglo, Gabriel García Márquez
La diáspora, Horacio Castellanos Moya
Conversaciones entre amigos, Sally Rooney
Diarios, John Cheever
Al final de la tarde, Kent Haruf
El favor de la sirena, Denis Johnson
Siete cuentos Morales, J.M. Coetzee
El caso Malaussene. Me mintieron, Daniel Pennac
El asco, Horacio Castellanos Moya
Prins, César Aira
El mundo perdido, Arthur Conan Doyle
El peligro de la historia única, Chimamanda Ngozi Adichie
Los revolucionarios lo intentan de nuevo, Mauro Javier Cárdenas
La mujer del pelo rojo, Orhan Pamuk
Las ocho montañas, Paolo Cognetti
Contra los hijos, Lina Meruane
El otro Hollywood, Eve Babitz
La escala de los mapas, Belén Gopegui
Declaración, Susan Sontag
Moronga, Horacio Castellanos Moya
Nadie es más de aquí que tú, Miranda July
Vernon Subutex 3, Virginie Despentes
Teoría King Kong, Virginie Despentes
Lo que está y no se usa nos fulminará, Patricio Pron
Cartas, John Cheever
Cuentos, John Cheever
Mis rincones oscuros, James Ellroy
Estambul, Orhan Pamuk
Páginas escogidas, Rafael Sánchez Ferlosio
Evasión y otros ensayos, César Aira

El valle del óxido, Philipp Meyer
Industrias y andanzas de Alfanhuí, Rafael Sánchez Ferlosio
Acuario, David Vann
Nosotros en la noche, Kent Haruf
Galveias, Jose Luís Peixoto
Portátil, David Foster Wallace
Born to Run, Bruce Springsteen
Los últimos días de Adelaida García Morales, Elvira Navarro
Zona, Mathias Enard
Brújula, Mathias Enard
Titanes del coco, Fabián Casas
El último vuelo de Poxl West, Daniel Torday
Los monstruos que ríen, Denis Johnson
Besar al detective, Elmer Mendoza
El tenis como experiencia religiosa, David Foster Wallace
Venon Subutex 1, Virginie Despentes
Sudor, Alberto Fuguet
Relojes de hueso, David Mitchell
Eres Hermosa, Chuck Palahniuk
Las manos de los maestros. Ensayos selectos I, J.M. Coetzee
Las manos de los maestros. Ensayos selectos II, J.M. Coetzee
Guardar las formas, Alberto Olmos
El principio, Jérôme Ferrari
Ciudad en llamas, Garth Risk Hallberg
No derrames tus lágrimas por nadie que viva en estas calles, Patricio
   Pron
El camino estrecho al norte profundo, Richard Flanagan
El punto ciego, Javier Cercas
Roth desencadenado, Claudia Roth Pierpoint
Sin palabras, Edward St. Aubyn
Sobre el arte contemporáneo / En la Habana, César Aira
Los impunes, Richard Price
Fosa común, Javier Pastor
El hijo, Philipp Meyer
Diario del anciano averiado, Salvador Pániker
De viaje por Europa del Este, Gabriel García Márquez

La verdad de Agamenón, Javier Cercas
La velocidad de la luz, Javier Cercas
Restos humanos, Jordi Soler
El deshielo, A. D. Miller
La hora violeta, Sergio del Molino
Telegraph Avenue, Michael Chabon
Calle de los ladrones, Mathias Énard
Los fantasmas, César Aira
Relatos reunidos, César Aira
Tierra, David Vann
Saliendo de la estación de Atocha, Ben Lerner
Diario de la caída, Michel Laub
Tercer libro de crónicas, António Lobo Antunes
La vida interior de las plantas de interior, Patricio Pron
El alcohol y la nostalgia, Mathias Énard
El cielo árido, Emiliano Monge
Momentos literarios, V. S. Naipaul
Los que sueñan el sueño dorado, Joan Didion
Noches azules, Joan Didion
Las leyes de la frontera, Javier Cercas
Joseph Anton, Salman Rushdie
El País de la Canela, William Ospina
Ursúa, William Ospina
Todos los cuentos, Gabriel García Márquez
Los versos satánicos, Salman Rushdie
Yoga para los que pasan del yoga, Geoff Dyer
Diario de un cuerpo, Daniel Pennac
La guerra perdida, Jordi Soler
Nosotros los animales, Justin Torres
Plegarias nocturnas, Santiago Gamboa
Al desnudo, Chuck Palahniuk
El congreso de literatura, César Aira
Un objeto de belleza, Steve Martin
El último testamento, James Frey
Noche de los enamorados, Félix Romeo
Un buen chico, Javier Gutiérrez